KB265739

조선시대 번역고소설 총서 15

동 유 긔

東 遊 記

선문대학교 중한번역문헌연구소
박 재 연 · 김 영　校註

이회문화사

머리말

　《東遊記》는 全名이 '掃魅敦倫東度記'로 일명 '續證道書東遊記', '掃魅敦倫東遊記'라고도 한다. 일반적으로 흔히 알고 있는 吳元泰의 《東遊記》(余象斗 刊本)와는 전혀 관계가 없는 작품이다. 원서에는 '滎陽淸溪道人著, 華山九九老人述'이라고 적혀 있는데 淸溪道人은 바로 方汝浩를 가리킨다. 그의 작품으로는 《東遊記》외에도 장회소설 《禪眞逸史》와 《禪眞後史》가 있다. 전자는 2종의 한글 번역본이 현재 장서각에 전하고 있다. 한글 필사본 『동유긔』는 애스턴(Aston, 阿須頓) 구장본이며,[1] 현재 뻬쩨르부르그(구 레닌그라드) 동방학연구소에 소장되어 있다. 이 책은 애스턴이 주한총영사를 역임했던 1884년에서 1886년 사이에 한국에서 수집한 것으로 추정된다. 번역본은 현재 天(권지일)이 없고 地·玄·黃·宇·宙 등 5책만 남아 있으며 이는 원전 100회의 40회까지의 번역에 해당되어, '권지뉵' 이후가 일실된 것으로 추정된다. 고어와 고문체로 보건대 19세기 후반에 필사된 것이 확실하며 생략과 축약이 심한 것이 특징이다.

　孫楷第의 《中國通俗小說書目》에 따르면, 일본 日光山慈眼堂에 明 萬卷樓 刊本이 소장되어 있다. 맨앞에 世裕堂主人의 崇禎 8년(1635) '掃魅敦倫東度記序' '閱東度記入法'이 실려 있다. 한 면은 10行이고, 한 행은 22字로 되어 있다. 北京大學 도서관에도 崇禎序文 刊本이 있다.(본서에서는 부록으로 북경대본을 영인해 실었다.) 이 밖에 淸 康熙 연간 雲林刻本

---

1) W.G.Aston은 1873년에서 1883년 사이에 일본 주재 영국외교관을, 1884년 4월 26일부터 1886년 10월 22일까지는 주한총영사를 역임했던 인물이다. 한국학에 대한 관심이 많아 「한국어와 일본어의 비교연구 A Comparative Study of the Japanese Corean Language」라는 논문을 쓰기도 했으며 주일 영국대사이던 E.Satow와 함께 『한국 지명에 관한 편람 A Manual of Corean Geographical and other proper names』(1883)을 저술하기도 했다.(석주연(1999), 「애스턴(Aston) 구장본 百聯抄解」, 『문헌과 해석』 통권 7호, 문헌과 해석사, p.176.)

은 康熙 己酉(1669) 서문이 있으며 上海圖書館, 首都圖書館, 天津圖書館, 大連圖書館 등에 각각 소장되어 있다.

《동유긔》의 줄거리는 다음과 같다. 東晉 孝武帝 연간, 南印度에 德勝王子가 있었는데, 어려서 석가의 도를 크게 깨달아 法號를 '不如密多'라고 했으며, 釋敎 26대조가 되어 중생을 구하기로 맹세하였다.

漁夫인 卜老가 입이 크고 비늘이 가느다란 고기를 잡았으나 차마 먹을 수 없어서, 그 고기를 바다에 방생하였다. 불가에서는 복노에게 舍利를 주어 금후 어부 일을 그만두고 불도를 깨우칠 것을 권한다. 복노는 이를 왕에게 바치자 이 사실을 알게 된 尊者는 복노를 위해 道場을 열고 탑을 세워준다. 玄隱 仙道는 이 소식을 듣고 제자를 대동하고 복노에게 축하인사를 하러 길을 떠난다.

그러나 도중에 사악한 기운에 흘려 길을 잘못든 제자는 그때부터 梵志라고 하는 환각술에 능한 邪道의 인물을 스승으로 삼게 된다. 이렇게 제자가 생긴 범지는 길을 가다 복노와 하나는 허약하기 짝이 없고 하나는 좀 모자란 듯한 복노의 친척 복공평의 두 아들을 만난다. 범지는 이 복공평의 두 아들을 보고 능히 치료할 수 있다고 호언장담을 한다. 이에 기뻐한 복노 주위 사람들은 범지와 그 제자를 위해 惺惺庵이란 암자를 지어 주지만, 미천한 법력에 환각술 밖엔 쓸 줄 몰랐던 범지는 본색이 드러날 것을 우려해 제자와 함께 이곳으로부터 달아난다.

岐岐路라는 곳에 이르러 범지 일행은 몽둥이를 든 일단의 청년들과 맞닥뜨리게 되지만 또 다시 환각술로 이들을 놀라게 하여 이들 청년들마저 범지의 환각술에 속아 그의 제자가 된다.

三尖嶺이란 곳에 이르러서는 百里見, 千里聞이란 두 도적이 일당들과 純一庵이란 암자를 노략질하고 있는 것을 발견하지만, 범지는 여전히 이들을 교화시킬 생각은 하지 않고 또 다시 환각술을 부려 이들 도적을 놀라 도망치게 한다. 한편 巨鼈港이라는 곳에서는 한 무당이 그 지방에 흰 뱀장어 한 마리가 마을의 온갖 재앙을 불러온다는 거짓말을 퍼뜨리며 마을 사람들을 속여 사기극을 벌이고 있었는데, 범지는 이 또한 환각술로 제압해 자신의 제자로 삼는다. 그러나 무당의 밑에서 일하던 贍里生이 스승이던 무당을 부추켜 범지에게 반기를 들 것을 권한다. 담리생은 결국 靈通關이란 곳에서 雨裏霧, 雲裏雨, 沙裏海와 환각술에 능한 賽新園 등 네명을 시켜 범지와 싸우게 한다. 이들 넷을 당할 수 없음을 감지한 범지는 화해를 청하고 겨우 영통관을 벗어난다. 여기서 영통관의 '四里'는 酒, 色, 財, 氣의 四惡을 일컫는다. 영통사를 벗어난 범지 일행은 돈 많은 시주를 구하기 위해 勢里村이라는 곳으로 들어가 그 곳의 부호 越一品을 환각술로 속여 환심을 사고 추천서를 받아든다. 추천서를 받아든 범지는 좌상을 만나게 되고 당시 마침 큰 가뭄에 처해 근심에 빠져있던 조정 대신들을 환각술에 의한 가짜 비로 속이고 국사에 추대된다.

한편 복노를 위해 도장을 열어 주었던 존자와 그 제자 원통은 범지 등과는 전혀 다른 인물로 사람들에게 불교의 참진리를 깨우지게 하기 위해 노력하고 있었다. 惺惺里에서 다시 복노를 만난 존자는 복공평의 두 아들 문제의 근원이 어디에 있는지를 因果를 들어 설명해 주고 불경을 읽는 법을 가르쳐 준다. 이렇게 그들을 큰 도의 길로 인도한 존자는

岐岐路에서 普渡 衆生의 길을 연다. 계속해서 三尖嶺에 당도한 존자는 (앞서 범지의 환각술에 속아 놀랐던) 두 도적을 만난 자리에서 그들에게 분수에 맞게 법도를 지키며 사는 법을 가르친다. 그리고 영통사에 가서 '四里'의 본색을 밝혀낸다. '사리'는 존자에게 본색이 탄로난 것을 알고 달아난다.

　동인도국 영내에서 갖은 방법을 동원해 진리의 출현을 막으려 하던 범지는 邪道의 한계를 느낀다. 마침 玄隱仙道의 명을 받고 존자를 도우러 온 纓絡 동자의 출현으로 존자는 마침내 邪道를 누르고 정의를 구현한다. 범지는 별도리 없이 외딴 섬으로 달아난다.[2]

　본 교주본은 원문은 그대로 수록하되 띄어쓰기만은 대략 현행 표기에 맞추어 하였다. 그리고 자주 출현하는 인명과 지명은 원문과 대조하여 각 회 맨 처음에 한하여 괄호 안에 한자를 병기하였다. 원문이 훼손되어 잘 알 수 없는 글자에 대해서는 □으로 표기하였고, 전사하는 과정에서 잘못 표기된 글자에 대해서 [ ]의 형태로 병기하였다. 아울러 맨 뒤에는 원문을 영인·수록하였다.

　이 《동유긔》는 중국소설·희곡 번역자료 총서의 하나이다. 이러한 번역 자료에 대한 주석과 정리는 조선시대 중국소설의 전래와 번역양상을 이해하고 우리말 고어자료를 발굴하며 《중조대사전中朝大辭典》을 증보하는데 도움이 되리라 믿는다.

　끝으로 이 자료를 구하는데 많은 도움을 주신 선문대 노어러시아학과의 유학수 교수님께 깊은 감사를 드린다.

박재연 김 영

2004. 5.

---

2) 江蘇省社會科學院 編 吳淳邦外 譯, 《中國通俗小說總目提要》 第1卷, 울산대학교 출판부, p.687.

차 례

[동유긔 東遊記 권지이卷之二]

8

巫師假托白鰻怪 尊者慈仁螻蟻生

[1] 초셜 범지(梵志) 졔ᄌ롤 거ᄂ리고 화류졈(花柳店)을 쩌나 압길노 ᄒ힝홀 시 화류졈의셔 졔ᄌ들이 녀식을 보고 범계ᄒ엿ᄂ 고로 삼가 졈으로 가다가 ᄯᅩ 무숨 일을 져줄가 넘녀ᄒ여 삼가 졈을 피ᄒ여 쇼로ᄅ 죠ᄎ갈 시 ᄒᆫ 곳의 드ᄅ르셔 길을 몰나 ᄒ다가 ᄒᆫ 노인을 맛나 무르니 답왈,

"ᄉ부 니동으로 힝ᄒ려 ᄒ미 엇지 이 길노 드럿ᄂ뇨? 쇼삽ᄒᆫ 길노 드러 ᄯᅩᄒᆫ 만이 **[2]** 도랏도다. 이곳즌 거원항(巨黿港)이니 근일의 바다물이 창일(漲溢)ᄒ며 흰 비얌쟝어1) ᄒ나히 쩌드러오니 길희 오쟝(五丈)이 넘고 허리 십위(十圍)가 되고 신통(神通)이 광더(廣大)ᄒ여 화복을 임의로 지으되 사름이 져롤 공경ᄒ고 잘 셤기면 그 집 의복을 ᄂ리고 만일 졀로 만홀(慢忽)이

녀겨 졔ᄉ도 아니ᄒ고 혹 언어로 침범ᄒ면 노롤 발ᄒ여 즉시 지앙을 ᄂ리ᄂ 고로 사롬마다 공경ᄒᄂ니라."

ᄒᆫ디 범지(梵志) 왈,

"빈도(貧道)의 쇼견의ᄂ 이것시 필연 무숨 요괴로셔 쟉난ᄒᄂ가 시부거니와 엇더 **[3]** ᄒ게 ᄒ여 화복을 지으며 졔ᄉ 엇더케 ᄒᄂ뇨?"

노인 왈,

"이곳의 ᄒᆫ 도인이 ᄌ시니 일홈은 무ᄉ(巫師)라 져 고기 무ᄉ의게 신졉ᄒ여 일홈을 빅만더왕(白鰻大王)이라 ᄒ여 사롬의 ᄉᄌ 말라. 쇼ᄌ지ᄉ롤 미리 아ᄂ 고로 감이 던ᄂ지 못ᄒᄂ니라."

본지(本智) 왈,

"이ᄂ 무ᄉ(巫師)가 빅만을 칭탁ᄒ고 쟉난ᄒᄂ 거시라. 우리 츌가ᄒᆫ 사롬은 ᄌ비로 웃씀을 삼아 위민졔히(爲民除害)롤 일삼ᄂ니 모로미 져 무ᄉ의 니력을 알고 요괴롤 드ᄉ리ᄅ로다."

졍히 이리 말홀 ᄉ이의 **[4]** 무ᄉ l 볼셔 알고 혜오더,

'니 이 ᄯᆫ희 잇셔 죠히 사롬을 쇽이고 싱니(生理)롤 삼앗더니 어인 길 가ᄂ 도인들이 부졀업시 남의 일을 알고 쳬ᄒ여 나의 싱이롤 씻치려 ᄒᄂ고?'

ᄒ니 이ᄂ 져 무리 여간 환슐도□ 고 ᄯᅩ 이 보법을 잘ᄒᄂ 고로 사롬의 무숨 일이 잇시무로 이 뵈 일ᄅ이 고ᄒᄂ 고로 사롬마다 그 신이ᄒᄆᆯ 항복ᄒ더니 이날 범지(梵志) 외요리 잡으려 ᄒᄂ 말도 이 뵈 볼셔 통ᄒ미라. 무리 싱각ᄒ되,

'니 져롤 졔어치 못ᄒ면 엇지 의구히 힝셰ᄒ리오. 모로미 먼져 햐슈 **[5]** ᄒ여야 져롤 졔어ᄒ리라.'

ᄒ고 두 졔ᄌ롤 불너 쇠갈고리롤 가지고 공즁으로 좃ᄎ 범지(梵志)의 하쳐의 나아가 모도 머리롤 거러드려 잡아오라 ᄒ니 범지의 스승 졔지 엇지 져만 슐법을 두려 파지 못ᄒ리오. 무ᄉ(巫師)의 두 졔지 도로혀 잡혓ᄂ지라 큰 뫼로 져쥬며2) 무ᄉ의 니력을 므르니 무ᄉ의 졔지 울

---

1) **【비얌쟝어】** 몡 뱀장어. ¶ 鰻 ‖ 이곳즌 거원 항이니 근일의 바다물이 창일ᄒ며 흰 비얌쟝 어 ᄒ나히 쩌드러오니 길희 오쟝이 넘고 허리 십위가 되고 (我這地方喚做巨黿港, 一向好 行. 近日只因海洋潮發, 擁來一條白鰻, 約有五 丈餘長, 十圍粗大.) <東遊記 2:2>

---

2) **【져쥬다】** 동 고문(拷問)하다. 심문(審問)하다. ¶ 큰 뫼로 져쥬며 무ᄉ의 니력을 므르니 무ᄉ의 졔지 울며 고왈 (手執着一條大棍, 盤問他, …… 巫師徒弟泣道.) <東遊記 2:5> ⇒ 져조다, 져주다

며 고왈,

"우리 스부도 슈단이 거록ㅎ거니와 빅만 디왕은 진짓 청탁으로 촌인을 쇼기는 말이라."

ㅎ거늘 범지(梵志)이 스졍을 알고 그 두 사룸【6】을 도로 노하 보니여 왈,

"너희는 샐니 가셔 네 스승의게 고ㅎ라. 니 장춧 일촌을 위ㅎ여 히룰 덜너라."

ㅎ니 무시(巫師) 또흔 이보(耳報)3)가 잇는 고로 볼셔 이 스졍을 아는지라. 크게 노ㅎ여 범지(梵志)룰 잡으려 홀 시 디룡이4) 삼스십을 취ㅎ여 큰 비얌을 만드러 범지의 햐쳐(下處)로 메여 드러와 입을 버리고 셔룰 토ㅎ며 어즈러이 무니 범지와 본지(本智)는 볼셔 방비키로 관겨ㅎ 빅 업고 본혜(本慧)와 본졍(本定)은 일즉 방비치 못ㅎ여씨로 비얌들의 감은 빅 되어 무시(巫師)의게로 도【7】라가거늘 범지와 본지(本智) 뒤흘 따라 니르러 보니 무시 놉흔 단 우희 안져 소리질너 왈,

"빅만디왕(白鰻大王)이 분부ㅎ시되 디왕을 훗쑤린 져 도스룰 잡아 물속의 잠아 져근 고기들노 ㅎ여금 먹게 ㅎ노라."

ㅎ니 모든 니웃 사룸들이 모다 일졔이 꾸러 고왈,

"타쳐로셔 온 도인이 긔휘룰 모로고 그릇 디왕의 존위룰 범ㅎ엿시니 죄룰 이뮈 아는지라. 계젼을 만히 출혀 스죄ㅎ오리니 복원(伏願) 디왕은 용셔ㅎ옵소셔."

무시(巫師) 왈,

"디왕이 심이 노ㅎ샤 너의 등도 엇지【8】ㅎ여 져런 고이흔 도스5)룰 붓쳐 두엇다 ㅎ샤 쟝춧 죄룰 쥬려 ㅎ시거늘 엇지 남을 위ㅎ여 유셰ㅎ는다?"

ㅎ고 본혜(本慧) 본졍(本定)을 밀쳐 빅다 물의 너ㅎ니 두 사룸이 어린 듯ㅎ여 장춧 물노 드러가는지라. 범지(梵志) 착급ㅎ여 흔 쇼리룰 마이6) 지르되,

"졔즈 등은 엇지 혜검(慧劍)을 내왓지 아니느뇨!"

ㅎ며 입으로 진언을 념ㅎ고 손을 드러 동을 향ㅎ여 흔번 부르니 홀연 광풍이 디작ㅎ며 본혜(本慧) 본졍(本定)이 브람을 좃츳 뛰여 니러나 단 우희 버린 긔물(器物)을 다 즛쳐 브리고 무스(巫師)룰 동혀민【9】여 햐쳐로 도라와 쇼유(所由)7)룰 츄문ㅎ니 무시 빅만(白鰻)을 청탁ㅎ고 촌민을 속이든 일을 일ㅎ히 토셜(吐說)ㅎ고 머리룰 두드려 스죄ㅎ며 졍원(情願)으로 투항ㅎ여 졔지 되여지라 ㅎ니 범지(梵志) 그 민 거술 그르고 거두어 졔즈룰 삼으며 아직 이곳의 머무러 잇다가 후회(後會)룰 기드리라 ㅎ고 길을 나더로ㅎ 춧쳐 나아가니라.

춧셜 밀다존지 경슈의 집의 머무러 여러 사룸을 졔도(濟度)ㅎ더니 일ㅎ은 존지 경슈룰 더부러 젼야(田野)로 한유홀 시 존지 거룸이 가장【10】지완커늘 경슈 문왈,

"스뷔 엇지 거룸이 지완ㅎ뇨? 흔 번 거르미 셰 번식 쓰흘 보며 넌즈시 드듸시니 이 무숨 일이니잇고?"

존지 왈,

"이 짜히 긔야미8) 만니 잇스니 니 만일 급

<hr>

3) 【耳報 이보】ěrbào <名> 이보 *暗中報告, 私下傳言。‖ "卻早巫師而有~先知." 무시 또흔 이보가 잇는 고로 볼셔 이 스졍을 아는지라 (東遊記 2:6) "今日不曾奉酒, 怎的好去! 是這些~法, 極不好." (金瓶 54) "魏氏躲去娘家也還稍稍安靜, 只是魏氏脚步剛才進門, 不知有甚麽~, 卽時就發動起來." (醒姻 42)

4) 【디룡이】명 {지룡(地龍)이.} 지렁이. ¶ 蚯蚓‖ 디룡이 삼스십을 취ㅎ여 큰 비얌을 만드러 범지의 햐쳐로 메여 드러와 입을 버리고 셔룰 토ㅎ며 어즈러이 무니 (取了些蚯蚓, 二三十條, 叫一聲: '變.' 都變成大蛇, 直奔梵志住宅, 把一個宅子塡塞將滿, 都張牙吐焰, 向師徒四個逼來.) <東遊記 2:6>

5) 【野道 야도】yědào <名> 左道。(課目 儒學 50a) 고이흔 도스‖ "大王發怒, 說爾等容留~, 亦當加罪. 還爲方便, 大是無知." 디왕이 심이 노ㅎ샤 너의 등도 엇지ㅎ여 져런 고이흔 도스룰 붓쳐 두엇다 ㅎ샤 쟝춧 죄룰 쥬려 ㅎ시거늘 엇지 남을 위ㅎ여 유셰ㅎ는다 (東遊記 2:8)

6) 【마이】부 매우. 심하게. ¶ 범지 착급ㅎ여 흔 쇼리룰 마이 지르되 <東遊記 2:8> 등위 쇼리룰 마이 ㅎ여 닐오대 (鄧愈厲聲罵曰) <英烈 5:45> ⇒ 므이, 미오, 미우, 미이

7) 【쇼유】명 소유(所由). ¶ 來歷‖ 무스룰 동혀민여 햐쳐로 도라와 쇼유룰 츄문ㅎ니 (帶了巫師歸來空宅, 審他個白鰻來歷.) <東遊記 2:9>

8) 【긔야미】명 개미. ¶ 螻蟻‖ 이 짜히 긔야미 만니 잇스니 니 만일 급히 것거나 육즁이 듸ㅎ면 상희올 지 만홀지라 이러므로 죠심ㅎ과라

히 것거나 육즁이 되ᄂ면 샹히올 지 만홀지라. 이러므로 죠심ᄒ괘라."

경쉬(鄭修) 그 션심을 감탄ᄒ고 션악의 보응을 의논ᄒ더니 경쉬 손을 드러 흔 집을 가르쳐 왈,

"ᄉ부야, 져 집을 보라. 져럿틋 고디광실(高臺廣室)9)의 ᄌ손이 번셩ᄒ고 복녹이 무궁ᄒ니 무슴 션흔 공덕이 ᄂ셔 져러ᄒ뇨? 그 사름의 쇼힝을 볼 쟉시면【11】 빅악이 구비ᄒ고 졔일은 사름을 쇼겨 산업을 침탈ᄒ고 호부롤 ᄌ셰ᄒ여 잔약흔 사름을 능답ᄒᄂ 고로 사름마다 욕□기 욕ᄒ거눌 엇지 일분이나 션심이 ᄂ시리오."

죤지 눈을 드러 그 집을 바라보니 셔긔(瑞氣) 등ᄂᄒ고 샹운(祥雲)이 이ᄂ(靄靄)ᄒ여 죠흔 긔샹이 어리엿거눌 죤지 긔특이 녀겨 왈,

"져 사름의 집의 이럿틋 아롬다오니 필연 무슴 큰 격션(積善)이 ᄂ셔 격악(積惡)을 푸럿ᄂ가 시부도다."

경쉬 흔 바탕 익기 싱각ᄒ다가 왈,

"졍집의 무슴 죠흔 일 흔 가지는 잇다 ᄒ여니와【12】 그 일이 엇지 그런 악을 졔어ᄒ리오."

죤지 왈,

"그 일이 무슴 일인고 듯고져 ᄒ노라."

(荒田徑道, 人無足跡, 多有螻蟻. 重足急行, 所傷實多. 貧僧心念在此, 故不覺擧步輕慢.) <東遊記 2:10> ⇒ 가야미, 가얌이, 개얌의, 개얌이, 기아미, 기암이, 기얌이

---

9)【고디광실】圀 고대광실(高臺廣室). 매우 크고 좋은 집. ¶ 高房大屋 ‖ ᄉ부야 져 집을 보라 져럿틋 고디광실의 ᄌ손이 번셩ᄒ고 복녹이 무궁ᄒ니 무슴 션흔 공덕이 ᄂ셔 져러ᄒ뇨 (師尊, 你且看那前邊高房大屋, 氣焰騰騰, 子孫蕃衍, 善功何在?) <東遊記 1:10>

9
擾靜功頑石化婦　報仇忿衆惡當關

경쉬(鄭修) 졍히 말ᄒᆞ려 ᄒᆞ더니 홀연 흔 사ᄅᆞᆷ이 앏흐로 오거늘 졍쉬 왈,

"이 사ᄅᆞᆷ이 곳 져 집일을 아는 가인이니 이 사ᄅᆞᆷ더러 무ᄅᆞ면 ᄌᆞ셰ᄒᆞ물 알니로다."

존지(尊者) 그 사ᄅᆞᆷ을 향ᄒᆞ여 무ᄅᆞᆫ디 기인 왈,

"우리 쥬인이 과연 악ᄉᆞ롤 만이 지어시나 다만 흔 가지 일은 죠흔 □이 듯ᄒᆞ오니 년젼의 흔 승인이 지롤 빌너와셔 쥬인더러 말ᄒᆞ디 '남의 후롤 ᄭᅳᆺ지 말나.' ᄒᆞ니 쥬인이 그 소유롤 무ᄅᆞᆫ디 승인 왈, '사ᄅᆞᆷ의 집의 노비 등을 만【13】이 두고 진시 혼가롤 아니 시기면 이는 남의 후롤 ᄭᅳᆫ는 셈이오 형졔 업는 ᄌᆞ롤 잡아두면 이는 그 부뫼 무후흔 작시라.' ᄒᆞᆫ디 쥬인이 그 말의 감동ᄒᆞ여 즉시 여러 죵을 다 노화 보니고 형졔 잇는 ᄌᆞ만 두어 부리게 ᄒᆞ엿ᄂᆞ이다."

존지 합장ᄒᆞ고 칭찬ᄒᆞ여 왈,

"이럿틋흔 션심은 등한흔 공덕이 아니ᄂᆞ허다 악힝을 ᄒᆞ고도 오히려 복녹을 밧거든 만일 올흔 사ᄅᆞᆷ이ᄂᆞ런 공덕을 힝ᄒᆞ면 그 복이 더옥 무량ᄒᆞ리로다."

ᄒᆞ더라.

존지 경슈의 집의 뉴흔 지 슌일이 되엿더니 일ᄌᆞ은 존지【14】 경슈롤 하직ᄒᆞ고 동으로 향ᄒᆞ여 발힝ᄒᆞ니 졍쉬 왈,

"이 앞길의 령통관(靈通關)이 잇고 관 앏히 노한(老漢)의 아오 졍졔(鄭齊)의 집이ᄂᆞ시니 위인이 가장 불냥흔지라. ᄉᆞ부는 그 길노 갈 거시니 흔 번 츳져 졔도ᄒᆞ여 쥬시기롤 ᄇᆞ라ᄂᆞ이다."

ᄒᆞ더라.

제구회

초셜 무시(巫師) 거원항(巨黿港)의 잇셔 환슐을 의지ᄒᆞ여 죠히 흥왕(興旺)ᄒᆞ더니 홀연 범지(梵志)롤 맛나 본상(本相)을 탈노(綻露)ᄒᆞ여 다시 젼 압을 힝키 어렵고 이뵈(耳報) ᄯᅩ흔 녕치 아니ᄒᆞ니 슈하의 잇든 졔ᄌᆞ들이 더옥 분노ᄒᆞ고 범【15】 지롤 분원ᄒᆞ여 무ᄉᆞ(巫師)더러 일너 왈,

"우리들이 스승을 ᄯᅡ라 이곳의셔 죠히 셩업ᄒᆞ더니 어인 밋친 도인[10]이 와셔 우리 일을 픠루(敗漏)ᄒᆞ여시니 이 한을 엇지 참으리오. 앞길의 령통관이 이시디 그 관의 우리 형졔 여러이ᄂᆞ시니 그곳의 가셔 황녕ᄒᆞ여 져롤 잡아 원슈롤 갑흐미 죠흐리라."

ᄒᆞ고 이럿틋 분한(忿恨)ᄒᆞ여 ᄒᆞ니 무시(巫師) 졍히 이곳의 용납지 못ᄒᆞ믈오 안신홀 곳지 업셔 근심ᄒᆞ더니 이 말을 듯고 올히 녀겨 즉시 거원항(巨黿港)을 ᄯᅥ나 쇼로ᄂᆞ 죠ᄎᆞ 먼져 령통관(靈通關)의【16】 닐러 범지(梵志) 일힝을 도모ᄒᆞ려 ᄒᆞ니 져 녕통관은 산이 놉고 길이 험ᄒᆞ여 깁흔데 그곳의 형졔 ᄉᆞ인이 웅거ᄒᆞ여시니 일홈은 우리무(雨裡霧)의 운리우(雲裡雨)와 ᄉᆞ리도(沙裡陶)(沙裡陶)와 담니싱(膽裡生)(膽裡生)이니 우리무란 말은 슐을 일우미요 운니우(雲裡雨)란 말은 식을 일우미오 ᄉᆞ리도(沙裡陶)란 말은 지물을 일우미오 담이싱이란 말은 긔운을 니ᄅᆞ미니, 사ᄅᆞᆷ이 셰상의 이시미 쥬식지긔가 졔일 큰 화근이라. 사ᄅᆞᆷ을 잇ᄭᅥ러 가장 그릇ᄶᅥ리는

---

10) 【野道　야도】 yědào ＜名＞　左道。(課目　儒學 50a) 밋친 도인 ‖ "師父, 你在這鄕村做壇場一番, 卻被過往～攪擾破法, ……, 這氣難忍." 우리들이 스승을 ᄯᅡ라 이곳의셔 죠히 셩업ᄒᆞ더니 어인 밋친 도인이 와셔 우리 일을 픠루ᄒᆞ여시니 이 한을 엇지 참으리오 (東遊記 2:15)

고로 져 쥬식지긔가 간 곳마다 사름을 쓰라 화
롤 짓는 비라.

10
賽新園巫師釋道 靈通關商客持經

이러무로 져의 형졔 결의ᄒ여 요괴되여 녕통관(靈通關)【17】을 웅거ᄒ고 과왕긱인을 노략ᄒ더니 이날 무ᄉ(巫師)의 ᄉ졔를 맛나 온 쇼유를 무른디 무ᄉ의 스승 졔지 젼후 슈말을 고ᄒ고 범지(梵志)의 슈단이 놉흔 고로 디젹지 못ᄒ엿노라 ᄒ니 ᄉ리 형졔 왈,

"형장은 근심치 마르쇼셔. 우리 형졔 이곳즐 웅거ᄒ엿시니 이만 사ᄅᆷ을 엇지 근심ᄒ리오. 우리게 ᄯᅩ 시로이 결의ᄒᆫ 형졔 이시니 일홈은 ᄉ신원이라. 신통이 광디ᄒ여 디젹홀 지 업ᄂᆞᆫ지라. 이곳셔 십니만 가면 오리묘(五里廟)란 사당이 ᄌ시니 곳 ᄉ신원(賽新園)의 쳐쇠라 맛【18】당이 쳥ᄒ여 셔로 돕게 ᄒ리라."

ᄒ고 일변으로 무ᄉ(巫師)를 디졉ᄒ더니 슈일이 지난 후 범지(梵志) ᄉ졔(師弟) 그졔야 관 앏히 왓ᄂᆞᆫ지라. 담니싱(膽裡生)이 먼져 니다라 ᄡᅡ홈을 도ᄌ니 범지(梵志)의 ᄉ졔 쇼유(所由)를 뭇고 막아 ᄡᅡ홀 시 우리무(雨裡霧) 운니우(雲裡雨) ᄉ리도(沙裡陶) 등이 일졔이 나와 ᄡᅡ홈을 도ᄌ 범지(梵志)와 본지(本智) 본혜(本慧) 본졍(本定)이 셔로 막잘나11) ᄡᅡ홀 시 ᄉ리 형졔 졈

ᄌ 짓쳐 피ᄒ게 되엿더니 녕통관(靈通關) 상의셔 급히 ᄉ신원을 쳥ᄒ여 왓ᄂᆞᆫ지라. ᄉ신원이 ᄉ리(沙裡) 형졔 ᄡᅡ화 니긔지 못ᄒᆞᆯ 보고 ᄉ미 쇽으로셔 죠고마ᄒᆫ 병(瓶)을 너여 공【19】듕에 치ᄌ니12) 그 병이 변ᄒ여 큰 항(缸)이 되여 본졍(本定)의 머리를 쓰여 ᄂᆞ려오니 본졍(本定)이 졍신이 어득ᄒ여 병 아리 것구러지거ᄂᆞᆯ ᄯᅩ ᄉ미 안으로셔 면ᄉ(綿絲)줄 ᄒᆫ 오리를 너여 공듕의 치ᄌ니 그 줄이 ᄂᆞ려와 본혜(本慧)를 미여 것구ᄅᆞ치고13) ᄯᅩ ᄉ미 안으로셔 금은동쳘(金銀銅鐵)노 만든 쇠쎵이를 너여 더지니 그 쇠쎵이 ᄂᆞ려오며 본지(本智)를 어즈러이 치ᄂᆞᆫ지라. 삼인이 져 법슐을 맛나 버셔나지 못ᄒ거ᄂᆞᆯ 범지(梵志) 노ᄒ여 왈,

"너의 등이 져만 거술 버셔나지 못ᄒ며 무ᄉᆷ 법슐이 잇노라 ᄒᄂᆞ뇨?"

ᄒ고 진언【20】을 넘ᄒ며 입으로 불곳츨 토ᄒ니 광치 만 줄기나 되여 져 긔물을 틱오려 ᄒᆫ디 삼인이 더옥 견디지 못ᄒ여 쇼리를 질너 왈,

"이 긔물이 불을 보고 더옥 죄오쳐(??) 십분 더 어려오니 이ᄂᆞᆫ ᄉ뷔 도로혀 우리를 히케 ᄒᄆᆡ로다."

이ᄯᅵ ᄉ신원이 범지(梵志)의 블 토ᄒᄂᆞᆫ 양

---

11) 【막잘ᄂᆞ-】동 《막자르다》 막다. ¶ 우리무 운니우 ᄉ리도 등이 일졔이 나와 ᄡᅡ홈을 도ᄌ 범지와 본지 본혜 본졍이 셔로 막잘나 ᄡᅡ홀 시 <東遊記 2:18> ⇒ 막즈르다, 막즈ᄅᆞ다, 막줄ᄂᆞ-, 막줄르-

12) 【치치다】동 던져 올리다. ¶ 擲 ‖ ᄉ신원이 ᄉ리 형졔 ᄡᅡ화 니긔지 못ᄒᆞᆯ 보고 ᄉ미 쇽으로셔 죠고마ᄒᆫ 병을 너여 공듕에 치ᄌ니 그 병이 변ᄒ여 큰 항이 되여 본졍의 머리를 쓰여 ᄂᆞ려오니 (賽新園袖中忙取出一個小瓶子, 往上一擲, 只見那瓶變的缸大, 把本定當頭罩下.) <東遊記 2:19> ᄯᅩ 비파를 가져 츔츄다가 한 번 공듕의 치치니 세 길이나 오르거날 (又使飛叉, 舞了一回, 將又往空中一擲, 約高三丈.) <禪眞 6:23>

13) 【것구ᄅᆞ치다】동 거꾸러뜨리다. ¶ 倒 ‖ ᄯᅩ ᄉ미 안으로셔 면ᄉ줄 ᄒᆫ 오리를 너여 공듕의 치ᄌ니 그 줄이 ᄂᆞ려와 본혜를 미여 것구ᄅᆞ치고 (道人又將袖子裡綿索一根, 往空一擲, 那索飛空而下, 把本慧綑倒在地.) <東遊記 2:19>

을 보고 쏘혼 입으로 진언을 넘호니 그 불이 겸
∴ 스라지거눌 삼인이 도로혀 좀 나혼 듯호여
스승의게 청호여 다시 □을 니지 마라지라 호더
니 스리 형졔 져 거동을 보고 사신원의게 청호
여 아죠 져의들을 멸시호쟈 혼더 사신원 왈,

"톳끼 죽으미 여이 슬허혼다 호니 【21】
이논 그 동뉴(同類)롤 위호미니'14) 니 엇지 도
인을 히호리오."

무시(巫師) 쏘혼 나아와 청호여 왈,

"니 당쵸의 거원항(巨䰞港)의 이셔 빅만더
왕(白鰻大王)을 주셰호고 사롬 속기기롤 그릇호
엿지 져희는 거긔 사름을 위호여 요소롤 타파호
엿시니 그 무슴 그르미 이시리오. 니 쏘 그찌의
이뮈 항복호여 계지 되여지라 홀 졔 ∴ 나롤 호
의(好意)로 용셔호여쩌눌 엇지 오눌날 져롤 히
호리오. 니 청을 드두여 져의롤 노하 이 관을
지니여 보니미 죠흘가 호노라."

호니 사신원이 즉시 긔물을 거두니 삼인이
그졔야 니러 【22】 나논지라. 무시(巫師) 범지(梵
志)롤 청호여 사신원의 묘즁의셔 못고지 홀 시
지롤 찰혀 범지(梵志)의 스졔(師弟)롤 대졉호니
스리 형졔논 지롤 먹지 아니호고 훈셩(葷□)을
나오더라. 무시(巫師) 범지 등을 구호여 관을 지
니여 보니고 사신원의 묘의셔 머물 시 홀연이
뵈 니르더,

"관 아러 진쥬 장스질호논15) 긱인이 ∴셔
이 관을 지나가련다."

호니 무시(巫師) 문왈,

"네 근일의 일을 보치 아니호니 어듸로 갓
더뇨?"

이뵈(耳報) 답왈,

"근니 범지(梵志) 스졔롤 맛나씨로 샤불범
졍(邪不犯正)호여 이곳의 안졉지 못호여라."

【23】 혼더 무시(巫師) 왈,

"져의도 졍도(正道)논 아닌가 호노라."

이뵈 왈,

"져의 즉금은 비록 요법(妖法)을 힝호여 스
도(邪道)의 쩌러졋시나 이후의논 졍도로 드러갈
거시니 ∴러무로 범치 못호노라."

호더라.

계십회

츠셜 이찌 진쥬 장스호논 긱인 삼인이 ∴
셔 각∴ 몸의 진쥬보픠(珍珠寶貝)롤 만히 진이
고 녕통관(靈通關)을 지니려 홀 시 이 녕의 강
인(强人)이 ∴셔 사름의 물화롤 탈취혼단 말을
듯고 삼인이 상의호더,

"우리 이 관을 지니가기 가장 어려온지라
【24】 관 아러 큰 셰가(勢家) 집 호나히 이시니
우리 먼져 그 집의 투탁(投托)호여16) 그 힘을
비러 가지고 지나가미 죠타."

호여 의논을 졍호고 그 집을 차져가니 그
집 쥬인은즉(??) 졍슈(鄭修)의 ♡오 졍졔(鄭齊)
라. 가산이 구쳔 금이오 젼퇴이 스방의 가득호
여시니 이 모다 남의 것슬 침탈호여 모혼 비라.
이 날 상고호논 긱인이 와셔 보와지라 청호물
듯고 죽시 나와 셔로 보고 녜필의 온 쇼유롤 무
론더 긱인 왈,

"우리 등이 진쥬보픠롤 가지고 장스질호더
니 몸의 가진 것시 만혼지라. 드르니 【25】 녕통
관(靈通關) 우희 몹쁠 강도가 웅거호여 사름을
겁냑혼다 호오니 우리 무스(巫師)히 지나지 못
홀지라. 죤퇴(尊宅)의 투탁호여 셰력을 힘닙어
니 관을 지나가기롤 브라오미 먼져 녜물을 갓쵸
와 은혜롤 갑흐려 호느이다."

졍졔 왈,

"스히지니(四海之內)가 다 형졔라17) 호니

---

14)【兔死狐悲, 物傷其類 토사호비, 물상기류】
tùsǐ húbēi, wùshāng qílèi <成> 톳끼 죽으미
여이 슬허혼다 호니 이논 그 동뉴롤 위호미
니 *比喩因類死亡而感到悲傷. ‖ "~." 톳끼
죽으미 여이 슬허혼다 호니 이논 그 동뉴롤
위호미니 니 엇지 도인을 히호리오 (東遊記
2:20) "獲曰: '~。'" 밍학이 슬피 빌더 톳기
죽으미 여이 슬허혼 그 뉴롤 위호미라 (三
國 29:27)

---

15)【장스질호다】圐 장사하다. ¶ 販 ‖ 관 아러
진쥬 장스질호논 긱인이 ∴셔 이 관을 지나
가련다 (關前有幾個販珍珠瑪瑙商客, 要過關
去.) <東遊記 1:22>

16)【투탁호다】圐 투탁(投托)하다. 남의 세력에 기
대다. ¶ 投托 ‖ 우리 이 관을 지니가기 가장
어려온지라 관 아러 큰 셰가 집 호나히 이시니
우리 먼져 그 집의 투탁호여 그 힘을 비러 가지
고 지나가미 죠타 (這離關三里, 卻有一大戶人家.
衆商計議, 先來投托.) <東遊記 2:24>

17)【스히지니가 다 형졔라】圏 세상 사람이 다 내
형졔라. ¶ 四海之內皆兄弟 ‖ 스히지니가 다 형

엇지 구완치 아니리오."

ᄒ고 긱실의 머무로고 쥬식을 너여 디졉ᄒ니 이ᄂ 졍졔의 죠ᄒ 뜻지 아니라 긱인의 보화 만ᄒ물 듯고 욕심을 너여 강인을 불너 겁탈코져 ᄒᄂ 의실너라. 긱인 즁 일인이 평싱 슈ᄒᆡᆼᄒ여 쇼밥을 먹【26】으며 경문을 외오고 ᄆᆡ일 쳥신의 공즁을 ᄇ라고 녜비ᄒ더니 이런 션공이 잇ᄂ 고로 이런 흉지의 와셔 화ᄅᆞᆯ 당ᄒᆞᆯ 지경이 되여시되 텬지신명이 감동ᄒ여 가시니 구호케 ᄒ엿시니 엇더케 구호ᄒ고. 이ᄯᅵ 밀다존지(密多尊者) 졍슈(鄭修)의 집을 ᄯᅥ나 령통관을 향ᄒᆞᆯ 시 관 밋ᄐᆡ 달나ᄂ 멀니 바라보니 슈풀 ᄉᆞ이의 큰 집이 ᄌᆞ시되 가장 웅위ᄒ여 부가 거실이 분명ᄒ지라. 원통(元通)이 존즈긔 고ᄒ여 왈,

"이 집이 아니 졍노의 아오 졍졔의 집인가 시버이다."

존지 눈을 드【27】러보니 거문 안긔가 침ᄌᆞᄒ여 요샤(妖邪)의 긔상이 ᄌᆞ옥ᄒ 가온디 일단 상셔의 긔운이 뵈ᄂ지라. 존지 왈,

"우리 원이 사ᄅᆞᆷ을 졔도ᄒ려 ᄒᆞᄆᆡ 엇지 그져 지나가리오. 허물며 졍노의 ᄋᆞ이니 부듸 ᄒ번 드러가 보리라."

ᄒ고 문견의 니ᄅᆞ러 통ᄒ고 문 앏ᄒᆡ 안졋더니 그 집안으로셔 경문의 오ᄂ 쇼리 나거ᄂᆞᆯ 존지 츠탄ᄒ여 왈,

"사ᄅᆞᆷ이 니ᄅᆞ기ᄅᆞᆯ 졍졔가 흉악ᄒ다 ᄒ더니 엇지 이런 션공이 잇ᄂ고?"

ᄒ더니 그 집으로셔 일인이 ᄂᆞ오다가 존즈ᄅᆞᆯ 보고 반겨 녜ᄒ고【28】 쳥ᄒ여 드러가니 존지 쥬인ᄂᆞ가 ᄒ여 경문 외오물 츠탄ᄒ더 긔인 왈,

"우리ᄂ 쟝ᄉᆞᄒᄂ 긱인이라 이곳의 와 쥬인의 힘을 비러 관을 지나려 ᄒ노라."

ᄒ고 졍히 말ᄒ더니 쥬인이 ᄂᆞ와 쳥ᄒᄆᆡ 존지 드러가니 졍졔 존즈의 ᄉᆞ졔의 상모 긔상이 장엄ᄒᆞᆷ을 보고 범상ᄒ 듕이 아니물 알고 마져 녜필의 너력을 무ᄅᆞ니 존지 쇼유ᄅᆞᆯ 니ᄅᆞ고 오ᄂᆞᆯ 길의 졍슈의 집의셔 유ᄒ든 말을 니ᄅᆞ며 그 동ᄂᆞ무즈의 집의 종을 노하보니여 후ᄉᆞ가 챵셩ᄒ 보응을 니ᄅᆞ니 졍【29】졔 비쇼ᄒ여 왈,

<hr>

제라 ᄒ니 엇지 구완치 아니리오 (四海之內皆兄弟, 何勞厚禮. 便是保護過關, 有何難處.) <東遊記 2:25> ⇒ ᄉᆞ히 안히 다 형뎨라

"보응지셜(報應之說)이 잇다도 홀 거시오 업다도 ᄒ리로다. 비컨디 사ᄅᆞᆷ이 ᄌᆞ셔 비골파 쥬려 죽게 되엿시니 이ᄂ 곡식이 업ᄂ 연괴요, ᄒ 사ᄅᆞᆷ은 비불너 걱졍이 업ᄉᆞ니 이ᄂ 금은이 만ᄒ 연괴라. 금은이 ᄌᆞ시면 곡식을 밧고와 먹을 터이니 엇지 금은을 취치 아니ᄒ리오. 금은을 취ᄒ여 비부ᄅᆞ물 어드니 일노 볼 쟉시면 곡식이 업셔 먹지 못ᄒ면 비 쥬릴 거시니 이ᄂ 먹지 아니ᄒᄂ 보응이오, 곡식이 ᄌᆞ시면 비부ᄅᆞᆯ 거시니 이ᄂ 먹은 보응이오, 금은【30】을 취ᄒ면 곡식을 어들 거시니 이ᄂ 금은을 취ᄒᄂ 보응이오, 금은을 취ᄒ려 ᄒ면 광명졍디ᄒ고ᄂ 못 어들 거시니 이ᄂ 광명졍디치 아닌 보응이라. 연즉 광명졍디치 아니ᄒ여야 금은을 엇고 금은을 어더야 곡셕을 엇고 곡셕을 어더야 비부ᄅᆞᆯ 거시니 이것시 응ᄒᆞᆷᄒᆞ미라. 이럿치 아니면 응ᄒᆞ미 업술가 ᄒ노라."

존지 쇼왈,

"사ᄅᆞᆷ마다 져 말 갓틀진디 사ᄅᆞᆷ을 빅쥬의 죽기고 지물을 ᄲᅢ앗ᄂ 일이 ᄌᆞ실 거시니 이ᄂ 죄악이 ᄭᅳᆺ치 업셔 흉ᄒᆞ물 바들 거【31】시니 엇지 죠ᄒ 응ᄒᆞ미라 ᄒ리오."

졍졔 왈,

"져 비부ᄅᆞᆫ 응ᄒᆞᆷ문 즉금의 눈으로 보ᄂ 비여니와 그외의 흉ᄒ 응ᄒᆞᆷ문 어듸 잇ᄂᆞ뇨?"

존지 디답지 아니ᄒ고 다만 합장ᄒ여 왈,

"션지(善哉) ᄌᆞᄌᆞ(善哉)라!"

ᄒᆞ디 졍졔 그 ᄯᅳ줄 아지 못ᄒ고 원통(元通)더러 무러 왈,

"쟝뇌 합장ᄒ고 션즈ᄅᆞᆯ 일커ᄅᆞ니 그 무ᄉᆞᆷ 뜻지뇨?"

원통(元通) 왈,

"우리 스뷔 명빅히 니ᄅᆞ시거ᄂᆞᆯ 시쥬ᄂ 엇지 아지 못ᄒᄂ뇨? 사ᄅᆞᆷ이 셰상의 잇셔 마음 그ᄅᆞᆫ 일을 ᄒᆡᆼᄒ면 아직 보ᄆᆡᄂ 이ᄅᆞᄂ 듯ᄒ나 일후의 그 죄ᄅᆞᆯ ᄇᆞ다 셰상의【32】셔 지앙을 밧고 죽으ᄆᆡ 지부의셔 쳐결ᄒ여 허물이 크면 큰 죄ᄅᆞᆯ 밧고 허물이 젹으면 져근 죄ᄅᆞᆯ 밧긔 ᄒᄂ니 이ᄂ 오히려 보지 못ᄒᄂ 일인 고로 사ᄅᆞᆷ이 다 반신반의ᄒ거니와 드러난 일노 볼 쟉시면 ᄌᆞ고 이ᄅᆞ로 션ᄒ 사ᄅᆞᆷ과 악ᄒ 사ᄅᆞᆷ을 넉ᄌᆞ히 혜여 보니 션ᄒ 사ᄅᆞᆷ은 셰샹의 이셔 사ᄅᆞᆷ이 공경ᄒ고 후셰ᄭᅥ지 츄앙ᄒ며 나라의셔 금빅과 관작

을 상스호고 즈손을 추져 녹용(錄用)호여 후의
영광이 밋치니 이 엇지 션인의 션흔 보응이 아
니며 악흔 사롬【33】은 악스룰 지으미 일시 좀
니로온 듯호나 필경은 나라의 죄룰 밧고 사롬
이 다 뮈워호여 후셰까지 욕미룰 브드며 즈손까
지 그 연좌룰 바다 사롬이 더러이 녀기고 귀신
이 용셔치 아니호여 화퓌와 빈궁호미 비홀 듸
업고 그러치 아니면 무즈식 호여 그 후룰 긋게
호니 이는 다 눈으로 보는 응호미라. 이러무로
우리 스뷔 즈비지심으로 셰상 사롬의 보응지니
룰 밋지 아니코 시쥬의 말과 갓치 호다가 흉흔
일을 당호는 지 만흔 고로 불상이【34】녀겨 이
달나 호시는 뜻지니 엇지 모로느뇨?”

　경계 듯기룰 다호고 마음의 헤오디,

　“보응지니가 과연 잇는가? 니 평싱의 마음
그론 일을 만이 힝호여 지물을 취호미 가산이
즈못 부요호엿시나 직금 장근뉵십(將近六十)의
즈식이 업고 즉금 비록 잉티룰 호엿시나 남즈룰
나홀가 십부지 아니호니 이 아니 보응□ 그러흔
가? ᄌ산이 구산 갓튼들 무엇호리오.”

　싱각이 ᄌ리 나며 쏘 드릇니 노복을 노화
보닌 그 부즈도 평일 불의지스가 그럿틋 만핫거
눌 흔 번 션【35】심으로 그 허물을 다 벗고 즈
손이 창셩호엿다 호니 나도 옛 힝실을 곳치고
션심을 발호면 죠흘 도리가 잇슬는가 호여 이리
ᄆ음을 먹으며 원통(元通)을 보와 왈,

　“쇼스부의 말을 드릿니 시로이 꿈을 씬 듯
호여 보응지니(報應之理)룰 알깃쩌니와 다만 아
지 못호는 바는 니 일즉 악스룰 만이 지엿다가
이제 곳쳐 션심을 힝호면 그 허물을 다 벗고 착
흔 보응을 밧즈오리잇가?”

　원통(元通) 왈,

　“예 사롬이 닐너시되 ‘사롬이 뉘 허물이
업스리오마는 고【36】치는 거시 귀호다’ 호여
시니 사롬이 비록 허물이 ᄌ시나 능히 큰 션힝
을 호여 허물을 곳치면 텬지신명이 심히 공경호
여 허물 업든 사롬이의셔 더 낫다 호고 명부의
셔 치부룰 고쳐 업든 복을 만이 쥬어 만스가 여
의호고 즈손이 번셩홀 거시니 엇지 옛 허물을
긔회호오리오.”

11

兇黨回心因善解 牛童正念轉輪迴

경졔(鄭齊) 즈손이 번셩ᄒ리란 말을 듯고 더옥 깃거 마음에 기회(改悔)ᄒ기를 졍ᄒ고 즉시 쟝ᄉᄒᄂ 긱인을 쳥ᄒ여 주식을 만이 디졉ᄒ고 편지 ᄒ 쟝을 뻐 쥬어 왈,

"이 편【37】지를 짐의 여코 가다가 강도를 맛나거든 아모 말도 말고 잇시면 즈연 면화ᄒ 도리 이시리라."

ᄒ며 녜물을 ᄒ낫토 밧지 아니ᄒ고 그져 보니니 긱인들이 쳔만 칭ᄉᄒ고 힝ᄒ여 관 앏히 니르니 텬식이 발셔 황혼이 되엿ᄂ지라 졈막을 어더 잘 곳ᄋᆞᆯ 의논ᄒ더니 뫼 오목다리로셔 여러 도젹이 나와 삼인을 동혀ᄆ고 힝니(行李)를 탈취ᄒ여 도라가 헷쳐보니 금쥬가 무슈ᄒ고 그 즁의 편지 일쟝이 잇거늘 니여 보니 이는 졍졔의 필젹이니 ᄉ신원(賽新園)의【38】게 붓친 글월일너라. 그 글의 ᄒ엿시디,

나의 친쳑 사롭이 쟝ᄉ질ᄒ다가[18] 즉금

이 관을 지날 시 그 즁의 일인이 션도를 힝ᄒᄂ 고로 고승이 감동ᄒ여 실녁으로 나를 경계ᄒ여 내 이뤼 회심ᄒ여 션도의 도라갓시니 형은 가히 나의 낫츨 보와 긱인들을 노화 관을 편이 지니여 보니라.

ᄒ엿거늘 ᄉ신원 졔인이 보기를 다ᄒ고 왈,

"임뤼 졍형의 부탁일시니 가히 침노치 못ᄒ리로다."

ᄒ고 그런 금쥬보픤를 도로 봉ᄒ여 긱인을 쥬【39】니 긱인 등이 디희ᄒ여 무ᄉ(巫師)이 관을 지나가니 이ᄂ 긱인 등의 일인이 션공을 슈일을 죤즈를 맛나고 졍졔(鄭齊)를 감동ᄒ여 면화(免禍)ᄒ밀너라.

졔십일회
초셜 졍졔 션심을 발ᄒ여 긱인들을 보호ᄒ여 관을 지니여 보내고 죤즈의 ᄉ졔(師弟)를 머므러 지를 공양ᄒ고 경문을 외와 평일 과악(過惡)을 참회ᄒ 후 죤지 하직고 쩌나려 ᄒ면 죽기로 만뉴ᄒ여 놋치 아니ᄒ니 ᄏᆞ러무로 죤지 ᄉ【40】졔 아직 머물너 잇더라.

일ᄅᆞᆫ 죤지 원통(元通)으로 더부러 다른 마을 집의 가 경문을 읽고 도라올 졔 길의셔 날이 져무러 가기 어렵거늘 슈풀 ᄉ이의 안져 쉬노라 ᄒ니 ᄒᆞᆫ 떼 사롬이 병쟝기[19]를 들고 입으로 졍졔를 꾸지져 왈,

"이 놈이 니 젼지(田地)를 침탈ᄒ엿다!"

ᄒ며 쏘 니르되,

"이 놈이 나를 슈욕ᄒ엿다!"

ᄒ며 쏘 니르되,

"이 놈이 우리를 업슈이 녀겻다!"

ᄒ여 각ᄅ 병긔를 두르며,

"이 놈을 오날은 잡아죽여 모든 사롬의 흔을 풀니라."

---

18) 【쟝ᄉ질ᄒ다】 동 장사하다. ¶ 商 ∥ 나의 친쳑 사롭이 쟝ᄉ질ᄒ다가 즉금 이 관을 지날 시 (今有客商親眷過關.) <東遊記 2:37> ⇒ 댱ᄉ질ᄒ다,

샹고질ᄒ다, 쟝ᄉ질ᄒ다
19) 【병쟝기】 명 병쟝기(兵仗器). ¶ 兇器 ∥ ᄒᆞᆫ 떼 사롬이 병쟝기를 들고 입으로 졍졔를 꾸지져 왈 이 놈이 니 젼지를 침탈ᄒ엿다 ᄒ며 (偸看那幾個人, 手執着兇器, 口裡罵的卻是鄭齊侵占他田地.) <東遊記 2:40> ⇒ 병잠개, 병잠기, 병장기, 병즘기, 병쟝긔, 병쟝기

ᄒ고 지나가며 그 뒤의 무슈ᄒ 귀졸이 쏠
【41】 랏시니 상뫼 흥ᄒ고 긔운이 포학ᄒ여 바
로 보기 무셔온지라. 죤지 원통(元通)을 도라보
와 왈,

"네 져 거동을 보는다? 사름이 악을 ᄒᆼᄒ
미 엇지 무셥지 아니ᄒ랴."

원통(元通) 왈,

"져 거동을 보니 졍시쥬롤 희ᄒ라 가는 것
시니 우리 급히 가셔 구호ᄒ여지이다."

흔디 죤지 왈,

"졔 악업을 만이 지엿시미 플닐 도리 업스
면 우리 아모리 가셔도 무익ᄒ 거시오 풀닐 도
리 이시면 우리 아니 가도 방해롭지 아니리니
니 근일의 졍시쥬의 거동을 보니 장ᄉ 긔인을
보낸 후로 면 【42】 상의 죠흔 광치 나고 션심을
발ᄒ엿시니 일졍 화는 당치 아닐 듯ᄒ니 날이
밝기롤 기다려 가리라."

ᄒ고 졍히 안졋더니 ᄌ욱ᄒ 후의 그 사름
들이 도로 오래 니르되,

"우리 졍졔롤 흐ᄒ여 죽기려 갓더니 어이
ᄒ여 문 앏히 신장이 ᄌ셔 우리롤 못 드러가게
ᄒ며 집 우희 상셔의 긔운이 이러ᄂᆞ니 그 엇진
일인고? 근일의 드르니 어듸로 온 고승을 집의
두고 션심을 ᄒᆼᄒ다 ᄒ더니 진짓 그러ᄒ며 실녕
이 호위ᄒᄂᆞᆫ가?"

일인 왈,

"드르니 그 즁이 계ᄒᆼ이 놉하 사름을 권ᄒ
여 션 【43】 공을 지으며 악ᄉᆞ롤 ᄒᆼ치 아니케 ᄒ
여 보응지니롤 익이 말흔다 ᄒ니 글노 볼 쟉시
면 우리도 져롤 죽이려 ᄒᄂᆞᆫ 악심을 먹지 말 거
시니 각ᄌᆞ 도라가 슈ᄒᆼᄒᄂᆞᆫ 거시 올타."

ᄒ고 허여져 가거늘 죤지 원통(元通)더러
왈,

"션악지니가 분명ᄒ니 엇지 두렵지 아니리
오. 당쵸의 졍시 쥬가 악ᄉᆞ롤 지은 고슬 악법을
맛나 여러 사름이 죽이려 흔 거시오 여러 사름
은 남을 상홀 마음을 가져시미 흉흔 긔운을 쯰
여 그럿틋 흉악ᄒ고 마음으로 죠ᄎ 흉흔 귀 【44
】 신이 죠ᄎᄃᆞ니 이는 악으로써 악을 부르고 악
심으로써 악신을 부르ᄂᆞᆫ 비니 급기 종망을 볼진
디 졍시쥬의 근일의 일념 션심으로 죠흔 신장이
보호ᄒ여 즁인의 상ᄒᆞᆯ 면ᄒ고 즁인들의 마음
도 졍시쥬의 션심을 인ᄒ여 죽일 싱각을 푸럿고

죽일 싱각을 풀미 ᄯᅩ흔 션심이 낫ᄂᆞᆫ 고로 션심
이 죠ᄎ 호위ᄒ엿시니 이ᄂᆞᆫ 졍시쥬의 션심으로
인ᄒ여 죠흔 신장을 엇고 글노 인ᄒ여 졔인의
션심이 나셔 흉즉흔 마음을 풀고 졔 【45】 인의
션심으로 인ᄒ여 션심이 감동ᄒ여시니 션악의
ᄌᆞ최 엇지 일호나 그른미 이시리오."

ᄒ고 날이 붉은 후 죤ᄌᆞ의 ᄉᆡ졔 졍졔의 집
의 도라와 길의셔 본 비롤 젼ᄒ니 졍졔 크게 놀
나 졍신이 어득ᄒ여20) 말을 못ᄒ다가 이윽흔
후 말ᄒ여 왈,

"과연 거야(去夜)의 우리 문젼의 긔 줏기롤
심이 ᄒ고 인젹이 잇는 듯ᄒ더니 이 일이 ᄌ셧
도다. 이졔 혜아리미 쇼ᄌᆞ의 평일 ᄒᆼᄉᆞ가 죄악
이 만ᄉᆞ오니 엇지ᄒ면 다 푸러 ᄇᆞ릴고?"

죤지 왈,

"예사름이 닐너시되 '흔 가지 션흔 일이
빅 가지 악을 푼 【46】 다'21) ᄒ니 시쥬ᄂᆞᆫ 흔 큰
션을 ᄒᆼᄒ면 엇지 악업 풀기롤 근심ᄒ리오. 사
름이 세상의 ᄂᆞ리미 지물은 엇기 쉬온 비니 셜
ᄉᆞ 조곰 히롭드라 ᄒ여도 이ᄂᆞᆫ 젹은 일이오 만
일 남을 쇼기고 엇거나 남을 히롭게 ᄒ고 취ᄒ
면 이ᄂᆞᆫ 마음을 쇼기는 일이니 그 죄 가장 큰
지라 시쥬ᄂᆞᆫ 싱각ᄒ여 보라. 평일의 누구와 결
년ᄒ여 원슈롤 지여시며 ᄂᆞ 지물을 탈취ᄒ여 그
른 노릇ᄒ여ᄯᆫ가 싱각ᄒ여 곳치기롤 심쁘면 엇
지 아름답지 아니리오."

졍졔 머리 죠와 왈,

"쇼지 오날붓터 예 허물을 아라 고치려 ᄒ
ᄂᆞ니이다."

【47】 죤지 칭셩ᄒ여 왈,

"시쥐 발원ᄒ여 진실노 곳질진디 엇지 악
업을 풀 만ᄒ리오 장ᄎᆞᆺ 후ᄉᆞ롤 어들가 ᄒ노라."
ᄒ더라.

---

20) 【어득ᄒ다】 휑 어득하다. 까마득하다. 아찔
하다. ¶ 졍졔 크게 놀나 졍신이 어득ᄒ여 말
을 못ᄒ다가 이윽흔 후 말ᄒ여 왈 (鄭齊聽了,
渾身冷汗交流, 一心小鹿兒亂撞, 便道.) ＜東遊
記 2:45＞ ⇒ 어득ᄒ다

21) 【一善能解百惡　　일선능해백악】 yīshànbǎi'è
＜熟＞ 흔 가지 션흔 일이 빅 가지 악을 푼다
‖ "語云: '～.' 施主但行一善事, 自然化解." 예
사름이 닐너시되 흔 가지 션흔 일이 빅 가지
악을 푼다 ᄒ니 시쥬ᄂᆞᆫ 흔 큰 션을 ᄒᆼᄒ면
엇지 악업 풀기롤 근심ᄒ리오 (東遊記 2:45)

ᄎᆞ설 졍졔의 집의 ᄒᆞᆫ 목동이 잇더니 일〻은 죤ᄌᆞ의 ᄉᆞ졔ᄅᆞᆯ 쳥ᄒᆞ여 ᄒᆞᆫ 곳의 가 구경ᄒᆞ쟈 ᄒᆞ며 졔 ᄉᆞ졍이 잇셔로라 ᄒᆞ거ᄂᆞᆯ 죤ᄌᆡ 원통(元通)을 보ᄂᆡ여 함긔 가보라 ᄒᆞᆫᄃᆡ 원통(元通)이 목동을 ᄯᆞ라가니 이ᄂᆞᆫ 녕통관(靈通關) ᄋᆞᆲ히 죠고마ᄒᆞᆫ 암ᄌᆡ 이시ᄃᆡ 년구 퇴락ᄒᆞ니 풍우ᄅᆞᆯ 갈의오지 못ᄒᆞ여ᄂᆞᆫ지라. 목동이 고ᄒᆞ여 왈,

"ᄂᆡ 일젼의 이 근쳐의 소ᄅᆞᆯ 먹이라 왓【48】다가 비ᄅᆞᆯ 피ᄒᆞ여 이 암ᄌᆞ의 드러오니 비가 삼누ᄒᆞ여 불상이 다 졋ᄂᆞᆫ지라. ᄂᆡ 마음의 심히 아쳐로와[22] 암ᄌᆞᄅᆞᆯ 곳치고져 ᄒᆞ나 물역(物役)이 업ᄂᆞᆫ지라. 어린 ᄠᅳᆺ의 쥬인의 집의 이삼년 치 쇠 먹이ᄂᆞᆫ 공젼(工錢)을 션하(先下)ᄒᆞ여[23] 암ᄌᆞᄅᆞᆯ 곳치면 죠흘 ᄯᅳᆺᄒᆞ오나 쥬인의 ᄯᅳᆺ줄 아지 못ᄒᆞᄂᆞᆫ 고로 ᄉᆞ부긔 고ᄒᆞᄋᆞᆸᄂᆞ니 바라건ᄃᆡ ᄉᆞ부ᄂᆞᆫ 우리 쥬인긔 쳥ᄒᆞ여 ᄂᆡ 원을 셩취케 ᄒᆞ여 쥬ᄋᆞᆸ소셔."

원통(元通)이 크게 긔이히 녀겨 도라와 존ᄌᆞ긔 슈말(首末)을 고ᄒᆞ니 존ᄌᆡ 왈,

"이 근방의 부가ᄃᆡ【49】호(富家大戶)와 션신남녀(善信男女)들이 무수ᄒᆞ되 하낫토 이런 션심을 ᄂᆡᆯ 사ᄅᆞᆷ이 업거ᄂᆞᆯ 져 무리 우둔ᄒᆞᆫ 〻낫 목동이 〻런 ᄃᆡᄉᆞᄅᆞᆯ 싱의ᄒᆞ니 이런 거록ᄒᆞᆫ 일이 잇도다."

ᄒᆞ고 졍졔ᄅᆞᆯ 향ᄒᆞ여 목동의 쇼원을 니ᄅᆞ니 졍졔 ᄯᅩᄒᆞᆫ 긔특이 녀겨 직시 삼년 고가ᄅᆞᆯ ᄂᆡ여 쥬어 암ᄌᆞᄅᆞᆯ 곳치니 원근 사ᄅᆞᆷ이 셔로 젼ᄒᆞ여 니로ᄃᆡ,

"졍가의 목동이 〻런 션심을 내여 암ᄌᆞᄅᆞᆯ 슈리ᄒᆞ고 졍시 쥬인은 ᄌᆡ물을 내여 목동의 공덕을 셩취ᄒᆞ여 쥬어시니 모도 이상ᄒᆞᆫ 일리라."

ᄒᆞ여 닷토와 금은【50】을 내여 부죠ᄒᆞ고 필역(畢役)ᄒᆞᄂᆞᆫ 날의 원만도장(圓滿道場)을 세워 불ᄉᆞᄅᆞᆯ 힝ᄒᆞᆯ 식 존ᄌᆞ의 ᄉᆞ졔와 모든 션신남녀들이 가득이 찬양ᄒᆞ여 목동의 공덕을 셩취ᄒᆞᆯ 식 목동이 〻 날을 당ᄒᆞ여ᄂᆞᆫ 더옥 깃거 즐기며 불젼의 녜비ᄒᆞ더니 홀연 ᄯᅡ희 업더지며 죽ᄂᆞᆫ지라. 모든 션신이 크게 놀나이 녀기며 홋 니로되,

"져 목동이 〻런 션심을 ᄂᆡ여 이런 죠흔 ᄃᆡ공덕을 ᄒᆞ엿거ᄂᆞᆯ 엇지ᄒᆞ여 도로혀 화ᄅᆞᆯ 당ᄒᆞᆫ고?"

ᄒᆞ며 의논이 분〻커ᄂᆞᆯ 원통(元通)이 죤ᄌᆞ긔 고ᄒᆞ여 왈,

"이 목동이 무ᄉᆞᆷ 곡졀노 이리【51】폭ᄉᆞ(暴死)ᄒᆞ엿ᄂᆞ니잇가? 졔ᄌᆡ ᄯᅩ 의혹이 ᄌᆞ심ᄒᆞ거니와 모든 사ᄅᆞᆷ의 션심이 굿지 아니ᄒᆞᆯ가 ᄒᆞᄂᆞ이다."

죤ᄌᆡ 혜안(慧眼)을 드러 ᄒᆞᆫ 번 보고 볼셔 곡졀을 짐쟉ᄒᆞ여 왈,

"션악의 보응이 〻럿틋 신속ᄒᆞ리오! 불구의 모든 사ᄅᆞᆷ의 ᄆᆞ음이 흡연ᄒᆞᆯ 거시니 무ᄉᆞᆷ 의혹이 〻시리오."

ᄒᆞ니 이ᄂᆞᆫ 산명죠화(算命造化)ᄅᆞᆯ 짐쟉ᄒᆞ미라. 이ᄯᅢ 지부(地府)의 보응신ᄉᆡ(報應神司) 이시니 져 신ᄉᆞ(神司)ᄂᆞᆫ 젼혀 인간의 션악을 ᄎᆞ지ᄒᆞ여[24] 져 지은 ᄃᆡ로 화복을 졈지ᄒᆞᄂᆞᆫ 비라.

일〻은 졍졔의 명하의【52】실년 치부ᄅᆞᆯ 졈고ᄒᆞ니 평싱의 허다ᄒᆞᆫ 과악이 불가승긔라 맛당이 사ᄅᆞᆷ의 손의 흉이 죽을 터이오 ᄯᅩᄒᆞᆫ 무ᄌᆞᄒᆞ리라 ᄒᆞ엿더니 근일 고승의 경계ᄅᆞᆯ ᄇᆞ다 마음을 곳치고 장ᄉᆞᄒᆞᄂᆞᆫ ᄀᆡᆨ인을 쟐 돌녀 보ᄂᆡ며 젼의 침탈ᄒᆞ엿든 젼지와 ᄌᆡ물을 도로 임ᄌᆞᄅᆞᆯ ᄎᆞ져 쥬워시니 모든 사ᄅᆞᆷ들이 원을 풀 ᄲᅮᆫ 아니라 도로혀 은인이라 칭송ᄒᆞ니 〻러무로 평싱 죄악이 다 ᄉᆞ라지고 ᄯᅩ 목동의 공덕을 셩취ᄒᆞ여 쥬엇기로 공덕이 불쇼ᄒᆞ여 일ᄌᆞᄅᆞᆯ 졈【53】지ᄒᆞ고 목동은 젼셰의 간악ᄒᆞ고 남의 ᄌᆡ믈을 쇽여 먹ᄂᆞᆫ 연고로 여러 ᄃᆡᄅᆞᆯ 고초ᄅᆞᆯ 밧긔 ᄒᆞ엿시ᄆᆡ 이왕 ᄒᆞᆫ ᄃᆡᄂᆞᆫ 물의 ᄲᅡ져 죽고 ᄒᆞᆫ ᄃᆡᄂᆞᆫ 범의게 물니이고 이ᄃᆡᄂᆞᆫ 칼의 죽을지라. 이러무로 졍졔와 ᄒᆞᆫ

22) 【아쳐로오-】 형 «아쳐롭다» 애처롭다. ¶ 不忍 ‖ ᄂᆡ 일젼의 이 근쳐의 소ᄅᆞᆯ 먹이라 왓다가 비ᄅᆞᆯ 피ᄒᆞ여 이 암ᄌᆞ의 드러오니 비가 삼누ᄒᆞ여 불상이 다 졋ᄂᆞᆫ지라 ᄂᆡ 마음의 심히 아쳐로와 암ᄌᆞᄅᆞᆯ 곳치고져 ᄒᆞ나 물역이 업ᄂᆞᆫ지라 (只因往日放牛遇雨, 躲避這殿中, 見雨淋聖像, 小子不忍, 發了個心願, 欲修理這殿, 裝塑聖像. 頗奈無有錢財.) <東遊記 2:48>

23) 【션하ᄒᆞ다】 동 선하(先下)하다. 선급(先給)하다. ¶ 先借 ‖ 어린 ᄠᅳᆺ의 쥬인의 집의 이삼년 치 쇠 먹이ᄂᆞᆫ 공젼을 션하ᄒᆞ여 암ᄌᆞᄅᆞᆯ 곳치면 죠흘 ᄯᅳᆺᄒᆞ오나 (把一二年放牛的工銀, 先借出修理.) <東遊記 3:48>

24) 【ᄎᆞ지ᄒᆞ다】 동 차지하다. 맡다. ¶ 掌 ‖ 이ᄯᅢ 지부의 보응신ᄉᆡ 이시니 져 신ᄉᆞᄂᆞᆫ 젼혀 인간의 션악을 ᄎᆞ지ᄒᆞ여 져 지은 ᄃᆡ로 화복을 졈지ᄒᆞᄂᆞᆫ 비라 (話說冥有報應神司, 專掌人間善惡.) <東遊記 2:51> ⇒ 차지ᄒᆞ다

날 남의 칼의 죽을너니 정졔는 션힝으로 화룰 면ᄒᆞ미 목동이 아직 화룰 밧지 아니코 장ᄎᆞᆺ 후 일을 기ᄃᆞ리더니 암ᄌᆞ룰 곳친디 공덕이 ; 시므 로 젼죄룰 다 쇼멸ᄒᆞ고 부귀지가의 타여나 오복 이 구젼ᄒᆞ게 졈지되여시니 ; 러무로 목동을 【54 】 가져다가 졍졔의 으들을 삼아 둘의 공덕을 아 오로 갑게 ᄒᆞ미러라.

이 날 졍졔 즁당의 안졋더니 홀연 보니 목 동이 문으로 드러오거눌 졍졔 문왈,

"목동은 엇지ᄒᆞ여 오날 암ᄌᆞ의 도장을 보 지 아니ᄒᆞ고 이리로 오ᄂᆞ뇨?"

목동이 디답지 아니ᄒᆞ고 ᄇᆞ로 니당으로 드 러가며 간 디 업더니 가인이 보ᄒᆞ되 부인이 즉 금 순산 싱남ᄒᆞ엿다 ᄒᆞᄂᆞᆫ지라. 졍졔 일변 깃ᄯᅳ 며 일변 의혹ᄒᆞ더니 죤지 ᄉᆞ졔 암ᄌᆞ로셔 도라와 졍졔 싱ᄌᆞᄒᆞ물 치하ᄒᆞ니 【55】 졍졔 혼연 답왈,

"ᄉᆞ뷔 엇지 불셔 아라 계시니잇고?"

죤지 미쇼 죽고 목동의 죽은 일을 니ᄅᆞ니 졍졔 디경ᄒᆞ여 왈,

"앗가 목동이 디문으로 드러와 니당으로 드러가더니 인홀불견(人忽不見)ᄒᆞ여 졍히 의혹 ᄒᆞ더니 이졔 드ᄅᆞ니 졔 임의 죽엇다 ᄒᆞ니 이 아 니 그 귀신인가? 이럿틋 큰 공덕을 ᄒᆞ고 어이 일즉 죽엇시며 이리로 드러와셔 어디로 갓ᄂᆞ니 잇고?"

죤지 합장ᄒᆞ여 왈,

"시쥐 션공을 지으미 무ᄌᆞ이유ᄌᆞ(無子而有 子)ᄒᆞ고 목동이 공덕을 힝ᄒᆞ미 불귀이ᄌᆞ귀(不貴 而子貴)ᄒᆞ미로다."

졍졔 이 【56】 의 크게 ᄭᅢ닷고 원근의 모든 사ᄅᆞᆷ이 셔로 젼파ᄒᆞ여 니ᄅᆞ되,

"졍졔가 션힝을 ᄒᆞ고 목동이 공덕을 ᄒᆞ미 목동으로 졍졔의 아들이 되게 ᄒᆞ여 둘의 보응을 일시의 셩취ᄒᆞ엿다."

ᄒᆞ여 더옥 션심을 굿게 ᄒᆞ더라.

졔십이회

ᄎᆞ셜, 죤지 졍졔의 집의 머무런 지 여러 달 만의 하직고 힝ᄒᆞ려 ᄒᆞ니 졍졔 구지 말니기 로 오리 지류ᄒᆞ더니 이 날 결단코 길을 나 힝홀 시 녕통관(靈通關) 앏히 니르니 홀연 네 사ᄅᆞᆷ이 【57】 향을 퓌이며 졀ᄒᆞ여 마져 왈,

"ᄉᆞ부는 졍원외(鄭員外) 이 집으로 오시ᄂᆞ

잇가? 듯ᄌᆞ오니 졍원외의 집의셔 고승을 공양ᄒᆞ 여 가업슨 공덕을 셩취ᄒᆞ고 평싱 죄악을 쇼멸 ᄒᆞ엿다 ᄒᆞ니 우리도 죄악이 만ᄉᆞ와 참회코져 ᄒᆞ니 인연이 업습더니 오날 죤긔 내림ᄒᆞ오시니 만힝이로쇼이다."

12
元通說破靈通關 梵志擴充法裡法

ᄒ고 마져 관의 올나가니 두 도인이 느와
ᄆᄌ며 녜ᄒ고 왈,

"오리 고승의 덕힝을 츄앙ᄒ옵더니 오날이
야 뵈오니 족히 평싱을 위로ᄒ리로소이다."

존지 답녜ᄒ고 셩명을 【58】 므르니 도인
왈,

"쇼도(小道) 등이 ᄒ나흔 무시(巫師)라 ᄒ
고 ᄒ나흔 사신원(賽新園)이라 ᄒ며 져 네 사롬
의 일홈은 ᄒ나흔 우리무(雨裡霧)오 ᄒ나흔 운
리우(雲裡雨)오 ᄒ나흔 사리도(沙裏淘)요 ᄒ나흔
담리싱(膽裡生)이니 쇼되 져 스인과 결의형졔ᄒ
며 이곳의 잇스오나 종일 노록(勞碌)ᄒ여25) 화

---

25) 【노록ᄒ다】 동 〔노록(勞碌)하다.〕 고생(苦生)하
다. 쉬거나·게을리 하지 않고 꾸준히 힘을 다하
다. ¶ 勞擾 ‖ 쇼되 져 스인과 결의형졔ᄒ며 이
곳의 잇스오나 종일 노록ᄒ여 화깅의 샌짐 갓트
니 (小道與這幾弟兄, 結納契交. ……雖日日相逢,
過往不虛, 未免勞擾度日.) <東遊記 2:58> 勞碌 ‖
여겸이 일싱에 날을 고호ᄒ다가 노록ᄒ여 급흔
디 죽고 니 살기 어려오니 황천 노상에 거름을
멈츄면 귀문관에 니르러 보고져 ᄒ노라 (沒有余

깅(火坑)의 샌짐 갓트니 바라건디 고승은 주비
지심을 발ᄒ샤 크게 졔도ᄒ여 쥬옵소셔."

존지 이뮈 져의들의 졍티(情態)롤 짐쟉ᄒ
고 답지 아니ᄒ니 사신원이 원통(元通)을 향ᄒ
여 왈,

"우리 져 네 낫 형졔 즁의 우리무(雨裡霧)
ᄂ 셩품이 【59】 가쟝 순후(醇厚)ᄒ고 사롬을 화
동(和同)ᄒ여 스괴기롤 죠화ᄒ고, 운리우(雲裡
雨)ᄂ 셩품이 가쟝 풍뉴로와 사롬을 스괴미 아
롬답고 다졍ᄒ여 사롬마다 죠타 ᄒ고, 사리도
(沙裏淘)ᄂ 셩품이 가장 호치(豪侈)ᄒ여 부가디
호(富家大戶)의셔만 상죵ᄒ고 빈한곤궁주(貧寒困
窮者)와ᄂ 너모 넝낙ᄒ나 일단 구급ᄒᄂ 공덕은
잇고, 담리싱은(膽裡生) 셩품이 가쟝 상쾌(爽快)
ᄒ여 남의 불평ᄒᄆᆯ 보면 졔 일갓치 발분(發憤)
ᄒᄂ 고로 사롬마다 그 의긔롤 탄복ᄒᄂ 비라
오늘날 스부롤 맛나시니 함믜 졔도ᄒ여 기리 스
부로 스괴기롤 브라노라."

원통(元通) 왈,

【60】 "녈위ᄂ 빈승의 말 만ᄒ믈 허믈치
말나. 빈승이 녈위의 힝젹을 니롤 거시니 녈위
ᄂ 빈승의 말을 드러 본셩을 죠곰식 곳칠지여
라. 니 싱각건디 우리무 시쥬ᄂ 사롬을 스괴미
다만 평졍ᄒ고 순젼ᄒ여 사롬과 화긔만 둘 거시
오 너모 극진흔 마음과 지독흔 셩품으로 사롬을
혼미ᄒ게 말 거시오, 운리우 시쥬ᄂ 사롬을 스
괴미 다만 유한졍졍ᄒ여 사롬을 침혹게 말 거시
오, 스리도 시쥬ᄂ 사롬을 스괴미 다만 쳐신을
기결이 ᄒ고 의리롤 분명이 홀 거 【61】 시오 호
긔로은 사롬을 의지ᄒ여 형셰 쓰기와 교만흔 긔
식을 너지 말고 비록 흔 사롬을 상죵ᄒ여도 탐
ᄒᄂ 마음과 인식흔 마음을 너지 말 거시오, 담
리싱 시쥬ᄂ 사롬을 스괴미 범스롤 참을 인 ᄯ
만 싱각ᄒ여 죠흔 졍의롤 보젼ᄒ고 화평흔 긔운
을 기롤지니 일시 분ᄒᄆᆯ 참지 못ᄒ면 종신 화
롤 취홀 거시니 이 엇지 인닯지 아니리오."

흔디 네 사롬이 일졔이 니르되,

"스부ᄂ 과연 우리 지긔지우(知己之友)로
다. 오늘부터 스부롤 스괴여 평싱을 상죵코져
ᄒ노라."

【62】 원통(元通) 왈,

謙生生顧我, 勞碌救我死急, 我命難全. 要下黃泉
路上稍停步, 主僕同赴鬼門關.) <綠牡 5:187>

"빈승은 츌가흔 사룸이라. 셰졍의 싱소흐고 녈위와 연분이 업스니 엇지 스괼 비 이시리오."

담리싱이 〻 말을 듯고 먼져 니러나 눈셥을 거스리며 눈을 모호로 쓰고 소리질너 왈,

"나룰 용납지 아니흐니 니 무슴 뜻즈로 이곳의 잇셔 남의 긔룰 바드리오. 다룬 곳의 가셔 셩품 급흔 사룸을 ᄯᅡ라가리로다."

흐고 나는ᄃᆞ시 다라나니 우리무(雨裡霧)와 운리우와 스리도(沙裡陶) 등이 ᄯᅩ흔 니러나 왈,

"우리도 임의 졔도홈물 드럿시니 이곳의 잇셔 연분 업ᄂᆞᆫ 스부와 상죵【63】치 못흐리로다."

흐고 일졔이 관의 ᄂᆞ려가거ᄂᆞᆯ 무시(巫師) 스신원더러 왈,

"우리 져 형졔들이 졍의상득(情意相得)흐여 죠히 지ᄂᆡ더니 오날〻 다 허여져 가니 우리 ᄯᅩ흔 이곳의 외로이 잇지 못흐리니 일젼의 동으로 가든 그 도인을 ᄶᅩᆺᄎᆞ가리라."

흐고 즉시 니러 관으로 나려 범지(梵志)룰 ᄯᅡ라갈 시 쥬야로 비도(倍道)흐여 흔 곳의 ᄃᆞᆨ〻 ᄅᆞ니 이ᄂᆞᆫ 히외 졔국에 다셧 곳 통흔 길이라. 범지(梵志)의 스졔 졍히 져긔셔 길을 뭇더니 무스(巫師)와 스신원이 ᄯᅡ라 밋쳣ᄂᆞᆫ지라. 범지(梵志) 마【64】즈 녜필의 온 쇼유룰 무ᄅᆞ니 이인 왈,

"우리 녕통관(靈通關)의 잇더니 근일의 우리무(雨裡霧) 등 스인이 각〻 훗터지며 우리 동무가 업셔 젹막흐고 ᄯᅩ 스부의 도덕을 스모흐여 멀니 ᄶᅩᆺᄎᆞ왓ᄂᆞ니 바라건더 스부는 거두어 교회흐소셔."

범지(梵志) 디희흐여 흔가지로 길을 츠져 동으로 향흐여 가더니 흔 마을에 ᄃᆞᆨ〻 ᄅᆞ니 죵곳(鐘鼓)쇼리 진동흐며 여러 도인이 〻셔 못고지흐여 법을 니기더니 범지(梵志)의 스졔룰 보고 마져드려 셔로 녜흐고 왈,

"모든 스부는 어듸로셔 오며 어듸로 향흐여 가며 무슴【65】법슐을 통흐엿ᄂᆞᆫ고? 쳥컨더 흔두 가지룰 보와지라.26)"

흐니 범지(梵志) 왈,

"위연이27) 셔로 맛나 무슴 법슐을 의논흐ᄂᆞ뇨?"

도인 등 왈,

"우리 이곳의 와 여간 법슐을 비화 여러이 돌녀 못거지흐기로 스부 니의게 무슴 신통흔 묘법이 이ᄂᆞᆫ가 흐미로다."

본지(本智) 디답흐여 왈,

"법슐은 우리도 흔두 가지룰 알거니와 그 디 등은 엇던 법을 보고져 흐ᄂᆞ뇨?"

도인 등 왈,

"우리 마을 사룸이 져마다 법슐을 알 것마ᄂᆞᆫ 다만 법쇽의셔 법을 통흐ᄂᆞᆫ 법이 그 즁 어려온지라. 스부 등【66】이 능히 그 법을 통홀진더 한두 가지룰 보스이다."

흐니 범지(梵志) 왈,

"이 무슴 어려오리?"

흐고 본혜(本慧)룰 도라보아 왈,

"네 흔 법을 시험흐라."

흔디 본혜(本慧) 승명흐여 흔 법을 지으니 망〻디하 물이 옮히 뵈이거ᄂᆞᆯ 도인 등이 일졔히 니ᄅᆞ되,

"거룩흔 디히로다!"

칭찬흐더니 범지(梵志) 왈,

"니 법쇽의 법 [法裡通法] 을 지으리라."

흐고 손을 드러 흔 번 가ᄅᆞ치니 물쇽으로셔 흔 큰 범이 뛰여 나오며 쇼리지ᄅᆞ니 위엄이 거룩흐여 가쟝 무셔온지라. 도인 등이 일졔히 칭찬흐여 왈,

"거룩흔 법쇽의 법이로【67】다!"

흐며 ᄯᅩ 흔 법을 쳥흐니 범지(梵志) 본졍(本定)을 명흐여 법을 시험흐라 흔디 본졍이 ᄯᅩ흔 법을 지으니 공듕의 블꼿치 니러나 긔셰등〻흐거ᄂᆞᆯ 도인 등이 죠흔 불이라 칭찬흐여 범지의게 쳥흐여 법쇽의 법을 보와지라 흐니 범지 ᄯᅩ 숀을 드러 흔 번 가ᄅᆞ치니 불꼿 속으로셔 황뇽(黃龍)이 뛰여 니다라 반공에 쇼〻치니 금빗 갓

셔 오며 어듸로 향흐여 가며 무슴 법슐을 통흐엿ᄂᆞᆫ고 쳥컨더 흔두 가지룰 보와지라 (師父既不論何宗敎, 請問可會甚法術麼?) <東遊記 2:65>

27)【위연이】명 {우연(偶然)히.} ¶ 乍爾 ‖ 위연이 셔로 맛나 무슴 법슐을 의논흐ᄂᆞ뇨 (乍爾相逢, 怎便問起法術?) <東遊記 2:65> ⇒ 위연이, 위연히

---

26)【-지라】回 동사 형용사의 '-아 / -어 / -여' 꼴 아래에 쓰이어 소원을 나타내는 말. -고 싶다. -기를 바란다. ¶ 請 ‖ 모든 스부는 어듸로

튼 비눌이며 번기 갓튼 눈망울이 화광 즁의 죠
요(照耀)혼지라. 도인 등이 크게 칭찬ᄒᆞ여 왈,
　　"과연 거록혼 법 쇽의 법이로다!"
　　ᄒᆞ며 ᄯᅩ【68】 니ᄅᆞ디,
　　"ᄉᆞ뷔야, 이외의 ᄯᅩ 무슴 법이 잇ᄂᆞ니잇
고?"
　　범지(梵志) 왈,
　　"니 법이 무궁ᄒᆞ여 법쇽의 법 ᄲᅮᆫ이 아니
라. 법 밧긔 법이 ᄯᅩ흔 잇ᄂᆞ니라."
　　ᄒᆞ니 본지(本智) 도인 등더러 닐너 왈,
　　"쇼되 능히 우리 스승의 법 밧긔 법을 디
신ᄒᆞ리라."
　　ᄒᆞ고 손을 드러 혼 번 가ᄅᆞ니 믈 쇽의 호
랑이는 모진 바람을 지여니며 불 쇽으로 드러가
고 불 쇽의 눙은 치식 구룸을 니릐혀며 믈 쇽으
로 드러가니 모든 도인 등이 크게 깃거 신긔ᄒᆞ
믈 칭찬ᄒᆞᄂᆞᆫ지라.

13

指迷人回頭苦海 持正念靜浪平風

범지(梵志) 뭇도인더러 왈,

"빈도는 이만 슐법을 위ᄒ여 힝ᄒ는 비 아니라. 【69】 큰 법도룰 어더 구젼단약(九轉丹藥)을 셩취ᄒ려 ᄒ미니 큰 시쥬룰 맛나면 닌 공을 니룰가 ᄒ노라."

도인 등 왈,

"우리 이곳즌 큰 도는 아지 못ᄒ고 다만 쇼ᅟᅭᆼ흔 슐법이나 익히오며 이런 시쥬는 아지 못ᄒ는지라. 스뷔 이런 시쥬룰 엇고져 ᄒ거든 이리로셔 동으로 향ᄒ여 빅니만 가면 지명이 셰리(勢里)라 ᄒ는 마을이ᅟᅵᆼ시니 그 촌즁의 부귀인기 극히 만코 그 듕의 신통묘[通神廟]가 이시니 그 묘의 흔 승인이ᅟᅵᆼ셔 도슐이 졍통ᄒ니 스뷔 져곳의 가면 가히 여의ᄒ리라."

ᄒ거눌 범지(梵志)의 스졔 이 말을 듯고 다힝이 녀겨 동으【70】로 향ᄒ며 셰리룰 차져 가니라.

계십습회

츠셜, 밀다존지(密多尊者) 모든 사롬이 녕통관(靈通關)에셔 허여져 가물 보고 쏘 흔 관을

느려 동으로 힝홀 시 원통(元通) 왈,

"져 여러 사롬이 우리 말노 인ᄒ여 모도 허여져 갓시니 그 셩졍은 텬셩이라. 곳치지 못ᄒ지니 아니 못게라 어듸로 가셔 몃 사롬을 그릇 더릴ᄂᆞᆫ지 실노 인싱이 가련ᄒ여 져 무리의 쎤져 ᄇᆞ린 비 될지니 스부의 법녁으로 져 무리룰 아죠 쇼멸ᄒ여 세상에 어즈러오미 업게 ᄒᄉᆞ이다."

【71】 ᄒ고 졍히 말ᄒ며 길 가더니 홀연 보니 큰 ᄇᆞ다이 압히 잇ᄂᆞᆫ지라. 존지 원통(元通)더러 일너 왈,

"우리 말ᄒ다가 디로룰 일코 길을 그릇 드럿도다."

ᄒ며 졍이 길을 ᄎᆞᄌᆞ려 ᄒ더니 멀니 보니 흔 사롬이 물쇽의셔 헤미이며 졈ᅟᅳᆷ 깁흔 곳으로 드러가거눌 원통(元通)이 존ᄌᆞ긔 고ᄒ여 왈,

"졔지 져 사롬의 거동을 보니 물 잠익질ᄒᄂᆞᆫ[28] 사롬도 아니오 고기 잡는 사롬도 아니라. 일졍 물의 실슈흔 사롬이니 가히 구ᄒ여지이다."

ᄒ고 쇼리질너 부르니 그 사롬이 답지 아니ᄒ고 깁흔 데로 드【72】러가며 더듬씨만 ᄒᄂᆞᆫ지라. 원통(元通)이 싱각ᄒ되,

"이 사롬이 길을 일코 졍신이 혼미ᄒ여 이러ᄒ다."

ᄒ고 급히 옷술 벗고 바다의 드러가 그 사롬을 붓쓰니 그 사롬이 원통(元通)의 손을 잡고 그졔야 입을 버리고 숨을 헐덕이며 사롬을 살로라 ᄒ거눌 원통(元通)이 잇글고 언덕의 오르니 그 사롬이 칭ᄉᆞᄒ여 왈,

"나는 눈 어둡고 귀먹은 사롬이라. 이ᄯᆞ감 히변의 와셔 상고(商賈)의 비룰 맛나 돈이나 쏠이나 구걸ᄒ여 먹더니 오날 일쪽 이곳의 왓다가 그릇 실죡ᄒ여 ᄇᆞ다물의 업더지【73】니 귀먹어 물쇼리룰 짐작지 못ᄒ고 눈 어두어 언덕을 보지 못ᄒ니 읇홀 갈 슈도 업고 뒤흐로 물너날 슈도 업고 좌흐로 가려도 아지 못ᄒ고 우로 가려ᄒ여도 분변치 못ᄒ여 아모리 홀 쥴을 모로고 놀납고 무셔오며 괴롭고 답ᅟᅳᆷᄒ여 장츳 깁흔 속의

---

28) 【잠익질ᄒ다】 圖 자맥질하다. ¶ 泗水 ‖ 졔지 져 사롬의 거동을 보니 물 잠익질ᄒᄂᆞᆫ 사롬도 아니오 고기 잡는 사롬도 아니라 (此不像捕魚, 莫非泗水.) <東遊記 2:71>

썬져 죽게 되엿더니 그디롤 만나 구ᄒᆞ물 어드니 감스키 측냥 업도다.”

인ᄒᆞ여 원통(元通)더러 무러 왈,

“불근 담 ᄊᆞ혼 ᄉᆞ당집29)이 어디 즈음 잇ᄂᆞ뇨?”

원통(元通) 왈,

“아지 못ᄒᆞ노라.”

ᄒᆞ되 그 사롬이 답々이 그 ᄉᆞ당집이 어디 잇ᄂᆞ뇨 만【74】ᄒᆞ여 셔로 상지(相持)ᄒᆞ더니 존지 옯히 니르러 ᄉᆞ경을 듯고 왈,

“이 사롬이 니롤 위ᄒᆞ여 물에 썬졋도다. 망々(茫茫)ᄒᆞᆫ 고히(苦海)에 머리롤 도로히면 곳 언덕이여눌 이롤 모로니 가련ᄒᆞ도다. 슈연이나 져 말ᄒᆞ는 ᄉᆞ당집은 필경 져의 오든 길인가 시부니 그려도 오히려 길 ᄎᆞ줄 쥴을 아니 냥심이 업든 아니ᄒᆞ다.”

ᄒᆞ고 원통(元通)더러 길을 살피라 ᄒᆞ니 원통(元通)이 놉흔 두던30)에 올나 ᄉᆞ면을 ᄇᆞ라보니 과연 동편으로 멀니 불근 담 ᄡᆞ혼 ᄉᆞ당집이 잇거눌 그리로 향ᄒᆞ여 가니 그 사롬이 ᄉᆞ당집 옯히 다々【75】라 손으로 어로만져 보고 그계야 크게 깃거 왈,

“이졔야 사랏도다.”

ᄒᆞ고 아는 길갓치 닷는지라.

존지 원통(元通)으로 더부러 큰 길을 ᄎᆞ져 가더니 ᄒᆡᆼ인을 맛나 길 일흔 쇼유와 눈 먼 사롬의 물의 썬진 곡졀과 ᄉᆞ당집 ᄎᆞ져 길 어든 쇼유롤 말ᄒᆞᆫ디 ᄒᆡᆼ인 왈,

“져 동으로 가는 디로는 길이 먼 고로 근니 사롬이 즈럼길31)을 취ᄒᆞ여 져 시 길노만 단니々々ᄒᆞᆯ러무로 과왕긱인(過往客人)이 혼미ᄒᆞ기롤 만니 ᄒᆞ거니와 져 ᄉᆞ당집이 잇기로 사롬마다 이것슬 표ᄒᆞ여 ᄎᆞ져가지 그러【76】치 아니면 엇지 그론 길노 드러가지 아니리오.”

ᄒᆞ더라.

날이 져물고 압히 햐쳐(下處) 어려오무로 그 샤당집의 드러가 유숙홀 시 ᄒᆞᆫ 즁이 々시니 일홈은 졍지(正持)라. 나와 마즈 녜필의 존즈의 니력을 뭇고 지롤 가져 공경ᄒᆞ고 참션공부(參禪

工夫)롤 익이며 션니롤 강논ᄒᆞ더니, 일々은 히변의 나가 한유ᄒᆞ며 풍경을 구경홀 시 홀연 풍낭이 디쟝ᄒᆞ며 바다 우희 큰 비 바람의 불니여 언덕의 다핫고 비사롬이 언덕의 올나와 존즈의 ᄉᆞ졔와 녜호고 니력을 뭇거눌 존지 동으로 가물 니ᄅᆞᆫ디【77】비사롬 왈,

“우리도 동으로 가 쟝ᄉᆞ질ᄒᆞ는 사롬일너니 풍낭을 맛나시니 혜아리건디 ᄉᆞ부는 도슐이 놉흘 거시니 우리롤 위ᄒᆞ여 ᄇᆞ람 긋치기롤 긔도ᄒᆞ고 함끠 비로 힝ᄒᆞ여 가면 기리 가장 죠흘가 ᄒᆞ노라.”

ᄒᆞ거눌 존지 그 말을 올히 너겨 비의 오르며 합장ᄒᆞ고 ᄒᆞᆫ 쇼리 념불ᄒᆞ니 직시 ᄇᆞ람이 긋치고 물결이 평졍ᄒᆞ거눌 비사롬들이 크게 깃거 비롤 씌여 힝ᄒᆞ다가 ᄒᆞᆫ 포구의 드々라 비롤 다 이거눌 존지 비의 나려 디로롤 좃ᄎᆞ 힝홀 시 길가의 큰 남【78】기 잇셔 그늘이 심히 죠흔지라. 존지 원통(元通)으로 더부러 나무 아리셔 쉬며 경문을 넘ᄒᆞ니 쵼듕 사롬이 만히 모혀 둘너 안져 경 외오물 구경홀 졔 나무 우희 가마괴32) 나라 와 쇼리ᄒᆞ거눌 구경ᄒᆞ든 사롬이 돌을 더져 가마괴롤 ᄊᆞ려 쏫고 이윽ᄒᆞ여 갓치33) ᄒᆞ나이 와 남긔 안져 지져괴니 사롬들이 굿트여 쏫지 아니ᄒᆞ거눌 존지 원통(元通)더러 일너 왈,

“졔ᄌᆞ야, 져 가마괴와 갓치 남긔 와 쇼리ᄒᆞ기는 한가지여눌 엇지ᄒᆞ여 가마괴는 쏫고 갓치는 아론 쳬 아니ᄒᆞᄂᆞ뇨?”

【79】원통(元通) 왈,

---

29)【ᄉᆞ당집】圐 사당(祠堂)집. ¶ 廟 ‖ 불근 담 ᄊᆞ 혼 ᄉᆞ당집이 어디 즈음 잇ᄂᆞ뇨 (大哥那裡是紅牆廟?) <東遊記 2:73> 여긔 쏘 큰 ᄉᆞ당집이 잇도 다 (這裡還有大廟呢.) <紅樓 41:57>

30)【두던】圐 언덕. 둔덕. ¶ 阜 ‖ 원통더러 길을 살피라 ᄒᆞ니 원통이 놉흔 두던에 올나 ᄉᆞ면을 ᄇᆞ라보니 (元通聽得僂者之言, 乃登阜處, 向四面 觀望.) <東遊記 2:74>

31)【즈럼길】圐 지름길. ¶ 徑 ‖ 근니 사롬이 즈 럼길을 취ᄒᆞ여 져 시 길노만 단니々々ᄒᆞᆯ러무로 과왕긱인이 혼미ᄒᆞ기롤 만니 ᄒᆞ거니와 (近來因 人奔新開邪徑, 便迷失此途.) <東遊記 2:75>

32)【가마괴】圐 까마귀. ¶ 烏鴉 ‖ 나무 우희 가 마괴 나라 와 쇼리ᄒᆞ거눌 구경ᄒᆞ든 사롬이 돌을 더져 가마괴롤 ᄊᆞ려 쏫고 (只見高樹枝頭, 一個 烏鴉, 聲叫不休. 衆聽經的, 擲石打飛鴉去.) <東遊 記 2:78>

33)【갓치】圐 까치. ¶ 鵲 ‖ 이윽ᄒᆞ여 갓치 ᄒᆞ나 이 와 남긔 안져 지져괴니 사롬들이 굿트여 쏫 지 아니ᄒᆞ거눌 (頃又飛一靈鵲來枝, 聲叫更多不 住. 衆人聽經如故, 毫不介意.) <東遊記 2:78>

"아마도 인정이 가마괴 쇼릐ᄂᆞᆫ 사오납다 ᄒᆞ여 듯기 슬희여ᄒᆞ고 갓치쇼릐ᄂᆞᆫ 아ᄅᆞᆷ답다 ᄒᆞ여 듯기ᄅᆞᆯ 죠화ᄒᆞᄂᆞᆫ 연괴로소이다."

존ᄌᆡ 왈,

"가마괴 쇼릐 사오나오믈 가마괴야 엇지 스ᄉᆞ로 알니오. 사ᄅᆞᆷ이 듯기ᄅᆞᆯ 악ᄒᆞ게 드ᄅᆞ미라. 슈연이나 가마괴 무심이 ᄒᆞᄂᆞᆫ 악셩을 져럿틋 즁인의 뮈오믈 바들 졔 사ᄅᆞᆷ이 만일 유심ᄒᆞ고 악을 지으면 맛당이 유취만년(遺臭萬年)ᄒᆞ리로다."

ᄒᆞ여 졍이 말ᄒᆞᆯ 졔 ᄯᅩ 가마괴와 갓치 함ᄭᅴ 나라와 안ᄌᆞ며 쇼릐 지ᄅᆞ니 즁인이 ᄯᅩ 돌을 들고 치노라 【80】 ᄒᆞ니 갓치 아오로 나라가거ᄂᆞᆯ 원통(元通) 왈,

"널위 션인(善人)은 쫏지 말고 그만두라. 져 가막가치도 ᄯᅩᄒᆞᆫ 와셔 경 외오믈 구경ᄒᆞ려 ᄒᆞᄂᆞᆫ가 보괘라.[34]"

ᄒᆞᆫᄃᆡ 그 즁 ᄒᆞᆫ 노인이 셩ᄂᆡ여 널너 왈,

"져 화상이 엇지 무례ᄒᆞ뇨. 가막갓치[35]더러 구경ᄒᆞ라 왓다 ᄒᆞ니 연즉 우리도 와 구경ᄒᆞᄂᆞᆫ 거시 져 즘싱과 ᄒᆞᆫ가지란 말인가?"

ᄒᆞᆫᄃᆡ 원통(元通) 왈,

"빈승의 말은 사ᄅᆞᆷ과 즘싱이 각기 텬셩을 좃출 것시라 ᄒᆞ미러니 이졔ᄂᆞᆫ 두리 다 텬셩을 일헛도다."

노인 왈,

"엇지 니ᄅᆞᆫᄇᆡ 두리 다 텬셩을 일헛다 ᄒᆞ【81】ᄂᆞ뇨?"

원통(元通) 왈,

"가막갓치ᄂᆞᆫ 돌의 놀나 ː라가고 션신[善人]은 즘싱으로 인ᄒᆞ여 빈승을 노ᄒᆞ니 엇지 둘이 다 텬셩을 일흐미 아니리오."

노인이 우어 왈,

"져 화상의 말이 도로혀 유리ᄒᆞ다."

ᄒᆞ고 손을 드러 공즁을 가ᄅᆞ치며 왈,

"장노(長老)야, ᄂᆡ 이졔 장노ᄅᆞᆯ 위ᄒᆞ여 둘의 텬셩을 온젼케 ᄒᆞ리이다."

ᄒᆞ더니 홀연 공즁으로셔 가막갓치 ᄂᆞ려오며 년ᄒᆞ여 부ᄅᆞ지ː니 모든 사ᄅᆞᆷ이 일졔이 니ᄅᆞ되,

"죠히 둘의 텬셩을 온젼ᄒᆞ미로다."

ᄒᆞ거ᄂᆞᆯ 존ᄌᆡ 이 거동을 보고 원통(元通)더러 널너 왈,

"이는 【82】 환슐이니 이곳 사ᄅᆞᆷ이 엇지ᄒᆞ여 아ᄂᆞᆫ고?"

ᄒᆞ고 ᄒᆞᆫ 손으로 심닌(心印)을 쥐으니 그 가막갓치 변ᄒᆞ여 두 덩이 돌이 되여 ᄯᅡᄒᆡ 나려지ᄂᆞᆫ지라. 노인이 노ᄒᆞ여 왈,

"져 화상이 엇지ᄒᆞ여 나의 법을 파ᄒᆞᄂᆞᆫ고?"

ᄒᆞ니 원통(元通) 왈,

"우리ᄂᆞᆫ 길 가ᄂᆞᆫ 듕으로 잠간 이곳의셔 헐각(歇脚)ᄒᆞ려[36] 안졋ᄂᆞ니 무슴 녕냥(力量)으로 션신[善人]의 법을 파ᄒᆞ리요. 슈연이나 션신은 무슴 법을 ᄒᆞ엿관ᄃᆡ 빈승이 파ᄒᆞ엿다 ᄒᆞᄂᆞ뇨?"

노인 왈,

"우리 져 못곳지의 참녜ᄒᆞᄂᆞᆫ 여러 사ᄅᆞᆷ은 다 ᄒᆞᆫ 집의 잇셔 슈힝ᄒᆞᄂᆞᆫ 고로 다 각ː 몃 가지 법을 아【83】랏더니 앗가 장뇌 가막갓치 쫏치믈 ᄋᆡ달아 ᄒᆞ기로 ᄂᆡ 져근 슐법을 힝ᄒᆞ밀너니 엇지ᄒᆞ여 도로 돌리 된고? 필연 장노의 슈단이 우리의셔 더ᄒᆞ여 ᄂᆡ 법을 파ᄒᆞ미로다. 이뮈 이곳의 왓시니 우리 촌즁의 드러가 여러 도인과 상견ᄒᆞ고 ᄌᆡ밥이나 공양ᄒᆞᄉᆞ이다."

ᄒᆞ고 존ᄌᆞ의 ᄉᆞ졔ᄅᆞᆯ 인도ᄒᆞ여 ᄒᆞᆫ 집으로 드러가니 여러 도인이 마져 녜필의 ᄂᆡ력을 무ᄅᆞ니 노인이 존ᄌᆞ의 ᄂᆡ력을 일ː히 니ᄅᆞ고 ᄯᅩ 가막갓치 돌되든 신통을 니ᄅᆞ니 즁인 왈,

"져럿틋 방외로 단니며 【84】 사ᄅᆞᆷ 졔도ᄒᆞᄂᆞᆫ 승도ᄂᆡ가 과연 놉흔 슈단이 만흔지라. 이곳

---

34) 【-괘라】 미 ((주로 동사, 형용사 어간 뒤에 붙어)) ((주로 일인칭 주어와 함께 쓰여)) -었도다. ¶ 널위 션인은 쫏지 말고 그만두라 져 가막가치도 ᄯᅩᄒᆞᆫ 와셔 경 외오믈 구경ᄒᆞ려 ᄒᆞᄂᆞᆫ가 보괘라 (列位善人, 由他罷了. 或者禽鳥也來隨喜.) <東遊記 2:80> ⇒ -과라, -과롸

35) 【가막갓치】 명 까마귀. ¶ 鴉鵲 ‖ 져 화상이 엇지 무례ᄒᆞ뇨 가막갓치더러 구경ᄒᆞ라 왓다 ᄒᆞ니 연즉 우리도 와 구경ᄒᆞᄂᆞᆫ 거시 져 즘싱과 ᄒᆞᆫ가지란 말인가 (你這和尙, 怎麽說鴉鵲也來隨喜, 我等在此隨喜, 便也是禽類也.) <東遊記 2:80> ⇒ 가막가치, 가막까치

36) 【헐각ᄒᆞ다】 동 {헐각(歇脚)하다.} 머물러 쉬다. ¶ 歇息 ‖ 우리ᄂᆞᆫ 길 가ᄂᆞᆫ 듕으로 잠간 이곳의셔 헐각ᄒᆞ려 안졋ᄂᆞ니 무슴 녕냥으로 션신의 법을 파ᄒᆞ리요 (貧僧們往東行度, 偶順海船到貴方化緣, 少坐歇息, 有何力量, 敢破老善人之法.) <東遊記 2:80>

의 일젼 왓든 그 도인들의 법쇽의 법은 진실노
긔이ᄒ더니 쟝노니도 무슴 더 신긔ᄒ 슈단이 잇
거든 ᄒ두 가지롤 시험ᄒ여 우리로 보게 ᄒ미
엇더ᄒ뇨?"

14

破幻妄一句眞詮 妙禪機五空覺悟

죤지(尊者) 왈,

"빈승은 슐법을 알지 못ᄒ고 다만 경문이나 외오고 인연을 ᄯ라 사롬을 졔도홀 ᄯ룬이로다."

ᄒᆞᆫ디 즁 도인 왈,

"경문 외오기는 우리도 아는 비여니와 사롬을 졔도ᄒᆞᆫ문 엇더ᄒᆞᆫ 법이뇨?"

죤지 왈,

"사롬이 졔도ᄒᆞ기는 졍ᄒᆞᆫ 법이 업셔 비컨디 여러 션신이 【85】 도법을 힝ᄒᆞ면 빈승은 그 법을 ᄯ라 졔도ᄒᆞ는 법이니라."

즁도인 왈,

"우리 법의는 방ᄒᆡ롭지 아니ᄒᆞ랴?"

죤지 왈,

"빈승이 ᄌ제 ᄌ도롤 힝ᄒᆞ면 두리건디 션신니 법이 결노 령치 못홀가 ᄒᆞ노라."

즁 도인 왈,

"져 말과 갓틀진디 그 법속의 법을 통ᄒᆞ는 법의셔 일층이 나흔가 ᄒᆞ노라."

죤지 왈,

"엇지 니론 법속의 법인고?"

즁도인 왈,

"비컨디 우리가 법을 지여 더희슈(大海水)롤 만들면 져는 ᄇᆞᆮ물을 인ᄒᆞ여 범이 ᄲᅱ여 놀게 ᄒᆞ고 우리가 큰 불꼿츨 지으면 져는 그 불꼿츨 인ᄒᆞ여 불 【86】 속의 뇽이 오르게 ᄒᆞ니 엇지 아니 긔이ᄒᆞ리오."

죤지 왈,

"그 무슴 긔이ᄒᆞ리오? 도로혀 물은 물더로 잇고 불은 불더로 홀 거시니 엇지 다르미 이시리요."

그 즁 ᄒᆞᆫ 도인이 니르되,

"쟝뇌 지나가는 말노 쉽게 ᄒᆞ거니와 니 ᄒᆞᆫ 법을 힝ᄒᆞ오리니 쟝노 등은 엇지 디젹ᄒᆞ려 ᄒᆞᄂ뇨?"

ᄒᆞ거놀 죤지 원통(元通)을 명ᄒᆞ여 디젹ᄒᆞ라 ᄒᆞ고 귀의 디혀 ᄒᆞᆫ 마듸 말을 가르치니 원통이 응낙ᄒᆞ고 도인을 보니 도인이 입으로 두어 마듸 념ᄒᆞ며 쳔지 혼혹ᄒᆞ고 풍우뇌졍이 ᄌ러나 원통의게로 다라드니 원통 【87】 이 죠곰도 요동치 아니ᄒᆞ고 왼편 손을 드러 ᄒᆞᆫ번 버리니 풍우뇌졍이 간듸 업고 쳥텬빅일이 되엿는지라. ᄯᅩ ᄒᆞᆫ 도인이 입으로 념ᄒᆞ니 경각 ᄉ이에 광풍이 디작ᄒᆞ고 흉악ᄒᆞᆫ 모진 귀신이 원통의게 다라드러 입을 버리고 다라드러 잡으려 ᄒᆞ거놀 원통이 우편 손을 드러 ᄒᆞᆫ 번 펴니 그런 귀신이 다 사라지는지라. 두 도인이 일시의 ᄭᅮ러 고왈,

"노ᄉ부야, 우리들이 노ᄉ부의 놉흔 슈단을 알앗ᄂ이다. ᄌ만 몰롤 ᄇ는 노ᄉ부의 앗가 쇼ᄉ부의 귀예 니른 말이 무슴 【88】 말인지 우리 슐법이 불에 드러도 타지 아니ᄒᆞ며 물의 드러도 졋지 아니커놀 쇼ᄉ부의게 시험ᄒᆞ미 ᄒᆞᆫ 손을 버리면 법이 스라지니 그 말이 무슴 말이니잇고?"

죤지 왈,

"나는 무슴 말인지 모르거니와 다만 귀의 니른 말은 나의 졔ᄌ더러 무르라."

ᄒᆞ니 두 도인이 원통(元通)의 앏히 ᄭᅮ러 손 버린 법을 무르니 원통이 졸니이다 못ᄒᆞ여 두 손을 펴 뵈니 ᄒᆞᆫ 손의는 '츙셩 츙(忠)' ᄯᅩ오 ᄒᆞᆫ 손의는 '효도 효(孝)' ᄯᅡ가 쓰엿거놀 도인 왈,

"이 '츙효忠孝' 이ᄯᅡ가 무슴 ᄯᅳᆺ지 【89】 니잇고?"

원통(元通) 왈,

"앗가 우리 스승이 니 귀의 니르시되 져 법을 디답ᄒ려 ᄒ면 다만 광명졍디ᄒ 마음을 가져야 픠치 아니리라 ᄒ시기로 니 싱각건디 텬지간 광명졍디ᄒ 일은 오직 츙효 ᄲᅮᆫ이라. 이러무로 손의 뼛더니 귀ᄒ 법은 파ᄒᆯ 줄을 모로괘라."

ᄒ니 모든 도인이 머리ᄅᆞᆯ 죠화 ᄉᆞ례 왈,

"'츙효' 이ᄶᅡ가 광명졍디ᄒ여 우리 법을 픠ᄒ엿시니 우리 다시 법 비호지 말고 이 도ᄅᆞᆯ 비호리로다. ᄌᆞ만 싱각건디 벼슬ᄒᄂᆞᆫ 사ᄅᆞᆷ이라야 츙셩ᄒᆯ 거시오 부모가 【90】 잇셔야 효도ᄅᆞᆯ ᄒᆯ 거시니, 우리ᄂᆞᆫ 향촌 쇼민이라 어듸 가 츙셩ᄒ며 이뮈 냥친을 여희여시니 어듸 가 효도ᄒ리오."

원통(元通) 왈,

"남의 일을 쇠ᄒᄆᆡ 극진이 ᄒᄂᆞᆫ 거시 즉 츙셩이오 죵신토록 부모ᄅᆞᆯ 잇지 아니ᄂᆞᆫ 거시 즉 효 되니 엇지 반ᄃᆞ시 벼슬ᄒ며 부모 잇신 후에야 츙효라 ᄒ리오."

ᄒ니 즁도인이 비복ᄒ더라.

존지 즁도인의 졍도로 도라가믈 보고 이의 문왈,

"일젼의 엇더ᄒ 도ᄉᆞ가 이곳의 와 무ᄉᆞᆫ 법속의 법을 통ᄒ노라 ᄒ여 널 【91】 위ᄅᆞᆯ 그릇더려ᄂᆞᆫ고?"

ᄒ니 즁도인이 범지(梵志)의 니력을 니ᄅᆞ며 즉금 시쥬ᄅᆞᆯ 어드려 ᄒ여 셰리(勢里)로 갓ᄂᆞ이다 ᄒ니 존지 왈,

"빈승의 동으로 오ᄂᆞᆫ 뜻즌 모든 사ᄅᆞᆷ을 졔도코져 ᄒᄆᆡ여ᄂᆞᆯ 져 무리 겻길노뼈 졍도ᄅᆞᆯ 어즈러일가 ᄒᄂᆞ니 부득이 급히 ᄯᅡ라가 셰인을 구ᄒ여 미혹지 아니케 ᄒ리라."

ᄒ더라.

졔십ᄉᆞ회

ᄎᆞ셜 범지(梵志)의 ᄉᆞ졔 셰리(勢里)ᄅᆞᆯ ᄎᆞ져 가니 인물이 번셩ᄒ고 긔상이 등ᄂᆞᆼᄒ여 진짓 부귀호화로온 곳이라. 【92】 신통묘[通神廟]ᄅᆞᆯ ᄎᆞ져 가더니 홀연 ᄒ 즁이 마져 녜ᄒ고 쳥ᄒ여 묘즁으로 드러가니 범지 본지(本智)더러 닐너 왈,

"져 즁이 가장 이상ᄒ다. 엇지 우리 오ᄂᆞᆫ 줄을 알고 멀니 나와 맛ᄂᆞᆫ고?"

ᄒ고 그 즁을 향ᄒ여 법호ᄅᆞᆯ 무ᄅᆞ니 답왈,

"쇼승의 법명은 묘허(妙虛)라."

ᄒ고 ᄯᅩ 범지(梵志)의 니력을 무ᄅᆞ니 범지(梵志) 닐ᄌᆞ히 디답ᄒ고 우어 왈,

"우리 이곳의 와셔 시쥬ᄅᆞᆯ 구ᄒ려 ᄒ오니 가히 어들쇼냐?"

묘혜 왈,

"이곳의 왕ᄂᆡᄒᄂᆞᆫ 시쥬ᄂᆞᆫ 부귀ᄒ 지 극히 만ᄒ니 엇던 시쥬ᄅᆞᆯ 구ᄒᄂᆞ뇨?"

범지(梵志) 왈,

"나의 구ᄒᄂᆞᆫ 바ᄂᆞᆫ 극 【93】 부귀ᄒ고 셰력이 ᄌᆞ셔야 우리 공을 셩취ᄒ려 ᄒᄆᆡ니 아지 못게라 엇더ᄒ 부귀지인이뇨?"

묘혜 왈,

"이곳의 허다ᄒ 부귀 즁의 졔일 극귀ᄒ 사ᄅᆞᆷ은 조일품(趙一品)이라 ᄒᄂᆞᆫ 시쥬가 잇고 졔일 디부즈ᄂᆞᆫ 젼빅만(錢百萬)이라 ᄒᄂᆞᆫ 시쥬가 잇셔 샹의 이곳의 니왕ᄒ니 스뮈 맛나고져 ᄒ시면 어렵지 아니ᄒ리이다."

ᄒ더니 이ᄶᅥ 조일품 젼빅만이 신통묘의 도인 등이 왓단 말을 듯고 묘듕으로 올 시 원근 사ᄅᆞᆷ이 ᄯᅩ한 구경코져 ᄒ여 묘즁으로 모다 오니 그 즁의 부 【94】 귀즈도 만코 빈쳔즈도 만흔지라. 묘혜 니러 마즐 시 부귀즈의게ᄂᆞᆫ 녜슈와 디졉이 각별은근ᄒ고 빈흔ᄂᆞ즈의게ᄂᆞᆫ 굿트여 아ᄅᆞᆫ 쳬도 아니ᄒ거ᄂᆞᆯ 범지(梵志) 그 광경을 보고 ᄯᅩ 흔 셰ᄅᆞᆯ 좃치여 조일품 젼빅만을 향ᄒ여 극진이 녜ᄒ고 빈흔 ᄂᆞ즈ᄂᆞᆫ 못보ᄂᆞᆫ 쳬ᄒ니 본혜(本慧) 본졍(本定)은 본듸 호협쇼년이라. 친소후박(親疎厚薄)을 낫가리ᄂᆞᆫ 비 업ᄂᆞᆫ 쟝부의 마음으로 스승의 져럿틋 셰만 좃ᄂᆞᆫ 양을 보고 마음의 불평ᄒ나 그 졔ᄌᆞ가 되엿ᄂᆞᆫ지라. 현져이 드러ᄂᆡ지 못ᄒ고 【95】 가만ᄒ 가온디 죠롱코져 ᄒ여 두 사ᄅᆞᆷ이 의논ᄒ고 법을 힝ᄒᆯ 시 이ᄶᅥ 빈흔 ᄂᆞ 션비 이시니 의복이 남누ᄒ고 면목이 초췌ᄒ여 ᄒ 가의 안져시니 져마다 업슈이 너겨 본 쳬도 아니ᄒᄂᆞᆫ지라. 본혜(本慧) 손을 드러 문 밧글 가ᄅᆞ치며 본졍(本定)이 ᄉᆞ미 안으로셔 조희 죠각을 만이 너여 문 밧그로 더지니 거마(車馬)와 복죵(僕從)이 물ᄭᅳᆯ 듯 들네며[37] 묘문(廟門)으로

---

[37] 【들네다】 통 들레다. 큰소리로 떠들다. 시끄럽게 하다. ¶ 본졍이 ᄉᆞ미 안으로셔 조희 죠각을 만이 너여 문 밧그로 더지니 거마와 복죵이 물

메윗게 드러오고 놉흔 벼슬ᄒᆞ는 관원이 드러오며 빈흔〻 션비롤 향ᄒᆞ여 ᄭᅮ러 졀ᄒᆞ여 왈,

"하관이 왕명을 밧ᄌᆞ와 션셩을 【96】 쳥ᄒᆞ여 입시ᄒᆞ라 ᄒᆞ시니 딕으로 가온즉 이곳의 오셧다 ᄒᆞ기로 이리 왓ᄉᆞ오니 복원 션셩은 ᄲᆞ니 힝ᄒᆞ소셔. 국왕이 방장 ᄉᆞ부의 ᄌᆞ리롤 뷔오고 기드리시ᄂᆞ이다."

ᄒᆞ니 모든 사름이 일시의 쳠앙(瞻仰)ᄒᆞ여 닷토와 나아가 녜ᄒᆞ며 죠흔 말노 아쳠ᄒᆞ고 조일품 젼빅만과 묘혜 등이 져마다 압셔 녜ᄒᆞ고 무슈이 봉승(奉承)ᄒᆞ여 잠시간의 넘냥(炎凉)이 니도ᄒᆞ니38) 범지(梵志)는 아라보고 가마니 우어 왈,

"졔ᄌᆞ야, 사름 죠롱을 너모 과이 ᄒᆞ도다."

ᄉᆞ신원 왈,

"흔 집안 【97】 사름이 흔 집안 사름을 이럿툿 희롱ᄒᆞ리오 [一家人算一家人]?"

무ᄉᆞ(巫師) 왈,

"굿트여 우리롤 비방ᄒᆞ리오. 셰졍의 넘냥을 니르미로다."

본지(本智) 쇼왈,

"이는 일시 우으려 ᄒᆞ오미니 무엇시 방ᄒᆞ로오리오."

ᄒᆞ여 의논이 분〻ᄒᆞ니 본혜(本慧) 본졍(本定)이 ᄯᅩ흔 우음을 참지 못ᄒᆞ여 셔로 보며 말ᄒᆞ더니 그 졉이 우으믈 인ᄒᆞ여 푸러지니 그런 거마복죵이 다 간듸 업고 그 션비 홀노 닝낙히 안졋는지라. 모다 크게 놀나 의혹ᄒᆞ거ᄂᆞᆯ 묘혜 홀연 씻쳐 왈,

"이는 범지(梵志) ᄉᆞ부의 놉흔 졔지 묘법을 희롱ᄒᆞ미로 【98】 다. 빈승도 흔두 가지나 알더니 우리 셔로 현묘ᄒᆞᄆᆞᆯ 시험ᄒᆞᄉᆞ이다."

ᄒᆞ고 묘혜 입을 드러 향노롤 ᄇᆞ라고 흔 번 부니 향노의 연긔 니러나 반공의 소〻치며 화ᄒᆞ여 붉은 노리 일만 줄기가 되거늘 본졍(本定)이 ᄯᅩ흔 입으로 공즁을 ᄇᆞ라고 흔 번 부니 광풍이 디작ᄒᆞ여 붉은 놀을 부러 헷치고 본혜(本慧) ᄉᆞ미롤 한 번 썰쳐니 압마당이 변ᄒᆞ여 연못시 되고 못 속의 불근 년꼿치 가득이 퓌엿거늘 묘혜 ᄯᅩ흔 ᄉᆞ미롤 드러 썰치니 붉은 년꼿치 모도 화

흐여 산 계(鷄)【99】 되여 나라가고 묘혜 ᄯᅩ흔 쇼리 지르되,

"금도ᄌᆞ(金刀子)는 어듸 잇ᄂᆞ뇨?"

ᄒᆞ니 집 압흐로셔 졔비 흔 ᄡᅡᆼ이 나라와 본지(本智)의 앏히 갓가이 오며 변ᄒᆞ여 가 ᄉᆞ가 되여 본지(本智)의 머리롤 ᄭᅡᆺᄯᅳ려 ᄒᆞ니 본지(本智) ᄯᅩ 흔 쇼리 질너 왈,

"호로병은 어듸 잇ᄂᆞ뇨?"

ᄒᆞ니 뜰 가의 박덩굴의 열닌 호로박이 졀노 나려와 묘혜의 뮌 머리롤 두다리니 모든 사름이 져 거동을 보고 칭찬치 아니리 업는지라. 범지(梵志) 심즁의 ᄯᅩ흔 슈단을 픠오려 ᄒᆞ미 묘혜 발셔 알고 흔 쇼리 질너 왈,

"현은도ᄉᆞ(玄隱道士)가 쳥난(靑鸞)을 【100】 타고 졔ᄌᆞ롤 츠즈려 온다!"

ᄒᆞ니 범지(梵志) 크게 놀나 ᄉᆞ방을 치여다 보니 이 곳 헷말이라.

범지(梵志) 왈,

"ᄉᆞ부의 슐법은 가장 놉거니와 ᄯᅩ 엇지 우리 졔ᄌᆞ의 일을 알고 현은도ᄉᆞ의 말을 ᄒᆞᄂᆞ뇨?"

묘혜 왈,

"빈승이 과연 먼져 아는 법이 〻시니 이러무로 ᄉᆞ부 올 ᄯᅥ의도 니 먼져 알고 멀니 ᄂᆞ가 마ᄌᆞ미라."

ᄒᆞ더라.

조일품이 범지(梵志)의 ᄉᆞ졔의 슈단이 놉흐믈 보고 그졔야 너력을 무르니 범지 슈힝ᄒᆞ려 ᄒᆞ는 말과 시쥬 어드려는 말을 니르듸 젼빅만 왈,

"우리 두리 가히 시쥬되염즉 【101】 ᄒᆞ냐?"

범지(梵志) 왈,

"나의 구ᄒᆞ는 ᄇᆞ는 디〻시쥬(大大施主)니 격헌듸 이위는 감당치 못ᄒᆞᆯ가 ᄒᆞ노라."

조일품 왈,

"이곳 동닌도국(東印度國)의 좌승상이 〻셔 일국의 권을 쥐여시니 〻는 가히 시쥬 되염즉ᄒᆞ냐?"

ᄒᆞ듸 범지(梵志) 왈,

쓸 듯 들네며 묘문으로 메윗게 드러오고 (本定袖中扯幾塊碎紙飛出. 頃刻門外車馬僕從塡門, 擁入廟堂.) <東遊記 2:95>

38) 【너도ᄒᆞ다】 혱 판이(判異)하다. 엉뚱하다. ¶ 조일품 젼빅만과 묘혜 등이 져마다 압셔 녜ᄒᆞ고 무슈이 봉승ᄒᆞ여 잠시간의 넘냥이 너도ᄒᆞ니 (趙錢二家乃近前盡禮, 那廟主何等樣奉承.) <東遊記 2:96>

"가장 죠커니와 엇지ᄒ여야 시쥬가 되게
홀고?"
조일품 왈,
"좌승상이 날과 교분이 친밀ᄒ니 글월을
닷가 쳔거ᄒ면 죠흐리로다."
ᄒ고 즉시 글을 뼈 범지(梵志)롤 쥬니 범
지(梵志) 디희ᄒ여 무슈이 ᄉ례ᄒ고 묘혜와 모
든 사룸을 하직ᄒ고 셰리롤 떠나 동을 바라고 【
102】 가니라.

【103】 츈풍화유긔[39)]

츈풍화류 번화시의 쏫겨다 우는 져 쏫쩍다
시야
문호식긔 삼쳔인을 네 몬 먹게 우진너야
지금 의실녕 밍상 풍원 츈심 호걸 풍유을
네 아느냐
바람아 부들 마라 후여진 경ᄌ나무 입 다
쩌러지다
싀월아 가들 마라 옥반홍안이 공뇌로다

---

39) 《동유긔》와는 전혀 관계없는 시로 필사자가
    지은 듯함.

[동유긔東遊記 권지습卷之三]

15
茶杯入見度家僧 一品遺書薦梵志

【1】 츠셜 밀다죤지(密多尊者) 원통(元通)으로 더부러 법지를 뒤좃츠 흔 마을의 다ː르니 쵼낙이 가장 졍결흔지라. 흔 집 문젼의 가 지밥을 빌더니 흔 노인이 셧다가 죤즈를 보고 쳥흐여 집의 드러가 니력을 뭇거늘 원통(元通)이 일ː히 디답흐고 노인의 셩명을 무르니 답왈,

"노한(老漢)의 셩명은 가승(家僧)이라. 평싱의 불가 션법을 죠화흐기로 집의 잇셔 슈힝흐노라."

흐며 차를 가져 죤즈끠 드리니 【2】 죤지 바다 마시려 흐더니 가승이 무러 왈,

"노한이 도를 구흐연 지 발셔 오러나 식견이 우미흐여 진젼을 모로는지라. 감히 뭇잡느니 도를 어듸로 좃츠 보느니잇고?"

죤지 이씨 츠를 바다 손의 드럿는 고로 뵈는 것슬 인흐여 디답 왈,

"져 츠 속으로 좃츠 보느니라."

흔디 가승이 쏘 문왈,

"어듸로 좃츠 드러가느니잇고?"

죤지 답왈,

"츠 속으로 좃츠 드러가느니라."

흔디 가승 왈,

"노한이 아모려도 보지 못흐패이다."

죤지 왈,

"일죽이 드러가지 못흐엿거든 엇지 보리오."

흔디 가승이 종자의 츠 그 【3】 룻슬 드려다 보니 제 얼골이 츠죵(茶鍾) 속의 빗최는지라. 우어 왈,

"노한이 츠속의 드럿시니 이졔는 보왓도다."

흐거늘 죤지 머리 져어 왈,

"참 드지 못흐엿시니 엇지 참 보왓시리오."

가승 왈,

"스부는 노한을 졔도흐여 쥬옵소셔."

흔디 죤지 왈,

"너 임의 졔도흐엿노라."

흐니 가승이 ː의 씨다라 ᄆ옴이 상쾌흔지라. 가장 깃거 동니의 흔가지 슈힝흐는 모든 노인을 쳥흐여 죤즈의 니력을 니르고 도법을 칭찬흐니 모다 탄복 왈,

"이 장노는 과연 놉흔 장뇌로다. 통신묘(通神廟)의 와셔 묘승과 겨룸흐든 그 도스와는 니도흐도다.40)"

【4】 흐니 원통(元通)이 문왈,

"통신묘는 어듸며 묘승은 그 뉘며 도스는 엇던 사롬이며 겨룸은 엇더케 흐더뇨?"

가승 왈,

"이 읿흐로 삼십니만 가면 셰리(勢里)라 흐는 쵼이 잇고 그 마을 속의 통신뫼 잇고 그 안의 묘허(妙虛)라 흐는 즁이 ː셔 도슐이 광디흐고 일젼의 흔 무리 도인이 통신묘의 뉴슉흐며 묘허와 결옴홀 시 신긔로온 지죄 무궁흐나 모도 환법(幻法)인 고로 졍도는 아닌가 흐도다."

원통(元通) 왈,

"묘허의 슐법은 엇더흐뇨?"

가승(家僧) 왈,

"그 법이 무궁허니와 졔일 더 신긔흔 바는 먼져 아는 법이 ː시니 비컨더 스뷔 즉금 이곳

---

40) 【너도ᄒ다】 혱 판이(判異)하다. 엉뚱하다. ¶ 不同 ‖ 이 장노는 과연 놉흔 장뇌로다 통신묘의 와셔 묘승과 겨룸흐든 그 도스와는 너도흐도다 (比趙一品擧薦那起道衆不同.) <東遊記 3:3> ⇒ 2:96

의 안져 그곳 【5】 자로 가려 마음을 아니 먹엇
시면 모로려니와 만일 ᄀ고 시분 마음을 ᄒ 번
먹으면 발셔 그 너력을 아는 고로 멀니 ᄂ와 마
져 드러가니 엇지 신긔치 아니리오."

원통(元通) 왈,

"우리도 져 길노 갈 거시니 불가불 ᄒ 번
맛나보리로다."

죤지 왈,

"졔 이믜 먼져 아는 법이 잇다 ᄒ니 우리
ᄂ 그리로 가는 마음을 먹지 말고 가면 졔 엇지
알며 너 ᄯᅩᄒ 졀노 ᄒ여곰 미리 아지 못ᄒ게 ᄒ
ᄂ 법이 ; 시리라."

ᄒ더라.

ᄎ셜, 범지(梵志)의 ᄉ졔 셰리(勢里)ᄅᆯ 떠나
동으로 힝ᄒ여 동닌도국(東印度國)의 니ᄅᆞ니 이
ᄯᅢᄂ 졍히 삼츈화졀이라. 범지 ᄉ졔 츈경을 구
경ᄒ며 풍광을 음영ᄒ더니 일위 【6】 공ᄌᄅᆯ 맛
나니 곳 좌승상의 아돌이라. 범지(梵志) ᄉ졔의
비범홈을 보고 쳥ᄒ여 미력을 셔로 뭇고 화원의
졍ᄒ 집을 치여 햐쳐(下處)ᄒ게 ᄒ니 범지 조일
품(趙一品)의 글월을 너여 공ᄌᄅᆯ 쥬어 승상ᄭᅴ
드리니 승상이 국ᄉ의 다ᄉᄒ무로 결을이 업셔
즉시 보지 못ᄒ고 아직 머무럿시라 ᄒ니 범지
ᄉ졔 여러 날 화원의 이셔 심이 격막ᄒ지라. 본
혜(本慧) 본졍(本定)이 무ᄉ(巫師)와 ᄉ신원으로
더부러 밧긔 가 놀다가 드러오려 ᄒ고 셩즁의
드러가 번화ᄒ 곳ᄌ로 단니며 슐법을 희롱ᄒ여
사름의 돈을 속여 어들 시 본혜ᄂ 마른 마[나]
모가지ᄅᆯ ᄯᆞ히 쏘ᄌ며 쇼리질너 곳 【7】 픠라 ᄒ
니 경긱의 곳치 퓌고 ᄯᅩ 쇼리ᄒ여 열미 열나 ᄒ
니 직시 곳치 ᄯᅥ러지고 무슈ᄒ 복셩이[41] 열넛
거눌 구경ᄒᄂ 사름의게 파라 돈을 밧고 본졍
(本定)은 나무통 둘을 가지고 단니며 입으로 통
속을 불면 나는 시와 길즘싱[42]이 무리 ; ; 나
오니 구경ᄒᄂ 사름이 닷토와 돈을 쥬며 칭찬ᄒ
여 이 쇼문이 웬 셩즁에 젼파ᄒ니 원근의 잇ᄂ
ᄉ녀(士女)들이 져마다 구경키ᄅᆯ 원ᄒᄂ지라.

---

41) 【복셩이】 몡 복숭아. ¶ 桃子 ‖ ᄯᅩ 쇼리ᄒ여
열미 열나 ᄒ니 직시 곳치 ᄯᅥ러지고 무슈ᄒ 복
셩이 열넛거눌 (又叫一聲結果, 頃刻花落, 結成滿
枝桃子.) <東遊記 3:7> ⇒ 복셩화, 복쇼화

42) 【길즘싱】 몡 길짐승. ¶ 走獸 ‖ 본졍은 나무통
둘을 가지고 단니며 입으로 통 속을 불면 나는
시와 길즘싱이 무리 ; ; 나오니 구경ᄒᄂ 사름
이 닷토와 돈을 쥬며 (本定見本慧手段, 便把兩
個桶子, 放在地下, 望東取了一口氣吹入, 只見桶
子飛禽走獸, 陣陣出來.) <東遊記 3:7>

16
弄戲法暗調佳麗　降甘霖衆感巫師

잇쩌의 좌승상 부중의 공지 두 첩을 두리고 길가 누의 올나 구경하니 본정(本定)이 본혜(本慧)와 브라보고 샤심이 발하여 그 첩을 희롱코져 하여 은신법을 하 【8】고 누상의 올느가니 다른 사람은 보지 못하느지라. 느아가 두 첩의 겻회 안져 아름다온 얼골을 구경하더니 본혜 본정이 셔로 일너 왈,

"우리 이런 미인을 맛나보기 만하여 무엇하리요."

하고 환약(丸藥) 둘을 변하여 합슈충(磕睡蟲)을 민드러 두 첩의 코궁긔43) 듸려보니니 두 첩이 혼곤하여 잠잘 싱각이 나느지라. 부중으로 도라와 방중의 누으니 공즈도 갓치 도라가 방중에 안졋거눌 본혜(本慧) 본정(本定)이 겻회 이셔 공즈 나가기를 기드리나 공지 나가지 아니하니

---

43) 【코궁ㄱ】 圐 《코구무》 콧구멍. ¶ 鼻孔 ∥ 환약 둘을 변하여 합슈충을 민드러 두 첩의 코궁긔 듸려보니니 두 첩이 혼곤하여 잠잘 싱각이 나는지라 (乃取兩丸泥丸, 變做兩個磕睡蟲兒, 飛入二妾鼻孔, 兩個卽肫睡起來.) <東遊記 3:8> ⇒ 곳굼, 코구무, 코굼, 코ㅅ 구무, 콧구무

두 사람이 착급하여 고약 두 장으로 납의 둘을 만드러 방중의 【9】 셔 빵지여 날다가 방 밧그로 나가게 하니 공지 그 나뷔롤 스랑하여 쓰라나오며 구경하거눌 본혜(本慧) 본정(本定)이 변하여 공즈의 모양이 도여 두 첩을 희롱하려 하더니 이쩌 본지(本智) 스승의게 말하여 왈,

"본혜 본정이 져젹의 화류졈(花柳店)의셔 녀식을 보고 샤심을 니여 하마 큰일을 져줄 번하엿더니 오날 네 사람이 밧긔 나가 오리 도라오지 아니하니 져컨더 무슴 일을 닐가 하느니 졔지 밧긔 나가 츠져오리이다."

하고 셩니 셩외로 부로 차즈니 무스(巫師)와 슈신원은 인총중의 이셔 슐법을 희롱하고 본혜(本慧) 본정(本定)은 간더업거눌 이인더러 무로니 디왈,

"앗가 져 【10】 두 사람이 누상의셔 구경하는 녀인을 유심이 보더니 일졍 그 녀즈롤 쓰라간가 시버이다."

하고 삼인이 혼가지로 은신법을 힝하여 승상부등의 드러가 스면으로 츠줄 시 공즈의 첩의 방의 이르니 본혜(本慧) 봉[본]경이 정이 변하여 공지 되엿느지라. 무스(巫師) 등의 오믈 보고 셔로 참지 못하여 우스니 우슴으로 좇츠 여러 사람의 본상이 탈노하느지라. 두 첩이 쇼리의 놀나 씌여보고 놀나우물 니긔지 못하여 쇼리질너 도젹이라 웨니 방 밧그로셔 여러 시비들이 드러오느지라. 여러 사람이 황망이 은신법을 힝하여 다라나고 오직 슈신원이 웃기롤 긋치지 【11】 아니무로 은신치 못하여 잡힌 비 되엿더라. 공지 슈신원이 범지(梵志)의 졔진 고로 스:로이 쳐치기 불편하여 다리고 범지의 하쳐로 오니 슈신원이 싱각하되,

'니 무슴 낫츠로 스부롤 보리오.'

하고 몸을 쇼:쳐 공중의 올나 :는듯시 다라나니 공지 쏘흔 말하기 불편한지라 발셜치 아니하고 아즁으로 도라가니라.

계십뉵회

츠셜, 범지(梵志) 스졔 화원의 이셔 졔즈들이 즈로 일을 져즈러니고 슈신원은 도쥬하여 간 【12】 곳즐 모로미 진퇴낭난하여 졍히 민:하더니 이쩌 텬긔 농시롤 당하여 한긔 틱심하기로 인민이 황:하여 비롤 기드리니 국왕이 하령하

여 긔우ᄅᆞᆯ 경셩으로 ᄒᆞᆯ 제 방을 붓쳐 닐넛시되, '뉘 능히 비ᄅᆞᆯ 어들 ᄌᆡ 잇거든 승인(僧人)이든지 도ᄉᆞ(道士)든지 혜지 말고 와셔 긔우ᄒᆞ라.' ᄒᆞ엿거ᄂᆞᆯ 범지(梵志) 이 쇼식을 듯고 크게 깃거 왈,

"나의 ᄃᆡ시쥬(大施主) 어들 곡졀이 여긔 잇다."

ᄒᆞ고 무ᄉᆞ(巫師)로 ᄒᆞ여 방문을 쎠히니 방 직흰 관원이 무ᄉᆞᄅᆞᆯ 가리고 왕ᄭᅴ 복명ᄒᆞ니 왕이 명ᄒᆞ여 긔우 졔구ᄅᆞᆯ 【13】 찰혀 쥬어 긔도케 ᄒᆞᆫᄃᆡ 무ᄉᆞ 왈,

"나ᄂᆞᆫ 긔우ᄒᆞᄂᆞᆫ 법이 가장 간출롭게[44] ᄒᆞ리라."

ᄒᆞ고 손의 양뉴지(楊柳枝)ᄅᆞᆯ 잡고 입으로 진언을 념ᄒᆞ며 셩ᄂᆡ 셩외로 도라단니ᆢ 경각의 흑운이 니러나 ᄒᆞᄂᆞᆯ을 덥흐며 큰 비 무ᄉᆞ(巫師)ᄅᆞᆯ ᄯᅡ라 나려오니 군신 상하 ᄃᆡ희ᄒᆞ여 놉흔 ᄌᆡ죠ᄅᆞᆯ 칭찬ᄒᆞ니 승상이 그졔야 조일품의 쳔거ᄒᆞᆫ 도인이 비범ᄒᆞᆫ 줄 알고 화원의 니ᄅᆞ러 범지(梵志)ᄅᆞᆯ 보고 청ᄒᆞ여 집으로 도라와 하쳐ᄒᆞ고 장ᄎᆞᆺ 국왕ᄭᅴ 죠현ᄒᆞ려 ᄒᆞ더라.

ᄎᆞ셜, 현은도ᄉᆡ(玄隱道士) ᄒᆡ도 즁의 이셔 금단이 ᆢ뷔 【14】 닐럿ᄂᆞᆫ지라 ᄒᆞᆫ가히 안졋더니 홀연 ᄉᆡᆼ각ᄒᆞ니 도동(道童)이 오ᄅᆡ 도라오지 아니ᄒᆞ엿시며 그ᄅᆞᆫ 길노 드러시물 불상이 녀겨 혜안을 드러 ᄒᆞᆫ 번 보고 왈,

"이 도동이 직금 동닌도국(東印度國)의 이시니 ᄂᆡ긔 두어 오지 아니ᄒᆞ면 장ᄎᆞᆺ 샤도(邪道)의 ᄲᆡ지리라."

ᄒᆞ고 경이 ᄌᆞ져가려 ᄒᆞ더니 홀연 ᄒᆞᆫ 동ᄌᆡ 동문 밧긔 와 안져시니 나히 십뉵칠 셰ᄂᆞᆫ 되고 머리의 ᄊᆞᆼ상토 ᄶᆞ고 목의 영낙(瓔珞)을 거럿거ᄂᆞᆯ 나아가 셔로 보고 문왈,

"동ᄌᆞᄂᆞᆫ 어ᄃᆡ로셔 오ᄂᆞ뇨?"

동ᄌᆡ 왈,

"어ᄃᆡ로셔 오노라."

우 문왈,

"어 【15】 ᄃᆡ로 가ᄂᆞ뇨?"

동ᄌᆡ 왈,

"어ᄃᆡ로 가노라."

ᄒᆞ거ᄂᆞᆯ 현은 왈,

"동ᄌᆞ야, ᄂᆡ 보ᄆᆡ 동ᄌᆡ 동방으로 가려ᄂᆞᆫ 쥴 알옵ᄂᆞ니 ᄂᆡ계 ᄒᆞᆫ 도동이 길을 그ᄅᆞᆺ 드러 동닌도국의 이시니 동ᄌᆞᄂᆞᆫ 슌편(順便)의 청난(青鸞)을 파고 져곳의 가 ᄂᆡ 도동을 졔도ᄒᆞ여 이리 보ᄂᆡ기ᄅᆞᆯ 바라노라. 동ᄌᆞᄂᆞᆫ ᄌᆞ비로 웃ᄯᅳᆷ을 삼ᄂᆞ니 응당 허락ᄒᆞ리로다."

동ᄌᆡ 'ᄌᆞ비(慈悲)'란 말을 듯고 다시 ᄉᆞ양치 아니ᄒᆞ고 ᄯᅩ 곡졀도 뭇지 아니고 청난을 올나타고 ᄇᆞ로 동닌도국의 니ᄅᆞ러 녀리(閭里)로 단니며 밥을 비러 먹그며 힝 【16】 뵈 나ᄂᆞᆫ 듯ᄒᆞ니 보ᄂᆞᆫ ᄌᆡ 이상이 녀겨 그 셩을 무ᄅᆞᆫ즉 답왈,

"너와 동셩이로다."

ᄒᆞ고 ᄯᅩ 문왈,

"네 힝뵈 엇지 그리 급ᄒᆞ뇨?"

답왈,

"네 힝보ᄂᆞᆫ 엇지 그리 느리뇨?"

ᄯᅩ 일홈을 무ᄅᆞᆫᄃᆡ 답왈,

"굿트여 남의 일홈 아라 무엇ᄒᆞ리오. ᄂᆡ 목의 영낙이 ᆢ시니 그거시 즉 일홈이로라."

ᄒᆞ니 일노 인ᄒᆞ여 사ᄅᆞᆷ이 부ᄅᆞ기ᄅᆞᆯ 영낙동ᄌᆡ(瓔珞童子)라 ᄒᆞ더라.

일ᆢ은 범지(梵志) 본지(本智)로 더부러 셩즁의 ᄒᆞᆫ유ᄒᆞ더니 영낙동ᄌᆡ 본지ᄅᆞᆯ 보고 우어 왈,

"져 도동이 ᄉᆞ긔가 만복ᄒᆞ여시니 옛 쳐쇼ᄅᆞᆯ 이즈미 고이치 아니타."

【17】 ᄒᆞ고 손을 드러 본지(本智)의 뇌후ᄅᆞᆯ ᄒᆞᆫ 번 치며 왈,

"현은도ᄉᆡ 너ᄅᆞᆯ ᄎᆞ즈려 ᄒᆞ여 청난이 져긔 왓다."

ᄒᆞᆫᄃᆡ 본지(本智) 씻친 듯시 놀나 왈,

"ᄂᆡ 엇지ᄒᆞ여 ᄒᆡ도ᄅᆞᆯ 잇고 이리로 유락ᄒᆞ리오."

ᄒᆞ고 머리ᄅᆞᆯ 드러보니 공즁으로셔 청난이 나려오거ᄂᆞᆯ 칩ᄯᅥ[45] 타고 ᄒᆡ도(海島)ᄅᆞᆯ 향ᄒᆞ여 가니 범지(梵志) 보고 법슐을 지여 나무가지로

---

44) 【간출롭다】 형 간소(簡素)하다. 미상. ¶ 나ᄂᆞᆫ 긔우ᄒᆞᄂᆞᆫ 법이 가장 간출롭게 ᄒᆞ리라 (俱各不用, 只求我王誠心朝天叩拜, 焚一炷香, 大雨隨到.) <東遊記 3:13>

45) 【칩ᄯᅥ】 부 냅다. 몹시 세차게. ¶ 上飛, 칩ᄯᅥ날 충, "冲"通. <釋下 36a> 공즁으로셔 청난이 나려오거ᄂᆞᆯ 칩ᄯᅥ 타고 ᄒᆡ도ᄅᆞᆯ 향ᄒᆞ여 가니 (只見一隻青鸞從天飛下, 本智卽跨上青鸞, 飛騰霄漢, 望海島而去.) <東遊記 3:17> ⇒ 칩더, 칩터

청난을 만들고 본졍(本定)으로 본지(本智) 모양을 ᄒᆞ여 본지를 ᄡᅳ라가 졍쳥난을 속이고 본지를 드려오랴 ᄒᆞ거늘 영낙동지(纓絡童子) 손을 드려 ᄒᆞᆫ 번 가ᄅᆞ치미 공즁의 ᄶᅩ 거즛 본지가 거즛 쳥 【18】 난을 타고 ᄒᆞ늘 가으로 비회ᄒᆞ니 본졍이 눈을 들어보고 졍본인 줄 알고 셔로 얽혀 ᄒᆞᆫ가지로 도라오기를 ᄇᆞ라더니 가본지(假本智)가 도로혀 본졍(本定)을 유인ᄒᆞ여 공즁으로 너왕ᄒᆞ니 ᄌᆞ러무로 본졍이 도라오지도 못ᄒᆞ고 졍이 쥬져ᄒᆞ더니 법이 푸러지며 본졍이 나무가지를 타고 ᄯᅩᆫ히 ᄶᅥ러져 시히ᄒᆞ여ᄂᆞᆫ지라. 범지(梵志) 기드리다 못ᄒᆞ여 하쳐의 도라와 민ᄂᆞᆫ불낙(悶悶不樂)ᄒᆞ더니 홀연 국왕이 쳥ᄒᆞ여 긔우ᄒᆞᆫ 공덕을 칭ᄉᆞᄒᆞ고 장ᄉᆡᆼ불노지슐(長生不老之術)을 무르며 단을 무으고[46] 범지를 쳥ᄒᆞ여 스승을 삼으니 일시의 쇼문이 【19】 헌동ᄒᆞ여 ᄶᅧ마다 폐빅을 만이 갓쵸고 문하의 투탁ᄒᆞ여 도를 비화지라 ᄒᆞ니 범지(梵志) 이졔야 원을 일워 큰 시쥬를 어던노라 양ᄌᆞ득(揚揚自得)ᄒᆞ더라.

ᄎᆞ셜, 밀다죤지 가승(家僧)의 집을 ᄯᅥ나 동으로 힝홀 시 가승이 ᄯᅩᄒᆞᆫ ᄯᅡ라오며 죤ᄌᆞᄭᅴ 고 왈,

"이 압흐로 삼십니만 가면 셰리(勢里)라 ᄒᆞᄂᆞᆫ 마을이오 그 마을 쇽의 신통묘[通神廟]ᄂᆞᆫ 묘허의 잇ᄂᆞᆫ 곳지라. 우리 부듸 신통묘의 가ᄉᆞ이다."

ᄒᆞ니 죤지 왈,

"츌가ᄒᆞᆫ 사룸은 연분을 ᄯᅡ라단니미 지어지쳐홀 【20】 거시오 미리 쳐쇼를 졍홀 비 아니라."

ᄒᆞ고 압셔 힝ᄒᆞ니 원통(元通)과 가승은 신통묘로 가기를 마음의 먹엇더라. 힝ᄒᆞ여 셰리 쵼구의 니ᄅᆞ니 묘혜(妙虛) 발셔 나와 마ᄌᆞ며 녜ᄒᆞ여 왈,

"소승이 ᄌᆞ뮈 져 원통 스부와 가승 시쥬의 오시ᄂᆞᆫ 줄을 아랏ᄉᆞ오나 멀니 맛지 못ᄒᆞ오니 불

민ᄒᆞ도쇼이다."

ᄒᆞ며 죤ᄌᆞ를 보고 심즁의 ᄌᆞ혹ᄒᆞ여 가승더러 무러 왈,

"져 위 노ᄉᆞ부ᄂᆞᆫ 어듸로셔 오시뇨? 너 엇지ᄒᆞ여 오시ᄂᆞᆫ 쥴 몰나ᄂᆞᆫ고?"

ᄒᆞ니 가승 왈,

"이ᄂᆞᆫ 우리와 ᄒᆞᆫ가지로 오신 스뷔이시니라."

ᄒᆞ고 묘허를 좃ᄎᆞ 신통 【21】 묘의 드러가니 묘헤 십분 공경ᄒᆞ며 지를 드리고 다시 머리 죠와 왈,

"노ᄉᆞ부야, 졔지 먼져 아ᄂᆞᆫ 법이 잇거늘 엇지ᄒᆞ여 ᄉᆞ부의 니력을 모로니잇고? 아마도 ᄉᆞ부ᄂᆞᆫ 텬상 인간의 붓쳐신가 ᄒᆞᄂᆞ이다."

ᄒᆞ거늘 가승이 죤ᄌᆞᄭᅴ 고ᄒᆞ여 왈,

"묘헤 빅ᄉᆞ를 다 미리 알거늘 엇지ᄒᆞ여 죤ᄌᆞ의 오시ᄂᆞᆫ 쥴은 아지 못ᄒᆞ엿ᄂᆞ니잇고?"

죤지 왈,

"져도 나를 모를 거시 아니로되 니 드르니 져의 먼져 아ᄂᆞᆫ 법이 잇다 ᄒᆞ기로 니 근본 업ᄂᆞᆫ 도리로뻐 힝ᄒᆞ미 졔 스스로 아지 못ᄒᆞ미니라."

가승이 황연 【22】 이 ᄭᅢ다라 졀ᄒᆞ며 칭ᄉᆞᄒᆞ니 이ᄯᆡ 죠일품 젼빅만이 ᄯᅩᄒᆞᆫ 좌의 잇다가 ᄌᆞ승더러 문왈,

"노ᄉᆞ부의 근본업ᄉᆞᆫ 법이 무슴 법이뇨?"

가승 왈,

"먼져 아ᄂᆞᆫ 것순 쉴긔오 먼져 아ᄂᆞᆫ 거슨 귀신이라. 슈연이나 슬긔와 귀신도 그져 알들 못ᄒᆞ여 니가 안 연후에야 아ᄂᆞ니 니가 아지 못ᄒᆞ면 귀신도 모를 거시니 너가 아지 못ᄒᆞᄂᆞᆫ 거슨 즉 근본업ᄉᆞᆫ 도리니 근본업ᄉᆞᆫ 도리ᄂᆞᆫ 텬지도 아지 못ᄒᆞ려든 묘허(妙虛)의 환슐노 엇지 알니오."

ᄒᆞ니 묘헤 이 말을 듯고 격연이 안져 죤ᄌᆞ를 치미러 보와 왈,

"ᄉᆞ부야, 졔지 이 【23】 졔로 오장이 어린 듯 ᄒᆞ여 다시 압 일을 아지 못ᄒᆞ리로소이다."

죤지 왈,

"네 이졔 어린 듯ᄒᆞ니 이거시 즉 근본 업ᄉᆞᆫ 도리를 어덧도다."

묘혜 머리 죠아 졔도ᄒᆞ신 은혜를 ᄉᆞ례ᄒᆞ더라.

죠일품(趙一品)이 죤지 묘허를 졔도ᄒᆞ믈

---

46) 【무으다】 동 ᄡᅡ다. 만들다. ¶ 設 ∥ 홀연 국왕이 쳥ᄒᆞ여 긔우ᄒᆞᆫ 공덕을 칭ᄉᆞᄒᆞ고 장ᄉᆡᆼ불노지슐을 무르며 단을 무으고 범지를 쳥ᄒᆞ여 스승을 삼으니 일시의 쇼문이 헌동ᄒᆞ여 (王聽左相之言, 卽令執事官, 擇日設壇郊外, 拜梵志爲師. 一時鼓動大小臣工民庶.) <東遊記 3:18>

보고 일병 칭송ᄒ며 일변으로 범지(梵志)의 스
승 졔ᄌ들의 슈단을 말ᄒ며 즉금의 동닌도국의
셔 국왕이 스승을오 디졉ᄒ여 도룰 힝ᄒ다 니ᄅ
니 죤지 듯고 즁싱을 그릇더리믈 슬허ᄒ여 가승
과 모든 스람을 하직ᄒ고 원통(元通)으로 더부
러 동닌도국으로 향ᄒ여 가니라.

17

賽新園復修舊廟　東印度重禮眞僧

【24】 츠셜, 스신원(賽新園)이 은신법으로 좌승상 공주의 쳡의 방중의 드러갓다가 잡히여 범지(梵志)의게로 보니려 ᄒ니 심중의 슈괴ᄒ여 볼 낫치 업ᄂ지라. 금션탈각법(金蟬脫殼法)으로 몸을 쎗쳐 다라나 다시 녕통관(靈通關)의 니ᄅ러 옛날 잇든 집을 수리ᄒ고 잇더니 홀연 음풍이 체;ᄒ며 사름의 혼이 엷히 잇거놀 즈세히 보니 이ᄂ 본정(本定)이라. 놀나 곡졀을 무ᄅ니 본정 왈,

"니 그릇 외조의 투탁(投托)ᄒ여 거즛 쳥난(靑鸞)을 타고 공중 【25】 의 올낫더니 그 법이 신통지 못ᄒ여 ᄯᅳ히 쩌러져 음혼이 어듸로 갈지 향방이 업스니 원컨디 문노(門路)를 가ᄅ치라."

ᄒ디 스신원이 쇼왈,

"스형도 길을 그릇 드러 져런 괴로오믈 밧아쩌니와 나도 문노를 그릇 드럿기로 도라와 스스로 곳치려 ᄒ여도 어렵거든 엇지 남을 가ᄅ칠지죄 잇시리오. 스형은 아직 이곳의 머무러쓰가 일후 사름 졔도ᄒ라 단니ᄂ 승인이나 도스를 만나거든 향방을 어더가미 죠홀가 ᄒ노라."

ᄒ니 본정(本定)이 올히 녀 【26】 겨 그곳

의 유ᄒ니라.

츠셜, 동닌도 국왕이 어진 덕이 잇고 빅셩을 스랑ᄒ며 현스를 녜디ᄒ여 졍스를 힘쓰더니 범지(梵志)의 법을 어더 빅셩을 죠케 ᄒ믈 보고 크게 깃거 스부로 디졉ᄒ고 국스를 의논ᄒ며 빅셩 스를 도리로 힘쓰더니 일일은 빅셩의 농스를 권농ᄒ려 ᄒ여 셩 밧그로 나갈 시 범지와 ᄒᆞᆫ가지로 년을 타고 가더니 홀연 보니 흰 긔운이 남으로좃츠 동으로 와 상하의 쎄쳐거놀 왕이 범지더러 【27】 문왈,

"이 무슴 상셔의 긔운인고?"

범지(梵志) 눈을 드러 보며 죤지 쟝ᄎ 국중의 드러오ᄂ 쥴 알고 왕이 져를 디졉ᄒ든 마음이 죤즈로 ᄒ여 쇼홀가 ᄒ여 그 오ᄂ 길을 막즈ᄅ려 ᄒ여 왕긔 말ᄒ여 왈,

"져 긔운이 상셔의 긔운이 아니라 요괴의 긔운이니 만일 셩중의 들면 큰 히로오미 이실 거시니 셩문 직흰 관원의게 분부ᄒ여 각별 막즈ᄅ되 외방으로 오ᄂ 중이 ;스면 이거시 요괴니 츅실이 살피고 부듸 노하 드려보니지 말나 ᄒ소셔."

ᄒ니 왕이 즉시 각문의 젼녕 【28】 ᄒ여 승인을 막으라 ᄒ니 범지(梵志) 햐쳐로 도라와 무스(巫師)와 본혜(本慧)더러 일너 왈,

"우리 죠히 국왕의 녜디를 바라 도를 힝ᄒ려 ᄒ더니 만일 져 승인이 오면 우리를 디졉ᄒ든 마음을 져의게 쎄앗씰 거시니 쟝ᄎ 엇지ᄒ리오?"

본혜 왈,

"스부ᄂ 근심 마ᄅ쇼셔. 우리 법슐노 져를 쫏츠려 ᄒ면 무어시 어려오리오."

무시(巫師) 왈,

"불연ᄒ다. 즉금의 본지(本智) 본졍(本定)은 죵젹이 업고 스신원은 도쥬ᄒ여 우리 형세 가장 고단ᄒ니 만일 오ᄂ 즈의 녁냥이 크면 엇지 디젹ᄒ리오."

범지(梵志) 왈,

"그 말이 유리ᄒ니 너의ᄂ 【29】 오날부터 졔즈를 만이 구ᄒ여 법을 가ᄅ쳐 져의를 디젹ᄒ게 ᄒ라."

ᄒ니 무시(巫師) 스승의 말을 좃츠 졔즈를 널납홀 시 이쩌 일국 인민이 범지의 신이(神異)ᄒᆫ 법을 스모ᄒ며 ᄯᅩᄒ 국왕의 녜디를 바다 권

셰가 일세롤 기우리니 져마다 그 문하의 투탁고
져 ᄒ며 환유ᄒᄂ 호협쇼년과 본분 업ᄂ 부랑자
계와 혹 사롬을 속기고 지물을 취ᄒ려ᄂ ᄌ와
죄의 범ᄒ고 몸을 피ᄒ려ᄂ ᄌ들이 일시의 투탁
ᄒ니 거의 빅쳔이나 되ᄂ지라. 이씨 영낙동지
(纓絡童子) 셩즁으로 단니다가 져 거동을 보고
즁인【30】들의 그른 곳의 ᄶ러지ᄆ무로 불상이
녀겨 구홀 마음을 먹고 거즛 졔ᄌ 되려ᄂ 사롬
인 체ᄒ여 즁인을 ᄯ라 드러가니 무ᄉ(巫師) 단
우희 안져 즁인더러 무러 왈,

"여등이 도롤 비호려 ᄒ니 무ᄉ 길노 가려
ᄒᄂ다?"

ᄒ니 즁인은 모다 용인쇽지라 무ᄉ 말인지
몰나 디답지 못ᄒ거늘 영낙동지(纓絡童子) 츌반
왈,

"우리ᄂ 바론 길노 드러 큰 교화롤 구ᄒ노
라."

ᄒ니 무ᄉ(巫師) 왈,

"엇지면 바론 길이로 엇지면 큰 교홰뇨?"

동지 왈,

"외도와 겻문으로 들지 아니면 이거시 바
론 길이오 즁싱을 모도 거두어 ᄒ 업시 졔도ᄒ
면 이것시 큰【31】 교홰니라."

무ᄉ(巫師) 이 말을 듯고 급히 단의 나려
동ᄌ롤 붓들고 왈,

"우리 스승이 ᄶ계야 참 졔ᄌ롤 어덧다."

ᄒ고 잇끌고 가려ᄒ니 동지 우어 왈,

"ᄂᄂ 졔ᄌ 되려 ᄒ미 아니라 졔ᄌ를 어드러
온 길이로다."

ᄒ니 무ᄉ 왈,

"네 무ᄉ 지죄 이셔 큰 말을 ᄒᄂ뇨?"

동지 왈,

"너ᄂ 무ᄉ 지죄 이셔 망녕도이 졔ᄌ롤 구
ᄒᄂ다?"

ᄒ니 무ᄉ(巫師) 노ᄒ여 법을 지여 동ᄌ롤
졔어코져 ᄒ여 손을 드러 ᄒ 번 가르치니 거문
긔운이 공즁에 ᄌ옥ᄒ며 긔운 쇽으로 무슈ᄒ 귀
신이 푸른 낫타 붉근 털이며 엄니[47] 부루듯고
눈셥을 거스【32】리며 일계이 덥울어 다라드니

모든 쇼년이 일시의 쇼리질너 왈,

"ᄉ부의 슈단은 진짓 신션이로다. 우리들
이 ᄉ부의 졔ᄌ 되미 유복ᄒ리로다."

ᄒ거늘 동지 무ᄉ(巫師)의 작법ᄒ물 보고
ᄯ또한 손을 드러 ᄒ 번 가르치니 혹긔 변ᄒ여 금
광이 찬난ᄒ고 흉ᄒ 귀신이 변ᄒ여 죠흔 션관이
되니 쇼년들이 다시 쇼리ᄒ여 왈,

"이야 이상ᄒ다, 엇지ᄒ여 무ᄉ(巫師)의 뵈
ᄂ ᄇᄂ 져럿틋 흉악ᄒ여 사롬을 놀니고 져 동
ᄌ의 뵈ᄂ ᄇᄂ 져럿틋 아롬다와 사롬의 마음을
상쾌ᄒ게 ᄒᄂ【33】고? 우리 흉악ᄒ 거술 ᄇ리
고 죠흔 것술 좃ᄎ 동ᄌ의 졔지 되리라."

ᄒ고 일시의 동ᄌ의게로 도라오니 동지 즁
인을 피ᄒ여 단의 ᄂ려 나ᄂ드시 다라나거늘 무
ᄉ(巫師) 풍운을 일희며 공즁에 소ᄉ쳐 동ᄌ롤
ᄯ라가더니 셩문 밧긔 니르러 동ᄌᄂ 간듸 업고
빅광이 찰난ᄒ며 죤ᄌ의 ᄉ계 오ᄂ지라. 무ᄉ
마음의 혜오되,

'이 일이 일졍 ᄉ부의 넘녀ᄒ든 비로다.'

ᄒ고 햐처의 도라와 범지(梵志)롤 보고 이
말을 젼ᄒ니 범지 왈,

"이 일이 ᄌ뮈 이러면 져의 오기롤 기다려
법을 내여 졔어ᄒ리라."

ᄒ더라.

【34】 ᄎ셜, 밀다죤지 원통(元通)으로 더부
러 동닌도국 셩 밧긔 니르러 보니 궁셩의 거문
긔운이 등등ᄒ거늘 원통더러 일너 왈,

"네 져 긔운을 보ᄂ다? 요얼이 우리롤 도
모ᄒ려 ᄒ거니와 무어시 방ᄒ리로오리오."

ᄒ고 크게 거러 셤문으로 드러가니 셩문
직횐 관원이 막으려 ᄒ다가 도로 마져 드리믈
씨닷지 못ᄒ더라. 죤지 바로 왕의 알픠 나아가
니 이 ᄯ또한 스스로 공경ᄒ물 씨닷지 [못]ᄒ여
몸을 일러 문왈,

"ᄉ뷔 이리 오미 무엇ᄒ려 ᄒ시ᄂ뇨?"

죤지 답왈,

"즁싱을 졔도코져 ᄒ【35】 미로쇼이다."

ᄒ니 왕이 칭ᄉ하고 관원을 병ᄒ여 지롤
공양ᄒ더니 범지(梵志) 드러오며 왕긔 뵈고 죤
ᄌ더러 문왈,

"져 승인이 ᄌ곳 오미 무ᄉ 연괸고?"

죤지 답왈,

"즁싱을 졔도ᄒ렷노라."

---

47)【엄니】團 어금니. ¶ 거문 긔운이 공즁에 ᄌ
  옥ᄒ며 긔운 쇽으로 무슈ᄒ 귀신이 푸른 낫타
  붉근 털이며 엄니 부루듯고 눈셥을 거스리며
  <東遊記 3:31> ⇒ 엄

ᄒ니 범지(梵志) 더로 왈,

"어듸로셔 온 즁이 ᄌ럿툿 큰 말을 ᄒᄂ뇨!"

ᄒ고 본혜(本慧)롤 명ᄒ여 법을 힝ᄒ라 ᄒ니 본혜 손을 드러 ᄒ 번 가ᄅ치니 공즁으로셔 큰 산이 나려와 졈ᄌ 죤ᄌ롤 누ᄅ려 ᄒ거눌 죤지 손을 드러 ᄒ 번 가ᄅ치니 그 산이 범지의게로 눌너 나려오ᄂ지라. 범지 다시 법을 힝ᄒ려 ᄒ되 ᄌ지 아니【36】커눌 헐일업셔 황망이 ᄯ히 ᄭ러 왈,

"용우범부(庸愚凡夫)가 셩승(聖僧)을 아지 못ᄒ고 그릇 죤위롤 범ᄒ여시니 원컨디 죄롤 용셔ᄒ시고 졔도ᄒ여 쥬시기롤 바라ᄂ이다."

ᄒ거눌 죤지 손을 드러 ᄒ 번 가ᄅ치니 그 산이 스스로 업셔지ᄂ지라. 왕이 죤ᄌ의 범지(梵志)롤 졔도ᄒ물 보고 무러 왈,

"범스뷔 나롤 가ᄅ치되 셩명을 ᄲᆼ으로 닷그라 ᄒ니 그거시 되리잇가 되지 아니리잇가?"

죤지 왈,

"그 말이 되지 아닌 지 아니로되 입으로만 말을 ᄒ고 마음의ᄂ 응치 아니ᄒ면 졈ᄌ 도의 머러지ᄂ 비니이다."

ᄒ니 왕 왈,

"금일이야 참법을【37】비화 더도롤 ᄭᅵ쳐지라."

ᄒ고 죤ᄌ롤 쳥ᄒ여 스승을 삼아 두고 졍결ᄒ 집을 ᄒ여 죤ᄌ의 스승 졔ᄌ롤 공양ᄒ니 범지(梵志) 죤ᄌ의 졔도롤 밧고 환법의 무익ᄒ물 아라 큰 도롤 닷그려 ᄒ여 왕을 하직ᄒ고 히도로 가니 본혜(本慧)와 무스(巫師) 등도 범지롤 바리고 각ᄌ 허여져 다ᄅᆫ 데로 가고 본지(本智)ᄂ 본내 현은도스의 졔ᄌ로 그릇 죠기 속의 드럿ᄂ 고로 텬셩이 혼미ᄒ여 옛 스승을 잇고 범지롤 ᄯᅡ라단니더니 영낙동ᄌ의 졔도ᄒ물 힘닙어 쳥난을 타고 히도로 도라가 현은ᄉ부롤 좃츠니라.

계실칠회

【38】 ᄎ셜, 동닌도 국왕이 밀다죤ᄌ롤 놉혀 스승을 삼고 날마다 명심견셩(明心見性)ᄒᄂ 도리로 셜법ᄒ더니 일ᄌ은 근신이 쥬왈,

"근일의 영낙동ᄌ(纓絡童子)라 ᄒᄂ 아히 잇셔 녀리(閭里)[48]로 단니며 사롭을 권ᄒ여 악얼(惡孽)을 짓지 말나 ᄒ며 혹 민발노 물을 건너며 혹 불에도 드러가 사롬을 만이 구ᄒ며 식상(色相)이 장엄ᄒ여 범인과 다ᄅ더라."

ᄒ거눌 왕이 죤자더러 문왈,

"이 일이 엇더ᄒ니잇고?"

죤지 왈,

"이 나라의 맛당이 셩인이 【39】이셔 나롤 니으리라 ᄒ더니 아마도 이 일인가 ᄒ노이다."

---

48) 【녀리】 몡 여리(閭里). 마을. ¶ 閭里 ‖ 근일의 영낙동지라 ᄒᄂ 아히 잇셔 녀리로 단니며 (有 纓絡童子, 遊行閭里.) <東遊記 3:38> ⇒ 3:15

18
二十七祖傳大法 達摩老祖度元通

ᄒ니 왕이 즉시 거가를 명ᄒ여 존ᄌ와 ᄒ
가지로 슐위의 올나 큰 길노 나가니 영낙동지
(纓絡童子) 홀연이 슐위 옯히 니르러 왕과 존ᄌ
를 향ᄒ여 녜ᄒ거늘 존지 ᄒ 번 보고 무러 왈,

"네 이젼 일을 아는다?"

동지 왈,

"니 이젼 원겁(遠劫) 쩌의 ᄉ부로 더부러
ᄒ가지 이셔 마하반야(摩訶般若)를 넘ᄒ엿ᄂ니
금일 맛나문 이젼 인연이로쇼이다."

존지 겸두ᄒ고 왈,

"이 동ᄌ는 다른 사룸이 아니라. 이 곳 더
셰지보살(大勢至菩薩)이니 이 셩인 후의 다시
두 사룸이【40】나셔 ᄒ 사룸은 남닌도국(南印
度國)을 졔도홀 거시오 ᄒ 사룸은 연분이 진죠
국(震旦國)49)의 이셔 ᄉ오년 니의 이 ᄯ홀 도라

오리이다."

ᄒ니 동지 다시 존ᄌ를 향ᄒ여 졔도ᄒ물
구ᄒ거늘 존지 동ᄌ를 일홈ᄒ여 반야다라(般若
多羅)를 삼고 일너 왈,

"니 널니 졔도ᄒ기를 위ᄒ여 동으로 오미
러니 셰겁이 분ᄂ히여 니르 졔도홀 길 업는지
라. 니 혜광(慧光)으로뼈 살펴보니 우리 나라히
동으로 다시 졔도홀 사룸이 ᄂ셔 능히 니 뜻줄
이룰 거시니 너는 유의ᄒ라!"

ᄒ고 발을 가져 반야다라의게【41】젼ᄒ고
왕긔 하직ᄒ여 왈,

"빈승이 졔도홀 원을 이뮈 맛쳐시니 맛당
이 젹멸(寂滅)ᄒ리로쇼이다."

ᄒ며 원통(元通)더러 일너 왈,

"너는 오히려 동으로 ᄒ 번을 인연이 ᄂ시
니 본국의 도라간 후에 맛당이 슈습ᄒ여 다 되
지 못ᄒ 인연을 셩취ᄒ라."

ᄒ고 햐쳐의 도라와 참션ᄒ고 안ᄌ며 아죠
멸ᄒ니 국왕이 하놀 모도 슬피 호흡ᄒᄂ지라.
반야드래 왈,

"원통(元通)은 슬허 말나. 우리 스승이 ᄌ
뮈 극낙셰계로 도라가시니 무엇시 슬푸리오. 왕
은 맛당이 목감(木龕)의 담아 교외로【42】보니
면 우리 스승이 ᄌ연이 신화ᄒ시는 도리 이시리
이다."

ᄒ니 왕이 그 말을 좃ᄎ 목감으로뼈 존ᄌ
의 시쳬를 담아 교외로 보너니 감 즁에셔 졀노
불이 화ᄒ여 스스로 타거늘 왕이 ᄉ리(舍利)를
거두어 죠히 뭇고 반야다라존ᄌ의게 쳥ᄒ여 도
량(道場)50)을 셰워지라 ᄒ니 존지 ᄉ양ᄒ여 왈,

"우리 스승이 본근 남닌도국으로셔 왓는지
라. 이졔 져 나라의 ᄯ 셩인이 낫시니 니 맛당
이 져 나라의 가셔 졔도코져 ᄒᄂ니 이 도량지
ᄉ는 원통(元通)으로 쥬(主)ᄒ게 ᄒ소셔."

ᄒ고 하직ᄒ고 나ᄂ듯【43】시 가니 원통
이 ᄯ혼 도장을 맛친 후의 하직ᄒ고 남닌도국으
로 도라오니 이쩌의 덕승왕(德勝王)이 ᄂ뮈 셰
상을 바리고 젼ᄒ여 향지왕(香至王)긔 니르니
향지왕이 어질고 도를 죠하ᄒ여 불법을 공경ᄒ

---

49)【震旦 진단】Zhèndàn ＜名＞ 진죠 *古印度語的
　　音譯。古印度稱中國爲"～"。‖ "此聖人之後, 復出
　　二人, 一人化南印度, 一人緣在～." 이 셩인 후의
　　다시 두 사룸이 나셔 ᄒ 사룸은 남닌도국을 졔
　　도홀 거시오 ᄒ 사룸은 연분이 진죠국의 이셔
　　ᄉ오년 니의 이 ᄯ홀 도라오리이다 (東遊記

3:40) "吾欲往～地方, 打一轉輪回。" (初刻 28)
50)【도량】圐 도장(道場). ¶ 道場 ‖ 반야다라존ᄌ
　　의게 쳥ᄒ여 도량을 셰워지라 ᄒ니 (安瘞了密多
　　尊者, 乃建道場.) ＜東遊記 3:42＞ ⇒ 도장

며 일즉 두 아들을 두엇시니 장즈의 일홈은 월정드라(月淨多羅)오 츠즈의 일홈은 공덕다랠(功德多羅)너라. 이 날의 원통(元通)이 본국의 도라와 왕끠 뵈온디 왕이 밀다죤즈의 동도(東度)ᄒ든 스젹을 듯고 마음에 거룩ᄒ여 합쟝ᄒ고 칭찬ᄒ기룰 마지 아니터라.

홀련 국즁의 샹셔의 긔운이 젼각을 두로고 죠흔【44】ᄒ니 사름의게 쏘이며 쏘 일위 왕지 탄싱ᄒ거눌 왕이 디희ᄒ여 일홈을 보리다라(菩提多羅)즈 ᄒ더라. 왕지 쳔싱 셩인의 덕이 즈셔 어려실 쎠로 죳츠 도룰 죠하ᄒ여 츌가홀 뜻지 잇더니 일즈은 반야드라 죤지 이르러 왕긔 뵈온디 왕이 법호룰 무른 후 밀다죤즈의 졔진 줄 알고 크게 반겨 관디ᄒ고 삼위 왕즈룰 뵈온디 반야드라 죤지 법셩(法性)을 변논홀 시 보리다라 왕지 문답이 변혜(辨慧)ᄒ여 법셩이 통달ᄒ거눌 마음의 긔이히 녀겨 도통을 니룰 줄 알고 아직 어리무로 셜파치 아니ᄒ고【45】도라가니 보리다라 왕지 반야다라의 문답을 들은 후의 더옥 환희ᄒ여 국즁에서 죠셕으로 참션ᄒ여 도룰 닷그더니 향지왕(香至王)이 기셰ᄒ시미 드듸여 츌가홀 시 ᄇ야흐로 셩문을 나니 반야다라 죤지 홀연이 즈르러 왈,

"너는 이졔야 오는다51)?"

ᄒ니 보리다리(菩提多羅) 크게 깃거 졀ᄒ며 죤즈룰 죳츠가니 죤지 일너 왈,

"옛젹의 여리(如來)계셔 큰 법으로뼈 가셥(迦葉)의게 붓치시니 여러 디룰 상젼ᄒ여 나의 까지 왓는지라. 니 이졔 이 법으로뼈 너의게 붓치ᄂ니 너는 나의 젹멸흔 후 뉵십여【46】년의 맛당이 진죠국(震旦國)의 가셔 교화룰 힝ᄒ라."

ᄒ고 의발을 젼ᄒ니 이 반야드라 죤즈는 즉 이십칠죠요 보리다라(菩提多羅)는 일홈이 기스오 법호는 달마죤지(達摩尊者)니 이십칠죠의 도통을 니어 일후의 듕국의 도라와 쵸죠(初祖)가 되미러라. 반야드라 죤지 법으로뼈 달마죠스(達摩祖師)의게 젼흔 후 일즈은 달마죤즈룰 불너 도통홀 스젹을 부탁ᄒ고 즉시 안졋든 즈리의셔 몸을 소즈와 공즁의 스리비 갓치 나려오더라. 달마죤지 반야다라 죤【47】지 멸도흔 후로 쳥녕관(淸寧觀)의 거ᄒ여 벽을 향ᄒ고 안져 쥬

야로 참션ᄒ니라.

츠셜, 원통(元通)이 동닌도국으로셔 도라온 후의 졍찰의 잇셔 관문을 닷고 참션ᄒ여 안젼지 여러 희의 스승의 부탁이 즈시무로 동으로 졔도ᄒ든 공을 맛치려 ᄒ여 참션ᄒᄂ 가온더 졍신이 나와 단이며 마치지 못ᄒ여는 연분을 셩취홀 시 옛날 지나든 셩즈니의 이르니 복어부(卜漁父)는 이뮈 죽고 그 아들 복구(卜坵)는 참션 공부룰 부즈러니 ᄒ무로 약ᄒ든 병이 다 나핫는 고로 이 날 원통(元通)을 보고 크게【48】반겨 참션ᄒᄂ 가룩침을 칭스ᄒ고 죵시 졔도ᄒ물 구ᄒ니 원통이 참션ᄒᄂ 거동을 보미 일호도 잡심이 업거눌 한 소리 ᄒ여 일너 왈,

"쳥녕관이 네 곳지라."

ᄒ고 공즁으로 쇼스가니 복귀 참션ᄒᄂ 즁의 쳥녕관이 네 곳 지난 말을 듯고 참션을 맛친 후의 쳥녕관을 차져가니 달미죠시 참션을 맛고 안져거눌 복귀 나와가 머리 죠아 녜흔디 죠시 문왈,

"너는 어듸로 오는다?"

답왈,

"어듸로 온 지 아지 못ᄒᄂ이다."

우 문왈,

"어듸로 가는다?"

답왈,

"어듸로 갈 지 아지 못ᄒᄂ이다. 즈만 범문의 도라가기룰 원ᄒ옵ᄂ이다."

【49】죠시 왈,

"네 아직 여긔 이셔 쎠룰 기드리라."

ᄒ고 법명을 도뷔(道副)라 ᄒ니 도뷔 크게 깃거 비스ᄒ고 죠셕의 죠스(祖師)룰 뫼셔 큰 졔지 되니라.

---

51) 【-ㄴ다】 回 -냐 -었느냐 ¶ 也 ‖ 너는 이졔야 오는다 (汝來也.) <東遊記 3:45>

19

淸寧觀道副投師 輪轉司元通閱卷

초셜, 원통화상(元通和尙)이 복구(卜坵)를 졔도ᄒᆞ여 쳥녕관(淸寧觀)으로 보니고 졍신이 십방법계로 단니더니 홀연 ᄯᅡ 아리를 구버보니 큰 궁젼이 잇고 그 겻히 큰 슬의박회 이시니 ᄇᆞ람을 ᄯᅡ라 졀노 구으는지라. 화상이 ᄌᆞ셰이 보미 지부 삼나젼(三羅殿)인 줄 짐쟉ᄒᆞ고 젼상으로 드러가니 ᄒᆞᆫ 붉근 옷 입【50】은 왕지 나와 만ᄉᆞ네필의 화상이 문왈,

"빈승이 위연이 ᄀᆞ곳즐 지나더니 ᄒᆞᆫ 번 구경코져 왓ᄉᆞ오나 아지 못게라 져 슬위박회는 무솜 긔물이니잇고?"

왕지 왈,

"이ᄂᆞᆫ 세상 사ᄅᆞᆷ의 션악을 보는 슬위니 ᄒᆞᆫ 번 션심을 먹으면 이 슬위박회 우흐로 향ᄒᆞ여 굴고 ᄒᆞᆫ 번 악심을 먹으면 이 슬위박회 아리로 향ᄒᆞ여 구으ᄂᆞ니 이 슬위 구으는 ᄃᆡ로 그 사ᄅᆞᆷ의 션악을 살펴 치부ᄒᆞ는 법이니 고승은 져 거동을 보라. 이 슬위 우흐로 굴면 그 우희 금동[옥]녀(金童玉女)와 쟝번보기(長幡寶蓋)【51】와 아름다온 긔상이 무슈ᄒᆞ니 이ᄂᆞᆫ 삼십 삼쳔의 즐거온 경상이오 이 슬위 아리로 구으면 그 아리

우두나찰(牛頭羅刹)과 쟝창ᄃᆡ검(長槍大劍)의 흉악ᄒᆞᆫ 긔상이 무슈ᄒᆞ니 이ᄂᆞᆫ 십팔층 지옥의 괴로온 경상이오 사ᄅᆞᆷ이 죽어 환싱ᄒᆞ려 ᄒᆞ면 불가불 이 슬위박회의 오르ᄂᆞ니 션ᄒᆞᆫ 사ᄅᆞᆷ은 우희로 구을너 삼십삼쳔의 올나 왕후쟝상이며 수복부귀지인이 되여 나고 악ᄒᆞᆫ 사ᄅᆞᆷ은 아리로 구을너 십팔층 지옥의 ᄶᅥ러져 아귀츅싱이 되거나 빈한궁곤ᄒᆞᆫ 사ᄅᆞᆷ이 되여ᄂᆞ니 각기 션악의 ᄃᆡ쇼로【52】ᄯᅡ라 호리도 어긔미 업스니 이 니론ᄇ 뉸회(輪廻)라. 고승은 엇지 모로ᄂᆞ뇨?"

화상 왈,

"이ᄂᆞᆫ 빈승도 드른 비라. 가련ᄒᆞᆫ 세상 사ᄅᆞᆷ이 ᄭᆡ닷지 못ᄒᆞᄂᆞᆫ도다. 슈연이나 져럿틋 ᄒᆞᆫ 번 ᄶᅥ러져 아리로 구으는 사ᄅᆞᆷ이 엇지ᄒᆞ면 도로혀 우흐로 구을게 홀 도리가 업슬잇가?"

왕지 왈,

"엇치 변치 못ᄒᆞ리오. 모다 사ᄅᆞᆷ의 져 ᄒᆞ기의 잇는 비니 제 일죽이 악이 ᄀᆞ셔 아리로 구을 죄롤 지엿쓰라 ᄒᆞ여도 크게 셤심을 발ᄒᆞ여 착ᄒᆞᆫ 일을 만이 ᄒᆞ면 아리로 구을든 슬위 곳쳐 우흐로 구을거【53】시오 ᄯᅩᄒᆞᆫ 본니 션이 만하 우흐로 구을터이라도 만일 악심을 먹어 몹쁠 일을 ᄒᆡᆼᄒᆞ면 우흐로 구을든 슬위 변ᄒᆞ여 아리로 ᄂᆞ리 구을 거시니 이ᄂᆞᆫ 모다 져 짓기의 잇는 거시오 션악도 ᄃᆡ쇼가 이시니 ᄒᆞᆫ 가지 션으로 능히 빅 가지 악을 푸는 일도 잇고 ᄒᆞᆫ 가지 악이 능히 빅 가지 션을 허러ᄇᆞ리는 일도 이시며 유심ᄒᆞ여 션을 구ᄒᆞ면 그 션이 더옥 크고 무심ᄒᆞ여 허물을 지으면 그 허물이 죡히 용셔ᄒᆞ염죡ᄒᆞ고 ᄯᅩ 나의 지은 션악의 다른 사ᄅᆞᆷ이 밧는 법도 이시며 다른 사ᄅᆞᆷ의 지【54】은 션악의 니긔 와 봇기도 ᄒᆞ니 이ᄂᆞᆫ 죠상의 지은 션악의 니게 와 밧기도 ᄒᆞ며 니가 지은 션악의 ᄌᆞ손이 밧기도 ᄒᆞᄂᆞ니 엇지 ᄒᆞᆫ갈갓치 ᄒᆞᆫ 번만 이시리오. 슈연이나 도불과 혼젹을 ᄯᅡ라 젹당ᄒᆞ고 분호도 틀니지 아니ᄒᆞ니 고승은 엇지 니 말을 드른 후야 알니오."

ᄒᆞ고 말을 맛츠며 젼니로 드러가니 원통(元通)화상이 져 슬위의 션악이 져럿틋 분명ᄒᆞᆫ 물 본 후의 세상 사ᄅᆞᆷ이 아지 못ᄒᆞ고 스스로 악츄의 ᄶᅥ러지물 민망이 녀겨 크게 ᄌᆞ비지심이 발ᄒᆞ여 쳔하【55】 사ᄅᆞᆷ을 모도 졔도ᄒᆞ고져 ᄒᆞ나 던디 광ᄃᆡᄒᆞ고 인물이 번다ᄒᆞ니 엇지 홀노 ᄒᆞ리

오. 다만 싱각건디 일즉이 녕통관(靈通關)의셔 스리롤 만나보와시니 쳐 스리가 ː장 사롬을 그 룻거리기 쉬온지라. 이리 싱각ㅎ미 스리 종젹을 뭇고져 ㅎ여 다시 녕통관(靈通關)의 니르러 스 신원을 츠겨보니 신원이 반겨 벌니롤 일캇고 문 왈,

"스뷔 어듸로셔 오시ᄂᆞ뇨?"

원통(元通) 왈,

"노승이 스승을 좃ᄎ 동으로 졔도ㅎ고 도 라왓거니와 허다 중싱이 션을 힝ㅎᄂᆞ 즈ᄂᆞ 격고 악을 짓ᄂᆞ 즈ᄂᆞ 다 ː ㅎ여 필경 보응을 밧【56 】을지라. 노승이 어졔 디부의 드러가 슐위박회 의 뉸회ㅎᄂᆞ 법을 보니 션악의 보응ㅎ미 일호도 그르미 업ᄉᆞᆫ지라 엇지 두렵지 아니리오. 사롬이 셰상의 이셔 아못죠록 몟 가지 션헌 공덕을 셰 워 슐위박회 나려지물 면홀 거시니 니 싱각건디 셰상 사롬이 가장 그룻된듸 드러가ᄂᆞ 부ᄂᆞ 스리 의 유인ㅎ여 시기ᄂᆞ 비 만흔지라. 이졔 사롬 졔 도ㅎ여 모도 션도로 가게 ㅎ려 ㅎ면 먼져 스리 롤 졔도홀 거시니 큰 일의 스리의 종젹이 어듸 로 가ᄂᆞ 지 스형은 응당 알 듯 ㅎ도다."

신원 왈,

"스리【57】등이 져젹의 이곳줄 쩌난 후 유ː범ː ㅎ여 어듸로 간 지 모로거니와 지부의 슐위박회ᄂᆞ 진실노 두려온지라. 니 싱각건디 공 연이 ː 쓰히 잇셔 셰월만 허비ㅎ고 졍도롤 엇 지 못ㅎ며 ㅎ 낫 공덕을 짓지 아니ㅎ면 후일의 슐위박회의 뉸회롤 엇지 면ㅎ리오. 아마도 나도 이곳줄 쩌나 다시 범지(梵志) 스부롤 츠겨 도롤 닷그리로다."

ㅎ거눌 화상이 그 말을 듯고 몸을 널러 공 중의 오르며 식상이 장엄ㅎ고 크게 쇼리 왈,

"신원은 엇진 말을 ㅎᄂᆞ뇨? 젼의 이믜 ㅎ 번 그룻ㅎ【58】엿거든 엇지 다시 그르게 ㅎ리 오. 쳥녕관이 바론 길이니 그리로 츠겨갈지여 다."

ㅎ고 간듸업ᄉᆞ니 스신원(賽新園)이 크게 씨다라 혜오되,

'니 아지 못ㅎ엿더니 원통(元通) 사뷔 현령 ㅎ여 나롤 졔도ㅎ엿다.'

ㅎ고 즉시 묘중을 쩌나 쳥녕관을 츠겨가니 죠시 졍히 참션을 맛고 안졋거눌 신원이 나아가 쑤러 고ㅎ여 졔도ㅎ물 쳥ㅎ며 졔지 되여지라 ㅎ

니 죠시 손을 드러 네 번 부람벽을 치며 왈,

"네 져것슬 다 밝히고 오면 니 너롤 바다 두려니와 그러치 아니면 밧지 못ㅎ리로다."

ㅎ고 다시 참션ㅎ여 안즈며 말이 업스니 신원이 그 뜻줄 아지 못ㅎ여 도부(道副)더러 무 로되,

"죠시 니르시ᄂᆞᆫ 말슴이 엇지 니르신 말슴 이니잇고? 니 아득ㅎ여 아지 못홈이 쳥컨디 가 르치물 바라노라."

도뷔 왈,

"우리 스승의 가르치시미 본니 말이 업셔 사롬으로 스스로 끼닷게 ㅎ시미니 오리 싱각ㅎ 면 즈연 끼다르미 이실가 ㅎ노라."

신원이 홀일업셔 관중의 머믈며 도부(道 副)롤 좃ᄎ 죠셕으로 마음을 닷ᄭᆞ며 죠ᄉ(祖師) 네 번 벽 치든 일을 궁니ㅎ더니 일ː은 홀연 싱 각ㅎ되,

'져 젹의 원통화상이 말ㅎ되 스리롤【60】 졔도ㅎ여 셰상을 구ㅎ리라 ㅎ더니 죠ᄉ의 뜻지 필연 날노 ㅎ여 스리롤 맑히라 ㅎ고 니르시미 라.'

ㅎ며 즉시 죠ᄉ의 앏히 나아가 머리 죠와 하직ㅎ고 도부(道副)와 쟉별ㅎ 후 관문을 나 스 리롤 츠즈려 홀 시 법을 지여 구롬 타고 공중의 올나 힝ㅎ더니 ㅎ 곳의 니르니 희슈가 망ː흐 가온디 큰 셤이 잇고 셤 중의 동부가 이시니 경 기 졀승ㅎ고 동문 앏흐로 일위 도시 노리롤 부 르며 나오거눌 므음의 그 한아ㅎ물 깃거ㅎ여 읇 흐로 나아가 보니 이곳 본지(本智)라 셔로 반겨 네ㅎ며【61】벌니롤 이르고 신원의 가ᄂᆞ 바롤 무로니 신원이 셔로 쩌난 후로 도로 묘중의 갓 든 일이며 원통화상(元通和尙)을 맛나 쳥녕관으 로 가라 ㅎ든 말이며 쳥녕관의 니르러 죠ᄉ(祖 師)의 네 번 벽을 치고 가르침이며 스리의 종젹 을 츠즈려 단니ᄂᆞᆫ 말을 일ː히 이르고 왈,

"니 이 ㅎ 몸으로 엇지 스리롤 츠겨 졔도 홀 길이 업시니 바라건디 스형은 나롤 도으라."

ㅎ니 본지(本智) 왈,

"나ᄂᆞ 당쵸의 그롯 죠시의 쇽의 쌘겻시무 로 도심이 혼미ㅎ여 겻길노 드럿더니 영낙동즈 의 졔도ㅎ물 힘【62】입어 이졔 븐 스승을 좃ᄎ 이 셤중의 이셔 공부롤 심쓰더니 엇지 형을 도 을여 가ː 이시리오. 형은 모로미 우리 스승을

뵈옵고 청ᄒ여 졔지 되여 날과 갓치 이곳의 이
시미 죠홀가 ᄒ노라.”

신원이 디회ᄒ여 동즁의 드러가 현은도ᄉ
(玄隱道士)롤 향ᄒ여 ᄭ러 졀ᄒ고 졔지 되여지
라 쳥ᄒ니 현은 왈,

“네 일즉이 환슐을 죠화ᄒ고 외도의 드러
시무로 죠시 밧지 아니ᄒ미여니와 필경은 네 ᄉ
리롤 졔도ᄒᆫ 연후의 졍도의 드러갈 거시니 아직
여긔 머물너 우리 션가의 졍도롤 【63】 비호라.”

ᄒ니 신원이 비ᄉᄒ고 셤즁에 머무러 잇시
니라.

20
陶情逞能誇造酒 風魔設法警陶情

츠셜, 스리 등이 녕통관(靈通關)을 쩌니[나]
각〃 허여질 시 그 중의 우리무(雨裡霧)는 갈
곳을 아지 못ᄒ여 동셔로 단니다가 ᄒ 곳의 니
르니 촌낙이 번셩ᄒ고 인물이 부요(富饒)ᄒ며
죵일 왕닉ᄒ는 사ᄅᆞᆷ이 다〃ᄒ여 싱업을 심쓰
고52) 집〃이 쟝ᄉ질ᄒ여 우양(牛羊)과 곡식을
ᄆᆡ〃ᄒ리 오직 ᄒᆞᆫ 낫 슐집이 업거늘 우리무 싱
각ᄒ되,

    '엇지ᄒ여 니렷틋 번화ᄒᆞᆫ 곳지 슐집 【64】
이 업는고? 니 이곳의셔 슐을 만드러 팔면 싱업
이 미오 클 거시로되 다만 긱지에 아는 사ᄅᆞᆷ이
업고 ᄯᅩ 밋쳔을 어들 길 업시니 엇지면 죠흘
고?'

    ᄒ여 졍이 ᄌᆞ져ᄒ더니53) 홀연 보니 길가의
ᄒᆞᆫ 노인이 안져 물 ᄒ 그릇슬 들고 먹거늘 우리
무 나아가 문왈,

---

52) 【심쓰다】 䨥 힘쓰다. ¶ 촌낙이 번셩ᄒ고 인물
이 부요ᄒ며 죵일 왕닉ᄒ는 사ᄅᆞᆷ이 다〃ᄒ여 싱
업을 심쓰고 집〃이 쟝ᄉ질ᄒ여 (只見鄕村, 人
烟鬧熱, 許多人叢雜生理, 都是牛羊豆穀交易, 往
往來來.) <東遊記 3:63>

"노존장(老尊長)아, 손의 들고 마시는 것시
슐이니잇가?"

    노인 왈,

    "나 먹는 것시 물이오 슐이 아니〃 이곳존
슐이 업는 곳지라. 어듸셔 슐을 어더 먹으리
오?"

    우리무 왈,

    "이갓치 번화ᄒᆞᆫ 곳의 엇지 슐이 업ᄂᆞ뇨?
도시 싱각건디 슐을 만들 쥴을 모로는가 시부니
니 평 【65】 싱 기양이 슐 만드는 슈단이 남보다
나흔지라. 여긔셔 죠흔 슐을 만드러 팔고 시부
되 ᄉ고무친ᄒ여 의지ᄒᆞᆯ 곳지 업ᄉ니 바라건디
노존장은 쇼ᄌᆞ를 붓드러 쥬쇼셔."

    ᄒ니 노인 왈,

    "이곳존 나라 법이 슐을 금ᄒ는 고로 ᄒᆞᆫ
사ᄅᆞᆷ도 슐 먹는 법이 업ᄉ니 무ᄉᆞᆷ 슐 파는 싱이
가 이시리오."

    우리무 왈,

    "슐은 셰상의 극히 아ᄅᆞᆷ다온 물건이여늘
엇지ᄒ여 금ᄒᆞᄂᆞ뇨?"

    노인 왈,

    "슐이란 거슨 창ᄌᆞ를 녹이는 물건이오 목
슘이 ᄯᅥᆻ쳐지는 독긔라. ᄒᆞᆫ 번 먹으면 셩ᄒᆞᆫ 사ᄅᆞᆷ
이 밋치며 착ᄒᆞᆫ 사ᄅᆞᆷ이 사오나와지고 희 【66】
고〃은 얼골이 변ᄒ여 붉고 츄ᄒᆞᆫ 모양이 되며
안졍ᄒᆞᆫ 거름이 쓰러져 훗ᄒᆞᆫ 거름이 되며 혹 남
과 ᄯᅡᆺ홈ᄒ긔를 즐기며 혹 길거리의 눕기도 ᄒ여
죵〃 긔운이 상ᄒ고 그런 노릇시 무슈ᄒ니 엇지
아ᄅᆞᆷ다온 물건이라 ᄒᆞᄂᆞ뇨?"

    우리무 왈,

    "슐을 먹으면 복즁이 평안ᄒ여 빅병이 업
거늘 엇지 창ᄌᆞ를 녹인다 ᄒᆞᄂᆞ뇨? ᄯᅩ 슐을 먹으
면 마음이 즐겁고 근심을 푸러바리ᄂᆞ니 엇지 목
슘을 ᄯᅥᆺ는다 ᄒ며 슐을 먹으면 격막ᄒ든 사ᄅᆞᆷ이
번화ᄒ여지ᄂᆞ니 엇 【67】 지 밋친다 ᄒ며 슐을
먹으면 원슈도 이겨바리ᄂᆞ니 엇지 ᄉ오납다 ᄒ
며 고은 미인이 슐을 먹으면 도화식이 얼골의

---

53) 【ᄌᆞ져ᄒ다】 䨥 [자저(赵趄)ᄒ다.] 주저(躊躇)ᄒ
다. ¶ 想 ‖ 졍이 ᄌᆞ져ᄒ더니 홀연 보니 길가의
ᄒᆞᆫ 노인이 안져 물 ᄒ 그릇슬 들고 먹거늘 (雨
裡霧想了一會, 恰好一個老漢子, 坐在那市上, 手
裡拿着一杯水吃.) <東遊記 3:64> ⇒ 듀뎌ᄒ다,
듀뎨ᄒ다, 쥬뎌ᄒ다, ᄌᆞ졔ᄒ다

올나 더욱 아롬다오니 엇지 얼골이 츄ᄒ다 ᄒ며
디장뷔 슐을 먹으면 위풍을 도와 힝뵈 가뷔야오
니 엇지 훗혼 거름이라 ᄒ며 사롬이 닷토다가도
슐을 디ᄒ면 셔로 화ᄒᄂ니 엇지 ᄠᅩ홈을 즐긴다
ᄒ며 취혼 병으로 누엇다가도 혼 잔 슐을 먹으
면 직시 히졍이 되여 이러ᄂᆞ니 엇지 길의 눕
ᄂ다 만 이로리오."

노인 왈,

"슐의 히 되미 엇지 측냥ᄒ리오. 명분을 【
68】 상히오고 의리롤 손상ᄒ여 부형의 교훈을
어긔오고 군왕의 금녕을 범ᄒ여 일셰의 흉혼 죄
인이 되고 만고의 악명을 드러 흉악이 비헐 되
업거놀 엇지 죠타 ᄒ리오. 이러무로 우리 곳의
셔는 금녕이 착실ᄒ니 엇지 일호나 용납ᄒ리
요."

우리뮈 왈,

"노존장의 말슴 갓틀진디 이곳셔는 과연
용납기 어렵거니와 이 나라롤 지나면 필경 다룬
나라히 될 거시니 그 나라는 그럿치 아닐지라.
바라건디 길을 가ᄅ쳐 쥬소셔."

노인 왈,

"우리 이웃나라히 과연 슐 죠하ᄒᄂᆫ 곳지
이시니 늬 졍 【69】 이 져의롤 권ᄒ여 슐 먹지
말나 ᄒ고져 ᄒ거든 엇지 도로 권ᄒ여 지시ᄒ리
오. 그디ᄂᆫ 이런 말ᄒ지 말고 샐니 다라나라. 만
일 구의ᄂᆞ셔 알면 그디롤 슐줌치54)라 ᄒ여 잡
아다가 속이면 목슘을 상홀가 ᄒ노니 부듸 샐니
가고 지류치 말나."

ᄒ고 홀연 간듸업거놀 우리뮈 크게 놀나
스면을 살펴보니 공즁의 노화상이 현신ᄒ엿거놀
그졔야 녕통관(靈通關)의셔 맛나든 원통화상(元
通和尙)이 제도ᄒᄂ는 쥴 알고 샐니 다라나며 왈,

"ᄯᅩ 부졀업시 져 화상과 결년ᄒ여라."

ᄒ고 늬 【70】 의 일홈을 곳쳐 도졍(陶情)
이라 ᄒ고 슐 금치 아니ᄒᄂ는 ᄯᅡ홀 ᄎ져갈 시 십
여 리ᄂᆫ 힝ᄒ여 길의셔 혼 사롬을 맛나니 졍히
반취ᄒ여 입의셔 슐긔운이 낭즈ᄒ거놀 도졍이
보고 심즁의 깃거 싱각ᄒ되,

'이곳존 착실이 슐을 죠하ᄒᄂ는 곳지로다.'

ᄒ고 나아가 붓뜰고 셩명을 무로니 기인
왈,

"나는 셩명이 오염(吳厭)이라 허거니와 그
디는 무러 무슴ᄒ려 ᄒᄂ뇨?"

도졍 왈,

"쇼ᄌ의 셩명은 도졍이니 슐을 죠하ᄒ여
슐 만드는 법을 잘 알기로 이곳의 와셔 슐을 만
【71】 드러 싱이롤 삼을가 ᄒ엿더니 불힝이 슐
아니 먹는 ᄯᅢ히 니르러 졍히 무류ᄒ든 ᄎ의 이
졔 노형을 맛나미 슐을 죠하ᄒᄂᆫ가 시부니 졍히
나의 쇼원이라. 바라건디 노형은 날과 혼가지로
동ᄉᄒ여 슐을 만드러 팔미 엇더ᄒ뇨?"

오염 왈,

"이곳존 오히려 슐을 금ᄒᄂ는 ᄯᅢ힌 고로 먹
는 사롬이 젹거니와 예셔 빅여 리만 가면 사롬
마다 슐을 즐기ᄂ는지라. 이러무로 슐집도 만컨마
ᄂ은 다만 잘 만드는 솜씨가 업기로 죠혼 슐이 극
난ᄒ니 노형이 만일 놉혼 슈단이 ᄂᆞ실진디 크게
유셰홀 【72】 거시니 날과 동ᄉᄒ여 노형은 니롤
취ᄒ고 나는 슐을 남겨 날마다 먹그리라."

ᄒ고 즉시 혼가지로 길을 나 빅여 리ᄂᆫ 가
니 과연 사롬마다 취혼 형상이오 슐집이 비ᄂᆞᄒ
엿시되 죠혼 슐은 결무ᄒ더라.

오염이 밋쳔을 늬여 도졍으로 슐을 만들게
ᄒ니 슐맛시 과연 극픔이라 원근 사롬이 복쥬병
진(輻輳騈臻)ᄒ여 미ᄂᆞ(買賣)가 극히 유셰ᄒ고
오염은 날마다 조혼 슐을 무한이 먹고 거리로
단니며 쥬졍(酒酊)55)을 일삼더니 일ᄂᆞ은 혼 바
람마즌56) 되시 취혼 듯도 ᄒ고 어【73】린 듯
도 ᄒ여 손의 호로병을 들고 환약을 ᄉ라 ᄒ며
부ᄅ지ᄂᆞ거놀 오염이 취듕의 도ᄉ롤 보고 다라
드러 호로병을 쎼아셔 것구루 드러 약을 쏘드며
왈,

---

54) 【슐줌치】 명 슐주머니. 슐고래. ¶ 酒頭 ‖ 만일
구의ᄂᆞ셔 알면 그디롤 슐줌치라 ᄒ여 잡아다가
속이면 목슘을 상홀가 ᄒ노니 부듸 샐니 가고
지류치 말나 (莫敎有道行的知了, 把你指做酒頭,
不打逐你, 便送了你性命.) <東遊記 3:69>

55) 【쥬졍】 명 주정(酒酊). ¶ 嘈 ‖ 쥬졍 <水滸
21b> <水滸 20:41> 逞醉 ‖ 오염은 날마다 조혼
슐을 무한이 먹고 거리로 단니며 쥬졍을 일삼더
니 (他只是終朝要吃, 醉了便去羅纘事端, 卻好逞
醉, 在那街坊生事.) <東遊記 3:72> ⇒ 쥐졍

56) 【바람맞다】 통 풍병 들다. ¶ 風魔 ‖ 일ᄂᆞ은
혼 바람마즌 되시 취혼 듯도 ᄒ고 어린 듯도 ᄒ
여 손의 호로병을 들고 환약을 ᄉ라 ᄒ며 부ᄅ
지ᄂᆞ거놀 (只見一個風魔道士, 似醉非醉, 如痴非
痴.) <東遊記 3:72>

"이 바람마즌 도ᄉᆞᆫ는 무ᄉᆞᆷ 약이 ᄯᆞ셔로라 ᄒᆞ고 부르짓는다!"

ᄒᆞ니 그 도ᄉᆡ 보고 ᄒᆞᆫ 번 우스며 손의 쥐엿든 파리치57)롤 ᄒᆞᆫ 번 두르니 그 호로 속으로셔 무슈ᄒᆞᆫ 벌의 ᄯᅦ 니다라 오염의 머리와 얼골을 어ᄌᆞ러이 ᄲᅩ고 손의 쥔 호로는 불갓치 ᄯᅳ거워 노ᄒᆞ려도 놋치 못ᄒᆞ고 ᄋᆞᆲ파 견디지 못ᄒᆞ여 쇼리【74】지르되,

"져 도ᄉᆡ 사ᄅᆞᆷ을 상ᄒᆞᆫ다!"

ᄒᆞ고 ᄭᅮ짓기롤 마지 아니ᄯᆞ 도ᄉᆡ 더옥 우스며 왈,

"네 머리 ᄲᅩ이고 손이 타 슐을 씐 연후의야 너롤 용셔ᄒᆞ리라."

ᄒᆞ니 이ᄶᅥ 니웃사ᄅᆞᆷ과 도졍이 ᄯᅩᄒᆞᆫ 말니며 도ᄉᆞ롤 향ᄒᆞ여 청ᄒᆞ되 듯지 아니ᄯᆞ 즁인이 더로ᄒᆞ여 다라드러 도ᄉᆞ롤 칠 시 여러 사ᄅᆞᆷ이 ᄒᆞᆫ 번식 쥬머괴로 쥐여박으며 다리로 차기도 ᄒᆞ더니 삽시간의 도ᄉᆞ롤 ᄯᅥ려 죽엿는지라. 지방관이 즉시 오염을 잡아 져쥴 시 도졍의 슐노 노ᄒᆞ여 인명치ᄉᆞᄒᆞ다 ᄒᆞ여【75】도졍을 잡아 무슈이 악형ᄒᆞ고 착가엄슈(着枷嚴囚)ᄒᆞ니 도졍이 옥즁의 이셔 만단 고초롤 겻ᄭᅳ며 니두ᄉᆞ(來頭事)가 쟝ᄎᆞ 엇지 될지 몰나 가쟝 슬허ᄒᆞ여 심즁의 싱각ᄒᆞ되,

'니 당쵸의 녕통관(靈通關)의 이셔 ᄉᆞ신원 도인과 결위형졔 ᄒᆞ엿더니 ᄒᆞᆫ 번 허여진 후의 쇼식을 듯지 못ᄒᆞ여는지라. 만일 이러ᄒᆞᆫ ᄶᆡ의 맛나보면 도ᄉᆞ롤 달니여 나의 급ᄒᆞᆫ 거술 구ᄒᆞᆯ 거시로되 즉금의 맛날 길이 업스니 심이 이돏도다.'

ᄒᆞ여 이리 싱각ᄒᆞ니 이 마음을 좃ᄎᆞ 죽엿든 도ᄉᆞ롤 감동ᄒᆞ여【76】슘을 니쉬고 겸ᄯᆞ ᄶᆡ여나니 관쟝(官長)이 보고 살옥이 아니 되물 다힝ᄒᆞ여 모든 죄인을 올녀 도사의 사라나물 보게 ᄒᆞ고 옥ᄉᆞ롤 쳐분ᄒᆞ려 ᄒᆞ니 도졍이 ᄯᅩᄒᆞᆫ 깃거 관졍의 니르러 도ᄉᆞ롤 보니 그 도ᄉᆡ 홀연 몸을 흔드러 본상(本相)을 니니 이곳 ᄉᆞ신원 도인이

라.

신원 왈,

"우리무 형졔는 니 말을 드르라. 우리 당쵸의 길을 그릇 드러 졍도롤 못 어드무로 죄업의 ᄶᅥ러질 번ᄒᆞ엿더니 셩승의 졔도ᄒᆞ물오 이졔 진션묘결(眞仙妙訣)의 드르는지라. 다만 스리 형【77】졔롤 감화ᄒᆞ여 셰상을 맑히여 ᄒᆞ기로 이리 와셔 형졔롤 ᄎᆞ즈미니 형졔는 굿ᄒᆞ여 이런 올치 아니ᄒᆞᆫ 싱업을 ᄒᆞ여 셰상 사ᄅᆞᆷ을 침익(沈溺)게 ᄒᆞ고 필경은 오염의 간년(干連)으로 거의 죽게 되엿거늘 오히려 일넘이 나롤 싱각ᄒᆞ여 향도ᄒᆞᆫ는 ᄯᅳᆺ이 잇기로 니 도로 니러나 형졔의 익을 면케 ᄒᆞᄂᆞ니 형졔는 모로미 그 업을 ᄇᆞ리고 션도의 도라가 셰상을 어ᄌᆞ러이지 말지여다."

ᄒᆞ니 도졍이 그졔야 이 일이 ᄉᆞ신원의 일인 쥴 알고 일변 다힝ᄒᆞ며 일변 의혹ᄒᆞ여【78】혜오되,

'ᄒᆞᄂᆞᆯ이 나롤 니이미 만고의 다시 업시치 못ᄒᆞᆯ ᄇᆞ는 슐이라. 이졔 날더러 그 업을 말나 ᄒᆞ나 이 셰상의 아죠 슐을 업시키는 밋지 못ᄒᆞᆯ 일이니 니 아직 이곳쥴 ᄯᅥ나 다른 데로 가셔 니두(來頭)롤 보리라.'

ᄒᆞ고 오염을 ᄇᆞ리고 다른 곳ᄌᆞ로 ᄎᆞ져가니라.

---

57)【파리치】명 파리채. ¶ 拂塵 ‖ 그 도ᄉᆡ 보고 ᄒᆞᆫ 번 우스며 손의 쥐엿든 파리치롤 ᄒᆞᆫ 번 두르니 그 호로 속으로셔 무슈ᄒᆞᆫ 벌의 ᄯᅦ 니다라 오염의 머리와 얼골을 어ᄌᆞ러이 ᄲᅩ고 (把拂塵一揮, 只見那葫蘆中, 倒出許多大蜈蜂, 滿頭滿臉, 把吳厭釘的手慌脚亂.) <東遊記 3:73> ⇒ 푸리채

21

妾婦備細說衷腸　王范相逢謀道路

츠셜, 도졍(陶情)이 쥬졈을 써나 다른 곳줄 향ᄒ고 힝ᄒᆞᆯ 시 길의셔 ᄒᆞᆫ 사름을 맛나니 안식이 초최ᄒᆞ고 형용이 □ᄒᆞ여 힝븨(行步) 간신ᄒᆞᆫ 듸【79】 그 뒤히 아름다온 부녀 ᄉᆞ오인이 ᄯᆞᆯ오거늘 ᄌᆞ셔이 보니 그 사름이 곳 운리위(雲裡雨)라 반겨 별니(別來)룰 니르고 운리우의 거동을 불상이 녀겨 곡졀을 무르니 운니우 왈,

"쇼졔 겨격의 녕통관(靈通關)을 써나 ᄒᆞᆫ 곳의 니르러 월노(月老)의 셩이룰 힘쓰더니 가산이 유족ᄒᆞ무로 풍뉴 셩졍을 금치 못ᄒᆞ여 몟 낫 시쳡을 두엇더니 죠셕으로 져의게 봇치이여 앗춤의 흔둘과 즐기고 져녁의 삼ᄉᆞ인과 동침ᄒᆞ여 근녁이 쇠픠ᄒᆞ고 졍신이 고갈ᄒᆞ여 졈〻 죽긔 되여【80】 시미 홀일업시 목슘을 도망ᄒᆞ여 집을 ᄇᆞ리고 니다라 피코져 흔죡 져의들이 오히려 놋치 아니ᄒᆞ고 뒤흘 ᄯᆞᆯ오며 ᄒᆞᄂᆞᆫ 말이 그ᄃᆡ여 나룰 곤케 ᄒᆞ여 셰상을 바리도록 ᄒᆞ리라 ᄒᆞ여 이럿틋 핍박ᄒᆞ니 쇼졔 싱각건디 죽을 ᄲᅢᆫ ᄒᆞᆯ 슈가 업ᄂᆞᆫ지라. 다힝이 형을 맛낫시니 형장은 본디 사름을 화동케 ᄒᆞᄂᆞᆫ 슈단이 〻시니 쳥컨디 쇼졔룰 위ᄒᆞ여 져 녀ᄌᆞ들을 달니여 쇼졔룰 구ᄒᆞ라."

도졍 왈,

"니 보건디 져럿틋 형용이 그릇 되엿기 엇【81】진 곡졀을 몰나 의혹ᄒᆞ더니 원리 이러토다. 아모려나 니 ᄒᆞᆫ 버[번] 유셰ᄒᆞ여 시험ᄒᆞ리라."

ᄒᆞ고 부녀들을 향ᄒᆞ여 녜ᄒᆞ고 왈,

"널위 낭ᄌᆞᄂᆞᆫ 무슴 일노 져 사름을 ᄶᅩᆯ라오며 놋치 아니ᄒᆞ고 긔여이 죽이려 ᄒᆞᄂᆞ뇨?"

그 부녀 등 왈,

"뉘라셔 져더러 날마다 음심을 발ᄒᆞ여 일노만 죵ᄉᆞᄒᆞ라 ᄒᆞ엿시며 뉘라셔 져더러 ᄒᆞᆫ 계집 엇고 두 계집 엇고 유위부죡ᄒᆞ여 삼ᄉᆞ오륙 기룰 어더 두고 이리 황음무도ᄒᆞ라드뇨. 셰상 텬하의 음양이 비합ᄒᆞ미 남녜 혼취ᄒᆞᆯ 졔【82】 ᄒᆞᆫ 지아비와 ᄒᆞᆫ 지어미로 빅년상죵ᄒᆞᆯ 거시니 엇지ᄒᆞ여 ᄒᆞᆫ 지아비가 여러 지어미룰 거느리〻오. ᄒᆞᆫ 사름이 몟 낫식 ᄎᆞ지ᄒᆞ면 셰상의 홀아비로 ᄉᆞᄂᆞᆫ ᄌᆞ도 만ᄒᆞᆯ 거시니 굿ᄒᆞ여 남의 지어미 될 거술 가져다가 졔 여럿 지 계집을 삼으리오."

도졍 왈,

"일쳐이쳡(一妻二妾)은 셩인이 허ᄒᆞ신 비오 지어인싱삼불효(至於人生三不孝)의 무후위디(無後爲大)ᄒᆞ니 젹실이 무ᄌᆞ면 홀일업시 ᄯᅩᄒᆞᆫ 쳡을 구ᄒᆞ미니 〻러무로 혹 이삼 기룰 두ᄂᆞ니 지금 셰상의 ᄒᆞᆫ 지어미만 둔 지 드물거눌 엇지 일향【83】 그릇다만 ᄒᆞᄂᆞ뇨?"

녀지 왈,

"무ᄌᆞᄒᆞ여 ᄌᆞ식 보려는 ᄌᆞᄂᆞᆫ 오히려 말거리나 닛거니와 금셰의 ᄌᆞ식 위ᄒᆞ여 복쳡ᄒᆞᄂᆞᆫ ᄌᆞᄂᆞᆫ 졀무ᄒᆞ여 무비황음무도(無比荒淫無道)ᄒᆞ여 ᄒᆞᄂᆞᆫ 비니 지어 ᄌᆞ식을 위ᄒᆞᆯ진디 더욱 졍녁을 허비치 말고 젹쳐룰 경디ᄒᆞ여 녜법으로 창화(唱和)ᄒᆞ고 션심을 공부ᄒᆞ면 ᄌᆞ연 감동ᄒᆞᄂᆞᆫ 도리이셔 업술 ᄌᆞ식이라도 엇ᄂᆞᆫ 도리가 이시려든 그러치 아니ᄒᆞ고 위연이 일이 년 슈ᄐᆡ(受胎)치 못ᄒᆞ면 녀ᄌᆞ의게만 탓슬 삼아 영〻 싱산치 못ᄒᆞ다 ᄒᆞ고 마음을 그릇 먹어 혹 젹쳐(嫡妻)【84】 룰 박디ᄒᆞ여 오륜(五倫)의 득죄도 ᄒᆞ며 혹 근녁을 과상(過傷)ᄒᆞ여 혈긔룰 모손(耗損)ᄒᆞ기도 ᄒᆞ여 응당 이실 ᄌᆞ식이 도로혀 업기도 ᄒᆞ며 셜영(設令) ᄌᆞ식을 엇쓰라 ᄒᆞ여도 오역픠악(忤逆悖惡)ᄒᆞ여 문호룰 업즈룰 거시어나 혹 잔피무긔(??)ᄒᆞ여 일즉이 요쵹ᄒᆞᆯ 거술 나흘 거시니 엇지 익답

지 아니ᄒ리오. 더져 일부일쳐로 빅슈상의(白首相依)ᄒ여 부창부화(夫唱婦和)ᄒ면 가문의 화긔 ᄌ옥ᄒ여 복녹(福祿)이 ᄌ연 무궁ᄒ 거시오 만일 그러치 아니ᄒ면 불상ᄒᆫ 남의 녀ᄌ롤 취ᄒ며 쳡을 삼【85】으면 세상 텬하의 쳐쳡이 화동(和同)ᄒ여 죠화ᄒᄂᆫ 양은 보지 못ᄒᆫ 비오 비록 것ᄎ로ᄂᆫ 화동ᄒᄂᆫ 체ᄒ나 속마음인즉 구ᄉ갓치 볼 거시오 그렀치 아니ᄒ면 젹실의 위엄으로 약ᄒ 녀ᄌ롤 포학(暴虐)ᄒ여 지어악형이 무소부지ᄒ여 고쵸롤 견듸지 못ᄒ여 죽기도 ᄒ며 죽지 아니트라 ᄒ여도 평싱을 원ᄒ으로 지닐 거시니 이도 ᄯᅩᄒᆫ 남의 ᄌ식이라 당쵸의 엇더케 귀이 길너 불ᄒᆼ이 남의 여러 ᄶᅵ 계집이 되여 져렷틋 참화롤 밧드며 ᄯᅩᄂᆫ 남ᄌ의 마음이 시 것슬 죠ᄒ홀【86】 옛 사ᄅᆷ을 슬희여 ᄒ여 쳔쳡을 총이ᄒ고 졍실을 박디ᄒ여 흉ᄒᆫ 참쇼롤 고지 듯고 참혹ᄒᆫ 명을 지목ᄒ여 쳔히 녀기고 츌부롤 만드러 망유지극ᄒᆫ 지경의 니ᄅ며 혹 쳡기리 투긔ᄒ여 셔로 현져이 말닷톰 ᄒ기와 가마니 방쥬ᄒ기와 셔로 참쇼ᄒ며 셔로 모히ᄒ여 일실지내(一室之內)의 살뉵이 ᄌ러나며 원망이 ᄌ옥ᄒ니 이렷튼ᄒ 계반 곡졀이 ᄒ나토 흉치 아니ᄒ미 업시니 사ᄅᆷ의 집이 ᄌ러ᄒ고 엇지 길ᄒᆫ 일이 ᄌ시리오.【87】 허물며 일노 인ᄒ여 후ᄉ롤 두단 말은 진실노 듯지 못ᄒ리로다."

　도졍 왈,

　"낭ᄌ의 말이 일마다 올커니와 세상의 혹 무ᄌᄒᆫ든 사ᄅᆷ이 쳡을 두어 ᄌ식을 보ᄂᆫ 법이 업지 아니ᄒ니 엇지 한갈갓치 못홀 일이라 ᄒ리오."

　녀ᄌ 왈,

　"그ᄂᆫ 혹 일이인이 흔 혐보ᄂᆫ 일도 잇거니와 이ᄂᆫ 불지간의 일호도 다른 ᄯᅳᆺ지 업셔 일단 ᄌ식만 구ᄒ려 ᄒ기로 쳐의 마음의도 넘녀ᄒ여 스스로 민망이 어기ᄂᆫ 고로 심지여 슈식을 파라 쳡을 어더 지아비롤 주어 싱ᄌ【88】ᄒ기도 ᄒ며 혹 남ᄌ의 마음의 이즁이 업셔 쳐쳡지간의 화긔롤 일치 아니ᄒ여 길ᄒᆫ 일이 싱기ᄂᆫ도 ᄒ거니와 이ᄂᆫ 쳔만인 듕의도 ᄒ둘이오 그러치 아니ᄒ면 여러 쳡이 셔로 시긔ᄒ여 먼져 싱ᄌᄒ기로 도모ᄒ여 무당 판슈의 집의 뭇구리ᄒ라58) 단니

며 졀간으로 가셔 긔도ᄒ노라 ᄒ여 기간(其間)의 풍상퓌쇽(風傷敗俗)이 무한ᄒ여 혹시 싱ᄌᄒᆫ들 그거시 뉘 ᄌ식인 쥴 엇지 알니오. 속결업시 죠흔 가산을 가져 남의 혈뉵의게【89】도 쇽공ᄒ며 혹 늘근 남지 여러 쳡을 니로 거ᄂ릴 슈 업셔 ᄌ로 찻지 못ᄒ면 공연ᄒ 쇼년 녀ᄌ들이 싱으로 과거(寡居)ᄒ여 그 원이 엇더ᄒ며 혹 견디지 못ᄒ여 외인을 통관(通奸)도 ᄒ며 가내의 더러온 소문이 비ᄂᆫ유지ᄒ니 이 엇지 희참치 아니리오. 이러무로 가문의 불ᄒᆼᄒᆫ 일이 모다 남ᄌ의 ᄌ족지얼(自作之孽)이라. 엇지 두렵지 아니리오."

　도졍 왈,

　"낭ᄌ의 말이 말마다 그릇지 아니커니와 다만 쳐쳡이 만흐면 투긔ᄒ여 셔로 닷톤다 ᄒ며 엇지ᄒ여 여러 낭ᄌᄂᆫ 일심으로【90】 단니ᄂ뇨?"

　ᄒ니 녀ᄌ들이ᄂᆫ 말을 듯고 셔로 닷토와 나ᄂᆫ 너롤 그릇다 ᄒ고 너ᄂᆫ 나롤 그릇다 ᄒ여 고셩디미도 ᄒ며 손과 다리 길노 두다리기도 ᄒ여 약ᄒ 여러 녀지 다 알푸물 니긔지 못ᄒ여 다ᄂ라나고 다만 그 즁 ᄒ 녀지 홀노 남아 운니우(雲裡雨)더러 일너 왈,

　"니 일즉 너더러 쳥심과욕ᄒ여 몸을 보양ᄒ라 ᄒ고 일넛더니 니 말을 듯지 아니ᄒ고 이리 되엿시니 누롤 ᄒᄒ리오."

　ᄒ고 몸을 흔드러 ᄒ 번 변ᄒ니ᄂᆫ 녀지 아니오 곳 ᄉ신원(賽新園)이라. 도졍(陶情)이【91】 보고 디쇼 왈,

　"ᄉ형아, 엇지 사ᄅᆷ을 이러틋 속이ᄂᆫ뇨. 져 번의 나롤 속여 나롤 하마 죽게 ᄒ엿더니 그 동안의 어디롤 갓다가 이리 오ᄂᆫ뇨?"

　운니우 왈,

　"우리 녕통관(靈通關)의셔 허여진 후 일양 쇼식을 모로더니 근일 무슴 도롤 닷그며 이리 오문 무슴 연괴뇨?"

　신원이 운니우롤 디ᄒ여 ᄯᅥ난 후 슈말을 니ᄅ고 이졔 졍도의 도라가 ᄉ리 형졔롤 감화ᄒ려ᄂᆫ 곡졀을 고ᄒ고 왈,

　"드ᄅ니 현졔 근일의 식의 침익(沈溺)ᄒ여

---

58) 【뭇구리ᄒ다】 동 무꾸리하다. 무당이나 판수에게 가서 길흉을 점치다. ¶ 여러 쳡이 셔로 시

긔ᄒ여 먼져 싱ᄌᄒ기로 도모ᄒ여 무당 판슈의 집의 뭇구리ᄒ라 단니며 졀간으로 가셔 긔도ᄂ ᄒ노라 ᄒ여 <東遊記 3:88>

하마 눈회의 샌지려 흐물 듯고 특별이 와 현졔
룰 권흐느니 현 【92】 졔는 이후로 션심을 니여
왕스룰 기회흐여 눈회의 쩌러지기룰 면흐라."
　　　흐고 말을 맛츠며 간듸업스니 도졍이 쏘흔
일쟝 경계흐고 스리도(沙裡陶)와 담니싱(膽裡生)
을 츠즈러 가니라.

[동유긔東遊記 권지亽卷之四]

22
詠月王陽招諷誚 載酒陶情說轉輪

이 칙의 글시 좀 써다고 욕 말쇼 戊寅□月 日□順景筆書造作

【1】 츠셜, 왕양(王陽)이 사신원(賽新園) 도졍(陶情)을 보너고 홀노 힝ᄒ더니 길가 졍즈나무 아리 흔 스룸이 안져 무어술 싱각는 듯ᄒ거늘 왕양이 나아가 안즈며 셩명을 믈으니 기인 왈,

"나의 셩명은 범초(范俏)라 본 젼냥이나 잇기로 가지고 싱업을 경영ᄒ더니 금일의 싱업이 무로ᄒ기로 졍히 이곳의셔 싱각ᄒ거니와 쳥컨더 노형은 어는 곳 스룸이 【2】 며 어디로 가ᄂ뇨?"

왕양 왈,

"나는 셩명이 왕양(王陽)이오 쏘흔 밋쳔 냥이나 가지고 싱업을 경영ᄒ노라 이리 단기노라."

범초 왈,

"노형의 경영이 무어신지 만일 조흔 싱업이 잇거든 날을 가로쳐 주기를 ᄇ라노라."

왕양(王陽) 왈,

"싱업을 의논ᄒ면 슘빅 뉵십 가지 싱이를 니 다 알거니와 모다 몸이 고돏파 괴로온 일이 만코 오직 나 허든 듕미 노로시 그 듕의 편ᄒ고 즐거오니 아마도 그만흔 일이 업슬가 【3】 ᄒ노라."

범초 왈,

"그 일 무어시 즐거오리오?"

왕양(王陽) 왈,

"듕미 싱이의 더옥 니도 만이 남고 즐겁기는 스룸의 집의 죠흔 녀즈와 부인이 잇셔 혹 녀즈의 부뫼 관가 구실59)의 믈니거나 스ː빗의 보치이여 ᄒ릴업는 일이며 혹 남지 빈궁ᄒ여 쳐즈을 먹여 술올 길이 업셔 듕미60)의게 부탁ᄒ여 팔아 달나 ᄒᄂ니 헐갑 주고 사다가 원방 스룸의게 파라 쳡을 숨을는지 죵을 숨을는지 ᄒ며 혹 챵기의게 팔아 기싱의 쏠을 숨 【4】 을는지 ᄒ면 그 니가 다른 싱이의셔 십비나 더ᄒ고 쏘 밋쳐 팔니지 못ᄒ거든 졔 집의 두고 아즉 졔 계집을 숨아 즐길 거시니 엇지 죠치 아니ᄒ리오."

범초 왈,

"노형의 싱이 곳 날과 갓도다. 나도 본근 그 싱이을 위업ᄒ더니 니 싱각건디 그 일이 조치 아니ᄒ여 텬리 인졍이 용납지 못홀 고로 그 싱이을 ᄇ리고 다른 싱이을 홀가 싱각는 비라. 비컨디 궁곤흔 스룸드리 쳐을 팔거나 쏠을 팔아 원방으로 보니면 골육이 분삭ᄒ여 【5】 싱젼의 다시 보지 못ᄒ고 셔로 써나는 셜움도 만ᄒ려니와 그의셔 더 흉악흔 바는 죠흔 부녀로 두 지아비을 죠ᄎ 실신(失信)도 ᄒ며 남의 죵이 되여 쳔인의 쩌러지기로 원억(冤抑)도 ᄒ며 챵녀의 ᄲᅢ져 음쳔지인도 될 거시니 엇지 가련치 아니ᄒ리오.61) 이러틋흔 싱이는 텬리(天理)을 상히오고

---

59) 【구실】 명 세금(稅金). ¶ 官錢 ‖ 혹 녀즈의 부뫼 관가 구실의 믈니거나 스ː빗의 보치이여 ᄒ릴업는 일이며 (或是女子父母, 欠了官錢, 少了私債, 也圖幾兩銀子, 賣與遠鄉人氏.) <東遊記 4:3> ⇒ 귀실

60) 【듕미】 명 중매(仲媒). ¶ 伐柯 ‖ 혹 남지 빈궁ᄒ여 쳐즈을 먹여 술올 길이 업셔 듕미의게 부탁ᄒ여 팔아 달나 ᄒᄂ니 헐갑 주고 사다가 원방 스룸의게 파라 쳡을 숨을는지 죵을 숨을는지 ᄒ며 (或是有丈夫的貧窮, 養贍妻子不能, 央浼伐柯, 賣與外方客人, 明說爲妻作妾.) <東遊記 4:3>

61) 원문은 여기서부터 제22회가 시작되고 있음.

인졍이 멸졀(滅絶)ᄒ여 셰샹의 왕법이 잇고 지부(地府)의 신명(神明)이 잇셔 보복이 분명ᄒ니 혹 질병도 잇고 관숑(官訟)도 잇고 구셜(口舌)도 잇고 수화지지(水火之災)도 잇고 도젹지【6】 히도 잇셔 무수이 고싱ᄒ고 잇든 돈을 다 일홀 거시니 엇지 두렵지 아니ᄒ리오."

왕양(王陽)이 이 말을 듯고 머리를 흔들며 몸을 쩔어 왈,

"져 싱의ᄂ는 과연 ᄒ지 못홀 일이로다. 니 여러 히을 져 싱의을 ᄒ여시되 져러틋 흉ᄒ 줄은 모로ᄒ더니 이제 노형의 말을 드르니 무섭고 두렵도다. 이후란 그 싱의를 아조 마ᄂ는 거시 올커니와 즉금 젼냥(錢糧)이나 잇고 다른 싱의도 업스며 ᄒ로나 녀ᄌ을 못 보면 심신이 울〻ᄒ여 견딜 길이 업스니 ᄒ【7】 릴업시 니 몸소 힝낙홀지라. 노형은 날노 더부러 창기(娼妓)의 집이나 양한지(養漢的)62)의 집이나 츠져 일장 츈흥(春興)을 풀고져 ᄒ노라."

범쵸 왈,

"창기ᄂ는 비록 쳔ᄒ 듯 ᄒ나 기실 죽 졔 죠상의 ᄉ족녀(士族女)로셔 젹몰(籍沒)의 들어 더〻로 관가의 미여 스니 구기(??) 본죽 ᄉ문일믹(斯門一脈)이라. 맛당이 측은이 너겨 속냥(贖良)홀 슈가 잇스면 그는 ᄒ려니와 엇지 춤아 음난을 힝ᄒ리오. 지어 양한지(養漢的)ᄂ는 더옥 누츄ᄒ여 동가식이셔가슉(東家食而西家宿)ᄒ며 쟝낭쳐니부랑(張郎妻李婦郎)ᄒ고 ᄯ 사롬을 갈희지 아니ᄒ다가 창질(瘡疾) 가진 ᄌ롤 한 번 샹통ᄒ면 그 병이 올마 죵신 폐인이 참될【8】 거시니 무셥지 아니리오."

왕양 왈,

"그는 과연 그러ᄒ여 힝치 말 거시니 이곳의 혹 ᄒ 은근ᄒ 쳐소의 양가녀(良家女)로 외인을 잠통ᄒ는 ᄌ도 잇슬 거시니 ᄒ가지로 그곳을 츠져 멧 낫 낭ᄌ을 만나 츈졍을 쇼견ᄒ미 엇더ᄒ뇨?"

범쵀 이 말을 듯고 눈섭을 찡긔고 슬픈 식

을 금치 못ᄒ여 왈,

"노형아 이 일은 더옥 흉악ᄒ여 힝치 못홀 일이로다. 녀ᄌ의 힝실은 졍녈(貞烈)이 제일 귀ᄒ고 음난(淫亂)이 제일 더죄라. 가련ᄒ 양가녀ᄌ는 제 몸이 ᄉ족부【9】녀(士族婦女)로 명문거족(名門巨族)의 싱쟝ᄒ여 녜법을 직희오고 힝실을 닷글 거시여늘 규문(閨門)을 엄이 조속지 아니ᄒ여 즁미할미며 무당이며 녀복(女僕)이며 술쟝ᄉ며 황호쟝ᄉ63)며 실쟝ᄉ며 쩍쟝ᄉ 바늘쟝ᄉ 분쟝ᄉ며 ᄉ쥬보는 칙쟝이며 뭇구리ᄒ는64) 티쥬며 녀승과 쳥신녀며 이아기쟝이며 말벗 ᄒᄂ는 이웃집 노파들이 문하의 왕니ᄒ며 방등의 츌입ᄒ여 날마다 샹죵ᄒ며 ᄉ롬마다 졍친ᄒ여 이아기 삼아 ᄒ는 말이 남녀 은졍(隱情)과 쟝부 후박(厚薄)이며 지【10】어 음담ᄉ셜(淫談辭說)을 무란이 옴겨 져믄 녀ᄌ의 약ᄒ 므음을 요동ᄒ며 감언니셜(甘言利說)노 ᄉ곡(邪曲)ᄒ 힝실을 유인ᄒ여 혹 다리고 구경 단기노라 ᄉ롬의 시비도 감슈ᄒ며 혹 밤의 ᄒ가지 자다가 문을 열고 흉ᄒ 남ᄌ을 인도ᄒ여 방으로 드리며 혹 셔찰 왕니의 시죵 드러 타인과 통졍(通情)ᄒ여 흉악ᄒ고 츔혹ᄒ 일이 블가승언(不可勝言)이라. 세상 녀ᄌ드리 쳔니나 만니나 ᄒ 번 조속지 못ᄒ여 져런 무리을 결연ᄒ 후는 그 꾀임의 ᄒ나토 버셔ᄂ는 ᄌ 업스니 엇지 가【11】련치 아니리오. 녀ᄌ의 몸이 되여 ᄒ 번 실신ᄒ면 빅 가지 힝실이 다 착ᄒ여도 쓸더업시 폐인이 되고 부모와 종족의 붓그러오믈 씻쳐 문호를 업즈르고 ᄌᄌ손손이 ᄉ환을 기싴ᄒ여 그런 더 가라도 폐족이 되게 ᄒ며 혹 부모 종족이 붓그러 여겨 약 먹여 죽이기도 ᄒ며 혹 제 붓그려 스스로 죽기도 ᄒ

---

62)【양한지】 몡 {양한지(養漢的).} 창기(娼妓). 남자와 통간하는 여자. ¶ 노형은 날노 더부러 창기의 집이나 양한지의 집이나 츠져 일장 춘흥을 풀고져 ᄒ노라 (老兄無事, 地方可有勾欄術院, 不如去做個風流嫖客.) <東遊記 4:7>

63)【황호쟝ᄉ】 몡 {행화(行貨 hánghuò)장수.} 방물장수. '황호'는 중국어 차용어. ¶ 술쟝ᄉ며 황호쟝ᄉ며 실쟝ᄉ며 쩍쟝ᄉ 바늘쟝ᄉ 분쟝ᄉ며 ᄉ쥬보는 칙쟝이며 뭇구리ᄒ는 티쥬며 녀승과 쳥신녀며 이아기쟝이며 말벗 ᄒ는 이웃집 노파들이 문하의 왕니ᄒ며 방등의 츌입ᄒ여 <東遊記 4:9>

64)【뭇구리ᄒ다】 통 무꾸리하다. 무당이나 판수에게 가서 길흉을 점치다. ¶ ᄉ쥬보는 칙쟝이며 뭇구리ᄒ는 티쥬며 녀승과 쳥신녀며 이아기쟝이며 말벗 ᄒᄂ는 이웃집 노파들이 문하의 왕니ᄒ며 방등의 츌입ᄒ여 날마다 샹죵ᄒ며 <東遊記 4:9> ⇒ 3:88

여 허다훈 흉악지시 그 가온더 무수ᄒ고 남ᄌ로 일을진더 음난은 만 가지 몹쓸 일의 웃씀이라. 나라 법은 고ᄉᄒ고 지부의 죄를 밧아 【12】 조금도 용셔치 아니ᄒ여 십팔 층 지옥의 써러져 아귀축싱(餓鬼畜生)이 되여 셰ᄀ싱ᄀ(世世生生)의 환도치 못ᄒ여 무훈 고초을 밧고 금셰의도 두렷훈 보응이 쇼연(昭然)ᄒ여 남의 쳐을 통간ᄒ면 졔 쳐는 남의 통간을 밧고 남의 쌀을 유인ᄒ면 졔 쌀이 남의 유인홈을 밧을 거시니 도로 집어 싱각ᄒ여 보라. 졔 쳐이나 졔 쌀이 남의 꾀이믈 입어 다른 남지 품고 누어시면 졔 눈으로 져 거동을 보고 마음의 엇더ᄒ리오. 이러므로 힝여 스룸의 일시 음심을 금치 【13】 못ᄒ여 남의 쳐첩이나 남의 쌀을 보고 흠모ᄒᄂ 무음이 나거든 얼프시 싱각ᄒ되, 져거시 나의 쳐첩이나 ᄀ의 쌀이거늘 남이 날쳐로 이러케 보고 이러케 흠모ᄒ면 그 분한ᄒ미 엇더홀고 싱각ᄒ면 그 음심이 ᄌ연이 스라질 거시니 그리 싱각ᄒ면셔도 짐줏 힝ᄒᄂ 즈는 졔 쳐첩과 졔 쌀을 파라먹을 힝실이니 엇지 스룸이라 ᄒ리오. 이러모로 음죄는 만악의 웃씀이니 엇지 스룸이 되여 이런 일을 힝ᄒ리오. 이 일 【14】 은 챵녀 츄심의셔 더옥 만ᄀ블가ᄒ니 노형은 부디 이런 싱각ᄒ지 말나. 그 죄가 비홀 더 업ᄂ니라."

ᄒ여 천만 당부ᄒ고 손을 드러 니별ᄒ니 왕양(王陽)이 훌일업셔 훌노 길의 힝ᄒ더니 훌연 훈 스룸이 압셔 오며 소리ᄒ여 왈,

"형쟝은 별니무양(別來無恙)ᄒ가?"

ᄒ거늘 눈을 드러보고 왈,

"이 아니 낭니도(浪裡陶) 형제냐? 우리 녕통관(靈通關)의셔 허여진 후의 어디 가 잇더뇨?"

낭니도 왈,

"니 져적 녕통관의셔 써는 후 셩명을 곳쳐 이다(艾多)라 ᄒ고 【15】 졍쳐업시 단니더니 훈 스룸을 만나 스괴미 십분 나를 스랑ᄒ고 공경ᄒ여 죵일 날을 붓들고 놋치 아니ᄒ기로 니 그 졍의를 감격ᄒ여 우리 은근훈 친구을 초인ᄒ여 그 집으로 ᄒ여곰 디부ᄌ의 집이 되엿거늘 그 스룸이 너모 각박ᄒ고 인졍이 업셔 일분도 넉넉지 아니ᄒ여 날을 고각(庫閣)의 가도여 ᄀ러 희의 너여 놋치 아니ᄒ니 텬일(天日)을 볼 길이 업ᄂ지라. 졍이 답ᄀᄒ더니 근일의 그 스룸이 지믈이 만훈 타스로 지앙이 발ᄒ여 부롤 밋고 스룸

【16】 을 업슈이 녀기며 돈이 만하 춤법을 마니 힝ᄒ므로 스룸이 믜워ᄒ고 국법을 범ᄒ야 지홰 만가지로 니러ᄂ니 쪄도 ᄒ릴업셔 우리를 너여 회뢰(賄賂)를 슴으니 이러므로 겨뇨 세샹의 나와 싱각건디 우리 스리 형졔 세샹의 쳐ᄒ미 훈더 모히여야 올홀 고로 일젼의 도졍(陶情) 형을 만나 드르니 담리싱(膽裡生) 형졔가 본심치의 잇셔 강인이 되엿시니 도졍 형은 발셔 그리 갓ᄂ지라. 우리도 그곳의 가 스리 형졔 완합ᄒ미 조흘가 ᄒ노라."

왕양(王陽) 왈,

"니 쯧도 현졔 【17】 와 훈가지라."

ᄒ고 분심치(分心寨)로 향ᄒ니라.

제이십숨회

츠셜, 담리싱이 녕통관(靈通關)을 써난 후로 스쳐로 단니며 투탁홀 곳을 구ᄒ나 텬셩이 조급ᄒ고 심지 협착ᄒ여 일호도 스룸을 용납지 아니ᄒ고 반분도 참ᄂ 일이 업스니 이러므로 스룸과 오리 스괼 지 업ᄂ지라. 훌노 단니며 싱업이 업셔 ᄒ더니 분중하(分中河)라 ᄒᄂ 지방의 이르러 치칙을 세워 분심치(分心寨)라 ᄒ고 소루라롤 다리고 치를 웅거ᄒ여 【18】 셩명을 곳쳐 본심마왕(分心魔王)이라 ᄒ고 너왕 긱인을 노략ᄒ더니 일ᄀ은 소루러 보호되,

"치 밧긔 술파는 긱인이 술위 우의 술병을 만히 싯고 온다."

ᄒ거늘 마왕이 명ᄒ여 아셔 오라 ᄒ니 소루리 쳥녕ᄒ고 치 밧긔 ᄂ가 술 실은 술위롤 아스랴 ᄒ니 그 긱인이 일너 왈,

"호한은 남의 술을 쎄앗지 말나. 네 긔것 쎄셔가도 너의 마왕이 졍심이 각박ᄒ여 훈 잔도 아니 줄 거시니 엇지 부즐업지 아니리오. 너 이졔 훈 병 술을 가져 너희를 줄 거시니 너희는 밧 【19】 아 여긔셔 논ᄒ 먹ᄂ 거시 조흘가 ᄒ노라."

소루라 등이 그 말을 올히 녀겨 훈 병을 밧아 난화 먹으니 긔ᄀ히 혼몽ᄒ여 쓰히 것구러지ᄂ지라. 마왕이 소루라의 회보를 기다리다 못ᄒ여 디로ᄒ여 치 밧긔 ᄂ와 보니 그 긱인은 다른 스룸이 아니오 이 곳 도졍(陶情)이라. 셔로 반겨 잇글고 치듕의 드러가 별회를 셔로 일을시 도졍이 술장스ᄒ든 말이며 사신원(賽新園)을 맛

나 경계 드른 말을 일ᄅ이 니ᄅ고 분심마왕(分心魔王)을 권ᄒ여 셩품을 곳쳐 화평ᄒ믈 ᄒ힝【20】ᄒ라 ᄒ고 졍히 술을 가져 셔로 권홀 시 잇ᄯ 소루라 등이 오린 후의 술이 ᄯ여 보니 긱인과 술위 다 간ᄃ업ᄂᆫ지라. 셔로 보며 후회ᄒ되,

"우리 쟝녕을 어긔고 일을 그릇ᄒ여시니 그 죄 젹지 아니ᄒᆫ지라. 쟝ᄎ 엇지홀고?"

ᄒ야 셔로 근심ᄒ더니 홀연이 ᄎ 압히 두 ᄉᆞ룸이 나아와 므러 왈,

"져 ᄎ는 가히 분심마왕(分心魔王)의 잇는 ᄎ냐?"

ᄒ거늘 소루라 등이 셔로 의논 왈,

"이젼의 이곳을 지ᄂᆫ 즈는 우리 소문을 듯고 졔 무셔워 멀니 피ᄒ더니 이 긱인은 스스로 와 【21】 지믈을 바치려 ᄒ니 가쟝 이샹ᄒ도다. 아모려나 우리 져 긱인을 잡아 밧쳐 죄를 속ᄒ리라."

ᄒ고 여러이 달나드러 ᄭᅳᆯ어 층으로 드러가니 도졍이 먼져 보고 놀나 왈,

"우리 두 아오 왕양(王陽)과 이다(艾多)로소니 어ᄃ로셔 이리 오ᄂᆞ뇨?"

23
貪嗔癡路過分心　淸寧觀僧投老祖

분심마왕(分心魔王)이 또흔 반겨 셔로 네 흐고 각: 별후 스졍을 일으며 치등의 디연을 비셜흐고 술을 나와 즐길 시 도졍이 숨인을 향흐여 일너 왈,

"우리 형뎨 스인이 세샹의 잇스미 또흔 유명흔 호한이 【22】 라 일으거늘 엇지흐여 심졍이 다 각: 달나 술 조하흐고 식을 취흐고 지믈을 탐흐고 긔운 부리기를 잘흐여 종일 노록(勞碌) 홀 뿐이라. 세샹 스룸의 므음의 얼키여 화란을 무슈이 지으니 일후의 죄과를 면치 못홀지라. 우리 오날노 조촛 각: 셩품을 곳치고 이곳을 쩌나 다른 나라의 가 셔로 죠흔 싱업을 구흐미 엇더흐뇨? 이곳셔 동으로 슈빅니를 가면 진됴국(震旦國)이 잇스니 인믈이 번셩흐고 싱이 극히 만타 흐니 우리 그곳의 가 평안흔 【23】 싱업을 심쓰리라."

흐니 졔인이 일시의 다 올타 흐여 분심치(分心寨)를 허러 브리고 소루라를 홋터 노흔 후 금보(金寶)를 수습흐여 가지고 진됴국을 향흐여 가니라.

츳셜, 원통화상(元通和尙)이　졍찰(淨利)의

잇셔 혜광이 멀이 비최이미 스리 등이 셩명을 변흐고 이 느라를 쩌나 멀니 다른 나라로 간 쥴 알미 스승의 유교로 동으로 졔도흐여 맛치지 못흔 인연을 이믜 다 맛쳐는지라. 다시 세샹 일의 미진흐미 업스므로 아죠 관을 닷고 춤션흐여 장 첫 【24】 젹멸흐려 흐더니 잇쩌 국왕은 달마노죠(達摩老祖)의 질왕 니견왕(異見王)이니 이 날 달마노슉을 보려 흐여 거가를 명흐여 청녕관(淸寧觀)으로 갈 시 역노의 경찰의 드러가니 뜰도 쇄소치 아니흐고 향도 피오지 아니흐며 쥬승(主僧)이 다 와 거가를 영졉지도 아니흐는지라. 쥬승을 츠즈니 다만 흔 늣 져근 힝지 관문 밧긔 잇거늘 쥬승이 어듸 갓는다? 물은디 힝지 답왈,

"이곳의 다만 노화샹 일인만 잇셔 관 안의 안져 춤션흐느니이다."

흐니 왕이 좌우을 명흐여 관문을 열 【25】 나 흐니 과연 흔 노화샹이 눈을 감고 단졍이 안져 죠곰도 움족이지 아니흐거늘 왕이 더욱 노흐여 좌우로 흐여곰 관을 들어 졀문 밧긔 니여노코 블노 살오라 흐니 좌위 바야흐로 블을 들고 져 홀 졔 홀연 보니 관 속으로셔 블이 느와 블곳치 등:흐여 스스로 관을 틱오며 또 블 가온 디로셔 흔 퍼귀 빅홰 느오며 년곳 속의 흔 화샹이 느와 공듕을 향흐여 올나가니 이쩌 달마노죄 졍듕의 져 경샹을 보고 왈,

"원통화샹이 젹멸홀 쩌 되엿거늘 마 【26】 초아 우리 질왕(姪王)이 져런 거동을 흐여 스룸의 :논을 부르니 엇지 이듧지 아니흐리오."

흐고 졍히 안져더니 홀연 흔 듕이 드러와 노죠을 향흐여 세 번 졀흐고 왈,

"졔즈의 일홈은 파라졔(波羅提)니 진됴국으로셔 와숩고 젼셰 인연으로 흐여 문하의 투탁흐오니 브라건디 거두어 졔즈 항(行)의 츙슈(充數)흐옵소셔."

노조 왈,

"젼셰 인연은 과연흐고 니 이졔 원을 셰워 널니 졔도흐려 흐느니 네 이졔 인흐여 진됴국으로셔 왓다 흐니 그곳의 우리 교를 직희는 착흔지 얼마나 흐드뇨?"

【27】 파라졔 왈,

"축흔 즈도 만커니와 악업을 짓는 즈도 젹지 아니흐니 스부의 크게 교화을 베프시미 아니 게시면 져컨디 아조 혼미흐여 찌닷지 못홀가 흐

느니다."

노죠 왈,

"니 졔즈 도뷔 바야흐로 공부를 심쓰느니 너의 신력을 어더 닥가 주기를 브라노라. 파라 졔 머리 죠아 스례ᄒ고 믈너와 도부(道副)로 더브러 쥬야 공부ᄒ더니 일일은 반공듕의 싱소고악의 소리 들니거늘 도뷔 파라졔더러 문왈,

"스형아, 져 소리 어디로셔 오며 무슴 길흉이 잇ᄂ뇨?"

파라졔 왈,

"그 소리 【28】 공듕의 울니이니 길홈을 응ᄒ미오 니 자셔이 술펴보니 이ᄂ 착ᄒ 스룸의 집의 귀즈을 보ᄂ미로다."

도뷔 왈,

"격션지가(積善之家)의 필유여경(必有餘慶)이라 ᄒ니 니 졍듕의 그 근본을 술피리라."

ᄒ고 졍신이 공듕의 올나 소리 나ᄂ 곳을 ᄎ져보니 샹셔의 구룸이 이ᄂᄒ고 장번보기(長旛寶蓋)와 위의 거룩ᄒ 가온디 무슈ᄒ 동남동녀(童男童女)들니 옯히 버러 힝ᄒ고 그 뒤히 일위 신명이 압녕ᄒ엿거늘 도뷔 나아가 머리 조아 왈,

"신명은 져 동남동녀을 압녕ᄒ고 어디로 가시ᄂ뇨?"

신명 왈,

"이 【29】 ᄂ 모다 착ᄒ 스룸의 집의 아들과 손즈을 주러가노라."

도뷔 왈,

"격션지가의 아람다온 즈손을 보니기ᄂ 보응지이(報應之理)가 그러ᄒ거니와 엇지ᄒ여 젹악(積惡)ᄒ 스룸의 집의도 ᄯ호ᄒ 즈손을 니이ᄂ뇨?"

24
神司善惡送投生 和尙風魔警破戒

신명 왈,

"악도 뎌소가 잇스니 각々 뎌소을 조츠 다른지라. 비컨디 ᄌ손을 만히 둘 스롬이 악을 ᄒ면 감ᄒ여 젹게도 ᄒ며 혹 젹게 둘 스롬이면 감ᄒ여 아조 업시키도 ᄒ여 이왕 잇든 것도 쎄앗기도 ᄒ며 혹 흉악ᄒᆫ ᄌ식을 주어 져의 흉악ᄒᆫ 든 것디로 밧게 ᄒᄂ니 고승이 엇지 모로ᄂ뇨?"

【30】 도뷔 원읍 왈,

"스롬이 ᆞ의 악을 지엇거든 가히 플어 구활 도리 업ᄂ잇가?"

신명 왈,

"모르고 지은 악은 수이 끼닷고 즉시 고치면 비록 디악이라도 구활 거시오 그른 줄 알고 부러 지은 허믈이면 졔 죄오 알고도 고치지 아니ᄒᄂ는 악은 비록 ᄌ근 악이라도 구치 못활 거시니 고승은 져것슬 보라."

ᄒ고 손을 드러 ᄒᆫ 번 가르치거눌 도뷔 눈을 드러보니 거문 긔운이 만々ᄒᆫ 가온디 무수ᄒᆫ 남녀 큰 칼 씌오고 쇠사슬노 결박ᄒ여 읍셔 가며 그 뒤히 ᄯᅩ ᄒᆫ 신명이 압녕ᄒ엿거눌 도뷔【31】 나아가 녜ᄒ고 그 곡졀을 믈으니 신명 왈,

"이는 임계의 잇셔 악얼을 만히 지은 스롬이라 오히려 극악은 아닌 고로 아직 육도의 보니지 아니ᄒ고 도로 인도의 나게 ᄒ여 져더러 회과쳔션(悔過遷善)ᄒ게 ᄒ여시니 ᄒᆫ 가지 션ᄒᆫ 일노 ᄒᆫ 가지 죄롤 플게 ᄒ여 모다 푼 연후의 다시 조ᄒᆫ 세계를 보게 ᄒ고 만일 다시 그른 죄을 지으면 그 훗일은 나도 다시 엇지 될지 모로노라."

도뷔 왈,

"연즉 져 남녀들은 오히려 져근 악을 지은 진 고로 고칙 길을 열어 주웟거니와 만일 디악을 지엇든 【32】 들 발셔 요긔업시 육츅지도의 샌져시리로다."

신명 왈,

"과연 그러ᄒ괘라."

ᄒ고 풍운을 □아 급히 힝ᄒ니 도뷔 ᄯᅩᄒᆫ 졍듕의 씨여 왈,

"니 엇지ᄒ여 꿈 지경의 드러 션심을 요동ᄒ고?"

ᄒ고 달이 볽그미 조ᄉ 좌젼의 나아가니 조ᄉ 일너 왈,

"너 이제 듕싱을 졔도ᄒ려 ᄒ미 쟝춧 너을 다리고 가려ᄒᄂ니 데 ᄯᅩ ᄒᆫ 번 꿈 지경을 면키 어려올가 ᄒ노라."

도뷔 노죠의 발셔 짐작ᄒᆯ 알고 ᄯ러 고 왈,

"졔지 ᄉ부을 ᄯ라다니려 ᄒ미 눈으로 보는 비 꿈 지경과 엇지 다르리잇고?"

【33】 노조 왈,

"네 이믜 꿈 지경이 헛되지 아닌 줄 알면 맛당이 진셰의 참 인연을 알니로다."

도뷔 왈,

"졔지 볼셔 알ᄋᄂ니 ᄉ부는 무슴 법으로 듕싱을 졔도ᄒ려 ᄒ시ᄂ뇨?"

노조 왈,

"니 다만 널니 졔도ᄒ여 모든 듕싱으로 각기 션심을 발ᄒ여 ᄒᆫ 가지로 무샹졍각(無常正覺)을 엇게 ᄒ리라."

도뷔 비샤ᄒ고 믈너나 파라계를 좃차 허다 도슐을 비호고 쟝춧 스승을 ᄯ라 듕싱을 졔도ᄒ려 ᄒ더라.

졔이십ᄉ회

【34】 ᄎ셜, 동진(東晉) 효무졔(孝武帝) 영강(寧康) 년간의 북위(北魏) 쳑발시(跖跋氏) ᄂ라의 지방이 광디(廣大)ᄒ디 일즉 불법을 아지 못ᄒ여 지경 안의 ᄒ 결도 업고 ᄒ 듕도 업더니 일ᄅ은 위주 쳑발규(拓跋珪) 군신을 다리고 오디산(五臺山)의 올나 피셔ᄒᆞᆯ 시 홀연이 ᄒ 듕이 왕의 압히 니르러 네ᄒ고 ᄒ 조각 방셕 ᄭᆯ 만ᄒ ᄯᅡ흘 빌어 슈힝ᄒᆞᆯ 쳐소를 숨아지라 ᄒ거늘 왕 왈,

"네 ᄯᅡ흘 어더 졀을 지으려 ᄒ면 ᄒ 방셕 만ᄒ 곳의 엇지 ᄅᆞ며 졀만 ᄯ히 지으려 ᄒ면 ᄒᆞᆯ 디로 스스로 지을 거시지 【35】 엇지 굿티여 날ᄃ려 뭇ᄂᆞ뇨?"

승 왈,

"ᄒ 치 되ᄂᆞᆫ ᄯᅡᆼ과 ᄒ ᄌ 되ᄂᆞᆫ 흙이 무비국가지소존(無非國家之所存)이니 엇지 쳥득(請得)지 아니코 임의로 ᄒ리잇고?"

왕 왈,

"네 말 갓틀진디 ᄒ 방셕 만ᄒ ᄯᅡ흘 주ᄂᆞ니 네 임의로 쓰라."

ᄒ니 승이 비ᄉᆞᄒ고 방셕 만ᄒ ᄂᆞ흘 가져 산 우히 펴 놋코 가거늘 왕의 군신이 그 곡졀을 몰나 우흡다 ᄒ더니 잇튼날 다시 보니 그 방셕이 광디ᄒ여 장광이 오빅여 리가 되엿ᄂᆞᆫ지라. 군신이 크게 놀나 혜오디,

'이ᄂᆞᆫ 필연 신승(神僧)이니 뉘 그 니력을 아ᄂᆞᆫ고?'

ᄒ여 의아 【36】 ᄒ더니 근신 일인이 주ᄒ되,

"신의 친ᄒ 듕 ᄒ나히 잇스니 법호ᄂᆞᆫ 신원(神元)이라. 본근 남방 스룸으로 이곳의 우거ᄒ여 즉금 이 산듕의 잇ᄉᆞ오니 불너 뭇ᄉᆞ이다."

ᄒ디 왕이 즉시 신원을 불너 이 일을 문답ᄒᆞᆯ 시 홀연 반공 듕의 샹운이 이ᄅ(藹藹)ᄒ며 어졔 왓든 듕이 법신을 ᄂᆞ토와 식샹(色相)이 쟝엄ᄒ여 ᄉᆞᄌ를 타고 안졋거늘 군신 샹히 일졔이 네비ᄒ고 이윽ᄒ여 뵈지 아니ᄂᆞᆫ지라. 신원 왈,

"이ᄂᆞᆫ 문슈보살(文殊菩薩)이 현화(現化)ᄒ시미로소이다."

ᄒ니 왕이 즉시 젼녕ᄒ 【37】 여 그곳의 졀을 짓고 신원으로 도장을 셰우니 일시의 풍동ᄒ여 머리 ᄭᆞᆨ고 츌가ᄒᆞᄂᆞᆫ 지 부지기슈요 디소 ᄉ찰이 일국의 두루 ᄒ엿더라. 왕이 불가의 신이

(神異)ᄒᆞᆷ믈 알고 신원을 명ᄒ여 동진(東晉)의 보니여 ᄉ신ᄒ니 신원이 명을 밧아 동진의 니르러 담허원(湛虛元)이라 ᄒᆞᄂᆞᆫ 암ᄌ의 햐쳐ᄒ니 암ᄌ 주승(主僧)의 일홈은 유연(猶然)이니 이ᄂᆞᆫ 복경(卜淨)의 후신이라. 셩젼의 참션 공부ᄒ다가 도심이 굿지 못ᄒ고 다시 인간의 나와 즁이 되여 슈힝케 ᄒ엿더니 젼셩 ᄆᆞ음이 그져 잇【38】 기로 즁의 게힝을 직희지 못ᄒ여 거죽으로 지계ᄒ나 속으로ᄂᆞᆫ 쥬육을 먹으며 탐지호식(貪財好色)을 속인의셔 더ᄒᄂᆞᆫ지라. 이 달 신원이 죠희의 드러가 ᄉ신을 맛츤 후 원듕의 도라와 유연으로 더브러 말ᄒ더니 홀연이 ᄒ 바람마즌[65] 즁이 드러와 지를 쳥ᄒ거늘 유연이 쇼지(素齋)를 가져 주니 그 즁이 쇼지를 밧아 ᄯ히 업쳐 ᄇ리고 왈,

"나ᄂᆞᆫ 쇼를 먹지 아니ᄒ니 썰니 육찬(肉饌)[66]을 가져오라."

ᄒ거늘 유연이 변식ᄒ여 왈,

"즁의 암ᄌ의 어듸 가 육찬을 엇드리오?"

그 즁 왈,

"네 【39】 가마니 먹ᄂᆞᆫ 육찬이 잇거늘 엇지 업다 ᄒᄂᆞ뇨? 네 지계(齋戒)를 범ᄒ여시니 그 죄 ᄒ 가지오 두고도 업노라 ᄒ여 스룸을 속이니 그 죄 두 가지오 네 이러틋 악얼(惡孽)을 짓고 쟝ᄎᆞᆺ 무슴 죄과(罪過)을 당ᄒᆞᆯ고?"

유연이 더욱 노ᄒ여 왈,

"어디로셔 온 밋츤 즁이 나의 조흔 힝실을 더러이 녀기ᄂᆞ뇨?"

신원이 ᄯᅩᄒ 춤치 못ᄒ여 왈,

"화샹아, 네 스스로 육찬을 구ᄒ니 이ᄂᆞᆫ 분명이 경계를 범ᄒ미어늘 도로혀 남의 원통ᄒ 말을 ᄒᄂᆞᆫ다?"

그 즁이 우어 왈,

---

65) 【바람맞다】 동 풍병 들다. ¶ 風魔 ‖ 홀연이 ᄒ 바람마즌 즁이 드러와 지를 쳥ᄒ거늘 유연이 쇼지를 가져 주니 그 즁이 쇼지를 밧아 ᄯ히 업쳐 ᄇ리고 (只見院門外, 走進一個風魔和尙來化齋. 猶然便將款待神元的素齋與他, 這風魔和尙, 將素齋傾落在地.) <東遊記 4:38> ⇒ 3:72

66) 【육찬】 명 육찬(肉饌). ¶ 葷食 ‖ 나ᄂᆞᆫ 쇼를 먹지 아니ᄒ니 썰니 육찬을 가져오라 (我不吃素, 有葷食, 快將些出來.) <東遊記 4:38>

"너는 티쇼(胎素)부터 소【40】롤 힝훈 스
롬이라. 니 이믜 알거니와 져 중은 말노만 쇼ᄒ
ᄂ 중이니 엇지 져롤 원통케 ᄒ리오?"

ᄒ고 훈 소리로 기롤 부르며 왈,

"황견(黃犬)은 쎠을 가져오라."

ᄒ니 문 밧그로셔 기 ᄒ나히 드러와 유연
의 방듕의 드러가 고기와 쎠롤 믈고 나오니 유
연이 그져야 크게 붓그러 노롤 발ᄒ여 왈,

"져 밋츤 듕이 어듸 가 고기 믈고 오는 기
롤 블너 남을 원통케 ᄒᄂ뇨!"

ᄒ고 졔ᄌ 등을 다리고 그 중을 치려 ᄒ니
그 중이 우어 왈,

"구타여 날을 치지 말나. 니 스스로 가리
라."

ᄒ고 훈 줄【41】 기 빅광이 되어가니 유연
이 그졔야 ᄆᄋᆷ의 겁ᄒ여 ᄯᆫ히 업듸여 머리 죠
ᄒ며 왈,

"졔지 죄롤 아ᄂ니다."

ᄒ니 신원 왈,

"이ᄂᆫ 불보살이 분명 현화ᄒ신 일이니 만
일 범ᄒ미 잇거든 급히 고치고 악업을 짓지 말
나. 유연이 졀ᄌ이 복ᄉᄒ고 이 날노부터 원근
의 소문이 낭ᄌᄒ미 이곳의 잇슬 길이 업셔 신
원의 쳥ᄒ여 북방으로 조츳갈 시 길의셔 ᄌ로
논난ᄒ여 불가의 과보지ᄉᆞ(果報之事) 분명ᄒᄆᆯ
ᄌ셰 일으며 믈명을 샹히오지 아니려 ᄒᄆ로【
42】 소을 ᄒ미라."

ᄒ듸 유연이 의혹ᄒ여 왈,

"스부의 말이 올커니와 부귀지가의 진슈셩
찬을 슬토록 먹을 졔 달마다 살우지양(殺牛宰
羊)ᄒ여 허다 싱명을 살히ᄒ되 부귀여샹(富貴如
常)ᄒ여 홈홀 일이 업스니 일노 보면 보응도 망
미ᄒ여 십분 밋기도 어렵고 쏘 하늘이 만믈을
ᄂᆡ여 스롬을 길게 ᄒ여시미 의례이 먹게 숨긴
비오, 지어 금슈도 큰 놈이 ᄌ근 거슬 먹으며
강훈 놈이 약훈 거슬 먹으니 이거시 곳 믈이라.
엇지 다만 악업이라만 ᄒ리오."

신원 왈,

"그러치 아【43】니ᄒ다. 셰샹 스롬이 보
응 아지 못ᄒ고 구복(口腹)의 맛가즘을 위ᄒ여
살성을 무탄이 ᄒ거니와 져 부귀훈 스롬의 집은
션셰 젹덕이 잇거나 젼싱의 션공이 잇스므로 그
갑흐믈 밧노라. 져러틋 부귀ᄒ거늘 그 죠훈 거

슬 직희지 못ᄒ고 구복의 ᄉ치롤 위ᄒ여 악업을
지으니 그 보응은 일후 ᄌ손의게나 혹 후싱의
잇슬 거시니 엇지 직금의 부귀로쎠 방히롭지 아
니타 일으리오. 쏘 텬싱만믈ᄒ시미 스롬과 만믈
이 각ᄌ 계 싱명을 보젼ᄒ여 평안코져 ᄒ시미니
엇지 스【44】롬의게 메히라고 믈명을 ᄂ이며
큰 거시 젹은 거슬 먹고 강훈 거시 약훈 거슬
먹는다 ᄒ나 이도 졔 힘으로쎠 억지로 먹는 비
라. 엇지 먹으라 졍ᄒ여시리오. 밍호ᄂᆫ 스롬을
먹으니 이 엇지 하늘니 스롬을 ᄂᆡ여 범을 길으
라 ᄒ미리오. 블과 힘과 꾀로 살히ᄒ미니 엇지
올훈 일이라 ᄒ리오."

유연 왈,

"텬지싱믈의 유싱유ᄉ(有生有死)ᄂᆫ 고금의
통의라 싱훈 죄 업스면 죽는 지 업고 죽는 지
업스면 싱홀 지 업슬지라. 다만 싱ᄒ기만 ᄒ고
죽지 아니ᄒ면 고인믈이【45】 그져 잇슬 거시오
다만 죽기만 ᄒ고 싱치 아니면 조화가 막힐 거
시니 엇지 텬지의 긔라 ᄒ리오."

신원 왈,

"텬지만믈의 조화지니(造化之理)ᄂᆫ ᄌ연 훈
싱ᄉ가 잇ᄂ니 엇지 살히훈 년후야 스싱이 잇다
ᄒ리오. 비컨디 스롬은 살히홈미 업것마ᄂᆞ 스싱
이 업지 아니ᄒ니 엇지 굿타여 죽이기을 기다리
오리오. 지어인심(至於人心)은 훈가지로듸 믈명
을 살오고져 ᄒᄂ 마음은 인ᄌ훈 ᄆᄋᆷ이오 믈명
을 샹히오려 ᄒᄂ ᄆᄋᆷ은 못쓸 ᄆᄋᆷ이니 인ᄌ훈
ᄆᄋᆷ은 ᄌ연 화긔롤 불을 거【46】시니 그 스롬
의 복 밧기ᄂᆫ 뭇지 아니ᄒ여 알 거시오 못쓸 ᄆ
ᄋᆷ은 ᄌ연 녀긔롤 불을 거시니 그 스롬의 홰 밧
기롤 쏘훈 뭇지 아니ᄒ여 알지니 길흉화복이 일
심을 죠츳 다르니 이 엇지 분명치 아니리오."

25

神元捐金救鷄家　道士設法試尼僧

이리 말ᄒ며 힝홀 ᄉㅣ 일ᄉ은 날이 져믈어 순막을 ᄎᄌ려 ᄒ더니 ᄒᆫ 집 압히 다ᄉ르니 노인이 문 압히 셧다가 반겨 쳥ᄒ여 드러가 소밥을 졍히 ᄒ여 디졉ᄒ며 갑슬 밧지 아니커눌 신원이 그 곡졀을 무로니 노인이 ᄀ로디,

"노한(老漢)이 평싱의 소ᄅᆯ 먹으며 즁을 보【47】면 지ᄅᆯ 고양(供養)ᄒ기ᄅᆯ 죠하ᄒᄂ니 엇지 갑슬 ᄇ드리오."

신원(神元) 왈,

"노인게셔 소ᄅᆯ 먹으니 일졍 살싱은 아닐 거시니 ᄌ비지심이 거록ᄒ여이다."

노인 왈,

"과연 싱물을 보면 ᄎ마 죽이는 것도 보지 못ᄒᄂ니 작일의 두어 긱인이 노한의 집의 와 자기ᄅᆯ 구ᄒ며 싱닭ᄅᆯ 가지고 와 살마 먹으려 ᄒ기로 노한이 ᄎ마 보지 못ᄒ여 긱인 등의게 쳥ᄒ여 밥을 너여 닭을 밧고와지라 ᄒ니 긱인 등도 ᄌ비지심이 잇셔 허락ᄒ기로 그 닭을 살여 두어더니 시벽의 홰ᄅᆯ 치며 울고 즐거워ᄒ【48】ᄂ 거동이 져럿틋 활발ᄒ니 엇지 쾌락지 아니리오."

ᄒ고 졍히 말홀 졔 ᄒᆫ ᄉ롬이 문으로 드러와 방마다 여러 보고 무어슬 ᄎᄌ려 ᄒᄂ는 모양 갓더니 도로 문으로 나가며 왈,

"착ᄒᆫ ᄉ롬의 집이로다. 겨ᄅᆯ 용셔치 아니 홀 길이 업ᄉ니 이 ᄉ롬 ᄒ나 아니 잡아가 다ᄉ 무어시 관계ᄒ리오."

ᄒ며 나가고 그 뒤히 무수ᄒᆫ 남녀드리 ᄯ라가거눌 신원이 노인더러 일너 왈,

"노장은 져 거동을 보나잇가? 져 ᄉ롬이 필연 ᄉ롬 잡아가려 ᄒᄂ는 지부ᄎ시라. 그 뒤히 ᄯ르는 남녀는 이믜 압거ᄒ【49】여 가는 거동이오 이 집의 와 ᄯᅩ ᄉ롬을 잡아 튱슈홀 터이기로 이리 오더니 노장의 작일 닭 술온 션심으로 용셔ᄒ고 갓시니 이 일이 비록 허탄ᄒᆫ 듯ᄒ나 눈으로 보는 비 여ᄎᄒ니 엇지 허탄ᄒ다 ᄒ리오."

노인 왈,

"니 집의 과연 ᄒᆫ ᄯᆯᄌ식이 즁병을 드러 거의 죽게 되엿더니 작일부터 져기 나은 듯ᄒ기로 우연이 드러ᄒᆫ가 ᄒ여더니 이졔로 보건디 작일의 닭을 살온 후로부터 그러ᄒ고 ᄯᅩ 이 거동을 보니 과연 그러ᄒᆫ가 ᄒ거니와 아지 못게라 ᄒᆫ 닭의 목숨으로 엇지 ᄉ롬의 목숨【50】을 구ᄒ엿다 ᄒ리오."

신원 왈,

"ᄉ롬과 만믈이 비록 지식이 다르나 일명은 엇지 다르리오. 허믈며 이 일이 닭의 일명 ᄲᆞᆫ 아니라 노장의 션심으로 단 거시니 이후 복녹이 엇지 ᄉ롬 ᄒ나의 목숨 ᄲᆞᆫ이리오."

ᄒ고 이러구러 여러 날만의 본국의 도라와 국왕ᄭᅴ 죠현(朝見)ᄒ고 남됴 ᄉ젹을 일ᄉ히 주ᄒ며 우연의 고기 먹던 일과 바람마즌 화샹의 현화(現化)ᄒᆫ든 일을 알외니 국왕이 크게 신긔이 녀겨 블법을 심신ᄒ니 일노 조ᄎ 일국 신민이 져마다 블도ᄅᆯ 존경하여 일시의 졀【51】지은 곳이 슴만여 쳐요 머리 싹고 즁 된 지 이빅여 만인의 지ᄂ더라.

이십오회

ᄎᄉ셜, 북위(北魏) 슝산(嵩山) 우희 ᄒᆫ 도ᄉㅣ 잇스니 셩명은 구겸지(寇謙之)니 이는 본혜(本慧)의 후신이라. 당년의 범지(梵志)ᄅᆯ ᄯ라 동닌도 국왕의 녜디ᄅᆯ 밧더니 불여밀타존ᄌᆞᄅᆯ 만나

술업이 파흠코 낭피흐여 각ː 허여지니 일노 인흐여 불가롤 한흐여 갑흘 뜻이 잇는지라 그 후의 낙척흐여 단니다가 죽고 다시 스롬이 되여느니 견싱【52】의 슈도흐든 인연으로 다시 션도롤 스모흐야 술법을 비호며 부작을 팔아 스롬의 병을 곳치며 혹 스롬의 집의 요괴롤 몰아 잡는 법을 힝흐니 심이 녕험흐미 만흔지라.

일일은 흔 스롬이 겸지롤 쳥흐여 제 집의 요괴롤 다스려 달나 흐거눌 부작을 주어 당등의 붓치라 흐엿더니 초일의 그 스롬이 겸지을 초져 보와 왈,

"스부ː작이 가장 녕치 아니흐여 작일 부작 붓친 후로 그 요괴 작난이 더욱 심흐여라."

흐거눌 겸지 의혹흐여 왈,

"니 부작이 엇【53】지 녕치 아니흐리오."

흐고 친이 그 집의 니르러 부작을 붓치니 방등으로셔 요괴 작난이 ː러나 큰 돌과 기와조각이 비오다시 더지니 거의 마져 상흘 번 흔지라 급히 피흐여 나오며 혀오디,

'이 일이 가장 고히흐다.'

흐며 근심흐는 식이 얼골의 가득흐더니 길의셔 흔 도인을 만나니 그 도인이 겸지더러 물어 왈,

"그디의 얼골을 보니 쳥슈(淸秀)흐여 도롤 비홈죽 흐거니와 다만 쳥슈흔 가온디 놀나고 두린 긔식을 씌여시니 무숨 일이 잇스며 셩명은 무어시라 흐느뇨?"

겸지 졀흐고 ː 왈,

"졔ㅈ의 셩【54】명은 구겸지(寇謙之)오 일즉이 도롤 스모흐여 녕흔 부작으로 스롬의 병 곳치기와 요리 쏫기롤 신이ː흐더니 금일의 흔 스롬의 집의 가 요리롤 다스리려 흐다가 부작이 효흠이 업스미 심이 두려워 스부의 보신 비 되엿거니와 스부는 법호가 무어시며 가히 져 요리롤 다스리ː 잇가? 쳥컨디 스부는 졔ㅈ롤 거두어 도졔롤 숨으쇼셔."

그 도인 왈,

"나의 셩명은 셩공흥(成公興)이라 그디롤 보니 가히 도롤 가르칠 만흔지라 맛당이 거두어 졔ㅈ롤 숨으려니와 그 요괴롤 위션 다스【55】려 악가의 화롤 구흐리라."

흐고 즉시 그 집의 드러가니 과연 돌과 가와조각이 방등으로셔 나와 도인을 치는지라. 셩

공흥이 손의 호로롤 드러 밧으니 돌과 기와뎡이 나오는 쪽쪽 호로 속으로 드러가니 이윽하여 돌이 진하여 다시 치지 못흐거눌 두 도인이 방중으로 쏘차 드러가니 방중의 흔 스롬이 잇다가 피흐여 뒷쟝으로 나가 담을 어머 다라느니 이는 요괴 아니라. 그 집의 부인이 간부롤 쳐결하여 방중의 두고 거줏 요괴 쳬흐여 스롬을 오지 못흐【56】게 흐미러니 돌니 진흐고 도인드리 드러오미 흘일업셔 다라느미러라. 셩공흥이 쥬인을 디흐여 왈,

"니 임의 요괴롤 쏘츠시니 다시 후환이 업시련니와 다만 밤이면 문호롤 잘 직희여 다시 오지 못흐게 흐라."

흐고 구겸지(寇謙之)롤 다리고 가니 쥬인이 쳔만 번 칭스흐더라. 구겸지 셩공흥더러 물어 왈,

"스부야, 져 집의 일이 분명이 간부(奸婦)의 간계라 맛당이 잡아 후환을 업시흘 거시어눌 엇지흐여 노아 보니고 요괴라 이르시는이잇고?"

공흥 왈,

"우리 슈도흐는 스롬은【57】 젼혀 스롬의 허믈을 감초고 착흐믈 죠장흘 거시니 만일 일을 발각흐면 그 녀ㅈ의 음힝이 드러날 거시니 이는 오히려 ㅈ작지죄(自作之罪)어니와 그 장부의 슈치 더욱 블힝흐니 엇지 가련치 아니리오. 이러모로 찰흐리 요괴 쳬흐여 보니고 져도 우리의 용셔흔 줄 알오시니 다시는 셔로 거리치 아니흐리라."

겸지 왈,

"연즉 니ㅈ 되어 음힝흐고도 스롬마다 용셔흐면 이는 음힝이 쏘흔 관겨치 아니흐니잇가?"

공흥 왈,

"엇지 관겨치 아니리오. 이는 명ː지둥의 귀신이 긔록흐여 일호도【58】 용셔 업슬 거시니 굿타여 우리의 □□로 남을 히로게 흐리오."

흐고 겸지로 더브러 산둥으로 드러갈 시 날이 져믈미 흔 암ㅈ롤 초져 드러가니 이는 녀승의 암ㅈ라. 녀승 등이 도ㅅ을 보고 왈,

"우리는 슈힝흐는 녀승이라. 남녜 혼돈치 못흘 거시니 감히 머믈기롤 허치 못흐리로다."

흐거눌 공흥이 그 녀승 등을 보니 쳥년의 미식이라 겸지의 도심을 시험코져 흐여 이의 겸

지로 더브러 몸을 변ᄒ여 녀즁의 모양이 되니 녀승 등이 보고 쳥ᄒ여 드러가며 지롤【59】권ᄒ거놀 공홍의 ᄉ졔 먹기롤 맛츤 후 도로 변ᄒ여 본샹이 드러나니 녀승 등이 디경ᄒ여 멀니 피ᄒ고 공홍의 ᄉ졔만 빈 방의 안져ᄂᆞᆫ지라. 공홍이 니러 밧그로 나가고 겸지 홀노 안졋더니 공홍이 ᄯ 변ᄒ여 아람다온 졀믄 녀승이 되여 겸지 압히 ᄂᆞ아가 말ᄒ여 왈,

"ᄉ부야, 노ᄉ부ᄂᆞᆫ 밧게 가 잠자시고 ᄉ부ᄂᆞᆫ 홀노 이곳의 안져시니 너모 고젹ᄒ도다. 니 방이 가장 졍결ᄒ니 그리 가 ᄒ로밤 지니고 가미 엇더ᄒ뇨?"

겸지 졍금단좌(正襟端坐)ᄒ여 왈,

"이 어닌 말이요. 우리 등이 츌【60】가ᄒ여 슝힝ᄒᆞᆫ ᄉ룸이니 이런 말은 닙으로 음겨 못홀 ᄲᅳᆫ 아니라 이런 ᄯᅳᆺ도 두지 아닐 거시니 엇지 쳥졍흔 도로 ᄲᅥ 음난ᄒᆞᆫ 십악디죄의 범ᄒ리오."

ᄒ고 여러 번을 고ᄉᄒ니 공홍(公興)이 그 ᄯᅳᆺ지 굿은 줄 알고 흔 번 웃스며 본샹을 니니 겸지 보고 급히 이러 졀ᄒ여 왈,

"ᄉ부야, 졔ᄌ롤 희롱ᄒ시도다."

공홍이 웃셔 왈,

"니 이왕의 네 얼골만 아라더니 이졔ᄂᆞᆫ 네 ᄆᆞ옴을 알니로다."

26
公興五試寇謙之 正乙一科眞福國

흐고 날니 붉오미 암즈롤 써나 화산(華山)으로 갈 시 산 밋히 이르러 모옥 슈간이 잇거눌 모옥의 드러가 잠간 쉬며 쥬【61】인더러 무러 왈,

"이 산듕의 올나가려 흐면 얼마나 되느뇨?"

쥬인 왈,

"이숨십 니롤 가면 곳 션인의 슈힝흐든 곳이 잇느니다."

흐거눌 공홍이 겸지을 명흐여 먼져 올나가 쳐소롤 츠즈라 흐니 겸지 홀노 길을 츠져 올나갈 시 갈스록 산이 놉하 갈 길이 졈ː 더 멀고 복듕이 공허흐여 근력이 쇠진흐니 홀일업셔 암셕 우희 안져 쉬노라 눈을 감고 단졍이 안져더니 어듸로셔 원승이 흐나히 가마니 압희 와 겸지의 버셔노흔 신을 집어 졔 발의 신어 보거눌 겸【62】지 눈을 떠 보고 일더나 쎼시려 흐니 그 원승이 신을 들고 다라느는지라. 겸지 쏜라가 쎼아시려 흐즉 압셔 다라나고 쏫지 아니흔즉 져도 가지 아니코 안져는지라. 겸지 비곫파 긔력이 곤핍흐고 쏘 신 일으믈 근심흐여 ᄆᆞ음의

26. 公興五試寇謙之 正乙一科眞福國

원망흐여 왈,

"스부는 편히 집의 안져 니 고싱흐는 줄 모로는도다. 이숨십 니만 된다 흐든 길이 갈스록 이리 멀고 쏘 신을 일어시니 져러툿흔 험흔 산의 엇지 민발노 갈고."

흐여 이리 원흐더니 공홍이 홀연이 압희 니르러 왈,

"슈힝흐【63】는 스롬이 엇지 화성(火性)을 금치 못흐뇨?"

겸지 왈,

"졔일은 비골파 견디지 못흐고 쏘 신을 일어시니 장춧 엇지흐리오."

공홍이 손을 드러 가르쳐 왈,

"져거슬 먹으면 가히 요긔흐리로다."

겸지 보니 프른 풀이 아람다웁거눌 키여 먹으니 그 맛시 달고 향긔로와 고량지미의셔 더 낫고 비불너 근심업는지라. 겸지 쏘 손을 드러 건넌 언덕의 안즌 원승이롤 가로치며 왈,

"져 업츅(業畜)이 니 신을 도젹흐엿다!"

흐거눌 공홍이 브라보고 발의 신엇든 신을 버셔 가지【64】고 희롱흐다가 언덕 아러로 더지니 원승이 져 거동을 보고 져 쥐엿든 신을 드러 쏘흔 언덕 아러로 나리치거눌 겸지롤 명흐여 집어오라 흐여 신기고 겸지로 더브러 산으로 올나갈 시 겸지 쏘 고흐여 왈,

"졔지 쏘 비곫파 못견디게시니 브라건디 흔 번 먹고 다시 비곫프지 아니흐는 약을 먹어지이다."

흐거눌 공홍 왈,

"나의 스승 사신원 도인이 도법이 가장 고명흐니 너로 더브러 츠져 가 구흐리라."

흐고 겸지롤 다리고 구름을 타고 공듕의 올나 힝흐다가 발ᄋ【65】러 큰 산이 잇거눌 겸지 구버보고 왈,

"이 산이 무슴 산이니잇고?"

공홍 왈,

"이는 슝산(嵩山)이니 우리 스승이 하마 이 산듕의 잇슬리로다."

흐고 구름을 머믈고 산의 느려셔며 두로 츠더니 흔 셕동 안의 흔 도인이 안져거눌 공홍이 나아가 졀흐여 왈,

"우리 스승이 과연 이곳의 계시도다."

도인 왈,

"너로 더브러 써는 지 오러미 항상 연ː ᄒ더니 금일 샹견ᄒ니 희힝ᄒ도다."

ᄒ고 겸지를 가르쳐 왈,

"이는 누구뇨?"

공홍 왈,

"이는 구겸지(寇謙之)라 ᄒ는 졔ᄌ니 비곱프지 아니홀 약을 어드러 왓【66】ᄉ오니 ᄇ라건ᄃ ᄉ부는 가로치소셔."

도인 왈,

"긔이 네 졔ᄌ면 나의 도손(徒孫)이니 ᄂ| 쟝싱블ᄉ지약을 주리라."

ᄒ고 약을 가초와 주며 먹으라 ᄒ거늘 겸지 바라보고 심경담젼(心驚膽戰)ᄒ여 공홍더러 고ᄒ여 왈,

"이 약이 모도 독초악믈이라 더럽고 넘식나 ᄉ롬이 볼 만ᄒ여도 혼이 쓰거든 엇지 먹으리오. ᄉᆡᆼ각건ᄃ 이 ᄉ롬이 도인이 아니라 필연 요괸가 ᄒᄂ니다."

ᄒ고 셕동(石洞) 밧그로 다라ᄂ려 ᄒ거늘 도인이 닙으로 ᄒᆫ 번 부니 셕동문이 막히여 나올 길이 업고 도인과 공홍이 간 ᄃ 업는지라 아모리【67】나가려 ᄒ여도 갈 슈 업스니 ᄆ옴의 크게 놀나 소릐질너 왈,

"ᄉ부는 나를 구ᄒ소셔."

ᄒ니 공홍이 셕동 밧긔 잇셔 멀니 일너 왈,

"졔ᄌ야, 너는 아마도 ᄆ옴이 굿지 못ᄒ여 샹계 션인은 되지 못ᄒ고 하계 졔왕의 스승은 될 거시니 죠히 슈힝ᄒ라."

ᄒ고 말을 맛츠며 쏘ᄒᆫ 간ᄃ 업스니 겸지 홀일업셔 ᄉᆡᆼ각ᄒ되,

'ᄉ뷔 ᄌ로 나를 시험ᄒ시거늘 ᄂ| ᄆ옴이 굿지 못ᄒ여 도를 못 엇더다.'

ᄒ고 동듕의 안져 ᄆ옴을 닥가 고요이 공부ᄒ니라.

졔이십뉵회

【68】ᄎ셜, 겸지 셕동 듕의 잇셔 비곱파 음식 ᄉᆡᆼ각이 ᄂ면 먹든 프른 풀이 엽히 나는지라. 이러므로 주리기를 면ᄒ고 ᄆ옴을 닷그며 셩명을 됴양(調養)ᄒ더니 일ː은 동문이 졀노 열니거늘 겸지 다힝ᄒ여 ᄂ와 보니 산마루 우히 거룩ᄒᆫ ᄃ션이 나려오니 큰 룡을 타고 구름을 멍에ᄒ며 일빅 신령이 호위ᄒ엿시니 ᄉᄉ로 일커르ᄃ 틱상노군(太上老君)이라 ᄒ고 겸지더러 일너 왈,

"텬ᄉ장 도릉이 승하ᄒᆫ 후의 하계의 직업이 궐【69】ᄒ여시니 너로써 졔왕의 스승위를 주나니 너는 도교를 말키고 거즛 법을 믈니치라."

ᄒ고 옥녀를 명ᄒ여 도인 벽곡(辟穀)ᄒ는 법을 가르치니 겸지 비ᄉᄒ고 셕동의 거ᄒ여 여러 히를 먹지 아니ᄒ되 주린 ᄉᆡᆨ이 업고 용모 경신이 젼보다 빅승ᄒ더라.

일ː은 쏘 일위 션인이 이르러 겸지더러 일너 왈,

"나는 노ᄌ(老子)의 현손(玄孫) ᄂ|보문(李譜文)이라. 에 얼굴을 보니 션풍도골(仙風道骨)이 엇는 고로 부록(符籙)과 진경(眞經)을 가져 너를 주ᄂ니 네 능히 바른 교를 밧드러 공경ᄒ여 직희오고【70】나라를 죠케 ᄒ고 빅셩을 니롭게 ᄒ여 착ᄒᆫ 도를 잡으면 너를 잇그러 샹계의 올나가 쳔션을 되게 ᄒᆯ 거시오 만일 졍도를 어긔오면 큰 벌을 ᄂ리올 거시니 부ᄃ 심쓰라."

ᄒ고 경문 육십여 권을 주니 겸지 졀ᄒ여 밧고 즉시 숭산을 써나 위나라 ᄯ히 니르니 이ᄯᅢ 위나라의셔 불법을 숭샹ᄒ여 졀도 만히 짓고 왕공이 하로 모다 불젼의 녜비ᄒ노라 ᄉ찰의 빈ː 왕니ᄒ더라. 겸지 처음으로 위나라 ᄯ히 니르러 ᄒᆫ 졀의 드러가니 그 졀 모【71】든 즁이 경히 귀ᄒᆫ 관원을 맛노라 기다리며 분주ᄒ거늘 겸지 ᄇ로 드러가 당즁의 안젓더니 이윽ᄒ여 과연 일원 ᄃ신이 드러오니 이는 위나라의 위권이 거록ᄒ고 벼슬이 놉흔 지니 셩명은 최호(崔皓)라 ᄒ리 츄죵이며 지영ᄒ는 왼 졀 즁이 젼ᄎ후옹(前遮後應)ᄒ여 산문을 메웟게 드러오니 뉘 아니 공경ᄒ리오. 겸지 못 보는 쳬ᄒ고 안연단좌ᄒ여 긔동치 아니ᄒ니 최희 보고 ᄃ로ᄒ여 하예(下隷)를 명ᄒ여 져 도인을 잡아 나리오라 ᄒ니 겸지 우어 왈,

"나는 숭산 셕동【72】의셔 스승을 졷ᄎ 도을 비호다가 위나라와 인연이 잇기로 이리 와 나라를 돕고 빅셩을 평안코져 ᄒ미라. 이러므로 먼져 와 너를 졔도코져 ᄒ거늘 네 엇지 날을 잡아 ᄂ리라 ᄒᄂ뇨? 네 아모리 그려도 ᄂ| 압히

감히 올 지 업슬가 ᄒ노라."

27

行者點化崔夫人 魏王約束中軍令

ᄒᆞ니 과연 하리 등이 일인도 갓가이 오지 못ᄒᆞᄂᆞᆫ지라 최회(崔晧) 그롤 보고 범인이 아닌 줄 알아 니러 ᄉᆞ레ᄒᆞ며 셩명을 물은 후 쳥ᄒᆞ여 ᄒᆞᆫ 가지로 집의 도라와 션도롤 의논ᄒᆞ며 경문을 강확ᄒᆞ니 그 중의 금단【73】을 연습ᄒᆞᄂᆞᆫ 법이며 장ᄉᆡᆼ블ᄉᆞᄒᆞᄂᆞᆫ 슐업이 신긔ᄒᆞᆫ지라.

최회 날마다 비ᄒᆞ며 위쥬긔 쳔거ᄒᆞ여 션조롤 엇드소셔 ᄒᆞ니 위쥬 졍히 신션지슐을 죠하ᄒᆞ여 장ᄉᆡᆼᄒᆞᆯ 뜻이 잇ᄂᆞᆫ고로 즉시 겸지를 쳥ᄒᆞ여 ᄉᆞ승을 ᄉᆞᆷ고 국ᄉᆞ롤 의논ᄒᆞ며 셩 남편의 쳔ᄉᆞ도장(天師道場)을 셰워 법ᄉᆞ롤 거록히 ᄒᆡᆼᄒᆞᆯ ᄉᆡ 위쥬 스ᄉᆞ로 ᄐᆡ평진군(太平眞君)이라 일ᄏᆞᆺ고 친히 도장의 나아가 참예ᄒᆞ며 일ᄌᆞ은 겸지더러 문왈,

"우리 도장을 이러틋 졍셩으로 ᄒᆞ니 쳔신이 가히 나려 흠향ᄒᆞ【74】리잇가?"

겸지 왈,

"쳔신이 흠향ᄒᆞ기로 이리 도장을 졍셩으로 ᄒᆞᄂᆞᆫ 비니 쳔신이 강님치 아니시면 엇지 믈지만 허비ᄒᆞ리오."

위쥬 왈,

"쳔신이 ᄌᆞ긔 강님ᄒᆞᆯ진ᄃᆡ 엇지면 ᄒᆞᆫ 번 교겹ᄒᆞ여 과인의 원을 플게 ᄒᆞ리잇가?"

겸지 왈,

"이ᄂᆞᆫ 아됴 쉬온 일이니 놉히 젼각을 지으되 반공 듕의 쇼ᄉᆞ 다 계견셩(鷄犬聲)이 들니지 아니ᄒᆞ며 진히 긔운이 갓가오지 못ᄒᆞ게 ᄒᆞ고 그 속의 안져 기ᄃᆞ리시면 신이 조고만 슐법으로 쳥신ᄒᆞ오리니 엇지 이려오리잇고."

위쥬 ᄃᆡ희ᄒᆞ여 즉시【75】 최호(崔晧)롤 명ᄒᆞ여 역ᄉᆞ을 ᄒᆞᆯ ᄉᆡ 셩 동남편의 크게 도관(道觀)을 지으니 일홈을 졍눈쳔궁이라 ᄒᆞ여 극히 장녀ᄒᆞ니 믈지 누거만이오 빅셩이 부역의 곤ᄒᆞ여 슈고지식이 도로의 가득ᄒᆞ여 난을 ᄉᆡᆼ각ᄒᆞ며 최호(崔晧)을 원망ᄒᆞ여 츠탄지셩이 원근의 ᄌᆞ옥ᄒᆞ되 최호ᄂᆞᆫ 겸지의 침혹ᄒᆞ여 ᄒᆞ라 ᄒᆞᄂᆞᆫ ᄃᆡ로 기리 밧일은 아지 못ᄒᆞᄂᆞᆫ 쳬ᄒᆞ더라.

이십칠회

ᄎᆞ셜, 최회(崔晧) 구겸지(寇謙之)롤 쳔거ᄒᆞ여 빅셩을【76】 괴롭게 ᄒᆞ기로 원망이 다 최호의게로 도라가 인지욕살지 ᄒᆞᄂᆞᆫ지라.

일ᄌᆞ은 ᄇᆞ람마져 밋츤 ᄒᆡᆼ지(行者) 최호의 집의 이르러 손의 ≪금강경金剛經≫을 쥐고 입으로 밋츤 말을 ᄒᆞ며 최호을 보아지라 ᄒᆞ니 잇ᄯᅥ 최호ᄂᆞᆫ 공ᄉᆞ로 츌닙ᄒᆞ여 업ᄂᆞᆫ지라. ᄒᆡᆼ지 바로 니당의 드러가니 부인 곽시(郭氏) 졍히 당중의 잇다가 ᄒᆡᆼᄌᆞ롤 보고 고히ᄌᆞ 녀겨 문왈,

"ᄒᆡᆼᄌᆞᄂᆞᆫ 어듸로 가ᄂᆞᆫ다?"

ᄒᆡᆼ지 왈,

"나ᄂᆞᆫ 가ᄂᆞᆫ 곳이 잇거니와 져컨ᄃᆡ 부인은 갈 곳이 업슬가 ᄒᆞ노라."

부인이 노왈,

"나ᄂᆞᆫ 당ᄌᆞᆼᄒᆞᆫ 일픔 부인이【77】라 엇지 갈 곳지 업다 ᄒᆞᄂᆞ뇨?"

ᄒᆡᆼ지 우어 왈,

"부인이 아모리 일픔 귀인이시나 일죠의 화롤 맛나면 일픔도 허실가 ᄒᆞ노라."

부인 왈,

"화ᄂᆞᆫ 어듸로셔 오ᄂᆞ뇨?"

ᄒᆡᆼ지 왈,

"상공이 그릇 구도인을 쳔거ᄒᆞ여 빅셩을 괴롭게 ᄒᆞ기로 ᄃᆡ화을 일을 거시니 져ᄢᅥ롤 당ᄒᆞ여 부인이 어듸로 가려 ᄒᆞ나 갈 곳지 업슬 거시니 부인은 상공을 위ᄒᆞ여 탈잠규간ᄒᆞ여 화롤 취

치 말지라. 니게 불경 흔 권이 잇스니 이룰 봉
힝ᄒ면 부인은 보호홀가 ᄒ노라.”

ᄒ거눌 부인【78】이 시비룰 명ᄒ여 그 칙
을 밧고 다시 말을 뭇고져 ᄒ니 힝지 간 곳지
업ᄂ지라. 부인이 공중을 향ᄒ여 절ᄒ고 경문을
가져 봉안ᄒ여 조셕으로 외오더니 일[illegible]은 최회
(崔皓) 니당의 드러와 부인의 송경ᄒ믈 보고 문
왈,

“이 글이 어디로셔 왓ᄂ뇨?”

부인이 힝ᄌ의 말을 일ᄼ이 고ᄒ고 장부룰
권ᄒ여 허믈을 곳치라 지슘 간ᄒ니 최회 듯지
아니ᄒ고 도로혀 노ᄒ여 경문을 찌져 ᄇ리고 겸
지로 더브러 중의 허믈을 추져 블법을 비척ᄒ더
라.

잇쩌 위나라 지경【79】의 반격이 잇스니
셩명은 합오(蓋吳)라. 빅셩의 원망ᄒ믈 인ᄒ여
군ᄉ을 일희오니 ᄉ방의 빅셩이 위나라 부역을
괴로이 녀기다가 일시의 합오룰 응ᄒ여 도격의
게 붓죠츠니 형셰 강셩ᄒ더라. 위쥐 군ᄉ룰 거
ᄂ리고 친경홀 시 일ᄼ은 힝군ᄒ노라 흔 곳의
니르러 뉴진ᄒ니 그 근쳐의 흔 큰졀이 잇ᄂ지
라. 젼군쟝쉬 그 졀의 드러가 쥬육을 갓초와 못
고지홀 시 술이 취흔 후 중의 ᄉ실을 추져 드러
가니 이ᄂ 신원이 동진(東晉)의 갓다가 더리고
온 유연(猶然)의 방이라. 유연이 쳠음부터 중【
80】의 계힝을 직희지 아니홈으로 그 ᄯ히 잇지
못ᄒ고 신원을 ᄯ라 북으로 오미 오히려 힝실을
곳치지 못ᄒ여ᄂ 고로 이날 장졸이 그 방을 드
러가니 여간 병긔도 잇고 벽샹의 경쇠 ᄒ나이
달여거눌 우연이 손을 드러 흔 번 치니 그 벽의
문이 잇셔 열니며 흔 미인이 나오다가 장졸을
보고 황망이 도로 드러가니 장졸이ᄼ 거동을
보고 위쥬끠 쥬ᄒ니 최호(崔皓)와 구겸지(寇謙
之) 겻희셔 춤소ᄒ여 왈,

“불법이 허탄ᄒ여 셰샹을 희롭게 ᄒ미 격
지 아니ᄒ고 허믈며 중이 죄【81】 □□□을 □
□□ᄒ고 병긔룰 두엇시니 이ᄂ 분명 도격의 동
유라 맛당이 모도 업시ᄒ미 올홀가 ᄒᄂ이다.”

28

崔寇惡報遭夷滅 忠孝投師入法門

위쥬(魏主) 명ᄒ여 그 졀을 수험ᄒ니 곳ᄏ
이 술을 비져 두며 지굴을 파고 녀ᄌ롤 무슈이
감초왓는지라 위쥬 듯고 디로ᄒ여 즉시 하령ᄒ
여 ᄉ방의 잇는 졀을 모다 헐고 불샹과 경문을
소화ᄒ며 즁을 다 죽이라 ᄒ니 터ᄌ 황(晃)이
각왈,

"불(佛)은 셔방의 셩인이라 졍셩을 다ᄒ여
극진이 셤겨도 오히려 부쥭홀가 넘녀홀 거시【
82】어늘 엇지 멸시ᄒ리잇고. 이제 무도ᄒ 즁이
잇셔 계힝(戒行)을 직희지 못ᄒ여시니 이는 그
죄 그 즁의게만 잇는지라. 그 즁의 죄로ᄡ 모도
즁을 다 죽이며 불샹을 만호리잇가. 원(願) 부왕
은 각신의 말을 신쳥치 말으시고 녕을 환슈ᄒ소
셔."

ᄒ니 위쥬 듯지 아니는지라. 터지 홀일업
셔 거힝ᄒ는 신하롤 명ᄒ여 조셔롤 쳔ᄏ이 반포
ᄒ라 ᄒ고 먼져 팔방의 젼녕ᄒ여 잇는 듕드리
급히 피ᄒ여 다른 곳으로 가라 ᄒ니 이러므로
즁의 면화ᄒ ᄌ 무【83】슈ᄒ고 밋쳐 피치 못ᄒ
여 쥬륙을 당ᄒ 지 누쳔만이오 불샹과 경문이
춤화롤 맛나 춤아 보지 못홀너라. 최호(崔皓)와

구겸지(寇謙之) 이믜 불법을 멸ᄒ고 위쥬이 더
셩ᄒ여 교만방ᄌᄒ미 만됴의 원망이러라. 잇ᄯ
위쥬 최호(崔皓)의게 더소ᄉ롤 맛져 의논홀 시
최호로ᄡ 비셔감(秘書監)을 시겨 나라 ᄉ긔롤
닷그라 ᄒ니 최회 ᄉ긔롤 닷글 시 위나라 션셰
에 악ᄒ 일을 일일이 긔록ᄒ니 비셔랑 민담(閔
湛)이 보고 칭찬 왈,

"ᄉ관(史官)의 직업은 바른 말ᄒ는 거시 가
장 어려온【84】지라. 샹공이 ᄂ러틋 바른 말을
ᄒ야시나 남은 뵈지 아니ᄒ면 ᄉ롬이 엇지 샹공
의 착ᄒ 줄을 알니오. 맛당이 돌의 삭여 길거리
의 셰워 ᄉ롬으로 보게 ᄒ미 죠홀가 ᄒ노라."

ᄒ거눌 최회(崔皓) 그 말을 올히 녀겨 큰
돌의 삭여 통구의 셰우니 위나라롤 ᄶ라 즁원의
드러온 신하 군민 등이 보고 디로ᄒ여 위쥬끠
쥬ᄒ되 최회 부러 나라 허믈을 드러니여 ᄉ롬의
게 반포ᄒ다 ᄒ니 위쥬 디로ᄒ여 즉시 최호롤
잡아 함거의 가도와 셩남 길거리 측□의 두【85
】고 왕니 인민으로 그 낫치 오좀 누이니 최회
탄식 왈,

"이는 나의 경문을 허러 더러이힌 갑흠이
라."

ᄒ고 오형을 갓초와 쳐참ᄒ며 연좌ᄒ여 죽
은 지 빅여 인이오 구겸지(寇謙之) ᄯ호ᄒ 그 당
이라 ᄒ여 혼가지로 화롤 밧으니라.

이십팔회

츠셜, 달마노죄(達摩老祖) 쳥녕관의 잇셔
일심이 모든 즁싱을 졔도코져 ᄒ여 일ᄂ은 졔ᄌ
도부(道副)더러 일너 왈,

"니 본시 쳔츅(天竺) 남닌도국(南印度國)
왕ᄌ로셔 츌가ᄒ여 슈힝ᄒ미 반야다라(般若多
羅)【86】의 도통(道統)을 밧아더니 이제 드르니
진됴국(震旦國) 즁싱이 ᄉ특ᄒ 잡것셰 어즈러이
믈 입어 졍도롤 모르고 ᄯ 계힝을 ᄶ이고 교법
을 훼멸ᄒ는 지 무슈ᄒ니 니 이제 동으로 힝ᄒ
여 졔도코져 ᄒᄂ니 맛당이 길일을 갈희여 힝ᄒ
리라."

ᄒ고 졍히 말ᄒ더니 홀연 ᄒ ᄉ롬이 드러
와 죠ᄉ(祖師)끠 뵈고 ᄯᅡ히 ᄭ우러 슬피 울거눌
죠시 그 곡졀을 물은디 기인 왈,

"쇼지 어려셔 부모롤 여희고 자라미 현달
치 못ᄒ여 부모의 큰 은혜롤 갑홀 길이 업【87

62

】 눈지라 싱각건더 오직 불문의 투탁ᄒ여 부모
의 은혜롤 갑흘가 ᄒᄂ니라."

죠ᄉ(祖師) 왈,

"ᄒᆫ 아들이 츌가ᄒ면 아홉 죠샹이 하늘의
올은다 ᄒ여시니 죡히 부모의 은혜롤 갑흘 비로
더 다만 너의 부모 너롤 나하 ᄌ:손:이 계후
ᄒ기롤 바라거늘 ᄒᆫ 번 불문의 들미 계힝을 직
회올 거시니 후ᄉ롤 잇지 못ᄒ여 도로혀 블효지
인이 될가 ᄒ노라."

기인 왈,

"쇼ᄌ의 집의 여러 형뎨 잇ᄉ오니 후ᄉᄂ
넘녀홀 비 아니라. 브라건더 거두어 졔ᄌ롤 삼
으소셔."

ᄒ거【88】눌 죠시 그 말이 졍디ᄒ고 그
뜻이 졍셩 되믈 아람다이67) 녀겨 도부(道副)로
ᄒ여곰 불가 법규을 가르치라 ᄒ니 도뷔 기인더
러 일너 왈,

"ᄉ롬이 츌가ᄒ미 츌가ᄒ기가 어렵지 아니
ᄒ여 경계 직회오기가 어려오니 쟝ᄎᆺ 엇지ᄒ려
ᄂ다?"

기인 왈,

"니 츌가ᄒ기ᄂ 일심의 부모롤 갑흘 마음
만 알고 그나마 어려온 일은 어렵지 아니케 알
거시니 아지 못게라 직회ᄂ 경계가 무슴 경계며
엇지ᄒ여 어렵다 ᄒᄂ뇨?"

도부(道副) 왈,

"경계ᄂ 불문의 직회ᄂ 법이 잇스니 술 먹
지 말며【89】비리고 닙싀 나ᄂ 것 먹지 말며
음욕을 니지 말며 도적질ᄒ지 말며 망녕된 싱각
니지 말며 망녕된 말 ᄒ지 말며 망녕도이68) 움
직이지 말며 탐ᄒ고 셩니지 말 거시니 불가의
말이 다ᄉᆺ 가지 경계와 여덟 가지 경계라 ᄒ여
시나 다만 이 ᄲᆫ 아니라. 죵: ᄒᆫ 가지 쉬 블가
승긔니 네 만일 굿게 직회여 범치 아니ᄒ면 이
일은바 진심으로 츌가ᄒᆫ 거시오 만일 그러치 못
ᄒ여 ᄒᆫ 가지나 범ᄒ면 오히려 츌가 아닌 ᄉ롬
보다 더ᄒᆫ 죄가 될 거시니 엇지 어렵【90】지
아니ᄒ리오."

기인 왈,

"니 이믜 부모롤 위ᄒ여 츌가ᄒ여시니 ᄶᅥ

:로 싱각ᄒ되 니 무슴 일노 위ᄒ여 츌가ᄒ여ᄂ
고 ᄒ면 거의 범홀 길이 업슬지니 무어시 어렵
다 ᄒ리오."

ᄒ거늘 죠시 그 ᄆᆞ음이 굿은 줄 알고 이의
법명을 니총지(尼總持)라 짓고 둘지 졔ᄌ롤 숨
으니 원근 승속드리 니총지의 삭발ᄒᄂ 날 치하
ᄒ며 불회(佛會)롤 구경ᄒ노라 분: 왕니ᄒ더라.

그 즁 ᄒᆫ ᄉ롬이 드러와 죠ᄉ(祖師) 압히
ᄭ러 왈,

"오날 니총지 ᄉ부ᄂ 부모의 은혜롤 갑흐
【91】려 ᄒ여 츌가ᄒ엿거니와 소ᄌᄂ ᄯᅩ ᄒᆫ 가
지 원이 잇셔 은혜롤 갑고져 ᄒᄂ니 원컨더 거
두어 졔ᄌ롤 숨으소셔."

기인 왈,

"니 소원을 셩취ᄒ여지니다."

도뷔 문왈,

"이ᄂ 무슴 은혜롤 갑고져 ᄒᄂ뇨?"

기인이 답왈,

"우리 집이 죠샹부터 마을의 거싱(居生)ᄒ
여 십여 디을 지니미 종족이 다 이 마을셔 살며
나라 ᄯᅡ흘 갈아 먹고미 디:로 의식이 넉:ᄒ고
나라의 구실을 바치미 혹 흉년을 당ᄒ면 구실을
탕감ᄒ여 편토록 ᄒ며 져【92】젹의 흉ᄒᆫ 도젹
이 잇셔 우리 마을: 침노ᄒ여 일촌지인명(一村
之人命)을 보젼치 못홀너니 관가의셔 창고롤 허
비ᄒ여 군마롤 모화 도젹을 쳐 평졍ᄒ니 이러므
로 일촌이 보젼ᄒ야 안락ᄒ여시니 이ᄂ 다 우리
국왕의 덕이라. 이 은혜롤 갑고져 ᄒ나 일즉이
벼슬ᄒ지 못ᄒ여ᄂ지라 츙심을 다홀 곳지 업스
니 이러ᄒ믈오 츌가ᄒ야 나라을 갑고져 ᄒᄂ니
다."

죠시 왈,

"네 마음이 여ᄎ즉 졍셩이니 일노조ᄎ 도
을 구ᄒ면 법 엇기가 무어시 어려오리오."

【93】ᄒ고 도부(道副)롤 블너 왈,

"오날 불회롤 인ᄒ여 니총지(尼總持)와 ᄒᆫ

---

67)【아람다이】㉠ 아름답게. ¶ 죠시 그 말이 졍
디ᄒ고 그 뜻이 졍셩 되믈 아람다이 녀겨 (老祖
聽他言辭正大, 來意眞誠.) <東遊記 4:88>

68)【망녕도이】㉤ 망령(妄靈)되이. 망령(妄靈)스럽
게. ¶ 홧‖ 술 먹지 말며 비리고 닙싀 나ᄂ 것
먹지 말며 음욕을 니지 말며 도적질ᄒ지 말며
망녕된 싱각 니지 말며 망녕된 말 ᄒ지 말며 망
녕도이 움직이지 말며 탐ᄒ고 셩니지 말 거시니
(不飮酒, 不茹葷, 不淫欲, 不偸盜, 不妄念, 不貪
嗔.) <東遊記 4:89>

가지로 삭발ᄒ라.”

ᄒ고 법명을 도육(道育)이라 지으니 이ᄂ 셋지 졔ᄌ 되니라.

츠셜, 셔방 극낙셰계ᄂ 불죠(佛祖)의 셩도ᄒᆫ ᄯ히라. 일ᄌ은 셰존이 지원(祇園)의 안져 졔블보살노 더브러 무상묘법(無常妙法)을 강셜ᄒ니 하ᄂᆯ의 ᄭᅩᆺ치 분ᄌᄒ고 긔이ᄒᆫ 향긔 이ᄌ(藹藹)ᄒ더라.69) 셰존이 크게 ᄌ비지심을 발ᄒ여 왈,

“너 보건디 져 셰샹의 즁의 일홈을 도젹ᄒ여 셰속 일을 도망ᄒ고 칠졍의 무드러 요ᄉ로뻐 【94】 졍도ᄅᆯ 히ᄒ야 악업을 짓ᄂ 지 무수ᄒ니 뉘 능히 져런 무리ᄅᆯ 구완ᄒ여 졔도ᄒᆯ고?”

좌즁의 십팔나한 존지 큰 원을 발ᄒ여 합장ᄒ고 네ᄒ여 왈,

“졔ᄌ 등이 혜광으로 보오니 위나라 ᄯᅡ히 불법을 존슝치 아니ᄒ여 즁을 멸시ᄒ오니 이 최호(崔皓)의 춤소코 그러ᄒ거니와 실즉 일홈을 도젹ᄒ고 셰속 일을 도망ᄒᄂ 듕드리 스ᄉ로 악얼을 지으미라 이졔 달마(達摩)의 문하의 춤효 두 졔ᄌᄅᆯ 거두어 광명졍디ᄒᆫ 도리로 동으로 가 교화ᄅᆯ 힝 【95】 코져 ᄒ니 이ᄯᅦᄅᆯ 인ᄒ야 져ᄅᆯ 구ᄒ미 조흘가 ᄒᄂ니라.”

셰존 왈,

“너 드르니 달마(達摩)의 교ᄒᄂ 법이 ᄒᆼ샹 묵ᄌᄒ여 말 업ᄂ 즁의 교ᄅᆯ 힝코져 ᄒ고 셰 졔ᄌᄂ 졍도ᄅᆯ 발키 알거니와 다만 법녁이 오히려 엿고 도심이 굿치 못ᄒᆫ가 시부니 너희 등은 맛당이 시험ᄒ여 그 공덕ᄅᆯ 도으라.”

여러 존지 비ᄉᄒ고 하계로 ᄂ려오며 셔로 의논 왈,

“셰존이 ᄌ비ᄅᆯ 발ᄒ샤 모든 즁싱이 죄의 ᄭ필몰ᄒᄆᆯ 민망이 녀겨 우리로 ᄒ여 협녁ᄒ여 고승의 동으 【96】 로 졔도ᄒᄂ 공을 도으라 ᄒ시니 이졔 최호(崔皓)와 구겸지(寇謙之) 등이 ᄌ믜 멸ᄒ고 불법이 다시 흥ᄒ엿거니와 졔습 졔ᄌ 등

의 법녁이 오히려 엿고 도로은 요원ᄒ듸 요ᄉ(妖邪)와 마장(魔障)이 심히 만ᄒᆫ지라. 만일 소멸ᄒ지 못ᄒ면 동으로 졔도ᄒ려ᄂ 공이 셩췌치 못ᄒᆯ 거시니 우리 각기 법으로 시험ᄒ여 져의 공을 도으라.”

---

69)【이이ᄒ다】 [형] 애애(藹藹)하다. ¶ 繚繞 ‖ 일ᄌ은 셰존이 지원의 안져 졔블보살노 더브러 무상묘법을 강셜ᄒ니 하ᄂᆯ의 ᄭᅩᆺ치 분ᄌᄒ고 긔이ᄒᆫ 향긔 이ᄌᄒ더라 (一日佛在祇園聚集菩薩聖衆, 演說無上甚深, 微妙法寶, 天花繽紛, 異香繚繞.) <東遊記 4:93>

29

扶演化阿羅說偈 尼總持擾靜赴齋

ᄒ고 각ː 싱상(生相)이 장엄(莊嚴)ᄒ여 시험ᄒ여 져의 공을 도으라 제일위 존ᄌ는 겸히 시지 뫼셧고 귀졸이 압히셔 머리를 조흐며 글월을 올니 【97】 거늘 시지 그 글을 밧아드리는 거동이오 졔이위 존ᄌ는 시지 함을 들고 셧거늘 노인이 펴보니 그 속의 유리 그릇시 잇고 스리 십수 기로 담아시며, 졔삼위 존ᄌ는 오목(烏木) 션장(禪杖)을 집고 안져시며 흰 원싱이[70]가 과실을 드리거늘 시지 소반을 가져 밧는 거동이오, 졔ᄉ위 존ᄌ는 세 손가락을 굽혀 호인(胡人)의 말을 디답ᄒ며 시지 함을 밧들고 동지 거복 잡는 ᄌ롤 희롱ᄒ며, 졔오위 존ᄌ는 믈 가을 임ᄒ여 무릅을 안져시며 고은 녀지 믈속으로 나오거늘 시지 그 글을 밧 【98】 는 거동이오, 졔뉵위 존지는 오른손으로 턱을 밧치고 왼손으로 ᄉ지(獅子)롤 어로만지며 시지 외롤 갈희여 쪄긔

는 양을 도라보는 거동이오, 졔칠위 존ᄌ는 믈을 님ᄒ여 기우려 안고 용이 나와 구슬을 손 속의 토ᄒ며 호인은 셕장을 들고 시ᄌ는 바리롤 밧들고 셧시며, 졔팔위 존ᄌ는 무릅홀 셰오고 안겨 팔을 그 우희 언져시며 시지 믈을 길어 압프로 지나며 신인이 쓰흐로셔 쇼ᄉ나와 소반을 밧들고 보비롤 드리는 거동이오, 졔구위 존ᄌ는 염쥬롤 가지고 진언을 외 【99】 오며 동지 블을 피워 츠롤 달이며 쏘 통을 가져 믈을 연못시 쏫는 거동이오, 졔십위 존ᄌ는 셩문을 들고 안겨시니 션인과 시녜 향을 픠오는 거동이오, 졔십일위 존ᄌ는 되스리고[71] 안겨 향을 픠오며 시지 팔장 쏫고 호인이 함을 들고 셧시며, 졔십이위 존ᄌ는 춤션ᄒ고 안져시며 마른 나무 속의 신인이 우회로 나오고 디망(大蟒)이 그 아리로 나오는 거동이오, 졔십 숨위 존ᄌ는 막디롤 의지ᄒ고 발을 펴고 기우리 안져시며 시지 함을 밧들고 범이 압프로 지니가미 동지 무 【100】 셔워ᄒ여 숨어 엿보는 거동이오, 졔십ᄉ위 존ᄌ는 막디를 가지고 진언을 외오며 시지 우편의 잇셔 옷슬 넘의오며 호인이 셕장(錫杖)을 가지고 좌편의 쑤러 안져시며 독각규룡(獨角虯龍)이 머리롤 드러 하소연ᄒ는 거동이오, 졔십오위 존ᄌ는 수미가 허여흔디 팔장 쏫고 안져시며 호인이 압히 업듸엿고 시지 막디롤 들고 쏘 합장ᄒ여 셧시며, 졔십뉵위 존ᄌ는 여의(如意)롤 빗기고 동지 향을 픠오며 시지 믈을 화분의 붓는 거동이오, 졔십칠위 존ᄌ는 믈가의 비스득이 안겨 나라오는 혹 【101】 을 치미러 보고 쏘 나려안즌 혹을 시지 손으로 어로만지며 동지 디광주리롤 쓰을고 과실을 취ᄒ여 믈속의 더지는 거동이며, 졔십팔위 존ᄌ는 틋글 치롤 셰워 턱을 고이고 눈은 크게 쓰고 안져시며 두 동지 셕뉴(石榴)롤 씨쳐 드리는 거동이라.

십팔 존지 각기 이 법으로뻐 달마죠ᄉ(達摩祖師)의 동으로 졔도ᄒ는 원을 일우게 ᄒ며

---

70) 【원싱이】 몡 원숭이. ¶ 沐猴 ∥ 졔숨위 존ᄌ는 오목 션장을 집고 안져시며 흰 원싱이가 과실을 드리거늘 시지 소반을 가져 밧는 거동이오 (只見尊者扶烏木養和正坐, 下有沐猴獻果, 侍者執盤受之.) <東遊記 4:97>

71) 【되스리다】 동 도사리다. 두 다리를 모아 꼬부려 왼쪽 발을 오른쪽 무릎 아래 괴고 오른쪽 발을 왼쪽 무릎 아래 괴고 앉다. ¶ 趺坐 ∥ 졔십일위 존ᄌ는 되스리고 안겨 향을 픠오며 시지 팔장 쏫고 호인이 함을 들고 셧시며 (只見尊者趺坐焚香, 侍者供手, 胡人捧函而立.) <東遊記 4:99>

숨계ᄌ의 스승을 ᄯᆞ라 공 일우믈 셩취케 ᄒᆞ니
라.

[동유긔 東遊記 권지뉵卷之六]

35
輕塵和尙消罪案 伯嚭奸魂被鐵鞭

【1】 초셜, 경진화상(輕塵和尙)이 법당의 이셔 경문 읽기롤 맛고 졔녁72) 지(齋)롤 먹은 후 방중의 도라와 일죽이 쉬지 아니ᄒᆞ고 분ː녹ː(紛紛碌碌)히 젼곡(錢穀) 치부73)와 힝ᄌ롤 다리고 셰간ᄉ리 분별이며 여러 시쥬의 집 녜단을 지휘ᄒᆞᆫ 후 바야흐로 이블을 덥고 눈을 감아 몽농ᄒᆞᆯ 지음의 금갑신장(金甲神將)이 드러와 혼을 아셔 나가며 무러 왈,

"창원(昌遠) ᄉ인의 집이 어더 잇ᄂᆞᆫ뇨?"

경진 왈,

"예셔 블원ᄒᆞ다."

ᄒᆞ고 ᄒᆞᆫ가지로 창 【2】 원의 집 문젼의 니ᄅ니 슘간 초옥이 블폐풍우(不閉風雨)ᄒᆞ고 가장 정결ᄒᆞᆫ디 밤이 깁도록 오히려 셩경현젼(聖經賢傳)을 닑으며 조곰도 슈원지ᄉᆞᆨ(愁怨之色)이 업거늘 신장이 ᄎ탄ᄒᆞᄆᆞᆯ 마지 아니ᄒᆞ고 조름 귀신을 블너 잠을 드리라 ᄒᆞ니 창원이 과연 혼곤ᄒᆞ여 ᄒᆞᆫ 번 기지기ᄒᆞ며 누어 잠들거늘 노혼을 다리고 경진(輕塵)의 혼과 홈긔 지부의 드러가 ᄒᆞ디 쳥의 니르니 ᄒᆞᆫ 관원이 졍히 디쳥의 안져 허다 션악을 분별ᄒᆞ여 쳐결ᄒᆞ더니 좌우의 보ᄒᆞ오므로 조ᄎ 신장을 마져 녜필의 공경 문왈,

"존신이 엇지 강 【3】 원ᄒᆞ시니잇고?"

신장 왈,

"너 고승의 부탁으로 ᄒᆞᆫ 가지ᄂᆞᆫ 져 화상을 다리고 와 죄안을 쇼셕게 ᄒᆞ미요 ᄒᆞᆫ 가지ᄂᆞᆫ ᄉ인 창원이 보응지니롤 명빅지 못ᄒᆞ기로 져 곡졀을 상고ᄒᆞ여 뵈고져 ᄒᆞ므로 두 ᄉ롬을 다리고 왓ᄂᆞ이다."

관원이 즉시 경진을 블너 경계 왈,

"네 임의 ᄉ롬의 부탁을 드러실진디 맛당이 츙심을 극진이 ᄒᆞᆯ 거시오 ᄒᆞ믈며 쥬어(咒語)ᄂᆞᆫ 숨보진언(三寶眞言)이아 션신(善信)은 쳔당의 올녀 보니고 죄인은 지옥의 구완ᄒᆞᄂᆞᆫ 법이니 엇지 혈후ᄒᆞᆯ 비리오. 네 남의 지믈을 밧고 힝 【4】 치 아니ᄒᆞ미 지믈을 속여 ᄲᅦ앗고 탐심을 발ᄒᆞᄂᆞᆫ 죄 ᄲᅮᆫ이 아니라 져 공덕을 힝코ᄌ ᄒᆞᄂᆞᆫ ᄉ롬이 그 바라ᄂᆞᆫ ᄆᆞ음이 엇더ᄒᆞᆫ관디 져런 션심을 져바리니 그 죄 심디ᄒᆞ고 ᄒᆞ믈며 ᄉ롬이 션심을 발ᄒᆞ여 공덕을 셰우미 ᄒᆞᆫ 번 ᄆᆞ음의 먹을 졔 발셔 명ː즁의 치부ᄒᆞ엿거늘 필경 너로 ᄒᆞ여 공이 되지 못ᄒᆞᆫ죽 그 죄 장ᄎᆞᆺ 어디 밋ᄎ리오. 이졔 만힝으로 셩승을 맛나 졔도ᄒᆞ여시니 이후ᄂᆞᆫ 십분 숨가 다시 그ᄅ미 업게 ᄒᆞ라."

ᄒᆞ고 문셔롤 가져 경진의 일홈 아러 죄목을 어여바리며 노하 보니라 【5】 ᄒᆞ니 일이 말ᄒᆞᆯ 졔 창원이 듯고 심중의 혜오디,

'경문의 공덕이 엇지 져디도록 ᄒᆞ여 ᄒᆞᆫ 번 ᄉᆡᆼ각을 두며 명부의셔 발셔 치부ᄒᆞᆫ다 ᄒᆞ니 엇지

---

72) 【졔녁】 圐 저녁. ¶ 晩 ‖ 초셜 경진화상이 법당의 이셔 경문 읽기롤 맛고 졔녁 지롤 먹은 후 방중의 도라와 (只見那和尙自在堂中, 課誦了經文, 吃了晩齋, 歸到僧房.) <東遊記 6:1> 夜 ‖ 치관이 시비와 졔녁으로 힝ᄒᆞ여 조가의 니ᄅ러 바로 문셔방으로 드러가니 (差官在路, 不分曉夜, 不一日進了朝歌, 在館驛安歇. 次日, 將本賚進午門, 至文書房投遞.) <西周 22:1>

73) 【치부】 圐 치부(置簿). 장부(帳簿). 금전이나 물건 따위가 들어오고 나감을 기록한 장부. ¶ 帳目 ‖ 방중의 도라와 일죽이 쉬지 아니ᄒᆞ고 분ː녹ː히 젼곡 치부와 힝ᄌ롤 다리고 셰간ᄉ리 분별이며 여러 시쥬의 집 녜단을 지휘ᄒᆞᆫ 후 (不調攝方愈的身體, 乃便碌碌査收割的道穀帳目, 叫那徒子若孫攬張施主家的經, 送李施主家的疏.) <東遊記 6:1>

이런 일이 ᄌ시리오. 날노 보건디 모도 지상진담이라. 무어시 그리 관겨ᄒ고?'

ᄒ여 졍히 혜아리더니 발셔 관원이 그 마음을 알고 블너 왈,

"네 집 심이 블명ᄒ여 너모 오활ᄒ도다. 경문은 즉 마음이니 셰상 스룸이 경문 외오믄 즉 마음을 외오미오 ᄆᆞ음은 즉 착ᄒ 거시니 스룸이 ᄆᆞ음의 오믄 즉 션을 힝ᄒ미니 그 경문 읽기 취ᄒ기는 ᄆᆞ음이 션을 향홈을 취ᄒ미니라."

창원 왈,

"션심이나 악심이나 스룸의게 이셔 져디로 홀 거시니 명부의셔 굿타여 져러툿 분ᄉ이 계교ᄒ리오."

관원 왈,

"네 총혜치 못ᄒ미 져러툿 ᄒ도다. 셰간의 션악 두 ᄆᆞ음의 관계가 심디ᄒ니 ᄒ 가지 션심의 허다ᄒ 싱긔롤 발ᄒ고 ᄒ마 디악념의 허다ᄒ 살긔롤 밍동ᄒᄂ니 비컨디 텬지간 비금주슈(飛禽走獸)와 인츙곤츙이 무비싱믈이라. 슈화의 ᄲᅢ지거나 만고의 걸니거나 ᄒ여 셩명이 위티홀 졔 스룸이 보고 ᄌ비지심이 발 【7】 ᄒ여 힘을 니여 구ᄒ면 이는 상쳥(上淸)의 호성지덕(好生之德)을 합ᄒ미오 만일 위티ᄒᄆᆞᆯ 보고 구치 아니ᄒ며 혹 스스로 살ᄒ지심을 먹어시면 이는 셩신의 ᄌ비ᄒ 덕을 거슬느미니 이러므로 셩신이 셰도롤 붓들고져 ᄒ여 경문을 지어 스룸으로 외오게 ᄒ여시니 상등 스룸은 지극ᄒ 의긔롤 아라 상승을 ᄭᅵ치고 범속의 ᄲᅱ여나 셩인지경의 들고 중등 스룸은 경문의 공을 비러 션과롤 힝ᄒ여 장싱ᄒ며 복을 만히 밧고 지어 하우지인이라도 남의 경외오는 소리만 듯고 비록 경의 【8】 롤 아지 못ᄒ드라 ᄒ여도 금셰 과보나 잇는 줄 알고 일편 진심으로 분향녜블ᄒ여 션도의 일울 거시니 져럿툿ᄒ 션죄 쳔지의 츙만ᄒ면 즁싱이 복을 밧을 거시니 엇지 경문의 공이 업다 ᄒ리오. 만일 경문을 공경치 아니ᄒ고 션심을 힝치 아니ᄒ면 이는 악업을 기ᄅᆞ미니 션악지간의 보응이 소ᄉᄒ여 일호도 그ᄅᆞ미 업는 비니라."

창원 왈,

"션악보응이 져러툿 잇다 ᄒ나 쇼ᄌ로 보건디 분명치 아니ᄒ니 희스촌의 잇는 져 셰가 스룸은 디ᄉ로 젹악ᄒ되 부귀가 【9】 더욱 홍왕ᄒ여 주ᄌ만문ᄒ고 지어 쇼ᄌ는 삼 셰룰 츙냥ᄒ

여 일심이 션힝을 힘쓰오나 빈곤이 ᄌ심ᄒ고 젼경이 아조 업스오니 일노 보건디 보응도 밋을 비 아니라. 이러모로 ᄒ 번 뭇고져 ᄒᄂ이다."

관원 왈,

"명ᄉ즁 보응이 엇지 틀닐 비 이시리오. 셰상 스룸이 어두어 아지 못ᄒ미니 엇지 네 의혹을 고히타 ᄒ리오."

ᄒ고 좌우롤 명ᄒ여 션악 문셔롤 가져오라 ᄒ여 희스촌 셰가의 젼디 스젹과 창원의 니력을 상고홀 시 최ᄌ의 가득이 젹은 바 아모논 이런디션이 이셔 복이 ᄌ손의 밋 【10】 고 아모는 디악이 이셔 지앙이 ᄌ손의 밋츠리라 ᄒ얏거늘 창원 왈,

"이 역시 분명치 아니ᄒ 비라. 조상이 션악을 지을진디 응당 몸으로 화복을 밧을 거시어눌 엇지ᄒ여 ᄌ손의게 밀어주는고?"

관원 왈,

"이는 셰상 스룸이 션악을 지으미 젹으면 몸으로 밧아 속ᄒ고 크면 ᄌ손가지 밋쳐 죄와 벌이 상당ᄒ 년후의 굿치ᄂ니 만일 조상이 션을 힝ᄒ고 ᄌ손이 ᄯᅩ 이어 션ᄒ면 이는 졈ᄉ 더 복을 밧고 됴상이 악을 힝ᄒ고 ᄌ손이 ᄯᅩ 악을 힝ᄒ면 그 화는 더옥 혹독홀 거시오 만일 됴상 【11】 이 션을 ᄒ고 ᄌ손이 악을 힝ᄒ거나 됴상이 악을 ᄒ고 ᄌ손이 션을 힝ᄒ거니 니런 지 이시면 그 션와 악의 경즁과 디쇼롤 보아 화와 복을 더 주기도 ᄒ며 감ᄒ기도 ᄒ여 부디 상광ᄒ게 ᄒᄂ니 무슴 그ᄅᆞ미 이시리오."

ᄒ며 최을 뒤져 창원의 션셰 스젹을 ᄎᄌ니여 보며 왈,

"춤혹ᄒ고 춤혹ᄒ다. 네 이 일홈을 보라. 이 일홈이 가히 너의 조상인가?"

창원이 ᄯᆞ라보니 과연 그 조상의 일홈이니 창국(昌國)이라. 그 아리 젹어시디 나라 일 ᄒ기롤 블츙ᄒ여 지롱을 밋고 용병ᄒ기롤 즐겨 병즁 【12】 을 만히 상히ᄒ여시니 보응은 양홰 후디의 밋쳐 아조 멸망ᄒ리라."

ᄒ엿거늘 창원이 ᄌ롤 보고 한츌쳠비(汗出沾背)ᄒ여 말을 못ᄒ더니 ᄯᅩ 그 아리롤 상고ᄒ니 됴부의 일홈 아리 젹어시디 남의 일을 위ᄒ여 ᄆᆞ음을 극진이 ᄒ엿다 ᄒ고 그 부친의 이홈 아리는 젹어시디 츙셩된 말노 친구의 그ᄅᆞ믈 규간ᄒ엿다 ᄒ고 졔 일홈 아리는 젹어시되 분슈롤

직희여 원망치 아니ᄒ고 공부ᄅ 성실이 ᄒ여 남을 속이지 아니ᄒᆫ다 ᄒ여거늘 관원이 보기ᄅ 다ᄒ고 깃거 왈,

"다힝ᄒ도다. 【13】 네 과연 숨셰ᄅ 츙냥ᄒ엿도다. 네 집 보응이 맛당이 멸망ᄒ 거시로디 숨디 츙냥으로 인ᄒ여 화ᄅ 감ᄒ여시나 다만 큰 젹션ᄒ미 업셔 복이 밋쳐 오지 못ᄒ여시니 네 부디 큰 션을 ᄒ 가지ᄅ 힝ᄒ여 너의 조상의 빅만 싱녕 상희오든 일과 상광케 ᄒ면 큰 복을 바드리라."

창원 왈,

"큰 션이 엇더ᄒ 일이니잇고?"

관원 왈,

"션공이 다단ᄒ니 엇지 형용ᄒ여 말ᄒ리오마ᄂ 일념이 ᄌ인ᄒ여 빅만 싱녕을 구ᄒ면 이만 큰 션공이 업ᄂ 비니라."

창원 왈,

"빈쳔ᄒ 스롬이 쳐지ᄅ 당치 못ᄒ 【14】 여시니 엇지 빅만 싱녕을 술오리오."

관원 왈,

"그ᄂ 굿ᄒ여 쳐지 잇ᄂ 스롬 분 아니라 아모리 빈쳔ᄒ 스롬이라도 항상 ᄆ음 속의 희믈지심을 구지 말고 싱명을 구ᄒ기로 뜻ᄒ면 오리고 오리미 ᄌ연 션심이 츈만ᄒ여 빅만 싱명을 발셔 ᄆ음 속의 살녀시니 엇지 큰 션공이 아니리오."

창원이 ᄀᄀ러 빅비 스례ᄒ고 ᄯ 희스촌 셰가의 일을 보아지라 ᄒ니 관원이 문셔ᄅ 상고ᄒ여 보고 왈,

"착ᄒ고 착ᄒ다. 이ᄅ 보라. 그ᄂ 상의 츙공이 일즉 궁민을 안무ᄒ 시 ᄒ 번 상쇼ᄒ여 진휼을 쳥ᄒ여 주 【15】 린 빅셩을 술오미 만ᄀ여 명이니 맛당이 디ᄀ로 부귀영화ᄒ여 복녹이 무궁ᄒ리라 ᄒ엿고 그 아릭 디ᄀ로ᄂ 벼슬의 거ᄒ여 회뢰ᄅ 밧고 블가ᄒ 일을 ᄒ며 쳥젼 만 밧고 구ᄒ든 일은 시힝치 안키도 ᄒ며 스졍의 구익ᄒ여 그른 스롬을 쳔거ᄒ고 착ᄒ 스롬을 믈니치기도 ᄒ며 혹 형셰ᄅ 밋고 빈ᄒᆫ 스롬을 업슈히 너기ᄀᄀ도 ᄒ며 혹 남의 젼장을 ᄲ앗기도 ᄒ며 남의 지금을 취ᄒ여 쓰고 아니 갑기 조ᄒ며 혹 나의 그른 거슬 남의게로 밀기도 ᄒ며 남의 줄ᄒ 거슬 니가 힛노라도 ᄒ 【16】 야 이런틋ᄒ 악스가 블일기단이라. 보응의 복을 만히 감ᄒ더 오

히려 벼슬과 부ᄂ 곳치 아니ᄒ고 인졍이 감ᄒ게 ᄒ여시니 만일 고치 아니ᄒ고 그디로 힝ᄒ면 앙화가 오릭지 아니ᄒ여 나리라."

ᄒ얏거늘 창원 왈,

"졔의 져러틋 악스ᄅ 보면 맛당이 금시의 멸졀ᄒ려든 엇지ᄒ여 져러케 셔ᄀ 이 감속ᄒᄂ뇨?"

관원 왈,

"이ᄂ 그 조상의 음공이 져러틋 즁디ᄒᄆ로 후셰의 여간 과악이 ᄀ시나 경즁을 교계ᄒ미 아직 큰 화ᄅ 당치 아니ᄒ엿거니와 싸코 싸하 악이 즁ᄒ 지경의ᄂ 엇지 화 【17】 을 면ᄒ리오."

창원이 다시 비스 왈,

"소지 이졔야 명빅ᄒ여이다."

ᄒ거날 신장 왈,

"네 이믜 명빅ᄒ니 보리(菩提) 츙셩□ 더 작고 션심을 힝ᄒ여 영화를 취ᄒ라."

ᄒ고 일로 금광이 도여 간디 업ᄂ지라. 관권이 좌우을 명ᄒ야 경진(輕塵)과 창원(昌遠)을 인도ᄒ야 오른길노 보□니 창원이 집의 도라오며 ᄭ다르니 일장 몽시라. 그 이튼날 졀의 나아가 쳠비ᄒ고 야리ᄅ 이르며 경진이 ᄯᄒ 본 바을 일이 보응의 분명함을 알미 이후 더욱 슈신ᄒ고 마음을 션이 ᄒ니 일노 인ᄒ여 【18】 창원외 젼졍이 통티ᄒ야 영현(榮顯)ᄒ니라.

36

神女化婦試眞僧 寃孽逢魔謀報怨

초셜, 도육(道育) 고승이 욱시(郁氏) 형계을 위ᄒᆞ여 경문 그롤 과승ᄒᆞ니 우흐로 삼계을 통ᄒᆞ야 졔블셩진[諸佛聖衆]이 감동ᄒᆞᄂᆞᆫ지라. 졔오위 나한존지(羅漢尊者) □회 가의 안져 믈결을 구경ᄒᆞ더니 홀연 믈 가온대로셔 일위 신녜 ᄂᆞ와 존ᄌᆞ을 향ᄒᆞ야 비무ᄒᆞ거늘 존지 도육(道育)의 션심을 시험코ᄌᆞ ᄒᆞ야 손을 드러 졀을 가르쳐 왈,

"져 법좌의 경ᄒᆞᄂᆞᆫ 듕을 시험ᄒᆞ라 ᄒᆞ니 신녜 【19】 쥬시 공중의 올나 졀문 밧긔 이르러 몸을 면ᄒᆞ여 아름다온 녀인이 되여 법셕으로 드러가니 이ᄯᅵ 도육(道育)이 졍히 경을 외오고 모든 승즁(僧衆)이 북을 치며 증을 울이도 경문을 창화ᄒᆞᄂᆞᆫ지라. 신녜 모든 즁의 헤치고 나와 합장ᄒᆞ고 ᄭᅮ러 졀ᄒᆞ니 도육은 눈을 드러보도 아니ᄒᆞ고 녀러 승인 즁의 상등 계힝 잇는 ᄌᆞᄂᆞᆫ 블묘의 법을 직회여 ᄌᆞ연 식욕이 업고 즁둥ᄌᆞᄂᆞᆫ 도육의 거동을 보고 ᄯᅩᄒᆞᆫ 마음을 잡아 ᄉᆞ심을 금단ᄒᆞ고 하등ᄌᆞᄂᆞᆫ 도육의 법셕이라 득죄ᄒᆞᆯ 【20】 가 ᄒᆞ야 감히 다른 잡념을 ᄂᆡ지 못ᄒᆞᄂᆞᆫ지라. 신녜 심중의 혜오되,

"도육(道育) 쟝노는 진짓 셔방의 놉흔 쟝뇌로다. 모든 승인가 자화ᄒᆞ야 법심이 온젼ᄒᆞ도다."

ᄒᆞ며 경문을 듯더니 경이 픗기를 맛츤 후 슈좌화상(首座和尙)이 몸을 일어 도육(道育)의 앏히 나아가 말ᄒᆞ여 왈,

"이졔 도장이 원만ᄒᆞ여시니 모든 션신남녜(善信男女) 각기 발원ᄒᆞ여 시식ᄒᆞ기롤 쳥ᄒᆞᄂᆞ니 쳥컨디 이 공덕을 함긔 일우믈 바라ᄂᆞ이다."

ᄒᆞ거눌 도육 왈,

"나는 욱시의 보 본ᄒᆞᆯ 위ᄒᆞ여 경문 졔픔을 ᄒᆞ엿거니와 져 시식 【21】 공덕은 열위 힝ᄒᆞ미 가ᄒᆞ여라."

ᄒᆞ니 이ᄯᅵ 경진이 시로 춤회ᄒᆞ여ᄂᆞᆫ 고로 졍셩을 발ᄒᆞ여 출반 답왈,

"져 시식은 계지 맛당이 졍셩을 다ᄒᆞ리이다."

ᄒᆞ니 신녜 이ᄯᅳ롤 인ᄒᆞ여 앏히 나아가 녜ᄒᆞ며 왈,

"ᄂᆡ 쟝부롤 위ᄒᆞ여 긱니의 안과코ᄌᆞ ᄒᆞ며 구롤 위ᄒᆞ여 강녕ᄒᆞ믈 바라므로 원을 세워 일즁 시식을 슬허ᄒᆞᄂᆞ이다."

ᄒᆞ니 도육(道育)은 듯지 못ᄒᆞᆯ 드시 안졋고 경진이 디답ᄒᆞ여 왈,

"녀션인아, 우리 져 도장은 모도 우리 즁들이 ᄌᆞ판ᄒᆞ여 공과롤 세오미오 외인의 분젼입미롤 밧지 아니ᄒᆞ니 굿ᄒᆞ여 【22】 츌녁ᄒᆞᆯ 비 아니오 션인이 구고롤 위ᄒᆞ여 긔도ᄒᆞᆷ른 효요 쟝부롤 위ᄒᆞ여 발원ᄒᆞᆷ른 츙이니 우리 법회 즁의셔 ᄒᆞᆫ갈갓치 츅원ᄒᆞ여 티평케 ᄒᆞ오리니 션인은 굿ᄒᆞ여 이곳의 잇지 말고 아직 집으로 도라가라."

ᄒᆞ니 신녜 칭ᄉᆞᄒᆞ고 산문(山門)을 나 공중의 올나 희즁의 도라와 존ᄌᆞ긔 뵈고 쇼견을 고ᄒᆞ니 존지 우어 왈,

"쟝춧 그 공을 도으려 ᄒᆞ미 먼져 그 덕을 시험ᄒᆞ미라."

ᄒᆞ고 신녀롤 보ᄂᆡᆫ 후 셩위로 도라가니라.

초셜, 도육(道育) 고승의 도장이 원만ᄒᆞ미 승즁이 발원 【23】 ᄒᆞ여 시식을 힝ᄒᆞᆯ 시 경진으로 반슈롤 숨아 주장ᄒᆞ게 ᄒᆞ니 경진(輕塵)이 ᄌᆞᄯᅵ는 심지가 명낭ᄒᆞ여 셩녁이 극진ᄒᆞᆯ지라. 시식 단상의 안져 법녁을 발ᄒᆞ여 모든 고혼을 블너 식믈을 먹이니 ᄉᆞ방의 무쥬고혼(無主孤魂)과 원

70

얼아귀(冤孽餓鬼) 등이 일졔히 산문 밧긔 니르러 법식을 춤녜ᄒᆞ려 홀 시 그 즁의 최구의 난의 죽은 ᄉ문 등이 쏘흔 왓ᄂᆞᆫ지라. 그 ᄉ 문즁의 여간 계힝이 잇다가 힝화롤 밧는 ᄌ도 만코 계힝을 일코 규식의 침범ᄒᆞ여 비록 최구의 히롤 입어시나 기실은 ᄌ작지얼(自作之孽)이라. 이런 뉴ᄂᆞᆫ 산 【24】 문 밧긔 모든 신령이 회위ᄒᆞ여 드려보니지 아니ᄒᆞ니 져마다 노ᄒᆞ고 도로혀 블문을 원망ᄒᆞ여 다시 도졍과 왕양(王陽)비롤 ᄎᆞ져 보아 의논ᄒᆞ여 왈,

"우리ᄂᆞᆫ 비록 블문의 투탁ᄒᆞ여시나 일즉이 그딕 등과 상죵ᄒᆞ기로 그딕 등을 다시 ᄎᆞ져 옛날 졍을 니으며 블문의 원혼을 갑고져 ᄒᆞᄂᆞ니 그딕 등은 무슴 슈단이 잇ᄂᆞ뇨?"

도졍 왈,

"나ᄂᆞᆫ 쳔셩이 취ᄒᆞ기롤 조하ᄒᆞ고 씨기롤 슬희여 ᄒᆞ며 오날도 혼ᄂ호고 니일도 침ᄂ호여 평싱을 즐기고 셰월을 보니더니 요ᄉᆞ이 블힝ᄒᆞ여 동으로 오 【25】 ᄂᆞᆫ 듕을 맛나 우리롤 거절ᄒᆞ야 셰상의 용납지 못ᄒᆞ게 ᄒᆞ고 모든 사람을 권ᄒᆞ야 우리을 갓가이 ᄒᆞ지 말나 ᄒᆞ니 이졔ᄂᆞᆫ 헐 일 업시 지졉헐 곳지 업ᄂᆞᆫ지라. 이ᄂᆞᆫ 다 져 즁의 탓시니 엇지 한흡지 아니리요."

왕양(王陽) 왈,

"나ᄂᆞᆫ 셰상의 잇셔 상광ᄒᆞᄂᆞᆫ 바ᄂᆞᆫ 졍욕이라 아츰의 구름이요 져역의 비가 되여 쳔하 남녀룰 화합ᄒᆞ여 힝낙으로 일삼더니 어딕로셔 느온 즁들은 우리 뮈워ᄒᆞ믈 원슈갓치 ᄒᆞ여 잇ᄂᆞᆫ 곳마다 구츅ᄒᆞ야 쳔지간의 용납지 못ᄒᆞ게 ᄒᆞ니 엇지 노흡지 아니ᄒᆞ리요."

이 【26】 다 왈,

"나ᄂᆞᆫ 셰상의 잇셔 사람을 만히 도아 빈한흔 ᄌ로 부요ᄒᆞ게 ᄒᆞ고 쳔흔 ᄌ로 죄ᄒᆞ게 ᄒᆞ며 부ᄌ부ᄂ며 형졔붕우지간의도 나을 보면 뮈워ᄒᆞᄂᆞᆫ 마음이 □야ᄒᆞ고 쓰든 형이 친밀ᄒᆞ야 죵신 화락ᄒᆞ니 평싱을 호화로 지니거놀 이다를ᄉ 져 즁들은 일호도 탐심을 니지 아니ᄒᆞ야 겻희도 오지 못ᄒᆞ게 ᄒᆞ고 사람들 경계ᄒᆞ여 쳥념을 쥬장ᄒᆞ니 이졔ᄂᆞᆫ 탁신홀 곳지 업ᄂᆞᆫ지라. 엇지 블상치 아니ᄒᆞ리오."

분심마(分心魔) 왈,

"나ᄂᆞᆫ 반고(盤固) 이리로 삼긴 쳔졍이 그ᄅ믈 보고 참지 【27】 못ᄒᆞ여 위무을 슝상ᄒᆞ며 보

복을 분명이 ᄒᆞ야 날을 거슬리ᄂᆞᆫ ᄌᄂᆞᆫ 믜워ᄒᆞ ᄂ고 아당ᄒᆞᄂᆞᆫ ᄌᄂᆞᆫ 갓가이 ᄒᆞᄂᆞᆫ 고로 사람마다 나롤 덧너지 못ᄒᆞ거놀 이인 승인들리 셔으로 오며 공부을 ᄌ랑ᄒᆞ미 화셩을 면져 쓰고 셰인을 효유ᄒᆞ야 진심을 업시ᄒᆞ라 ᄒᆞ니 이ᄂᆞᆫ 우리을 멸코져 ᄒᆞ미라. 이후로ᄂᆞᆫ 다 착쥬홀 곳지 업스니 엇지 잃지 아니리오."

ᄒᆞ며 쏘 탐진치(貪嗔癡) 마귀와 오역 마귀와 블근 요마와 부졔ᄉ마 등이 일졔이 블문을 원망ᄒᆞ야 각ᄂ 【28】 ᄒᆞ쇼원ᄒᆞ거놀 모든 딕신이 격동ᄒᆞ야 왈,

"상말의 ᄒᆞ야시되 원슈ᄂᆞᆫ 원슈로 갑고 은혜ᄂᆞᆫ 은혜로 갑ᄂᆞᆫ다 ᄒᆞ여시니 져의 블문이 우리을 이러틋 핍박ᄒᆞ니 우리 엇지 힘ᄂ이 ᄌ멸ᄒᆞ리오. 우리 브디 합녁ᄒᆞ야 ᄉ람마다 유인ᄒᆞ야 일셰지니의 가득이 어즈러오면 아모리 져의 법녁이 거룩흔들 엇지 이로 교훈ᄒᆞ며 이로 졔도ᄒᆞ리오. 져의도 헐일업셔 스스로 그칠 거시니 그졔ᄂᆞᆫ 모든 셰상이 우리 셰상이라 ᄒᆞ야 의논을 졍ᄒᆞ 【29】 고 각ᄂ 허여져 문노을 ᄎᆞᄌᆞ러 가니라.

37
公道老叟看妖魔 獻瓜行者陳來歷

초셜, 힝샹졍(向尚正)이 당초의 상쳐ᄒᆞ미 전실의 두 아들과 두 며ᄂᆞ리 잇고 벼슬을 바리고 향니의 도라와 한가ᄒᆞᆫ 스롬이 되어시니 맛당이 두 아들의 봉양을 밧고 가산이 부요ᄒᆞ니 노리의 평안ᄒᆞᆫ 복을 밧들 거시어늘 왕냥비(王陽輩)의 유인ᄒᆞᄆᆞ로 부졀업ᄂᆞᆫ 후ᄎᆔᄒᆞ여 가즁의 요란ᄒᆞ미 디작ᄒᆞ니 거의 집을 망홀 ᄎᆞ의 고승을 맛나 광명졍디ᄒᆞᆫ 도리롤 듯고 회심ᄒᆞ【30】여 일실이 화평ᄒᆞ여시나 다시 왕냥비의 쇼지홈으로 주야 □심을 금치 못ᄒᆞ여 불구의 졍익이 고갈ᄒᆞ고 심신이 피편ᄒᆞ여 일명이 ᄯᅳᆫ어지니 허다ᄒᆞᆫ 가산이 쇽졀업시 □마도지라. 두 아들 힝고(向古)와 힝금(向今)이 가산을 분지홀 ᄉᆡ 불근 요마와 부졔 ᄉᆞ이 힝고 힝금의 흉즁의 웅거ᄒᆞ여 힝고ᄂᆞᆫ 동편 가퇵을 가지려 ᄒᆞ면 힝금이 졔 것시라 ᄒᆞ여 주지 아니ᄒᆞ고 힝금이 셔편 젼장을 가지려 ᄒᆞ【31】면 힝괴 너가ᄀᆞ지기노라 ᄒᆞ여 허치 아니ᄒᆞ며 가산은 형의 말은 아우가 만히 가지다 ᄭᅮ짓고 토지ᄂᆞᆫ 아우의 말이 형의 것시 너로다 쳥원ᄒᆞ여 셔로 닷토와 구수간(仇讎間)이 되엿시니 이ᄂᆞᆫ 무비요ᄉᆞ의 작얼이라.

일ᄯᆞᆫ은 졍히 난호기롤 닷토더니 그 니웃집의 ᄒᆞᆫ 노인이 잇스니 일홈은 공도노쉬(公道老叟)라. 쳥신의 니러나 만셩ᄉᆞ(萬聖寺)로 가 향을 픠오려 ᄒᆞ여 문을 열고 나오다가 머리롤 들어 ᄇᆞ라보니 힝고(向古) 형제의 자ᄂᆞᆫ 붕 우희 각ᄲᅩᆼ【32】 악헌 요괴 안져시니 불근 털과 푸른 셤이며 ᄲᅩ쪽ᄒᆞᆫ ᄲᅳᆯ과 부르도든 엄니의 ᄒᆞ나흔 큰 환도롤 들고 ᄒᆞ나흔 장창을 들어시니 상뫼 가장 흉녕ᄒᆞ고 거동이 십분 포악ᄒᆞ여 셔로 ᄭᅮ짓ᄂᆞᆫ 말이 나ᄂᆞᆫ 젹고 너ᄂᆞᆫ 만타 ᄒᆞ여 분ᄯᆞ이 들네더니 나죵은 셔로 일더나 칼노 찍으려 ᄒᆞ며 창으로 찌르려 ᄒᆞ여 집 우희셔 ᄭᅬ살ᄒᆞ여 습빅 합을 디 젼ᄒᆞ미 피ᄎᆞ 졈ᄯᆞ 긔력이 ᄭᅬ진ᄒᆞ여 셔로 붓들고 셔【33】로 잇그러 ᄒᆞᆫ 덩히 되엿더니 어듸로셔 ᄯᅩ 두어 뇨괴 나려와 일너 왈,

"우리 계교ᄂᆞᆫ 인셰의 효잡ᄒᆞ여 져 승인의 년화ᄒᆞᄂᆞᆫ 길을 막자르고져 ᄒᆞ미어늘 엇지ᄒᆞ여 ᄒᆞᆫ 집안 사롬이 셔로 ᄊᆞ화 양호상투(兩虎相鬪)의 필유일상(必有一傷)ᄒᆞ니 엇지 골육상잔이 아니리오. 젼촌의 ᄯᅩ 몟 집이 부졔ᄒᆞᄂᆞᆫ 지 잇스니 니 부졔ᄉᆞ마(不悌邪魔)와 흠긔 가 져 사롬을 도ᄋᆞ리라."

ᄒᆞ고 부졔ᄉᆞ마롤 다리고 공즁으로 나라가니 불손요마(不遜妖魔)만 나마 스스로 말ᄒᆞ되,

"나ᄂᆞᆫ 불손뇨마【34】요 져ᄂᆞᆫ 부졔ᄉᆞ마니 당쵸의 과연 ᄒᆞᆫ 집 사롬으로셔 의논ᄒᆞ고 나왓거늘 엇지ᄒᆞ여 셔로 ᄊᆞ왓ᄂᆞᆫ고? 즉금의 부졔ᄉᆞ마ᄂᆞᆫ 다른 곳으로 갓시니 나ᄂᆞᆫ 도로 힝고의 흉즁의 드러가 작용ᄒᆞ리라."

ᄒᆞ고 붕 속으로 드러가니 공도노쉬 져 거동을 보고 탄식 왈,

"나ᄂᆞᆫ 알기롤 사롬의 집 형제 불화ᄒᆞ기ᄂᆞᆫ 쳔졍이 흉악ᄒᆞ고 교훈을 일허 그러ᄒᆞᆫ가 ᄒᆞ엿더니 원간 져 요괴들이 작용ᄒᆞ여 그러ᄒᆞ도다. 니 이졔 일즉이 니【35】러나 셩승의게 쳠녜ᄒᆞ려 가더니 이믜 져 거동을 보왓시니 이웃 졍분의 그만 두기 어려온지라. 니 부듸 져 집의 나아가 죠흔 몰노 둘너여 보리라."

ᄒᆞ고 힝가(向家)의 드러가 왓시믈 통ᄒᆞ니 힝금이 니당으로셔 나와 졉디홀 ᄉᆡ 노쉬 물어 왈,

"귀퇵 형제 년일 가ᄉᆞ로 뇨란ᄒᆞ더니 엇지 되엿난고?"

힝금이 탄식 왈,

"우리가 스는 날 들니기 붓그럽거니와 노장이 무르시니 엇지 은휘ᄒ리잇고? 니 싱각건디 우리 부형【36】이 모하 두신 가산이니 형계 둘이 ᄀᆺ치 난호미 도리의 올커늘 가형이 어른이로다. 유세ᄒ고 깃친 보화롤 만히 은릭ᄒ며 죠흔 젼장은 갈희여 ᄲᅢ앗스니 춤아 원통ᄒ나 사력으로 엇지헐 수 업스오니 아마도 관가의 졍쇼(呈訴)ᄒ여야 귀졍ᄒ리로다."

노쉬 왈,

"져 일이 과시 그디 형이 올치 못ᄒ 일이 어니와 싱각건디 집안일은 어른 ᄒᄂᆫ 디로 ᄒ다 ᄒ여시니 아오 되는 지 죠곰 지는 것시 올홀가 ᄒ노【37】라."

힝금 왈,

"노장이 가르치시니 엇지 좃지 아니리잇가마는 가형이 우리 지물만 침탈ᄒ야도 오히려 그만ᄒ련마는 나의 어리믈 업수이 너겨 죠흔 젼지ᄂᆫ 모도 ᄲᅢ앗셔 혼즈 살지려 ᄒ니 이 엇지 견딜 비리오."

노쉬 왈,

"이는 부모의 낫출 보와 헐 것시니 져런 가산은 당쵸의 존친이 장만치 아니 냥으로 알면 무엇슬 가지고 닷토리오."

힝금 왈,

"그려면 ᄲᅢ앗기는 ᄲᅢ앗셔 가려니와 ᄯᅩ 몹슬 마음으로 어린 아오롤 업수이 넉여 쇼즈롤【38】두다리니 엇지 분치 아니리오."

노쉬 왈,

"장형은 아비요 장수는 어미라 ᄒ니 셜스 얼마 즈음 치드라 ᄒ야도 춤고 잇는 것시 올홀가 ᄒ노라."

힝금이 노수의 죠흔 말노 도리롤 출혀 권ᄒ믈 듯고 ᄯᅩ는 흉즁의 부졔 사미 업스므로 노수의 말을 올히 넉여 스례ᄒ고 니당으로 드러가 주비롤 ᄀᆺ초라 ᄒ야 노수롤 디졉ᄒ고져 ᄒ더니 ᄆᆺ쵸와 힝괴 붓그로 나오며 노수롤 보고 죠치 아니ᄒ 긔식으로 일너 왈,

"져【39】노인은 우리 못된 아오로 더부러 무슴 말을 ᄒ엿ᄂᆢ?"

노쉬 왈,

"졍히 그디 형계롤 위ᄒ여 화목ᄒ라 권ᄒ미니 부모의 ᄂᆾ출 보와 지물과 젼지롤 가져 고

로게 논ᄒ고 부졀업시 닷토와 남의 치쇼롤 듯지 말나 ᄒ니 힝고의 흉즁의ᄂᆫ 불숀요미(不遜妖魔) 안졋ᄂᆫ지라. 엇지 죠흔 ᄯᅳᆺ이 잇스리오."

셩너여 디답ᄒ여 왈,

"지물은 본근 분파ᄒᆫ 장긔가 잇스니 뉘라셔 덜 가지려 ᄒ리오. 다만 져 젼지【40】ᄂᆫ 니 일즉이 우리 부친을 도아 장만헌 비오 그ᄯᅢ 져ᄂᆫ 나히 어려 아모 공노도 업스니 엇지 져롤 주리오."

노쉬 왈,

"그는 그러ᄒ거니와 녯 법의 ᄒᆫ가지로 슬며 각각 지물이 업다 ᄒ여시니 일반을 난화 아오로 주면 더옥 장형의 우익ᄒᄂᆫ 도리니 존친의 ᄂᆞᆺ출 보와 니 말을 들으라."

ᄒ니 힝고는 본근 고승의 졔도롤 입어 효심이 잇ᄂᆫ지라. 노수의 존친 일크라믈 듯고 마음의【41】감동ᄒ여 허락고져 ᄒ거늘 불숀요미 졉ᄒ여 심즁의셔 볼작ᄒ니 힝괴 엇지 졔 마음디로 ᄒ리오. 문득 ᄂᆞᆺ빗출 변ᄒ여 왈,

"니 이믜 알괘라. 니 그르니 우리 아이 그디롤 머믈너 술을 디졉ᄒ다 ᄒ더니 일졍 져롤 위ᄒ여 셰긱이 되려 ᄒᄂᆫ다?"

ᄒ고 안으로 드러가니 노쉬 헐일업셔 도라가려 헐 졔 힝금이 니당으로 ᄶᅥ나와 만류ᄒ고 술을 권ᄒ거늘 노쉬 밧아 마시며 셔로 권ᄒ고 죠【42】흔 말노 기유ᄒ니 힝금 왈,

"쇼지 엇지 노장의 말을 듯지 아니리잇고. 이후는 아모리 불평ᄒ드라 ᄒ여도 일일이 좃즈리라."

ᄒ여 졍히 술 먹더니 이ᄯᅢ 불숀미 힝고의 복즁의 잇셔 힝고롤 도도와 드려보니고 싱각ᄒ되,

'힝금의 복즁의 부졔 미 업기롤 힝금이 져러틋 순종ᄒ니 여ᄎᆞ즉 우리 일이 그릇되기엿다. 니 아모려나 힝금의 복즁의 드러가 ᄯᅩ 볼작ᄒ리라.'

ᄒ고 힝고의 몸을 ᄶᅥ【43】나 외당으로 나오니 힝금이 졍히 노수롤 디ᄒ여 술 먹으며 언언이 순종ᄒᄂᆫ지라. 마음의 겁너여 급히 그 복즁의 들고져 ᄒ나 힝금의 입으로 올흔말을 발ᄒ여 광명졍디ᄒ니 스미 엇지 드러가리오. 졍히 주져ᄒ더니 홀연 도졍이 니르러 문왈,

"너는 엇지ᄒ여 져 복즁의 드지 아니ᄒ고

져긔 잇셔 디스롤 그릇더리느뇨?"

불손미 왈,

"나는 형고의 몸의 잇셔 져룰 농낙ᄒ미 다른 넘녀 업거니와 형금【44】의 복중의는 부졔스미 나갓기로 겸ᄌ 회심ᄒ는지라. 이러므로 급히 이곳의 와 져 의복 중의 들고져 ᄒ나 졔 임의 광명졍대흔 말을 만히 ᄒ니 니 엇지 드러가리오. 이러므로 이곳의셔 주져ᄒ노라."

도졍 왈,

"이는 아죠 쉬온 일이니 술이란 것슨 졍대치 못흔 물건이라. 요스롤 용납ᄒ기 가장 쉬오니 져의 술 먹을 ᄯ룰 기다려 술잔 쇽의 드러시면 즈연 이 술을 ᄯ라 드러갈 거시니 무엇시 어려오리오."

불손【45】미 그 말을 올히 너겨 즉시 몸을 날녀 술잔 가온디 안졋더니 노쉬 술을 부어 형금을 권ᄒ미 형금이 벗아 마실 시 불손미 뭇어 드러간지라. 형금이 술 마시기룰 다 흔 후 노수더러 문왈,

"앗가ᄌ 형이 무어시라 ᄒ더뇨?"

노쉬 ᄯ흔 술이 비 쇽의 잇는지라. 회호헐 줄을 몰나 브른 디로 일너 왈,

"존형의 말이 젼장은 도시 졔가 힘뼈 장만헌 거시니 아오롤 줄 것 아니라 ᄒ더라."

ᄒ니 형금이ᄌ 말을 듯고 디로ᄒ여 소리 질너【46】왈,

"무슴 공이 잇노라 ᄒ는고? 분명이 날을 업수이 너기미니 관부룰 졍치 아니ᄒ면 엇지 이런 원굴흔 일을 신결ᄒ리오."

ᄒ고 벗그로 니다르니 이는 불손미 비 쇽의 잇셔 작용ᄒ미라. 노쉬 져 거동을 보고 헐일 업셔 도라오려 ᄒ더니 형괴 너당으로셔 나와 노수더러 일너 왈,

"소지 안회 잇셔 노존장의 말을 즈셔이 드르니 노존장이 과연 남의 형졔간의 잘 쳐치ᄒ여 말마다 츙언이어놀 우리 아이 형ᄌᄒ여 듯지 아니ᄒ【47】고 관부룰 졍ᄒ려 가니 이런 불형헌 일이 업는지라. 쳥컨디 노존장은 져룰 권ᄒ야 회심케 ᄒ소셔. 젼장은 노존장의 쳐결을 좃ᄎ 주라는 디로 주려 ᄒ노라."

ᄒ니 이는 그 복중의 불손미 업스므로 도피지심이 불ᄒ미라. 노쉬 이 말을 듯고 일변 응낙ᄒ며 일변 헤오디,

'져 형졔는 과연 권유키 어렵도다. ᄒ나히 순종ᄒ면 ᄒ나히 듯지 아니ᄒ고 ᄯ ᄒ나히 순종ᄒ면 ᄯ 하나히 듯지 아니ᄒ니 이는 필연【48】집 우회 잇든 요스의 작얼이니 니 맛당이 만경사의 가 고승으로 더브러 계교ᄒ리라.'

ᄒ고 만셩ᄉ(萬聖寺)로 가니라.

38

聖僧不食疑心物 神將能降不遜魔

초셜 됴시 만셩ᄉ(萬聖寺)의 머믈어 즁ᄉ을 제도ᄒᆞ미 볼셔 날이 오린지라.

일ᄌᆞ은 숨졔ᄌᆞ로 더브러 힝니롤 타졈(打點)ᄒᆞ여 길을 나려 ᄒᆞ더니 ᄒᆞᆫ 노승이 ᄒᆞᆫ 힝ᄌᆞ로 더브러 손의 수박 두 낫츨 들고 드러와 됴ᄉᆞ(祖師)긔 드려 왈,

"텬긔 혹독이 더온지라. 이 수박 【49】 을 나회여 희갈ᄒᆞ시믈 브라ᄂᆞ이다."

ᄒᆞ거늘 도븨 무러 왈,

"이 수박이 어듸로셔 온 것시뇨?"

힝지 답왈,

"어제 시상의 사롬이 잇셔 이 수박을 팔기로 ᄉᆞ다가 우리 스승의게 드려더니 스승이 스ᄉᆞ로 자시지 못ᄒᆞ여 셩승긔 드리미로소이다."

니총지(尼總持) 왈,

"어제 드르니 수박 븟희셔 수박을 일허다 ᄒᆞ매 수박 도젹을 ᄭᅮ짓ᄂᆞᆫ 말이 잇셔시니 이 수박이 필연 뉘가 도젹ᄒᆞ여다가 파는 것슬 힝지 사온가 시부도다."

힝지 왈,

【50】 "니 스ᄉᆞ로 갑슬 주고 ᄉᆞ시니 굿타여 도젹ᄒᆞ여 파든지 궁구헐 것 아니오 ᄯᅩᄂᆞᆫ 이 수박이 그 수박인 줄도 모로ᄂᆞ니 무어시 관계ᄒᆞ리오."

도육(道育) 왈,

"발셔 의심이 발ᄒᆞ여시니 굿타여 의심을 가져 비속의 너치 못ᄒᆞ리로다."

힝지 왈,

"연즉 엇더ᄒᆞᆫ 것시라야 ᄌᆞ시ᄂᆞ니잇고?"

도육(道育)이 은을 드러 제 뉵위 나한존ᄌᆞ 앏히 잇ᄂᆞᆫ 수박을 가르쳐 왈,

"이러툿 광명뎡디ᄒᆞ여야 먹ᄂᆞ니라."

ᄒᆞ고 도로 주어 보너니 됴시 숨졔ᄌᆞ롤 불너 왈,

【51】 "너희 등이 도롤 보왓시며 마장(魔障)을 모롯도다. 이 수박이 과시 사롬이 도젹ᄒᆞ여 파는 것슬 힝지 헐헌 갑스로 ᄉᆞ온 것시요 노승이 나의게 졍셩 잇셔ᄌᆞ 드리는 것시 아니라. 그 즁의 요ᄉᆞᄒᆞᆫ 마귀가 노승을 시겨 우리롤 희롱ᄒᆞ미니 만일 그 니력을 뭇지 아니코 먹어시면 우리 발셔 무한ᄒᆞᆫ 마장의 ᄲᅢ져실 것시오 존ᄌᆞ 젼의 법식을 가로쳐 니ᄅᆞ지 아니ᄒᆞ여시면 져 마쉬롤 엇지 물니치리오."

도븨 왈,

"져 마귀는 엇지ᄒᆞ여 사롬 【52】 을 희롱ᄒᆞᄂᆞ니잇고?"

됴시 왈,

"즉금의 마귀의 작얼(作孼)이 비상ᄒᆞ여 아모죠록 사롬을 글웃더리려 ᄒᆞ니 너의ᄂᆞᆫ 븟긔 나가 보라. 젼문 븟긔 공도노수(公道老叟)가 잇셔 뭇는 말이 잇슬 거시니 져 일이 ᄯᅩᄒᆞᆫ 너의 등의 일장 심녁을 허비ᄒᆞ리로다."

도육(道育) 등이 즉시 젼상으로 ᄂᆞ와 일변으로 제 뉵위존ᄌᆞ 젼의 녜비ᄒᆞ여 마귀 모라 보닌 은혜롤 ᄉᆞ례ᄒᆞ고 일변 보니 ᄒᆞᆫ 노쉬 나아와 물어 왈,

"ᄉᆞ부 등이 아니 동으로 힝ᄒᆞ여 제도ᄒᆞ려ᄂᆞᆫ 사부시냐?"

【53】 도븨 답왈,

"우리 됴시 졍실의 계시니이다."

ᄒᆞ고 옳셔 힝ᄒᆞ니 노쉬 뒤좃ᄎᆞ 드러와 됴ᄉᆞ긔 녜ᄒᆞ고 문왈,

"드르니 셩승이 힝시(向氏) 부ᄌᆞ롤 제도ᄒᆞ여 일문이 도로 효슌ᄒᆞ게 ᄒᆞ엿다 ᄒᆞ니 공덕이

75

심디ᄒ거니와 아지 못ᄒᄂ 부ᄂ 져럿틋 효순ᄒ
ᄂ 집의 필유여경(必有餘慶)이어ᄂᆯ 엇지ᄒ여 힝
뇌 기셰ᄒᆫ 후의 두 아들이 셔로 닷토와 형은 불
숀ᄒ고 아오ᄂ 부졔ᄒ여 지금 졍쇼지경의 밋ᄎ
니 이런 블힝이 업ᄂ지라. 셩승이 중셩을 【54】
제도ᄒ기로 발원ᄒ여시니 결노 ᄒ여곰 감화케
ᄒ여 셔로 닷토지 아니ᄒ면 그 공덕이 엇지 광
뎌치 아니리잇고?"

됴시 듯기를 다ᄒ고 눈을 ᄶᅥ보며 게어(偈
語)를 외오니 ᄒ여시되 ᄉ마(邪魔)들이 교화를
막ᄌ르려 ᄒ여 인심을 변난ᄒᄂ도다. 져 수박을
인ᄒ여 부제ᄒᄂ 것슬 쇼멸ᄒ리라 ᄒᆞᆺ거ᄂᆯ 노
쉬 그 ᄯᆮ을 아지 못ᄒ여 다시 곡결을 물으니 ᄌ
총지 왈,

"져게 이 ᄯᆮ은 힝시 등의 닷토미 모도 불
숀부제 ᄉ마 등이 작용 【55】 ᄒ여 그러ᄒ다 ᄒ
시미오 수박을 연ᄒ여 부제(不悌)를 ᄉ멸ᄒ라
ᄒ심은 앗가 수박 일ᄉ가 잇셔더니 우리 나가
물어 보리라."

ᄒ고 붓그로 ᄂ오니 노쉬 왈,

"올코 올타. 오늘 앗춤의 여ᄎ ᄎ ᄒ여 요
괴 등의 작난을 보왓더니 셩승(聖僧)이 발셔 알
아시니 진짓 신승(神僧)이로다. ᄌ만 수박 닐을
분명이 모로니 ᄒ가지로 ᄂ가 보리라."

ᄒ고 총지(總持)를 ᄯᆞ 아 ᄂ오더니 좌편 힝
각 아리 ᄒᆫ 사람이 잇셔 수박 가진 힝ᄌ가 닷토
며 왈,

"네 엇 【56】 지ᄒ여 나의 수박을 도젹ᄒ여
왓ᄂ다? 금년의 수박이 되지 아니ᄒ여 일촌의
ᄒᆫ 기도 열닌 곳이 업고 오직 우리 붓ᄒᆡ 두 기
만 여러더니 어제 눌의 누구가 도젹ᄒ여 ᄀᆺᄂ지
두 기를 다 일허 졍히 ᄎᆈ죠ᄒ더니 사람의 말을
드르니 네가 수박 두 기를 가지고 가드라 ᄒ니
이ᄂ 일졍 너희 작변이라. 이 수박 두 기 외의
ᄂ 다른 수박은 아죠 업슬 거시니 엇지 증참(證
參)이 아니리오."

힝ᄌ 왈,

"나ᄂ 갑슬 쥬고 시상(市上)의셔 사왓시니
【57】 수박 팔아 먹은 사람이 분명이 잇거ᄂᆯ 엇
지 나더러 도젹ᄒᆞᆺ다 ᄒ리오."

ᄒ고 그 사람을 다리고 시상으로 나가 수
박 파든 사람을 ᄎᆞᄌ니 공도노수(公道老叟)와
니총지(尼總持) ᄯᅩᄒ 수박 결말을 보려 ᄒ여 힝

ᄌ를 ᄯᅩᆯ와갈 ᄉᆡ ᄒᆫ 약방 옳히 니르러 힝지 ᄒᆫ
사람을 붓들고 ᄭᅮ지져 왈,

"네 엇지ᄒ여 남의 수박을 도젹ᄒ여 너게
팔고 날노 ᄒ여 도젹이 되게 ᄒᄂ다?"

ᄒ니 그 사람이 죠곰도 발명치 아니ᄒ고
비러 왈,

"너ᄂ 과연 나의 【57】 허믈이라. 너 어제
수박 붓흐로 지ᄂ다가 젹심이 발ᄒ여 도젹ᄒ여
시니 바라건더 용셔ᄒ라. 너 발셔 수박 갑슬 붓
아 약을 ᄉ노라 다 ᄡᅥ시니 장ᄎᆺ 엇지ᄒ리오."

ᄒ거ᄂᆯ 니총지(尼總持) 왈,

"인심이 불명ᄒ다. 남의 것슬 도젹ᄒ여 약
을 붓고와든 그 약이 엇지 효험이 잇스리오."

약방 주인 왈,

"이 일이 그러치 아니ᄒ다. 져 사람이 남
의 것슬 도젹ᄒᆞᆷ은 그른 일이어니와 그 졍경인즉
심이 가궁ᄒ지라. 제 형이 잇셔 병이 즁ᄒᆞᄆᆡ 의
【59】 약을 ᄡᅳ고 시부나 돈이 업ᄂ 고로 헐수업
셔 이런 싱각을 ᄂᆞ여시니 엇지 불상치 아니리
오. 너 붓아든 약갑슬 도로 너일 거시니 수박
갑스로 붓아가고 이 사람은 용셔ᄒ라."

수박 임지 듯지 아니ᄒ여 왈,

"너 수박 갑슬 ᄎᆞ즈려 ᄒᆞᄆᆡ 아니라 이 수
박이 ᄂ력이 잇셔 우리 주인이 날더러 이 수박
ᄒᆫ 기를 가져다가 형장의 제뎐의 ᄡᅳ라 ᄒᆞᆺ거ᄂᆯ
이제 일허시니 주인이 일뎡 날더러 숨기고 거즛
일허다 ᄒᄂ가 의혹 【60】 도 헐 거시오 ᄯᅩᄂ 날
더러 죠심을 간수치 아니ᄒ여 도젹의게 일코 제
뎐을 궐ᄒ여다 헐 거시니 부듸 우리 주인을 디
ᄒ여 이 도젹을 맛지리라 ᄒ고 그 사람을 ᄭᅳ을
고 주인의 집으로 가니 주인이 그 소유를 듯고
우으며 중인을 디ᄒ여 왈,

"이 수박이 곡결이 잇스니 당초의 우리 션
친이 날을 사랑ᄒ여 이 수박 붓츨 가져 날을 주
시니 너게 형장이 잇ᄂ지라. 너 싱각건더 이 붓
츨 붓지 아니ᄒ고 형장긔 보너고 시부 【61】 되
션친의 ᄯᆮ을 져바리ᄂ 듯ᄒ고 붓아 가지려 ᄒᆞᄆᆡ
이ᄂ 형장을 업수이 너기미라. 이러므로 미년의
수박이 익으면 분분ᄒ여 형장긔 보너더니 즉금
은 형장이 기셰ᄒ고 ᄯᅩ 금년의 수박이 잘 되지
아니ᄒ여 다만 두 기만 여럿기로 ᄒᆫ 기를 가져
다가 형장긔 졔ᄒ라 ᄒᆫ 것시어ᄂᆯ 드르니 어제
일헛다 ᄒᆞᄆᆡ 마흠의 가장 이둛아 ᄒ더니 져 사

롬의 말을 드르니 형의 병을 인ᄒ여 니 수박을 도젹ᄒ여 의약을 븟고 【62】 왓다 ᄒ니 이는 도젹의 일홈을 무릅쓰고 형의 병을 곳치려 ᄒ니 ᄯ혼 긔특혼 일이라. 니 엇지 칙ᄒ리오. 도로혀 돈을 주어 의약을 도오리라.

ᄒ고 노화보너니 노쉬 이 말을 듯고 힝ᄌ롤 불너 그 수박을 가져다가 수박 주인의게 드리라 ᄒ니 수박이 ᄒ아는 발셔 먹어 업고 ᄒ나만 나마는지라.

주인 왈,

"이 수박이 힝지 돈을 주고 산 거시오 ᄯᄂ는 이믜 불문의 도라가 중의 음식이 되엿시니 우리 형장의 제의 【63】 쓸 것스로 중의게 시주혼 양으로 알고 그만 두라."

ᄒ니 중인이 주인의게 ᄉᄉᄒ고 졀의 도라와 힝지 그 수박을 가져 니총지(尼總持)의게 드려 왈,

"앗가는 의심되다 ᄒ여 밧지 아니시더니 과연 그러ᄒ거니와 이제는 모도 명빅ᄒ얏고 ᄯ는 수박 주인의 시주헌 것시니 븟아 ᄌ시미 맛당ᄒ이다."

총지 왈,

"이 수박은 의로은 수박이니 노션인은 우리 스승의 게어(偈語)롤 짐작ᄒ여 이 수박을 가지고 힝가의 도라가 져의롤 먹이면 혹ᄌ 회심이 될는지 시험ᄒ야 보라."

ᄒ 【64】 니 노쉬(老叟) 그 말을 올히 너겨 수박을 가지고 도라오니 힝금(向今)이 졍히 졍장(呈狀)ᄒ려 ᄒ여 소지(所志)74) 쓸 사람을 구쳥ᄒ러 다니노라 더위롤 므릅쓰고 헐근거리거늘75) 노쉬 손을 잇그러 피셔ᄒᄂ는 졍ᄌ로 나아가 안ᄌ며 왈,

"텬긔 이러틋 극열(極熱)혼듸 무슴 요긴혼 일이 잇셔 져러틋 노ᄉ녹ᄉ(勞勞碌碌)ᄒᄂ뇨? 젹이 안져 이 수박 혼 죠각을 먹어 더위롤 물니치라."

ᄒ고 수박을 쪄 긔여이 일반을 가져 힝금을 주니 힝금이 븟아 먹으니 이 수박은 진짓 형

계간의 ᄉ긔로 숨긴 비라. 【65】 ᄌ연 우익ᄒᄂ는 졍긔롤 ᄌ초왓는 고로 혼 번 복중의 드러가미 불손요마로 더브러 셔로 맛나 ᄉ졍이 셔로 용납지 못ᄒ야 힝금의 복중의셔 ᄉ로 쌋호다가 필경 ᄉ불승졍(邪不勝正)ᄒ야 불손미 븟그로 쪼치여 느오니 힝금의 복중의 스미 업스므로 흉격이 쇠원ᄒ고 심긔 쳥쾌ᄒ여 안식이 ᄌ못 화평ᄒ거늘 노쉬 져 거동을 보고 죠혼 말노 달너여 왈,

"형제간의 지물 둣토믄 진짓 의미업슨 일이라. 형계는 일신이니 형이 만히 가지면 그것시 즉 아오 【65】 의 것시오 아오가 만히 가지면 그것시 즉 형의 것시니 일이 가도 일반이오 져리 가도 일반이어늘 이 일노 ᄒ여 셔로 불평홈은 아죠의 미덥슨 일이라. 이런 의미 업슨 일노 인ᄒ여 이런 극열의 이러틋 노록ᄒ니 만일 병이 나 어드면 이는 셩명 관두(關頭)라 엇지 죠심치 아니리오. 현계는 니 말을 들어 고집지 말지어다."

힝금이 잇쩌는 심지가 쳥명혼지라. 크게 ᄶ다라 툰식 왈,

"쇼지 엇지 이 일이 그른 줄 모로리잇고? 맛둥이 노존장의 교훈 디로 좃츠려니 【67】 와 이왕 형으로 더브러 둣토기롤 만히 ᄒ여 언어간의 혐극이 되여시니 장ᄎᆺ 엇지ᄒ리오. 노장은 소ᄌ롤 위ᄒ여 죠혼 화목혈 방법을 일으소셔."

노쉬 왈,

"그디 형제 당초의 극히 효순(孝順)ᄒ더니 그 후의 녕존이 후취는 비록 부즐업다 ᄒ려니와 그디 형제 그런 효셩이면 변ᄒ여 불효지경의 니르럿다가 셩승의 제도로 인ᄒ여 일문이 다시 효순ᄒ얏시니 니 싱각건디 불문이 광디ᄒ니 가히 져곳의 가 제도ᄒ기롤 구ᄒ라."

힝금이 【68】 크게 ᄶ다라 노수로 더브러 만경소의 니르니 잇쩌 됴시 졍히 힝니롤 수습ᄒ야 길 나려 ᄒ다가 힝금의 제도ᄒ기 쳥ᄒ믈 보고 거름을 멈추고 게어롤 니르니 ᄒ여시되 유졍혼 곳의 무졍ᄒ믄 스마들아 망녕도이 힝ᄒ도다. 겸양ᄒᄂ는 것시 덕이 되니 큰 도가 볽으리라 ᄒ

---

74) 【소지】 몡 소지(所志). ¶ 노쉬 그 말을 올히 너겨 수박을 가지고 도라오니 힝금이 졍히 졍장 ᄒ려 ᄒ여 소지 쓸 사람을 구쳥ᄒ러 다니노라 (老叟依言, 攜了一瓜回家, 正遇着向今, 惡兇兇的, 要尋代書興詞訟理.) <東遊記 6:64> ⇒ 쇼지

75) 【헐근거리다】 둉 헐떡이다. 숨이 가빠 자꾸 헐떡이며 그르렁거리다. ¶ 더위롤 므릅쓰고 헐근거리거늘 노쉬 손을 잇그러 피셔ᄒᄂ는 졍ᄌ로 나아가 안ᄌ며 (天氣暑熱, 坐在那一座避暑亭子上.) <東遊記 6:64>

여거눌 힝금이 비스ᄒ고 왈,
　　"소지 알과이다. 이제ᄂ 집의 도라가 유졍
을 힘쓰고 모도 우리 형의게 겸양ᄒ리이다."
　　ᄒ고 산문을 나 도라가니라.

39

正氣尊神擒孽怪 虛空執法助瓜精

【69】 츠셜, 불손요미(不遜妖魔) 힝금(向今)의 복즁을 쩌나 공즁의 오르니 부제스마(不悌邪魔) 힝가롤 향ᄒᆞ야 오다가 셔로 만나 쇼유롤 말ᄒᆞ고 왈,

"이제 힝가의 집의는 다시 발뵈지76) 못ᄒᆞ리니 우리 어듸로 가 용신(容身)헐고?"

ᄒᆞ여 졍히 주져ᄒᆞ더니 잇써 만셩스(萬聖寺) 즁의 수박 사든 힝즈의 스승이 여러 졔즈롤 다리고 잇다가 이놀 수박 흔 기롤 쏘긔여 ᄎᆞ러 졔즈와 ᄒᆞᆫ가지로 먹어시니 그 수박은 본시 의긔 잇는 아오의 심어 형의게 제ᄒᆞ【70】려는 수박이어늘 망녕도이 스스로 먹어시미 불의불경ᄒᆞᄂᆞᆫ 인연이 되엿ᄂᆞᆫ지라. 그 노승이 졍히 여러 졔즈롤 다리고 의발을 난홀 시 고프지 아니타 ᄒᆞ여 셔로 직거리거늘 불손요마와 부제스미 공즁의셔 보고 크게 깃거 왈,

"우리 용신헐 곳지 여긔 잇다 ᄒᆞ고 즉시 나려와 여러 졔즈의 복즁의 투입ᄒᆞ니 잇써 죠시

경히 힝금을 제도ᄒᆞ야 보늬고 길을 쩌나려 ᄒᆞ더니 홀연 승방의셔 지쩌리는 광경을 보고 도뷔 방장(方丈)의 잇는 주【71】승(主僧)더러 물어 왈,

"져 승방의셔 무슴 일노 져리 짓거리ᄂᆞ뇨?"

주승 왈,

"스뷔 뭇지 아니시면 말ᄒᆞ기 어렵습거니와 이 일이 가장 붓그러온지라. 늬 싱각건디 스뷔 이 졀의 뉴ᄒᆞ시므로 날마다 강ᄒᆞ시는 것시 무비 효졔츙신 광명뎡디흔 도리라. 이러므로 스방의 션신남녀(善信男女)들이 복주병진(輻輳軿瑧)ᄒᆞ여 귀로 듯고 눈으로 보와 져마다 감화ᄒᆞ고 스쳐의 불효부제ᄒᆞ든 즈도 무수이 제도ᄒᆞ야 변화치 아니흔 지 업습거늘 엇지ᄒᆞ여 주야로 뫼시고 잇는 이 졀 즁【72】이 도로혀 불손부제롤 범ᄒᆞ여 승방 노승의 스제스형 등이 의발을 듯토노라 져러틋 짓거리니 엇지 수괴치 아니리잇고. 도뷔 합장ᄒᆞ고 됴스긔 네ᄒᆞ여 왈,

"져 원얼이 쏘 스승님의 연화ᄒᆞ는 마음을 경동ᄒᆞ여시니 아모려나 법녁으로 다스리스이다."

됴시 혜광을 가져 흔 번 빗최고 왈,

"져 요얼이 과연 순결을 허비ᄒᆞ리니 너희 맛당이 담축ᄒᆞ여 ᄒᆞ려니와 오놀노는 못헐 것시니 힝늬롤 부리고 ᄒᆞ로밤을 더 유ᄒᆞ여 명됴의 쳐치ᄒᆞ리라."

ᄒᆞ고 다시 【73】 졍실의 들어 춤션ᄒᆞ니 도부(道副) 등도 역시 춤션ᄒᆞ고 방장 주승이 힝즈롤 분부ᄒᆞ여 승방의셔 의발 듯토든 모든 승인을 명일 방장으로 모히여 슴위 스부의 쳐치롤 드르라 ᄒᆞ니 잇써 왼 졀 즁이 모다 고승의 쳐결을 보려ᄒᆞ여 져마다 의논이 분ᄂᆞᆫᄒᆞ고 의발 듯토든 스형 스제 등은 오히려 셔로 쑤지져며 셔로 듯토와 너가 이긔나 네가 이긔나 너일 보자 ᄒᆞ더라. 잇튿날 도부(道副) 형제 슴위 고승이 춤션을 파ᄒᆞ고 밧그로 나와 방장을 향ᄒᆞ더니 홀【74】연 흔 힝지 흔 낫 ᄇᆞ리ᄶᅢ77)와 흔 기 셕장(錫杖)을 가지고 드려 왈,

---

76) 【발뵈다】 图 발보이다. 드러내 보이다. ¶
이제 힝가의 집의는 다시 발뵈지 못ᄒᆞ리니
우리 어듸로 가 용신헐고 <東遊記 6:69>

77) 【ᄇᆞ리ᄶᅢ】 图 바리때. ¶ 衣鉢 ‖ 홀연 흔 힝
지 흔 낫 ᄇᆞ리ᄶᅢ와 흔 기 셕장을 가지고 (只
見一個行者捧着一個鉢盂, 持着一根錫杖.) <東
遊記 6:74>

"슴위 스부는 이룰 밧으소셔. 이것슨 우리
도 스뷔 슴위 스부긔 드리는 비라. 드르니 슴위
스뷔 방장의 나가 쳐결혼다 호니 부듸 천만 번
공도로이78) 쳐치호여 주소셔."

호거눌 도뷔 웃고 답지 아니코 니총지(尼
總持)는 손을 져어 왈,

"승의 집의는 이런 법이 업다."

호고 도육(道育)은 머리룰 혼드러 왈,

"쏘 스미 잇셔 우리룰 희롱혼다."

호고 그 힝즈룰 잇글고 젼의 나와 왈,

"네 보라, 좌우의 안졋는 죤지 엇더호시며
젼【75】 문을 디호엿는 신장이 뉘신고 보라. 무
셥도 아니호야 출가헌 사룸은 이런 일이 업슬
쑨 아니라 이런 마음도 업느니라."

호고 일졔이 젼상의 올나 셩상 읇히 녜비
호고 호법신장(護法神將) 젼의 계수(稽首)호며
두어 말 호고 모든 중을 불너 모흐고 도뷔 입을
열어 승방 노승더러 일너 왈,

"노화상은 엇지호여 ;러 제즈룰 두고 속
인의 일홈을 빌어 형이라 제라 호엿시니 디져
속인의 일홈이 잇스면 속인의 누가 잇고 속인의
누가 잇스면 속인의 둣토미 잇느니 둣토【76】
룰 업게 호려거든 속인과 달을 것시라."

호니 ;총지 왈,

"엇지면 속인과 다르미니잇고?"

도뷔 왈,

"맛당이 디룰 호나식 이어가고 형제룰 두
지 아니호여시면 져 의발이 즈연 디;로 젼호리
라."

도육(道育) 왈,

"이졔 이믜 여러이 되여시니 장춫 엇지호
리오."

도뷔 왈,

"우리 불문(佛門)이 본근(本根)79) 공허호고
속명은 거즛 거시니 이제 븨고 거즛 것슬 가져
후디의 니셩(異性)을 주려 호며 져 스마(邪魔)는
엇지호여 무인무아(無人無我)호고 셩식 향미 촉

법도 업슨 중의 집의 웅거호야 무슴 졍녕을 자
랑호는다? 호갓【77】 업보룰 지촉홀 쑨이로다."

호여 다만 이 혼 마듸 말의 두 요미 크게
놀나 중의 복 중으로셔 쒸여나와 공중의 올나
다라나려 호니 호법신왕이 공중의 잇셔 치로 쳐
느리치며 왈,

"이곳지 엇더헌 곳이완디 너희 감히 요란
호리오."

두 요괴 울며 고왈,

"이 엇지 우리 툿시리오. 져의 등이 볼셔
징경지심을 품엇기로 우리 등이 긔회룰 타 드러
가미니이다."

신왕 왈,

"니 여긔 잇셔 션문을 슉쳥호거눌 너희 등
이 ;럿툿 작난호니 결단코 용셔치 못헐지니 맛
당이 풍도지옥(酆都地獄)으로 잡아 보【78】 니
리라."

두 요미 울며 왈,

"상셩(上聖)이 말을 니시니 우리 등이 스스
로 지옥의 쩌러질지라. 굿타여 줍히여 가리오."

호고 포두셔찬(抱頭鼠竄)호여 가니라. 잇쩌
모든 중이 도뷔의 말을 듯고 일졔이 슴위 고승
을 향호여 계슈 왈,

"중의 법을 직희오지 아니호고 망녕도이
발을 닷토와시니 이거시 도시 노승의 제즈 만히
모하 싱긴 업장(業障)이라."

호며 져 두어 놋 닷토든 소화상 등이 일졔
이 물너나며 호나흔 말호되,

"이거시 우리 부모의 모흔 지물도 아니;
죠곰 젹듯 엇지호리오."

호고 쏘 호나흔 말【79】 호되,

"이믜 출가호여 공문의 드러시니 만스가
무비(無非) 헛것시라. 져의 발이야 잇셔도 그만
이오 업셔도 그만이라."

호고 각; 허여지니 이는 스마동이 몸을
쩌나시미라. 모든 중이 ;룰 보고 크게 우어 왈,

"좀 일즉이 져러케 회심호엿시면 그리 여

---

78) 【공도로이】 뭄 공변되게. 공정(公正)하게. 함
께. 다같이. ¶ 公 ‖ 드르니 슴위 스뷔 방장의
나가 쳐결혼다 호니 부듸 천만 번 공도로이
쳐치호여 주소셔 (聞知師父們, 出殿公評我家
師父們分析衣鉢.　這鉢杖是我大師父叫我送上,
千萬公評.) <東遊記 6:74>

79) 【본근】 뭄 본래. 원래. ¶ 原 ‖ 우리 불문이
본근 공허호고 속명은 거즛 거시니 이제 븨
고 거즛 것슬 가져 후디의 니셩을 주려 호며
(吾門原屬空, 俗名原乃假. 今爭空假之衣鉢, 留
與後來之異性.) <東遊記 6:76>

러 날 짓거리지 아니호엿기라."

호며 혹 쏘 일오디,

"죠흔 스부니로다. 흔 번 젼상의 올으며 불언불쇼호고 다만 보살젼의셔 두어 마디 말호 드니 져의들이 졀노 씨다라가니 아마도 무슴 항 마호는 진언이 잇거나 회심호는 법녁이【80】잇 는가 호노라."

호여 각: 칭송호기를 마지 아니호더라. 슴시 져의 등이 스스로 허여 회심호고 물너가믈 보고 몸을 일어 도라올 시 제 칠위 죤즈 옯히 호인이 셕장을 잡고 만뢰 바리롤 밧들고 셧시믈 보고 마음의 씨다라 계수녜비(稽首禮拜)호고 도 라올 시 홀연이 광풍이 디작호여 텬지 혼암호고 비스주셕(飛砂走石)호니 져마다 놀나 경혼상담 (驚魂喪膽)호되 슴스는 신긔롤 불변호고 안식이 여구호여 정실의 드러가 됴스긔 뵈고 승인 등의 회심흔 스졍을 고호니 됴시 왈,

"니 이믜【81】아랏거니와 다만 져 디풍이 져러호니 우리 비 타고 가기의 불편헐 뿐 아니 라 쏘 일단 고히 헌 스졍이 잇스니 쏘 우리 흔 번 연화호기룰 면치 못흐리로다."

도뷔 왈,

"무슴 고히 호미 잇느니잇고?"

됴시 왈,

"브람이라는 것슨 텬지 긔운이라. 디긔 긔 운을 불미 청화흔 것슨 화풍이오 광녈흔 것슨 포풍이니 포풍이 니러느면 요괴가 잇는 법이니 너희들의 도력이 죡히 그 요괴롤 항복헐 거시니 츠: 로 나죵을 보리라."

호고 각: 츔션호니라.

40

貞潔婦力拒狐妖 反目魔形逃女將

【82】 츠셜, 만셩ᄉ(萬聖寺) 근쳐의 ᄒ 사름이 잇스니 일홈은 역ᄉ(力生)이라. 뉵십 노모와 져믄 안희로 더브러 모옥 수간의 깃드려 날마다 나무 팔아 위업ᄒ더니 일ᄌ은 나무롤 지고 원촌의 가셔 팔고 친붕을 맛나 술잔이나 마시고 도라오다가 취ᄒ믈 이긔지 못ᄒ여 벽졍(僻靜)ᄒ 수풀 가온디 것구려 누어시니 날이 발셔 져므러는지라. 그 안희 지아비 오지 아니홈을 보고 념녀ᄒ여 원촌 길노 좃ᄎ 츳져오니 역 【83】 셩이 ᄯ히 누어 ᄭᅵ지 못ᄒ거늘 혼ᄌ 힘으로 엇지 헐 수 업셔 겻히 안져 ᄭᅵ기롤 기다리더니 홀연 일진 디풍이 지ᄂ가며 ᄒ 져믄 날 져 옳히 니ᄅ니 이는 요괴읫 녀호라. 항상 이곳의 잇셔 남ᄌ롤 맛나면 미녀가 되고 녀인을 맛나면 남ᄌ 되여 사름을 홀여 교합ᄒ고 그 졍신을 마셔 사름을 만히 상히오는지라. 이늘 역셩의 쳐롤 보고 호리려 ᄒ여 아람다온 소년 남ᄌ 되여 겻흐로 와 물어 왈,

"낭ᄌ는 엇던 스름이완디 밤이 깁흔 디 이곳 【84】 의 잇셔 누구롤 직회고 잇ᄂ뇨?"

부인 왈,

"이는 나의 장부라. 술이 취ᄒ여 누어시미 ᄭᅵ기롤 기다리고 잇거니와 그디는 엇던 사름이완디 남녀유별을 아지 못ᄒ고 갓가이 오ᄂ다?"

그 남ᄌ 역셩의 겻히 나아가 ᄒ 번 흔들며 두어 번 밀쳐도 ᄭᅵ지 아니ᄂ지라. 부인더러 일너 왈,

"너의 장부는 결단코 ᄭᅵ기 어려온지라. 니 그디의 용모롤 보니 져러틋 미려ᄒ듸 져런 누추ᄒ 초부(樵夫)와 상당치 아니ᄒ지라. 니 나히 쳥춘이오 집이 가장 부요ᄒ 【85】 니 날을 ᄯᅡ라오면 빅년화락ᄒ고 부귀롤 누릴 거시니 엇지 즐겁지 아니ᄒ리오."

부인이 디로ᄒ여 왈,

"남ᄌ유실(男子有室)ᄒ고 녀ᄌ유부(女子有夫)ᄒ니 엇지 비례롤 말ᄒ리오. 샐니 가고 피셜을 긋치라."

ᄒ니 그 남ᄌ 우스며 아람다온 거동으로 미혹ᄒ야 왈,

"밤이 깁고 스름이 업스니 그 뉘 알니오."

ᄒ며 갓가이 ᄂ아와 졈ᄌ 핍박ᄒ니 부인이 소리롤 크게 ᄒ여 ᄭᅮ지져 왈,

"쳥평셰계(淸平世界)와 탕ᄌ건곤(蕩蕩乾坤)의 이런 난률픽상(亂律悖傷)이 잇스리오. 네 말이 알 니 업다 ᄒ거니와 텬지가 눈이 잇고 귀신이 【86】 귀가 잇셔 시각으로 살피거늘 엇지 음난ᄒ 남녀롤 용셔ᄒ리오. 샐니 가고 화롤 취치 말나."

남ᄌ 져 부인의 언시 졍디ᄒ믈 보미 구셜노 달니지 못헐 줄 알고 신통을 브려 핍박고져 헐 시 역셩의 나무 동이는 줄을 가져 부인을 향ᄒ여 더지니 졀노이 동이ᄌᄂ지라. 승시ᄒ여 드라드러 침범ᄒ려 ᄒ니 부인이 노ᄒ고 분ᄒ여 ᄒ 소리로 텬지신명을 브르니 디져 천지신명이 셰상의 가득ᄒ야 업는 곳지 업셔 인심을 슬피ᄂ니 만일 사름이 심지 【87】 부졍ᄒ여 혹 간ᄉᄒ 마음이나 음난ᄒ 마음이 나 도젹의 마음이나 살히헐 마음이나 소기는 마음이나 교만ᄒ 마음이나 이러틋ᄒ 마음을 ᄒ 번 먹으면 용ᄉ 마귀들이 붓허 셰롤 도아 졈ᄌ 그릇 되여 화롤 당ᄒ고 만일 광명뎡디ᄒ여 그른 뜻을 두지 아니ᄒ면 뎡신이 감동ᄒ여 겻히셔 돕ᄂ지라. 잇ᄯ 부인이 졍녈ᄒ 덕이 잇셔 일호도 ᄉ심이 업거늘 급헌 화롤 당ᄒ야 더러온 욕을 보게 되여시니 엇지

신명이 구치 아니흐리오. 부인의 부르는 소리로
인 【88】흐여 홀연 수풀 스이로셔 광풍이 디작
흐며 빅익지호(白額之虎) 흐나히 소리롤 질으고
나와 브로 남즈의게 드라드니 졔아모리 변흐여
남즈 되여시나 본시는 여호의 몸이오 여호의 두
리는 브는 졔일 호랑이라 이룰 보고 크게 황겁
흐여 본상을 드러니고 쮜여 드라느니 부인의 믹
거시 졀노 풀니며 졍신이 황홀하여 엇지된 줄
모로고 다만 보니 흔 노쉬 니르러 일너 왈,

"낭즈야, 밤이 늣고 수풀이 깁흔 듸 엇던
취흔 남즈룰 직희고 여긔 잇느뇨?"

부인 왈,

"이는 나의 【89】장뷔라 술이 취흐여 씨지
못흐기로 씨기룰 기드리고 안졋느이다."

노쉬 왈,

"이 어린 남즈는 엇지흐여 이러툿 취흔
고?"

흐며 역싱(力生)을 잡아 흔들고 흔 소리로
부르니 역싱이 씨여 니러나거눌 부인이 수말을
일으니 역싱이 노인의게 스례흐고 쳐로 더브러
길을 춫겨 집으로 도라올 시 잇쩌 그 여회 범의
게 쏘치여 드라나 길가의 안졋더니 역싱의 부ㆍ
오믈 보고 쏘 호릴가 마음을 너여 변흐여 흔 녀
지 되여 느아와 불너 왈,

"나는 젼촌 장가의 집으로 가는 사름이러
니 【90】혼즈 가기 무셔오니 죠곰 바려 주시기
룰 브라노라."

흐거눌 역싱이 져 녀즈의 아람다옴을 보고
스심을 볼흐야 쳐더러 일너 왈,

"노친이 기다리실 거시니 그더는 먼져 가
라. 나는 져 녀인을 발이여 주고 뒤좃츳 가리
라."

흐니 쳐이 고지 듯고 먼져 가거눌 역싱이
녀즈로 더브러 흔가지로 가다가 길가의 븬 암즈
로 드러가 몽히 됴희(調戲)흐려 흐더니 암즈 가
온디로셔 일위 황건녁시(黃巾力士) 느와 손의
큰 독긔룰 들고 꾸지져 왈,

"져 요악흔 업츌아, 네 이곳지 어듸완디 【
91】네 감히 남즈룰 홀여 이곳을 더러이는다?"

흐며 쏘 역싱을 꾸지져 왈,

"이 무지흔 한즈(漢子)야. 엇지흐야 이런
음남흔 싱각을 니는다? 맛당이 너룰 죽일 거시
로디 네 쳐의 어질믈 싱각흐여 아즉 용셔흐느니

샐니 다라나라."

흐고 독긔룰 들어 여호룰 찍으니 여회 황
망이 니러느며 변흐여 흉악흔 요괴 되여 막줄나
쏘호니 역싱이 져 거동을 보고 혼비빅산흐여 년
망이 황공을 일킷고 느는다시 도망흐더라.

녁시 여호룰 핍박흐여 흔 밧탕 쏜 【92】화
승부룰 결치 못흐더니 반목스마(反目邪魔)라 흐
는 요괴 지나다가 쏘호는 양을 보고 흥을 이긔
지 못흐여 다라드러 쏘호믈 도ㆍ니 져 반목 스
마라 흐는 것슨 젼혀 사롬의 쏘호는 것슬 죠하
흐고 화동흐는 것슬 쩌리는 고로 사롬의 부ㆍ간
을 희지어 셔로 반목흐게 흐미러라. 잇쩌 역시
두 요괴와 셩히 쏘호더니 흔 녀장이 잇셔 반목
스마룰 통한흐여 손의 보검을 들고 나아와 찍으
니 요괴 일변 막즈르며 물어 왈,

"이는 엇던 녀장이완디 남의 쏘홈을 희【
93】짓느뇨?"

녀장 왈,

"나는 한나라 젹 냥홍(梁鴻) 쳐스(處士)의
쳐실 밍광(孟光)이니 부덕을 직희여 상디여빈(相
待如賓)흐고 거안졔미(擧案齊眉)흐야 부즈룰 공
경흐는 고로 상쳔이 아람다이 너기스 봉흐야 위
령신장(威靈神將)을 숨으시니 젼혀 텬하의 부쳐
룰 검출흐고 부ㆍ반목흐여 강상을 어즈러이는
즈는 니 보검으로 용셔치 아니흐는 고로 져 반
목스마룰 쵸멸코져 흐여 이곳의 니룬 괘라. 반
목스마 왈,

"원러 그러흐것다. 이는 너의 착흐미 아니
라. 젼혀 냥홍의 고집으로 너룰 용 【94】납흐미
라. 네 거안졔미라 흐거니와 이는 네 얼골이 아
람답지 못흐기로 낫찰 갈히려 흐여 스미룰 들어
눈셥과 등ㆍ흐미니 엇지 공경흐여 그러흐리오."

녀장이 디로흐여 왈,

"져 얼마야 네 엇지 알니오. 지아비는 하
눌이니 사롬이 엇지 하눌을 공경치 아니흐리오.
셰상의 너 갓튼 반목스마들이 잇셔 작용흐여 지
아비로 불의흐게 흐고 지어미로 불순흐게 흐여
셔로 어그러지게 흐니 진실노 가한가통(可恨可
痛)이라."

흐고 칼을 들어 찍으니 두 요괴 디격지 못
흐여 각ㆍ 【95】허여져 다라느니 역소는 도로
암즈로 드러가고 녀장은 노룰 긋치지 아니흐야
반목스마룰 쏜라 잡으려 흐니 반목스미 공중의

쒸여 올나 녀장을 막ᄌ르며 다라나 은신헐 곳을
싱각홀 졔 인간을 구버 보와 모든 사람의 힝스
룰 살펴보니 엇던 집의셔는 지아비 불의ᄒ야 쳡
잉(妾媵)을 만히 두어 결발부ᄫ(結髮夫婦)로 빙
탄(氷炭)이 되는 ᄌ도 잇고 엇던 집의셔는 쳐이
불편ᄒ야 쳡잉을 투긔ᄒ며 지아비롤 능모(凌侮)
ᄒ야 칠거지악(七去之惡)의 범ᄒ야 아【96】 죠
이ᄫᄒᄂ 즈도 잇고 엇던 집의셔는 지아비 쳐이
곱지 아니타 혐의ᄒ며 지어미는 지아비 추ᄒ다
슬희여 ᄒ여 화합지 아니ᄒᄂ 즈도 잇고 엇던
집은 쳐즈롤 바리고 도라보지 아니ᄒ며 지아비
룰 비반ᄒ고 도망ᄒᄂ 자도 잇고 엇던 집은 창
긔 풍뉴룰 죠하ᄒ여 쳐룰 박디ᄒ여 몸을 맛치는
즈도 잇고 엇던 집은 지아비룰 긔이고 외인을
교통ᄒ여 문호룰 업즈르는 ᄌ도 잇셔 져러틋 불
미ᄒ 사람의 집은 텬지【97】가 용납지 아니ᄒ
고 신명이 믜이 너겨 앙화룰 나리ᄂ니 이는 뎡
히 반목스마의 투탁헐 곳이오 ᄯ 엇던 집은 부
뫼 잇셔 즈식을 경계ᄒ여 그리 말고 쳐룰 잘 디
졉ᄒ라ᄂ 즈도 잇고 엇던 집은 악부모 잇셔 ᄯᆯ
을 갈으쳐 지아비룰 공경ᄒ고 투긔와 원망을 발
뵈지[80) 말나ᄂ 즈도 잇고 혹 붕우와 친척이 잇
스며 혹 즈미와 동셰 잇셔 화목ᄒ라 권ᄒᄂ 즈
도 잇스니 이러틋 ᄒᄂ 즈는 모다 션인군지라.
졀노 돕는 지 만흐니 만일 그룻 져【98】런 사
람을 범ᄒ면 져 녀장의게 잡히믈 면치 못ᄒ리니
부듸 갈희여 탁신ᄒ리라."

　　ᄒ고 두로 살피니 ᄒ 사람의 집의 부쳬 졍
히 닷토와 남즈는 외당(外堂)의 안져 욕미(辱罵)
ᄒ고 부인은 니당의셔 불악ᄒ거눌 반목스미 크
게 깃거 그 집으로 나려가려 ᄒ여 집웅 우희 ᄂ
려안져 다시 드르니 집안의셔 두어 스람의 말ᄒ
는 소리 들니거눌 혜오디,

　　'져 말ᄒᄂ 사람이 만일 죠흔 붕우로 권ᄒ
ᄂ 말을 헐진디 이는 졍긔라.【99】 니 엇지 용
납ᄒ리오 즈셔이 들어 진위룰 알고 드러가리
라.'

　　ᄒ여 귀룰 기오리고 다시 드르니 이는 호
붕구당(狐朋狗黨)이라. 젼혀 인가즈졔(人家子弟)

롤 유인ᄒ야 외도룰 일슴으며 남즈의 뜻을 영합
ᄒ여 부인을 회방ᄒ여 아모죠록 니간을 부치는
즈요 부인의 방즁의 ᄯᅩ 두어 녀인이 잇셔 부인
을 도ᄫ와 남지 박졍무의(薄情無義)ᄒ다 시비ᄒ
야 업는 말 잇는 말 업시 회방ᄒ고 ᄒ 마듸도
권ᄒ는 말이 업는지라. 반목스미 크게 깃거 왈,

　　"이곳이 졍이 나【100】 의 잇슬 곳이니 니
당ᄫ이 ᄒ밧탕 수단을 부려 쾌락ᄒ고 위션 녀장
을 피ᄒ여 은신ᄒ리라."

　　ᄒ고 몸을 쒸여나려가 ᄇ로 남즈의 복즁으
로 드러가니 뜻 아니헌 그 남즈의 복즁의 먼져
엇던 스마 ᄒ 아히 들어 잇다가 본목스마의 드
러오믈 보고 용납지 아니ᄒ여 셔로 쓰화 니러ᄂ
니라.

---

80)【발뵈다】⑤ 발보이다. 드러내 보이다. ¶
　　엇던 집은 악부모 잇셔 ᄯᆯ을 갈으쳐 지아비
　　롤 공경ᄒ고 투긔와 원망을 발뵈지 말나ᄂ
　　즈도 잇고 〈東遊記 6:97〉 ⇒ 6:69

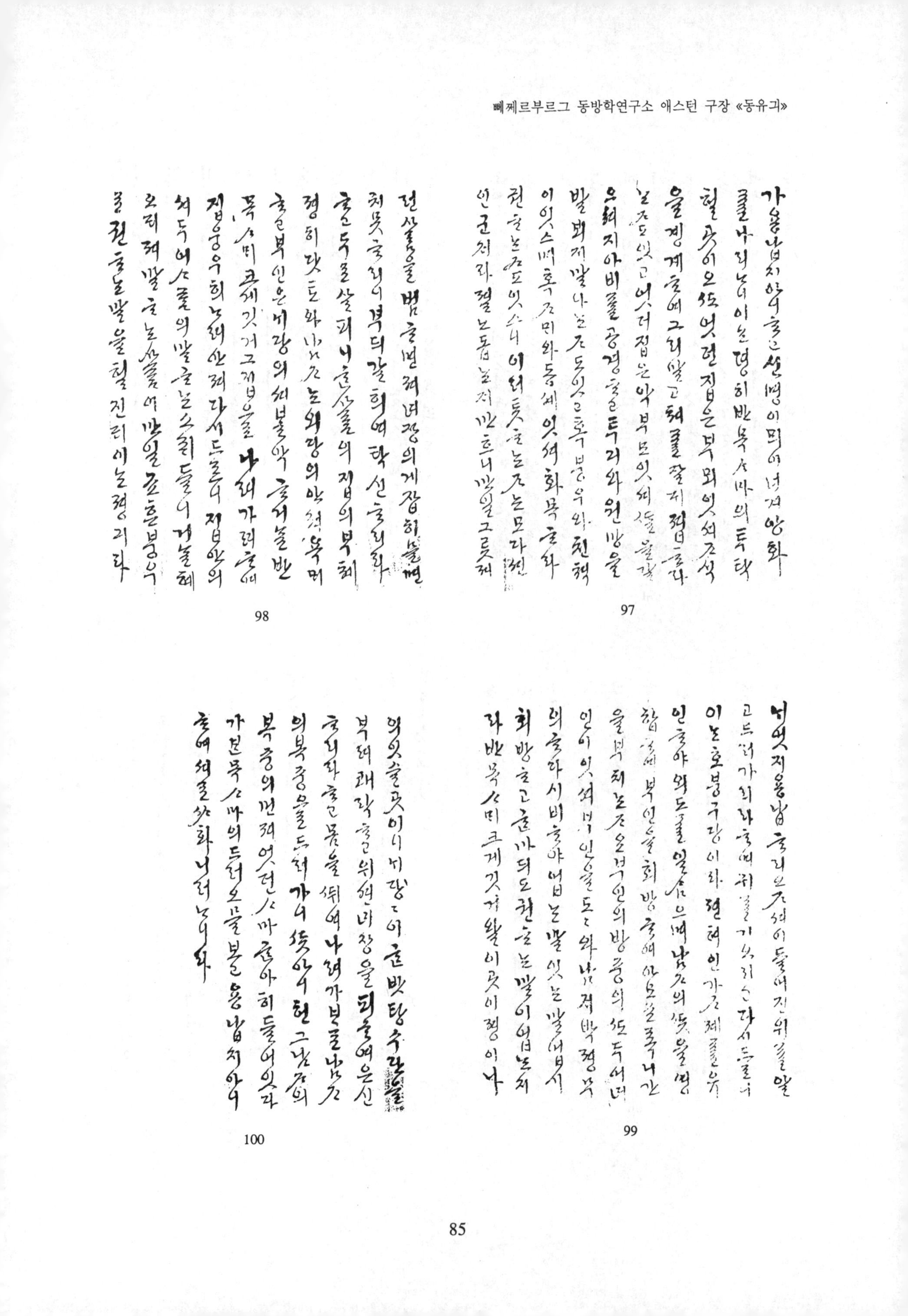

97

98

99

100

94

93

96

95

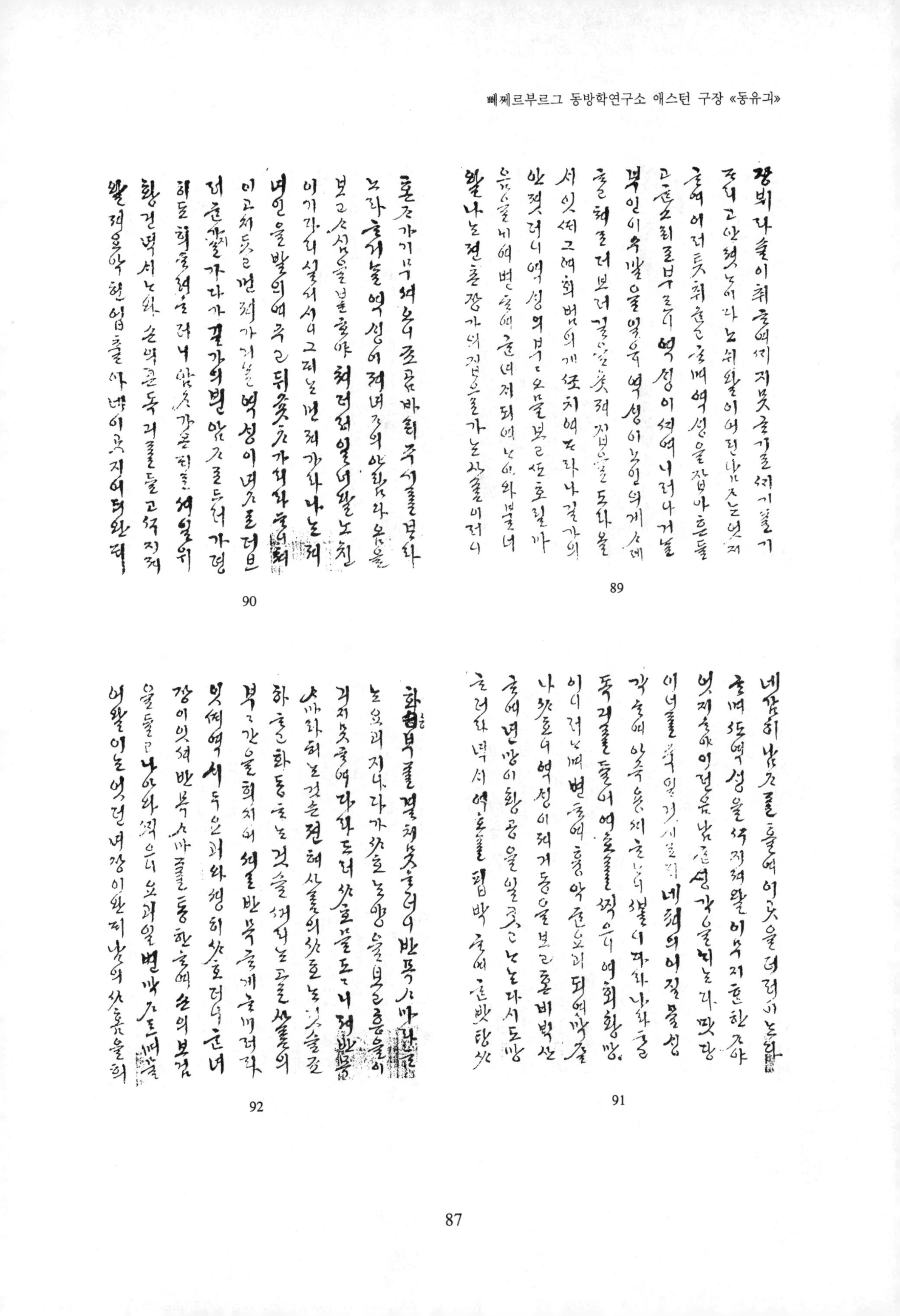

90

89

92

91

86

85

88

87

81

82

83

84

78

77

80

79

74

73

76

75

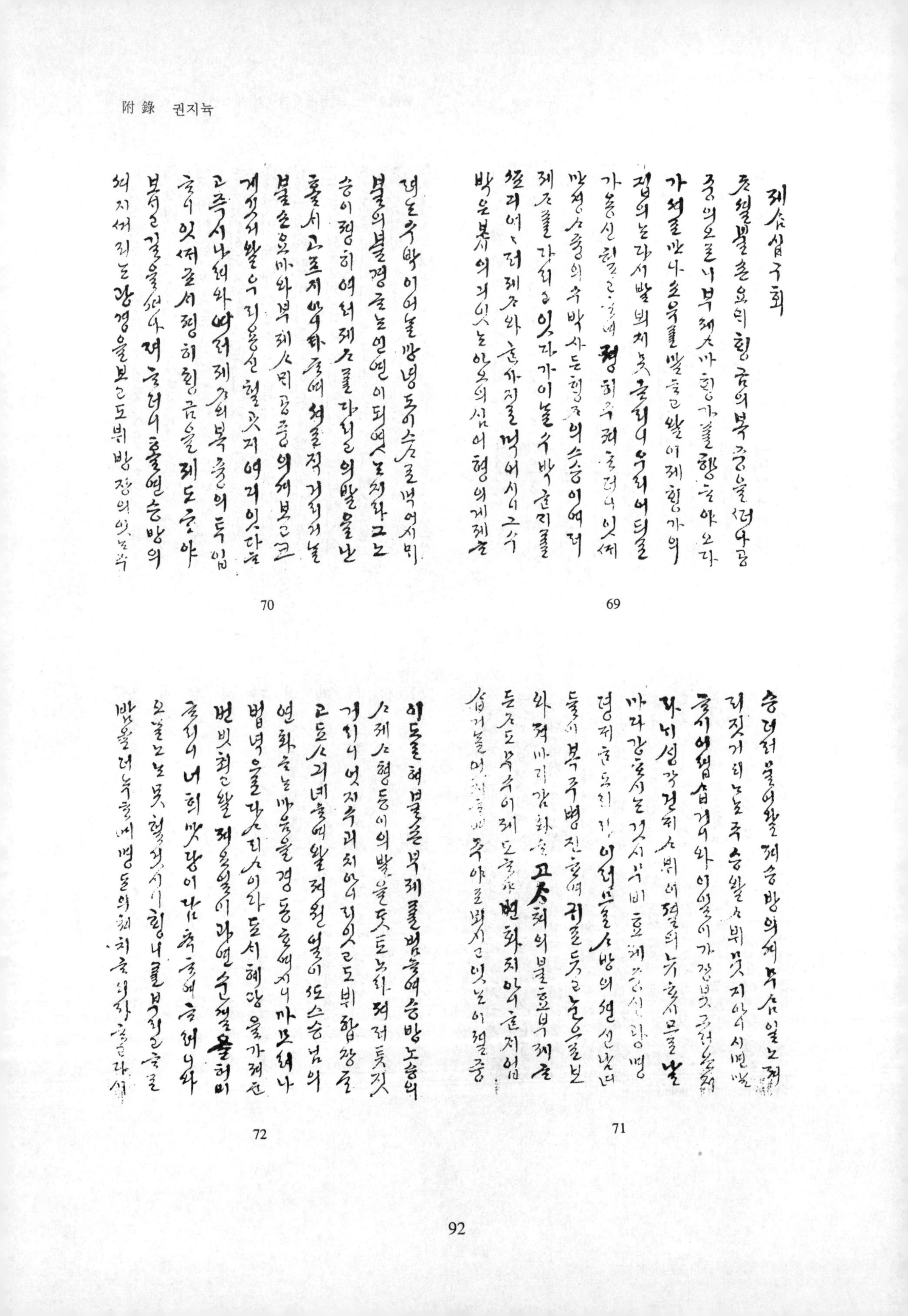

제삼십구회

70

69

72

71

66

65

68

67

62

61

64

63

58

57

60

59

54

53

56

55

50

49

52

51

46

45

48

47

42

41

44

43

38

37

40

39

34

33

36

35

30

29

32

31

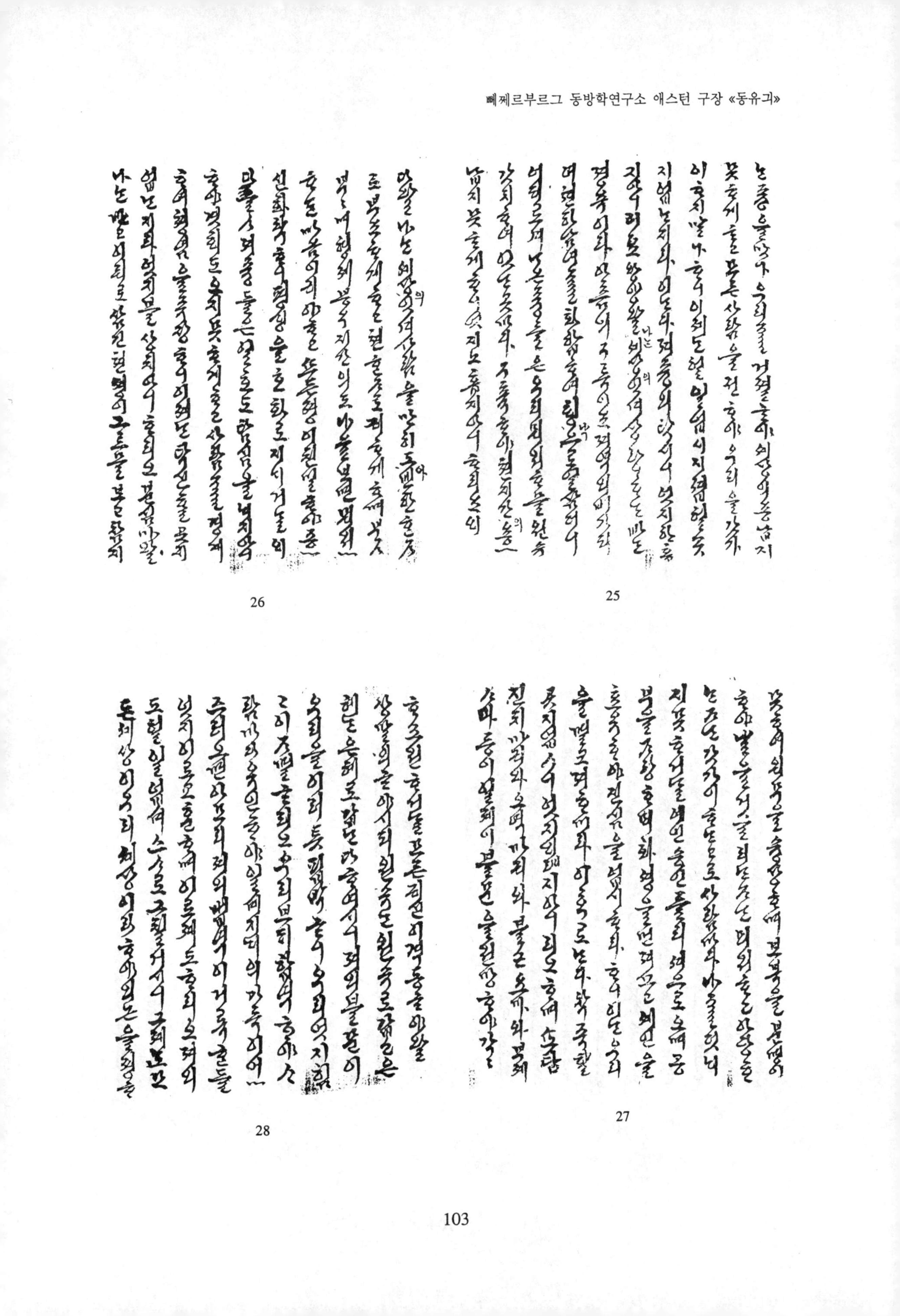

26

25

28

27

22

21

24

23

18

17

20

19

14

13

16

15

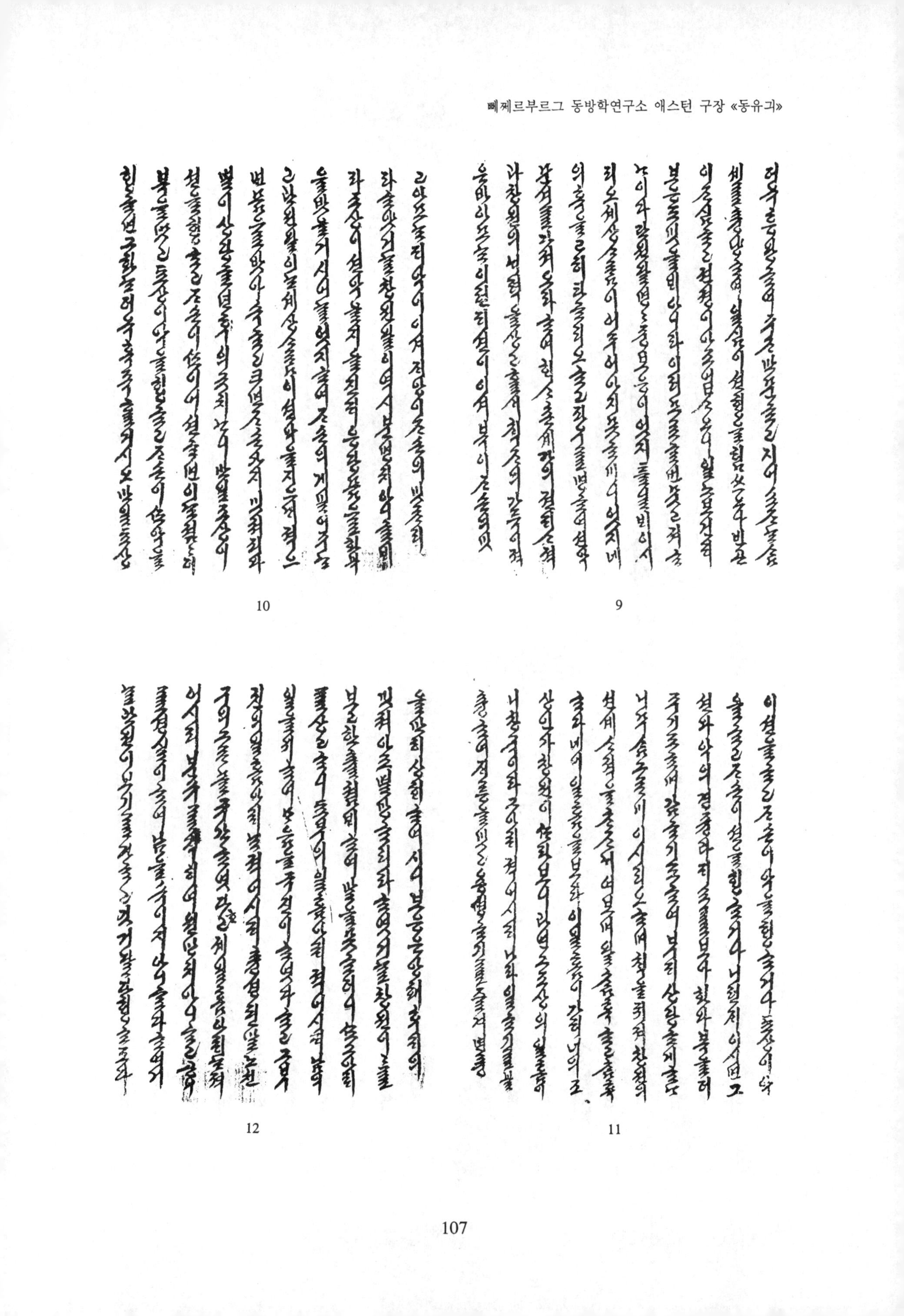

10

9

12

11

6

5

8

7

2

1

4

3

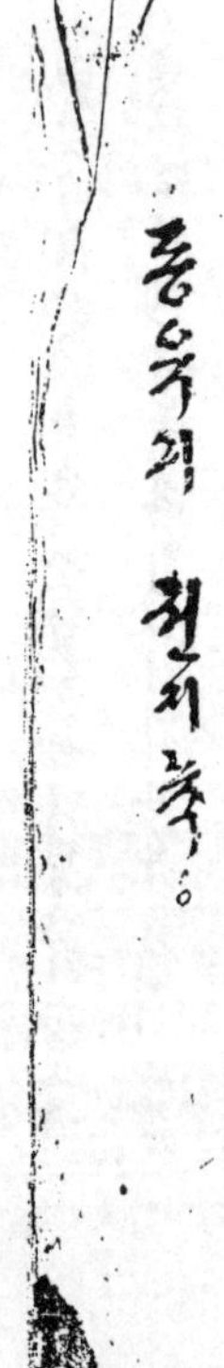

102

101

104

103

98

97

100

99

94

93

96

95

90

89

92

91

86

85

88

87

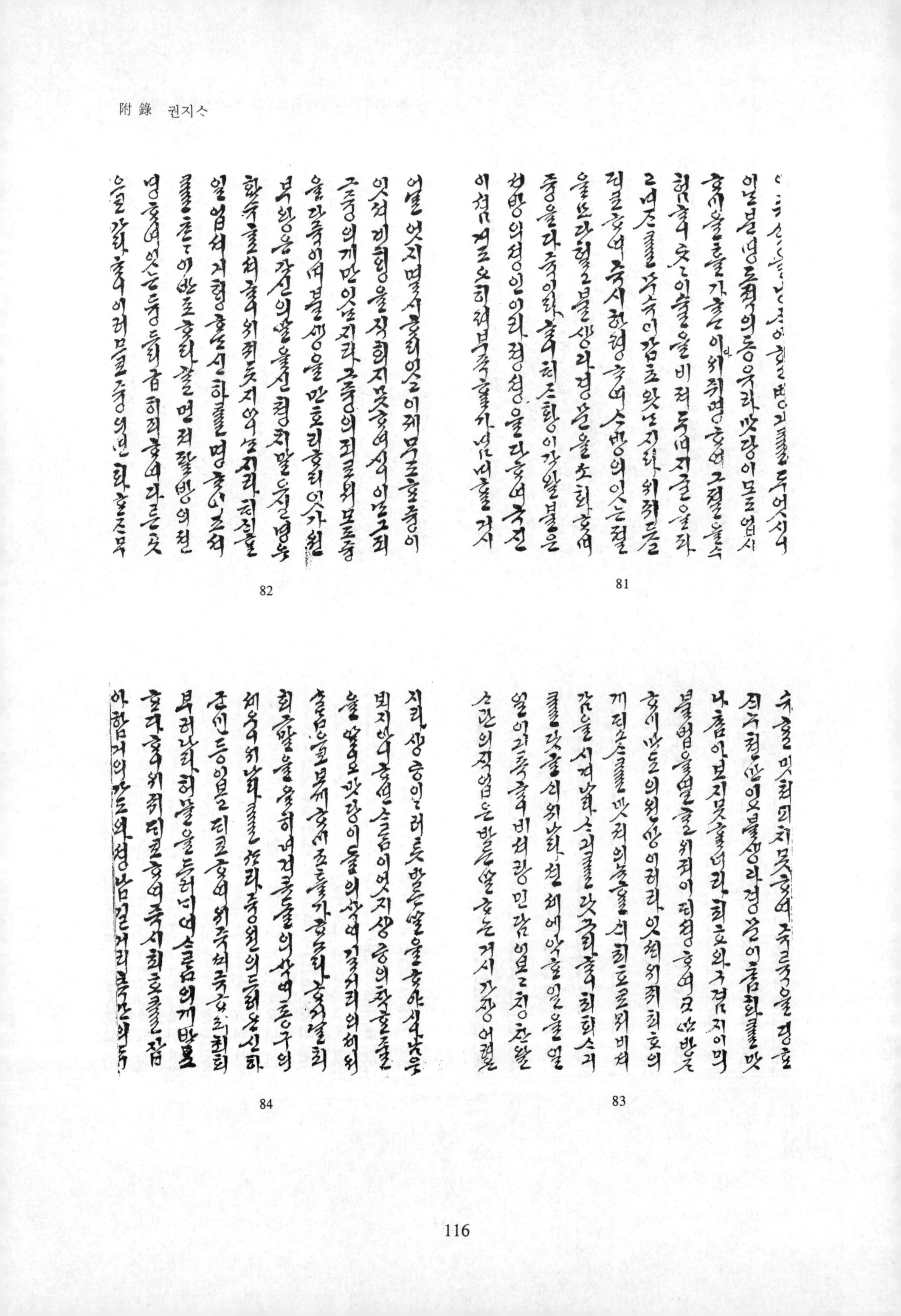

82

81

84

83

78

77

80

79

74

73

76

75

70

69

72

71

66

65

68

67

62

61

64

63

58

57

60

59

54

53

56

55

50   49

최이십오 회

52   51

46

45

48

47

42

41

44

43

38

37

40

39

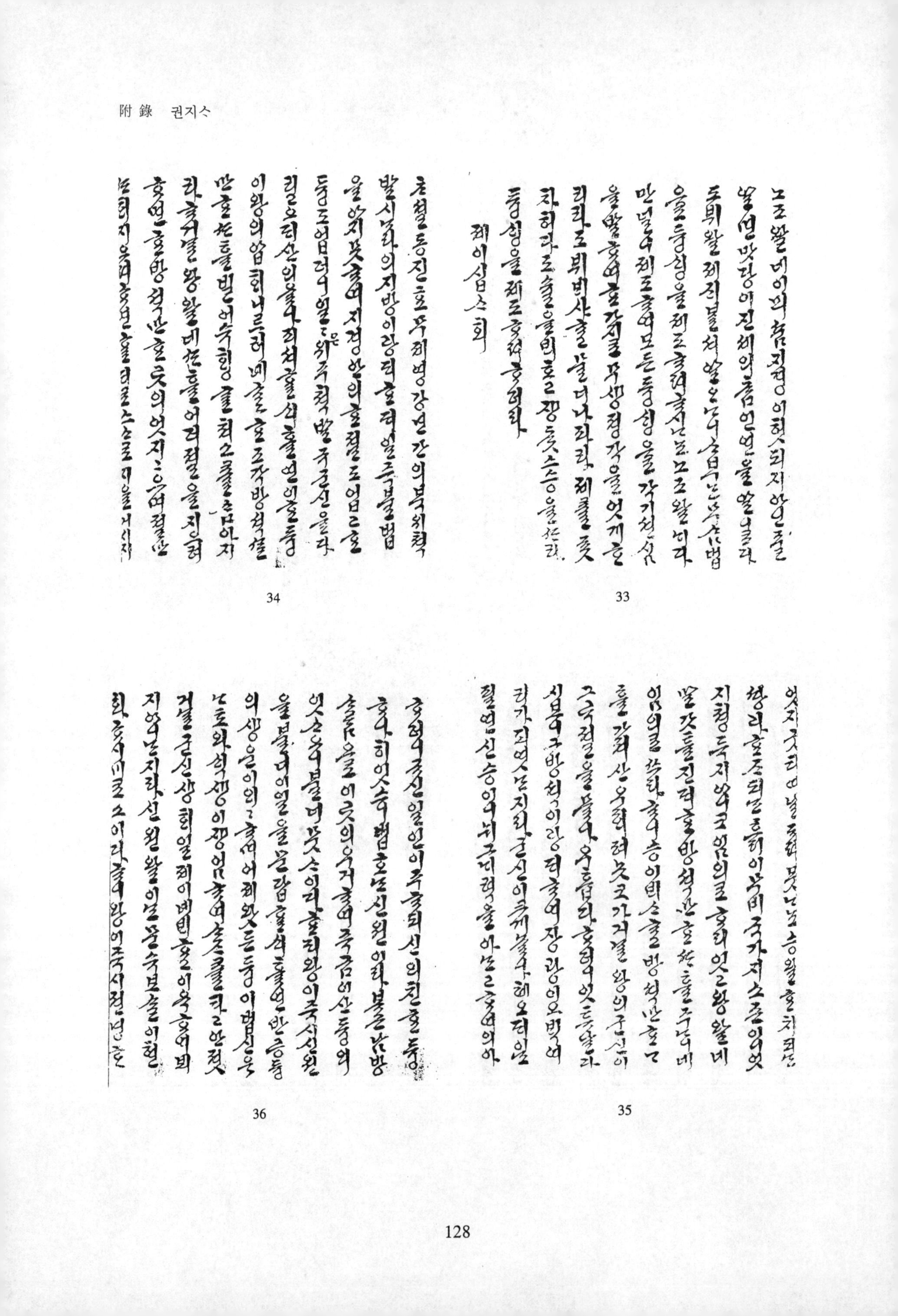

뎨이십亽회

30

29

32

31

26

25

28

27

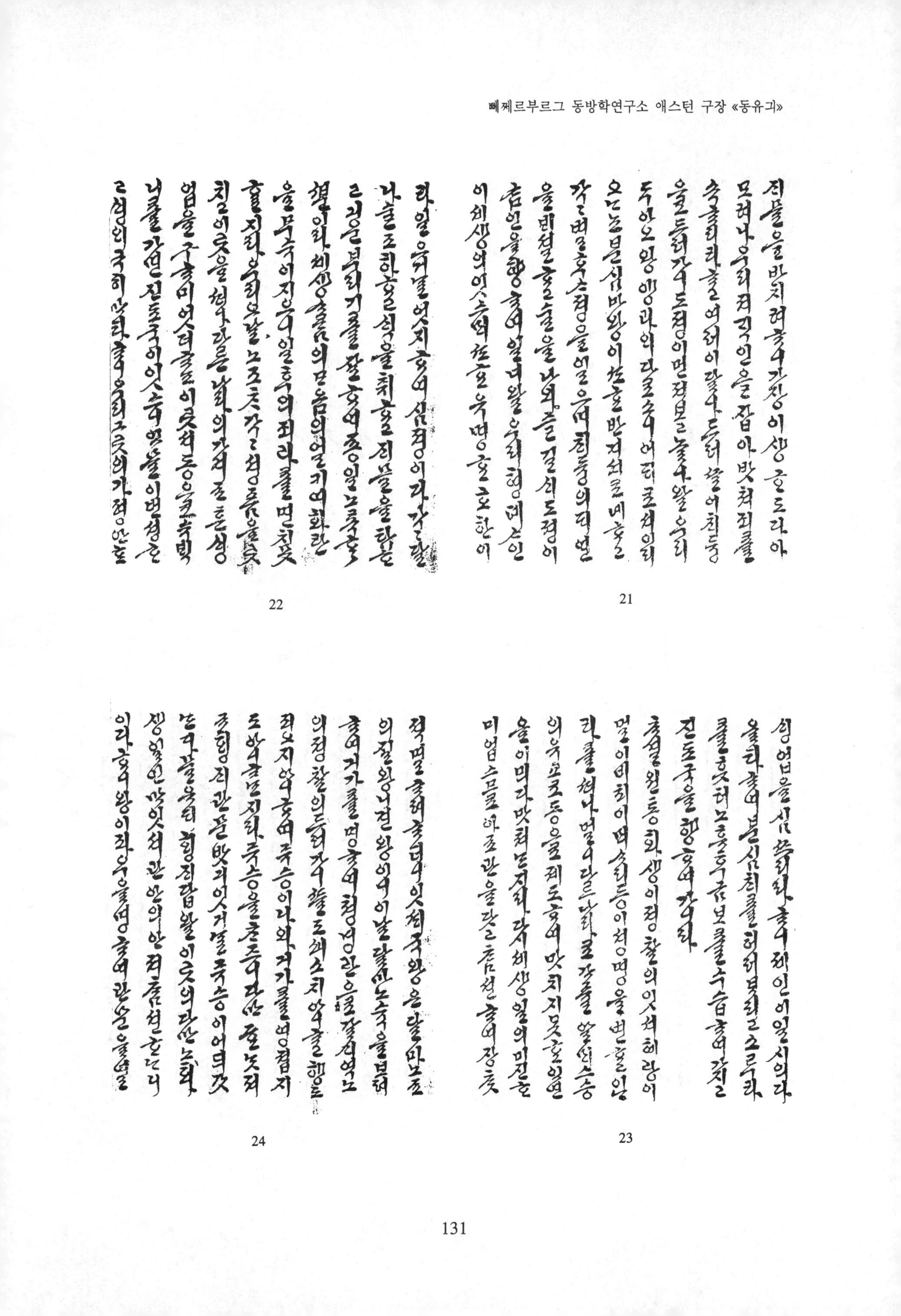

22

21

24

23

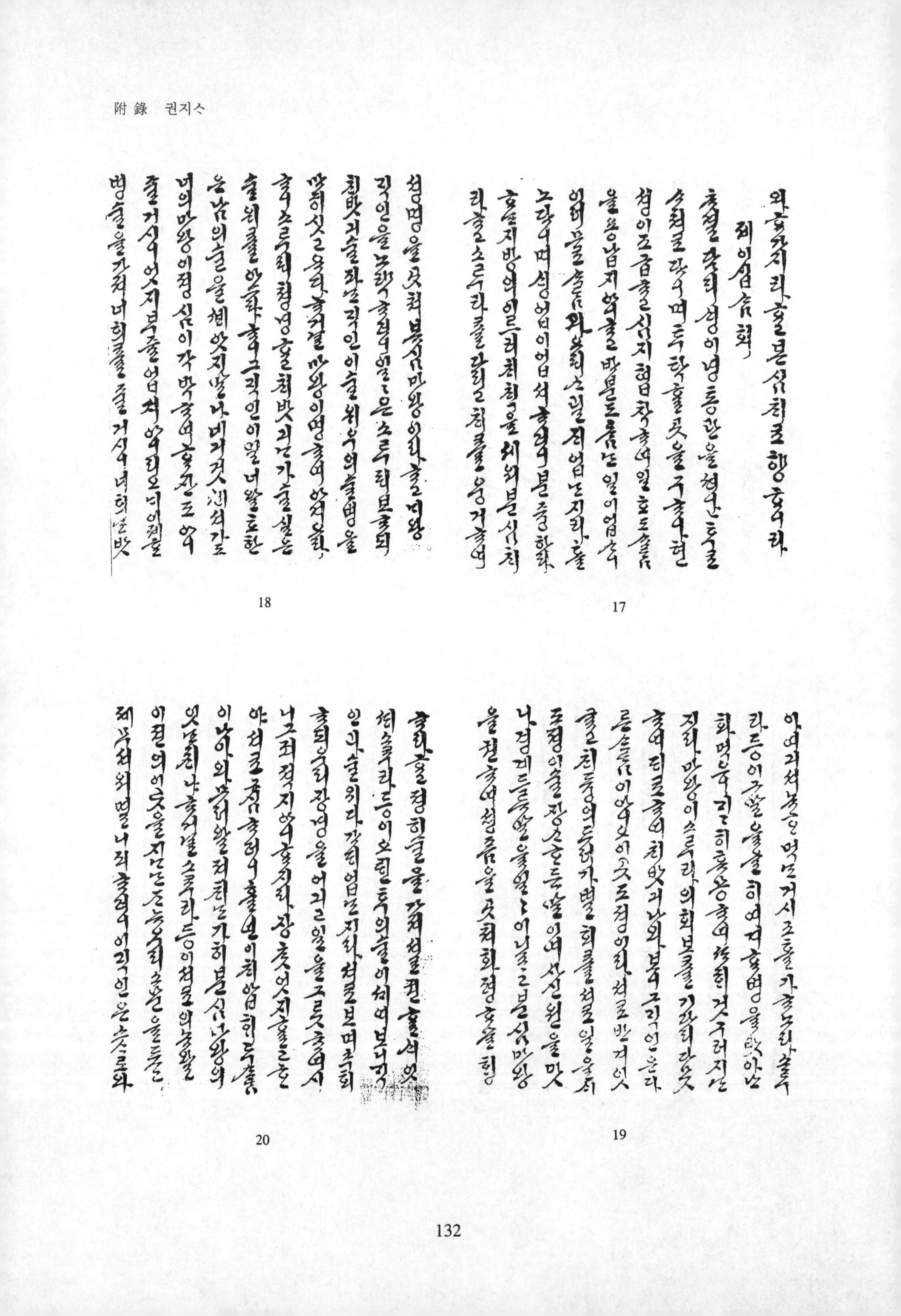

18

17

20

19

14

13

16

15

10

9

12

11

6

5

8

7

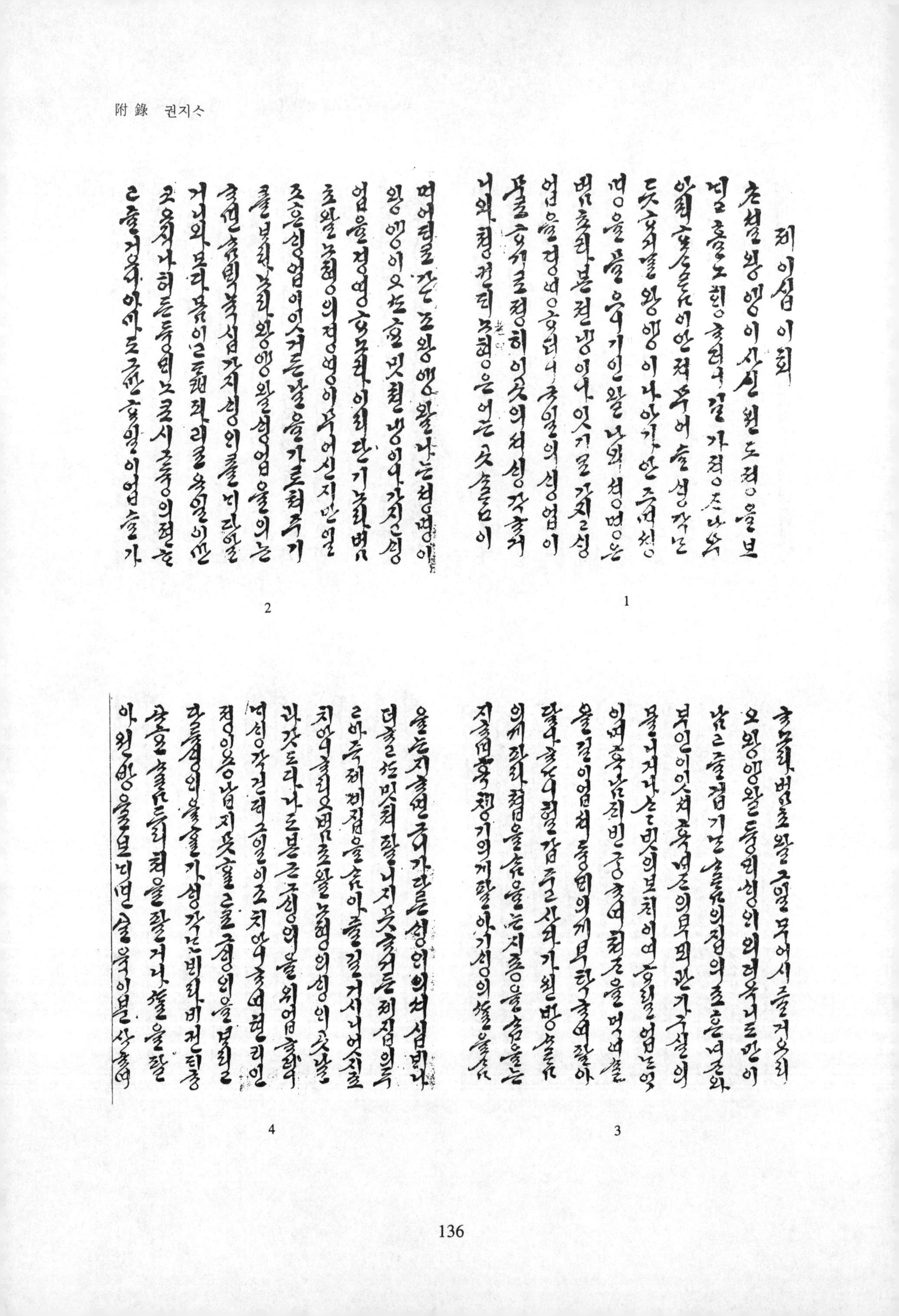

뎨 이십 이회

2

1

4

3

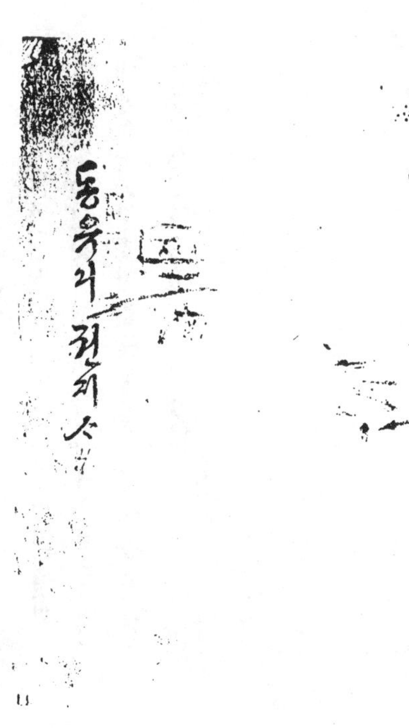

90

89

92

91

86

85

88

87

82

81

84

83

78

77

80

79

74

73

76

75

70

69

72

71

66

65

68

67

62

61

64

63

58

57

60

59

54

53

56

55

50

49

52

51

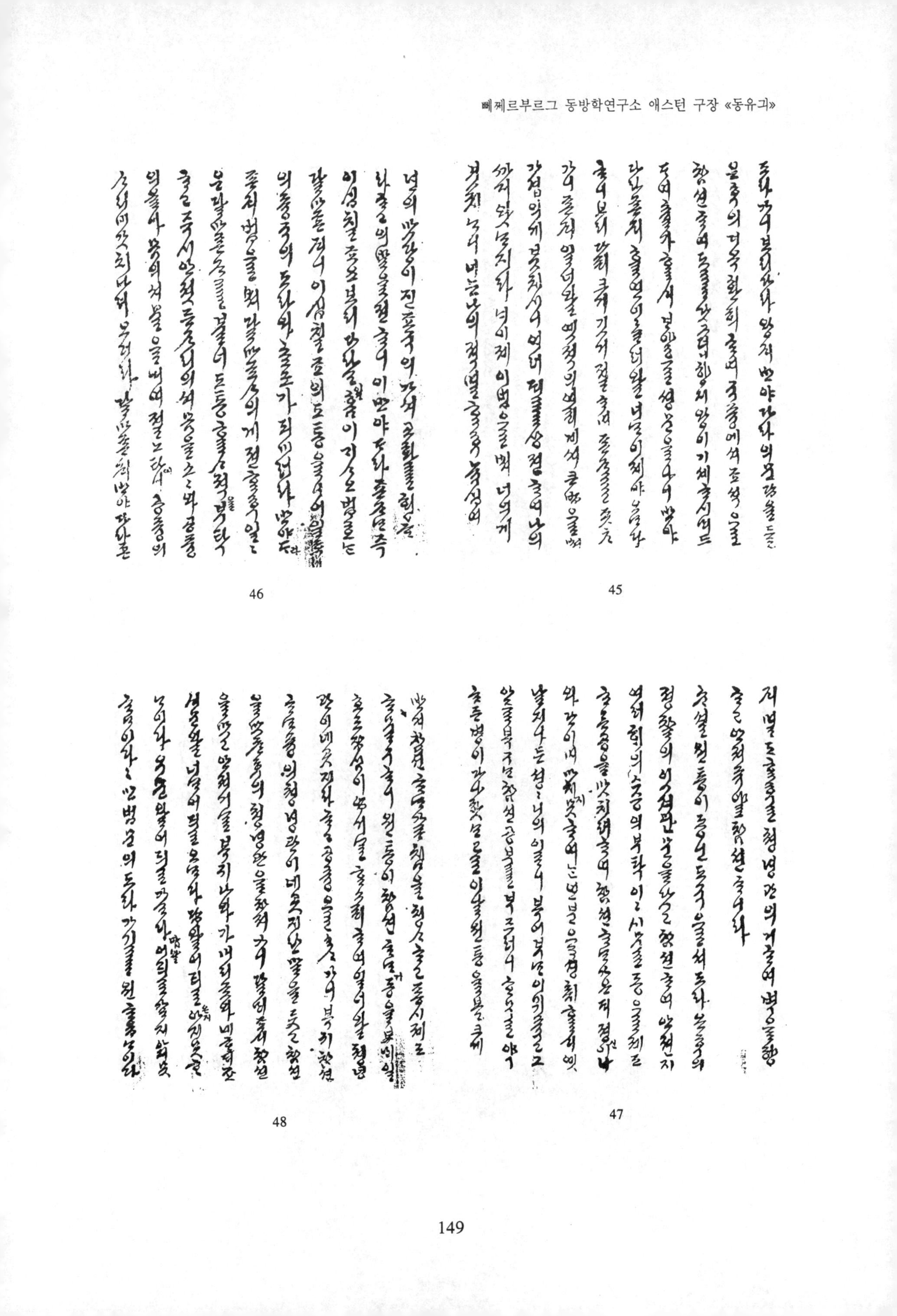

46

45

48

47

42

41

44

43

37

38

뎨십달회

39

40

34

33

36

35

30

29

32

31

26

25

28

27

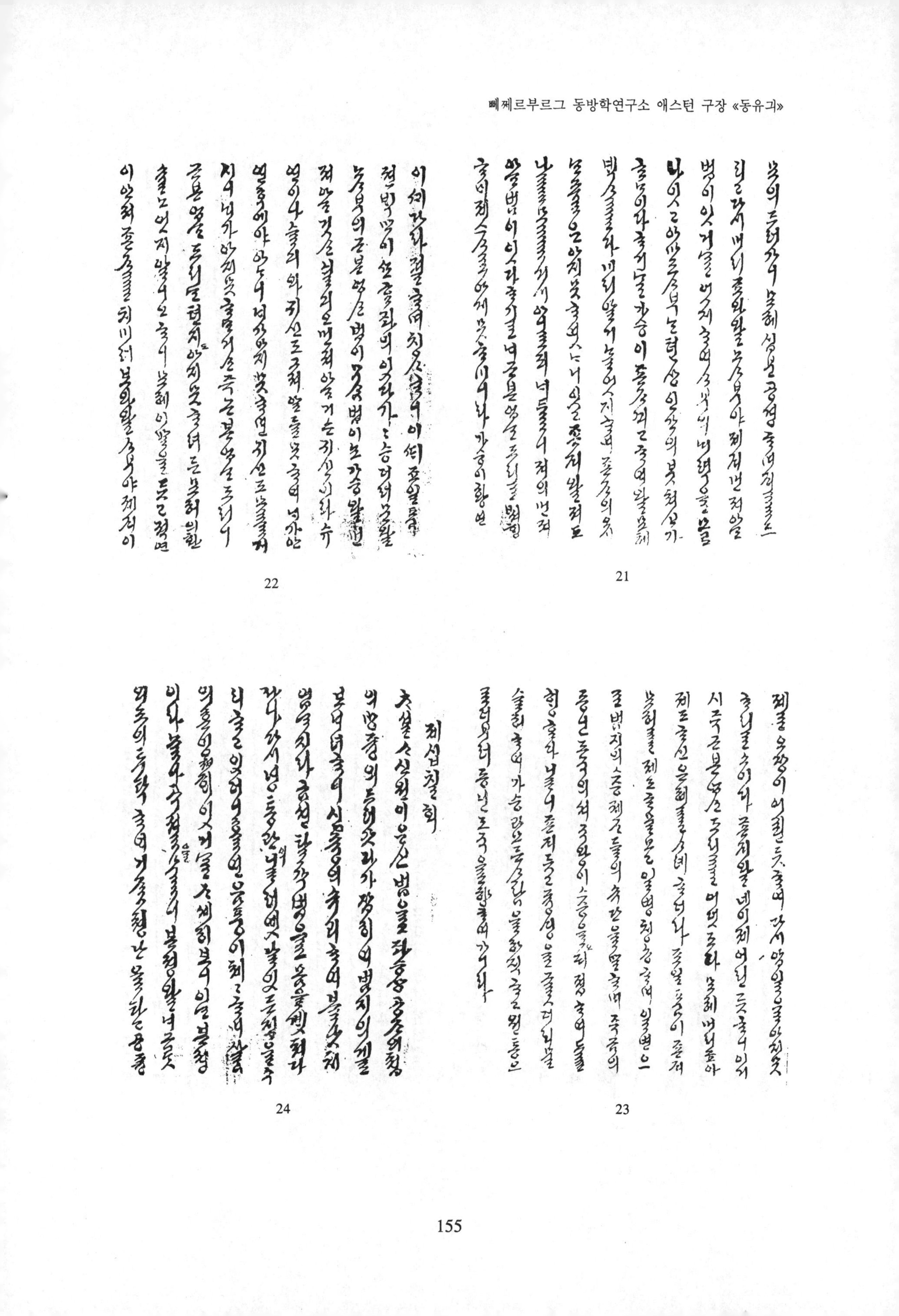

22

21

24

23

18

17

20

19

14

13

16

15

10

9

12

11

6

5

8

7

동유긔 권지습
제십오회

2　　　1

4　　　3

104

102

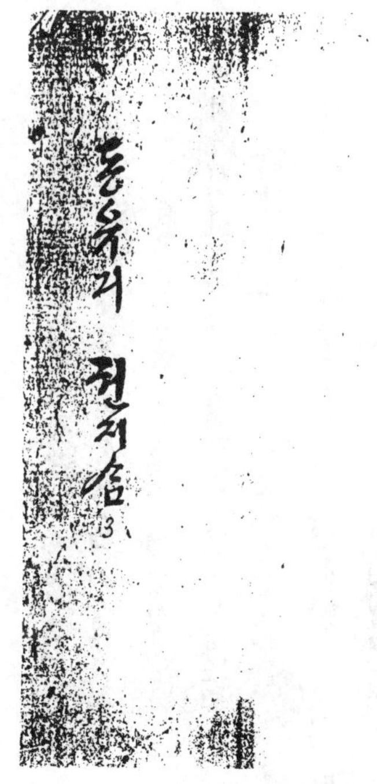

99   98

101   100

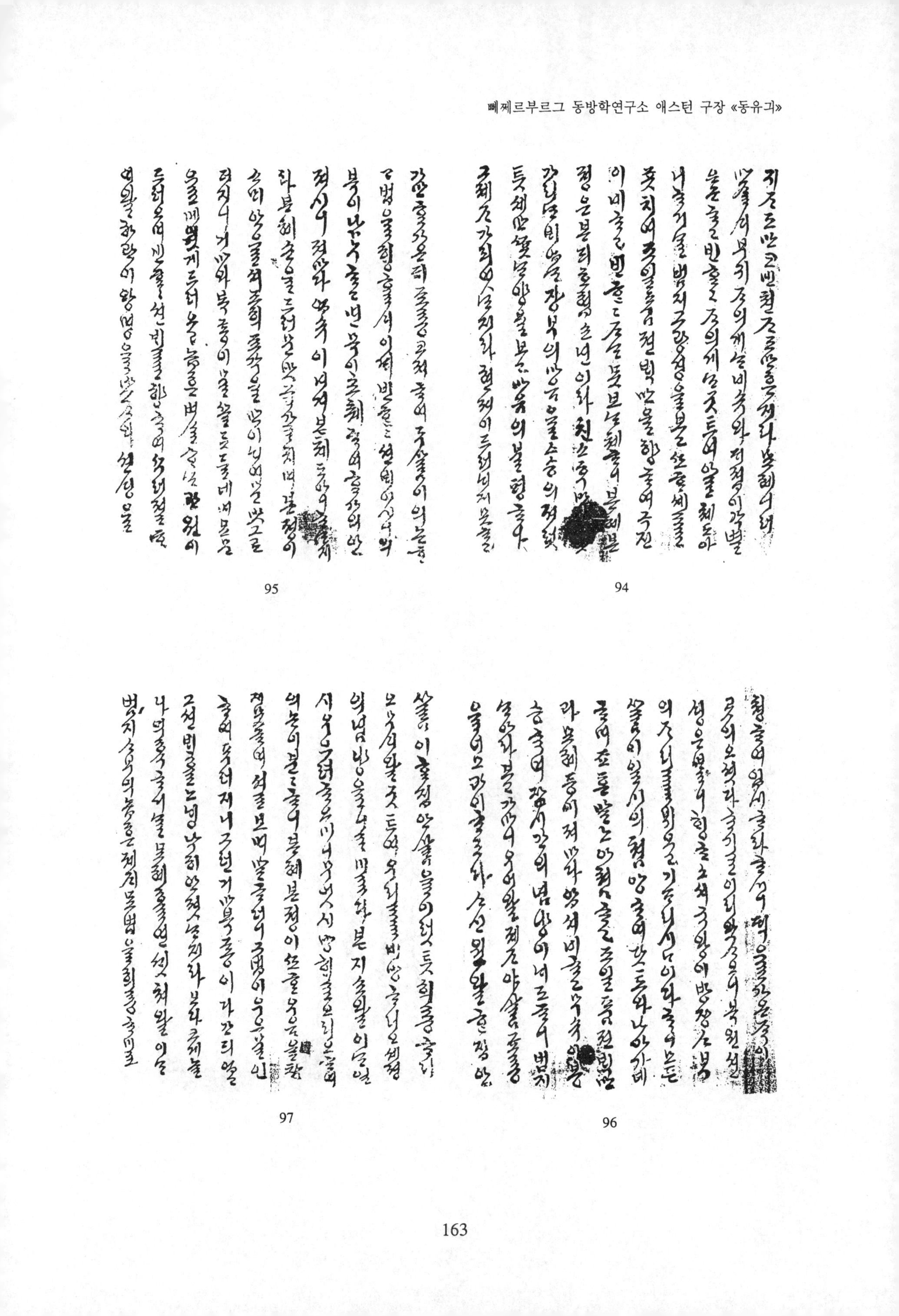

95

94

97

96

91

90

죄삽수회

93

92

87

86

89

88

83

82

85

84

79

78

81

80

75

74

77

76

71

70

73

72

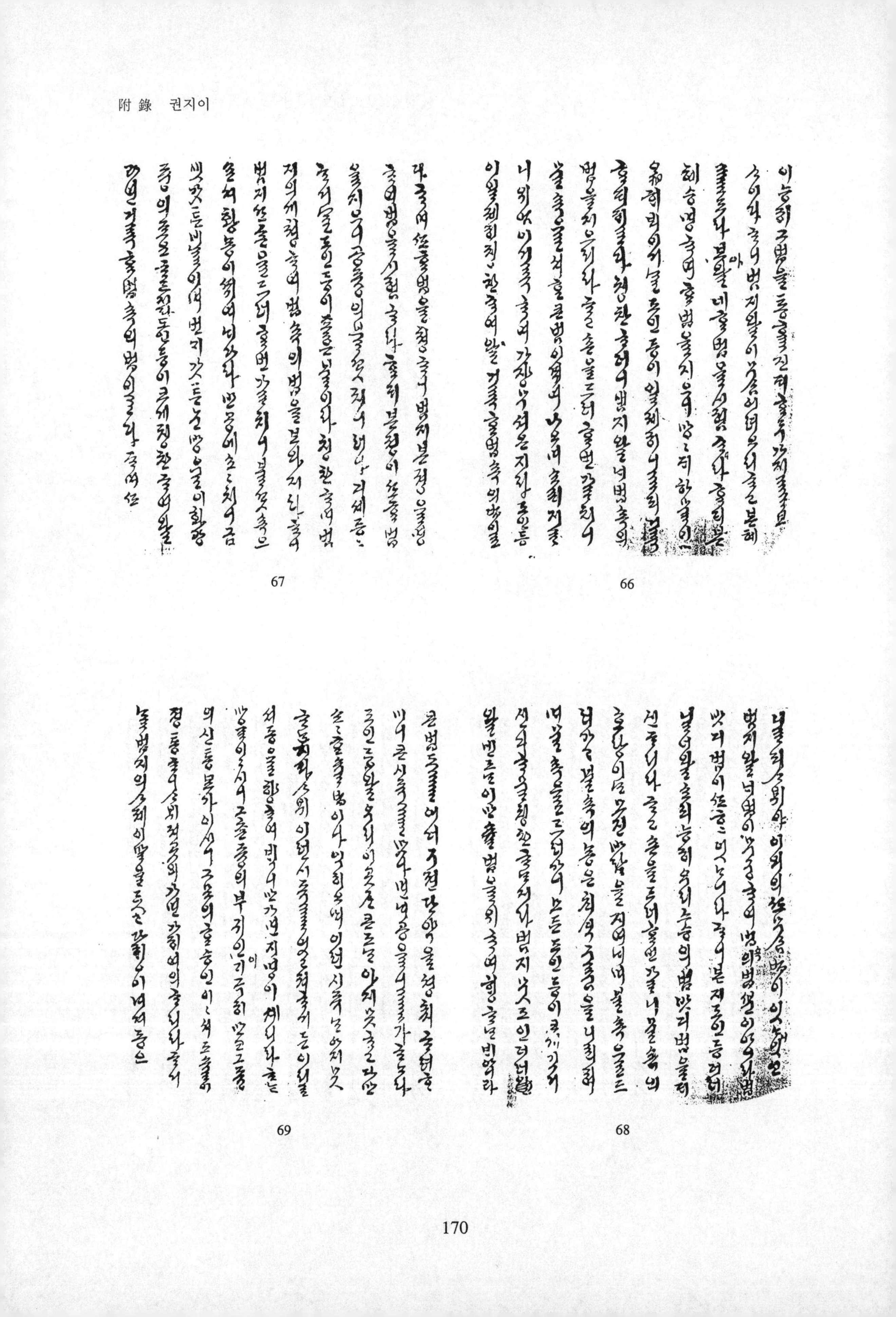

67

66

69

68

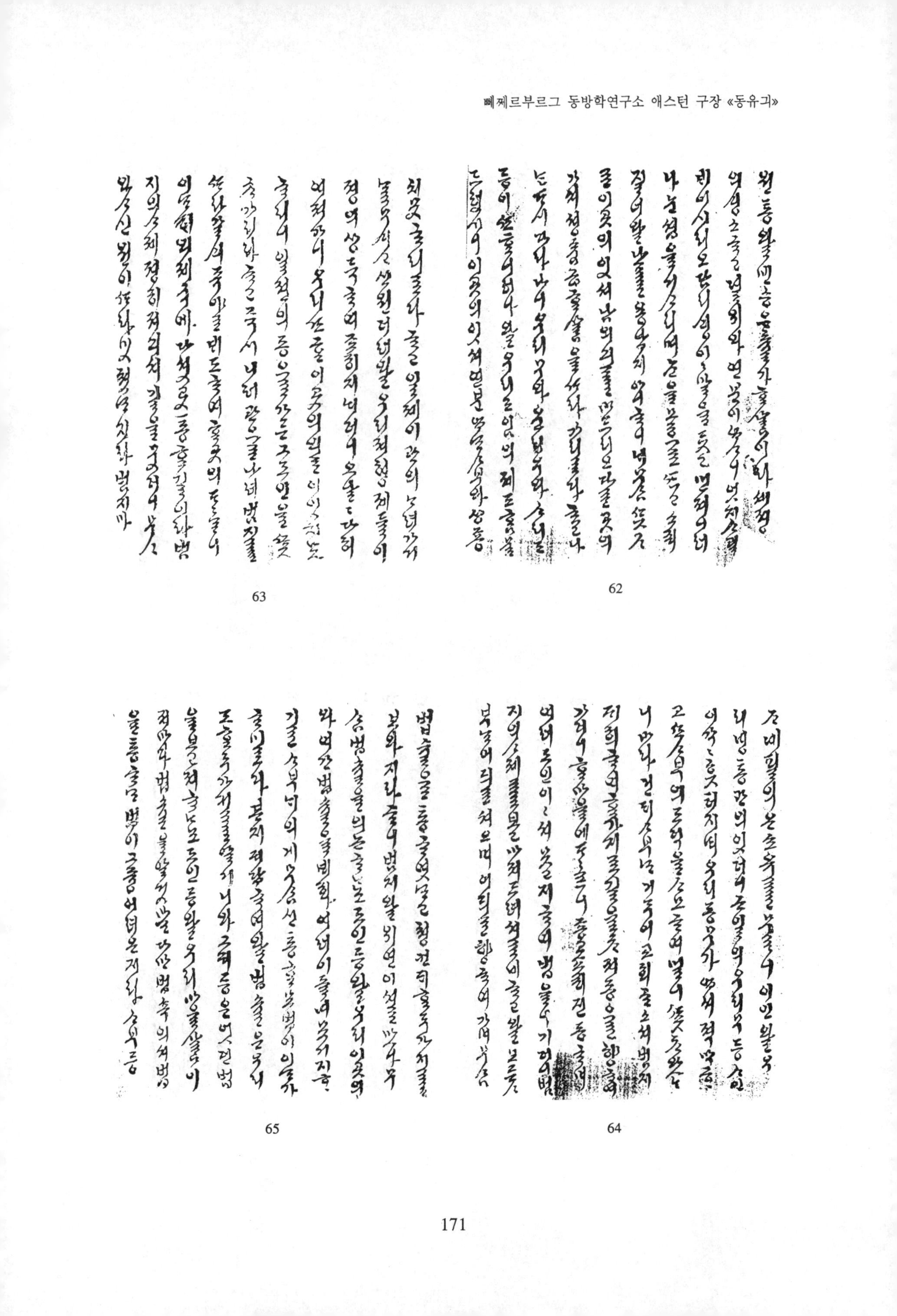

63

62

65

64

59

58

61

60

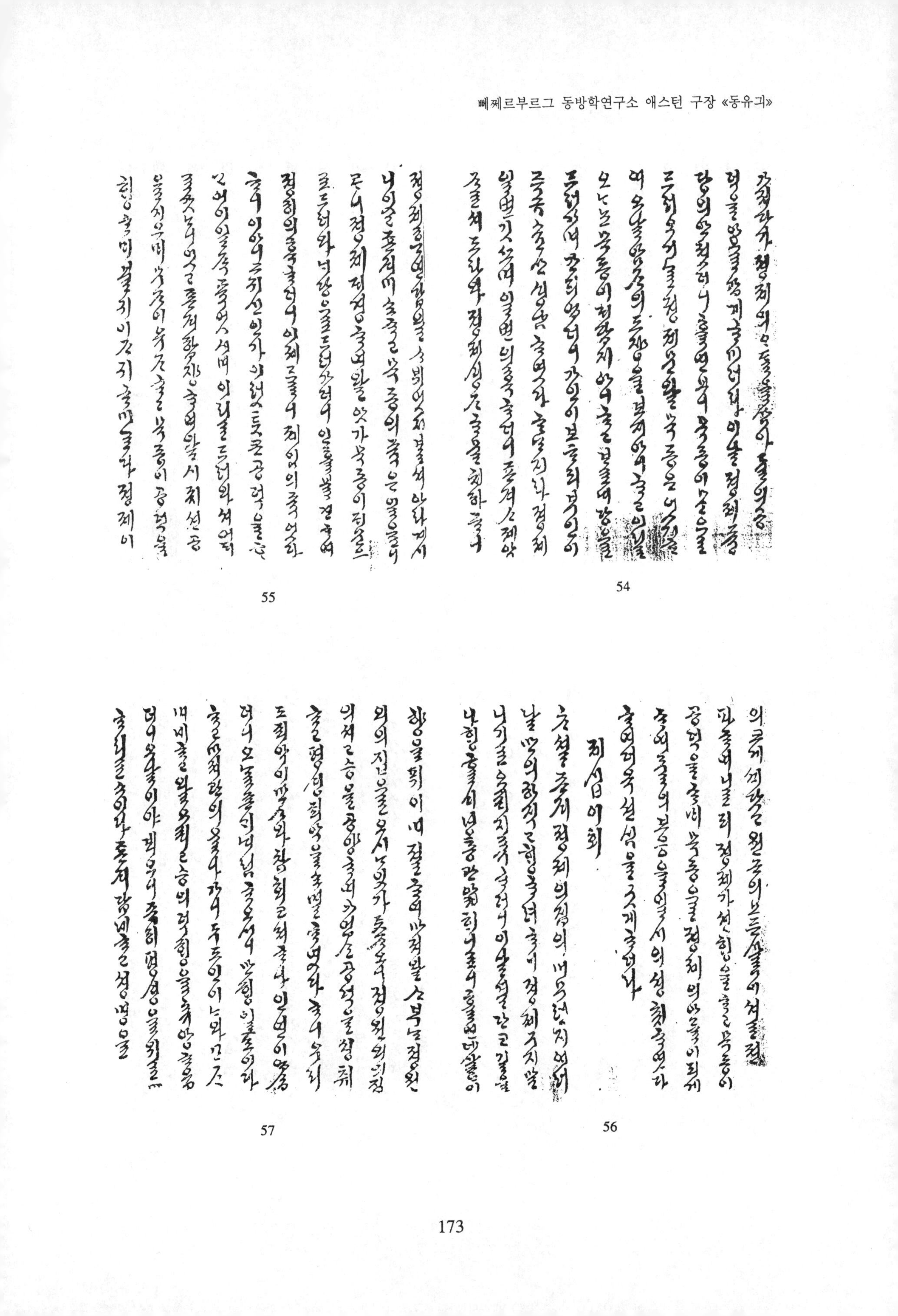

55

54

57

56

51

50

53

52

47

46

49

48

43

42

45

44

39

38

41

40

35

34

37

36

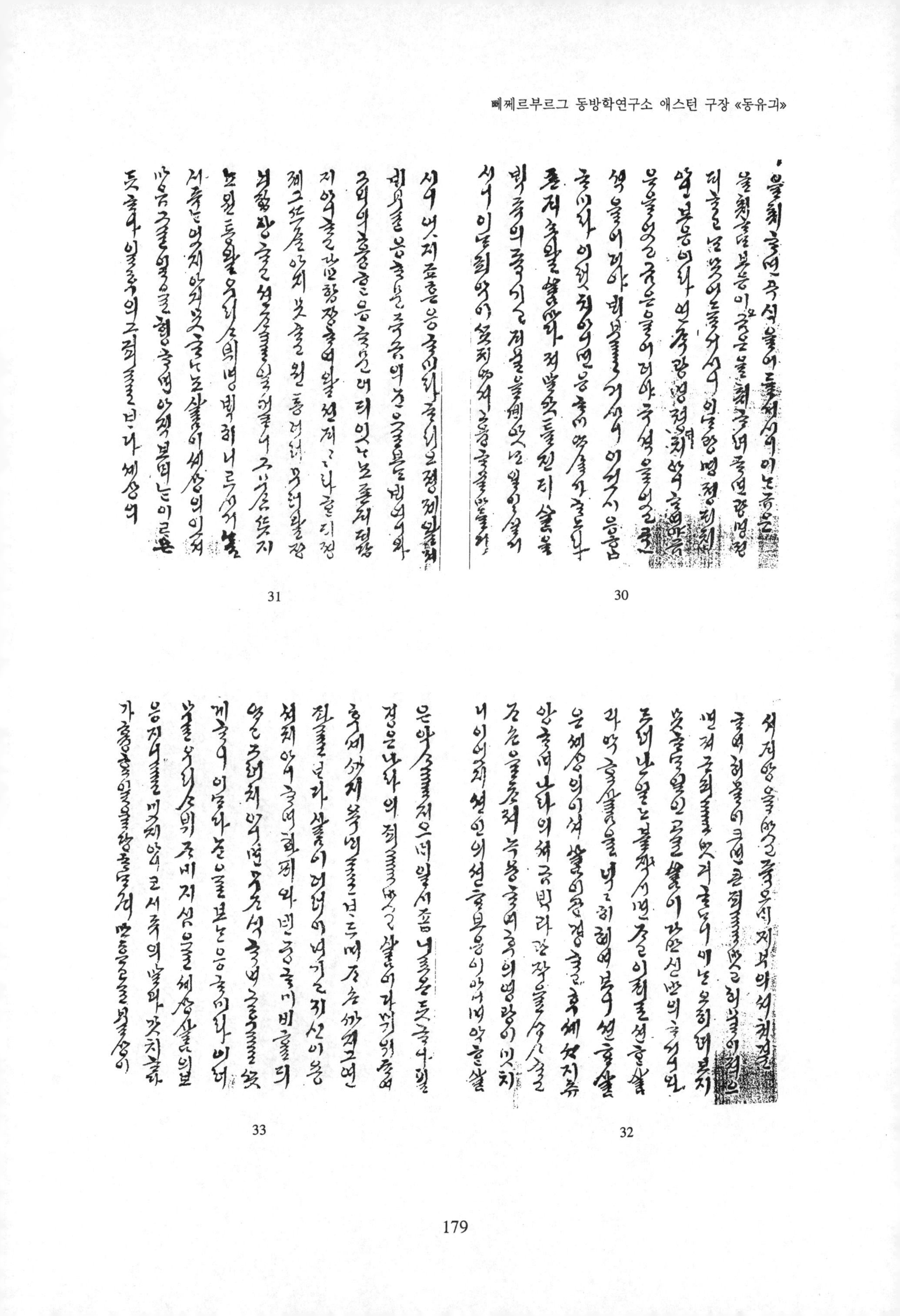

31

30

33

32

27

26

29

28

23

22

25

24

19

18

21

20

15

14

17

16

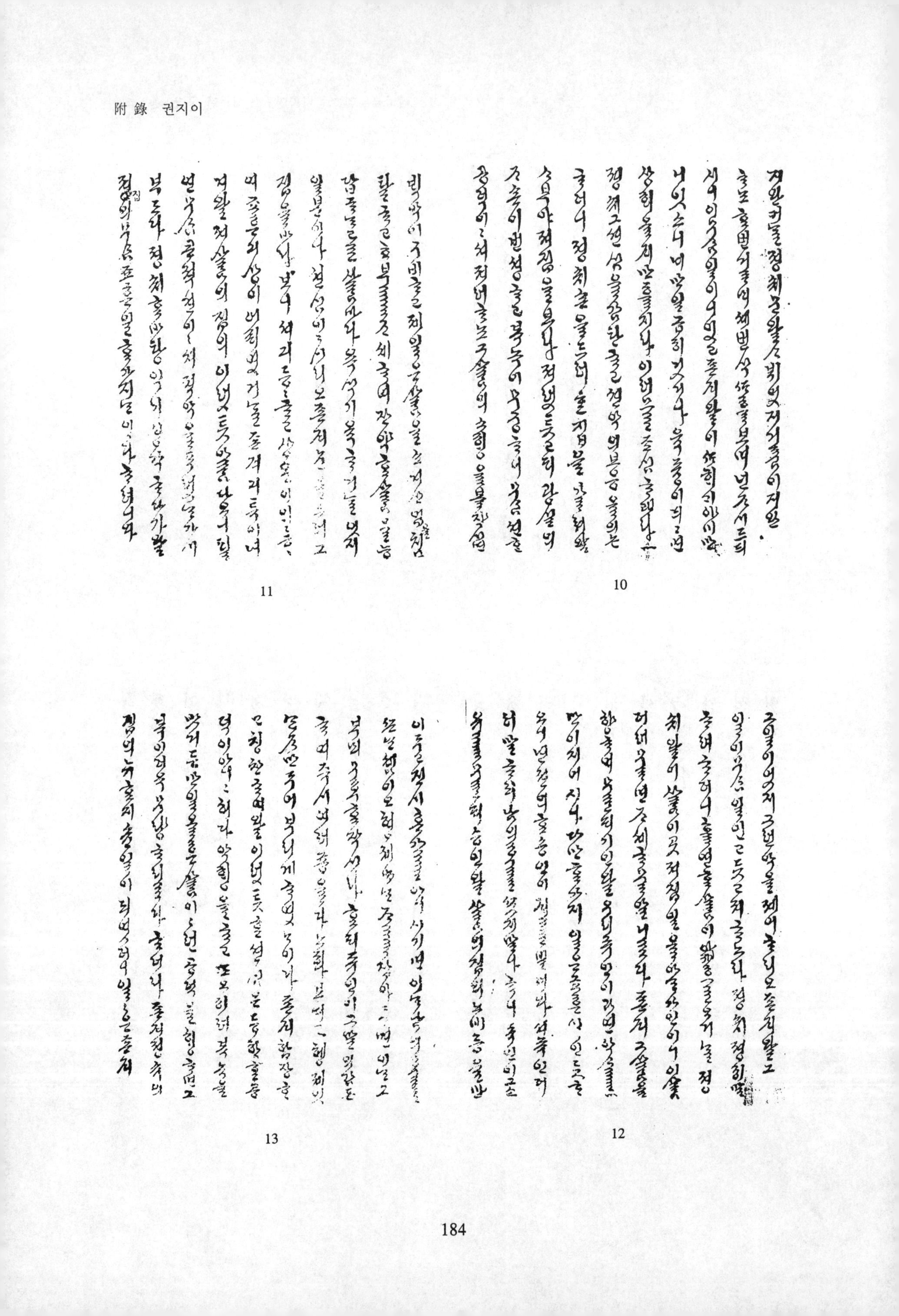

11

10

13

12

7

6

9

8

3

2

5

4

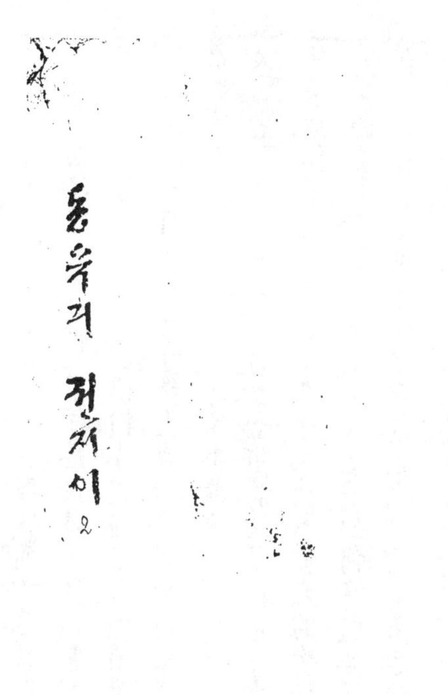

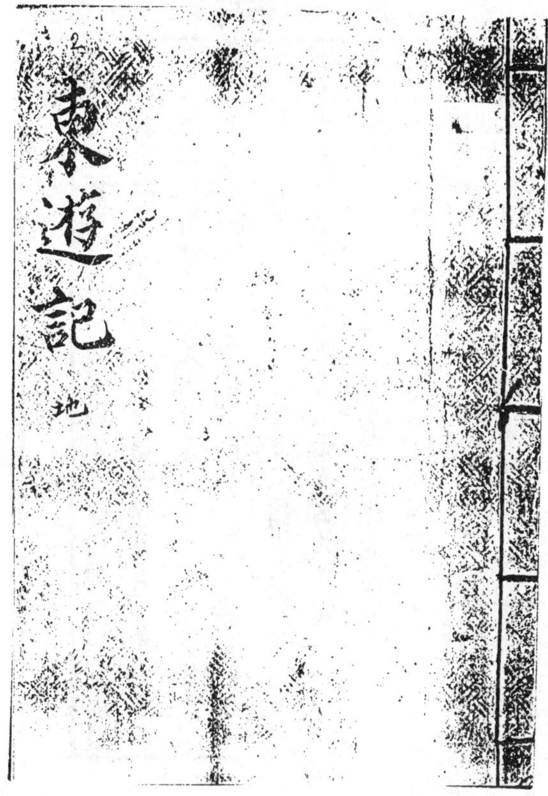

卷八

作歡好嚼迷人腦髓啃男子筋骨與我何干來幫助他狐妖臨走也說道我真錯放了箭這反目那魔他常使一個撒嬌撒癩自恃容顏說道便惱了這瘟老公他自然要來哄我使的一個惡心歹意拳大力士說道便打殺這臭婆娘也值不得甚他與兩個男女有情與我何親管他作甚妖魔說了飛走笑壞了個力士却惱壞了個孟光女將說道業障你走到那裡去我專管人世不敬夫的妾婦不顧愛妻的丈夫定要撥正了正大光明如何肯輕恕了你你便走上焰摩天我也會騰雲追趕說罷駕雲來趕這反目邪魔這邪魔當不過女將威靈虛架六鎗往空走了在那

空中書一個躲女將的處所做本等事的地方却好那遠近之處有幾等人家夫妻不睦第一等是夫不義娶妾多寵以致結髮有如水炭又一等是妻妾不賢妬惡侮夫以致犯了七出條欵又一等溺愛巳子作踐前妻子女以致丈夫私懷怨恨又一等淫賭為非不顧妻孥以致室家盾又一等夫嫌妻醜妻憎夫陋兩不為歡以致各又一等拋妻棄子的室家呪罵背夫逃走的敗是不明正大道理這幾等人家正在那兒子的不是他和睦

只勸夫妻們眼裡說道你這些勸解的都是些善人便你便招吉祥積福壽却叫我被女將趕捉將躲正四下裡觀看却只見一個人家夫妻兩口在嫌呪罵那魔忙奔到他屋簷上蹲着看他屋內却有親友在堂中講話那魔道且休忙下去只恐是好親良友勸解的他們正氣起來却不教我依棲失所乃側着耳聽那親友却不是說勸解夫妻和睦的乃是兩個狐朋狗薰遊子好閒引誘世間良家子弟搬弄人家夫婦是非那

男子在堂中惡言惡語罵妻呪妾那妻妾在房內咬牙切齒恨友罵夫却有兩個女婦在那妻妾傍添言謗語全沒一句好言勸解邪魔聽得大喜道這家是我主顧且躲在那家遊女將之鋒乃從屋簷往下直入那男子之腹不宣那男子腹中却先有個邪魔在內見了反目邪魔入來抖然不讓兩下裡爭競起來却是甚樣邪魔先在腹內下回自曉

處所這庵中雖供有神像一向只因在庵住的沒有個正
景僧道神像都是泥塑木雕那裡靈應有像只當無像乃
今高僧師徒們住在寺中諸聖衛護便是破廟頹庵都有
聖靈在內這狐妖只當平常逃人把柴夫力生引來柴夫
也只當破庵中每常依棲着些過往乞化閒人動起慾心
誰知柴夫之妻賢守婦道他這一點良心不獨自家感動
神明保祐便是丈夫起了淫心亦能解得冤愆業瘴力生
同着妖婦一路走到庵前破房子內他兩個正要調情只
見庵中走出一個黃巾力士手執大斧喝道無知孽畜何
處地方敢來迷弄漢子污穢菩堂一面把柴夫罵道無知

處漢如何妄起淫心本當殺汝但念你妻賢德能守婦道
姑且饒你快走莫要污穢了山門一面舉斧就斫狐
妖狐妖翻轉面來奪了柴夫扁擔變了一個兇惡大漢兩
個戰鬥起來柴夫嚇的飛走這惶恐恐力士與狐妖兩
個交鬥半會不見勝負只見庵門外忽然來了一個邪魔
自稱反目魔王手裡拿着一把兩面三刀也不問個來歷
幫着狐妖來戰力士力士看看力弱往空中便走妖魔也
飛空赶上卻好一位女將手執寶劍上前大喝一聲妖魔
休得無禮堂堂力士你怎敢大胆與他爭鋒妖魔停着刀
住着担問道來的女將通個姓名女將道妖魔要知我姓

名我說你聽

我家傳來本姓孟　清白家聲爲世重
父娘起我叫名光　三十婚姻猶未動
只因我貌生不揚　張門不娶李不用
當時有士號梁鴻　賢能聲名真邁衆
我心情願入他門　與他百年相守共
夫妻相愛敬如賓　饋食舉案齊眉奉
裘褐相配布衣交　百年老後神司頌
頌我真是梁鴻妻　封我爲神威顯重
世間反目亂綱常　寶劍光芒豈放縱

反目魔王與狐妖聽了道原來是孟光女將不是你賢還
是梁鴻高節想你貌醜粉飾恐怕人厭舉案齊眉遮了尊
容豈是恭敬女將大喝一聲道你這孽障你那裡知夫的
天也婦人以夫爲天豈有人不敬天之理只因世有你這
反目邪魔鼓惑的那爲夫的不義爲妻的不賢兩作冤家
乘了好合最可恨把個三綱五常壞了生出許多冤禍
害叫世上愚夫愚婦不知多少誤入在你圈套女將說了
便把寶劍看着邪魔分頂砍來那力士也把大斧照着狐
妖劈頭砍去妖魔那裡敵的女將照個空見走了反目魔
臨夫說道我也錯上了墳這狐妖迷人專一假相親愛故

東度記　卷八

乃是一條索子專綑世上姦夫一把鋒芒利刃專殺不義
男子一個長枷枷那和姦兩個男女一欵轉變係兒却是
淫人妻子淫人一面手牌上寫着押送姦淫的入畜生道
勦地獄一座轉輪輪轉那姦淫的入畜生道這狐妖假借
入形迷亂賢婦那識賢婦操了一個貞潔正心這冥冥中
也就有一位神靈管着真是威嚴婦人堅意一點正氣這
神靈隨就着幾件寶貝乃是六座貞節牌坊上寫着賢烈
二字乃是兩件珠冠霞佩叫他受好子榮封乃是一個葫
蘆盛着幾丸長生靈藥叫他享壽百二乃是一對長搖寶
蓋引他到極樂天宮乃是一片鐵石心腸叫他死不怕生

730

不轉專擊那狐妖亂怪這狐妖方繞使出妖法把婦人綑
倒便驚動那正氣神靈刮起一陣狂風林間跳出一隻白
額猛虎咆哮直奔狐妖狐妖心慌現出原身飛奔出林而
去此乃神虎婦人那曾看見只見林間來了一個老叟見
了婦人道娘子夜靜林深因何守着一個醉漢在此婦人
答道老翁這是我丈夫醉倒不醒我婦人力弱扶他不去
故此看守在此婦人也只道漢子去老叟來一心喜却又
一心想道到是守我婦道一力拒人若是邪了一時撞着
這老叟來可不羞殺了人傷壞了丈夫行止老叟聽了婦
人之言乃上前把力生面上土泥去了說怪道你叫他不

731

東度記　卷八

醒那裡是酒醉原來乃鬼迷却去推了一推呌了一聲力
生頓然酒醒翻身跳起抹一抹臉啐了一口拿起柴担索
子方繞看見娘子與老叟在前娘子把因由說出力生謝
了老叟與妻取路回家正走到一僻路口只見月已西沈
遠寺鐘聲初响却說狐妖怕的是虎正繞迷弄婦人那曾
防神靈放虎來救賢婦他懼怕走來正在這僻路想起調
弄婦人情節却好月影兒下夫婦二人走來他却曾迷過
個邪婦吸了他精髓遂變了個婦人在這路口見了他夫
婦乃上前呌一聲大哥大嫂沒奈何帶我一帶前途家去
力生便問大嫂你到那家去婦人道前村張家去却說男

732

力生見了靜夜一個婦人要帶前走他看婦人妖妖嬈嬈
便就動了淫心乃哄了自巳妻道你先家去恐婆婆記呈
我送這娘子張家去來共妻信然先到家去老嫗見了方
繞放心問道你丈夫為何不歸婦人却也真個賢德恐老
婆婆怪子酒醉卧林乃說道丈夫是個買柴王顧人家煩
他送個家小到娘家去了婆婆道媳婦如何也去這半夜
婦人道我也是那人家相留與他家小作伴丈夫此時就
回那老嫗聽了方繞去睡却說狐妖變婦力生領着他那
裡甚麼張家去却來到近寺前一個靜僻小庵倒塌房子

733

東度記　卷八

夫卧地醉叫不醒。正在那裡獨自一個力不能支口叫無
人只得坐地等夫醉醒。看看月上柳稍忽然一陣大風風
過處月朗星稀忽然一個青年漢子走近婦前。他打扮的
風流俊悄怎見得但見
眉清目秀五短身裁　色嫩顏嬌一腔丰韻　戴一頂
蘇吳小帽儘是風流　穿一領綺羅輕裳果是標致
說句甜甜美美話兒　賣個斯斯文文腔子
這漢子上得前來問道娘子這夜靜林深人家離遠卻守
着下個不省的漢子做甚婦人見了也不答站起身來往
林外立着道男女自有分別且各守嫌何必問我這漢

子道我好意問你。只恐這卧着的是你丈夫或兄妹醉倒
在此你孤儂無力不能扶架他去便是問知住處幫你扶
他也是個與人方便你如何說拒人千里之話婦人見漢
子說的話近情近理乃說道我丈夫担柴賣想是貪多酒醉
倒卧在此我婦女力弱不能扶去望乞替我扶出林間待
少醒走罷漢子聽得把他丈夫推了幾推打了幾下力生
那裡得醒這漢子卻走近婦前賣乖使俏說道娘子夜靜
妹深無人知覺你丈夫不醒不瞞你說我家貲頗富前趲
高樓大屋就是我家你若肯與我話個依儷成個歡好大
則瞞了丈夫躲藏我家小則結個長久早晚到你家行走

東度記　卷八

贈你此三金珠財寶就是你丈夫知道也強如担些柴營生婦
人聽得暴燥起來。說道漢子差矣你道夜靜林深無人知
覺無形無聲的是鬼神有知的是天地你道不醒的
丈夫可瞞不道睜眼的男子可愧你誇富有家貲我守婦
女節操漢子聽了笑道娘子莫要錯過風流你看你這等
妖嬈美貌嫁了這個醜陋柴夫怎如我少年才調若成就
個姻緣卻也是個佳會婦人怒起連叫了幾聲丈夫卻又
指着漢子罵道是那裡無知惡少。不明道理村夫不畏神
明的癡漢怎麼清平世界淫亂綱常快走出林莫討禍害
倘我丈夫醒來斷不饒你漢子道你丈夫斷然不醒婦人

道你若不去定有禍害漢子道風流事兒有甚禍害婦人
道我掙一命你禍害即生婦人言詞真是個賢良那裡知
這漢子卻是妖狐變化他見婦人堅執不允便生出惡狠
心腸地下抓了一把上泥把力生滿眼鼻塗了卻又取力
生捆柴一根索子往婦人身上一丟看看婦人被妖縛倒
卻料世事那正都有個神靈感應人若心地歪斜一時起
了個姦心盜心邪心淫心殺心害心奸心騙心驕心傲心
謊心媚心種種惡心這冥冥中就有一個神靈管着真是
利害就如那姦心一起偏有一個官姦心的神靈這神靈
卻怎樣管他是上天賜與他的幾樁寶貝卻是甚麼寶貝

東度記　卷八　　三六

等地獄自墮。又何要解押。說罷抱頭懼耳而去。這殿上眾
僧方繞迎着三師。拱手說道。不守禪規。妄爭衣鉢。何勞三
師評論。我等正在此議說不公。都是他師父多出來這宗
業塵。二師不答。只見兩三個爭競的小和尚齊齊的退去。
你說道。不是我父娘掙的家財少些。這也罷。我說道。既是出
了家。入了空門。便這衣鉢有也罷。無也罷。何必苦苦相爭。
各各自去。都是那邪魔無蹤。眾僧等見了。都笑起來說道。
早若回心。也不勞這幾日爭鬧。有的說好師父一上殿來。
不言不語。只在菩薩前咕咕噥噥。想是有甚降魔呪語勸
解的法兒。不勞多口饒舌。自家覺悟去了。三師見爭競的

和尚自行退去。便回轉殿廡。見七位阿羅尊者前。有胡人
持短錫杖。蠻奴捧鉢而立。乃警悟于心。上前稽首拜禮說
遶尊者以道示法。弟子輩守法護教。于自心不愧尊者不。
作三師正說罷。只見天色黄昏。忽然一陣狂風大作。却是
何故發這一陣狂風。下回自曉。

第四十回　貞潔婦力拒狐妖　反目魔形逃女將

道副師筴度脫爭競衣鉢的和尚。轉回殿廡。稽首阿羅尊
者皆是高僧與佛心一體。忽然起了這一陣狂風。怎見得
風狂但見
頃刻天色黯　忽地一聲來　穿窓入戶响如雷　折

東度記　卷八　　三四

樹飛沙狠似箭　炎天六月冷颼颼，寶殿三層開扇
扇　紅日刮西沉　星斗摧昏亂　行見灯燭影搖紅
一剎滿堂滅去焰　驚的蔽鐘長老閉雙眸　打鼓
沙彌遮着面　頭上吹去瓢帽兒　個個光光明月現
狂風刮處衆僧人　個個驚魂喪胆　惟有三師心和意平色
相如舊毫厘不變。三師進得靜室。見了祖師。把僧人爭競
回心的事情說了一遍。祖師道。我于光照中已知其事。只
是大風刮處。我等前行恐于海舟不便。還有一端有情怪
事。未免又要我等演化一番。道副乃問有何怪事。干犯師
尊。祖師道。風雖天地吹噓。大塊噫氣。但清和日風狂烈日

暴有暴風。便有妖怪。汝等道力。諒能降伏其妖。驅除其怪。
且自靜聽。祖師說罷。師徒各子堂中入定。却說近寺山門
有一嫗年近六旬止。有一子擔柴爲業。名與力生。娶了遠
村一女爲妻。却也賢德。事夫敬姑。無半點兒過失。一日力
生擔了柴到遠村去賣。遇着一個朋友。兩相叙情。遂到一
個酒肆。吃了些沒業的寡酒。不覺醉倒在深林靜處天色
黄昏。其妻不見夫回。乃走到遠村尋找。不知這深林靜處。
原有一個妖狐。只因變了個婦女。引誘了村間一個流蕩
子弟。吸了他那風流精血。遂作妖弄怪。有時變女子迷人。
有時變男子迷婦。力生倒在深林夜靜。其妻入林看見丈

東度記　卷八

法祖師道吾靜室便是不擾執法秉教我等既奉教居中。
豈容紛紛外魔來擾此魔一入自是執法以法滅其魔豈
不干他有損尼總持聽了在傍問道師尊此等邪魔擾亂
這不明道理與不知愛敬的和尚正要勤滅其形。如何到
留其跡以成其祖師笑道汝那裡知。正是吾門方便令
其自悟成就和尚功德安比世俗驅魔直滅其黨尼總持
聽了便覺悟了乃出靜室向僧徒說吾師尊方繞入定眾
位可到方丈外少俟眾僧依從出得方丈到得大殿上來
各各議論也有說祖師師徒談禪論道微妙無窮的也有
說祖師師徒正倫明理演化不孝不忠的也有說祖師不

言但只叫徒弟高談闊論度人的眾僧沒有那邪魔在腹
的和客悅色相親相愛講一回祖師未嘗客教就是不言
也有授人至妙道理之處却又說一回那個施主家有經
醮那個師父到甚施主家去募緣你道師兄師弟不可爭
競那鉢分散了門徒我道師父那老和尚不該暗有偏心。
紛紛講論都不關心只有邪魔躲入腹中的兩個徒弟很
很的心胸忿忿的氣色你嗔我我怪你他既聽方丈主僧
嗅來又聽得尼總持分付只得在殿上等候下落却說尼
總持與道副道育三個領了祖師旨意方繞出靜室到外
堂無人處所只見一個行者捧着一個鉢盂持着一根錫

東度記　卷八

杖向三師說道聞知師父們出殿公評我家師父們分析
永鉢這鉢杖是我大師父叫我送上千萬公評說幾句向
他的話道副見了笑而不言尼總持揄手道從來僧家無
此事理道育搖頭道這邪魔迷弄我等乃扯那行者出
殿說道你看看左右兩邊坐着的是甚尊者那對着殿門
的是甚神將出家僧人不但無此事亦且無此心那行者
一面走一面說鉢杖是師父們用的便受了何妨三師
只是不顧走到殿上只見道副向聖像前二拜再向護法
稽首只說了幾句道誰叶那老和尚招了一班的徒弟立
出個俗叶的弟兄有俗名便有俗累有俗累便有俗爭若

要不爭除非異俗尼總持道師兄如何為異俗道副道只
叫他代代接下莫排弟兄永鉢便世世相傳道育道今已
排定誰甘退讓道副道吾門原屬空俗名原乃假令爭空
假之衣鉢留與後來之異姓這邪魔你盤據在無人無我
無眼耳鼻舌之家選甚精靈徒招業報道副只說了這幾
句嚇的二魔出了僧腹往空要飛走却被護法神王打
下道此是何門你敢來渾擾二魔被打泣道道爺爺呀是他
們先有爭競不讓之心我們方敢乘機投入神王道吾神
居此所司正為嚴肅禪門誰敢違法同汙類俗如有此等。
吾自不饒你這業障當押入地獄二魔泣道上聖開言吾

〔714〕　東度記　　卷八

生出疑來。便騙走了。但這等役騙邪魔能騙得你。怎能騙
得吾虛空往來監察善惡神將汝等且不必疑慮了當抱
着喫心中凉濟度世人煩渴務要熟明正理莫要與生人
喫口白舌瓜精等聽了神諭退散去了這神將神目如電。
便照見二魔。脫了索走在半空四下裡尋頭路他看見四
海之內不愛不敬的弟兄頗多不遜不悌的男女甚衆莫
說俗人便是出家的僧道借名師兄師弟本是異姓同門
有等好的勝如骨肉。有等不好的爭奪不讓更倍俗人他
這一等在道叛道也都是這邪魔鼓弄却奸二魔四方瞥
看只見萬聖寺中就是那買瓜行者的主僧只因他不審

〔715〕

瓜之來歷妄獻老祖師徒不受他的回去剖開徒子徒孫
吃了。那裡知這瓜却是那義氣之弟敬祭兄的妄自吃了。
便惹出一種不義不敬的根因這老僧有三四個徒弟爲
分衣鉢不均大家正在那裡爭爭講講却說神將照見二
魔在半空隨駕雲追上大喝一聲邪魔行騙逃走往那裡
去。二魔見了魂裡生魂飛越天外之外尋地方要走却好
老僧家徒弟正炒炒鬧鬧他却一直下投怵躲人衆徒弟
之腹。神將見了笑道這業障人生門你怎知高僧住處毫
髮不容我且饒他諒自有釋門秉教神將一道金光去了。
這二魔淤形在僧徒腹內復有說出家爭衣鉢的邪魔更

〔716〕　東度記　　卷八

偈五言四句說道。
　既已入空門　當思離世法
　墮入惡羅刹　貪嗔何更兒

却說祖師師徒。正要辭別寺僧前行。只聽得僧房嚷鬧道
副乃問方丈主僧。何事僧房。這等嚷鬧。主僧道。師兄不問。
我却也不敢說。想師父們在寺中開講的是孝悌道理度
化的是不遜讓人心。成就功德顯顯神通誰不稱讚怎麼
往來善信聽聞目見感化的不少。却偏是本寺中師兄師
弟爲分析衣鉢到爭競異常道。副聽得。乃合掌向着祖師
說道這種聾瘖說不得還要驚動我師。借重道力。祖師把

〔717〕

慧光一照。笑道蘖蘖果是又要費片言覺悟事在汝等。只
恐非一時能化。汝等且把行囊放下。靜室再借一宵。主僧
道。正欲師尊留駕。多住幾日。把這爭端。與他們息了。這方
丈主僧一面說。一面叫行者去與了爭衣鉢的衆和尚來。
不移時。只見那獻瓜的老僧帶着幾個小和尚走到靜室
門外。伺候進衆祖師。祖師乃向道副說道。我曾云獻瓜妖
蘖是那一種使他來迷弄我等不可令入吾靜室。使他犯
吾秉教執法。汝當令他出方丈之外。除了他們這種邪魔。
自然各還個異姓同居的敬愛道。副聽了。乃問道師尊弟
子一向。也不曾聞得靜室中怎麼他們入便犯了秉教執

子一個和睦方法老叟道實不瞞你說你弟兄當年都是
孝順的後轉變了不孝不順情節雖說是你令尊在日娶
繼一宗自錯却也有些古怪我昨日起得天早見你家屋
上有一椿古怪不必說破但寺中高僧深知如今佛門廣
大慈悲須知到寺中請教他們自有度脫的功德當下向
今如夢方醒隨着老叟到得寺來却好祖師與三弟子正
收拾行李要離寺前行却遇着老叟與向今到來向今改
祖師前稽首自行懺悔祖師把慧光一照已自知向今近
心轉意的根因却又知瓜精押着邪魔來寺的情節總是
方便慈悲度化便名處治乃拽着禪師之袖側着道眼之

睜不言過了半晌乃說一偈道。

無情有情　邪魔妄行　謙光合德　大道乃明

向今聽了拜謝道小子回家只一味做箇有情謙讓吾兄
便了說罷扯着公道老叟拜辭祖師眾僧往山門外去了
瓜精押着邪魔專聽高僧處治却遇着祖師說偈乃悟道。
即如偈意便是處分乃指着二魔問道汝聽僧偈知悟了
麼如不悟說不得押你赴冥司若是悟得當速改正二魔
泣道禪語明明說邪魔生妄不明大道以致有情作了無
情我今悔却從來願歸謙讓也瓜精聽了叫二魔發箇咒
誓邪魔道我已改悔出自本心若不出自本心便發誓何

用古語說的好信不由衷質無益也瓜精聽了不覺的心
生歡喜把二魔放了捆縛那藤子原是自己身上的復還
了己身那邪魔飛空走了說道騙了他去也瓜精見他騙
走了却不敢沖犯高僧陽神正氣乃與眾子埋怨說道都
是我包攬了押邪魔到寺中與僧人們處治他誰料高僧
說偈只度脫了生人向今却不能把這邪魔度化眾精子
說道人心可得度復明惟有這魔心奸佞非神將威靈怎
治得他瓜精聽了隨於空中禱告呼動神將來臨見了瓜
精便問你押的邪魔地方怎生處治瓜精道實不敢欺瞞
上聖當初根因原係寺中東度高僧師徒生出如今解與

他們處治。一則知佛門廣大能度化的邪魔不勞爺鈹一
則我等根因得以超脫誰叫高僧說了一偈只度了生人
弟兄心意這邪魔却使箇騙法兒走了神將道南方有一
派儒門大理專度生人西方有這派禪機專消魔孽這邪
如何不悟眾精子道悟也悟了他因叫解了繩捆我們因
叫他發誓他道出自本心呪誓何用當初只該叫他發子
誓後改繩索不匡改了繩索他却騙走也神將聽了笑道
誰叫你以疑召疑動了他箇不信志念瓜精問道何謂以
疑召疑神將道世有一語說的好物必先腐而後蛊生人
必先疑而後讒入你叫他發誓是先疑也他奸佞不情就

東遊記　卷八　二十八

巧心正語

緊闢牙關不饒讓他分毫他也只是把一點仁心相對只
因有這一點謙遜仁心便是傷害了他生生枝葉他也不
計仇不報怨我眾子爲甚不討仇報怨他說道我同父同
母一胞胎流來血脈弟兄甚多千百之中若留得一個兄
或是一個弟生出枝葉來兄弟生的子便是巳之子一般
都是同胞胎來的血脈只因眾子存了這一點仁心你看
他代代相傳劫劫不滅子孫充滿世間高門大戶富屋貴
埫那裡不是他積德神將聽了笑道這精靈語句雖支離
煩誑到也有幾分合理吾神日遊萬方要去監察這不遜
讓約弟兄輕則災殃重則禍害不暇在此混擾汝既有處

706

治這魔的地方可將邪魔叫你眾子押去瓜精道願借神
力捆縛住他莫教逃走神將乃就瓜精身上摘了兩根藤
見吹口神氣變了兩條索子把二魔拴縛交付與眾子乃
化一道金光去了伍相與曾鮑也各相拱手辭去眾子精
把兩個邪魔押着乃問瓜精道多事的老子費了許多功
夫氣力虧神聖們降服了這魔你便隨他們勤滅處治却
又討他這差押甚廢地方倘拴縛不繫遇着那逃走了的
一黨救了他們却不又費精力瓜精笑道汝等小子只知
說今日見成言語那裡知前輩事實來歷却有個緣故眾
子道有甚緣故我等不知請說請說瓜精乃說道

707

東遊記　卷八　二十九

自小生來原有種　長在富家膏腴隴
只因兄弟兩謙和　把吾寶重如古董
可恨賊人揪斷藤　雙雙偷去將人哄
哄了人鈔二十貫　贖藥醫兄情亦勇
萬聖寺內有高僧　行者買去祈恩寵
高僧不吃疑與嗟　這段根因說惶恐
公道老叟解紛爭　把吾剖來暗譏諷
不匡正氣遇邪魔　大眾交鋒各逞猛
金甲神將顯威靈　助我擒邪扶道統
根因原自出僧人　高僧斷不留他種

708

遍真

眾精子聽了道原來前情這端委曲如今押他寺中憑高
僧處分罷了却說公道老叟在亭子上扯着向今逼了一
半甜瓜與他他吃的心中凉爽那老叟見了他意思轉過
些好顏色乃乘着天氣炎熱說道與弟兄爭財奪產且莫
說曲直只說這炎天酷暑有甚要緊忙忙碌碌萬一傷兄
這罪怎當家私性命不保萬一自巳受了暑熱成病却也
真真有甚要緊向今一則是邪魔被瓜精逐出在外一則
是凉瓜逼去煩心聽了老叟公道一語便省悟起來向老
叟說道承尊隣教誨小子何苦執迷不悟只是既巳與兄
爭競一番彼此言語成仇怎便干休了老隣尊再教誨小

709

如何鞭得，相國喝道：吾能為手足鞭楚報仇，這鞭忠義有。鳳專鞭你這妖魔。乃舞鞭直打。這些邪魔却也狰獰奈戟。饒着相國名將，却也被他纏繞多時。眾魔正也熬不得。眾神正氣，只見西方來了一位金甲神將，威風凜烈。邪魔見了，先有幾分畏怕。眾共看那神將怎樣威風。但見：

萬道金光出頂上　一團殺氣湧身前
手持七寶降妖劒　口喝一聲天地旋

神將在空中，看見相國與管鮑幫助瓜精眾小子戰那些邪魔，乃大喝一聲道：邪魔休得無禮，看吾劒來。不遜等魔

乃停着手中器械，頭驚驚的問道：冤家這些小子到有這許多神將來幫助廝殺。神將聽了喝道：你這神魔莫藐視了眾小子。他身形雖小，在母腹中次第分排，各各相讓，不相攪越，個個都有仁心，長大各生枝葉，不似汝等邪魔各存崖岸，彼此好爭。邪魔逆便是他好處，也與你無干。你如何來幫助。神將怒道：吾監觀八極，巡遊萬方，專察人善惡。似你這不遜不悌邪魔，乃吾神痛恨，不容一刻在人心者。說罷揮劒斫來。眾相國等一齊擁上。陶情輩慌了道：向古無此魔，都是向今生出。不遜來的與我等不相干，走罷。走罷一陣烟走了。瓜精與眾子却把不遜不悌二魔捉住。

神將道：好了，那幾個神妖逃走也罷，這兩魔原係正犯。吾神雖職掌滅邪，但勘問原有地獄，借重相國去處治他罷。相國答道：吾乃專司不忠之輩，借重管鮑二位處治他罷。管鮑答道：吾乃亦專司朋友之倫，況實中未受滅邪之柄，借重瓜精眾子輩處治他罷，原係你們有干涉來的，還當你們完結。瓜精答道：我等原與他不容並立，只因勢寡力弱，以致魔等猖獗，今既蒙尊神助力捉住他，伏乞借威解下束甲縧子，把魔捆縛，送到一個地方處治他罷。神將等問：何處地方處治他。瓜精道：有個地方，不怒而威，不勞刑罰而嚴如刀斧的地方，叫他遠離人心，一歸蕩靜。却是何處地

方，下回自曉。

第三十九回　師兄師弟爭衣鉢　秉教神王護法門

世間最難得　兄弟出同胞　休生傷弟劒
莫動害兄刀　財產世未易　妻孥人合交
怎如天合義　兄愛弟恭高

神將聽得瓜精答之言，笑道：看你一個青皮夯貨爛肚東西，說甚麼不勞刑罰勤滅他的地方，能使他遠離人心，一歸靜蕩。瓜精答道：上聖莫輕覷了我等，雖然外貌青皮內抱赤膽，在世間專與人解煩消渴，口蜜舌甜，何嘗與世相侮，不分個青白。就是我眾子個個出世，遇着那撥嘴撥舌的

瓜精正氣似天神　不遜邪魔真鬼怪　這個噴出火焰賽霞飛　那個吐出金光過電掣　使長鎗幌幌蛇子　用板斧片片雪習　刀來蛟龍伸爪　棍去鸞鳳穿花　一邊只叫我迷人管你甚事　一邊大喝你這賊害了同胞

諸魔與眾精攬做一團兒廝殺。始初邪魔不能勝正氣，嗣後正氣不能勝邪魔。瓜精看看敗陣，那眾魔個個逞強。這向今老爷坐在亭子上，猶念念不平，却好瓜精與眾子正要逃走，說道這紀綱扶持不成了。只見空中兩位紅袍神人經過，各執着雙舞鐱，看他們撕殺。見瓜精將次敗陣。

戰不過瓜精眾小子，連忙扯着說道。陶情哥，你却只說眾小精人家筵上送你，却不知還是你我送他。我那風流輩中送他的，也不知千千萬萬他。送你不過三杯兩盞，那耍椰頭的，吃下波的，他便稀少，不似我送他的。妖嬈浪蕩，看燈走橋，大把滿袖。只叫他舌敝齒酸，還要搜他個寸草不留。如今既來助陣，莫要長他們威風，滅俺們銳氣。陶情聽了，只得立住腳根，把駭倒要走志念牢拴，便酸心蜇肝也說不得。只見那瓜精與眾子齊攻將來，這不遜等邪魔各舉兵迎戰上去，都在那向今頭上半空裡賭鬥。好賭鬥，怎見得。

乃問道，汝等何事交鋒，有何仇隙，何姓何名。瓜精便說道，這一狐不遜不悌邪魔，我以正氣勸他，勿使他鼓弄的手足爭競，以壞天倫。乃今眾寡不敵，好役難滅，說不得，只率塵戰一場。那神人怒將起來說道，原來是這黨長而無逃，幼而不遜。我二神非他，乃齊楚管仲鮑叔，生前以異姓弟兄相愛如膠似漆，亡後這一種義氣成神，最恨這一黨邪魔俊作的同胞。各視乃舞鐱直奔眾魔，只見艾多執棍架着雙鐱問道，來將何人。二神荅道，吾乃春秋戰國有名管鮑。艾多聽了笑道，晦你的氣，你說道你異姓契如手足，你只好在朋友中逞能，如何到的弟兄內爭勝。我想老管與

鮑子分金占多，且三戰三北，有甚奇能，敢來管兄縱占多金，却也虧我能讓。艾多笑道，你及故意退讓成名，若是才能高出管仲，你豈一叔道，我故知他才能一匡齊伯，所以讓他。艾多見你趨炎敬勢，若是不知他後有大權，你當時肯與讓金不較。二神被艾多一番訊貶，手雖舞鐱，要尋空而走，忽然紫袍玉帶一位尊神到前，管卻認得是伍相國，便叫一聲，相國乞借威靈掃蕩。相國乃揮鞭大唱道，邪魔休得無禮，且看吾鞭。只見分心魔箭，相國你莫怪我說你這鞭，只好鞭那伯懿不忠，却鞭不弟兄不

今腹中。你執鎗我舞棍直鬪出空中。一個罵道你這于犯兄長罪比常人加等。一個罵道你這無知妖孽，躲在囹圄葫蘆。一個罵道你這不遜弟的該杖你孤拐。一個罵道你這皮焦裏不熟的該碎嚼你身尸。一個罵道你這背理亂倫的把你送入油鍋。一個罵道你這熟過頂的叫你爛作蛆包。一個罵道你這避兄離母的叫你吃了倒吐。一個罵道你這誇名的叫你首陽之餓。一個罵道你這殺舜的放你有痒之方。他兩個戰一番罵一番。到底邪不勝正不遜邪魔被瓜精正氣罵敗便望四方叫救人只見分心魔鬪情等萆帶着

好正氣　罵的好

不悌邪魔各持器械都來助陣瓜精見了笑道你這些重阿舅的不明長幼正道不知遜讓美德鼓惑世上弟兄不念同胞共乳一氣連枝苦苦為產業相爭忘了父娘情分為妻子恩情失了弟兄天倫大義為酒肉朋友相交把嫡親手足不顧為歌兒舞女婢妾侍兒交歡忘了並蒂連芳一脉共派的昆仲我瓜神秉天地正氣直叫你墮入陰山使世間都是知禮男子你尚敢操鋒執刃抵敵我威靈不遜不悌兩魔原雖一氣却是各附在向氏分爭到此只得合心共力聽了瓜精這一番戒罵乃說道你誇你正氣你且說你從來和睦弟兄的有何好處瓜精道你要問我從

趣

來好處。便把幾古人說與你聽。

聖舜遭逢傲象　讒言肆害親君　完廩浚井計謀兄

奪却諸般何用

一朝舜為天子　忘佷把象榮封　聖人德重處心公

天地鬼神欽重

不遜邪魔聽了笑道世間能有幾個聖人你却把小民下愚來比可笑可笑。瓜精道如你說伯夷叔齊兄弟讓國也是聖賢不必說了長枕大被弟兄共臥也是賢主不必講也只說庾袞撫二兄之樞病疫不避楊椿弟兄和睦旦暮問安立心仁厚報應非小後來俱各昌榮真是家和萬事

與那見弟兄不和睦的得欠長富貴只見分心魔鬪聽了說道不悌不遜兩魔何苦與瓜精舌戰。我等天性生來只要圖自巳順心遂意那管甚麼令人古人。既巳被你呼來助陣好反鏖戰一塲定個輸贏勝負再作道理這些妖孽一齊舉起器械把個瓜精圍在垓心瓜精却也不慌不忙叫一聲眾子何在只見頃刻一陣小瓜精紅的似血漱身軀黑的似烏油肢體各執着兩扇大斧好似板門一齊擁簇上前把個陶情駭倒說道這些小寃家曾在人家筵前相曾每每吃他送個甕盡杯空他的手段大着哩走了罷也助不的甚陣也使作不的甚弟兄。王陽聽得陶情要走說

二十四

［六九〇］

東慶記　卷八　　二十

瓜抖起了盜心望怨了我罷我賣的瓜鈔二十貫巳取了
藥也尼總持笑道世人心地不仁偷人瓜詐人鈔乃贖了
藥若是藥不能醫病得了人鈔又不知作何項用矣醫藥
者聽了道你這長老如何說這話此人偷瓜賣鈔事雖違
法情有可矜他有兄病在家無鈔取藥醫治想是盜瓜賣
鈔此二十貫吾不取當還他作瓜價陪償罷那瓜主人見
有了賊扯着往他家裏去衆人齊勸解他那裏肯放說道
我主人說我匿了瓜又說我不小心看守如何放得衆人
一齊臨着到得瓜主人家只見一箇士人走出門來見了
衆人彼此把這些情由說出瓜主士人笑了一聲教放了

［六九一］

偷瓜的罷乃對衆說道我為士人因先君愛我分此瓜田
與我我有長兄理當讓長我兄不肯拂了先君意且說把
這瓜田讓了我不曾灌溉的菁生我當年要辭恐又負了
先人好意受了又欺了兄長只得每年瓜熟分敬長兄今
兄不在年遇着瓜少只結了兩箇我留一以祭先兄如何
被你盜去今衆人來勸說你為兄病盜吾瓜贖藥救兄寧
甘不義之名而全大節之實吾又豈忍責你還當贈汝以
鈔老叟聽了此言便叫行者把那一瓜送來還主士人道
瓜既是行者用鈔買得且既入寺門巳作僧家之享就當
祭度吾兄作福田罷也衆人謝辭了士人歸到寺中行者

［六九二］

東慶記　卷八　　二十一

把瓜獻與尼總持道早時高僧們不吃我瓜果疑者當今
巳明白且出自士人敬僧當得受了尼總持道此義瓜也
老尊長可體想吾祖師偈意攜回向家備說此瓜情由或
者向氏弟兄悔念不爭未可知也老叟依言攜了一瓜回
家正遇着向令惡兒兒的要尋代書與詞訟理天氣暑熱
坐在那一座避暑亭子上氣哼哼的見了老叟恐怕他又
多言說勸起身要走被老叟一手扯住道天氣炎熱有甚
要緊事忙忙碌碌且吃我一塊解暑瓜乃把瓜剖開遍一
半與向令向令只得接在手中叫一聲多謝甜蜜蜜般吃
下肚去却說這瓜結時不過一種生物有命無性之仁根

［六九三］

結來只因世有忠肝義膽精靈便有倚草附木神異這瓜
為敬讓昆弟這一種根因其中便附着一個瓜精正氣始
初賣與寺中行者吃了到安靜只是不明來的飲食人若
不存個正念吃他便入了不正之食終有個口腹身灾只
因高僧懷疑正是這個念頭之正又逢着六位尊者顯化
試僧再遇着老叟這一瓜勸化向家的忠心義氣這瓜中
便生一個瓜精這精靈顯神專攻那不悌不遜邪妖却說
不遜邪魔正盤踞在向令腹中使作的他墮入欺兄地獄
只等他詞訟一入公門便遂妖魔心志不防瓜精在瓜內
附着趁向令一口吞下邪正相逢不容並立他兩個在向

是了弟兄和氣便是破了產業高僧以普度存心這宗功德
若行得使他不致爭競。却也真見方便門中。祖師不荅閉
目端坐半個時辰乃開眼看着道副說了四句偈語道
邪魔梗化　展轉人心　詢此獻瓜　因消不悌
老叟聽得不知乃問道副說師父你老祖禪機我下愚不
悟道副也不荅乃看着尼總持道此事當在師弟勞一番
心意尼總持點頭允意却是何意下回自曉。

第三十八回　聖僧不食疑心物　神將能降不遜魔

話說尼總持點頭允意他是了明祖師偈意乃向公道老
叟說道我師偈意乃是說向氏弟兄心地不明爭產入了

不悌不遜邪魔以致如此老叟聽了便笑道是了是了我
今起得早夜開了大門見向家房屋上兩個兒惡狠怪我
始驚為盜賊細觀竊聽乃是兩個精靈相爭互罵拿刀弄
鎗却又不會撕殺一會却去了一個只見這一個口稱不
遜魔王往他屋下去了你老祖神僧想先知道故發此偈。
只不知詢及獻瓜這是何意尼總持道方繞正為寺中一
老僧同一行者來送瓜與我師解暑我師未受其獻老叟
道人來獻瓜乃是恭敬況出僧心如何拒却總持荅道只
因我弟子們盤問行者恐其來歷不明故此未受其獻今
我師偈意說因消不悌當詢問獻瓜我與老善人去問行

者當時總持乃同老叟走出殿來。左廊下恰好一人在那
裡與獻瓜的行者爭嚷說道你如何偷我的兩個瓜老叟
乃近前問那人你如說他偷瓜那人說道老尊長我不說
你如何知你是曉的今年村鄉家家不結瓜只我這地上。
結了兩箇西瓜我這地却也是有來歷的也不是等閒人
家我家主人當年父祖居官掙有多地惟此瓜田最良生
有二子一心偏愛少子私把這瓜田給與少子就是我的
主人我主人心極忠厚不肯偏多受分每年收熟把瓜暗
的分送與長兄今長兄不在世他却念舊不忘見今年結了
兩瓜叫小人下一箇去奠兄乃今不知何人盜去昨有人

說寺中行者摘了來故此與他爭嚷行者說我是用價市
上買來的尼總持乃問道瓜值幾貫行者道二十貫買來
的尼總持乃向老者身邊借得二十貫鈔付與行者贖瓜
行者道瓜已吃了一箇尚存一箇那人乃說道有賍証便
是賊行者道市上賣瓜人見在便址着這人往市人尋那
賣瓜人老叟與尼總持也只得隨着走他兩箇意念一則
是祖師偈意要明了獻瓜行者情由一則是見他二人爭
嚷要與他方便解紛只見行者同這人走到市上那賣瓜
的在一箇藥店取藥行者見了忙拽住道偷的人瓜如何
賣我鈔又連累於我這人見了滿口認過說是我一時見

人心非古這遠近村鄉人民且衆難道一槩良善若知向
郁報咨改行這些根因家家孝順之子忠義之人也不枉
了演化這一種功德祖師笑道演化在我等改行在人心
却如何強得必得只是我等原意前行演化欠在寺中費
他常住引動方人生一方撓擾非吾本意你三人可打點
行李往前途去順風赴大舟可也三弟子正要收拾行李
只見一個老僧同着一個行者手捧着兩個大西瓜走入
靜室向祖師前說道天氣酷暑剖瓜而食以薦高僧師父
道副便問老僧此瓜何自而來老僧咨道乃行者得來的

尼總持便問行者此瓜何處買來行者咨道市上買來的
道育便問市上買時此瓜有多少行者道我於市上見一
人持此二瓜故買來敬師師不敢自食故持以獻高僧也
道育道昨見瓜園有罵偷瓜之賊只恐偷來賣與行者我
等不食差來之食況竊來者平行者乃道我自捎價以買
何必問瓜竊來況偷的未必是此瓜道育道已蒙疑念終
不吃竟在腹行者道必如何來的方食道育乃把手指着
六位尊者聖前道你看必如這尊者方受侍者剖瓜之獻
道育說罷那老僧與行者持瓜退出靜室只見祖師向三
弟子說道汝等見道矣得驅魔矣道副聽了便拜叩見道

審瓜之所從來但據其敬獻一言欣欣剖而食之便入了
許多業障道副又問道祖師靜中何見祖師道此瓜果係
市人偷賣行者貪其賤價而買這老僧那裡是敬獻我等
好心却是一種邪魔使作他來迷弄我等這其間若不問
破他來歷不指那六位尊者莊嚴色相愛那正大法食。那
裡驅逐的這邪魔退去道副又問這邪魔怎生來迷弄人
祖師道室外有公道老叟抱斜魔之疑又要費汝等驅除
力也但汝等得阿羅尊者道庇可出廡謝便知公道人來
道育聽了忙出殿上向六位尊者前俯首作禮正拜間只

見一個老叟。
那老叟。
身穿着白布道袍多褶　腰繫着黃絲縧子拴結
頭頂着氈笠帽兒齊眉　鬢揷着剔牙棒兒歪塞
老叟見了道育近前問知乃隨着道育進了靜室望着祖
師禮佛的一般合掌三拜祖師咨他却只合掌高拱道善
信安福這老叟便開口說道聞知高僧度脫向氏父子一
門孝順這功德甚深只是孝順之家便當生出餘慶怎麼
向老物故遺下二子便各相爭競起來兄不遜弟弟不讓
兄如今不至訟與官府不肯干休若是經官動府不是傷

東慶記　卷八　十四

他何自家没趣要走出屋來苦苦留住却說那不遜魔在向古腹中搬弄猛然想到向古被老叟勸化幾動了孝父心腸隨口欲讓被我使作的忿忿進屋如今不免再到向今腹內使作他一番乃乘向今氣昏昏要睡便見他腹到得堂前見向今與老叟對酌難入他腹却是怎難只因他被隣老一番看父母分上正大光明的道理把住了咽喉關不容他邪入內這魔正在無計却好半空來了陶情這邪魅他與分心魔在別地逃[illegible]魔來便說道使他兩個搬弄向氏二人尚恐力弱如何帶一個來叫那一個孤立無援非計也乃飛空來探不遜邪魔却

遜邪魔却遇着不遜魔正在向今席前想入肚計陶情見了問道不遜魔如何不在他肚搬弄却乃立在席前想是圖些哺啜不遜道當初兩魔不同二氣反相爭鬪被分心魔帶了一個去叫我兩下裡做魔難向今被這老見勸化的將次回心我要入他腹却正難入你有何計陶情道要進何難我有一計授你你聽我道

乘着杯中直向
迤蘗從來亂性　莫教滲入柔腸
饒君懦弱性偏剛

不遜魔聽了笑道好計好計只見向今滿斟一杯酒敬隣叟說道動勞尊隣勸解小子怎敢不聽從便就是克讓也

東慶記　卷八　十五

是個美事隣叟也回料一杯與向今說道老拙直言莫非要昆玉和睦向今接得杯酒方飲入肚那不遜邪魔來着酒力一直飛滾入腹便在向今心裡就比那刀唆兩家是非的還狠戳嘴弄舌的更兒向今被酒作引子便動了不遜心情問隣叟我家兄方纔却如何說老叟吃了他一杯見乃直言說出田產當年他幫助有功今日便占兩酖肥腹也應得的向今只聽了這一句乃發怒起來說道甚麼有功這明明欺我幼弱便跳起身要進屋去嚷老叟見他惡兒兒的忙扯住他說道老拙好言勸你終無惡意向今那裡依從往門外飛走說道不申明官府終不得出這口

屈氣只見向古從屋內走出來說道我小子在內聽得老尊長善處人昆弟句句說的忠言直語頗奈惡弟悻悻的要去申明官府敢煩尊長勸他莫要使這不明道理的心性便是田產憑老尊長親隣公處小子讓他些須也罷向古這幾句好言却是那邪魔鑽出去了老者聽了向古之言口中苔應心裡裁度說道他弟兄難勸一個順從一個又拗多是那屋梁上兩個精怪作橫我如何降服的他且到寺中與高僧計較再作道理乃到萬聖寺來叅禮聖像燒香却說祖師在靜室端坐道副上前說道師尊爲演化本國寺中這兩日善信往往來來頗眾聞知向郁二家子弟

東廔記　卷八

原意

害我等原叫你盤據在那分賬產的心胸迷亂他爭鬧梗
那演化的如尚向方誰叫你兩虎相鬥終有一傷到放過
了那爭長競短的人乃分開了兩下帶着不悌邪魔往空
飛去說道前村又有幾家不敬長不愛弟的在那裡梗化
他相競如今不悌邪魔既被分心魔帶去撇却我一個如
須率去也却只丟了一個不遜妖魔坐在那屋簷上呻呻
吟吟自思自想道我當初原與不悌同出一門如何反與
今且投入向古身中搬弄一番去罷乃往屋下去了這公
道老叟聽了邪魔說的是不遜話又見邪魔行狀這等惡
乃一面嘆息道人家昆弟忘義爭財我只道他是不讀詩

書不明道理把金寶產業當做生命把昆弟看做路人也
不想金寶失去可掙的來昆弟傷了怎能再得却原來都
是不遜邪魔在他心胸鼓弄我早起欲往寺中參禮高僧
如今既見聞這樣古怪事情憐里情分且往向家勸解他
二人一番公道老叟走到向家只見家僕傳入向今出屋
來相見了老叟老叟便開口問道昆玉連日家事何處向
今聽了嘆一口氣召道老尊隣莫要題起我想先父存日
這些家私原該二人均分如今我兄恃長占強侵匿父遺
的財寶且又檢肥饒田產侵奪了去有屈無伸如今說不
的要告官司與他分理老叟道事果是你兄沒理但家事

讓長你做弟的讓他幾分罷向今答道尊隣見教敢不聽
從只是我兄侵占了我家財也罷又明欺我懦把上腴田
地又奪了肥巴這如何甘忍隣叟道父母分上只當尊翁
原前不曾有這家產你如今將何以爭他將何以占向今
又道便是占了去也罷他且惡狠狠恃長凌幼毆辱小子
隣叟又勸道長兄為父長嫂為母便是打了你幾下忍一
口氣也不是外人向今被老叟勸解了一番他心胸那不
悌邪魔被分心魔帶去別處成精他便信理聽隣叟之言
往屋裡分付家眷治一盃酒留隣叟却好向古從內屋出
來見了隣叟沒好沒氣說道老官兒與我那不才兄某譜

甚麼話老叟道正是為你昆玉和睦些看父母分上把家
私田產從公均分莫要爭多角少惹人耻笑向古聽了便
動了嗔色却是那不遜邪魔在他腹內說道家私原都有
分派單帳那個肯讓有一宗田產却是我當年幫着老父
掙的他却年小沒有功勞難道如今讓他老叟道便是同
居無異財就讓一半與弟也見你長兄的義氣仁心只看
令尊分上老叟方說出看令尊分上向古繞動了高僧日
前勸化的孝心口正欲答句好話却被那不遜魔在他肚
內又使作他起來便道老官兒我知你為我弟作說客聽
他在家殺雞為黍款待你也說罷往屋內進去老叟沒奈

東度記　　卷八　　十

個妖嬈入夢，使了個慾火迷心，却又被那媒妁甜言美語，誘哄引動春心，續了這個撥嘴撅舌的後婚女，嫁耗精損神，把個元陽枯竭，一命歸陰，留下金珠財寶，理當向今向古均分。他二人孝道被高僧點化，雖明義讓，却也幾分未諧。那裡是未讀聖經賢傳，不知義理，那裡是忘却同氣連枝。不念父母情分，都是那不悌邪迷，與那不遜妖魔盤據在二人心內。却說這兩個邪魔，各據着一個，乘那向古向今分產之際，向古又占東圍，向今偏奪不讓，向今要占西圍，向古偏爭不遜。家私兄說弟多，田舍弟說兄廣。他兩個心氣方平些，纔見却又被那邪魔鬥狠。一日正分析之夜。

671

只見他弟兄臥房上，兩個邪魔在空中，猙獰的十分惡狀。但見他一個：

光亮亮燈盞般兩隻圓眼　一個蓬鬆鬆剌蝟樣　一個毛頭　一個查耳躲似蒲扇揚風　一個窠鼻梁如冬瓜倒地　一個藍臉靛染何差　一個紅髮硃砂無異　一個齜着獠牙只叫我要多些　一個徕着尖嘴罵道你如何占我

他兩個邪魔都是艾多之黨，迷亂在弟兄二人心內，被親友勸解不開，官法懲治不怕，只嚷出他臟腑之外，蹲在那房屋之高，你罵我，我嚷你。你揭我平日心間違法的事，我

東度記　　卷八　　十一

揚你暗地虧心短行的，非炒鬧的，鴉雀兒也不敢往他房上歌，猫兒也不敢他家瓦上行。却有鄰家一個公道老叟，起早到寺來燒香，只看見這兩個邪魔犬嚷大罵，老叟躲在門裡，悄悄聽他罵到興頭。一個往屋下，執了一把大桿刀，跳在屋簷上，左舞右旋要去撕殺。一個到房內，拿了一根長柄鎗，鑽出天窗外，前戳後剌只要爭鋒。老叟看了一會，聽了多時，想道原來他弟兄爭產奪財，歲無寧日。我只道是他父在，偏心不均，他弟兄全無義氣，忍心害理。原來却是這兩個妖魔在他身上作變。我想向尚正老兒在日，他忠直積善，實實不當有這家思弄家神。原何這邪魔猖

672

獗必然是他存日瞞心昧己，占人便宜，死後有這冤孽作橫。他弟兄怎怪得終朝爭競，勸解不省。這老叟一則起的天早，一則看這二魔怎生解散，他把門兒半掩，身子躲着，只露着一隻眼，耳聽觀這二魔罵了一番，各顯手段：一個把刀斫去，明幌幌有如電掣；一個把鎗戳來，光閃閃宛似星飛。兩個乜乜斜斜，却不是個久慣將家子，使出那十八般武藝；又不是個積年老教習，賣弄那各家的鎗法神通。挽住弰，你扯我拽，真似小鬼奪索，搪着鎗，我挣你推，如同餓虎撲食。他二怪爭鬥了一會，彼此氣力漸衰，只見分心幾個妖魔來相解勸道：你二妖何故自相魚肉，當家子相

673

聞知他隨師行教善功已滿却又悟了上乘騰雲駕霧找尋我等找尋不着如今往西方去了艾多聽了笑道那和尚若是悟了上乘何勞找尋我等自有神王押解與他分心魔問道艾多哥你如何知他不曾悟得上乘艾多道上乘就是達磨四彈禪關之旨當時便是呌他把我等四個會意陶情道聞知元通和尚也悟得廉靜寡慾四個我們對頭王陽說悟便悟了還未悟徹聞知如今這達磨老祖隨有三個弟子得了四彈家教所以誓願演化眾寃尊問道四彈之教果是何意王陽道高僧尚未覺悟我等何知但只聞得他師弟子往往開發世人正大光明莫不

就是這四彈道理寃孽又問道正大光明却是何等道理王陽道就是世人孝弟忠信這一泒道理寃孽笑道和尚家為生死事大自有修行先天最上一乘不去度脫凡愚却在這後天人道上勞心可惜我等生前被列位蒙蔽迷而不悟失却了先天道理如今悟又遲了只見貪嗔癡等邪魔聽着也說道你們生前連人道也不悟還講甚麼先天你那裡知他師徒着意後天人道演化世人正是培植世教格正人心積累後天之理以超上乘之基眾寃孽聽了道你們如何知之明貪魔道我等也只因他們守之固與我等相誤寃孽道我等正在此不得入門說不得甚麼

知之明守之固借一位與我等報個寃仇只見嗔癡邪魔道小子帮你報個怨罷好歹鼓弄幾個不正大光明的阻攔着他師徒演化分心魔道如今也難阻攔他了怎生難阻。下回自曉。

第三十七回

却說眾寃孽只因神將打逐他不容入山門受領高僧法食抱怨在念來到海山與陶情等相逢得嗔魔扶助他阻攔高僧演化分心魔說如今難阻了當時我等有那忤逆邪魔欺罔妖魅正犯着這幾個和尚戒頭今被他押解的酆都受罪鞭打的陰山滅踪我們空有移山倒海之能怎

奈世無干名犯義之輩悔逆被他化為孝順欺罔被他化為忠良大道坦坦如何阻得眾寃孽道一事與列位計議你等冷落海山我輩又不容入善地世縱無不忠不孝之人心或者尚有不信不悌等情性好歹使作幾個勞他師父口吻費他徒弟精神阻攔他東行延挨他時日呌他西來沒興東度無緣也送了分心嗔魔一念就是列位也不被他四個字兒趕逐的躱躱搜搜陶情等聽了道也說得是乃各弄精細一陣風大家散了按下不題却說向尚正有前妻二子家業又有二媳能支一官既解五福當安難道房櫳無伏侍之奴早晚無呼喚之婢畢竟被王陽領了

別室專房　後庭充院　喜的青樓　親的粉面
龍陽西施　枕席日薦　括髓枯精　是吾之願
誰料寡情　遭僧下賤　不近分毫　反取憎厭
押赴冥司　威生慧劍　恩愛成仇　一揮兩斷

女多對着眾魔也說道

怪我艾多　爲世奔波　囊庮充裕　有笑有呵
生涯寂寞　受辱受磨　有餘父母　夫妻以和
交朋搭友　愛弟敬哥　我因恃此　爲世所阿
誰知命蹇　遇此禿魔　不貪爲念　絕我奈何
似欲示清　廉靜無苛　可笑可恨　想有刁唆

分心魔對眾也說道

說我分心　剛暴結姻　好使念戾　怒把仇侵
三皇伊始　盤古到今　干犯吾淺　報復要深
些微不耐　動輒生嗔　好勇鬥狠　不顧辱親
誰知自餒　和尚根因　綿綿火性　不起半分
還要誡我　押出迷津　太和靜定　欲息存真

分心魔說畢，看着貪嗔癡眾邪魔許多種類卻也會說笑。
會嗟嘆個個也要說一番他便禁止眾魔說道你等也該
容你訴說心中抑欝情節只是你們久與和尚隔別縱有
一等與你們沾染的卻是自上門的生意他來尋你不是

我等到人門上尋人陶情們正講說怪恨和尚絕滅他一
心裡偏要尋趁和尚過惡報復仇恨卻遇着神王打逐的
這些寬孽飛空到得這海山令處聽得陶情等咕咕噥噥
笑笑惱惱說的一篇情話乃見形與眾相見陶情却認的
是往日鼓弄他們舊主顧奪了他們搪鐵鞭偷的戒尺等
器的一班熟脚乃問道自往日相別今朝乃會一向的風
聲聞知你們得以類度何事又到此來寬孽泣道我等只
因與列位交納雖快一時心情却墮落無邊罪業昨在萬
聖寺山門把守神將不肯放入他道我等污穢道塲陶情
道山門出入莫說你等便是我們若回心向善也得入方

便之路寬孽道莫要講他正是說我們知法犯法比列位
又加一等不肯放入如今事已到此所謂一不做二不休
想當時不受戒行吃葷飲酒與列位相親到不致如此如
今反被戒行誤了我闖他師徒演化震旦國度因欲東行
不免附搭着列位阻撓他東行去教他們難行演化陶情
情道你們叫做當坊欺壓當坊世語又說的好若要佛法
興除非僧贊僧你自家人要害自家只恐行不得寬孽道
如今旣到列位這處萬乞見容仍同舊好只見王陽說道
我等渾跡紅塵恣情清世往年歷一劫起一名改一姓想
在那靈通關被元通和尚嘴讒舌舌講他不過躲離了他

見汝等見色相把持不亂。卽此一念渾忘。人天兩合有情
無情。皆從此度。本不當又生別法。只是可憐那寬慈愚昧
魍魎。尚守山門外地。盡汝衆心自去修建。我當令徒弟子
助一時之力。衆僧聽了。唯唯退出靜室。各相討議。修建圓
蒲施食道塲。向郁二氏父子及遠近村鄉善男信女喜捨
功德。衆僧卻也不辭也不募化。當下就尊輕塵爲班首。上
法座攝孤施食經文咒語。這輕塵和尚果是精熟。但見他

毘盧帽頂戴莊嚴　　　錦袈裟身穿齊整
口裡誦咒語梵音　　　手上結牟尼心印

都說輕塵和尚向來心性不明。墮了罪業。被尼總持救脫。

祖師演化。自悔前因。頓修淨業。在施食壇上顯設法力。開
度孤魂等衆。那山門外這些寬孼有當初在世學好的。只
因被那不學好的連累流害。雖然是限數莫逃。劫難適值
到底好的有情精靈未投六道。偶逢道塲勝會。還得神力
慈悲沾及佛門法食。免沉餓鬼道中。那在世不學好的已
違戒犯規墮入不明罪業。却被正氣神王不容他渾擾道
場阻攔不放他進這寬孼見內中生前好的個個容入山
門攔着的都是那吃葷飲酒邪淫犯戒避王法躱差徭他
道釋門廣大豈知寔寔鑑察。更是個惡業這一種惡業不
得進山門鬧鬧炒炒。在神王前哀求道上聖可憐我也是

無主孤魂放進者。門瞻仰勝會神王道。你生前不自憐。此
際誰憐你。衆孼荅道。我愚不知生前何不自憐神王道。這
憐字。乃慈悲方便第一個正大道理。這自字乃是你心中
一點獨聞獨見。此如那旣受戒行切不可吃葷肆殺減却
了慈憐不念那衆生受諸苦惱。只要快口充腸中心旣忍
不憐到此又誰憐你神王一面說。一面把降魔寶器打逐
這些寬孼。這孼中就有一種懺懇的說道方便門中攝恐
普度原不論有情無情一槩超度他。旣不放我等難道沒
處去走世語說的好。此處不留人更有留人處幾多寬孼
被神王打逐的。沒遠沒近亂擾。且說那陶情輩這些邪魔。

不服。押解地獄。乘空飛越。到得一座邊海極處。冷落空山。
相聚自羞自愧。各各說一番。笑一會。惱一塲。哭一頓。那陶
情說道。

笑我陶情　昏沉日行　只貪解悶　不惜損神
今朝把盞　明日提瓶　厚交麴蘖　結契酥醾
滔滔皆是　陶令同盟　正喜交歡　遂慾逞淫
誰知薄倖　遇着僧人　直拒不樂　使我孤伶
還押地獄　滅我令名　這宗忤恨　心實不平

王陽對着衆魔也說道

哭我王陽　不聽人勸　終日邪思　姦淫眷戀

天龍八部位位都知這神女奉尊者道育只見他雜在衆
信男女中等候衆僧香燔導引道育上殿道育出了靜室衆
緩步中行上得殿來先參禮世尊金容便合掌兩廡聖衆
然後端坐法座朗誦經文衆僧敲鐼擊鼓齊諷諸品這神
女越出衆善信男女班中奕奕朗朗上前扭扭揑揑出衆
合掌跪拜把一點秋波左右四顧此時只有捧茶侍衆的
行者眼睃睚喜的男女偷看道諕家這等個婦女也來聽
經這神女聽聞經畢只見衆僧中一個首座和尚起身走
近道育座前說道道場圓滿衆信欲要施一堂法食以起
度孤魂魈魈道育道我爲報本者課誦諸品經咒心願既

酬這法食功果衆師自有道法兼全的一憑勝舉此時輕
塵和尚受過警戒自投誠向道乃出一班苔道弟子願施
法食神女乘空兒上前說道我爲丈夫客外保祐公婆願
施一堂法食衆僧方總撞頭一看道育在法座上只如不
曾見聞輕塵忙說女善信我這道場俱是僧房共湊功果
不受外方分文錢鈔你若爲公婆保祐便是孝爲丈夫立
心許願便是忠只須道個姓通個名我們法會中自與你
通稱保祐女善信且請回家不必在寺中伺候神女聽了
一面稱謝一面把神力普照見那衆僧班中上等信受佛
祖修持自然不動色慾心性中等見道育高僧對境兩忘

他也禁止邪私就是有一等顧瞻色相的畏宗教禁戒不
敢萌一毫淫念神女遍照中情單單暗誇道育眞是西方
有手眼的長老那見衆等禪心不亂乃走出山門果然見
許多長老沙彌寃魂罪孽乃問道汝等既是削髮出家宜
歸善道何爲很很到此衆靈泣道某等俱是遭崔冠謟誅
亂擴至此伏望女菩薩攜帶進寺門瞻仰勝會神女道汝
等生前皆是釋門弟子出入寺刹本無阻碍爲甚汝不守
禪規謹持戒行生負釋教遭誅死後尤難入寶殿你且靜
聽侯施法食若及汝等有情那高僧自有慈沾一類神女
戒諭他們一番飛空仍復歸海見了阿羅尊者方開言說

道尊者大慈令我試僧禪心度脫寃業果然守眞的自守
其眞毫髮不亂寃業的自取寃業當有度脫道場只是會
我試僧這一番色相反設出幻化不情非道心所有尊者
笑道將欲匡助其功必先探試其德功由德著試乃德因
世尊以慈悲演教愛人無已盛心正見於此阿難尊者說
罷那神女散去阿羅仍復歸聖位不題却說道育經功圓
滿衆僧議施法食乃虔誠入靜室拜請祖師登座攝孤施
食祖師方出靜問三弟子這兩朝上殿作何功德衆僧便
把課誦功德備說一番仍乞祖師登座祖師微微笑道施
攝科儀吾從前未演經文諸品吾能誦未專吾於慧照中

新編東度記卷之八

引記

百年事業水中漚　　何苦機心巧運籌
方便門中皆福地　　不平等處即戈矛
饒人一着生身寶　　禮佛三飯得渡頭
昌後若知陰隲好　　長生更在此中求

第三十六回　神女化婦試眞僧　冤孽逢魔謀報怨

話說萬聖寺山門神將不容衆和尚陰靈入寺泉靈哀苦
求告神王道須是看你們緣法這寺內一個輕塵和尚受
賄賣經墮了罪業被高僧開度救解事必醮謝道場圓滿

東度記　卷八

定然攝孤乘此機會汝等仰仗道力方得入門泉靈大喜
却說道育爲郁氏五人課誦經功上通三界感動諸佛聖
泉第五位阿羅尊者正在洋洋大海觀濤抱膝而坐只見
波中現出一位神女向着尊者拜舞尊者問道法身何自
色相何爲神女不答但袖出一畫尊者令侍側蠻使受其
書看了亦不語良久只見蠻使就道尊者問女而不答女
出書而看不語何以示侍使尊者乃說一偈道。

法身色相　即道之在　海洋神女　隱顯何碍

阿羅尊者說偈畢把手向寺前一揖說道試法座課誦之
禪心濟山門有情之冤孽那神女聽得忽然出波飛空到

得寺門。分身顯化變了一個婦女但見他。

國色妖嬈　形容窈窕　娥眉橫翠黛　粉臉益紅桃
額上花鈿　粧出多嬌多娟　風前繡帶　飄搖傾
國傾城　顱巍巍斜插鳳頭釵　輕盈盈緩動金蓮步
宛然月裡姮娥　恰似廣寒仙女

却說阿羅尊者神光照察山門外有情寬孽未得高僧度
脫終是阻隔在一種題題孤魂之內護教威靈監門嚴肅
又何敢妄進山門受領高僧法食但他在世披剃入教尚
有情一節神女原屬道體法身不言覺悟化身徑到寺中

吃葷酒藏婦女犯了大惡與崔冠何干有情的是因不守
戒的和尚連累學好的合寃這些精靈也是東飛西越怡
好來到國度遇着這一宗因由見了那些分心魔等陶情
邪輩却也知是他這一種鼓惑了他心方纔要扯打魔等。
却被相國鞭走棄下了僧家杖戒等器各執在手中沒個
來歷不知頭向正疑思間却好萬聖寺中鐘聲鼓響衆靈
飛越寺前欲進山門只見兩位把守山門大神喝道何處
精靈妄來福地衆靈看大寺齊整山門潔靜把守的大力
神王却也威猛怎見得但見

射目金光冠勒明　纏腰玉帶錦袍成

手中寶杵降妖孽　足下雲兒壓怪形
坐列嚴嚴生殺氣　守山凜凜不容情
若問尊神何上將　禪關把守大靈神

衆僧靈濟已跪地說道僧等不幸遭崔冠讒揑被屠飛越
到此不知這寺何處禪林誰家香火住持何僧若肯容留
卦搭願上聖府客進寺瞻仰金客倘沾法露也是恩及宗
門神王聽得慈道寺中大衆被妖邪竊去戒尺禪杖等器
只因吾兩位西來佛祖一時不在被妖盜去正在此稽查
何方妖孽却原來是你這一種邪魔神王纔起寶杵便欲
就打衆靈乃泣道上聖且息霆威我等實不曾乘空來竊

衆器只為在前途偶遇吳國伍相國追捉伯嚭瓜藤蔓引
扯出許多邪魔各執着這些器械挺敵相國不住各自逃
形丟下這器械我等不知來歷執着尋個頭項不匡就是
上剎中衆師的器械如何被他們竊去我想出家人惺惺
不寐便就是入定這隨身戒器也不當被魔竊奪神王道
汝等不知上等高僧不用戒器便是有戒器也不厲可有
可無若入靜定與魔爭器便入癡因惟中等僧人用此戒
尺禪杖有等外像示人專用心在這戒器上裝體面你不
知寺裡高僧在內演化本國又欲東土度人你等衷情吾
神已燭照不虛若要懷寃度脫須是投誠另作計較我這

門中一般魍魅魑魎難以輕入衆靈道吾門慈悲攝孤施
食專為西度魍魅便容其入何為不可神王道攝孤施食
須也要看那法主有無道德若是有道德的念動真言呪
語高里孤寬頃刻到壇一粒法食過滿十方若是無道德
的攝自攝孤自孤誰來食他那沒手眼的法食便是對面
也不能攝他衆靈聽了道上聖據你這般說寺裡既是高
僧演化東土度人我等正是東土被崔冠的寬僧合當求
度生方乞放入山門以瞻高僧法像神王道不須亂講若
要進吾山門須是看你衆靈緣法却是甚樣緣法下國自
麂

獅蠻，脚下雙靴貌虎套，手執長鞭節節鋼，口唱一聲星火暴，一心只要挺妖回，那顧青紅與白皂。相國見了衆魔，執杵的執杵，拿錫杖的拿錫杖，還有雙舞着戒尺的，跳趄趄一似山猴子，也來逞弄精怪，乃笑道：佛門無此輩，是何處詐冒來禪林家伙，若說是僧，却又有鬚髮；若說是俗，却又有鬚髮沒鬚，想是佛門廣大，這些邪妖影射在裡。相國見了，乃以一脚把伯嚭形尪跌倒在地，却執着鞭榷的無影無踪。少頃業風一陣，又復聚出一個伯嚭的形像，被相國抓翻，用索子捆縛在地，却來向衆魔說道：我爲奸佞不忠，坑陷報仇，妆等何魔敢來放肆。只

見分心魔道：我等各有姓名，你當初爲甚被他坑陷，還是你坑陷了他。相國怒道：他不忠吳王，讒邪害我，如何是我坑陷了這賊。分心魔道：他不忠吳王，與你何干，滿國多人，偏你與他相拗，自取災危，如何嗔他坑陷，就是坑陷你。你在世既忠貞，吳亡你也亡，你生爲忠義，亡爲正神，受帝封於萬劫，享忠名於百世，倒是他成就了你這美名盛德，爲你這忠義。到陷的他人亡家也亡，受的美女死了，得的金珠散了，治下的富貴榮華，子孫不能長久，坑陷的他萬劫漂流地獄，輪迴畜生道，苦楚不盡，遺臭萬年，這如今還受了你鞭打脚踢，却不是你坑陷了他。相國聽了怒道：我爲

吳臣，恨不得捐軀報吳，成就他國社萬年有道，被這賊弄的越復沼吳，恨不得食他肉，寢他皮，你到說他成就我這萬年美名，這美名豈是我臣子所喜所願，正是榮我百世，恨他百世，豈獨我恨，便是百世有一點良心的，無有不恨。相國說罷，舉鞭就向分心魔打來，分心魔側身躲過，乃向崔皓的形尪說道：來打伯大夫的，乃是忠良正氣神道，却是你反常逆了他，你當爲伯大夫出力，與他抵敵。崔皓道：我固與伯大夫一體，寃根找源，却是你們勾引，還是你們上前敲那神道。分心魔與陶情輩計議道：崔司徒也說的是。乃舉起禪杖去迎。那裡知禪杖是真正僧人戒器，這魔

那程能使，被相國鞭打的無影無踪，一鞭一個都棄了家伙，化了一陣怪風走了。只剩了一個崔皓，孤寃猶執着兩柄戒尺，正要搪抵鋼鞭，忽然陰風颮颭，只見許多僧尼和尚寃靈，近前來把崔皓的戒尺奪去，罵道：你這奸賊，生前毀我們經典，此時又借我們戒尺何用。崔皓手內沒了戒尺，那相國的鞭便及他的身。這奪戒尺的和尚，反將戒尺亂打，可憐崔皓打的如泥，頃刻業風一陣，又復了身形，被相國用鞭挑了崔伯兩個，說道：且送他地獄受罪去也。相國旣去，這些僧尼和尚寃寃，却是崔寇陷害的。僧衆有情無情，因果無情的，是在當時出家，當守五戒入戒，誰叫他

慈不慈萬物的，細觀汝家報應以惡增今，因三代善良，令當減矣。減盡再積汝善，善報自然不小。昌遠拜謝乃求世家所註一看。主者依言，乃檢閱到世家文卷，說道：善哉善哉！他祖忠公曾按撫窮民，救荒濟飢，一疏活了無萬生靈，當代代金紫，世世榮華之報。乃看他一行行列後，只因積惡減小。有請求囑託賄不効，以失人望的；有見父行為過惡，不行諫阻的；有自逞豪勢，凌辱貧寒，占奪人產業的，種種多端，難以盡述。報應當減，尤不失永冠榮富。若見令的不改行從善，災禍之來不輕也。昌遠道：觀他豪惡，就當絕滅，如何慢慢消減？主者道：他公祖活人陰功重大，後

世雖有小不忠，幸未傷害了一人性命。若是逞勢凌人，傷了一人便壞了百萬根因也。此文卷汝當信記，乃寔司不爽分毫道理。昌遠拜謝道：小子心地明白了。只見神將坐在殿上，道：汝既明白，當遵依。徵主好去，抱忠存赤以自取榮名。神將說罷，化一道金光不見。主者乃叫鬼使指引，和尚與士人從舊境回來。昌遠醒了，乃是一場夢中警告戒。早到寺禮聖像，拜僧人明白這增減報應之理，一心存忠心，抱赤意，果然後來成名榮顯。後有說不忠良的人，心俱是那欺罔邪魔作橫。若論忠良正氣，充塞宇宙，何物邪魔敢於作橫。但忠良近在渾厚，一邊欺罔的心為奸佞百出

世法人情不古，忠直者少，敵他不過，所以聖賢治世要勤滅邪魔，以扶正氣。清溪道人為此五言四句說道：

公麼自遠退

人心嘆不古　忠良被邪魅　能伸至大剛

話說崔皓不忠，巳正王法，其毀經溺像罪業，自隳鄷都。豈無血心在世，只因泯古來的奸邪魍魎，流害於後人，他這邪魔使自坑陷了伯語，為人不忠的被吳厭分心魔等，交結入了他腸，送了他性命。他這精靈復又東閭西投。却遇着伍相國忠神，正執着鋼鞭，追捉伯語形魄，抖然遇着。却說人死形魄，善者上登天堂生極樂國，惡者隨入地獄，

受諸罪業，怎麼又復在陰間西投東閭？不知人有三鬼：墜地獄者一鬼，守屍骸者一鬼，那一鬼却遇着分心魔等，正結聚思量，又去鼓惑世人，乃遇着相國忠神，遠伯語精靈，見了就要逃躲，被相國手執鋼鞭攔倒在地傍邊。却惱了分心魔等，大驚小怪起來，見了相國捉住伯語，齊議奪救他。這邪魔那有器械，却也會騰那，走到萬聖寺內，把祖師衆館徒的降魔錫杖、戒尺等器械偷了出來，抵敵相國。見這衆魔渰湧出來，抖搜神威，搖身變化，眾魔齊齊看見，只見相國：

頭戴幞頭光閃耀　身穿金甲紅袍罩　腰間寶帶號

東慶記　卷七

士借經功端正念體慈悲行善果長生獲福就是那下愚
之人得聞人課誦也不知經意淺深只聞現在功果撚土
焚香見像作佛他這一片真心便成善道善道充滿乾坤
眾生安福無量天地成物至意不虧聖神參贊化機不息
就謂經功無補若是不明經文達背旨意忍心害理報應
不差即如輕塵和尚受賄不誦入了不忠自當欺詐之報
只因聖僧度脫他罪尚要他扶助善門故此且從權釋放
昌遠聽了道既是忠欺實實必報因何若海村世家代代
作惡見今富貴接踵金紫盈門若小子三世善良一心忠
直貧寒每至捉襟露肘飢餒多見枵腹枯腸莫不是間有

634

炎涼。阿諛勢利不然報應何此不均。未免使寒士有偏畸
之嘆主者聽了笑道報應實實豈差世人昧昧未覺汝自
不知何怪增歉乃呌左邊案吏把沙海世家與昌遠歷代
所行善惡文簿查過來看只見案吏查了一宗文卷過來
眾目展開一看只見

簿籍陳陳巳久，　條開款款如新，　分明善惡註根因，
都是奸欺忠信。　那前代忠奸貼後，　後代善惡觀
心，　增增減減不差分，　好似執圖索印。

案吏取過簿籍當着眾面展開一行行註着某人行某善
應否貼子若孫榮富某人行某惡應否貼子若孫禍害昌

635

東慶記　卷七

遠見了說道祖父積了善惡難道自身不承受乃貼於子
孫若子孫再行了善惡却怎麼報應主者道世人積了善
惡一觀他善惡大小若小在自身承受若大乃餘及子孫。
子孫若是行善以繼祖父之善這榮富增長何須疑說若
是行惡傷了祖父之善難免災危若祖父以惡貼子孫以
善改却也要稽察他個重輕大小這其間有個增減報應
昌遠聽了便求個增減公案一看主者乃在那簿子上翻
前揭後却尋出昌遠的祖父積過的事實一看乃蹙著雙
眉說道可惱可惱便把簿子指與昌遠道汝看汝看這一
泒名姓可是汝祖汝宗的昌遠怵看果是祖宗名諱一行

636

上註着昌國不忠以才能殺害兵眾不行安撫流禍後代
應報以殄滅昌遠一看了汗流夾背驚惶無地却逐行看
到他祖父下面註着有為人謀事盡心者有為友以忠告
諫言者又看到自己名下註着安貧守志篤實不欺主者
乃轉過悅色道幸也幸也汝果三世良善只是沒有大善
功准拆了前代百萬生靈命脉汝若能於善良外再積個
大大功德即使汝富貴榮華乃繼祖公門第也昌遠聽了
怵拜倒請問個大善功主者道善功何可預說名狀總在
汝一念救百萬仁心昌遠道百萬豈是易得的主者笑道
一念慈仁若是一命能救志量便就充滿人心豈有一物

637

東度記　卷七

昌達家門只見那士人在那書房中。青燈獨守　黃卷自溫　寒氈坐破了無慍慼之容　石硯磨穿那有憂貧之色　展采錯落文房四寶　呻吟呫嗶義理千篇　只見他玉漏頻催殘夜金猊已冷香烟　那士人猶挑盡寒燈不輟　這神將但喚那障眼來魔

神人見了這士人窮居陋室破壁寒窗對着聖賢經傳不忘誦讀功夫。一念慈悲不忍他這勤心貧困但受了高僧之託只得摳引他蒐怵叫罷魔把他精神疲倦昌達不覺的打了一個呵欠於夢寐中便隨着神人來到一座公廨

去處。只見一位主者正在那廳上拷掠許多善惡情由左右報稱神將降臨那主者趨出堦恭接道上將尊神何事降臨神將道一爲高僧代誦經呪押遣這和尚消了罪案一爲士人昌達不明忠欺報應稽查這種根因主者聽得延神將上坐隨喚過輕塵和尚到堦下戒諭他一番說道你受人之託當忠人之事經文呪語三寶真言登善信於天堂救罪人於地獄可是你賣金錢的便是賣錢焚香禮聖可也怎教你指經不誦分明貪詐人財那託你焚修課誦之人心念一舉你豈知實實中隨註筆立卷你不誦怎銷功果今幸東度高僧與你消釋你當苦守禪規勿效比愚

東度記　卷七

一聲縱放你回而看你後却是如何下回自曉

第三十五回　輕塵和尚消罪案　伯嚭奸蒐被鐵鞭

昌達聽得主者戒諭和尚說課誦功果心念一舉實必註筆便自裁度怎麼經卷世人立心課誦便註筆立卷要銷了這功果看來皆是紙上陳言豈有此理昌達方自裁懷那主者便知乃問神將帶此士人何故神將便把他不明忠欺報應的事說了一遍主者乃喚士人到堦前說道汝執迷不明皆由執理太迂汝豈知經者心也世人誦經卽是誦心經者善也世人誦心卽是行善吾實實豈取其經。

盖取其心之向善昌達又道惡心善心作受在人何必諄諄與他計較主者笑道汝不敏慧亦至於此世間善惡兩心關係甚大怎知一善感發多少生機一念惡萌多少殺機比如見一胎卵濕化衆生或陷於水火刀砧性命危亡人心發一慈悲不忍救度了他便合了上天好生至慈若是見危不救且生殺害他的心腸這段惡因便拂了聖神慈悲正念推廣這個善心不但存個殺害心便是存個不救心就入了忍心害理這忍字在心欺魔邪妄就猖狂作橫把個正道昏昧所以聖神扶持世道註作經文與人課誦那上智之士會至理得悟上乘超凡入聖中智之

東廠誌　卷十　三十四　626

道育說罷男子合掌稱善只見一個士人名姓喚做昌達
向這男子叫一聲錢定兄你今俺問高僧俺荅固然陰陽
報應善惡不爽只就你方纔說的忠良與欺罔福祥罪業
如今却有一宗不明白請教請教比如我小子三世善良
一心忠慈告諸天地不悖質諸鬼神無疑怎麼累世貧寒
前程阻臨我這隔海沙村一富厚世家說起他積惡真是
挽西江之水罄南山之竹也寫不盡你看他代代拖金衣
紫個個廕子榮妻看這報應却又何在道育聽了問道先
生有怨心否有妒意麼昌達荅道君子不怨天不由人小
子何怨彼或固有這富貴於我何與又何妒只是就高僧

東廠誌　卷十　三十四　627

言事論事這一件不得明白錢定說道五行秉受世運變
幻或者僥倖苟免道育笑道若如此說造化又私陰陽報
應復舛矣先生但固守君子之行不入怨尤之地安心靜
聽終有見聞縱不在一時之因自有百年之應昌達也笑
道高僧見教一團正理只是小子刻間不明白難免日後
不生疑看來報應還在個有無之間矣道育聽得乃看著
輕塵說道師兄你的一宗公案未消這宗事必須借重昌
先生明早心胸定然明白道育說罷乃續課誦在堂僧衆
也有聽了這一番說話的道忠良奸欺福祥罪業真真不
爽也有聽了昌達說的尚懷不信心還有私議法座被士

東廠誌　卷十　三十五　628

人參駁倒了又不知何事借重輕塵莫是荅應不出把輕
塵甚麼公案推託也當下天晚衆各散歸却說道育退下
座來進入靜室稽首了祖師復入蒲團坐位却想起昌達
這一宗問荅乃端坐默念了一聲梵語只見一尊神將立
前說道吾僧有何委託道育道前所臨獄主一宗公案乃
寺僧輕塵災罪未央今已爲他度脫便是這種根因又生
出一宗使衆生不明因果敢借神力押那輕塵和尚往前
獄消了這宗公案仍復查明一個昌達士人不明白的因
果以伸了吾師演化之願成了我等扶助東度之功神將
便問何事士人疑惑辨問道育說道據這士人自稱三世

東廠誌　卷十　三十五　629

善良一生忠慈怎麼累代受貧前程不利海村富貴積惡
多端如何代代金紫這報應差殊他心地疑惑神將聽得
隨化了一道金光直到輕塵和尚房中只見那和尚自在
堂中課誦了經文吃了晚齋歸到僧房不肯調攝方愈的
身體乃便祿碌查收割的道穀帳目呌那徒子若孫攬張
施主家的經送李施主家的疏罵行者不掃地嚷道人不
燒茶徒弟好的不作聲讓他聒聒絮絮不忍耐的說道老
師父瘡纏舒了痛纏止了早早安息罷和尚方纔收拾被
臥朦朧閉眼只見金甲神人近前把他陽魂攝去便問他
昌達士人何處和尚指說近寺不遠神人押着和尚到那

東慶記　卷七　三二

災罪與受原屬至情正道祺園長者。也曾布施我佛慈尊
也曾受納彼此利益不背人天。聖僧方纔說入貪起妄不
知墮入那項業因道育道小僧出家、原爲感皇王水土之
恩無有個職名之報願以一忠披剃。今只就這忠之一字
爲諸善信開陳。人生世間這個方寸。無形無聲欽之至微。
發之至大百千樣變幻。皆從此出只說這忠道。對着個欺
閻這忠有百千樣福祥。欺有百千椿業障。福祥多少榮業
癉無限苦總在這方寸人何爲自苦男子聽了。合掌稱謝
道願聖僧把這忠字。如何有百千樣。這福祥却是何等樣
受這欺字如何有百千椿施那業癉却是怎幾椿苦道育道

622

忠有第一樣衆善信你聽小僧說來。

第一爲臣子　願得稱爲良　上事堯舜主
仁義佐贊襄　登庸賢哲士　綏猷及萬方
惟知道事上　那念家門昌　入相或出將
雄名著邊疆　每念身徇國　不問家與鄉
爲牧及爲尹　萬民命所當　廉靜普慈仁
不貪酷與贓　莫云民易虐　微疵若自傷
抱此一赤節　名傳萬載香

善男子聽了。心生歡喜說道聖僧說的一團道理果然正
大我這寺中。往往有高僧來講經說法有一等只講此禪

623

東慶記　卷七　三三

機梵語愚昧的聽了打眈磕睡起來那不敢輕藐釋教的
只是磕頭念佛。那裡明白雖說禪機玄奧有緣的自悟入。
道不肯輕洩匪人世人一登善地。一聞梵音便超幾界只
是不如聖僧明明白白教道且再請問第一樣忠道之下
還有多少道育答道忠道多端比如爲人謀事盡自巳一
個實心把他人事如巳事做便就是忠少一存個爲利的
心腸或無終始或反傷壞或畏嫌忌或貪酬報便是不思
矣比如小僧們爲人課誦那善信一種求佛的志誠何等
厚望你完成你却貪利不盡實心這罪業怎生懺悔道育
說到此處只見輕塵與徒弟子俱各合掌瞻拜謝過男子

624

聽了便懇求聖僧僑細把盡忠福祥與欺罔的罪業苦惱。
一教道道育道衆善信既要僑細聽聞小僧也說不得
刻薄攻人之短有碍慈仁但存忠是世人自巳享福免苦。
小僧便喋喋呶呶寧甘罪過你聽我說來。

說忠良　護厚福　百代金紫何須卜　好名萬古永
流芳　爲聖爲神爲仙佛　想高官　貪厚福　功名
富貴何時足　一心只顧保身家　那念公庭與民物
肆貪殘　逞暴酷　不恤黎元遭荼毒　一朝天網
說恢恢　難保身家無削戮　縱然漏網在生前　身
後寧逃災病促

625

說道

誦經本孝　爲誦則忠
失却忠孝　須歸仁者

祖師說偈畢乃看着道育說道徒弟汝當推廣本來善願。道育道祖師爲東普度法駕將行弟子爲人課誦恐坐日遲延未爲事便祖師道吾雖爲東行度但與本國凰昔有緣順道演化只要成就衆善何忌遲速當下道育向師禮謝遂承應課誦經文只見衆僧知輕塵果報又見郁氏五子回轉孝心爲親修建功果報本郁老夫妻得知遍傳引的遠村近里僧尼道俗善信男女各出金粟建一個祝延

聖壽報本的道場衆信僧人都拜請祖師登座爲衆說法。祖師道既令吾徒弟承行課誦一切科儀悉聽他行持吾暫移靜室打坐乃令道副隨身按下不題且說阿羅三位尊者見尼總持以口舌化郁富等五人不回動了嗔念向十殿聖前念了幾句梵語見出真實不虛地獄警戒他五人。又爲出家高僧安可令他遨遊地獄那犯法罪惡污穢僧身只爲救度衆生說不得廣施方便乃以白沫猴獻菓。試他禪心尼總持那時若見了白猿桃菓說吃了免入地獄一時吃得便入貪痴只就他一心自忖不敢僭受聖真之獻便成就了他這一件功德也是郁氏五人之幸又得

道育高僧與他課誦經文修建法會阿羅三位尊者乃向四位尊者道尼總持以孝化悔以順懲逆吾故試以法以從其教令道育課誦雖爲郁氏五子報本根因實爲輕塵和尚消慾尊者慈悲曾云法試母使他禪心不力又被邪魔亂正第四位尊者生歡喜心允首咨道俟彼誦持演化吾自有法以試却說輕塵和尚爲受賄課經不完遭譴被聖僧救度這一端情由往來寺中無一個不知他自巳也悟悔改一時瘡痛巳痊入堂參拜聖像懺悔罪逆乃謝尼總持畢隨上道育法座前冷誦經呪恍恍惚惚只見一蝥使手捧二函上寫盡有一行字一函開着經資三金一

函開着經儀七金。七金者置於道育座前三金者置在輕塵前面那輕塵看了又看道育端誦不顧少頃蝥使與函不見道育經文誦畢乃向郁氏及衆信說道小僧奉師旨承攬經功此心惟恐心與經文不一或生慢心或生妄心。或生利慾等等邪心或生有我種種私心口雖誦念眼實外觀經隨眼去孳隨誦入自保不暇焉能與人度脫諸善信當鑒小僧真誠切莫惠布金錢不但受領入了貪邪只一入眼恐起了無明之妄道育說罷只見衆信中一男子開口問道聖僧之言果是真誠爲十方衆生課誦功德實行且請問我等布施金珠供養三寶聖僧課誦經文代消

萬方永垂歷劫道副答道師盡師心。一隨萬變尼總持答道只據見、在任其去來。道有答、道有我、有人、無人、無我、祖師聽得道、汝三人意見雖別、理實不殊、只是於三世慈尊原意少異。尼總持便合掌稽首拜問、三世原意、祖師道爲父母出家、今已披剃在佛門、那些地獄中有情、寧志了演化。尼總持當下頷悷、乃兩眼看着郁富五人上殿來瞻禮。祖師却又一心裡想着輕塵的課誦根因、只見郁富五人上得殿來、跪拜在祖師面前、也不言語、只是磕頭。祖師大旋光明、倏知來意、但口誦一偈說道

知心便問心　　云何墮此獄

反此不正經　　消愆在慎獨

郁富等不知偈意、惟郁貴叩首師前、道小子知也乃起身向寺僧告許經愿祈保雙親康健、災難無侵、當時就有一個僧人近前道、施主要建一會經愿、道塲還是建一藏課誦功德。郁貴道、一會怎麼說、一藏怎麼解。僧人道、一會乃是一時修個法會、二藏是課誦經文五千四百八十卷爲一藏。一時法會燈燭香花齋儀、與一藏課誦的功德費用多寡不同。郁貴說道、只要功德廣大、我祈求得益僧人道。如此須是與施主課誦一藏經文、尼總持聽了、僧人課誦之言、乃向僧人道、莫要似輕塵的課誦、郁貴笑道、師父不

言小子也忘了、但不知可有此事、那僧人聽得吃了一驚。忙向尼總持問道、師父如何說輕塵的課誦、輕塵乃吾師也。見今疾病在房、師父這言說得有些古怪、跪蹊請畢其說。總持但合掌不言、郁富便說道、我等爲不明孝道、誤犯雙親、被陰司寔譴、已墮成獄、幸未離善地、得聖僧救慶於寔寔中見獄主懲治一僧、說他爲人課誦得貤不完經功把週身鐵釘遍釘得聖僧救解我們影响之間、尚記得他名號輕塵叫他徒子若孫速補完經文、以釋前罪。僧人聽得問道、施主此言、却從何處見聞、郁富道、便是夜來山門廡廊處明明顯化僧人道、果是吾師爲人課誦經文未完。

偶患惡瘡遍身疼痛、將巳垂亡。昨夜忽然瘡口合愈住痛得生。細思寔寔報應不差、我等爲師續經懺罪、自顧不暇尚敢又攬施主經文、重復造業。僧人乃稽手、尼總持說道師父旣解救我師於寔寔、這郁施主經文一藏借道力與他成就了功德、罷總持道、我等隨師東行、功夫不能久留。僧又向道育前稽首說道、望三師父與他課誦罷道育答道此係吾總持師兄攬來的功果、小僧未敢承攬時在堂尚有衆僧齊道、我等不必推讓、何不稽首祖師前聽教、何人課誦、衆意乃定。齊到祖師前合掌、敢知祖師祖師與道副正閉目端坐、衆侍左右、忽然祖師開眼道得四句偈語。

219

個和尚手執着公文呈上獄主。獄主拆覽公文乃叫押過
那和尚來便是輕塵不誦經文妄受貲財這宗公案尼總
持見是僧家不待獄主清審便開口請饒獄主笑道地獄
無私安行囑託想是免死狐悲惡傷其類總持道僧家方
便存心見俗且救況一門同宗安忍坐視一面求饒一面
看那和尚滿身都是鐵釘釘着無一皮膚好處苦楚萬狀
總持不忍哀求獄主釋放去了鐵釘獄主道事開於我我
正也躊躇若要去他鐵釘還須叫他徒子若孫補定經呪
總持道小僧既認他做一門同宗便是代他持誦經呪諸
呪也是小僧披剃到今習熟乃隨口誦出諸經一過只見

那輕塵身上鐵釘根根自脫獄主乃謝總持拵叫左右且放
了和尚在那壁廂蔡落一面喝郁富等說道汝等信陰陽
一理報應不差麼郁富五人磕頭滿口答道深信深信獄
主道且饒你一十八層之解幸喜你尚未離足佛門說罷
把袍袖一拂頭刻公廳不見他五人原來出了寺門見天
色昏暗朦朦朧朧復走入寺廊在那左廊下就宿寺僧見
他五人睡臥只當借宿也不驚叫動他尼總持打坐殿上
又復入了這種根因祖師見總持出定乃笑道徒弟雖把
持不定却也於度化有功乃說一偈道

　　　自種有因

　　　因以成衆

受魔却魔　　為靜之動

尼總持起身先拜了左右阿羅尊者隨向祖師稽首却信
步走到十殿閻羅聖像廊下見郁富五人方纔睜眼起身
一個道詫事怪異怪異一個道在此聖像前便做這景像
夢一個道做夢只一人知覺那有五個通同一個道明明
顯化我等一個道只看那長老可知五人正說只見總持
走向跟前道小僧如何不知若不是我小僧方便押解一
十八層五人聽了道爺爺呀地獄昭然我等罪惡何解須
是到殿上求告祖師總持道這纔解得五人乃走上殿來
却是何等求解下回自曉

第三十四回　求謀誦報本回心　說忠欺災祥果報

話說祖師趺坐在大雄寶殿之上傍左兩楹之間來往善
信瞻依不斷寺僧焚香禮懺借師演化因而交攬檀越施
主也有許願酬恩的也有齋僧結緣的也有問道求度的
也有悔過消愆的也有為自身祈禳疾病瘥瘲的也有為
妻子保安修醮的那祝延聖壽牌位設着正中和尚只據
科文晨夕誦念一遍那曾見為父母的來叩大慈恩光普
照又見那僧衆奉承勢利忙忙碌碌道人行者奔走蹄蹺
蹌蹌祖師大展智光乃向三個徒弟道世態人情百千變
幻我等欲行度脫只據的目前即此目前尚漏如何普及

職分當爲一毫之外不可加。一毫之內不可少。要加添無處加添若少了一毫便入罪犯。可憐你這眾中也有不明故犯的也有明知故爲的。受這苦惱。可恨你自作自爲。不自覺悟不畏王法不怕冥讁眾犯聽着黠首。郁富等見了寒心。只見眾犯把眼往堦下一看向主者訴說道我等生前豈不知父母生身。只因一時酒色財氣。貪嗔所染却被那堦下押來的悔逆邪魔坑陷了我等。好好心腸清清世界都被他鼓惑弄壞到此。邪魔見了眾犯巳自驚愧却又鼓聽了眾言乃若道你們自心無主與我何干。想我那來鼓弄你之時。你父母也曾把好恩情言語與你說。那好親戚

606

隣里也曾把甜言美語與你勸。那知道義的好朋友也曾把綱常倫理與你講。那賢惠妻妾也曾把忠言苦口與你諫誰叫你執那罔化不聽良言自作非爲與我何干眾犯聽了只是咬牙切齒道分明是你鼓弄我等迷了本家送在這苦惱去處還要多嘴饒舌主者聽了大喝一聲道這此業障到此還行強辨你豈不知俗語說門裡君子門外君子至又古語說的好貞女在室狂夫禁爲你眾犯若伏正大光明那邪魔敢無端勾引喝叫左右仍押入獄却叫把那悔逆邪魔押赴陰山背後永遠莫使他出世這邪魔聽了苦屈皇天叫高僧方便尼總持道你陷人於無法可

607

治。還有何法方便於你獄主乃分付鬼使寫了一道牒文。把悔逆邪魔押去乃喚郁富等過來說道汝等不孝之罪雖未發覺然已跡著特勘問司主未結証定罪過來聖僧爲汝等堅執罔化故設報應因緣爲汝等警戒你可知逆理犯順無邊罪業皆從你不孝中積出今我這地獄中第一禁欺君誤國不忠的悔逆父母不孝的汝等犯了不孝之條故押出這黨罪犯欲使汝等各知悔悟若復執迷不改須罰汝等生王法死地獄汝無後悔乃向總持拱手道高僧不敢久留諸獄總皆罪惡幽繫覩一自知若必欲遍令此輩遊觀恐見了這許多罪案光景動了你釋氏慈悲

608

顯的吾執法不存忠厚但保助你祖師演化此行水陸國度若有見聞善惡苦惱有情等眾應得度脫解罪消災但誦楚音吾自顯應獄主說罷尼總持合掌稱謝起身只見獄主復留住總持說道我亦有一事在勘問尚未勘明發過須與聖僧有三分瓜葛少留待發過來當仗方便尼總持乃問道司主有何事要小僧方便獄主道吾在陽世一門行孝故此百年得叨此職今聞吾子不改先志爲父母持齋延請僧人持誦諸品經咒有寺僧法名輕塵得受經資棄置不誦已入惡業勘問只是未完此件公案敢煩順寄僧徒續完彼此功德正說問只見兩個公差押着一

609

總持看了便叫郁富等你當觀看那邪魔便欲掙脫繩索
說道鬼使哥此處禁止我類名色理不當入乞放了我罷
鬼使怒道此正是送你萬劫不超生的境界只見郁富等
說道人間欺君誤國侮逆父母也有個重輕怎麼一槩示
禁就沒個等第鬼使怒道獄裡禁着的自有等第你怎得
知要知須待獄主升廳僧人稟白過方纔現形與你是知
正說間果聽得雲板三聲獄主升廳衆人在門外觀見那
獄主

頭戴金冠黑翅　身穿絳色紅袍　白玉帶上繫青絲
足下雙靴染皂　左列着文書掌判　右列着善惡

功曹　堦下擺着戟和刀　專候罪人拷鞫
獄主升廳鬼使押着那魔到了堦下門上那裡肯放總持
入去總持方纔合掌念了一聲佛號只見廳上主者見了
門外僧人便問左右不知鬼使乃答應前情主者聽得忙
叫左右延入總持以禮相接乃問高僧何自而來到此何
事總持便把前情說出主者道僧不言吾已備知但你要
觀看只是色相難觀垢穢難近又恐你僧家慈悲不忍發
出一個方便來破了迷情走了這惡孽總持道即如司主
說我僧家原除了俗情煩惱不忍觀看惡業自作自受只
是爲吾師有度化情因不欲叨叨口耳每欲緘默中示人

一種道理令使自化苦奈羣情不慧衆生迷眛者多故此
我徒弟輩隨師演化發師未發之肯以開衆生有情之覺
望乞見原把獄中不忠不孝惡業與此郁富等一觀滌慮
洗心或者在此警省獄主聽了笑道據僧所言當放出縱
觀但已結証未結証已發覺未發覺輕重不等刑罰亦異
那重的已結証的或發在畜生道或發在餓鬼道那輕的
未發覺的或使他活受災害或使他見刑世間那已發覺
尚未結証的乃幽囚地獄中此地獄中雖似世間獄一般拘
繫却與塵世不同塵世人情多爲利誘禁卒與主者公私
不同受賄循情容有把罪犯安置閒散之處苦了那貪苦

的禁匡他在那甕臨湫底之間若我這寅司不逐利賄不
受私情貪苦愚氓還憐他個少訓失教富貴奸頑反恨他
逞兇肆惡總是一槩幽囚無分彼此獄主說畢乃叫左右
把獄中侮逆罪犯不分輕重放出獄門之外左右奉令去
放罪犯主者乃拱手延僧廳上側坐把郁富等五人並押
的妖魔分布兩堦只見那虎頭犴狴之中杻械枷鎖爛腿
折脚愁眉苦臉哼疼叫痛一個個挨挨擦擦哭哭啼啼走
將出來尼總持見了嘆息向罪犯說道人生世間乾父坤
母乾郎是天坤郎是地天地盖載之恩高厚無極所以父
母配合天地一樣罔極恩深有此父母就有此孝順人子

東度記　卷十

僧之唇吻皆此邪魔猖獗神將道若以吾神力職掌專勤
滅此魔但既屬僧門聊存方便即此地獄昭然見在借勞
僧步一一押赴使他目見被陷之人受諸苦惱自生悔心
須是大借神威押赴不然此妖邪又復逃彼支吾神糾道
吾要護持三寶目赴于壇鑒觀大地逆理亂常之輩以伸
吾勤滅驅除之權不暇留此吾僧若隨師演化後再有梗
化衆生不得已而用吾神當稱揚梵語吾即來臨扶聯神
將說罷飛空而去尼總持乃向主者說道郁氏五子小僧
本欲乞求免押陰曹令其自悔乃其實是被悔逆邪魔鼓
弄今押此輩遍遊地獄使他目擊被陷凡愚不得不遵他

順帶使他也經目警省主者拱手隨喚鬼使押悔逆魔鬼
使方纔去扯那邪魔陶情輩等邪一陣烟走了只剩得一
個邪魔被鬼使押着郁氏五子也被鬼使鎖押尼總持見
了乃復向主者求寬說道望司主垂念他未離禪林寸地
尚在慈悲我師光照之中免其鎖押容小僧保領遍遊示
戒可也主者道既是僧以方便爲解姑領其教乃喝退押
解鬼使五人見總持與他方便鎖押又且身邊無一惡狠
狠解人乃低頭拜謝說道昨日在寺中承師父教誨只是
我等固執不明今陷於此乃承救授得免押解不知前途
何處去所這押解的何等邪魔總持道汝等便是這邪魔

東度記　卷七

迷惑鎮日朝昏不捨你等如何不認可喜他離了你身你
且前去看那被他坑陷之輩受苦當下總持辭別主者吓
鬼使押着悔逆邪魔前行這郁氏五人隨後走不多時只
見前面一座大城攔着去路怎見得大城但見

石砌堞高百雉　金釘門栓三關　東連西接海天八寬
上逼青霄不斷　黑霧漫天籠罩　寒風侵首無端
城門外設許多般　刀戟精靈無算

鬼使押着邪魔手執着一面押解牌見那精靈看了便放
他進城却攔着郁富等不放其進總持向精靈說道小僧
保此惡業欲遍遊地獄以示警戒汝等不必阻攔精靈道

人間自有地獄僧人何不指與他看總持道人間犯法者
衆牢獄習以爲常上官三令五申耳提面命詳細在那申
明亭內懲創在那杻械枷中善者自善惡者不畏所以小
僧乞求前司主者保得這輩觀游乞賜容放不致差池正
說間只見一個白猿手執一桃獻與總持說道僧食此可
免入此城總持暗思殿廡有阿羅三位尊者受白沐猴獻
菓我何人斯敢當受獻只這一念那白猿飛空而去城門
洞開精靈拱手聽僧人帶五人入城總持入了城門徑直
走去只見一座大門樓上寫着酆都地獄傍墻上帖有許
多告示上寫着一禁欺誤君國侮逆父母不忠不孝衆生

自從盤古天地分　那時便有我色相
只因人皆直朴純　孝順父母忠君上
大舜大孝貫古今　空勞斯時身附象
文王視膳問安康　伯魚當年哀泣杖
郭巨埋兒天賜金　丁蘭刻木為娘像
董永傭工葵父親　感得嫦娥從天降
世間都是這般人　與我魔王全沒帳
分心寨裡遇陶情　惹出我等多魔障
本來只要附人心　落得一身稱豪放
送了一個入幽冥　又送一個地獄上

我名悔逆有名邪　不怕道尼與和尚
無父無君說你們　盪着些兒叫你喪

尼總持聽了喝道原來是你這邪魔我想天地間除了正人君子你不敢亂他些毫志意再除了我等出家僧道你不敢侵近色身世上被你陷害了多少愚夫愚婦墮這十八層墮這十八層還是逃得王法的若是逃不得王法的尼總持說到這一句便攢眉泣潸起來邪魔笑道和尚是個哭膿包怎麼說一句逃不得玉法的便哭起來却是為何。下回自曉。

第三十三回　試禪心白猿獻菓　墮惡業和尚忘經

尼總持泣道世上被你這邪魔陷入天羅萬種苦惱真是叫天不應叫地不靈身體髮膚受的是父母的被你弄的他毀傷萬狀可憐他在公廳受那五刑三拷有一等惡很父母偃視其子恨不的食其肉有一等動了天性恩的哀憐巳遲為父母的那裡知刑罰的是自巳身體為子的那裡知刑罰的是父母髮膚此處愚夫至死還有不悔不反自巳過惡甚且优恨無端可憐他怎知不盡的王法還有地獄在後邪魔聽了大笑起來道我黨生就反常背道專要逞弄着這等世上愚夫送一個再摸一個孿有些精神茲養尼總持便屬色起來說道我僧家不迷入真境如今遇着你這邪魔只得哀求正法除你乃合掌望着空中稱贊了一聲讓法大力尊者只見空中現出一尊神將手執降魔法器專擊侮逆邪魔見了尊神匍匐在地口稱遠離紅塵再不向人間鼓弄尊神怒道汝等變幻不常隱顯叵測何足為信乃叫鬼使押入黑暗地獄這邪魔涕泣求饒尊神怒目不解只見他黨中陶情輩低聲囑道何不便總持道你自方便誰能與你方便乃向神將說道驅此邪魔仰仗神力如此斬草除根免其再發世間尼夫俗子不明綱常倫理被他鼓惑迷弄今日費神力之勤蕩勞小

榮親耀祖便是好子傳奕爲非傾家蕩產便是不肖這不
肖便是不孝主者拱手道善哉善哉信如高僧之言今看
佛面且免他押解地獄這地獄中都是不明那正大光明
道理的我陰司也不願設此以待不肖只是他自作自受
聖僧若肯一躲慈悲方便他們超生出世僧人道慈悲方
便是我門中宗旨只是司主這地獄中都乃已結証發覺
情無可矜法所不赦難以一躲度脫僧人說罷只見陶情
這一班業障齊腰喝起來道和尚家不去自已修持個見
性明心歷劫不燬的大法却來這裡說人的業根營人的
閒事把我們弄送的冤孽結構的窩巢提明說破長你家

志氣滅我們威風是何道理早早的脫卸僧帽禪衣入我
夥來受用此葷和酒色你那清門淡飯有甚好處僧人聽
了大喝一聲道尊障你是何方鬼怪那裡妖魔在這地獄
門前不知不覺悟早早修省尚敢毀我僧人亂人正覺只見
陶情這一班隊裡走出一個邪魔來看着僧人道你是那
寺和尚何廟闍黎法名何叫甚處生人僧人道你這業障
問我來歷我且說與你聽

我身南印度中降　　早年父母齊齊喪
士農工商總不為　　不思出將並入相
一心只要入禪林　　爲報親恩做和尚一

清寧觀宇披剃時　　投拜師真有名望
教我出入靜定中　　傳我心神不可放
久久煉得悟禪機　　世法盡教無礙障
一心不欲在家門　　隨師普度朝東向
出得國城暫止樓　　萬聖禪林參佛像
阿羅尊者顯慈仁　　試我扶持驅魔障
執戟郎官延我齋　　葷油攪入素食飼
我師老祖識腥風　　道力除却妖和妄
度脫父子婦和妻　　孝道仍還一門向
相傳指引郁全村　　五子不明仍放蕩

祖師慈悲度脫他　　設此地獄將他放
我今見聞憐却愚　　指引回頭超苦浪
你若問我姓和名　　總持法號多名望

尼總持僧人見這個邪魔生的。

紅頭髮　藍面臉　兩隻金睛燈盞服　一雙肉角插天庭　十個指頭青靛染　一嘴尖　兩耳捲　鼻子朝天額下掩　撩牙露出兩腮前　叫了一聲如納喊

尼總持看了他乃大喝一聲邪魔你此生長何地喚甚名誰邪魔道長老你要識我來歷我說你聽

問我姓名原有向　　不是無根沒聲望

225

主者道：你求名之念，一泒要高官厚祿，治產麼子心腸，何嘗念及榮封父母，盡忠君王。郁貴又辨道：小子雖是有此心，却也未嘗到此地。比如到此地榮封父母，自是有的。便是盡忠君王，也須成了名位，難道名位未成，便責我不忠。主者唱道：人世遺孝於忠，忠臣出於孝子之門，你立心未入孝道，自知你揚名不入忠公，這罪也難饒。叫左右押入酆都地獄。却又點郁福名，主者怒道：你欲安逸，勞苦二親。又點郁祿名，主者也怒色道：你欲肥甘，不行視食具膳。又點郁壽名，主者尤色未解慍道：你欲名元三災九厄，如何不行問安侍疾。你這一行人，只圖為己，了不念生身，殊不知你

要富得貪，要榮反辱，只因不孝所招，不但利未得，名難就。這罪業倒天河難洗。叫左右都把這五人押入酆都，再察輕重，分泒地獄。左右正繞，把五人繩索起來，只見吳厭陶情，這一種寃纏齊齊跳躍出來，歡天喜地，說道：送了他們下地獄，我們又去世間另尋別項。正說間，只見牛空中來了。一個僧人，眾人看這僧人如何色相。

頭藏着一頂毘盧帽　身穿着一領錦襴衫
脚蹚着一雙棕油履　手捧着一隻椰子瓢
口念着一聲彌陀佛　眼看着一起作孽人

這僧人看着押解的，叫一聲且慢。眾押解只得暫停。僧乃

向主者稽手。主者立起身來拱手道：聖僧何因到此？僧人道：小僧從師東行普度，暫寓萬聖禪林前化向氏一門為孝。今度郁宅諸子回心，只因他偏執不信，陽因故此陷入陰果。但念未離正覺之門，且恕他尚昏之業，與他個自新正路。主者道：陽造惡因，陰陷惡道，毫沃差忒，敕所難解，可恨他一種惡根，正在此押解他酆都，遍歷陰山背後一十八層地獄。聖僧何得來說方便？僧人道：司主固乃陰間執法，但吾門以慈悲為主。卽如司主仲尼不為己甚，有過許令自新。郁氏五子雖犯彌天大罪，其實也因其父未行教訓，當年溺愛不明，故縱其惡，莫知他那裡曉得人聞世為

父母的未曾臨盆，其子尚在七八月間，便有胎教。為父或歌詩誦書，向妻說些五倫道理，那子在腹，母聽他也聽，氣血混沌中便生出一點靈覺，所以生育出來十有八九聰明秀麗。若是為夫的葷酒終朝，淫慾徹夜，腹內黯黯不明，一團血肉生出來，多是頑頓愚蠢。及生出來三六九歲，不令他從師習禮，終日與他放蕩嬉遊，義禮不明，誰為孝子？或有孝子順孫，必是他父祖積德，實實善功所召。若無積德善功，萬萬無有好子，還有那不肖的生將出來，連累祖父，災殃氣惱。主者聽了，拱手說道：高僧之言，真如金石。且請問好子如何，何何為不肖？僧人荅道：勤儉攻四民之業

東度記　卷七　十二

老邁的行境五人正說只見十餘個青臉獠牙鬼使走近
前來一個喝道你們要老邁不走這行境何不早念救苦
慈悲世尊一個道家中也有兩個救苦世尊便是肯恭敬
念他一聲也不得到這境界郁富乃問道列位此是何處
你們却是何人鬼使道此是陰司郎名地獄誰叫你干犯
雙親踏了逆天罪過我們奉勘問實司特來提你說罷兩
個押一個繩索牢拴扯前走郁富乃泣道鬼使哥我平
日雖有一兩句衝犯父母却也無甚大過鬼使怒道人子
見父母面上畧帶些不和柔氣色便入了不孝之罪還說
一句兩句衝犯兇言語郁貴也泣道鬼使哥縱我有一時誤

東度記　卷七　十三

了惡業那佛祖要你這金寶也無用處郁富道依鬼使哥
說來這金寶實司無用世人便不當焚修鬼使道汝愚不
明至此世人敬天祀祖只看你心不問你寶你心無寶不
將出敬故存你金寶玉帛不費羊存禮之意五人聽了心
裡畧明被鬼使扯拽入了大門走到一所官廳去處撻頭
看他廳上有大粉扁上寫着勘問實司五人伺候一刻實
司掌勘問主者登堂鬼使押了五人楷下跪着司主取文
簿一看大怒起來道扶持乾坤振揚世教專在五倫這正
大光明道理你等如何背亂當押入十八層地獄與他修
受業因輪轉到畜生之道歷却不饒主者一面叫左右押

犯却也念微末前程放鬆些繩索鬼使怒道若說愚俗凡
夫不知誤犯還可哀憫你有前程故作誤犯該加一等那
繩索越扯的緊郁福也泣道望賜寬此多奉此金寶鬼使
大怒道汝等正為心地不明父母弟兄分上重利不顧義
被這金寶陷害却又說來愚弄我等你那裡知我這實司
金寶無用郁祿問道鬼使哥怎麼說金寶無用世間燒錢
化紙却在那個項下鬼使道這都是生人耳目敬祖心腸
代代不忘先世借實資表這敬念若是實司有用富家到
底是富貧鬼到底是貧且要這金寶買值何物為人子的
生不肯捨金寶供養生身父母死後焚紙金錢何用反造

他五人下地獄一面却把簿子點名叫一聲郁富你如何
只貪貨財不捨養親粉骨碎身不足以消這惡業郁富答
道小人貪貨財是真却也未嘗不養親朝魚暮肉也曾供
父母如何不捨主者道你供親實為自供雖比那不供的
罪少減但曾欵客以剩殘之食食親致父母少有不豫之
色此與不捨養親何異叫左右押去郁富又辨道處家之
常卽以欵客之餘養親勝如不養主者喝道你非貧子安
效家常不敬之罪難怨叫左右押他入酆都地獄却又點
郁貴說道你如何只知求名不知榮親賊首刺心不足以
償這惡業郁貴答道小子求名是實名尚未就如何榮親

只見爲首的。一個苔道我們弟兄五人。俱是郁家老父所
生第一名富。次名貴。三名福。四名祿。五名壽。尼總持聽了。
便合掌道善哉善哉美名。都是轟轟烈烈奇男子。怎麼使
老尊不得全享五位之愛。只見郁富開口問道師父何故
發此言。想必說我等不是。便是這事內。你那裡知我父母
一般生出我五人內中。又無一個乞養对來不明之子。每
每偏心不均。比如分幾許金寶。你多我少。比如說幾句言
語。你是我非。又不是老人家顛倒。又沒有甚讒佞刀唆我
弟兄家常。或有一句兩言衝撞他老人家。便說我們不孝。
尼總持聽了道列位犯了逆天大罪却怎生解救。當即向

佛前誠心懺悔。歸家孝順父母。只恐從前罪業還解救不
得若再遲時日便墮入一十八層地獄受諸苦惱只見郁
貴聽得再笑道師父你僧家專說沒對證費恩想的話地獄
何處若惱何罪只講個眼見的方纔可信尼總持道見在
的便是王法。你若悔逆了父母一字入了公門五刑憑受用
這便是眼見的若惱有據的地獄郁貴笑道不瞞長老說
我都貴也有個小小前程我父母便怪我不是却也不送
入公門便是入了公門五刑卻也免加尼總持聽了道先
生既是有前程難道不求前程進一步這個方才被這不
孝壞了又恐不能前進挨的時日過了到退幾步那時公

門也入得五刑也加得悔是遲了郁壽在末坐聽了笑道
長老你說挨過時日到了前程退步那時人巳老邁公門
五刑也入不得了尼總持聽了把眼看着郁壽道善人你
可知仁者壽你心術既爲干名犯義傷懷了這仁安知可
能到那老邁五個人你一言我半語空費尼總持講說都
是那邪魅盤據在心道副見這光景深知難以口舌化乃
向十殿閻羅聖像前把手合掌道了幾句梵語這五人見
衆僧額左右言他事乃笑語離了寺門回家時天色巳暮
五人越走越遠迷失路境不覺的來到一所大衙門前他
五人擡頭一看但見

門樓高聳逼雲霄　　堦砌坦平鋪玉石
戶擁金釘和獸環　　檻橫鐵段如蛇直
獸頭飛尾出千條　　鹿角橫木圍三尺
牛頭左列做公差　　馬面右邊爲皂隸
寒風冷冷似人號　　陰氣霾霾不見日

他五人心下慌疑進前不敢退後不能回頭那裡是原來
之路左右又皆大水汪洋只得坐地彼此商議郁富向郁
貴說道兄弟都是你向僧家不信公門這却明明公門只
是我等如何到此郁福也說道阿兄都是你說地獄何處
這莫非是地獄郁祿也說道阿弟都是你說老邁這却是

俱以塵土視之受此無用老善人何不把這寶珠分給你
子女世間父子分顏生出那違佛情狀多係為財帛爭多
競少祖師聽得總持說出這兩句便睜眼看着那老漢道
了四句偈語說道
　　種惠生愛　　　種施生因
　　為失愛施　　　何不反惠
祖師說偈畢依舊閉目端坐老漢那裡知解只求師父度
脫他子女回心轉意道副說道老善人我師尊說偈之意
也叫你回家分布此金寶與你子女他自然孝順敬愛你
漢道寶子瞞師父說老漢庄田地土也不少金銀財寶

也畧充每氣分給子女反惹的他們怨對毫無遜順每每
干犯我老漢道育在傍聽得笑道老善人此情易測人心
無有厭足易起爭端只恐你分布不均偏多循少了愛
憎若是有教訓知道理安分受惠方且感父母之遺愛若
是失教誨不明理爭多嫌少便生起不均之怨恨老漢道
我從來公平那有偏多偏少師父總是你說的好人心無
厭足又且少年失了教訓他個個不明白道理如今釀成
了個悔逆的性情欲要呈明官府只恐王法不宥他却又
說我老漢不慈道副說道老善人你請回家我小僧親來
拜探你五位善人「老漢大喜道老漢姓名郁全家住地方」

就叫做郁全村師父若肯降臨當齋相候老漢說罷回家
只見五子已有人說與他道你父在寺與僧人俻細講你
弟兄不孝事情却也一問一答都有道理五子聽了個個
生嗔說道我等有何不孝之事與和尚家講甚道理他這
五人心胸都是那邪魅鼓弄三尸魔俻一個個忿恨起來
直奔到寺只見殿上
　香烟雲繞　　鐘鼓聲敲　　聖像莊嚴高坐蓮花寶座
　僧人凜肅分誦海會經文　　傍列着一十八尊阿羅漢
　位位金身　　背生着五十三叅觀世音活菩薩　　兩
　廊廊塑十殿閻羅　　一山門排四金剛聖　　護法執杵

第32回

降魔　彌勒開顏笑世　　笑的是怡怡愚俗墮紅塵
降的是昧昧邪心沉苦海
話說這五人忿恨走到寺來見無數善男信女燒香禮聖
又見了許多佛像菩薩心裡便有幾分敬畏及至到得祖
師前見衆人瞻拜只得也合掌敬禮便向祖師前說道我
等五人即是都家老父之子聞老父在師父這裡俻細講
說我等不是不是故此特來請問祖師閉目只
是不荅尼總持便問道列位善人名號五人齊聲荅應却
是何名下回自曉

第三十二回　　執迷不悟臨鄷都　　悔逆妖魔降正法

道可度化的須要言說，不可言說的須要法力。師弟自揣近來道心善行積成法力何如？若尚淺，當伏佛祖慈心方便贊成功果。總持道：我知師兄道力弘深，仰仗扶持二人。正說間，只見許多善男信女到殿中瞻拜祖師，前紛紛雜雜一個老漢子說道：聞知師父度化向老官長父子婆媳悖逆復孝，老漢却也遇着這宗怪事。老漢夫妻兩口生了五子二女，也無一個孝順。若是師父慈悲救正他們，也似向家一般改悔，老漢夫婦定然厚儉金帛酬謝。總持答道：老善人，世間凡事有因，譬如地中布種，豆出豆，種瓜出瓜。你前輩祖父恐有失了孝順的後代，定然生出不孝不

順子孫。老漢荅道：先世無有這樣祖父便誇口。總持道：如何不敢誇口。老漢道：若是為子時，父母在堂，師父你聽我說。

父母在，不遠遊，戲彩班衣解却愁。早夕下氣和顏聲更柔，飽食暖衣供，只願雙親心喜悅，福壽康寧到白頭。這孝敬在心留，少有違拂獨自尤。

老漢子說了，笑道：師父莫怪老漢誇口，其實祖代傳來並無不孝的。尼總持道：世間怪事多從積惡中來，只恐老善人祖父有積求過惡。老漢道：這也不敢欺瞞，我祖父

都積善，不行惡，代代務本不逐末，無有姦盗與

邪淫，寬厚居家常守約，不趨勢利與炎涼，安分守己為生活。

老漢子說罷，尼總持道：據老善人說來，祖父都行善無有過惡，宜子孫代代孝順。今五子二女無一個行孝，想是老善人溺愛不明，未得教子之方，縱放他的良心，你莫知他惡。這却難勸化教訓，已遲過，實在老善人修省也無用。老漢道：師父如今仰仗道力與老漢做個功德，使他們悔過前非，也見佛法無邊。尼總持道：善功德力固可感化，將來只是轉變在你五子良心發見。我佛門不設怪誕，不行威令，順善心自然成就菩提已耳。道副聽得，乃對尼總持道：

師弟，你荅老漢之言雖是一團至理，却只是收拾已壞之人心，不得不行個激濁揚清之術。比如雷霆懲惡，天道無私；五刑禁奸，王法不赦。若只拘拘我釋門慈悲方便，一聽其自化，只恐那廝失教訓，執惡堅意不回的，却怎生覺悟他悔改。尼總持聽了，那裡有個主意，兩隻眼只看着老漢子。老漢乃自袖中取出寶珠十數顆，奉尼總持說道：師父你定是能教誨我子女轉心改意有道法的，順以此珠奉獻。尼總持見老漢手捧着寶珠，却又把眼看那壁廂，見第二位阿羅尊者合掌笑容，傍有琉璃舍利之光，乃生覺悟，便向老漢說道：小生們為生死出家，一切世法金珠寶貝

東度記　卷之七

生歡喜，備香燭幣帛，跟隨婆子到萬聖寺來。那裡知向老平日一家父慈子孝，只因他既有子媳，又復續絃，蹈了這淫慾根因，便惹了那吳厭輩陰中攪擾他，這輩怕聖僧東度人人崇信正道，不得遂他迷亂人心，乃遇着事機，暗生魔阻，却說向老同着婆子入得寺來，他不便上前謁聖，乃叫尼姑引着婆子近師前瞻拜祖師。知其為向老續娶，釀成這一種根因，乘他悔悟前來，乃說一偈道：

前節既失　　後悍作禍
自不忍心　　於人何過

婆子聽了偈語，那裡知道，只是合堂望着祖師拜禮問着尼姑道婆出得殿門，把偈語念與向老聽，向老却明白說道：高僧偈語只要你忍耐，免災，把你與二子兩媳從前已後是非過惡俱消釋了，只照你初到我家看待子媳的心腸便無氣無惱，那疾病也不生。婆子滿口答應，向老一心歡喜到家，一門仍舊和好。却說人生五體有個三尸魔孽，這三尸不喜人鎮靜長遠，專一鼓弄人作孽為非，鑒喪天真，所以修真悟道之家，屏却三尸之魔，世間好事他使的人不去做，便是那七情六慾種種那惡孽都依附人心弄的人七顛八倒，他繞遂意，却說吳厭輩混跡世間，分門逐類，結構在那不明道理人心，這向家一戶，都也是他今被聖僧點化了他這些業障，計議道：世間有正原無邪、有善原無惡，只因人心不古，已生出我等，既有我們，怎肯容他這僧人一念要演化度脫人心，從了正道善行，必然福壽資生，我輩怎得容留把世人愚弄。這些業障，乃就乘着國度中寺院遠近，不明道理的愚夫愚婦，使作的那好貨財私妻子，不顧父母養使作的那博奕好飲酒，不聽父母訓使作的好勇鬥狠，惹禍生非，連累父母傷使作的那作惡犯法，把父母身體髮膚毀使作的那違和遷怒，不把父母柔聲悅色待使作的那為利為名，爭忿輕生為父母憂種種愚夫不孝之罪滔天，還有一等愚婦被他使作的偏愛子女忘孝公姑使作的妬夫納妾，老至無見，使作的呪公詛姑中饞不潔，使作的偷饞抹嘴塘地藏輩，使作的在家不奉母儀，出教不聽婆教，般般惡孽，雖說是三尸鼓弄，總是這七情六慾吳厭輩附和。因向尚正，父子婆媳復舊孝順，歡好一門，與旺六畜滋生。這種種男女，有闔知度化的惡念不悔，反生讒誚；也有誤遭邪惑，一念省悟的，到寺裡觀望求釋前非。祖師於靜定中，慧光普照，洞知這不齊情由，乃向尼總持道徒第：汝為父母出家，不當完一身之孝。若能充此善行，普及一切衆生，同歸正道，功德無量。尼總持領了師旨，乃向道副問道：師兄這善行如何充滿。道副荅

語從前罪業。或可消除我們囘家勸母。他係老人家便離
了閨門。也無甚大過。向今笑道。千載難逢高僧聖道。只要
我們夫子們跟從出來。以免嫌疑。三人囘去。兩婦同着衆
女人到了正殿。瞻拜聖像。便走到殿傍。見幾多男女。來來
往往觀看祖師師徒。二婦上前合掌深深拜倒。口內念佛。
懺悔前愆。道副却認得是向古家。執捧打出屋來的二婦。
便對尼摠持說。道化轉二婦之心。便是他一家之幸。尼摠
持道。這理真當。人家每每侮逆公姑。唉使不明的漢子。若
是漢于賢孝不聽長舌婦言。世間那有說公道婆背前面
後盤是非嗎。男于還是個良婦。爲丈夫的只是一味不聽。

把那偏心溺愛私懦。做個光明正大道理。道育在傍也說
道。人家三代五代積攢出富貴兒孫。都從此造。尼摠持道。那
裡等三代五代之後。只說眼前一門歡慶。災害不生。婦女
產育無難。丈夫家道與隆昌皆出於此。祖師聽得開眼說
道。徒弟言太迫切了。當下二婦。只是磕頭。衆婦個個稱道好
言語。起身出殿門而去。後有贊揚漢子莫聽長舌一篇說
道。

切莫聽切莫聽　是非都是婦爭競　說長道短沒遮
攔　枕邊耳內何時靜　數公道婆罵小姑　炒隣咶
舍親姻聽　欺家門　夫不幸　聽了是非亂了性

多少不孝出此門。多少不義由斯徑。聽了不是惹
官非。聽了果是生災病。身家若是要平安。除却
忠言俱莫聽。

話說二婦聽了師徒言語。個個自思悔想。已身不是。囘家
把這好言。你勸我我勸你。就有隣家媽媽娘子。說向嫂不
當繞悔公婆。這二婦省悟。便去孝敬晚婆。却說這晚娶婆
子。果然初嫁入門。見前妻子媳。雖也賢順。只因些小拂意。
當自想不守前夫之節。失身再醮之夫。百事含容忍耐。以
圖過個平安日子。乃有心情强狠的。說我是母。我是婆便
欺凌子媳。過着那道理不明的。道他是晚。他是繼。不念生

嫌。後夫忘了前妻遺愛。只要後娶心歡。偏聽成隙。日長歲
增。眞乃家門不幸。賢的做了不賢。順的成了不順。婦人家
水性。積了些無處解散的悶氣。多少染了些没來由的疼
病災危。向家晚婆子正是這宗根因孽障。自揣不明。積愁
成病。却得向老鬧知祖師東行普度請齋。解救這怪異誰
想子婦又不明。鬧炒這一番費了師徒唇吻。化解的一家
復舊歡好。這婆子見了向老來說些好話。二于一舅又來
問安。兩個媳婦。雙雙悔過前非。都借着和尚的良言聖僧
的勸解。這婆子一時也悔過更新。心和意快。疾病安愈。梳
洗起來也去會兩個尼姑道婆往寺裡懺罪保安。向老心

東度記卷之六終

新編東度記卷之七

引記

大道生人總一心　　逢場盡假與誰真
天生一味真忠孝　　人使千般假顯凌
假奪真兮神豈祐　　真遭假陷罪難伸
仁人識得真和假　　直向靈山問佛音

第三十回　度向氏一門復孝　化郁全五子邪心

話說向古三人得了聖僧度脫，不獨反逆爲孝，心情便正大起來。出了寺門，遇見許多婦女，老的小的醜的俏的。那小的執扇遮面，逼這老的捧燭拉香，可憐那醜的無人顧祝。

正　不偏　情

獨嫌那俏的偏慈，人觀他二人，便道是放縱閨門婦女外遊，有這等不如羞女混雜。雖然是釋門清淨，慈悲普度善男，慾引惹市井無賴頑心女，菩薩有這善出閨門，在家堂焚香拜聖，何必瞞丈夫身露面。見像焚修清白世家，說無恐有他三人正說，只見這些婦女中有兩妻小妯娌二人，見了丈夫便問道演化答道在殿上如何，你二人到此。其妻答同心轉慈，說了一篇好言好語，都是道

的。我想這僧人定是高賢聖眾，我們前怪公公請和尚來家，說我們不孝，故此把素齋肉放了葷腥，古怪他不舉筯。天使的你們掀倒了。今日鄉村奶奶大娘傳說萬聖寺有高僧演化，故此我們來瞻拜燒香。向古三人听了說道：你如何不同婆婆來？這便還是你等不孝。二婦道：我們與婆說，反被他搶了幾句沒好氣的言語。三人道：聖僧在殿上，你們既有村隣伴來，我們且回家勸母，也來隨喜。舅氏道：你我方纔講婦女不可出閨門，卻怎不叫二媳回家，任他進寺，又要回家勸母來隨喜。向古笑道：二媳既回心信佛，已來寺內，此就他這好意，萬一高僧再有開度他們好言

因我父喪了前母繼娶這後母甚是不賢搬唆是非惑亂
我父計害二子凌賤二媳還有說不盡的不仁不義之處
以致我二子氣忿不過也顧不得違了些二人倫道理道副
答逆善人莫要傷害了綱常倫理造下了逆天罪業三父
八母之義要知五倫一孝居先為重豈不知舜帝事親呼
天號泣文王大聖視膳問安二位善人你當盡了子道莫
要傷了一親若是傷了親心王法自是不容幽冥豈無鬼
責向今便說道師父你出家人只曉的說見成美語那舜
帝文王都是聖人天心我們凡夫俗子度量窄狹父母院
偏心不念我等是他前妻遺愛我等難道甘受這後娶的

欺凌一時冲撞此二見他便百般唆害其實含忍不過以致
如此尼總持聽了道善人你二位為親甘蹈不孝小僧為
報恩出家只說如今事勢到此你却要一家和睦昌盛為
好還要一家炒鬧禍害為好向今道我等豈不願一家和
睦昌盛只是他為父母的心腸偏僻不好尼總持笑道善
人差矣不必論如今彼此成隙只說你母棄世之後子媳
若孝彷那問安視膳的心情莫使你父憂中饋之無人房
闈食息之無託他便也不思續娶以忘前姻之好只因子
無問視心情便起了續絃之意向今又說道不欺師父我
弟兄從來也孝誰叫他娶了這繼母不賢唆使的一家不

睦尼總持道且問善人你父繼娶他入門時難道他便起
個不賢的心腸唆使你父子他那初見你二子二媳何等
愛厚必是你們存了一個晚繼心腸不使出個孝敬實意
古人說的好親娘為見搔禿血流滿面人兒了說愛之也
若是晚娘人便說妒看這根因還是善人弟兄不看他始
初入你門待子媳之意嫌以生嫌隙浸淫以至于
此依小僧之言囘家乘你老父悔心急行順母孝道你母
若不囘心轉意報應却又在他也向古向今聽了拜謝尼
總持只見那舅氏在傍傍父道師父說我甥叫他盡却子道
是矣你却不知這婦心情惡毒母連我也欺道副乃問善人

是誰其人答道吾向古舅也道副笑道我師偈語末句正
為善人發說親友宜賢人家遇此事消禍起禍都在這一
種根因若是親友賢自勸解中生出許多方便不獨
一家安其陰功於親友亦不小若是親友不賢唆使成仇
不獨一家受害他自身也難必善後萬一被唆使的看破
這优恨又不了舅氏聽了便黙肯說師父真是度脫我等
三人讚嘆出寺而去方出寺門只見許多婦女口中念着
阿彌手內挵著香帛見了他三人乃立着問道東度聖僧
可容婦女瞻拜向古答道嚇拜的却是那方婦女下囘自
說

反成了不幸家門，愚哉莫此爲甚。向老聽了道副之言，合掌道：師真說的，真是慈悲方便法門。至道老拙句句明心，言言合我。只是事巳到此，悔交遲矣，求示一個解救功德，把子媳仍復善良，不再兇惡。便是這繼婆的，也叫他安常處順，使老拙免得氣惱，除去病根。道副乃向祖師合掌長跪，道：望乞吾師大垂惻隱。祖師閉目坐久，聞得徒弟惻隱之言，開眸又見向老亦拜求度脫，乃說了四言四句偈語。說道：

續絃續絃　勿聽其言　無傷子婦　親友宜賢

向老聽了祖師偈語，如鏡照衡平，抖然心地朗徹，氣宇和

平，憂容變作喜色，病體頓復精強，謝了祖師，師徒辭別。衆僧到得家內，只見二子二媳與那外來的人，氣尚不平，惡狠狠的問道：老沒正經，與和尚議論，我等不孝。那和尚不是執法官府，訴究究罪。我等向老嘻嘻笑，這和尚卻不是平常僧衆，乃是國叔聖僧，有緣震旦國中，欲東行演化，度脫有情衆生。方繞我受不過你等氣惱，尋他求個解救。他師徒如此如彼講論了一番，總說是我不明道理，做了個聽信繼娶之言，傷害了前妻子媳。我想那高僧四句偈語，更是明切。他道一末句，說親友宜賢。我想人家親友賢德也，勸解幾分。比如繼娶的有人唆使，致生嫌隙，再加丈夫

聽信讒言，果是把孝順子媳，多有變作悔逆兒郎。我如今聽了高僧之言，便解了我平日之忿。向老說罷，往屋內熟走，只聽得在內聲聲叫繼娶妻室，好生和穆。人家父子安靜，老幼家門。這二子聽得，乃對舅氏說道：這等看來，方繞是我二人無禮，也不曾聽那和尚們說此二甚話，便造次打出來。若據我父方繞言語，果是高僧。我二人合當去寺中探望，也求個方便解脫。舅氏也道：我既是親戚，須問個如何是賢。只見兩婦說道：我方繞不當暗裡葷腥，破了僧戒，罪業怎消，也當去懺悔。一時各生歡喜，到得萬聖寺來。却說寺中衆僧，見祖師師徒演化普度有情，不講禪機，徹

妙梵語，專講人倫善惡根因，也有向道的執經問難祖師，句句開發其疑。也有隨喜的就事論事，徒衆宗宗指明善惡。這方丈衆僧便設個道場，請祖師登座，演說上乘法寶。祖師道：何必費此一番唇舌勞攘，滿眼空花，鑑懸堂廡，往來任緣，照入無私，彼此隨喜。祖師說罷，衆僧依言靜聽。當時四方善男信女卻也隨喜，甚衆。只見向古向今同着舅氏入得寺門，見了祖師跏趺坐於殿側，衆弟子侍立兩傍。他三人便稽首師前拜謝，祖師只是袖手笑容不答。向古又恭禮三位高僧，彼此各各相荅。只見向古開口說道：師父我方早輕妄觸犯，罪過萬千。師父們有所不知，只

為子的也當委曲和順僧人道，二子兩婦。當後母未娶之
先却也極孝如今兒惡異常親降勸解官法警戒都反做
優道副道我師尊以度化前行見此逆理亂常必須要降
伏了他兒惡根因消除了這侮逆業障僧人道比如師父
要勸解他父子還當在那個身上究正道副道于理法只
當究子正媳僧人道有何理法究正道副道子不順親法
所不赦何必論父母有不是使然只就他不得親心便該
罪死若論以理究正便是生母棄世父續後母人子有八
母之義安可不循義孝敬縱遇着妒惡不賢專在這為子
的感格若是子有一片孝敬真誠蹈湯赴火不辭那為父

冲撞列位師父罪過萬千求聖師慈悲開救仍求度托但
不知這種寃愆可得消釋祖師只是不言合掌道一句善
哉向老再三哀求祖師但云問吾弟子向老只得請求道
副師解化道副乃對向老說道老檀越你這事情莫怪其
其實有根因當初你先室棄世身既有二子佳媳正當因
其孝以正其倫誰教你斷絃再續世間斷絃再續的第一
無有子嗣只得娶一繼妻為傳代計或中饋乏人房櫳鈌
侍不得巳尋一個鋪床叠被之婦你豈不知續娶情苦補
房事難守義賢夫良婦寧甘鰥寡向老荅道師父你出家
人那知我俗家閨閫中情苦當初前妻在中饋有人衾枕

的娶了後妻難道忘前不顧其子子再孝敬不違這其中
便積出無量福祉家門自生吉慶若是子不明埋怨父繼
娶再加繼娶妒惡或生有巳子溺愛或唆使子父不和或
姑媳不相親愛再加不賢媳嬾公怨婆丈夫易聽或帶
前夫之子侵尅後夫財產為子的正當合忍遜順更加和
顔喜色親愛過于平常乃若理法不明多起侮逆子媳無
鈐治長上之權却有干犯違拂之事人倫既逆家道豈昌
所以還當究正于子道副與僧人正講論一派道理只見
向尚正老官長來到方丈先稽首聖豫即稽首祖師後謝
罪三位高僧說道老拙正為家門不幸出了這頑子惡媳

有佯裳衣飲食有條前妻棄去百事關心雖有子媳之賢
却少閨閫之助沒奈何尋一繼室誰知生出這番怪異道
副道老檀越你說怪異小僧却說是平常事理比如娶得
繼室是個女子你以老年納個幼婦縱賢也知半世孤媚
不賢便生嫌忌只這嫌忌中情節或與老夫不合或與子
媳為仇孝子順孫能有幾個愛敬人倫多從此壞若娶個
再醮他兩夫較量其中愛憎偏多一旦拂意就裡機關難
測再加前妻子媳少有不順其心嫌隙易生爭競世間多
少佳兒佳婦為此更變了孝順初心做了個不明道理壁
婦匹夫以造下逆天犯法之罪其初原為閨閫有助到底

東度記　卷六

中用指畫了一個順字叫向老莫開拳只叫他可恭敬二親昄依三寶他如應允把拳一開包他定身卽解向老依言送得師徒出路回寺他却進門只見二子尚立地不能展足二婦尤然痴呆似醉向老乃問道你們今後回心轉意不作兇惡了麼如何我請高僧吃齋你却破他戒又行兒打出堂屋是何道理你那裡知高僧有道能法定住汝等身體方繞說看我面情不遣陰兵勤你你如囘心還有法救若是不轉意便定住你只到終身二子聽得慌惧咨道依你囘心轉意向老聽了他這一句也不再問他如何囘心如何轉意把平日兇惡事情如何改省便把拳頭一

542

開只見二子二婦卽時活動依舊嚷罵起來且說道好了這幾個和尚去了正鬧炒間只見屋外走進一個人來却是二子母舅見向尚正一家鬧炒他却不行解勸也幇着向古向今二子毀罵向老氣的個老者往門外走去後有人說人家逆着這每逆寃愆當察其根由有根由自父母使來的能有幾個似大舜聖人孝順瞽瞍說道天下無不是的父母我身從何處生來雖父母偏心故意難我到了個撻之流血更要起敬孝只等父母悔心若是那不明白道理的或為錢財傷侮父母或匿愛妻子不敬父母或好勇鬥狠以累父母或因偏心弟兄姊妹怨懟父母或為自

543

東度記　卷六

身口腹欺瞞父母或為酒色邪非不聽父母教訓違背父母或起坐顏色傲慢父母天下的道理古怪蹺蹊這等惡業便生出無端的禍害那為錢財傷侮父母的貧苦斷然在後匿愛妻子不敬父母的不作皷盆鰥夫定招責離逆子那好鬥與怨懟父母偏心的越使父母嫌惡致入法網蹈罪不赦為口腹欺瞞父母的多生病食不下咽那不聽父母教訓的為非多犯王法不饒還有一等過于和睦父立子坐為他事遷怒見父母顏色尤厲不卽改容和悅這一件道理不明使父母心情不快一或致父母不快中生出災疾來這斷根因為惡不小這皆是為人子的愛巳身

544

不孝養的過惡後有勸人警省如清溪道人五言四句詩說的好。

父母我前身
我身父母後
欲肥我後身
安把前身瘦

却說祖師同三個徒弟囘到萬聖寺中眾僧接着道副把請齋未吃向家子婦兇惡的事說與方丈僧人甚責二子不孝之罪眾僧說道向古弟兄不孝理法難容只是其父有以使然事無足怪道副道其父何以使他不孝僧人答道向尚正這二子乃前妻所生只因前妻棄世續娶後室婆媳不睦生出這一種冤孽道副道此情果是其責在父

545

齋上首一席安了祖師坐傍邊三席三位徒弟坐老者一
席斜對着祖師便問老大人郎君如何不設席一會同老
聽得祖師之言便把雙眉一蹙道師父且請用齋心腹事
情一言難盡祖師筋便舉一毫不沾三個徒弟也看着祖
師不動筋吃齋便也不動總持欲動筋他却虧了靜裡一
番警戒提撕而起向老只是舉筋請齋祖師只是要添郎
君一席相會向老無奈只得備細把衷腸異事說出道師
父在上聽我老拙一言我當年生得兩個兒子娶了兩房
媳婦個個孝順只因近日續了一絃之故一個狠似一個
都變了孝心成為悔逆老拙為此氣惱成病祖師聽得只

是合掌道了一聲善哉善哉這宛然自有道副徒弟當為
發明道副方領師旨只見屏風後一個漢子攘罵出來說
道和尚吃齋只吃齋管人家閒事問人家門風作甚把上
席一桌齋一手掀倒在地尼總持便說道善人莫要燥性
這也與僧輩無干言未畢屋內又走出一個漢子來看着
這漢說道大哥何必與他講理打了罷這漢子也把幾桌
齋都掀倒將手就打道副道副只把手一推去那兩漢子
便似有繩索縛定手足一般動也難動口裡只叫救人屋
內又走出兩個人手裡拿着大棒惡狠狠罵出却是何人
下回自曉

第三十回　道副論悔逆根因　祖師度續絃說偈

却說屋內走出兩個婦人手執大棒口裡亂罵道和尚家
吃甚齋方繞素食內是我們着了此輩油你都吃了仍要
管人家閒事却又弄甚手段打我的丈夫向老口裡便罵
道惡婦無知怎麼毀僧謗佛破人齋戒幸喜長老都未曾
動筋天使你們掀倒了那兩婦聽得向老怒罵便執棒要
打被道副念了一聲善哉只見兩婦棒隨手落在地二婦
目瞪痴呆向老見了只叫好聖僧好聖僧祖師乃向徒弟

師父他家既有不孝之子不良之婦我等回寺收拾東行
去罷祖師只是不言辭謝向老道老檀越當洗心自思平
日冤您以至于此我等回寺再與你持誦焚修化解向老
見齋已掀倒幾個兒惡悻悻亂嚷好生惶愧只得送祖師
出門道副乃對向老說道小僧見你這二子二婦生有
因方繞他行凶沒奈何聊施道術定住他身却難造次
向老繞他這等悔逆子媳便送了他也當道副笑道我師尊
開俗他心若不解了這術便是終年他身也不得動一步
以演化為心度脫眾生為事怎肯行霸道勦滅不善之人
你進屋叫他回心轉意便活得心動得足乃將向老手心

東度記　卷六

在堂端坐身形。惟有去赴齋的。這一番情景。隨這人行走，
便問吾師父師兄何在。魔隨答道已前行。總持飛走上前。
早見師與兩個師兄先走到得城外官長府前只見一大
衙門威嚴整肅左右列着長幡寶蓋正中擺着門對榜文。
雖然是官府衙門。却乃道塲佛會。尼總持進得府來官長
接着周旋曲折禮儀都是師徒們平昔交接忽然擺出齋
供。尼總持方纔要舉筯只見那經堂上一位老僧貌似闍
黎說道那弟子。怎不發謁聖像。又不念句祝食呪文你獨
不聞見腥風穢氣。怎便唐突舉筯。總持忽然驚覺依然端
坐堂中只見琉璃燈焰輝煌照着滿堂聖像。總持睜睛一

看。左列羅漢尊者。第一位聖像宛然闍黎莊嚴色相當下
總持銘刻在心。想道這一番靜中塵擾萬一後遇道塲齋
供。不當唐突舉筯。須要參聖呪食以防魔業不淨之擾。總
持。穎悟在心。却又見第一位阿羅尊者面前稽額的鬼使。
形怪貌異宛似持書之人。乃乘在堂衆僧早起功課回向
之時他便向尊者前俯顛作禮贊嘆不盡到得天明衆僧
參禮。祖師俱各復位。惟有尼總持向祖師前長跪把夜來
事因說出求祖師度脫。祖師半句不答也向第一位尊者
前合掌稽手道了慈悲二字復位而坐正總坐下果有使
人持書來請祖師。師徒赴齋。祖師辭以匆匆束行不得領

東度記　卷六

愛。這使人那裡肯退。苦苦哀求。說道王人誠意具齋相請。
祖師方纔啟函書中。說道草舍茅簷凡夫俗子。得聞聖僧
東度。一則素齋奉獻、一則異事相聞。倘駕下臨化解不勝
幸遇。祖師折書見說異事求解。便動了慈悲演化之心慨
然允去赴齋。道副乃問使人汝主何事怪異求我師尊化
解。道育也問使人汝主何姓何名却是何等職業使人答
道我主人姓何名尚正。曾爲國度中執戟郎官解組多年。
生有二子。長子名喚向古。次子名喚向今。二子生來極孝
極弟。娶有二妻。又極賢極和。只因主人娶了個繼室忽然
變異。如今二子二妻。狠的狠。惡的惡。全然沒個道理把個

老主人氣惱成病。求醫罔効。符懺不靈。令聞師父們東行
演化。特來啟請。道副二人聽了。乃向尼總持說道。夜來聞
師兄有擾靜根。因今此須應這斷功果。莫要勞我師尊當
借你神力解脫這老郎官災病寃纏。總持口中答應心裡
却疑莫非又是非靜之擾。正講間祖師同二弟子到得
向尚正家門來。只聞得腥風一陣。祖師把智光大照已知怪
情異事端在主人一念所招自不發言一任徒弟們驅除
芟解。那尚老迎得祖師師徒到得堂中納頭便拜說道病
體不恭望師真恕慢祖師師徒各相答禮茶罷即擺出素

辭諸姬王群臣往彼震旦國中隨緣而化沒等當日王吾
行之日三弟子唯命自知異見王于老祖行日枉駕來
臨老祖因與王說道王當勤修福行護持三寶吾去非晚
一九郎巴異見王聽了涕泣揮淚日杈既有緣在震旦國
非吾所留惟願不忘父母之國演化事畢早早回旋免懸
吾望老祖點首當時辭別姬王及眾宰職離了清寧觀宇
前出城廓望望東大路而行王又具大舟實以眾寶泊於海
濱聽老祖泛海而駕後人有五言八句贊揚祖師東行普
度詩曰

佛子何因緣　而為眾生慶　慈悲具提撕

530

有情生覺悟　一覺悔前非　一悟知來路
萬劫不沉淪　人天一轉步

話說祖師法駕一動人天歡喜無窮邪魔亂性有正盡在
這慈悲普度之行演化眾生之願師徒出得廓內到了一
處郊外地界只見一座寺院道副師上前觀看見那座寺
門上懸一匾大書萬聖禪林祖師進得寺內參謁聖像方
丈眾僧迎接師徒堂中坐下尚有遠送眾等辭別回去按
下師徒在萬聖寺住下且說紅塵擾擾人心鑒去本來世
事紛紛邪魅偏來亂正人若不堅持正大光明以完生人
大道誰不被那邪魔引惹袭了本來迷了天性小則災疾

531

相纏大則性命不保這邪魅豈能亂人都是世人持守不
固却說陶情與厭這些七情六慾劫劫輪轉不分等等世
人投入心胸便亂人智慮引邪了崔冠諸人迷害了不明
僧眾當時守戒的得緩宜逃救犯戒的遭業障亡身這些
業障紛紛亂竄仍要迷人却闡得普度演化真僧東來乃
生計阨那裡知邪不勝正魔豈敵真邪正相併如紅爐燎
毛沸湯化雪自取滅耳祖師師徒任足千聖禪林傍晚各
自習靜乃有一魔擾道副靜中道副見其人生的怪形異
貌手持書簡向道副說道我城外官長爲父母建延生大
會禮請十方僧眾亨十三晝之齋備一縣之贐聞知師眾道

532

高德重特遣小人持書禮請道副於靜定功久那裡聽聞
這人書如電光一掣他却端坐不動魔見道副不禮卽去
祖師身前但見祖師端坐如太陽正照陰霾那敢近傍却
又去尼總持身前持書也照前說了一遍只見尼總持他
雖是為孝出家但未久入菩提門路道心尚未堅真只因
請者為父母延生一句便答了一聲我等初出廓門焉敢
妄叨齋供魔道逢道場隨喜是僧家因緣我官長以書簡
奉請乃是敬禮真僧聖眾還有一等僧人閒風赴會遠路
找來受享齋供飽雖然似饞口餓眼總是眾生應赴廊
越善功尼總持一接了書簡動了赴會根因那月中不見

533

第十一位尊者說偈畢。乃問第十二位尊者。以何法試只見尊者正坐入定。枯木中有神騰出于上。有大蟒出其下。以一偈說道。

吾以一法試　於諸前世定
枯木有神騰
大蟒亦云性
人天可成就

第十二位尊者說偈畢。乃問第十三位尊者。以何法試只見尊者倚杖垂足側坐侍者捧函而立。有虎過前。有童子怖匿而竊視之以一偈說道。

吾以一法試　於諸度猛獸
性善能皈依

第十三位尊者說偈畢。乃問第十四位尊者。以何法試只見尊者持鈴柞。正坐誦呪侍者整衣於右。胡人橫短錫跪坐於左有虬一角若仰訴者。以一偈說道。

吾以一法試　於諸雲端內
多保誦如來
免致傷物類

第十四位尊者說偈畢。乃問第十五位尊者。以何法試只見尊者鬚眉皆白袖手趺坐胡人拜伏於前蠻奴手持拄杖侍者合掌而立以一偈說道

吾以一法試　於諸靜定因
為解諸冤業
指明淺奧深

第十五位尊者說偈畢。乃問第十六位尊者。以何法試只見尊者橫如意趺坐下有童子發香篆侍者注水花盆中。以一偈說道。

吾以一法試　於諸供花心
童子發香篆
指明果報因

第十六位尊者說偈畢。乃問第十七位尊者。以何法試只見尊者臨水側坐仰觀飛鶴其一既下集矣侍者以手拊之有童子提竹籃取果實投水中。以一偈說道。

吾以一法試　於諸靜中覓
無言勝有言
為上乘第一

第十七位尊者說偈畢。乃問第十八位尊者。以何法試只見尊者植拂支頤瞪目而坐下有二童破石榴以獻以一偈說道。

吾以一法試　於諸佛會中
荒沙流墨跡
福善助成功

眾尊者說偈畢。慧光遍照萬方。神力永扶九有。照萬方。眾生仰福。狀九有萬壽無疆。各生歡喜之心。以成東度之願。專視達摩老祖演化。三弟子隨師功果。按下不題且說祖師在清寧觀宇。一日出定。對三弟子說道吾觀國度眾生因緣情識多被眾慾交攻致使罪業牽纏吾心甚憫今欲

東遊記　卷六

吾以一法試　於諸獻菓中　辭廉知供養
頓敎地獄通
第三位尊者說偈畢。乃問第四位尊者。以何法試只見尊者側坐屈三指答胡人之間。下有蠻奴捧函童子戲捕龜者尊以一偈說道。
吾以一法試　於諸三指答　明指在指端
大道從茲發
第四位尊者說偈畢。乃問第五位尊者。以何法試只見尊者臨淵濤把膝而坐神女出水中蠻奴受其書尊者以一偈說道

522

吾以一法試　於諸神女出　兩處試禪心
以一偈說道。
者右手支願左手拊羅獅子顧視侍者擇瓜而剖之尊者
第五位尊者說偈畢。乃問第六位尊者。以何法試只見尊
道心無言觸
吾以一法試　於諸獻瓜因　昆弟旣和合
總歸愛敬心
第六位尊者說偈畢。乃問第七位尊者。以何法試只見尊者臨水側坐有龍出焉。吐珠其手中。胡人持短蠻杖蠻奴捧鉢而立尊者以一偈說道

523

東遊記　卷六

吾以一法試　於諸法器內　衣鉢不相爭
清廉出智慧
第七位尊者說偈畢。乃問第八位尊者。以何法試只見者並膝而坐。加肘其上。侍者汲水過前。有神人涌出於地。捧槃獻寶尊者以一偈說道。
吾以一法試　於諸獻寶槃　清流供祖飲
不受墾外貪
第八位尊者說偈畢。乃問第九位尊者。以何法試只見尊者食已撲鉢持數珠誦呪而坐。下有童子搆火具茶。又有埋筒注水蓮池中者以一偈說道。

524

吾以一法試　於諸沙老僧　贈以寶瓶苦
滅却怪獰猙
第九位尊者說偈畢。乃問第十位尊者。以何法試只見者執經正坐。有仙人侍女焚香於前。以一偈說道。
吾以一法試　於諸執經地　仙人侍女香
誦經解不義
第十位尊者說偈畢。乃問第十一位尊者。以何法試只見者趺坐焚香侍者拱手。胡人捧函而立以一偈說道。
吾以一法試　於諸見世因　數珠作舍利
助化惡心人

525

〔518〕

佛法無難入　端在一心堅　師言皆至教
帝德實無邊

按下祖師收得二徒弟子在觀欲要解王演化別國不題。且說西竺二勝地原是佛祖成道國度聖境。一日佛在祇園，聚集菩薩聖衆演說無上甚深微妙法寶。天花繽紛異香繚繞，傍列着十八位阿羅尊者得以聽聞。偶然世尊發一何慈悲功德，說道吾於未來世，巳知竊名逃俗、七情染慈、六慾交攻、因邪害正、作諸惡業之衆，誰能解救度脫。這若等等，只見十八位尊者齊發弘深正願，合掌長跪向世尊作禮，說道諸弟子於慧光中巳知魏法滅僧，非魏之過，乃

〔519〕

妖皓之繞，實逃俗竊名有傷釋教的和尚自作孽耳。今有達摩演化，收錄忠孝入門，這一種正大光明，正好乘他有東度之願與他解救可也。世尊道：他一人素聞緘默，欲伸無言之教，怎肯盡紛紜辨折之勞。尊者齊道：彼有三大弟子皆明正道，頗通妙法。縱有紛紜折辨、水火文部之難，善自降伏。世尊道：雖然這三大弟子有能，只恐他法力尚微，道心未固，汝等當爲一試，用助其普行東度之功。當下衆尊者拜謝世尊，願遵法旨，各于鷲嶺顯靈，乘雲駕霧到得下方，互相計議，說道：世尊以慈悲方便，念諸有情自取罪業，令我等協力助成高僧演化之功。但崔寇巳滅，釋教復

〔520〕

興其與吾等自知有神僧力。只是二僧演化東度之願，當令助成，但恐他隨行道心法力尚淺，未入精微，道路迂遠，邪魔頗多，萬一被迷演化功阻，而東度之願何能成就。我等當隨方以試三弟子果具神通力，能降衆邪魔便助他演化前行。衆尊者各發無上聖心，齊聲道善哉善哉。當時衆尊者隨問第一位尊者以何法試，却如何，答下回自曉。

第二十九回　扶演化阿羅說偈　尼總持攝靜赴齋

話說衆舉第一位尊者問以何法試，只見尊者結跏正坐，傍有一蠻奴侍立，有鬼使者稽顙于前，侍者取其書通之。尊者乃說一偈道：

〔521〕

吾以一法試　於諸書所通　魔邪呈色相
輩擾靜定中

第一位尊者說偈畢，便問第二位尊者以何法試，只見尊者合掌趺坐，有蠻奴捧牘于前，老人發之，中有琉璃器貯舍利十數，尊者亦以一偈說道：

吾以一法試　於諸舍利寶　光中生覺悟
因以度諸老

第二位尊者說偈畢，方問第三位尊者以何法試，只見尊者扶烏木養和正坐，下有白冰猴獻果，侍者執盤受之，尊者以一偈說道

種甚多，你若能持守不犯這戒，便是真心出家。若是不能持守，一犯了這戒，比那在家罪業更大。人心變幻，見了這種種淫慾易亂，所以說守戒難。行者道：我只是把報父娘恩的心腸時時警省，說為何出家，為何又犯戒，師兄你說這個可難道？副道：是這却不難，比如劈柴挑水還要費力，這持守戒行只在這心一主定不亂，不費工夫不勞力氣，何難之有？行者道：師兄我從今以後只是存着這個心罷。當時道副把行者這話向老祖說道。老祖道：萬法千緣總在這一點，彼既說言相合，可喚他來收為第三沙副，乃喚行者至老祖前。老祖道：汝為父母出家，只這一念與那為

生死出家的公私畧異，但由此入彼進步更順。今起汝法名尼總持，披剃隨時。汝既知戒當無變亂，總持拜受退與道副靜室，悟坐禪之理，習入定之功，後有贊總持出家念。正五言四句說道：

　出家為生死　誰為報親恩　知得身從出
　總持一念真

話說尼總持拜受老祖教戒，擇個吉日披剃為僧，清寧觀僧眾及地方善男子善女人得聞喜捨，都來慶賀觀僧。諸眾遂建道場佛會，只見善男子中一人，向道副問道：尼總持師父為父娘恩出家，我小子也有一種恩未報，不知老

祖可收留做個徒弟。道副答道：善男子有何恩未報？善男子道：我家自祖到今歷過十餘世，都在這村宗族同居，耕種的國王田地，代代不絕衣食，供納錢糧，若遇着荒旱便了免徵算計，到今田產日增，人口益眾，只說我父母弟兄享庄家豐年富足之樂，却也不知是那個賜汝往日有幾個賊盜來村攪擾，一村性命幾乎傷害，感得官長發倉給廩，招集兵馬驅除，一時把此二賊盜平服，我村得以安堵，大家小戶得保守了田園性命，這都是國王的深恩。我想受了這恩要盡個忠心報國，我却又無官職，不如削髮為僧，做一個報君恩的和尚，師祖若是肯收留我小子情願

入佛門為弟子。道副聽了說道：你可謂不忘根本，真乃善良，待我轉達祖師。與你說個方便，乃向祖師把這善男子的話稟知祖師。祖師笑道：遵守王法，勤耕田地，莫拖官府錢糧，孝順見在父母，便是報答國恩，何必削髮為僧，乃為報答？祖師正總與道副講說，只見這男子雙膝跪於老祖之前，說道：祖師所言至教，只是弟子心堅於此，望乞收留。祖師笑道：也罷，汝心既堅，汝願頗正，由此正願入門堅心，向道彼岸何難登到。乃喚道副乘此道場功畢，與總持一同披剃，起法名道育。當日眾心無不歡悅，後有贊道育出家心堅五言四句說道：

510

隨召宼謙之入虎檻虎即尵吼起來。魏主始大驚。延元會上殿再拜謝過。送元會於近城寺中。元遍老和尚陽神仍返清虛極樂不題。却說崔皓專恃威權魏主太武以皓爲監秘書郎官。一日其僚屬姓閔名湛勸皓刊刻所撰國史於石。以彰直筆皓從之乃令工人刊石立於郊壇書魏先世事蹟詳實往來見者咸以爲言國人無不忿恨相與謎皓於魏主太武以爲暴揚國惡。太武大怒使執法按皓罪狀崔皓惶惑不能對乃執皓檻車置於城南道厠使衛士路人行溺其面。呼聲嗸嗸徹於道路皓乃嘆曰此吾投經溺像之報也盡法以處仍坐收僚屬百餘人。宼謙之並坐

511

其黨正要弄幻法逃生忽然雲端裡見玄隱道真帶着道童本智多人道吾奉正乙驅除邪惡謙之求饒說道小道也曾受圖籙崇正教玄隱道正爲你假正入邪壞吾玄教道真說畢不見謙之遂惟干崔黨之害後人有說報應善惡禍福不差　五言八句

崔皓與謎曰：
　沙門被害時　善有福善應
　惡有惡神知　經像何守溺
　宼崔遭業報　科儀空受持
　麋潰不收屍

話說達摩老祖在清寧觀一心只要普度有情演化本國一日却與弟子道副說道我本天竺南印度王子出家修

512

繼多羅大法令吾師已滅度六十餘年。聞知震旦國眾生苦被邪魔擾正以及東土諸有情破戒毀教吾欲自西而東隨緣度化湏是擇吉日良時。辭別姪王然後啟行道副唯唯奉教忽然見一人。自外而入見了老祖哀哀泣跪于地老祖憫其情景乃問道善男子何爲哀泣單禮師前這人說道小子幼失怙恃長又無能撐達欲報父母深恩無由可報千思萬想惟有投拜佛門做一個和尚報答生身。養育老祖聽了說道一子出家九祖超脫圖是善功只是你父母望你生生繼後。一入佛門便守戒行恐於繼續有碍反稱不孝之大這人說道小子家有弟兄或可爲繼望

513

祖師憫情收錄。老祖聽他言辭正大來意眞誠便欲收留弟子。但不知他意向可專不變乃令道副以法試其心志、道副領了老祖法旨隨向這人說道出家不難守戒難你既要投託佛門須先在厨房供行者之役這人聽了隨走入厨房劈柴運水便問道師兄你說出家不難守戒難我想出家是我一心要報父娘恩發了這願就離了家園到此觀中做個行者挑水也不難劈柴也不難便是敲梆念佛也不難却不知守戒難守的何戒怎便叫難道副說道。出家人既入佛門便要遵守禪規堅持戒行不飲酒不茹葷不淫慾不偷盜不妄念不貪嗔雖說五戒八戒却也種

太子皆因沙門被酒色起釁非小。吾有懺法能解救其難。
太子道懺法如何解難。玄高曰吾懺名金光明法能使王
回心轉意自是讒言不入其罪得免。乃咒水獻花禮佛作
懺。果然魏主夜至三更夢其先祖責魏主曰太子仁孝汝
何聽信讒言疑害太子。若太子有差吾當禍汝。魏主驚醒
隨嗅羣臣說夢中先祖之言。羣臣皆稱太子無過。魏王乃
釋放太子待之更厚。太子得免於罪。乃謝玄高。玄高曰太
子罪解只恐奸佞讒及吾僧吾其不免。果然崔皓在府中
與寇謙之講論道法。崔皓問謙之說道師真休的道法吾
見其外未見其內。謙之道信如官長之言科儀經錄皆外

506

也修性立命却是在內玄功。崔皓道這玄功如何修立。謙
之道此功非靜養深山僻谷煉精化氣成神如何能得。若
是司徒管營祿位便見了也無用。二人正正論之間家僕
忽來報太子免罪。崔皓聽得驚問道他緩宣遲發是我奏
王怒他違詔幽禁着他如何赦免。家僕道他師事
一個僧人這僧道法甚高能使王夜夢警戒欲此太子得
免於罪。崔皓聽得隨差左右打聽太子與那個和尚謀免。
左右探聽的實把玄高禮懺情由魏王做夢事實一一報
與崔皓。崔皓大怒隨白知魏王日前違詔書私與和尚交
結暗行妖術致令先祖托夢恐嚇我王若不早除恐爲大

507

窘。王聽崔皓之言乃命執法官收玄高。玄高早已知覺恰
遇着太子到來乃吓一聲殿下吾數當不寂只是吾徒弟
玄暢居於雲中離此六百餘里半晌如何得到正說間執
法官奉王命將玄高拿去玄高到了法臺却跏趺而坐那
此三刑具毫不沾身閉目示寂。忽然一個和尚走至面前泣
曰和尚神力當爲我起。忽然玄高開眸說道人法應化隨
緣盛衰。盛衰在遞理恒豈然但惜汝等行如我耳或恐過
之矣。惟玄暢南渡汝等死後法當更興善自修心毋令中
悔。言訖即化。衆徒弟哀泣號呼曰聖僧去世我等何用生
爲。只見玄高現形雲中說道吾不忘一切寧獨棄汝衆徒

508

曰和尚當生何所。玄高曰我往惡處救護衆生言訖不見。
崔皓既讒害了玄高乃勸王盡除釋氏經像。王聽其言可
憐沙門大遭屠戮。却說元通老和尚神遊八極見沙門在
遠近寺院持齋修行的被茹葷破戒的連累都是那陶情
等一班勾引壞教他已知盛時如彼衰時乃此難然都是
不守戒的做出却難道不動慈悲雲間見這裘僧光景乃
顯神通附靈於一個沙門法號元會名曇振錫到魏官門。
魏主見了即傳武士斬之。武士奉令刀斫不入王乃自抽
佩劍去斫毫不能傷劍微有痕如線隨令武士收捕投入
虎檻中。虎皆怖伏不敢瞬月。左右請以謙之試之。王崔奏

509

說道丫鬟之事。雖稱冤白。誣尤可陳。設兵器此明明與蓋吳同謀爲亂。隨命有司按誅寺衆。執事官抄沒僧人財產。見家家俱有釀具酒器及州郡富家大戶。寄頓財物不說萬計。又爲窟室藏匿婦人。又使崔皓之譏得以信。王乃進說。王曰。佛法虛誕。爲世道害。況此沙門藏匿兵器犯此大戮。宜悉除之。魏王信崔皓之言。乃盡燬經像。芟夷長安沙門。回宮勅臺下四方。命一依長安法。詔曰。

昔後漢荒君。信惑邪僞。以亂天常。自古九州之中未嘗有此。誕大言不本人情。叔考之世。莫不眩焉。由是政化不行。禮義大壞。九服之內。搣爲丘墟。朕欲除僞定眞。

復羲農之治。其餘一切蕩除。有司宣告征鎮將軍刺史。諸有浮圖形像及一切經卷。悉皆破燬。沙門無少長悉坑除之。

魏王將頒詔。只見寇謙之諫王。詔且莫要下頒。却是何意。下回自曉。

第二十八回　崔寇惡報遭夷滅　忠孝投師入法門

話說魏王將頒詔滅僧。寇謙之上前諫曰。臣蒙王公信重。感崔官長薦引。敢不奉詔。但西方實有聖僧。即臣教實有道祖。重此輕彼。恐非立教之意。崔皓在傍說道。寇師差矣。仗吾正應合祛邪。不當互操兩可。寇謙之向崔皓私說。司

徒不可偏執太甚。安僧實所以固道。崔皓只是勸王莫聽。只見堦下跪着一人涕泣。魏王問是何人。左右奏說是太子晃。見王。王問有何事奏。晃曰。臣聞西方聖人果是慈悲。教度衆生。宣揚正教。供奉尤恐未盡一誠之感。況可滅乎。我王不可聽信崔皓。有傷釋教。魏主只是不聽。太子見諫不從。乃退與近臣計議。將詔書緩宣遲發。使遠近寺院僧人預先知道躲避爲計。沙門因此多獲救免。收藏經像。只是塔廟在魏地者殘毀殆盡。後人有詩說道。

佛法原無尼　　惟僧自召災　　不因藏婦窟
怎惹禍根來

清溪道人嘆盛衰八句說。神元聘晉。僧寺太盛。乃有此衰。

世事有盛衰
陰陽成反復
忽然夏秋酷
憂樂自何常
倏爾春冬寒
惟有這光明
正大長生福
有餘生不足

却說太子晃諫王莫聽奸臣崔皓之言。傷滅釋教。惹惱了崔皓。他乘着太子緩宣遲發。向魏主說道。太子違詔。私與沙門交結。魏王大怒。把太子幽禁起來。將欲賜死。太子果師事一僧人。法名玄高。這僧却也非凡。能知過去未來。善行妙法。太子事急求救玄高。玄高曰。王信崔皓之譏。禍及

尚一靈作不了之因。却不知謙之道雖大而心地欠明。附和着一個偏僻挾邪的崔皓元通和尚陽神雖遍徹有情。只可惜不能操輪轉劫奪挽回那狡詐心腸。這和尚苦了神魂。那邪的恣其心性。元通長老。憫他異劫漂沉有生。居釋流不明禪戒有長在道品不諳玄宗。又見謙之崔皓挾偏樹黨。忧慧空門。並那行者規諷攪亂閻中。只這一種深忧便成矛盾。無奈海島真仙與正道蓬萊赴會達摩老祖。又面壁多時。那輪轉冥司止據陰陽往返善惡輪廻。一死一生不虛時刻。這四裡那裡管甚九流三教六道四生。沾着有情便迷其性。此時若不是聖人道治仙佛陰功妖

魔怎生蕩定。却說長安之西山野之傑々小叛賊名喚蓋吳。這夥人不知父母生身當保首領為考々王法嚴審宜安本分為良。苦被四孽轉劫的。這一派惡迷導引的稱兵為亂。可憐涸轍腐魚自取糜爛。只是有道仁心於茲甚憫。却說神元聘晉回還之日。魏地創寺之多。有道真僧不遭三途之陷。却也有萬萬千千。那更與四裡為契的。却也有千千萬萬。這崔皓既師拜謙之。敬遵他法。便與釋僧有如仇敵。神元是一個過世僧。靈怎敵見生官貴。且是被迷塵情之眾。一靈難挽。如是因緣結搆人世。便有三種么麼小醜。這蓋吳稱亂山野。魏主與師親伐。當月傳令三帥統馭五兵。

果是整肅的弓刀犀利的劍戟堂堂陣擁旌旗烈烈砲轟天地。左列着崔冠偕擬軍師。右擺着孫吳盡皆贊畫。當下魏主傳令中軍兵將靜聽約束。却傳的何令他傳道。

兵戰場中止屍地　　王師所誅為不義
勿恣擄掠劫民財　　勿肆傷殘將人斃
可憐兵火到村鄉　　夫妻子母驚逃避
割恩割愛哭啼啼　　死別生離無解計
家園田產且丟開　　寶貝金珠難帶去
奔逃漫說貴為官　　號泣難誇勢與利
願爾枕席過王師　　凱歌還去先得意

却說魏主典兵親伐蓋吳。傳令五兵兇恣屠戮。兵到叛賊即除。真也是義師所指反側自安。不匿兵師住扎在一座大寺院相近。這寺院方丈却是神元通晉帶來的茹葷長老。風魔戒諭不改。店肆警省不悛。留下業障積出冤愆。却遇着統兵來的官員叫方丈設席會客。方丈辭禀說僧房長素不便治葷。這統兵官有甚巳諱。便鋪設酒餚酒醅。推入方丈小門逼近僧時房。審地見有兵器陳設。再遍小座一石磬傍懸。兵官擊了一下。只見小屋門開一個丫鬟出來。見是官員即閉門入內。遶把僧人扭到崔皓軍前。僧人口口聲冤怎禁謙之在傍指唆成案。啟知魏王魏王大怒

東度記　卷之十六

焚燧投廁中　一朝寵幸衰
造業非輕小　道塗以溺攬
王怒檻車討　按罪投廁坑
自悔溺經因　傷心巳遲了

却說崔皓燧溺經文造下無邊罪業不知乃與謙之專尋
僧家過失一日正相談論在府內忽左右傳禀有執事官
王玄要見寇師崔皓令其入王玄恭謁了崔皓便以常禮
相見寇謙之謙之恃寵驕傲心中不快便問道先生顧我
有甚事情王玄道久聞師真降妖降怪小官家有一怪事
只因山妻懷孕臨盆之日夜夢四個漢子領着無數孩童
口裡說道把這孩子分門散戶都與人家輔養便把一個

494

醜惡的與山妻山妻嫌其陋再四揀擇那有一個可觀不
得巳受了一個生出來果是醜陋惡像如精似怪如今却
不吃飯食專要葷酒如無啼哭不止爲此求師真鑒別何
因可有個法術懲治謙之聽了答道先生這事情必有根
因吾有道法只是不輕易爲人驅除先生須是費百千金
寶建一個九轉大大道塲方能知這詳細救解汝子葷酒
啼泣王玄聽了說小官職卑俸薄那從得有百千金寶
師真從簡行事也是莫大恩功謙之囘允王玄退去謙之
乃向崔皓說道執事官早傲慢見我我以厚費難他仍要
查他家門產子果是何怪隨畫了一道符焚去只見符焚

495

嗅得四個漢子到來謙之乃問王玄孩子事情四漢齊齊
答道我等皆前劫四裡輪轉未了根因能亂正而却畏正
能導邪而復陷邪謙之聽了說道汝等我巳知矣只是昔
日寺僧炎涼今日王玄傲慢行者兩次弄風作顛來侵吾
等也只因渾亂人情重罰輪廻異劫今道師正當存正大
光明以修玄教不當以此微小忿希圖報復甚失出家修
行之體謙之不聽乃復問王玄孩子如何不吃飯食專以
葷酒免啼四漢道師真既巳知我等情由只因王玄妻平
日姤溺他生產臨盆惡氣上昇邪氣入念夢寐不自悔改

496

產育自是怪妖謙之道吾且不治汝以邪投他且令汝去
把他邪陷四漢唯唯退去却早王玄復來泣拜謙之前說
小官無禮望師真開宥謙之囘嗔作喜說道先生莫非孩
子有說麼王玄泣道孩子連葷酒不吃只啼不止謙之笑
道無處我有一符可執囘宅焚之自安乃以符與王玄王
玄依言焚符其孩不啼吃飯因此國人皆曰寇道師不可
輕慢國王且師事況臣下乎一符除怪止却孩啼真好道
法紛紛嚷嚷遍滿國城內外那知元通和尚屢屢顯化陽
神一則爲普度之巳完未結巳完的是蜜多尊者前度化
綠未完的乃達摩老祖四彈之教四彈乃無言之秘叶和

照應

497

可憐

輪天宮令極高大不聞雞犬之音勿近凡濁之氣當下與工、土、木、之費工力之作不說千百萬計小民力竭百姓愁怨道路與噬却有個風顛行者走到崔皓府前口裡說的是風顛話手裡捧的是一卷金剛經要見崔皓却遇着崔皓公出夫人郭氏偶在堂前這風行者一直走近堂前左右把門人役那裡阻攔得住夫人見了行者問道行者何處來的行者道我道人有處來只恐夫人沒處去夫人怪怒起來道這風道人說風話我一個封誥夫人官長又是當朝顯秩怎麼沒處去行者道夫人你聽我道人說幾句風話。

說風話　不是風　却是幾句正道宗　執笏當朝官
長事　脫簪直諫你家風　罵汝夫　理不通　薦寇
道　建天宮　民力繁傷怨氣冲　福國安民有正乙
一誠感格在心中　那有天神來接見　徒高臺殿
在虛空　沒處去　你夫翁　急早回頭秉至公　我
有彌陀經一卷　能保夫人得所終

郭夫人聽了方繞叶侍婢接得行者手中，經卷行者化一陣風影跡不見夫人望空下拜取經一看乃是一卷金剛經便供奉家堂時時看誦却說這風顛行者是何人便是那寺中捧茶說謙之狡詐的行者呼犬嚙骨的風魔總是

隨蜜多尊者未了普度的元通他雖被印度國王焚化陽神却也周遊世間他見國王寵幸崔皓二人那執事官說的許多分門散戶孩童都是那輪轉的貪嗔癡等一派吳厭陶情等衆脫生恐引壞了這萬寺僧人吃葷酒破戒行倏出墮地獄的根因故此屢屢顯化度人却說崔寇二人得國王寵幸一個專恃威權一個矜驕傲慢朝臣大小無不怨懟一日二人正在靚輪天官下來到得府中私說官殿這等高廣科儀這般誠敬却不見神人交接恐王說道不靈二人正議忽然陰風晦晝目不見人只聽的空中若忽聲言說汝等當竭忠事王正道安民吾奉正教仙戒汝

等以正則順而獲祥以邪則遊而受禍赫赫正无覺容汝等怙寵驕恣崔皓見了這光景往內堂抹壁飛走寇謙之聽得這音聲把案一拍道吾自有法只見聲止風息依然白晝崔皓進得內堂見夫人在堂中諷誦經文聽的却是釋門品第乃問此經卷何自而來夫人便將風顛行者說話備道一番崔皓那裡肯信隨把經文焚燬叶投諸廁內只見那火焰飛空化作祥雲西去郭氏無奈只得退歸閨閣後有說崔皓焚經獲罪根因果報不小五言數句說道

佛開方便門　演此真經寶　見聞得受持　偏邪信妖狡
消災增壽考　奈何崔皓愚

東度記　卷六

可呼召而至。望王以禮待他。太武依言隨令謁者執事官厚幣延來。只見執事官與謁者領了王命備辦金段表禮兩員官私自一個說道。王聽崔官長書薦一個山野道士。如何不召而禮請。若是禮請這道士必是個公相有經國安邦之畧治衆牧民之才。我們也安心上門去敬請一個道。不然賢能之士養高抱道厚幣延請固是。若是有道的之中。便是以禮延請要學他長生不老。這也說不得奉令全真他能呼吸陰陽旋轉造化運神三界之外不在五行莫辭勞苦。只是如今有道的他不在深山窮谷完他的修行來你這塵凡作甚。一個說修仙之人也有尋外戶的。只

是這一件外戶之事便就生出多少奸狡壞了教門宗旨。那知道此些法術曉的些內養他便粧體面立崖岸做模做樣。若是不知道的與他相親便就化緣要布施兩個執事官說一囘笑一囘。只見左右捧表禮的一個隨從人聽了。說道小的知這道士有道行有法術不肯輕易見人便面也難會。執事官聽了乃問道。你如何知這道士有法術從入答道。這道士能驅邪縛魅降怪除妖。執事官聽了道。我正有一怪事他若能除也不枉了奉令禮請。謁者便問道。先生有何怪事。執事官答道。山妻近日懷孕臨盆之夕夢有四個漢子領着無數孩童口裡說道分門散戶與人家

東度記　卷六

鞠養這無數孩童都是醜陋惡像並無一個清秀容顏。山妻檢得一個生下來却是精怪一般不吃乳不食飯。如今只要葷酒吃便止啼哭。若是道士有法術也要問他個原來情節。當下執事官與謁者到得崔皓府中通知謙之說。國王表禮延請師真赴朝。謙之那裡肯行。說道吾未別謝嵩山安可輕造王朝。乃出府門說道且囘山去也。執事官只得囘奏國王。問崔皓說道子以禮請道士如何不來。崔皓道道士曾說未辭謝嵩山石洞未便入朝。國王乃命執事官同崔皓奉玉帛牲牢往祭嵩岳。仍命禮官鼓吹迎謙之於平城之南起建天師道場重臺五級。一時招集道徒

衆盛。國王遂敗稱太平真君親至道壇受籙。崔皓既薦寇謙之大得寵於國王進封官秩二人得國王寵幸終日講談法術。國王一日問謙之道。賜法事這等齋備誠敬天神可來享受。謙之道。不來享受是臣道與王徒修虛設也。國王道。既是來享受凡人可見得麼。謙之道。見得。國王道。既是見得道師何不施一法術使予與那天神交接見面。這繞見費了許多醮事不虛設逐日功果。謙之答道。王欲交接天神必須要起建個官殿在半空裡難犬音聲不聞凡俗濁氣不犯天神方肯下降。王方得交接。國王聽了大喜隨命崔皓督工以國城東南之地建座道院起名靚

東度記　卷六

少坐一個說到山居奉茶謙之到得方丈只見一個行者
擦著一杯茶來謙之接茶在手不覺的笑了一笑行者風
風顛顛的問道老師父笑誰謙之道世態炎凉後恭前倨
行者也笑了一笑道誰教狡詐病則一般謙之聽了驚異
方欲再問那行者聽得山門外清導聲傳往外飛走說官
府來也只見眾僧凛凛排班迎接那官府昂昂直進方丈
而來眾僧只道是官府邀請來的全真不敢叫謙之廻避
那裡知是謙之詐言這官府却是魏朝官長姓崔名皓進
得方丈見個道士坐在堂中那謙之却又弄個法見依舊
是洞中出來的破服崔皓見了怒起便叫左右一壁廂捉

拿道士。一壁廂採過僧人方繞開口。謙之聽得便叫官長。
休得囉唕貧道不是與你捉拿的崔皓問道你是那裡來
的謙之道官長若問我貧道聽我說來說道。

家住嵩山石洞裡　　清淨幽深無可比
飢飡洞口萬年松　　渴飲山頭一澗水
我師公典本姓成　　傳敎譜文名說李
煉就金丹得九還　　能延壽筭成千紀
賜我圖籙與眞經　　掃除僞法租錢米
雲中新科二十宗　　開關以來不傳起
謙之道士是吾名　　特到塵凡來度你

崔皓聽得隨叫左右備車馬把謙之請到府中。盤問他三
藥二火之微妙六時百日之玄功謙之隨問隨答當時崔
皓大喜納頭便拜請謙之的科儀圖籙眞經等卷看閱謙
之答道官長要看貧道這科儀等項却不是輕易看的怎
生樣看下囘自曉

第二十七囘　　行者點化崔夫人　　魏王約束中軍令

却說崔浩要看科儀等項謙之道官長要看須是齋戒沐
浴拜入道門爲個弟子方繞看的崔皓那裡肯依謙之之
言只是要看謙之見他不肯依言乃使法術只見空中黃
巾力士擁護著焚香童子捧著許多經卷只是在雲端現

出却不下來崔皓見了方繞下拜願尊謙之爲師謙之乃
招手叫童子捧經卷下來那空中童子方繞落下彩雲崔
皓一一看閱科儀等項稱贊禮謝後有說道法眞僞總在
道者之心五言四句

大道原非假　　清虛果是眞
可是道眞心　　但問修行者

却說拓跋氏太武燾臨朝執事官奏道今有臣下崔皓上
書陳啓嵩山道士寇謙之道法靈異圖籙經卷非世所有
且辟穀輕身若欲修仙學道非此人導引不可太武准奏
即令臣下召謙之入朝崔浩又啓道這道士高傲自重非

東度記　卷六

山妖石怪乃往外就走全真見謙之要走把口吹了一氣，只見石洞就有幾十層全真與公興都不見了，謙之那裡出得洞來心慌跪地呌成師父救我，只見公興在洞石之外遠遠聲應洞中說道，徒弟你未可成仙，止可爲國王公卿師相，言畢公興也不見。謙之獨自在石洞中只得打坐修煉，想道公興師父三卷五次試我，我不能專心致志，只在個飢飽，今在這洞中如何得食，正然心慮，只見那栢葉青草蒙蒙茸茸長入洞來，他採而食之，得以不飢。一日正在洞中修心養性，忽然那洞開峻石，謙之走將出來，見大神乘雲駕龍導从百靈集於山頂，自稱太上老君，謂謙

之日自天師道陵昇遐以來。地上曠職。汝文身直埋吾故授汝王師之位，錫汝雲中新科二十卷，自開闢以來不傳於世，汝宣吾新科清整道教，除去爲法租米錢稅及男子合氣之術，大道清虛寧有斯事，專以正大禮度爲首務，加之以服食閉練，使玉女九疑十二人授謙之導引口訣。謙之拜受，忽然大神不見。謙之乃奉法辟穀，不復言飢年餘，在石洞中精神色澤大異昔時。一日自想居此山中無事，乃出洞閒步，忽然見山嶺之上又有一個神人端坐，傍有童子執着許多經文冊籍，謙之投拜嶺下，請問上聖何神顯化弟子。神人答曰吾乃老子玄孫，名號李譜文，因見子

東度記　卷六

有仙風道骨，特賫圖籙真經天官靜輪之法與汝，汝若能敬奉正教，恪守真科，福國利民，永持善道，吾當與上界天仙導引汝超凡成聖，若或離經叛道，不但奪汝之祿且有降罰於汝，乃以經文六十餘卷賜謙之。謙之既拜受了圖錄真經，隨離了嵩山望巍地而來，到得一座寺院門前，只見幾個僧人在山門之下立地閒談，謙之近前聽那僧人講談的不是別話，乃是迎接官府。謙之乃問道列位禪師講接官府却是那位，官府僧人見了謙之是個道流羽士，衣衫却是久在洞谷不甚整齊，便輕易答道接官府是個官府。謙之一時便忍耐不住，說道世俗炎涼，只敬衣衫不

敬人品，且是勢利官府管的，他着便伺候迎接，我無干碍便答應也沒好言，乃弄個幻法，猛然換了一個整齊全真，那眾僧見他

玄冠道服　　白拂黃絛　　兩道眉清分八行　一雙手長尖十指　　體貌如蓬萊道眾　丰神似大羅真仙　小童兒捧着經文　大體面粧來圈套

眾僧一時忽曇見道士人物整齊衣衫新麗，便起敬起畏，躬身上前問道老師真何處降臨，請入方丈隨喜。謙之答道吾乃官府相邀到來，僧人迎接的便是，一面說一面往山門搖搖擺擺進來，後便跟隨兩個和尚，一個說到小房

東度記　卷六　四

歸真當圖共力道童道非人莫傳師有明誠師兄須要慎
重新園點首却說謙之得了公與指的青草採食不飢一
止可因飢得飽不能長飽無飢公與笑曰汝欲長飽不飢
日向公與說道師父弟子久隨師父每患肚飢即得草食
亦非此草乃將手望松樹下一指只見那松下長出許多
茯苓藥草叫謙之服食謙之道師父這物徒弟常賣市間
豈足以服了不飢還求些異味公與道飽腹豈獨茯苓長
生還須栢葉便是栢葉也堪服食謙之不信還求師異味
飽腹公與道我姑試汝却也不甚差訛奈汝懷不信也罷
吾昔有一師修行海島能修藥餌若得他傳授修煉服食

東度記　卷六　三

可以延年無筭謙之欣然求師訪海島真仙二時二人離
了華山石室望海島趨來渡海盤山也不記時日二人到
得海島依崖而上只見洞門深鎖道童本智門外兀坐公
興與謙之上前詢問真仙道童道吾師赴會未回二位問
的何人公與道吾昔有賽師法號新園久未會晤聞他近
在海島故此來投本智道新園亦吾師暫留此地責令他
收服邪魔歸正他因想也要尋個門徒弟子向在此間今
往別山去也二位當於他處找尋公與便把謙之飢餓求
飽的情由說出道童道吾門謀道自有餌藥若為飢餓求
謀便是誠心未至吾師回洞無期便是我也不授這般弟

東度記　卷六　五

子當速尋新園他只恐也不收為飢飽的弟子道童說罷
把衫袖一拂頃刻那有海島洞谷形踪道童也不見只見
玄崖峭壁密樹叢林沒有個路徑人跡二人只得望洋四
顧公與看着謙之道到此光景只得駕個幻雲囘華山石
室乃作起法術駕雲起在半空公與低頭一看說道吾師
在此山也謙之也低頭一看果見一座大山在海二人停
雲落阜依舊住足山脚下謙之道師父腹飢了此地無那
草便是栢葉也無如之奈何公與把手一指地間忽然長
出那青草叫謙之採吃謙之不肯去採道弟子吃此日久
厭心且問師父這山是何處遠近可有人家化緣賣藥可

以充腹公與道此嵩山也我與汝登高峰果石洞恐新園
賽師在此未可知也二人上得高峰果見石洞裡坐着一
個全真公與上前拜倒說弟子有失瞻依為罪萬千全真
日與汝別久正爾懸想乃顧謙之曰此為誰公與答曰弟
子招來徒弟全真曰既是新招徒弟乃吾徒孫只是以孫
名汝失了却前相共患難之義汝今來意却是為何公與
又說謙之腹飢欲飽之意全真道汝既為此當以長生不
飢藥餌之公與曰正惟師望全真乃具藥食謙之一見嚇
得魂飛天外膽顫心驚向公與說道師父怎麼是此二毒蟲
惡物臭穢不堪看着嚇人還要入口自忖此非全真必是

盤膝磋間方閉目不知那猿跳下樹來悄悄把雙履拿去謙之開眼見了不覺的怒從心起道山猴孽畜你拿了履去我却如何走這山嶺石逕乃去趕猿這猴子趕便走不趕又往只把雙履穿上又脫脫了又穿及至謙之走近他又往那峻石險崖飛越蹲着謙之急得紅汗交流乃怒道師父要我上山他却在婆子茅屋安坐這回吃茶吃飯叫我忍餓受苦却又被這孽畜偷了履去如何行路正怨間只見公與走近前來說道徒弟如何不尋石室却在這裡開坐教我茅屋久等謙之道師父我弟子只因山嶺險峻又遠力倦腹飢坐此石上少歇苦被猴子竊去雙履在此

沒計奈何公與笑道出家人時時謹戒刻刻隄防雙履是身外之物你未免不因他動了身內之火如今你雙履在何處謙之乃指道那猴子在那裡穿穿脫脫的便是公與見了便把自己的雙履脫將下來望平坦嶺傍一擲那猴子見了也把雙履脫下來望嶺傍一擲公與乃叫謙之取履謙之方繞取得雙履師徒穿上過得嶺來謙之問道師父以你的道法幻術諒一個猴子如何難治為何把雙履設個狡計算他公與笑道弟子你既知狡計何異幻法總屬欺詐目前不是個正大修行人有個自然道理你時尚未至心地未堅且自安常取順謙之拜謝乃道師父弟子

走了許多遠嶺腹中饑餓公與把手一指只見嶺下青茸茸細草公與先扳了一束自喫却叫道徒弟此草可以充飢謙之依言採而食下即時腹飽雖膏粱不美過草師徒正行只見峭壁玄巖處一個洞門公與道此石室也乃與謙之入得洞來只見洞裡幽僻潔淨却似個仙家屋室怎見得有西江月二律說道

石室幽深淨潔　石床石磴依臺　仙人居處有誰來
洞捲白雲自在　簾掛珍珠滴漏　碪分青白安排
丹成瀟洒任徘徊　都是仙家境界

却說海島真仙玄隱道士一日赴蓬萊會去分付道童徒

弟謹守洞門叫新圓收服這些邪魔勿叫道不得渾亂正大真機新圓道弟子心願收服邪魔只是道力微眇望師真傳授幾般玄妙正法玄隱道仙機玄妙正法輕易難聞汝非修立藥餌丹爐九轉純一何由得道又對道童說自汝復歸正乙巳自了明大道尚差片步未登將也有授受因緣只是勿傳下士玄隱說罷駕鶴凌空赴會道童却與新圓思想也要招個門下徒子徒孫新圓忽然一想與道童說道本智師兄我於往昔會中見四裡遠投異度擾亂人心情都叫人迷了這酒色財氣近又附合了貪嗔癡敗壞禪門我力不能驅逐想昔本定轉刼卜淨投生或可點化

入了修行正宗。謙之唯唯聽教後有說色慾迷人人若能
咬定牙關只在那相逢一刻的時正了念頭便過後無災
罪惡有八句詩說的好

人情多愛色　淫慾總皆癡
貪戀成災罪
清貞免禍危　牙關牢咬定
心地緊修持
不獨僧和道　還戒比丘尼

新編東度記卷之六

引記

正道明明照世間　遵行何必妄希仙
要知帝德高無極　更覺親恩愛最堅
天地有情憐有道　鬼神無黨報無偏
生人若識神仙境　都在靈臺一善遷

第二十六回　公與五試寇謙之
　　　　　　正乙一科真福國

話說成公與道士與寇謙之離了尼庵一路講論一番道
理謙之問道師父弟子投拜入門只為往年慕道無功今
日願求個不老長生方法成公與答道弟子你既要求長

生不老方法須是到個山中靜室修鍊服食藥餌方得不
老長生我聞華山僻靜當與汝到彼處藏修謙之拜謝當
時隨着成公與師父取道而行到了華山脚下只見那山

巍巍頂接碧天齊　松檜森森路境迷
鶴喚猿啼禽鳥噪　雲深石峻洞幽淒

成公與與謙之到了山下公與想道謙之雖然投拜我為
弟子他道心真實尚未深知不三番五試這道術萬一妄
授匪人彼此罪過不小公與乃把手一指只見那山脚下。
隱藏着一座茅草小屋門外立着一個老婆子成公與到
得面前向那婆子問道老婆婆借問你一聲這山上可有

狼蟲虎豹麼婆子道有的又問道可有寺觀麼婆子答道
沒有寺觀只有仙人留下的石室又問道石室可有人住
麼婆子道無人住又問道上山到石室有多少路婆子道
二三十里近路只是過兩條嶺阜公與聽了便叫謙之你
可上山看石室可潔淨幽僻堪以居住我因走來越走越倦怠且
借茅屋暫歇謙之聽從乃登巖涉嶺上得山來越走越遠
腹中又飢思量進前力倦退後不能他正在嗟怨之時只
見一個山猿在那石磴之上蹲着見了謙之扳援松檜枝
上望着謙之唧唧噥噥松下項刻一隻白鶴蹁躚跳舞謙
之也坐於石磴之上觀聽那猿啼鶴舞不覺的脫了雙履

與謙之離了他門。望前路行走。到得一座庵前。謙之擊蕭大門內走出一個比丘尼來。道我這是個尼庵。師父們請山門少坐不敢留入庵內成公與見了那尼生得清年貌美乃忖道謙之道貌雖近道心未知乃把自巳面一摸。却又把謙之面也一抹頃刻二人嬌滴滴如花似朶起來。對尼說道我二人也是兩個道姑今有公子衙內夫人外遊喚我們陪伴逃失了路頭望尼師容留少住尼僧忙然忽畧便邀入庵內眾尼齊相見了叙其來歷成公却也伶俐對答不差尼僧即具素食他二人却也不辭吃了看看天晚兩個只是不出庵說道路遠怎衙內不見人找尋而

來。沒奈何求尼師借宿一宵。尼僧慨然留宿。公與却又把謙之吹了一口氣只見謙之頃刻燈下變了一個俊俏道士那少年尼僧見了都走入房去道怪哉怎麼道姑這會却是道士也男女有別況我等既巳離父母不慕丈夫入了空門皈依三寶當謹守禪規牢持節介莫教男女混雜玷辱清修真好貞潔尼姑個個躲入臥內只剩了老小兩個在外支應公與待謙之打坐他却變那青年尼僧執着一枝燈燭走近謙之前問道師父老師父前堂打坐你却在此若是嫌僻靜寒冷我屋內可以避寒謙之聽得正襟端坐作色道優婆尼你說的何話小道因天晚借宿彼此

都為何事出家既巳絕慾修道不但不可褻此言當不可褻此意須要端正了身心勿要犯了慕夜四知入了姦淫十惡尼僧道我見師兄是個道姑你却是個道士我只曉得春心一點那曉得甚麼慕夜四知謙之道天知地知你知我知這傷風敗俗的事做不得謙之越辭那尼姑越嬌嬌媚媚起來謙之心不覺也動忽然想道。成師父會弄假粧幻萬一他假尼試我豈不自壞家風乃真作怒容堅心辭絕成公與見他正氣乃把臉一抹現了本來面目謙之忙起身投拜道師父捉弄弟子實是度脫弟子公與笑道。我觀汝貌今見汝心乃各相打坐天明辭尼出庵那尼姑

見是兩個道士懊悔在心却又見他們變化多端疑神疑怪不敢怠慢送出庵門緊閉入內成公與乃稱道好貞潔尼僧謙之道師父果然這庵尼貞潔世可有一等不貞潔的。公與道有貞潔二字原對着沒貞潔一惡這惡作罪不小比那在家沒貞潔更大謙之道總是一般過惡如何更大公與道他污穢了禪門比玷辱了夫綱所以不小謙之道師言一團至教公與道汝聽我言不但戒尼亦且自戒我於那試你之際也曾見你到了個把持不住的境界那時虧你一轉念返正如今繞生出這一番隨緣論道的功果只要你從今以後更要蕩滌到個純一不亂的境界便

東度記　卷三

處說道。師父你的符不靈。精怪更甚。謙之不信。親自到漢子家來看。進得門。方繞開口。只見屋內大磚大瓦拋打出來。謙之怵念呪步罡。那裡治得磚瓦。越打得緊。幾被打傷。急出來叫漢子閉門方止。謙之心裡疑懼忖道。我的符法怎麼不驗。正繞思想。只見一個道人在街市上化緣。謙之見那道人打扮却也整齊。相貌却也古怪。怎見得。但見

青廂白道服，沉香冠籠髮。
蜜褐黃絲縧，符藥裹綿包。
粽草履懸腰，胡蘆拴竹杖。
為何雙足赤，好去捉精妖。

謙之見了這道人生的古怪。便上前稽手道。師父何處來

458

的。要往何方去。弟子也是在道的。望乞垂教。道人道。觀子一貌清奇。是個修真人物。為何面貌清奇中却帶此三驚懼顏色。且問你名姓何稱。一向做的何事。謙之答道。弟子姓冠。謙之名也。幼慕仙道。未遇真師。日以符藥資生。今日正為一件異事不能驅除。所以心情見面。請問道師名號。道人答道。吾名喚成公與。修真年久。頗有呼風喚雨手段。驅邪縛魅。神通驚人。法術也說不盡。吾觀子貌可喜。為徒弟子。且問你今日有甚異事不能驅除。謙之便把漢子家打磚擲瓦精怪說了一番。成公與笑道。諒此小事。何足介意。便在那綿包內取了一張符。遞與漢子。漢子接了符。方繞

459

東度記　卷三

開門。那大磚一下打出來。把張符都打破。漢子飛走將來看着兩個道人說道。越發不濟。不濟磚瓦連符打破了。成公與聽了。把竹杖變做一桿長鎗。左手執着胡蘆。右手執鎗。赤着雙足。飛走入漢子之門。那磚依舊打出。被道人把胡蘆迎着瑰塊磚瓦都收入胡蘆。只收的磚瓦打盡。道人兩個打進房裡。那裡有個妖怪。却原來是個姦盜賊頭。見人往房上去了。公與見了這個情景。已知其故。乃將符焚了一張。只見那屋內黑漫漫若似個妖怪模樣。被符驅逐往空走了。便向漢子道。汝婦被邪。吾已驅去。只是速把婦移他所以防復來。吾自有法與汝驅逐其後。漢子與隣人

460

心雖好
奸却絕

都知屋內妖氣逐去。盛稱感謝成公與。只有謙之背說師父法術胡蘆收磚神妙。明見姦賊。怎麼指做妖氣。却又與婦人掩護。成公與道。我等修行人。心地要好。便就是常俗人心也要為人掩垢隱惡。我方繞若明出姦賊。不但壞了婦行。且是傷了漢子名聲。汝遇這樣事情。當存方便。謙之道。師父說的固是。無奈婦不守節。姦又復來。却不虛負這一番法術。成公與道。婦不守節。自有惡報。萬萬不差。姦賊復來。只是要費吾一妙法術。永絕其根。乃將胡蘆內磚瓦盡倒出來。叫一聲變。那磚瓦盡變做狠牙鹿角尖刺。叫漢子鋪在房簷卧內。道此物防妖。偏能捉怪。漢子拜謝成公

461

見一人敲門求宿。老漢開了店門。那人入得門來。看見上房宿的是僧人。各屋尋了一番。道善根善根往門外走去。猶然見這人光景。便跟出門來看。只見那人前走。後邊跟着幾個黑漢。無數男女往前飛去。口裡尚說善根善根。便少這一個也罷。猶然疑懼進得屋來。與老漢說了。又與神元說。神元聽得。乃向老漢說道。這一鷄不知救了老店主家中甚麽性命。老漢答道。一鷄怎麼救了小店性命。神元道。老店主方纔說昨日救得客人一鷄性命。方纔這人進門。各屋尋看。說善根善根。猶然出門見他跟着許多黑漢男女。便是昨店後門一類根因。猶然師父你兩次警

454

戒。我見你師徒心葷未化。老店主你一鷄之善。寧無家中事故可徵。老漢道。師父你不說我不知。自昨日救了這鷄。我一女久病。昨忽少安。神元道。此即是徵。老漢笑道。師父難道一隻鷄便救了一女。神元道。還不止。還不止。老漢道。怎麽不止。神元道。一女尚不足報你一念慈仁。猶然道。師父說的無乃太甚。神元道。猶然你獨不知干城棄於二卵。老漢道。這却何解。神元道。古有千城大將吃了人二鷄子。便使主疑見殺。救了一鷄。其功大矣。神元說罷。老漢善心越堅。衆人住宿。次早辭店前行。旬日神元却早到了國中。朝見了國王。國王備問通聘事實。神元一一奏稱。却好說

455

到風魔和尚警戒猶然僧吃葷之話。國王大悅。便敬信沙門。一時與建寺院。就有三萬餘所。遠近人民披緇削髮。不止二百餘萬。譯經律論一千九百餘卷。自古佛塔之盛。無出於此。後人有說道爲僧超九祖。又說道爲僧病四民。獨有九九老人五言四句說道

予不勸人僧　亦不於僧妬
無忘君與父　惟願僧人心

話說長爪梵志得不如密多尊者度化。離了東印度國。從海島遠去。尋訪高真了道去訖。遺下本慧巫師二人也。各自尋路。只因這二人弄幻生拙。誤入旁門。少不得輪廻却

456

轉。却又記恨尊者指破化山。滅了他手段。這一種惡念根因。便思想個報復的究竟。他二人物化一靈。向方復歸人道。却說拓跋氏傳至太武燾即位年間。嵩山有一道士。姓寇名謙之。字輔眞。却是本慧更生。他早年心慕仙道。術修張魯。服食餌藥。歷年無効。他在雍州市上賣藥濟人。尤善祝由科。與人驅病。但凡有疾病的。吃他藥不効。便行祝由科。畫一道靈符吞了便愈。或是人家有邪魅攪擾。便求他靈符驅逐。一日正在街市賣符。却遇一個漢子近前。道師父你這符可驅的白日拋磚擲瓦精怪麽。謙之道。我的靈符專一治此。漢子買了一張回家。貼在堂中。次日到謙之

457

求免店主道我這地方雞猪少有魚鰕無多便受你金也要尋買萬一無得何以延客這難從命神光見他堅執不從只得念了一聲彌陀出店門前行去了。這店主果是延客盡將雞禾宰殺仍又綱盡池內魚鰕只希圖充滿食前杯盤。那知根因果報這果報根因却有不同。豈是食一牲物就有一牲根因乃是殺一性命便有一命果報這根因果報後有知其義的老衲說了幾句偈道。

論根因　有果報　老僧說與人知道　那裡是食他
肉便就還他　那裡是殺他性命他也要　總是憐他
一氣生　也是陰陽成鑄造　把猪圈將雞罩　他也

450

識憂愁並安樂　人因故殺害慈仁　人因特殺供心
好　殺機一動血淋漓　物豈無人這靈竅　求不饒
苦誰告　仇恨寬您終報効　一還一報總關心　是
以仁人遠厨竈

却說神元意欲捐金免雞豕生命。店主堅執不允。一念慈心無處能用只得同猶然師徒並隨侍行者趲路前行在路却纔與猶然講論吃齋不茹葷這一片善心。猶然道師父你說得固是只是世間豪門富屋珍饈百味殺牲宰豕。充滿五齊誰不說天生物以養人。比如禽獸昆蟲大食小。強食弱俱隨口參神元道天地生物之心豈不願人物各

451

安眾生你說大食小強食弱不過以力勝猛虎食人豈是先生人以養虎人力不能勝虎便為虎食耳。猶然又道不生不滅萬年賢聖尤存只滅不生生滅減如四時迭運二氣流行只生不滅萬年賢聖尤存只滅不生。化幾空了。神元道聖賢有這仁物之心雖萬劫不滅凡俗無這慈祥之念便沉淪不返。我釋門專以果報根因勸人。竟是為法門開個方便。猶然的徒弟也多嘴饒舌說道師父人靈物蠢見刀杖何知死具。說精魄。也不甚多豈比得生人性命。神元笑道你等淺識。安知大義獨不見傷弓之鳥高飛漏網之魚遠逝。麗鼠五技何心狡兔三穴何意。

452

物既有性命所關人豈無慈仁共視神元說了這一番。猶然師徒也有點頭的也有口應的眾人走了一日看看天晚到得一村店人家。神元進得店門只見一個老漢子迎着叫了幾聲好師父請入內上房住宿便說道老漢合家是吃素的敬僧的今日遇着師父們好好。神元道客店來徃豈皆必其食素老漢道正是吃葷的客到此見小店無葷多是外市買來昨日幾個客人買得一隻活雞要殺。老漢見雞有悲鳴之狀不忍勸客莫殺寧可以飯食准筭求換。可喜客有慈心肯換此雞得免殺戮師父你聽五更雞鳴求曉也是個活潑潑的性命。神元合掌稱善正說間與

453

聽了問道你往年欠店家甚債今歲如何還他既巳籌償不少却怎要害你性命男女道實不瞞師父說我二人當年路過到此借寓一宵吃了他兩次饞饞飯食只因他客眾人多渾騙了一宵錢鈔偶然今復過此被他拿住我二人產了幾個小男女被店主筭了個利上起利盡被他賣了如今還要計害猶然方纔答應忽然門傍走了一個黑漢子出來把男女罵了一聲道你這作怪的騙了他飯錢事小你却騙食了他二卵情深比如我不欠他債在此吃了他些三無功之食也焦他一日之害說罷把眼看了猶然一看便上前來扯衣說道你這和尚是我仇人如何到此你

可記的你口食甚美不念我死者甚苦你方且要填還我命尚能與人救生猶然聽了嚇的把手將那黑漢一推往前遂飛走便把這情節說與神元神元聽得忖道這店家必是個不良善之家謀害過客的乃秉燭往後門去看那裡有甚男女也無個黑漢只見一個罩內兩隻肥鷄半堵土墻一猪倒臥神元看了道是也是也猶然道行不備遇此種因求救是僧人形貌說佻乃斷骨根因隨出得堂前把二鷄一豕事情說與猶然師徒他半信半疑全未有個慈悲之念一驚一怕都存着個畏懼之心巳不得天明起身離店前去此時却動了神元向道心腸乃向店家說道

小僧有件事兒欲與店主商量店主問道何事商量神元道今巳暮夜待明日說罷却是何事下回自曉

第二十五回　神元捐金救難豕　道士設法試尼僧

眾僧宿了一夜次早起來神元乃向店主說道世上有一種往因店主可信店主道師父甚麼往因神元道比如騙挾人財物負欠人償埮當世不還劫後須償店主笑道人欠人財人還人債世上有的小子如何不信只是當世不曾還劫後怎生償這却難信郎如我被人騙安知非劫前我欠他未償師父你且說劫後償還的當作何狀神元道俗世說的好欠債變驢變馬填還譬如店主家有驢馬甚

至犬豕鷄鴨應與你賣錢食用都是負欠不還根因業障店主道師父你僧家議論太迂信定了個往劫那裡知財寶爲世資有無通義若負欠了不還便變入畜生道這等果報是個陌人機穽不太刻剝至此神元笑道店主人你只知有無通義那裡知騙挾機深變畜填還不在那不還債負却在這害人的機心人心善良無奸無殺便是佛祖人心奸殺有債有負便入輪廻我小僧在你後屋見鷄豕在圈偶動慈心只恐是來還你夙債我願代還免他殺害店主道師父我今日正要殺鷄宰豬延客且後池尚有魚蝦千百你能盡免得他今日之綱否神元道小僧願捐金

〔442〕

問如何無寺院，神元答道，臣國自來未聞佛，止臣僧一人，原係南朝遊行北地，只因國王避暑五臺，感動菩薩乞化山地，創建寺院，實始臣僧，今特遍聘修好，武帝聽了，令臣下賜宴待給與，來文神元拜謝辭朝，囘到院中，猶然接着兩僧，正講菩薩化現道塲功果，只見院門外走進一個風魔和尚來化齋，猶然便將欵待神元的素齋與他，這風魔和尚將素齋傾落在地，說道我不吃素，有葷食快將些出來，猶然變色說道，我院中皆齋僧，那有葷食，和尚笑道明齋暗葷，瞞的他人，怎欺得我，只說你吃葷一罪，欺瞞二罪，墮此惡孽，還不省改，輪囘卷上分明不淨，因中怎解，猶

〔443〕

然聽了，那裡肯認，便怒起來說道，何處顛僧，破我清行，神元也說道，和尚你要葷吃，這明是犯戒，且又寃人，我在此客寓，如何有葷你吃，風魔笑道，你是胎素，我自知你，他是口齋，我豈寃他，乃叫一聲黃犬，何不嚙出骨來，只見一隻狗子從門外飛走入猶然卧內，嚙出幾塊肉骨，神元見了，心然猶然報顏覺愧，便發起怒來，這風和尚不知是那家狗子，從外嚙了肉骨，却來此處寃我，和尚笑道，你自作業，何人寃你，猶然師徒不忿，便把和尚推打，和尚乃問神元，汝那方可有這明齋暗葷的僧人，神元道我處無僧便是，有也只是我寺幾個初入禪門弟子，和尚笑了一聲道，休

〔444〕

且休打我去也，忽然化一道毫光而去，嚇的猶然跪在地下，只是磕頭口稱弟子，再不敢也，神元方纔說道，猶然師父，這分明顯化，不是你藏肉在內，必是你徒弟茹葷，急早同心莫造惡業，猶然信服謝教，一時坊中僧俗便就知風魔點化猶然，明吃素，暗茹葷，把他行止傳壞，立身不住，乃候神元出境三五里遙，他便同着三兩個徒弟趕上前來，道師父我弟子們要到貴地一遊，望乞携帶携帶，神元知他來意，却也不辭，衆僧往前行走，天色黃昏，看看月起，猶然便問神元說，師父天色已晚，怎無個住頭宿店，神元答道，我來時筭定地方有個住宿村店，却怎不見，莫非往來

〔445〕

人稀，我與你錯走了路頭，方纔說講，只見前面現出村落人家，神元道，此是住處了，乃趨步上前，越走越遠，月色明而復晦，不覺的黑暗難行，走到一個店家門首，那店外點着一盞灯籠，上寫着安歇客商，衆僧進得店門，方纔打點了宿歇之處，擺出些素食饘饌，猶然忽叫腹痛，要尋地方便處，乃出店家後門，只見門後兩個男女，哼哼唧唧，若有苦楚情狀，向前跪倒，叫一聲師父救我二人性命，猶然問道，你二人何事求救於我，男女道實不相瞞，我二人往年員欠店主些錢債，好意今歲來還，已償筭不少，他却幽閉我二人要害性命，師父出家人若肯救生，決然報德，猶然

〔438〕

東度記　卷五

行之所。王聽了道僧人你要創個修行之所須也要十餘
畝之山，一坐具不過是一蒲團。寧有幾許便鋪具自坐何
必來向子乞化梵僧答道：寸山尺土皆王所有，臣僧不明
白乞化，是欺占也。王遂允其化。說道一坐具之地怎你自
便梵僧乃謝王退去。把蒲團鋪於山巔之上，次日只見那
蒲團頭出星辰，尾搖日月。方圓五百餘里臣下見了，忙來
奏王。說道梵僧鋪坐具在山甚是廣大周圍丈量不止五
百餘里。王聽了說道，此必聖僧子已允乞施地，但不知此
僧何聖也。乃下令，有識得此聖僧的說來，臣下那有人知。
只見一臣奏道，我王要知聖僧來歷，臣有一知識僧人法

〔439〕

名神元見在山脚下結丈餘草屋修行。王可召他來問。王
依言召神元來問。神元到得王前說臣僧只聞得坐具鋪
山却也未知梵僧何聖。王曰汝既是僧如何不識必要汝
去查來。勿使子心疑惑。正說間只見半空中祥雲藹藹梵
僧顯化法身莊嚴坐於獅子身上衆臣與王都見神元忙
下拜頂禮。少頃不見。神元乃奏王說道臣僧知是文殊菩
薩化現也。王乃令臣下焚香禮拜即傳令啓建寺院修演
道場。王囘朝稱讚不已寺院道場事故皆付與神元料理
當時便有好善士民發心捐金的捨身披剃出家的工程
却也浩大。寺院却也不小。神元做了方丈佯持工完事畢

〔440〕

東度記　卷五

朝見國王，國王乃命神元與晉通聘不題。却說輪轉司。自
放了陶情，叫他勸化四裡便查卷內有情無情應轉因緣。
有六道四生上自天人道下至畜生道各有個去向也有、
一念善解諸惡業的也有、一念惡仍悔了善因的分項各
投生在人間仍看他造作更改却有卜淨本定這一類的。
真司說他信道不堅發他陽世若再造作惡業便墮入惡
道若改修善行還復他福緣卜淨領着百千一類却脫生
在晉魏二國之間這些性靈那裡知識本來善行固有惡
念不無晉國中就有一所庵寺名喚湛虛院院內有一僧
名猶然他便是卜淨後身只因他屢化迷真後有一聲彌

〔441〕

陀之解仍還他這一善根因誰想他妖氣猶未淨蕩名在
院出家依舊不守僧戒外示人齋戒暗實茹葷貪財好色
不說俗人一日正在院門外立只見一個僧人跟隨一個
行者近前稽手說道老師父我弟子是外國而來朝聘帝
主的欲借上刹暫住旬日猶然見這僧自遠來行囊富麗。
又聽得是朝聘僧人便邀入方丈彼此通問法號僧人乃
答道弟子北魏主遣來上國通聘法名神元。請問師父上
刹何名道號猶然答道小庵名湛虛猶然便是弟子
法名也當下備齋相留神元次早報名朝見孝武帝帝問
僧人汝國有多少寺院神元答道臣僧國內無有寺院帝

赤髮金冠頂束　皂袍鐵甲身披
尊押心瞞已昧　手持利器怒威威

神司見了道副怒容轉變笑顏道僧自何來攔吾去路道
副稽首答道小僧偶開音樂之聲暫發遊觀之意妄觸雲
騑罪過罪過請問神司方纔這些男女情態十分兇惡僧
已知是輪轉變化但不知分頭散去何處脫生作何究竟
神司道此是世間作孽惡因原該轉輪自下再下入於六
道末處只因他尚有可原處故此押他生方還在人道只
待他悔過前非一孽有一善解來仍復還他個樂境若是
一誤再誤便是吾神也不知他究竟也道副道這等說來

434

道副聽了祖師泰明了靜中知識便跪倒說弟子隨師外
游怎麼眼見反做空花祖師道徒弟你眼見後何殊夢幻
道副答道實理却在於斯道副這一句祖師便知他覺悟
乃問道汝既知非夢幻便知塵世真因道副答道弟子知
也師以何法令眾生不染着祖師道吾止有演化普度之
願願化本國一切有情各發善心成就無上菩提共登彼
岸然後再化他國以消滅惡業真因道副乃拜受而退却
得了波羅提指授許多道術便欲隨祖師演化本國不題
後人有眾生幸聞真因願復正覺五言四句

436

於眾男女還是小惡從他敗行從善若是大惡久已入六
道之末矣神司道正是正是道副方欲再問何處去那神
司報風駕雲去如火速便道了一聲去的路境僧師自識
道副聽罷忽然出定道哎呀我只因笙簫音響根因便入
了塵情夢幻染此一番境界這却也顯明莫謂塵情夢幻
果是真實不虛的根因吾已久歷師門怎還有這一番夢
覺說罷天明到得祖師座前只見老祖出靜轉過身來見
道副侍立在傍乃對道副說道波羅提曾云震旦國度善
惡根因吾於此度中緣熱今欲與汝到彼演化恐汝又多
了一番塵擾道副答道恩師演化正當攜弟子們知識祖

435

詩曰
　　菩提具妙法　萬劫最難逢
　　幸有聞見者　莊嚴與佛同

話說東晉孝武帝政元寧康年間有北魏拓跋氏國王名
珪一日坐朝羣臣見畢王問道天時當夏酷暑燕人子欲
尋個清涼地界避此炎熱汝等臣眾有知何處清涼可堪
避暑當下一臣奏道近地有座名山名曰五臺這山高出
雲表廣占方與上有石洞遮陰松筠蔽日王欲避暑此地
實便王聽了乃發驪從車輿到得山間設起錦幕鋪着繡
墩正繞高坐與臣下談經邦正務講治國嘉猷忽然一個
梵僧來到王前朝上稽手頂禮乞化一坐具之地以剏修

437

〔430〕

神司乃說道作惡也有大小實間報應條欵却也不少有等應送幾個子孫與他只因惡減其少或少減其無甚且奪其巳有或送幾個頑劣的與他若是送頑劣的與他還是照他惡根頑劣也還他個頑劣此又實報之小者道副又問道世間大惡小惡想必有個條欵神司道大小果是有條欵道副問道大的何惡神司又恨了一聲道不忠君王不孝父母不敬日月三光不義昆弟不和夫婦如種種十惡不赦之大道副聽了道善哉善哉信如神司之言只說作惡之大神必不肯送子孫與他比如他巳有多了多孫在先却作了大惡在後如何奪的了神司聽了道僧何

〔431〕

脅頓至此只就個不忠君王罪惡最大的王法可饒他一個道副聽了便稽首稱謝說道小僧知也還有小惡條欵望神司說了罷神司道小惡多端如何說得盡只是世間凡有逆理便是過惡道副又問道大惡無可解救小惡可有解救麼神司道早知不做便是大惡也可救若是明知故為便是小惡也莫解道副道大惡斷乎莫救除是不做只是小惡世人或有不知誤做的却如何解救神司道不知誤為知道即改罪可消除仍復無惡道副連拜三首道神司請教個小惡能解的道理神司道僧人靜聽我說解救的道理說道

〔432〕

莫云惡小為　此小不可作　種種自招尤
造罪無可活　有等無心慾　良心須早覺
改過不宜遲　舊污一旦濯　嗟哉此冤纏
世或多染着　惟願我仁人　一惡一善孽
比如貪嗔癡　廉靜能分辨　比如驕傲奢
守我安舒約　比如奸狡私　須存正大樂
種種眾惡生　種種眾善駁　寧使一理明
莫教一慾溺　神司最聰明　報應無擔閣
諸惡永消除　種子長生藥

神司說罷道副道善惡大小僧備知矣善能解惡僧知理

〔433〕

矣只是輪轉這惡業與那轉輪這善信僧却未知神司把手一指道我要送善知識家孝子慈孫去不暇工夫與僧談也你看那黑氣漫漫在下便是造惡業赴輪轉那白光爍爍在上便是修善行赴轉輪神司說罷笙簫音響旛盖飄搖半空而去道副存注了脚頭定睛看那白光染染隨看神司也去了只見那黑氣悠悠不散飛捲前來把眼一看黑氣中無數的杻械枷鎖男女哭泣那苦惱情狀真是難觀道副方繞合掌念佛只見那黑氣分開那些男女分頭往下方各處散去其後却也有位神司押着道副見這神司比前那一位形像大不相同只見他

報應不空中

却說達摩老祖令波羅提救正國王不信去後乃面壁入定。左右到觀中見老祖入定隨報王老祖入定王此時便信左右之言回殿而夫波羅提主壇齋事既畢回觀適遇老祖出靜。波羅提上前恭拜老祖道。我知汝徵現神力正王信心。他日演化功成自見汝一臂之力。今日吾徒道副修持當借汝切磋功果。波羅提拜受老祖又問。汝自震旦國來彼國秉敎善良否。答曰善良固多作業時有非士大闡化緣只恐迷而不悟衆生染着墮入無明多生障碍老祖道。一切惡業不獨異國衆生誑妄造迷染。便是本國多有。

予欲演化本國賴汝首開方便之功。波羅提聽受訓退老祖面壁而坐二師各歸靜室。正繞放泰只聽得半空笙簫聲響而來。道副聽得便問波羅提道。師兄你聞得樂音否波羅提道聞在師兄之問後不聞在樂音之響先道副道既巳聞音響來何處。師兄能辨其音。作何凶吉。答曰響自空來其音多吉近地必有喜慶之事。我以神力通聞其乃送子於善門者乎道副問道人間育子空動笙簫何人吹送答曰積善應以和風萬籟自成佳韻積惡應以厲氣一門必有怪徵壽天貴賤皆兆於此道副聽得合掌謂了一聲祖師。積善降祥積惡降殃人可不知修積我當於靜室

中遊觀善因何在。說罷波羅提一笑而去。却說道副發了這遊觀善因志願果於定中根尋笙簫音響之處。他縹縹緲緲在虛空中。果見祥雲藹藹一簇長旛寶蓋蹀蹀人來乃上前觀看見無數童男童女擺列前行後邊一位神司押着道副稽手問道神司押這些童男童女何處去的。神司答道此皆善人所積吾今送與他爲子爲孫道副道僧聞世有善人亡後自歸善道。比如那善人不論士農工商。富貴貧窮却都是此長者。怎麽俱是些童男童女神司答道此未始有刼也比如善人尚存在世只就他善功一造善念一舉寅官注筆應有子孫隨降誕佳兒佳女待他積

善不倦且莫說他長生注福。只就他百年囘首。却是輪轉後刼前亡後化的司主道副又問道。比如這童男童女俱是一般形貌其中寧無個大小高下。參差不等的神司道又在他善功大小。自成個高下只要世人固守善因莫敎悔改道副合掌念了一聲佛號。說道此是現在善功僧知報應神速如此不差若是世間爲惡的。却是怎樣送子送孫與他神司聽了道副這一句。便愁着雙眉却又怒恨了一聲說道我巳說與你僧人惡的自有轉輪一刼這其中條欵却多僧且靜聽吾說乃是幾般條欵下囘自曉

第二十四囘　　神司善惡送投生　　和尚風魔警破戒

外用火梜燒，左右把開扛出刹外，空地行者泣哀求饒。王怒不解，方繞叫左右舉火，只見那關內火騰騰焰起自焚。火光中一朶白蓮現出，蓮開一個，那和尚望空而去。當時左右回報，異見王不信，喝令將報信執事官拿下拷罪。一時左右便驚動了達摩老祖，正在觀中，命徒弟道副，那裡知正當和尚示寂化火自焚，却無救計，料王駕於獄。汝能救否？道副答道：弟子雖有救心，却無救計，我師會面自有方便。正說間，只見一個僧人走入門來，問老祖恭禮三拜。老祖見了便問：汝自何來？僧人答道：弟子

422

自震旦國來，名喚波羅提，以夙因得投師門下，望賜收錄備弟子數。老祖道：夙因果是不虛，只是汝方來此，便有一事用汝。汝能正王不信三寶，救下報信官之拷麼？波羅提答道：師命不敢違，願往救正。老祖問道：汝以何計救正？答曰：世人不信，總自懷疑，火裡生蓮，道本不謬，蓮開見僧，理實不虛，只以未始有見，因以啟疑。弟子微以神通力攝化歸正。老祖點首道：事成而返，當以功錄。當下波羅提即走至淨刹時，王在刹中正分付駕臨清寧觀，只見一個和尚立於堦前望王稽首，左右都不知僧從何來，王越大怒。左右不報，僧即言曰：臣僧能上不自天，下不自地，左右前後

423

四方不自，我王左右怎得知而報？王曰：誰也，人不有實立之地，怎生而來？汝見立堦前，何云下不自地？波羅提聽得，即蹲身而起，浮於空中，道：我王見臣僧所從何處來否？王一見，即舉手招僧，說道：予知我僧神力矣，可下地相與一談。波羅提乃自空而下，問道：我王疑和尚化火自焚，火裡蓮生，蓮中僧現出，下報事者於獄，有之乎？王答曰：予正謂其誑。波羅提乃把手一指，只見空中大火炎炎，光內蓮花百千萬朶，朶朶上都現出僧人盤膝而坐，王見了笑道：此空幻耳，豈為實有？此如王不焚，開空也；焚開後，空也；執事未報，空也；

424

報而王疑，疑而拷，後空也；即王駕坐刹中為有，返駕而廻，皆屬空幻。王笑曰：此論可推廣否？波羅提曰：可推而廣。比如王前齋供食畢放筯，即空只是懷不信而拷執事，雖說空，而可憐執事蒙冤不白，疑冤受諸苦惱，願王發信心，開天宥，原屬空來，著此三實報耳。王曰：既屬空幻，又何實報？波羅提答道：一慈著善，自有種種善得善，即是報也。王笑起來，分付饒了報信之拷，來臨清寧觀看叔，仍命僧衆與元通和尚修齋，令波羅提主壇。後人有談萬法皆空五言四句。

萬法眼前實　過眼即皆空　只有善因果

425

三百六十行件件可做陶情道便散了這寨中嘍囉守本
分生理是個千穩萬穩上計分心魔王依從一時散了眾
嘍囉燒燬了寨柵裏了此三金寶本錢前往國度中走他七
個人正繞走上路頭便錯了行境恰好一個白鬚老漢子
走近前來陶情便問道老翁我們是往國度中尋生理的。
錯了路境請問一聲這幾條路從那條走是正道大路老
漢子道從中走是大道這幾條是小路近來地方人要近
便皆從小路把個大道不由他說大道遠殊不知大道
坦坦該走該走小路兒雖近便却邪僻險巇天氣晴明尚
有高低難走天陰雨雪泥濘其實難行你列位却是做甚

生理的陶情便把本行說出老漢聽了便罵道你這傷天
理的只圖賺人錢鈔那裡管人損傷且莫說你一心忠厚
把醇醸美味賣與人那人貪你美味多少傾家害病只說
你們不忠厚的把水攙和在內吃了你的淡薄可當泄瀉
難忍破人腸腹致人疾病罪過萬千可恨可惱老漢子說
了不顧而去陶情笑道精精晦氣方繞出門便撞着這個
撥嘴老漢吳厭道陶兄到是我與你做過夥計知道攙水
情弊那裡就有百千罪過世間做假攙水的生理甚多難
道都是罪過陶情道正是莫說吹肉灌魚挑葱賣菜和水
就是販綾籮段也用些水何獨責偷在酒家作罪王陽笑

道這些三和水不傷人惟酒却滲入腸腹罪過在此艾多道
誰教人吃他又費了我若知情不隱便攙盡井泉何有於
我七人口說芟亂便不覺走入邪僻小路按下不題後人
有七言四句嘲飲水酒說道。

饞口流涎貪味美　　　圖錢宰理攙和水
費財腸腹又遭傷　　　不飲免教醉後悔

按下陶情眾人行走僻路小道前往國度中各相尋生理
他其中却有生平不善經營專一倚靠人身過活學好本
分把主人件件做來人合當不學好挾邪把主人種種行去
逆理按下眾人在路不題且說元通老和尚陽神廣照見

四裡改名換姓遠投異鄉去了他四彈之敎巳明普度之
因旣了入定關中一塵不擾一日在淨剎中偶然出靜分
付行者是日當淨掃焚香只恐國王到來說罷仍復入定
那行者偶然失記地也未掃香也未焚却說國王名號異
見王乃是達摩老祖之姪王素不重釋門一日命執事官
導引到清寧觀裡看叔老祖知其來意乃命徒弟道副出
觀迎接不意王先到淨剎裡來看見剎中行者懈怠不掃
殿焚香大怒便問主剎僧道是誰行者答道只有老和尚
開開入定王走至關前見關門封閉乃叫左右啓開只見
老和尚盤膝閉目端坐關中王一時怒起叫左右扛開剎

東度記　卷五

與我過客做讎禮便饒你這毛賊性命分心魔王聽了道
哎呀。到騙起我們來了。你是甚好漢也留個名姓只見二
個客人。一個開口說道你問我有名說與你聽
好漢名兒說你知　世間有我正當時
利名場裡稱獨好　富貴叢中肯讓誰
偏多那敢爭吾少　計較誰能把我欺
飲酒從來先我醉　逢財到處占便宜
尋花問柳般般要　美味珍饈件件齊
喜我盈廂並滿庫　教人退讓且差池
弟兄三個人間世　一個真強一不痴

東度記　卷五

你如問我名和姓　吳厭名兒說與伊
魔王聽了笑道原來是一個害不足症候的客官。怪到想
我們的金寶。吳厭客人也問道你是甚人阻我行客。通個
名姓來。魔王道問我名姓也有。我說你聽。
我魁名兒天下曉　父娘生來出世早
從寨心性不和平　撞着些兒便作惱
也曾仗劍斗牛冲　也曾衝鋒山岳倒
也曾浩然塞兩間　也曾怒發安一掃
誇我好剛使出來　説我逞忿動不了
那知我是英雄豪　赫赫威風真不小

東度記　卷五

靈通關上知我名　分心寨內要金寶
結交四個契弟兄　名喚分心老太保
兩個通名道姓。正要動手動脚。爭打起來。卻好陶情
前看見了。道休要動手。原來是吳厭老鬆計。吳厭見了陶
情笑道老鬆計你如何在這裡剪徑寨中。陶情便把別他
的事情說了一番。乃問道老兄你別後在店家還是開店。
還是另尋生理。杯中物還是終日不離麼。吳厭道自別了
老兄終日醺醺也還仍舊。把幾貫本錢也只爲這些忍不
任。都消磨了。無計資生懊悔不及因此前往遠方外國尋
些生理。却遇着這兩個朋友也是無銭度日。我三人遂結

東度記　卷五

納做個忘年友離了家鄉。投托個人家過活也好。陶情問
道怎叫做忘年友。吳厭道這一個朋友。說起來與你分心
兄弟性格差不多。也只因他着怒好生少年心情慣了。這
一個朋友秉性愚拙。站便站個獃坐便坐個獃。他年紀老
大。有幾分直朴。故此不論老少結交所以謂之忘年友。陶
情聽罷便請三人入寨尚有餘瓶隨排小宴。大家計較本
分生理。却沒本錢都看着艾多道如今要生理非艾多
兄弟設處斷乎不能。艾多道本錢不難。只是要尋個地方。
吳厭道小弟也訪得有個國度中儘好做生意。陶情道那
個國度中。吳厭道離此數百里有個震旦國度人民廣聚

269

[410]

道好酒好酒吃兩杯注壽延年。一個道没情没昏昏睡夢，一個道有趣有趣能使我解悶消愁嘍囉們你長我短說笑不了，忽然寨前來了兩個客人問道這寨可是分心魔王住所，嘍囉見了兩個客人笑道自來衣食往常過客聞風遠離這兩個痴客反來上門惹事幾個嘍囉扯拽兩客到得寨內陶情一見了。原來是王陽艾多二人。齊齊笑起來說道久別多載幸喜今日此地相逢分心魔王便叫嘍囉擺起筵席大吹大擂吃了一夜次早相聚寨中。只見陶情開口說道列位弟兄我有一句話兒奉勸若是肯聽依從不獨一個免遭輪轉大衆有益不動無明王

[411]

陽便答道大兄有何事見教請說陶情乃撫掌高談却是何話下回自曉。

第二十三回　貪嗔癡路過分心　清寧觀僧投老祖

話說陶情撫掌高談說道我們四個弟兄在人間世也是個好漢子怎麼心情都不一好酒貪花逐利逞忿終日營營在我們自已身上只做原來不曾有也罷了怎麼結撰在世人心上呌他生出許多禍寃我日前分明做我本等生理苦被個吳厭夥計朝夕酖酗酩酊放肆顛狂惹出莫大事來貽累我官司受拷逃不過明有王法却又被寃官較個功罪幾乎轉推到地獄受無限苦楚幸虧神司黃封

[412]

冊籍解救呼我勸化列位弟兄各心歸於正勿苦了自身兼害了他人列位契兄弟若肯聽我勸小弟從今日守我本分做此淡薄生理王陽阿弟也寡慾養心葆合太和資此壽命艾多阿弟量入爲出無奢無侈一任天生莫多冦巳惟有阿弟你這分心魔王做不得做不得犬則性命不保小則災殃受苦都是你忿忿不平自家惹出依我說。今後放個汪洋度量濶大心情自然人親人愛果是虛懷普柔王陽聽了拍手笑道阿兄你可謂恕巳責人口是心非我們三人個個都是你勾引只說小弟日前有客店偶見明且只因沽得一壺便惹動數句扯出一斷情詞受那

[413]

老漢子咕噥了半夜艾多道便是小弟也只因你這三盞想起那萬斛魔王道不消講只方纔嘍囉說阿兄這瓶兒弄的七顛八倒三個人把個陶情說的主意不定到恍恍忽忽說道是我勾引我那車子上瓶堆瓶滿一發取來我們弟兄盡醉方休且在這分心寨盤桓幾日再作理會正說間只見嘍囉來報寨前又來了三個客人魔王便叫拿了他來嘍囉方纔去拿到被這三人打倒魔王聽得大怒執了一根棒走出寨門大喝一聲何處行人不獻金寶反恃衆强生事這三個客人也大喝一聲道我們也是世間好漢去尋此買賣做的你是何人有金寶快早獻此二出來。

人說方便，王陽道三弟睡罷，莫要饒舌，我如今又要想到
高唐孟體處去也。艾多不言而卧。後人有說淫詞喪德。五
言四句：

麗句工詞藻　德言養道心　胡為風俗惡
邪語誨人淫

按下王陽艾多在殿過宿，次日找路前行，却說胆裡生自
被元通和尚說破了他，離了靈通關，四下裡尋個道路。他
那裡知為人到處，俱要心地和平，度量寬厚，四海春風何
人不敬，那個不容。這胆裡生只因存心窄小，性度燥急，半
步不能容物，一時難忍吞聲。四下裡交情，觸着他性便怒

從心上惡向胆邊生，故此沒個道路。偶然走到這分中河地
方，招集了幾個嘍囉，立個寨柵，起名叫做分心寨。魔王在
這道路把截生事，招非過客，有忍得他的讓他，惡狠狠他
些金寶，有不念他的，與他抵敵爭鬧一場，到搶奪他些財
鈔。一日正坐在寨內，嘍囉報道，寨前有個販酒的客人推
着一輛小車子，載着幾十瓶打辣酥。魔王聽得隨叫嘍囉
搶來。嘍囉聽令走出寨門，方欲去搶那客人道，好漢莫要
搶便，搶了去也只是吃，若是魔王刻薄，你搶了去他獨自
受用，一滴也不與你下小沾唇，不如待我開瓶與你們吃
些到好。嘍囉聽了，便問道，這酒可是一樣的，客人道，幾樣

幾樣乃開了一瓶，道這一樣是五香藥燒酒，你們好漢吃
了許多好處，嘍囉問道，怎見得許多好處，客人說道有個
誇頭你聽

造出五香美味　甘松官桂良姜　陳皮薄荷與飴糖
吃了渾身和暢

嘍囉聽了，有的說且拿去獻魔王，有的說依客人好言，且
吃一瓶着。一時四五個嘍囉吃了藥酒，個個倒地昏沉，不
醒。魔王見嘍囉出寨無回信，差盡左右都被酒醉倒，乃發
起怒來，自出寨外，却原來客人乃是陶情，二人大笑起來。
各相進寨，叙說別後衷情。陶情却把改名換姓的事備細

說來說到輪轉司，叫他勸化幾個的話，魔王聽得大怒起
來，說道人生在世，孰無個剛強不餒的情性，怎教我做個
委靡不振的懦夫，人來干犯着我，難免煥煥嗽嗽怒填胸臆，
陶情道丈夫志意充滿浩然，誰不誇你得所養，或厲青雲
或冲牛斗，不縮不餒為國家鼓出此英雄豪邁，你却不如
此往往匹夫為諒競短爭長，不忍一朝抖生五內，為爭名
也是為爭利，也是小不忍，也是報不平，也是還有鬱鬱莫
伸，懨懨成病，都是阿弟忍耐不住仔細忖量到不如吃我
陶情兩杯消磨了這衷腸悶損，二人正在寨中講論。那嘍
囉忽然醒覺，一個道惱事惱事，貪這瓶中忘了寨令，一個

縱然滿樽前何處嫦娥　枉作雲妝　爭如霧捲

王陽吟罷艾多笑道總是你一泒心情所出只恐不能遂你衷腸二人正把盃再欲歌吟只見店家一個老漢子走將出來說道二位那裡來的吃酒把盃吟風咏月人誰曾你只是這一位吟出來句句都是淫風邪韻我老漢聽着何妨小男婦女降坊聽了豈不敗壞他心腸從古到今淫詞豔句勾引出傷風敗俗之事為害不小老漢願二位守目前本分飲一盃客邸清醪莫要邪思亂想胡歌野叫非理言語調引春心王陽笑道老人家七顛八倒妄議亂詬責備行客我們路逢到你店中偶酌兩杯見此明月歌吟

402

〔眉批〕有古人之心則可

幾句小詞賞心樂事有何勾引傷風敗俗之事況窈窕之句明月之章亦是古人寄吟豪興我們便歌唱侑酒有何傷害老漢道古人樂而不淫歌吟何害只是人口是心非言端行違尚然作罪老兄你借擬嫦娥寄情繾綣不可不可王陽被這老漢子說的閉口藏舌艾多乃問道老尊長我動問你一聲分心寨在何處離此坊有多少路程老漢子答道二位客官你問這分心寨做甚麼艾多道我們要找尋個契弟老漢道分心寨原是我這國度地方叫做分中河五處分界只因河道淤塞長起平灘地界荒僻不知何處來了幾個人為首的一個叫做胆裡生他在此剪徑

403

自稱做分心魔王便立名叫分心寨這魔王好剛使氣人若過路遇着他的一時激義便和好相待還給你路費銀錢若是遇着他一時心裡不平暴燥起來却也利害艾多道正是胆裡生便是我契弟老漢道老兄我看你一貌堂堂行端表正却怎麼與這魔王結為契弟艾多道老尊長我不說你不知我們弟兄四個大兄叫做兩裡霧後改名陶情第二叫做雲裡雨便是這王陽二兄第三就是小子叫做浪裡淘因也改名艾多這胆裡生便是四契弟當年我四人在一處地方叫做靈通關也做些不要本錢的生理後來遇着兩個僧人被他三言兩語把我們弟兄說散

404

了各尋頭路到如今東三西四你無我不成我無你不成我想起來相聚還須要我何患不成所以今日要找尋我這契兄但不知分心寨離此處有多少路老漢道不遠不遠半日路程說了二人到客房宿歇那老漢子尤自咕咕噥噥自言自語說道風騷罪人何苦吟風弄月歌那邪詞豔句惱亂人腸造下風騷罪孽艾多聽了對王陽說道二兄你聽這老漢子還不住口只是在你身上發揮我小弟想你也該自悔生前不自好德造下這風流罪孽王陽被說使起性子大叫道生來骨格情性難改阿弟由我罷艾多笑道由便由你只恐押解的又來陶情哥不在無

405

（三九八）

他眼前堆椿磨磨。與他明看。他若是心地不明。怎知保守。
小子非不領教。只是這幾貫在腰。少不得要往前途再
別計較。說罷方欲辭富有。只見遠遠一人飛奔前來。見了
王陽。大笑起來。說道阿兄別來無恙。王陽見了便道原來
是浪裡淘阿弟。自靈通關別後。一向在何處。浪裡淘道小
弟久已改了名姓。叫做艾多。這富有乃我近日結交的契
弟想我自那日別來。被一個相知留我在家。始初敬重。如
膠似漆。終日不離。我替他引類呼朋。成了一個大家行止。
誰料他刻薄寡恩。把我幽禁起來。鎖在個庫房之內。數鼓
天日也不尋見。王陽道阿弟你却怎得出來。艾多道只因

（眉批）教了你　便學會

（三九九）

他恃財倚富。生事凌人。惹出禍端。要我們解救方纔出得
他庫房門外。到得這鄉村。結交富有契弟。日前聞知陶兄
與阿兄。勸解免押解等情。方纔知你。路過到此。故此他托
道陶情大兄到此。阿弟却怎不留他。如何又放他去了。艾
多說他來時。我被邪相知幽禁不得出。陶兄千方百計要
我相會。送相知錫壺銀盞。也不收。惠泉金華也不受。王陽
道送的可謂精妙貴重。他如何不受。艾多道他生平不飲。
且不延客。所謂齊王好竽。客來鼓瑟。禮物雖精。其如王之
不好。故此陶兄未得相會。幸喜我這富契弟與陶兄相合

（四〇〇）

日共飲。刻刻啣杯。却又引的這村鄉。典衣當物。花費無
弄。陶兄自知。說道莫呌。又犯了甚麼文卷。打聽得他生契
弟。在甚麼分心寨。做強人。他到彼處去了。既然阿兄到此。且
細想我們四裡弟兄。不可久。抛各散稱此囊中有餘。且往
分心寨。探望一番。王陽道有理有理。乃別了富有與艾多
找路行來時。當三五良宵見一輪明月中天。他兩個走到
一村店人家。王陽只是想着煨紅倚翠。艾多見他念念不
絕於口。乃呌店家沽得一壺酒。說道阿兄客邸無寥你且
收拾起春心。飲一盂解與小弟。自離關齘了這緣法。淘得
多金。相處此些山人墨客。學得幾句詩詞。你看今夕明月試

（四〇一）

題一個小詞你下酒。王陽道阿弟你試題來。艾多乃題出
一個詞兒。却是個念奴嬌牌兒。名詠月。他題道
今夕何夕　豈尋常三五　青空遼闊　看那雲收星
曜歛　何人玉盤推轉　照我金樽　清香獨滿　有
藥得長生煉起丹爐　萬斛珠璣黃金一點
王陽聽了艾多題咏。笑道阿弟我雖不知詞句。細玩你丹
爐一點明明的藥。你衷情難道我的心情。可辜負這一天
皓月。依經傍註。也學你韻一個。乃吟道
烟村靜息　扶疎桂影滿眼　素娥煉就　怎生蕭蕭
環珮遠　教人單吹玉管　年少追歡　入空思繾綣

明有王法只要個清廉官府搜奸剔弊范俏道那個地方没有廉明執法怎奈作奸犯科的智藏巧隱王陽笑道說起來這個道路不如不去謀他做到也免傷天理范俏道正是我見傷了這天理的縱然逃了王法却也逃不過幽有鬼責報應却也多有不是官非便是疾病或者逃亡死故把本錢都消折王陽聽了把頭一搖打了個寒噤說道這販買販賣生理做不得便是我當年做伐柯生理與他天理一般傷了多少范俏道正是正是我們做媒引頭比他販的還大王陽笑道這話便是這般講腰囊這幾貫怎生與老兄計較范俏道盤買幾畝田地耕種度日去罷王陽笑

394

道這固是老兄本分事業只是小子心性與他的情景婦女侍兒種出來的根因如今既無事業可做老兄無事地方可有勾欄術院不如去做個風流嫖客范俏答道老兄這嫖客有甚好且莫說他破財損鈔蕩費家業與親友笑意愛美麗春情涸髓搭脂耗神喪智受片時有限淫樂討耻妻妾憎嫌玷辱了門風傷壞了宗祖只說他貪風流可一世無窮苦楚我這地方既無勾欄那有術院小子也不會做這引頭經紀伴客幫嫖王陽笑道地方既無勾欄或者老兄相知相識暗昧巢窩得以了却小子這一腔春典半日情懷便浪費了這裏來襄橐也無悔無怨范俏聽了

395

把眉頭一感說道老兄這事越做不得耗財損神事還是小便生出一宗大禍害傷天理更甚更甚王陽問道怎便傷天理大禍害范俏道我小子有幾句口號說與老兄一聽說道

世間男女原有別　男效材良女貞潔
鑽穴相窺天理傷　踰牆相從人倫滅
男兒百行備於身　女子就兮不可說
閉戶不納誚賢良　坐懷不亂真清白
斷髮剃鼻女丈夫　秉燭待旦真英傑
清風萬古正綱常　大節無虧上帝悅

396

可怪夫婦愚不知　姦私邪淫大道絕
摟其處子踰東墻　不惜身中精氣血
明有國憲幽有神　報應昭彰墮惡業

范俏說罷王陽聽了笑道老兄也是一個買賣道路與小子同行這會怎說出這許多道理文辭范俏道老兄實不瞞你我小子名叫做富有託名范俏乃適早一人路往這村過說後有一人來尋事業做只是腰裏幾貫平生酷愛風流把老兄來歷備細說出託小子勸化你囬心莫要愛那風流貽累他人了輪轉王陽道原來老兄有人囑託你如今世上能有幾個清白賢良不愛風流便將地獄放在

397

【390】

西江月說道

可嘆人生在世　遭逢美色無情　火坑明曉耍邪行　多少因他成病
智者遠離保命　寡慾百體康寧　東垣健步藥雖靈　怎比這神藥性

話說雲裡雨不聽陶情勸化貶名王陽獨自一個走在路途想個一世的事業走了十餘里見一人獨坐在路口小亭子上呻吟若有所思王陽也來亭子上坐那人問道何處去的王陽答道小子原離此處百里一向伐柯生理顧賺了幾文娶了幾房家小門戶難當囊裏得幾貫出來耍尋些二世的事業請問老兄何方人氏獨坐在此若有所思

【391】

何意那人答道小子名奧范俏也爲裏幾貫鈔出外尋個事業頗奈這地方近日事業難做正在此思量老兄若是有高見小子到與你計較個事兒去做王陽答道三百六十行小子都會只是勞碌辛苦到是當年做伐柯生理見有等快活道路思想這事到做得范俏道甚快活道路王陽道如今不如買幾個婦人女子販賣與江湖上做妓爲娼儘有此三利錢還討此三好便宜范俏道有甚利錢便宜王陽道比如人家有好婦人女子或是有丈夫的貧窘養贍妻子不能央免伐柯賣與外方客人明說爲妻作妾或是女子父母欠了官錢少了私債也圖幾兩銀子賣與遠鄉

情景

【392】

人氏明說做妾爲妻買將過來帶到別地賣與娼家買一販三利錢頗多那明說的意思却是買過來權且一日做夫妻這却是便宜幾倍范俏聽了笑道原來老兄道路就是小子道路今日正在此想一向這道路傷害天理比如窮迫賣妻貧窘鬻女這個苦惱情景莫說那骨肉兩分異鄉生死莫得再面只說這賣與娼家老媽子耍他接客婦女非他親生骨血若有不順他心情棒打鞭敲苦情向誰說訴王陽道既接客便有客人的情意妓女可以說訴計較逃走的也是娼妓的常事范俏道老兄莫耍說這計較逃走娼家老媽兒心計逆料却也周密比如

第22回

【393】

買得一個婦女叫他接客防他向來細說鄉土姓名來歷乃吓夥中假裝嫖客情厚詐出婦女實言老媽兒次日說破痛打三番兩次便真客情實探問婦女也不敢說王陽道我做了一生伐柯生理便不知這情由可憐可憐范俏道老兄若憐他這道路却真做不得王陽道我想有個憐他的道路却是何道路下囘自解

第二十二囘　詠月王陽招諷誚　載酒陶情說轉輪

話說范俏王陽他兩個計較販賣的事業說出買良爲娼婦女的苦情老媽兒的行徑王陽想了個憐婦女的道路范俏聽得便問老兄憐他有何道路王陽答道買良爲娼

使作的他淫心助起他的春興以後他也該節你也該戒
說罷那婦人把臉一抹那裡是婦人原來是新園賽道士。
陶情見了笑將起來道師兄你活活騙殺人我前開店被
你把吳厭捉弄一番帶累我費了多少磨折今日卻又來。
捉弄雲裡雨契弟雲裡雨也說道娶妾近侍兒雖也是小
弟近日病根只是婦女們那裡會多嘴饒舌與陶情兄辨
論這一番卻原來都是你我想靈通開自被那和尚辨難
了幾句便別了道兄你如何今日有這等法術神通能變
婦女說一瓠道理的話新園答道話長話長陶情道便是
長腳話也請說來一聽新園乃說道

386

自從別卻靈通開　　投託梵師爲徒弟
巫師與我同入門　　共師還有慧定智
修行本欲證大羅　　誤入旁門終未濟
跨鸞幾被假鸞傷　　隱身法調佳人麗
弄術迷人自着迷　　左衙偶被公子繫
愧心怕見那梵師　　一路烟走知廻避
小廟久離狐鼠傾　　重新丹整安居計
因懲本定墜鸞亡　　清寧觀裡求了義
僧家不納道緣深　　海島相逢舊結契
歌吟指出大丹歌　　暫居洞谷眞師地

387

元通和尚出陽神　　將吾身摩頂授四記
普願勸化四裡身　　寡慾廉靜保精炁
假婦化身說盡情　　特來度你無他意
新園說罷一陣風踪影不見陶情也要走去雲裡雨說道。
契兄當初也是你作成入這門路雖然道士敎誨這一番。
只他個個離了我身莫說免了押解便是心腸也快活許
多但好言好語聽了也該三思省改只是我生成骨格長
成心性緣寡難過慾火又騰說不得學老兄也改個名姓
前途再更換個計較完此一世事業陶情道事便是好只
是我改名換姓做了一番事業到墜入輪轉主司責我勸

388

化你等回心向善方纔饒我今若依你又隨你計較個事
業去做萬一再犯如之奈何雲裡雨笑道料你事也只如
此有罪過卻也有功勞只是我弄的小男幼女沒顛沒倒。
畢竟要完全了一椿事業陶情道你正該在幼小時養精
蓄力莫要弄到老來精力衰朽悔之晚矣雲裡雨只是不
聽陶情道你且三思我如今要去勸化沙裡淘胭裡生兩
個去哩說罷飛走雲裡雨乃改個名姓叫做王陽他只因
婦女侍兒離了他身心裡又不愁這幾個押解他超生的
地界一時便四體舒暢六脈平和那裡踉踉蹌蹌走步如
飛往前行去後有說婦女侍兒離身便康健善走兩個歡

389

陶情道殘人丐子也有一妻一妾婦女道宋弘義士生平只個糟糠陶情道他居累千章便多置幾寵也無害婦女聽得把眉一攬道你這引頭奪脆的都是烘動他淫心匀惹他春興害的他如此你那裡知世間陰陽配合男女婚姻只該一夫一婦處室誰叫他吃一看二你怎知他多占了我們一個世上就有個鰥夫陶情道自古一妻三俊原該有的假如人生不孝有三無後爲大娶妾生子理該情當這難道不許他婦女道許便許你却不知嫡妻生妒能有幾個得完全的陶情道這完全的道理我陶情到不知請說請說婦女愁着眉說道娶妾納寵你道世間最樂殊

不知其間傷害倫理處十有七八最苦最苦嫡妻賢德知自不育爲丈夫捐簪珥納妾生子以繼公姑之脉以續夫夫之嗣若是不賢德悍婦不容娶淫婦心不忿妒婦生謀害惡婦動箠楚可憐人家嬌生嬌養也是父娘一硯肉或爲官錢私債没奈何嫁了人家做妾且莫說這女子做了人妾不能勾一夫一婦白頭斯守心腸裡怨恨只說遭逢嫡婦妒惡百般樣欺凌千般謀害這其間說不盡的苦惱真是叫天不應叫地不靈染病亡身也不知多少陶情笑道做男子的只要自家風流那管妻妾相妒還有一等嫡妻良善寵妾惡狠再加丈夫愛俏喜新寵妾嫌妻難道

做妾的只是苦惱婦女道這越不好男子寵妾傷害了比嫡夫婦倫虧本當有子只就這倫理虧處便生了個絕滅根因多妾必多慾多慾便傷精耗神身心失養這叫做粉骷髏伴着死骷髏婦女說罷陶情又把眼看那侍兒那裡是侍婢丫環却是幾個龍陽小子陶情看着他也裝媚做嬌佞向雲裡兩說道這却是老兄放蕩禮法之外損傷元氣之根怎怪他們齊齊押送你不放乃對婦女道小子聽了衆位娘子的言語實是有理千萬只看他平日恩情饒了他押解罷看起來爲後嗣娶一個偏房也是情理所該比如一妾不生再娶一個也未爲傷害倫理婦女道你此

話差了一個不生再娶一個便替他淫慾開門路娶一個可該打發那不生的出門與他個門路誰叫他三個五個都留在家這其間許多不完全處陶情道又有甚不完全請說完了罷婦女道老夫不能遍及少妾間有調私其中還有妾妾相妒不容怎得完全陶情聽了方繞點頭只見那婦女侍兒彼此亂打起來你道是我不容你我道是你不容我你打我打你先把侍兒打的一陣風去了婦女只剩了一個看着雲裡兩說道我叫你寡慾養心節慾生子你不依勸以至於此雲裡兩答道從今依你只是兔神解就得生路那婦人又看着陶情說道十個九家都是你

厄嘆拱手謝去神司隨把陶情放了道諸事且看黃封怒
你只有你有四裡俱係一黨在世弄人惟有雲裡雨胆裡
生皆是你造出他迷入惡業我如今且放你速去改正了
他們。這綱常倫理所關保命護身所係都在你就正他不
小若是他縱慾敗度好勇鬥狠不就你的規正或你故違
有以使作鼓舞他罪却也在你不輕陶情口裡連聲答應。
心裡却有幾分狐疑猶忖道天生我這個招風惹草的
情性撞着我的能有幾個斯文典雅入我門來投了意氣
便是斯文典雅不覺的手舞足蹈如今要脫離這輪轉只
得且口應了主者而去方離了大第公廳走未十里陶情

378

見一人跟跟蹌蹌走將近來。後邊跟着四五個美貌婦女。
清俊兒郎。陶情想道這人跟隨許多男女若是妻子也該
攙扶他若是僕婢便是富家也該用個轎馬若是同行走
路怎麼讓他慢慢行走却都退後。正在疑猜却好那人遠
遠望見陶情呌道舊相契你何處來也陶情方繞睜眼看
明。道原來是雲裡兩契兄你如何這樣瘦弱伶仃行步跟
蹌一向何處安身。雲裡兩愁着眉苦着臉答道小弟自靈
這關被那和尚瑣瑣碎碎說的沒趣離了關。走到甚麼巫
山地方。遇着高唐孟禮兩個男女惹了此三風月機關撞着
甚麼水人月老把我勾引到一處呌做甚麼陽臺地界沒

379

誰呌你當道門戶　係將強制生瘤泵柞

奈何只得跟隨着這幾個在那地界。做了幾載伐柯生理。
誰想這買賣順利便起了千百兩家産沒來由自恃有幾
買錢鈔。動了那風月情懷今朝娶一個美妾明朝買一個、
侍兒被他們、朝也、、來尋雲暮也來尋兩便惹了個門戶在。
身這門戶難常弄的在此鼻塌嘴歪裹了幾兩銀子出外。
別尋個事業。他們如今還跟着我不放我再三苦苦哀求。
饒了我罷他們越不肯放口裡還說要押解我到甚麼超
生地界。正在此噓噓氣喘懨懨要病却喜幸逢舊契沒奈
何替小弟方便一聲。到此地界饒了我罷陶情聽得笑道。
老兄原來有此苦情何不當初緊示咬牙關強制慾火莫做

380

這超生的買賣怎得的到這個境界你放心放心待小弟
與你說個方便。呌他們放鬆你些三見罷乃向跟隨的婦女
侍兒面前方繞要開口。但見那婦女侍兒果然生的美麗

一個個　千嬌百媚　多趣多情　烏雲半軃雙飛
粉黛淡粧濃抹　十指露纖纖春笋　蘭蕙香薰玉袖　不說
蓮一個個藕絲嫩纖羅裳
蕭娘風韻　真堪楚女標題

陶情見了上前唱了一個諾說道衆位娘子爲甚跟隨我
這契兄不放婦女道誰呌他狂夫不禁陶情道難道是他
鑽穴相窺婦女道他縱不是鑽隙相窺誰呌他房櫳充棟

381

新編東度記卷之五

引記

饒舌人間事直譚　只緣參破沒來由
貪嗔盡是一癡人　酒色誰教兩不堪
矢口勸人剛且勁　忠言如藥苦非甜
光明大道能行也　分外管管即是貪

第二十一回　姦婦備細說衷腸　王范相逢謀道路

話說夷狄造酒大禹惡之者恐後世被他逃亂乃酒固逃亂人性却是世間一件要物僧家戒他正爲亂性世間又有一等豪放縱恣哺糟啜漓飲無曉夕沉腼荒淫不但迷亂而且爲害不小惟有仲尼至聖說惟酒無量不及亂日不爲酒困大哉聖言界於可飲不可縱之間矣誰叫人縱飲入於迷亂造下這輪轉之業再說寔司王者處分陶情將他功罪查勘罪大則輪轉自中而下功大則輪轉自中而上司吏執卷主者展開從無始以至於今世人被他迷亂放肆邪佟無所不爲却也盈盈滿卷主者怒目視着陶情說道你造出這等惡業罪如丘山怎肯輕恕叫把陶情推入輪轉而下陶情那裡肯服說道官長以罪加陶情造此惡業却也要說出何業主者便把文卷中註載的念與他聽說其人酗亂逆親皆因陶情所造王者只念了這一宗文卷便恨了一聲道罪何大於此以下註載百千萬宗却也不小左右可把陶情推入輪轉陶情又辨道逆親的王法不赦這一宗却也消磨了主者道王法所誅的是故犯的還有逆愛的柔懦的不曾犯出幽有鬼神怎肯輕恕正纏叫牛頭執叉馬兩操戟來推陶情只見西邊白毫光燦燦飛來黃封冊明明投下主者忙恭禮仰視見一個神司說陶情功可折罪主者折開黃封上註着孝子慈孫祭奠祖考酹地獻神一種誠敬都在陶情所造將出主者道他逆親以下註的違法百千萬宗不小神司道他誠敬之外解鬱却病和餌療人却也百千萬宗不少主者醞得

370

士昂昂而去。後有歎這醉生非。弄出禍害都是這陶情釀
美五言四句說道

萬事無過酒　生非惹事端
安居天地寬　不飲從他美

却說元通老和尚一心悟那彈開之教只是運陽神尋那四種根因見陶情國慶鄉村造酒却有那新園得真仙妙訣也能變化去度他可怪他逃尚不悞得道士救了不答飛星逃走恰好老和尚在雲端遇見新園道士說雨裡霧更名陶情這一番事蹟如今他不悟玄機道性犯戒生非不如罰他到輪轉司與他個異劫警省這却又不是我僧

371

家慈悲方便。新園道師兄此言也是成就他的方便不似我們門中正法勤除元通老和尚聽得只念了一句梵語說道小子不曾違背了昔日之盟雖然廣造多方博名勸飲原教人薄薄酒勝茶湯誰教那吳厭醉狂惹出禍害老和尚道雖是你自作自造未嘗叫人生事怎教你造出醇釀使那吳厭顛狂我如今奉教如來只戒得沙門弟子却也難禁世人你且去轉輪司異變一刼不飲人天那時也注個無量功德陶情不敢作聲抱頭竄耳跟着神司直到那轉輪司主者正在那裡閱寶卷瓊書查世間有情無情

372

應緣脫化乃查到卜垢信道不篤。本定幻法迷真一個尚有一句彌陀救觧一個也有梵師雙修的玄功主者查到此有情說叫轉輪使者且把他二人輪轉中上一個不離道岸一個不出僧門使者方繞要把那風車兒左轉只見塔下神司押着陶情王者見了怒道你這業障坑陷了多少風流浪蕩鼓動了無限暴戾顛狂應付異劫漂沉陶情泣道信如官長之言只是陶情却也有一種好陰功善果主者道汝有何功果陶情道散抑鬱不伸之氣救好了無限災迍解吳越莫大之仇合歡了兩家世好主者聽了笑道也只因你有這一種功勞便救了你萬分的罪案你既

373

註有功便查你的功罪叫吏役取載的百千億萬功是功罪是罪處分却是如何處分下回自曉

東度記卷之四終

大家笑了一回店家便問陶情來歷陶情纔把會造酒與
吳厭做夥計的話說出店王便道小店雖開來沾的甚稀
想因造作不如洪陶兄如肯與小店代造幾甕若是生意
遍行却也不忘大德我這國裡都却會吃只要造的有些
名頭名頭若好便是金生麗也要來買此三噥噥陶情道我
小子若造出來的名頭却也多店王問道請說幾樣一聽
陶情乃說道
蜜淋漓　打辣酥　燒鏈時細並麻姑　蒲桃釀薏苡
香　金華蘇壽各村鄉　惠泉白　狀元紅　茅柴中
聖不相同　珍珠露　琥珀漿　玉蘭金橘果然香

店王聽了陶情這許多酒名，大喜道老兄有這手段。小子
願把店中家伙本錢交付與你大張起個門面携帶小子
起個家業襯個典頭陶情應允當時就寫立一紙券約糶
穀造酒開張發市一時吃了陶情的美酒大家小戶遠鄉
近里都來買酒真是填門塞巷吳厭把些三本錢也交付陶
情他只是終朝要吃醉了便去羅攬事端却好逞醉在那
街坊生事只見一個風魔道士似醉非醉如痴非痴手內
拿着一個葫蘆口中叫賣幾尢靈藥吳厭也不管個好歹
向前把葫蘆搶入手裡便倒那尢藥那道士笑了一笑把
拂塵一揮只見那葫蘆中倒出許多大蜈蜂滿頭滿臉把

吳厭釘的手慌脚怱那裡趕得他去那葫蘆如火熱丟又
不得脫手只叫好道士饒了我罷街市眾人看見齊來幫
耵吳厭說道你這風魔道士如何使障眼法兒捉弄我們
地方酒客陶情與店主知道也來看吳厭被道士的葫蘆
兒粘着手掌火燒般痛那吳厭始初還求饒見燒的又痛
蜈蜂釘的又狠越發怒罵起來道士只是大笑道只這風
你酒醒盪的你住口方繞饒你眾人與陶情都怒道這風
魔道士好生無禮不打他怎生饒恕你一拳我一脚登時
把個道士打的直僵僵無氣那裡知國法不饒那村鄉却
有官長郎時把吳厭拿去供說是陶情酒釀致醉生出致

一種事端一時把陶情也捉將到官五刑三拷可憐陶情
那裡叫屈繫在獄中他猛然想起在靈通關賽新園與他
結義過僧人一番議論在前村中那老漢化出和尚的根
因便道了一聲新園道兄你如在此可也與你道友說個
方便饒了蜈蜂火葫蘆也不使吳厭醉狂惹出這一番禍
害正纔說了忽然市上來報官長說風魔道士活了官長
乃把着陶情去看只見那道士把臉一摸叫一聲雨裡霧
契兄極早改業訪問高僧莫叫墮落作吳厭于連陶情一
看原來是賽新園道士他乘此機會只答應了一聲問也
不同一陣烟飛星去了丟下個吳厭到店家去住風魔道

智者不爲困

雨裡霧見這鄉村不吃酒却是元通老和尚化做老漢子。又與他辨駁這一番乃想道我當初不該起這個霧字名姓惹那和尚惡到底走到這個地方他又來撥嘴撥舌不如改個名姓過了這國度到個吃酒的所在或是自造巧立個名色寫在招牌引人來賣或是零買治備些餚饌引那饞嘴見菜來沽想了一會乃自巳起了一個名姓叫做陶情他一路走去未過十餘里只見漸漸有醲酣之人陶情乃上前聞那人口內噴出一團酒氣便扯他衣袖要問個路境那人袖內却藏着一個酒瓶陶情見了怎肯放他

說道你這村鄉不吃酒你如何酒氣噴噴袖裡又籠着壺瓶那人慌了答道老兄你休怪我我是沒奈何好吃一杯的只因我村鄉不吃酒有戒漸漸過來便有偷着吃此二的再過百十餘里就通行大飲此去十里也有零沽賣小子悄悄偷買此二吃不匡撞着老兄莫怪莫怪陶情聽得滿心歡喜道不吃酒中尚有偷吃的那通行大飲地方不知吃的怎個樣子乃忖道我一個孤身又無資本不如扯着這人做個夥計生理乃問道老兄高姓大名那人道漢子問我名姓做甚陶情道小子會造酒欲到前村夫賣實不相瞞孤身無本若老兄方便做個夥計甚好那人聽得笑

道小子姓吳名厭平生好吃一盃只因居住不吃村鄉沒奈何袖着壺瓶做個小人計較老兄既有高手會造佳釀正遂我心願出資本夥計營生落得終朝痛飲早晚醺酣強似在家裡躱躱捱捱吃不快活陶情大喜隨到吳厭家裡吳厭收拾些本錢與陶情出門望前路走去行到百里境界却又是個國度地方他二人辛苦道途正思吃這幾杯却好樹陰下一個牌坊上寫着兩行字陶情近前看那兩行字詭道

　　遊人知味停舟
　　過客聞香駐馬

二人走入樹陰深處却好一個酒家入得門來吳厭道有

好酒醲來店家怕醲燙酒罷出些下酒餚饌他二人輪杯把盞只見陶情攢着兩道眉摸着一個胸詭道哎呀蟄殺人也脹壞人也吳厭問道老兄如何這等模樣陶情道扶真牌賣假酒這壺中精精是醋活活是水怎生叫我吃得店家聽得怏走到二人面前說道二位吃我這好酒比衆店不同如何說是醋是水陶情道比如你這酒造作可有個舊方店家道怎無舊方陶情道我那敝地舊方却是一斗糟店家道是一斗糟陶情道便是三担水店王道也是三担水陶情道却要一担穀店王道便是只少這一担物。（眉批：不知遭糟也少）件吳厭笑道這等還喜得一斗糟不少繞有這些三酸味

吃的不是茶定然是酒乃上前問道老尊長吃的是茶還是酒老漢答道老兄說甚麼茶酒我這地方不長茶芽無人吃酒老漢杯中吃的是此白水雨裡霧道地方無茶也難怪你豆穀頗多如何不造些酒賣老漢道我這地方原不吃酒雨裡霧道酒乃世間一件美物如何不吃老漢道這東西如何是世間美物雨裡霧道老尊長不信我有四句古詩說的好說道

酒是人間祿　神仙祖代留
三杯和萬事　一醉解千愁

老漢聽了笑道你誇酒好其如我這鄉村不吃何雨裡霧

道老尊長你這鄉村難道一個人也不吃老漢道不但不吃還有聞名不知是甚物的只我老漢曉的不吃他雨裡霧又道老尊長你為甚不吃他老漢道酒乃爛腸之物伐性之斧吃了他顛狂放蕩助火傷神好好的一個白面郎若項刻成一條赤臉漢子盪着他些兒不是踢腳輪拳便是拿刀弄杖雨裡霧笑道我聞糟物能久不壞何云爛腸散悶陶情怎說伐性佳人一朵桃花上臉好漢三杯壯起威風合歡結盟那個不要他兩相和好卻怎說踢腳輪拳拿刀弄杖老漢道這還是小事還有幾件大事都是他弄出來雨裡霧道甚大事請老尊長說了罷老漢道干名犯

義都是他弄出來爭強鬥勇都是他使出來傷災害病都是他生出來倒街臥巷都是他發出來雨裡霧道倒街臥巷小事小事怎麼也說大事老漢道你卻原來不知威儀齊楚倒街像甚模樣街頭破面臥巷成甚男子雨裡霧聽了道實不瞞老尊長小子路過到此見交易處這等熱鬧如何不沽釀賣酒小子卻會造麴糵釀蜜淋只少些本錢老尊長若肯扶持我逆旅窮途有這造酒手段假貸幾貫備辦家伙情間房屋開一個酒肆得以資生便是大恩大德老漢聽得道老兄莫怪莫怪我這國度中原禁吃酒便是我這地方個個莫說不吃連酒字也不出口其實安你

不得且要快快走去莫教有道行的知了把你指做酒頭不打逐你便送了你性命雨裡霧聽了涕泣起來道老尊長你可憐我窮途逆旅懷抱不開不肯借本經管求指引個吃他的地界老漢聽了道隣我這國吃酒的我還要勤化他如何反指引你快去莫要撞着天性不吃的來老漢說罷忽然不見雨裡霧把眼四下一豎只見半空裡卻是一個老和尚雲端現身他定睛一看卻認得是靈通關被他說散的僧人乃道走罷莫走罷莫要又惹他了後有士人說酒可飲不可飲的五言四句說道

漫道酒爛腸　伐性亂方寸
　　　　　　能調五臟和

東度記　卷四

都來二十句　端的上天梯

那小道士唱了念了。唱似歌非歌。似曲非曲。總是適情養性。逍遙在洞口。新園聽了。卻走出松林。上前一看。原來那小道士。不是別人。乃是那個。下回自曉。

第二十回　陶情遣能誇造酒　風魔設法警陶情

話說新園上前看那小道士。原來是本智。本智卻也認得新園。兩個笑敘別來多時。本智道。師兄因何憔悴。不似往日。新園道。自弄法入公子衙。被獲無顏見師。走回小廟見本定陰靈備知他被假鸞誤墜而殞。今與一卜淨壇入輪廻。小弟得元通和尚指引清寧觀投歸正覺。那祖師又不

納。叫我幾句法言。尚未明悉。細想莫非叫我勸化四裡舊交。我一人那裡去找尋這四裡。望師兄指教幫助。本智道。我只因妄投蠧腹。迷了道心。撇卻舊師。誤隨旁門。今承師眞度脫復歸島。隨師日守丹爐。怎得閒暇幫助。況那四裡見了我等遠避。不敢相親師兄。旣無投託。何不候我師眞蓬萊會回。求賜收納。做個徒弟。新園大喜。正叙間只見鸞鶴飛鳴舞跳起來。彩雲藹藹。果然玄隱道眞囘島。本智接了。便引新園上前稽首。玄隱問是何人。小道士備言來歷。玄隱聽得笑了一笑。說道這四裡行踪。我已洞曉。牧服極難勸化。怎解你不該設新園而弄幻。投左道而迷眞聖僧

東度記　卷四

不納也爲此一件。只是你有一點道緣。我且指汝個投向。我於八極普照。見這四裡各分境界。迷惑人情。汝一人力量焉能開化。還當付託老和尚高僧道力方得度脫。新園拜倒在地。道師真弟子也不願去找尋這四裡。也不能開化這四裡良心。方纔在洞前聽得小師兄唱念的詩句兒。其實有味。望傳授了弟子。且暫借這海島閒洞待弟子。且做個閒散逍遙也罷。道真聽了笑道。小徒自與汝等渾跡。東行囘來想是學得我仙家些妙訣。閒吟歌唱。汝旣要學。當叫他授你。只是我這海島勝汝在小廟。止可暫居。只恐四裡未化。終是汝要勤勞一番。新園拜謝。在海島暫居。且

說這四裡自靈通關被和尚參破。各自離關分頭散去。那兩裡霧走了些地方。沒個資生道路。一日來到一國度。鄉村他迷失路頭。只見鄉村人煙閙熱。許多人叢雜生理。都是牛羊豆穀交易往往來來。自思我遠投到此。又無個知識投託。欲待要交易些市物。又少本錢。四面看了一回。猛然想起說道。這個閒熱村鄉人烟。這等叢雜。卻怎麼沒一個酒肆茶坊。我想我生平技藝。會造醇釀美釀。何不設法他幾斗豆穀。造成此春夏秋冬美味。滑辣香甜好酒。賣與這鄉村人家受用。兩裡霧想了一會。恰好一個老漢子坐在那市上手裡拿着一杯水。吃雨裡霧看見道這老漢子

東度記　卷四

找問清寧觀宇有人指說國度中有座清寧觀新園乃飛
奔前來入得觀內見一僧侍立雲堂之上蒲團上坐着一
個禪師閉目入定新園乃向僧稽手問打坐禪師是誰僧
答道善師人定汝從何來新園道小道從靈通關來僧問
到此何事新園道有舊識僧人指引清寧觀宇來投正路
僧何法號答道小僧法名道副入定禪師乃吾師道號達
摩大師汝若要投拜當俟出定新園却將元通指引四字
說出道副方知是老和尚度來乃道大師出定尚早元通
禪師在靜剎閉關汝當趨拜新園聽了便往淨剎投來只
見老和尚緊閉關門他兩無叩問只得暫住淨剎寄食行

350

只得諕

者見行者們晨夕課誦如來新園偶生歡喜隨行者晨夕
焚修一日走到清寧觀中適遇祖師出定新園上前稽首
備細說出來歷祖師道我豈不知汝來俱你一片塵情未
化不是你入淨剎焚修把念頭歸正安可與語只是吾教
無言汝當自悟新園想了一會雙膝跪地道祖師不言弟
子終是不悟祖師不言依舊把壁手彈了四下道汝在這
裡清寧了道吾方納汝如不能了終是不納說罷又復入
定新園依舊不悟苦苦哀求道副度脫道副却也不解師
言新園只得暫住觀中又隨着道副晨夕功課曉夜思想
祖師彈壁四下忽然想起元通老和尚在廟講到四裡根

351

東度記　卷四

因乃發一念道是了是了祖師之意叫我清寧了四裡因
緣方繞收我歸正想這四裡弟兄泛泛萍踪何有定跡何
處尋他怎生勸化說不得還尋我往日梵師同門舊友求
他們幫助勸化了他乃向祖師前稽首辭別了道副出了
清寧觀走得力倦坐在地下猛然想道向來全仗些幻法
飛空只因要歸正棄了今到此勞倦且要找尋舊日師友
只得重理法術當時在地上練一個天馬行空之法氣厲
青雲便飛騰直上來的疾去的快不勞剎那之間便歷山
海之內他擡頭一望只見個青鸞與白鶴盤桓松陰之下
乃想起昔日乘假鸞誤跌情由因知本智歸烏事蹟乃按

352

希仙正道

落雲頭下臨松嶺只見白鶴叫了一聲那洞裏走出一個
小道士新園見他打扮的整齊玄巾道服真乃神仙中人
聽得那小道士口裡唱幾句道情新園躲於松陰聽他唱
的那裡是道情曲兒原來是仙家道語他唱道

養氣忘言字
降心爲不爲
動靜知宗祖
無事更尋誰
真常須應物
應物要不迷
不迷性自住
性住无自回
无回丹自結
壺中配坎離
陰陽生返復
普化一聲雷
白雲朝頂上
甘露洒須彌
自飲長生酒
逍遙誰得知
坐久无絃曲
明通造化機

353

上把手一拱道高僧你明明知識故意咳唉問我你豈不知善積兒孫惡辱宗祖說罷把袖一拂竟入廳去了元通和尚心生歡喜喜的是出家得證了慧覺又動哀憐哀的是愚昧不種下善根後有清溪道人發明善惡輪轉在心五言八句

詩曰

天堂問何在　　在此靈明中
地獄問何在　　在此暗昧中
靈明與暗昧　　俱在轉輪中
惟有善知識　　不墮惡趣中

話說元通和尚識了風車兒輪轉根因俱是世間善惡輪〔346〕

輪司的話備細說了一番剛剛說到下淨與本定兩個站立廟廡之下齊道了一聲師父你修道的陽神安逸快樂我二人迷昧的陰魄苦惱凄其堅乞慈仁指明超脫老和尚見了笑道誰教你一個誤入旁門一個佛心不固若知修省還可度脫終若不悟只恐你再墮無明便沉苦海兩個聽了口應心却懷疑頃刻只見陰雲漠漠黑氣濛濛兩個辭別新園與和尚道生方去也臨行和尚囑他勿忘正念他恍恍惚惚化一陣業風而去了元通和尚乃微笑了一笑乃問新園四裡形跡尚在何方新園道這四裡弟兄輩無形少跡到處便安他却那裡顧甚人〔348〕

情物理只是要陷害生人師兄若要滿遂化緣完了師尊的普度說不得借勞神力廣尋遠找莫使他昧了大道阻了善心我弟子也要探尋我師真並同門的道友呌他要知風車兒輪轉惡業莫昧了大道善根老和尚道正是正是說罷倏忽陽神起在半空莊嚴色相賽新園道呀原來是元通師父顯靈塵世想是本定師兄脫生人天去也我在這廟中徒老歲月不如再探梵志師弟們下落說罷鎖了廟門方繞要走只見雲端裡老和尚道新園那裡走前已一誤安可再誤清寧觀宇勝似山崗小廟何不往投正路說罷不見新園一念警省離了廟門過了山崗四下裡〔349〕

起百千萬劫他的慈悲心腸怎得家傳戶諭呼醒了九愚無奈天地遼濶生人繁多只這慈心却復到靈通關上想起昔日度脫的四種因緣只見賽新園仍居廟內乃到廟相見賽新園一見了元通老和尚非復昔日老和尚見了新園也不似日前兩人俱熬過春秋雖是出家道體却也改變了此三形容話敘生平便入玄論新園乃問道師父你不相瞞隨師功行已滿只是願未終消東行道路光景料到何處化緣見了些何方的光景元通和尚答道老僧實師兄也經遊覽過只是善根惡孽師兄恐未盡知新園道地方風景不殊果是善惡根因真未盡曉老和尚便把薄〔347〕

東度記　卷四

眼界猶還是好，有一等飢寒困苦，又有一等遭刑受法，看起來這分明說白了，叫他回頭一看，再請問明府可憐世人受此苦惱，可有個解救的方法。主者道有個解救的方法也只在他自己，我當初自他脫生人道時，便就與了他一個風車兒輪轉樣子隨身，他如是能自家往上轉莫下轉，自然下的往上便離了苦惱；若是上的不回頭，把那下的比並一比並，說他也是生來秉受，我也是秉受生來，他如何這愈趨愈下，我必定要越轉越高，這便是我賓賓明，自與他說了。老和尚只是合掌道善哉善哉，果然不是暗暗變化，真乃明明說知，只是老僧從東度見了此善善惡

342

東度記　卷四

惡之輩不知可曾輪轉。主者笑道輪轉一目百千萬億善惡，各有其類，高僧既要知，却也不在你那東度一時能有。裝件乃與傍邊吏役可將那善惡文卷取過來看。老和尚展開來一視，乃合掌念了一聲佛號，道世事人心幽微曲折，有如此瑣瑣細細，開註在此乃有一善至百千萬善，小善大善的；有一惡至百千萬惡，小惡大惡的；有一善解了百惡的，有一惡壞了千善的；有有心為善的，有無心作惡的；有他人的作自己的，有自己善在他人的，有他人惡在自身的，有自己惡在他人的，俱無富貴貧賤異等，却有尊卑大小殊途。老和尚見了，又念一聲佛，乃去尋那南印度

343

東度記　卷四

自東行的善惡人文卷，見那紛紛錯錯，四海九州昆蟲鳥獸也載在上面。那裡去尋一個舊知故識，便向王者又念了一聲佛號，問道老僧開卷萬國九州廣註善惡生大，如何不見一個知識。主者道人有一聲彌陀咬了一劫惡業，不曾往上往下，尚在五行中未超三界外的，即就高僧這一聲看來文卷後註着惺惺里卜淨的根因，只因他父刻薄生他，愚昧又以一聲佛號度脫，原來雖免惡道他却未堅信心，又復障碍元通。和尚閱得文卷根因，乃乞求與他輪轉個善地，使他完了度脫之局。主者道高僧德力便轉他善地，却要他堅心修行，莫敎怠惰前因，若是善惡不改

344

東度記　卷四

孽障再新，縱是彌陀萬句，怎得上通天界，必定下墮地獄。老和尚合掌稱謝，說道老僧也是神遊奇遇，望明府把這百千萬億大善小善大惡小惡賜敎，何者為大，何者為小，何者一善解的百惡，何者一惡壞了千善，怎的叫做有心無心，怎的叫做他人自己，明分細剖，不獨老僧受敎，且利益眾生。主者笑道高僧要知，大善無如綱常倫理，子孝臣忠，小善便是安分守己，濟人利物，能安分守己，不能濟人利物，何善能稱有心末佛，佛也靈，無心之過，過即敗。種種根因，高僧豈不久識，何須問我。老和尚道他人自己老僧却尚未知，望明府備賜敎言。主者聽了便往聽

345

〔338〕

東度記　卷四

問道弟子止知今皈依我師也。祖師曰佛法僧次今從此
進步道副拜謝方繞到厨房吃齋晨夕侍奉祖師之側後
有稱揚卜垢皈依正覺五言四句。
佛法僧三寶　　總是一皈依
豈南北東西　　一從何處入
按下祖師收了道副大弟子。且說人情本來清静中和。
能知恬澹自守不汩於私慾不迷於貪嗔綱常倫理是人。
性分中物能不虧缺富貴貧窮是世間倘來的遇一任有
無那也古怪能盡了本來自然便變成個富貴延年注福毫
髮不爽有等貪戀私慾鑒喪本真興使盡心機希圖富貴遲

〔339〕

剛愎不仁動暴戾不忿却又古怪真實就有地獄劫劫便
入輪廻一入輪廻豈無王宰這輪廻的比如有這理就有
這事有這事的根由却說元通和尚神遊十方
法界天堂地府一任他往來探視。他自指引了卜垢警戒
了卜淨逍遙雲際忽然俯觀見一座大第公廳老和尚到
得面前觀看只見那大第
巍巍閬閱　　聳聳門楣　鹿角分排八字　蝸頭高列
兩楹　　白茫茫玉砌長堦　綠陰陰松連甕道　東西
廊廡列着許多青衣牙皂。　南北坐向儼然一個赤服
郎官　　案頭堆集山樣公文。　廳下輪旋風車物件。

〔340〕

東度記　卷四

元通進得門來見了這風車兒物件。心下不識便大踏步
直上廳來只見赤服主者怕下廳迎接各相舉手主者便
問高僧來自何處有何事故到我敝廳元通和尚答道老
僧只因未完普度偶爾神遊到此見貴廳傍列旋轉車輪。
從來不識故此直趨台堦唐突威靈慚懼惶恐主者微笑
答道此世間生人善惡輪轉高僧未見難道不知元通道。
老僧久識在心頗知其理但未見其事未觀其物今神遊
物接顧明府把風車兒輪轉幾轉老僧一看主者笑道高
僧久見性明心竅不知這輪轉一轉即是世人善善惡惡
一刼死生比如善心一轉自下而上你看那金童玉女長

〔341〕

幡寶蓋在車輪頂上這就是三十三天王侯將相富貴福
壽的境界比如惡念一轉自中而下你看那牛頭馬面長
鎗大戟在車輪底下就是十八層地獄疲癃殘疾貧窮苦
惱的行頭老和尚聽了王者之言合掌稱道善哉善哉一
至於此便問道據明府所說山僧所見如是凛凛可畏那
世人愚昧的怎得曉明府却不明明的與他說乃暗暗的
變化這一件形像兒世人怎知怎見主者大笑起來說道。
高僧這何必要我細說難道世間一個睜着眼觀盡色相
何等爽心一個閉着目不覩光明何等苦悶若想生前寧
無來歷老和尚聽了又合掌道善哉善哉無病無災便無

卷四

[334]

髮藍面精怪。一個口稱渾沌子。一個口稱睿智生。兩個在
卜淨面前爭鬧不息。只聽得渾沌子把睿智生罵道你這
精細怪怎麼斷破我本來圜圇竅那睿智生也罵道你這
愚蠢物怎麼蒙蔽我虛靈不昧真。一個道你馳神耗精聰
明何用。一個道你幽昧昏暗瞳矓何知。一個道我惇慈自
守。一任春秋來往。被你開發的知來知往。一個道我推測
爲用頗知上下古今。被你蒙蔽的遺今忘古。一個道操戈
逐儒生只因你提撕警覺。一個道朽木比宰予只爲你寵
寐晨昏。一個道似我朴素渾堅乃入道之質比你澆漓成
性天真喪而壽算虧豈能長生不老。一個道似我靈通虛

[335]

應乃察理之姿。比你蠢鈍呆頑悟少而智識昏。怎能參
玄了道渾沌子大怒起來罵道你誇圜活乃是個雞卵外
活潑而中渾沌睿智生暴燥起來罵道你逞堅確乃是那
翁仲外人類總塊石頭渾沌子道我是石頭壓卵彼惡敢
當我睿智生道我雞卵樣鉄鎚把石頭擊成虀粉也和尚
見卜淨眼前現了這段情景便看着卜垢他却綿綿若存
寂然不動便叫一聲卜垢清寧觀宇靜刹開中自有你功
果把卜淨也喝一聲道屢妖兀自留氛你不九轉彌陀眞
如怎成淨業和尚說畢倏忽不見他兩個都坐地驚醒却
不見了和尚卜垢於定中明明聽的和尚說清寧觀宇淨

第19回

卷四

[336]

刹關中。自有功果乃默記在心這卜淨被兩怪爭鬧了一
番便復昏憒憒成病反恨和尚糊塗全說壞遂而一刼遠
投按下不題且說卜垢得了和尚靜定功果一心想起淨
刹清寧去處却知國度中有乃離家別業走到國中訪入
淨刹只見一個行者守着個禪關池便問行者開內師尊
可瞻仰的否行者道師尊有戒我不敢啓關與你瞻仰。卜
垢只得在關門前稽首方繞禮畢只見半空中一道毫光
自個觀宇處飛騰而起却是那座觀宇下囘自曉

第十九囘　清寧觀道副投師　輪轉司元通閱卷

却說達摩祖師在清寧觀中面壁而坐忽然出定起來向

[337]

聖像前叫。一聲當仁樣子乃想起四彈老和尚關門。却是
教他不能完普慶之局當指引四個向道之人元通和尚
椎原雖錯因緣却也自然湊成祖師叫畢一聲只見聖像
頂上放大毫光騰騰如白練虛空卜垢見得毫光遂隨光
處找道而來乃是清寧觀內入得觀來見祖師跏趺坐於
蒲團之上卜垢稽首師前祖師便問汝自何來卜垢答道
未明來處止識惺惺祖師又問汝今何往卜垢道未知所
往志願皈依祖師道時日尚早汝且到厨房吃常住齋飯
去卜垢復稽首求立法名祖師乃與他起個法名道副卜
垢當時三稽首祖師道汝三稽首乃三皈依也道副拜求

〔330〕

發一念與漁父之子說道。往劫真僧將復至此。當修齋供。以待漁父之子。信其言。乃設齋供。次日果有一僧到門。卜家大小都說獸子說話。今日如何奇中。漁父之子見和尚進門。便把獸子話向元通和尚說道。我家有一個愚昧之人。却說了一句奇中話。今日果驗。和尚問道。何言奇中。答曰。他說道往劫真僧將復至此。當修齋供。以待今日師父到來。想是前因。和尚笑道。果是前因。漁父之子乃問道。師父法號從何方來。和尚答道。山僧無號。只以和尚稱便是。若問我何方。也無定處。且問施主何姓何名。漁父之子答道。小子姓卜名垢。這是我族弟名淨。曾聞先世有聖僧過

〔331〕

度脫父老輩。不知師父到此何事。和尚答道。山僧有未了之願欲完。路過到此。因而化緣。卜垢道。巳設下齋。請師父少留一飯。卜淨見了。却又昏昧。問道。和尚那裡來的。因何留他齋飯。卜垢笑道。真是愚頑。早時說的。此時如何便忘。和尚道。暗昧覺照。反復俱從未淨根因。根因何在。和尚乃合掌。口誦一聲彌陀佛。那卜淨也隨着和尚口念了一聲。便破愚頑而啓慧。開昏昧而成聰。乃向和尚稽首道。小子生來黯黯。惟知飢索食。寒索衣。不知天高地厚。安識古往今來。今聞師父一聲佛號。便似幽谷見天。寒霜遇日。往昔根因。從此識也。和尚道。你既識了根因

〔332〕

（東陵詩　卷四）

能歸淨業行。行不昧真。如自成正覺。若忘彌陀正念。恐又復障碍。卜淨稽首禮謝後。有贊嘆一聲佛號。頓開愚蒙小

讚

佛即是心。無心佛在何處。心即是佛。又非真有。有無無何處是佛。只在那一聲感應。便啓愚還覺。又恐定靜不常。昏愚復昧。所以千聲萬句念念叫省。卜垢見卜淨禮謝。和尚說的言語合理。且是明白。便也含掌稱誦功德。說道矇然蠢陋。承師一言大開覺悟。小子不知此大因緣自何感召。却是靈通垂庇。却是眾生有緣。還是偶然奇中。和尚道。感召之因。爲義最大。說之則小。尼惟

〔333〕

慧照。自得其因。和尚說畢齋供。巳借吃了齋飯。忽然屋裡走出一個老婦人來。向和尚說道。師父我方纔午間見卜公平丈夫托夢與我說。只因他在日刻薄。自恃伶俐太過。當有此子往劫。就是師父點明他定靜功夫。他不當時行時止。這刻薄依舊未改。今承師父道力宏深。得度明了他子。叫他又不可復恃伶俐刻薄。又使他不能往生善地。和尚道。汝不夢不說。山僧巳久知這叚因果。只是靜定功德。汝等到今尚復知否。卜垢道。小子深知。卜淨道。小子却未深知。和尚道。往業未消。空費口傳心授。這卜淨勉強習學。跏趺妄演靜定。方纔閉目端坐。忽然似夢非夢。見兩個赤

日下可憐雙象馬　二株嫩桂久昌昌

尊者說偈。一日呼達摩近前。復演八偈皆預爲讖言即於座上起立舒左右手各放光明二十七道五色光耀人目踊身虛空高七多羅樹化火自焚空中舍利如雨當時衆信汝了舍利建塔安瘞達摩祖師自尊者示寂乃於國中尋得一淸寧觀宇在內面壁而坐按下不題却說元通自受了不如審多尊者度語囬國閉關入定多年被　祖師彈關四下不言而去一日關內聲欵之聲左右行者忙啓關只見元通開眸問道誰道此動吾關門。行者答道有三王殿下到此手彈關門四下元通道曾說何話行者道不

326

言而去。元通合掌道善哉善哉吾師昔日示寂巳盡言矣。吾豈忘失行者便問師尊這是何意元通答曰吾昔年遠隨吾師東行化緣普度一路根因緣識尚有未盡度化乃今閉關非示寂忘却前因以遺後也正爲了明此緣尚留世法殿下之四彈關門者敎吾不忘四緣不了之因也行者聽得又問師尊那四緣元通答道汝等只知出家雖然是了生死大事那裡知是報四重大恩行者問道何謂四重大恩我等不解元通答道人生在世要知天地蓋載之恩日月照臨之恩皇王水土之恩父母養育之恩若不知報此四重大恩出家何用行者道我等出家念佛修善就

327

是報恩元通道這雖是未盡爲是行者道。如何方盡了是元通答道只要莫使人說我等不忠君王、不孝父母只要我等苦行實修要完全了這忠孝二字行者聽了合掌稱贊又問道師尊殿下彈關豈止這四重大恩一件。却還有他意否元通道四彈之意四事之敎我者頗多非汝等所知我自收拾於不言不知之境所以殿下不言正謂他不言之敎耳元通言畢依舊閉目入定左右行者仍閉關門。這元通那裡是入定爲自巳成就功行却乃爲東行完了未結之局四彈之敎他却推廣到四裡身上說我當初隨師到靈通關說破了那兩裡霧四人彼峙雖開度了他只

328

恐他們尚未盡化流蕩着在不明人心地我如今只得神行遠近道路村落把個寡慾廉靜四德變更這四裡心情方爲不滲漏的功德只這一片心性假作閉關乃神遊道路却來到昔日惺惺里中見卜漁父卜公平巳故漁父之子得了笑不老靜定之方弱體復壯卜公平之子只因他父刻薄不明心地雖得了靜定功夫却又蒔作時輆那刻薄舊病兒尚然未改既故了留害其子蒙然愚眛況又是那奷巧海屬輪迴化生元通神遊到得里中雖說是神遊。他却不是凡人陰魂乃是久修和尚陽神顯化有形這愚眛之子雖然頑寔不靈却因其父在日得僧普度微力偶

329

〔322〕

閉關入定王子聽了把手指彈開門四下不言而回左右不敢啟問却說香至王喜拾寶珠忽然一個僧人來乞寶珠口稱自東印度來且求會三個殿下國王隨傳諭三個王子迎進僧人入得朝堂堅上稽首國王答禮賜坐問其法號僧人答道貧僧法號般若多羅國王聽了合掌道原來就是吾國不如密多尊者法嗣元通禪師回國備稱功德隨奉寶珠尊者接了寶珠三位王子出得官來相見了尊者欲試其所得乃以所受寶珠問三位王子此寶光有能及此否第一月淨多羅與第二功德多羅同聲答道此寶七寶中貴重無二非尊者道力就能受之惟第三

〔323〕

菩提多羅答道此是世寶未足爲上於眾寶中法寶爲上此是世光未足爲上於眾光中智光爲上師如有道其寶自光眾生有道心寶亦然尊者歡其辨慧乃復問道於諸物中何物無相答曰於諸物中不起無相尊者又問於諸物中何物最高答曰於諸物中人我最高又問於諸物中何物最大答曰於諸物中法性最大尊者知是法嗣以時尚未至且默而混之卽以寶珠拜還王所不受稽首辭王並三位王子出朝飛步而去後有贊揚菩提多羅三殿下辨慧五言四句

詩曰　莫載惟法性　人我皆具中　天生菩提祖

〔324〕

獨悟無上宗

却說三王子自與般若多羅尊者辨論法性尊者知是法嗣辭謝王去後他却在宮朝夕只是打坐修道一日香至王厭世二王及諸妃嬪等號泣欲絕惟獨三王子在父王柩前入定七日七夜出定來對眾說道汝等休要悲號太過當盡事死事坐的道理我於定中已知父王賢聖上登極樂眾方安慰三王子乃求出家二王苦留不住正緣出得國門忽遇般若多羅尊者道汝來也三王子喜不自勝乃拜尊者從行到淨剎中受其戒尊者告曰如來以正法眼付大迦葉如是展轉乃至於我我今囑汝聽吾偈曰

〔325〕

心地生諸種　因事復生理
華開世界起　果滿菩提圓

却說三王子菩提多羅正名開士非他凣等乃是初祖達摩大師般若多羅便是二十七祖般若尊者既以大法付達摩祖師祖師因問尊者說弟子得法後宜化何國尊者答曰汝得法後俟吾滅度六十餘年當往震旦國闡化祖師曰彼有法器堪繼吾宗千載之下有留難否尊者答曰汝所演化方得菩提者不可勝數吾滅度後彼有劫難水中文部善自降之汝至時南方不可久留聽吾偈曰

路行跨水復逢羊　獨自悽悽暗渡江

多羅今日之事恭契前因尊者黙首乃顧謂王曰此童子非他人卽大勢至菩薩是也此聖人之後復出二人一人化南印度一人緣在震旦四五年內却返此方國王聽罷隨下車敬禮童子復向尊者求度尊者乃以昔因遂呼童子名爲般若多羅說道吾爲普度化緣特行到東來來路路世法紛紛度不能盡我於光中已知我國後有東度之人能繼我志願汝其留意隨付法眼藏偈曰

真性心地藏　無頭亦無尾
方便呼爲智　應緣而化物

尊者付法與般若多羅畢乃辭王曰貧僧化緣已終當歸

寂滅願王於最上一乘毋忘外護王聽了尊者之說乃道師何遽然辭去我方欲大建道場奉師廣演上乘普度羣生以昌國運尊者道法器吾已付般若多羅道場功果尚有元通元聽得亦求終始度脫尊者道汝尚有東來一路因緣返國須當收拾莫遺因中之因以造未完之度元通誌記了國王乃命車載般若多羅同歸國內尊者到得國內入得寓中卽還本坐趺而逝國王之下無不悲泣元通亦慘然落淚惟有般若多羅說道我王不必悲泣元通此未可哀號俱是滯泥凡情未曾燭照吾師已返未始有始到彼極樂世界我王當以龕輿送出南郊吾師自有

神化國王乃造以木龕送尊者郊外。元通等香花圍繞只見龕中尊者化火自焚王乃收其舍利造塔瘞之後有僧名覺義贊嘆一偈曰

本來何處　未始有始
旣往何處　是往去住

話說東印度王安瘞了密多尊者乃建道場崇修佛典拜般若多羅尊者傳度國中多羅尊者辭謝王曰吾師原自南印度來今彼度復有聖出吾當行化彼度這道場當付元通王之言罷向王一稽手如風行電掣而去元通只得完了道場別王王亦以禮送出東郊辭謝方行回歸南印度時德勝王已賓天繼國度後王名香至賢明好道崇奉

佛乘尊重供養度越倫等羣僧一日查閱庫藏見有一顆寶珠乃命臣工布施僧眾有此功德國王先是生有二子長名月淨多羅次名功德多羅這日元通回朝王問不如密多尊者東度事蹟元通一一啓王王聽畢合掌稱贊忽然後宮祥光達殿異香襲人官人來報生產一子國王大喜當時起名菩提多羅實賜一領錦襴袈裟與元通令其淨利養道不題且說香至王自生了三子長大却與兩子不同頴悟非常仁賢出眾一心只要出家爲僧父王及妃嬪屢勸不從一日到淨利中關行見元通開關入定乃問左右服侍行者都說師尊自隨二十六祖東度歸來多年

然皆從梵志師徒頭上壓去梵志慌了怕跪在地凡愚
不識聖僧望賜指教尊者憫其愚惑再以一指那化山隨
滅國王見尊者開度梵志便問道梵師誨予性命雙修此
道非道麼尊者合掌答道性命雙修他原未嘗非道只是
有道修要有道行口能言而心不能應徒自遠道耳王曰
心何爲應尊者答道王所爲問卽是應巳王聞尊者之言
乃弁尊者爲師願聞其法尊者曰王欲問法法有法要
曰願聞法要尊者曰當趣眞乘卽是要巳國王信受回官
著今執事官役修葺潔淨寺院延尊者師徒居住後有僧
名懶雲嘆是法要因贊一偈

:314

偈曰　本無有爲法　如何爲有要　如如何爲如
　　　卽是法要已

却說梵志聽了尊者法要又見本慧巫師幻法不能阻眞
辭王從海島而去本慧與巫師不忿尊者指破他化山他
却也不隨梵師各自懷忿散去不題且說本智原是玄隱
道眞的道童只因誤入屬氛迷了原性志却舊師跟隨梵
志爲徒弟子梵志道術原來也正只因他門類繁多時演
幻術亂妝徒弟遂入旁門道童跟隨着他起了法名本智
兩次青鸞接引他回島只爲屬氛堅固且以幻法迷留今
既爲纓絡童子度脫復明原宗遂跨着青鸞回歸洞裡謁

315

見玄隱眞師玄隱見了道童回還憫其誤被屬氛妄宗外
道今感纓絡度回他却知纓絡非凡且令道童仍守丹爐
却往蓬萊赴會後有妙眞道士贊嘆五言四句
詩曰　妖氣聚仍散　道童去復還
　　　逃昧怎超凡　不教仙聖引
話說東印度國王重禮眞僧一日聽尊者說法要論眞乘
心地了明忽然左相朝王說出城市中有纓絡童子遊行
閭里莊嚴色相若常不輕市有人見他臨水欲渡棄履赤
足浮水而行登高山嶺未見跋跌突然行於嶺上閭里焚
燒能輕身入救不燬見孤苦乞兒乃哀憐說道汝如風刮

316

楊花入投糞穢雖然是你遭遇却也有一種惡孽因緣積
來市人與的飯食卽施與乞者王聽得左相之說乃悶尊
者有此事麼尊者答道此國中當有聖人繼我卽是此婆
羅門子也國王乃分付排列車輦與尊者共轅而出正繞
到通衢大路只見一人直闖車旟之前左右那裡阻過得
住却是何人下回自曉

第十八回　二十七祖傳大法　達磨老祖度元通

尊者正與國王同車在道忽然纓絡童子立於車前望着
國王與尊者稽首尊者一見了便問道汝憶往事否童子
答曰我念遠劫中與師同居師演摩訶般若我轉廷深修

317

〔310〕

也不收你等惟這童子可以收入門中做個徒弟巫師正說畢要起身只見童子說道我非投師實來收徒弟的巫師聽了道童子如何說此妄言你有何能敢誇大口童子道你便是妄收徒弟誇大口巫師道汝敢此法較術麼童子道比較便生嗔心法術豈為正大巫師那裡覺悟把手丟了童子衣袖只一指只見黑氣漫空對面莫見必項那黑洞洞處青面朱髮山精水怪無數見前嚇的衆人要做徒弟的走不敢走站只叫好師父怪道祈雨項刻就風雲雷電若像這樣神通便是真仙活佛童子見了把手也一指黑氣即變做金光青面朱髮即變做善男信

〔311〕

女各引着寶益長旛乃喚衆人道你們從那門投入衆人見了道爺爺呀怎麼巫師見的那等惡童子見的這等善惡的嚇人善的快意罷罷罷我等到隨童子去罷童子見衆人要隨去乃飛走離壇衆人趕來那裡得近巫師也顧不得喝一聲疾風快雲何在只見風從壇起雲自空生巫師駕風雲直追南向那裡見個童子只見尊者師徒行來將近國城之外白毫光頂上騰騰絪色衲風前擺擺巫師忖道這光景便是師父那椿兒事也他不趄童子竟回梵志寓處備將這事說出梵志沒奈何只得靜聽後有贊揚惟天惟地乃正大功果五言四句

〔312〕

詩曰

玄黃正之色　洪荒大之形　於此有功果

昭昭屬聖人

話說尊者與元通走近國城只見宮墻黑氣騰騰乃對元通說弟子你可見宮墻黑氣麼元通答道弟子目見但不知主何兆尊者微微笑道妖孽計吾等小難耳何足介意乃大踏步入城把門人明明看見兩個僧人入城正欲攔阻却又不見僧人只見兩個說事官員把門人且迎接過去尊者直至王所國王忽然見了尊者莊嚴色相也不疑怪便問道師來何為尊者答曰將度衆生王曰以何法度尊者答曰各以其類度之國王聽了方繞吓執事官供其

〔313〕

素齋在朝堂正殿只見梵志進入朝堂見了國王却頭尊者稽手隨問道僧人到此何事尊者也把答王的話說出梵志聽了不勝大怒說道何方野僧敢到此誇張大話便叫本慧徒弟何不以法壓之只見本慧把手一指項刻化了一座大山現前怎見得大山但見

巔嶒接漢　崷嵂齊雲　高聳不說須彌　廣濶過如泰嶽　登峯嶺只訝天低　覽形勝偏嫌地小　飛漢倒影宛似萬丈玄巖壓下　峭壁層巒有如一天泰岳飛來

尊者見這大山漸漸從天壓將下來只把手一指那山忽

濟分勞任苦。巫師也就把手一指。只見那桑田卽時變成高山巍峩。形勢陰峻崗巒。又把手一指。依舊桑田平壤。國王一見說道。國師且休作法。予聞桑田乃民生大事。予見此法雖說是變幻虛設。却動了予憫念人民。分勞任苦。乃卽傳命執事官排齊鑾駕。出郊勸課農桑。執事官奏道。桑田乃海變平壤。法術假托。國王道。汝等說假。予心却真。乃命駕出郊。與梵志同車共輦。正行之際。只見城外白氣漫漫。自南而東。貫於上下。王見了問梵志。此何祥瑞。梵志早已知是尊者自南來。將入國境。恐怕國王改了念頭。懈怠拜師的禮節。乃佯言答道。這白氣蔽空。毫光直射。那裡是

祥瑞是魔王妖氣耳。王可傳諭各門城外。但有外來僧人。卽是此妖魔來到。勿容其入。王依梵志之言。卽傳諭四門。勿得縱放外來僧道。四門把守官役遵諭。但遇僧人更加盤詰。國王退朝入內。梵志乃歸私寓。對巫師本慧說道。勢裡妙虛曾遣四句偈語。說出白毫光事。今日與王出遊見南來白氣果應此偈。我想自岐岐路。收你本慧本定。不知駕青鸞作何究竟。新園又愧心逃走。如今門徒落落晨星這般稀少。萬一南來僧道應此白毫。我等事體必被他奪。汝二徒有何計策能阻逐他去。本慧道。師父不必多慮。料小徒法術能驅逐他去。何足爲患。巫師道不然。往日有本

智本定新園眾弟子。今日五去其三。勢孤力寡。萬一來的妖魔力大。可不徒勞了國王這一番頂禮。巫師只這一句便動了梵志疑心。說徒弟你言越合妙虛之偈。如今之計。只得能中顯能。你與本慧多方延攬幾個徒弟。演習此法。裡通法阻過南來的僧人道士。堅確王心。勿使更改。巫師依梵師之言。便設方法延攬弟子。這城中只因巫師祈禱雨澤。那一個不認的。且眾見國王師事。往日要入門爲弟子不可得。今見巫師明言廣收博錄。一時便動了那少年蕩遊閒不顧父母之養的。或博奕飲酒花費了浪家產的。或無計資身有過。欲逃罪躲憲的。紛紛亂投。一時便動了

纓絡童子憫眾之心也。隨着這一起投名拜門的眾等渾入郊壇。巫師正入壇場端坐問道。汝等欲拜師學道心各不同。只是吾師以大道傳度入門的弟子。汝等以何智力進門。眾人那裡悟巫師的言語。各各面視不答。纓絡童子便越次答道。我等以正進門。以大求教。巫師道。何爲而正。童子道。不外不旁便正。巫師道。何爲而大。童子道。盡却生人皈依無量。巫師聽了忙下座來。一手扯着童子說道。吾師得汝傳道有人。笑扯衣要走。那眾人見了齊齊說道。師父你廣收博攬門徒。緣何不容我等。只扯着一個童子。巫師道。汝等來意在外。我便知內。做不得吾師門徒。就是我

久去不復返　致今房屋癈
樓閣參且差　及塒志葺緝
寄信知音者　克復莫教運
安尻永不衰　重整百年業

話說新園復歸舊廟意欲再尋兩裡霧弟兄擄開監處忽然陰風慘慘形影悽悽一個人魂立於其前新園喝道吾久未歸廟何處精靈敢侵吾廟宇舊主已歸尚敢白日現形這人魂漸漸顯明答道新園別來不復相識耶新園定睛一看原來是本定怳驚道師兄我為道法一時計拙幾弄出醜態愧愧隨那梵師故不辭逃復舊廟你緣何不跟隨

梵師來此何幹想是梵師不棄我新園或者公子不執我作對使你來尋你却如何藏藏躲躲弄些悽慘陰風本定乃泣道青鸞假駭樹葉不靈跌落塵埃南柯夢裡想梵師迷入外道衆徒誤入怎得趁凡我如今四大無收想你為吾指個脫離故此來尋契交新園笑道師兄你當初如何投拜却為的何事既入梵師之門做的却是何道今日所欲脫離何等方向你自不明說我如何指你個路境本定道師兄我不說果然你不知你聽我道

當年生長岐岐路　未識人倫把自誤
拳打高山猛虎降　劍揮大海蛟龍怖

只因戲法賽神通　要學修行拜師父
三尖嶺上救道人　花柳樓上原吃素
巨黿港裡戰巫師　撮槁街前迷美婦
樹葉兩粉假青鸞　前趕獐兒後失兔
法牧樹葉復原來　一夢南柯本定數

本定說畢新園笑道師兄原來苦苦為弄幻誤投門路我新園自巳尚錯今日方整理舊屋有甚教誨指你你莫著權安小廟待有行教的不拘僧道指點你個方向可也本定聽了忽然不兄新園歎怪嗟異不題且說東印度國王名堅固這國王愛民禮賢素稱有道既為兩澤蒼生聽左

相薦引梵志立壇膽禮一日坐朝梵師上殿不趨國王迎待恐後乃設玉團花寶座尊梵志坐了國王問道國師所談的性命雙修予一時未便得就曾聞說你道法能指滄海變桑田指高山成平地予欲國師演試一二觀看梵志道我王畏修道之難欲觀法術不知這法術只可愚凡俗未可使於王所國王不聽再三要觀梵志乃喚徒弟演法徒弟只有個本慧巫師在傍侍立乃問道師父叫弟子演個甚法梵志道就把王言滄海桑田高山平地試一法來只見本慧把手一指皆前茫茫大海汪洋遶潤本慧却又一指只見波浪洶溌即時變阡陌井畝那桑田中人民濟

見透

人以師禮稱拜正說間只見妙虛忽然道弟子失陪廟門
外一品百萬來也忙出迎接家僧乃問尊者妙虛百事先
知如何師尊來便不知尊者道他亦知我只是我在汝家
汝說他有先知我便示他一個無始有的道理他便不知
也家僧聽了不解尊者道汝若不解便把几上香丁一把
不知其數遞與家僧說妙虛進來時汝將此香暗令他射
覆家僧依言只見妙虛迎接一品百萬入得堂來與尊者
各相叙禮畢家僧便把手中香丁與妙虛猜妙虛笑道此
香丁也家僧道既是香丁卻有多少數妙虛不能籌卜中
譚答家僧乃向尊者拜謝道妙虛先知弟子解也一品與

百萬聽了乃問家僧你解的卻是甚理家僧乃向他二老
說道解的是無始有的理卻是怎麼無始有下回自曉

第十七回　賽新園復修舊廟　東印度重禮真僧

卻說尊者以無始有的道理度明家僧一品不解問家僧
家僧既悟乃向一品說道先神先見先稽我智我乃我
知我知即始有我不知乃無始有天地也天也不知妙
虛不過一幻法焉能知道一品聽了乃問元通家僧這斷
議論可是元通答道是則是矣恐未盡是家僧乃向尊者
稽手請教尊者不答但說一偈

偈曰　未始有無始　無始猶然後　盡此是仍非

知悟總皆謬

尊者說偈畢只見妙虛垂膝而坐仰望尊者道師父弟子
此時五內若矇不復知來事矣尊者見他垂下一膝乃答
道妙師你這會蒙然垂膝處便得了無始有未始矣妙虛
黙首謝度趙一品乃說出梵志在東印度國王以師禮拜
他衆徒弟法術高妙的這一席話百萬說是一品薦書
左相引進這一種的根由尊者只是撚著數珠兒不答一
面辭謝衆人一一向與元通往東印度國行來不題且說
新園被公子捉住怒他弄障眼法隱身入他妾室房內到
園寧來見梵志新園心愧便了一個脫殼金蟬法一路烟

飛星走了他卻走到靈過開原住在崗前小廟見裡乃收
拾廟堂打掃房屋說道我久離廟內你看這鼠穴蛛絲把
個房屋傾頹可見要人居住乃歎道了幾句後人遂為新
國代著了古風一律說道

生來有房屋　居此屋者誰
靜省三更夢　安常四序時
晨修明德廡　久輯太平基
屬耳休頹壞　明堂未可歆
母令鼠作穴　莫使蛛綢絲
勤勤時酒掃　刻刻莫輕離
百年常固守　合宅得撐持
奈何人好動　鑽穴褰相窺
傷卻原來宅　此離故遷移

家幾載梵志奏道貧道出家五十載王曰汝年歲多少梵志答道貧道入十春秋王曰觀汝面貌不過四五十歲乃云八十以何修如此梵志答道貧道性命雙修王曰修性何如梵志答道天所賦使常惺王曰修命如何梵志答道人所禀使常保王曰汝當傳予雙修之術予試學習梵志答道貧道欲傳不能傳我王雖學王曰何爲不能傳不能學梵志答道貧道所修即父不能傳之子子不能學之父道家說的好萬兩黃金買不得十字街頭送與人王聽了梵志之言乃笑道予不能解汝還有他道麽梵志答道貧道有三千八百種道惟王意取左相在傍奏道王

欲學道不當空言且不可以勢脅必須以師禮相待然後道可授受王藥左相之言即令執事官擇日設壇郊外拜梵志爲師一時鼓動大小臣工民庶僧尼道俗都來聽仰微禮梵志洋洋得意遂願且莫說投教拜門的接踵只說擡金獻幣的填門後有誇梵志得時又悲他未能證道七言四句

詩曰　論道非難體道難　　得時正好證三三
　　　想因未諳玄玄理　　空負當年郊外壇

按下東印度王師事梵志不題且說尊者度了家僧師徒要趨路前行家僧道前去三十里便是勢里這里中富貴

之家不必聞日前經過的僧道俱到通神廟住幾日講玄論道師父必須去隨緣一遍尊者道出家人隨路遇緣不當預設向處家僧口雖答應心裡只要往通神廟去元通也只得隨走到得勢里村口早已妙虛迎接說道久已知這位師父同家僧老施主到來小僧有失遠接說罷看着尊者不言暗想這個老師父從何處來怎我便不先知乃問家僧這老師父從何處來家僧道同來的便是這位師尊妙虛疑道小僧因何不知進得廟中再叙來歷妙虛一而獻齋一面恭敬家僧與尊者禮貌甚隆那裡簡畧元通乃忖道人言此僧勢利僧豈勢利人有取世的勢利此如

天地生物裁者培傾者覆即人之養嘉禾去稂莠理之自然吾等非嚴不同凡俗體貌自爾起人之敬元通乃私自忖度尊者見了他思思想想乃微微笑道徒弟動了妄想妙虛師遠事且知難道近事不知也妙虛聽了乃稽手問道老師父弟子先知何不知師來歷今乃知師天人佛也元通師兄私議非妄委實是天地間一派正理乃向家僧說道小僧向來原不以勢利待人實欲人自警省把生人事業努力向上做一番莫要使人以勢利加我亦勸化世情耳家僧聽了乃向尊者問道妙虛之言老師尊信其是否尊者答道出家人自有真知妙虛拜謝方纔識尊者天

玄隱道士丹再巳成。將證真仙偶出洞門觀看見白鶴形孤。青鸞影絕乃想起道童人逃在外。心裡卻也知他誤入旁門。乃又悴他邪迷歸路把慧眼一觀嘆道這劣徒原來在東印度國我若不度他囘島豈不叫他入了邪宗乃將仙丹一粒先度了白鶴只見白鶴得丹抖一抖羽毛一翅直入雲端頃刻把青鸞引歸玄隱正欲跨鶴來尋道童只見毫光朗耀。一個童子從蓬萊仙境處來坐於松陰之下。玄隱道士看那童子年紀不過十六七歲頭挽着個小髻見身穿着件百衲衣項上掛一串纓絡只疑是道童歸來。近前卻不見乃問童子何方來的童子便答道何方來的

290

玄隱把慧眼一看。隨稽手道童子往何方去童子便答道往何方去玄隱也不問。卻把青鸞喚過來道童子我小道知你東方去順便青鸞奉騎。只是一事敢求小徒道童得度乞度他囘島料童子慈悲定然不拒。童子只聽了一聲慈悲二字也不問也不辭。跨上青鸞向東而去玄隱依舊洞中高臥這童子跨鸞直到東印度國中遊行間里乞化齋供昂昂氣象不同塵俗行路如飛。人問他姓名答道與汝同姓人問他你行何急答道你。行何慢人見他語言隨口而答必要問他名姓童子道何必苦苦詢名問姓只我這纓絡便是名姓人遂稱叶做纓絡童子。一日梵志同着

291

本智閒遊城中。童子見了本智笑道這道童迷痴在腹怎怪他忘卻舊境。乃將手把本智腦後一打。說道玄隱道士尋汝。本智聽了抖然喚醒道呀我如何忘卻海島只管浪遊在此也不問童子來歷。把眼望空一看只見一隻青鸞從天飛下。本智卽跨上青鸞飛騰霄漢望海島而去梵志見本智跨鸞飛去知是日前光景隨於路旁取樹葉化鸞叫本定變做本智依舊去趕那裡知纓絡神通把手一指。那東度海洋卽現出一座海島也有一個本智跨隻青鸞兩。假渾攬海島空中本定眼看海島在前越奔越遠梵志見本定去久不囘心內疑惑。把幻法牧象只指望本定與

292

假變鸞飛回那巨本定被假樹葉墜地化作南柯一夢脫胎換骨又入了別姓人家去也梵志見本定不囘悶悶不樂。囘到左衙與巫師本慧謫議說道新闈走了本智本定無踪。左相道心未見堅固。如今不如遠去名山再作修行之計巫師道弟子祈下一塲雨澤功德及民難道國王不加獎賞師徒正議只見左相出得朝來與梵志說國王要喚祈雨道人想必有執事官來宣你梵志聽得忖道除非這個施主方纔筭大果然執事官到了左衙傳國王令旨着梵志進朝梵志領旨次日換件道服頭垂半髪進朝國王王見了梵志狀貌却也昂藏舉止却也端莊乃問道汝出

293

東度記　卷四

妾們拿住新圍如何被捉只因笑不休便隱不着衆婢扯
扯到公子處問他來歷新圍乃招出是梵志的徒弟只因
做戲法誤入衙內公子聽的是梵志徒弟不便處治乃帶
到圍中本智此時已囘圍與本慧二人方便瞞過梵師只
有新圍被公子帶到圍中他想有何面目見師父把身一
抖騰空一路烟飛星去了公子見沒有對證不如不言只
得飲忍囘衙後有誇衆道徒弄法虛幻真乃妙術七言八
句

　　道有法兮真玄幻　　人有靈兮神萬變
　　化羊跨鶴太史慈　　籠鵝吐婦稱陽羡

長房騎竹化絛龍　　隱娘神劍飛雙燕
莊周夢蝶莫言虛　　雙兒化履人曾見

按下梵志與徒弟在圍中只候左相一會也知衆徒生事。
賽新圍逃走進退正在無計却遇着東印度天氣亢旱人
民望雨一日國王坐殿執事官奏王國中無雨王問無雨
當作何事左相奏道當竭誠祈禱王曰祈禱上在予下在
各臣修省左相奏道我王固要修省還須着令僧道祈禳
執事官道近日國中僧道有道行的少往年旱澇畢竟是
我王虔誠祈求得雨王曰一面予自修省一面出令不拘
遠近僧道會祈禱的令來求雨當下執事官朝散寫一張

東度記　卷四

榜文令有遠近不論僧道能祈求雨澤的准來祈禱榜文
張掛却好巫師見了到圍與梵師說知梵志大喜道大頭
腦檀越可相會也乃令巫師揭下榜文傳入王內執事官
乃喚巫師問其來歷合用壇場器物巫師道俱各不用只
求我王誠心朝天叩拜焚一炷香大雨隨到執事官聽得
說道往日祈禱雨澤偺人道士設壇行法這個道人如何
俱不用一時傳的國城內外都來看道人祈雨公子却也
到圍中看梵志師徒如何祈禱只見巫師手執楊枝口裡
念着經呪從圍門出去遍走國城裡外街坊頃刻雲霾蔽
日大雨霖滴那雨只隨着巫師大下一日一夜人民那個

不稱好道人國王大喜因此公子在左相面前舉薦道趙
一品薦來道家果是道行不凡左相聽說乃到圍中相會
梵志請到衙內大設齋供款待因講些修煉丹汞工夫說
些保和性命的道理原來這梵志是個旁門外道只能講
的天花亂墜事那裡有半分能行事靠着些障眼幻法引
勤到處人心這左相只聽的他講的合道遂留他衙內終
日談論後有議外道惑人五言四句
詩曰
　道原不可道　　講論何所稽
　多被外魔欺　　只因愚不悟
按下梵志在左相衙終日談論內外事理不題且說海島

樓觀看其中却有兩個美妾一個喚做天香一個喚做國色他兩個偏好賣嬌粧俏占眾妾之前露出頭面在那高樓之外造本慧本定這二人却是在花柳店被歌妓婦引惹過的心腸一時見了把持不住就動了邪心放蕩禮法之外不記修行此中他兩個手裡弄法眼裡瞥樓乃對巫師二人說道泥丸于膏藥師兄們既賣不得又忿忿不平我二人弄法我如今把這變桃撮桶的法見料你俱會且讓你做出騙錢我二人却把你丸子膏藥到城外賣去巫師新園不知他二人卸擔子與他便答道好情好情把丸子膏藥交付與本慧二人二人接了丸子膏藥他那裡城外去

賣走到樓前便一個隱身法他便見人人却不見他走進大門直奔樓上見兩妾一貌如花花不如貌他二人飽看了一會說道徒看何用不如耍他二人回去房櫳裡再作計較乃取兩丸泥丸變做兩個磕睡蟲兒飛入二妾鼻孔兩個郎眈睡起來便回衙去了本慧本定仍仗着隱身法直跟入卧房不匡兩妾是公子寵愛的見他眈睡歸衙隨跟入卧內本慧二人只得隱身等候怎敢戲弄他為甚不敢戲弄豈無幻法算公子只因同伴的能中有能恐又被巫師們忌妒知道了又來算他只這一個心腸也是二妾不該點染却好本智在梵志面前忽然想起四個人終日

外遊做的何事乃向師父說道本慧們四人騙師外遊聞知弄法騙錢萬一惹出事來與師不便徒弟去探訪看來梵志道正是你去看來本智出得園門進入城內四處探訪只見巫師與新園在熱鬧街市上賣桃撮桶賺哄人錢却不見本慧本定二人他一壁廂怪巫師弄法一壁廂找尋慧定二人找尋不見只得見了巫師審問詳細賽新園道我們作法對樓上有美貌婦女觀看本慧二人眼不住的腠看他莫不動了春心去弄巧術本智道這二人日前曾在花柳村店若非我看破幾乎壞了門風我與你到那美婦處探個消息當下巫師收了戲法同本智新園到得

樓前找問誰家婦女有人說是公子衙內本智與巫師計議門第深邃如何尋訪乃作起隱身法逕入內宅會法的便看見本慧二人在卧房伺候公子動身公子坐久不出他兩個將膏藥變做兩個大蝴蝶飛到房內又飛出房外那公子見蝶心裡喜愛出房來看蝴蝶飛飛引引直出堂外公子跟隨出堂他二人正要假變公子調弄美妾却未防巫師把臉一抹變出公子的正妻帶着丫環進房來本定見了却是巫師假變大家一笑即現出本像驚的兩婦大叫起來有賊只見房外走了幾個家婢來慌的本智本慧本定三人忙使隱身法往外走了只丟下賽新園被婢

兒雙雙衆人喝采新園與巫師說道他們原來弄這妙術
騙錢待我也破了他的本定正看着桶子叫一聲走獸出
來新園忙也吹口氣去本定連叫幾聲那裡有個走獸出
桶子只見鑽出一條大花蛇張牙吐焰衆人害怕起來有
的說道昨日飛禽出後便是兎子獾兒出桶今日如何這
等惡蛇好怕人看的走了大半本定見了不靈知有人破
的罩將下來賽新園却是騎了假青鸞跌傷眉眼害花朦
忙把桶子望空一擲那桶子即變做大鐵罩從空尋破法
朧一時照顧不到却被鐵罩罩將下來把個新園罩在地
下衆看的驚走散去本定却把桶子揭起來口裡罵着破

我法的破我生意你却也被我桶子罩住了且拿出你來
打一頓消這一口氣揭起桶子原來是新園二人大笑說
道本慧師兄桃花變蜂必也是你如何衆刺却不尋你想
是衆刺傷了你頭面眼睛故此看不見桶子罩下新園道
桃花變蜂乃是巫師本慧聽了說他如今想是刺戳了去
也本定說刺若戳着他怎肯放他去想是先去了那裡知
巫師仗着隱身法與他三人對面站着便說道先去了不
是好漢被刺戳着的也不是好漢本慧聽了巫師聲說破
人生意的却在那裡說話三人齊看不見巫師只一聲笑
便現了本相四個人正講笑間不防對面樓閣上有一人

看見他們這樣手段歸家說與妻妾妻妾們聽得都悄悄
出來觀看撮戲法不是看戲法有分呌做邪迷奪却本來
面㸃化弘開普度門那樓閣上看的却是何人下回自曉

第16回

新編東度記卷之四

引記

人生切莫使機心　　機巧傷人蘗作深
渾厚福基德所致　　狡奸深處禍須侵
天堂顯顯開賢路　　地獄冥冥報惡因
為甚彌陀能解蘗　　梵音勝彼世間音

第十六回　弄戲法暗調佳麗　降甘霖衆感巫師

話說本慧四個瞞着師父進城鬧熱去處使弄戲法騙人
錢鈔一時傳到左公子耳內呌家僕尋一樓閣却好本慧
們弄法公子登樓看見誇妙道奇歸家說與妻妾都來盞

薦書。乃留梵志師徒在園居住，欵待齋供，帶書回衙傳報
左相。左相折書讀過，把書往几上一擲，說道：趙通家開居，
何不親近些正人賢士，怎麼與方外僧道往來？就是與僧
道來往，必須簡擇高僧高道了明玄理的，如何書中誇揚
他丹永，且說他的法術玄奇。若待不接他，又恐一品體面，
也罷，且從容相會，再作計較。梵志師徒在公子園中居住，
連謁左相，只椎政事不暇，公子供奉有限。一日巫師與梵
志計議說：師父我等久候左相消息，供給不支，俗語說的
好：三日賣不得一件真，一日賣了三件假。想我徒弟在巨
黿港假托白縵哄誘村里，多少財物，今日也說不得弄個

玄虛哄騙些金寶度月，也可。梵志笑道：往日雖弄法術，不
過物來順應，人以法愚我，我以法弄人。今日却教我先設
幻詐，人情理有碍，豈是你我出家人做的。況我有大道在
手，如何性急，料左相事暇，自然容見他，縱拒人千里，難道
不看一品之面。梵志雖說無奈，這衆徒弟各動了邪心，借
口外遊，都去賣弄手段。只有本智他原是海島真仙道童，
立心還正，終日隨師守法。這巫師與本慧本定新園那裡
熬得寂寞，巫師和了些泥丸，賽新園熬了些膏藥，本慧去
做戲法，本定去撮榍子。且說東印度國中往來稠人廣衆，
都來看本慧做戲法，只見本慧當塲把一枝梧樹叫一聲

開花頃刻，桔枝發蕋，開了滿枝桃花。又叫一聲結果，頃刻
花落，結成滿枝桃子，摘將下來，賣與看的衆人爭買，
將口去吃，都咬着手指。本慧頃刻得了多錢。本定見本慧
手段，便把兩個榍子放在地下，望東取了一口氣吹入，只
見榍子飛禽走獸陣陣出來，本定却要看的出錢方繞弄
法，一時好勝的便爭出錢，本定得錢與本慧歸來甚喜。那
巫師與新園泥丸子膏藥賣了一日，那有人要，二人見本
慧本定弄幻法得錢，念念不平，道：你會弄法，偏我們不會，
次日本慧二人又當塲作戲，巫師與新園雜在衆人中去
看。恰好本慧又將樹枝插在地上，叫一聲開花，只見枝上

桃蕋寨寨匝匝，頃刻花開。巫師與新園齊誇道：却也好手
段，莫要與他騙人錢鈔，待我破他的。把口吹去，只見本慧
正叫結果，那花落處却不結桃子，都變做大蜂飛擁去亂
釘人。衆看的一齊驚笑飛走。本慧見了忖道：是那個破了
我法。把枯樹枝援起來望空一擲，那樹枝卽變做狠牙棗
刺，徑去尋破法的頭面上亂刺，却不知是巫師。巫師眼快，
便使個五遁法，把身一抖，樹枝那裡尋的着，便是本慧也
看不見巫師在衆人內。本定見本慧桃花落處盡變了大
毒蜂，知他法做不來，乃將榍子放在地上望東取了一口
氣叫一聲飛禽出來，只見榍子裡飛出黃鶯兒對對紫燕

東度記　卷三

八句說道

杯影見入道，嶺眉豈是真。
離却杯中影，又侵物外因。
杯中與物外，總歸仁者心。
慈悲贊尊者，開度實恩深。

家僧感尊者開度。一時傳知老友說東行的長老講道衆
禪大有見解許多老友齊到家僧堂上相會尊者見其狀
貌莊嚴都說比趙一品舉薦那起道衆不同元通聽了乃
問趙一品是何人那起道衆是誰處來的家僧便答道曰
前有幾位道衆路過前村却都有手段法術在通神廟住
了旬日與廟僧賽鬪却也無窮妙處元通便問前村何處

地方廟僧何名家僧道離此三十里地名勢里廟僧叫做
妙虛這師父有無限量的道法却有一件最神的是先知
比如師父們在這裡不想到他廟去便罷如舉心要去他
便未卜先知你來歷若是有些勢頭便遠遠來迎接元通
聽了道這等說來廟僧却有些勢利了家僧笑道正是正
是這廟僧却也有此三道行怎麼勢利想是地名風俗使他
如此元通道貧僧也少不得路過彼處與他相會尊者道
徒弟那廟僧既有先知法術我等不當預期到彼入他術
中家僧道師父你一舉意到彼他便前知尊者說正是莫
先舉意他自然不得前知貧僧也有使他不得先知的道

東度記　卷三

那家僧聽得忙合掌求尊者破解尊者乃合掌說了四句
偈語說道

五內我不出，一外人怎知。
於我且不知，靈通自莫測。

按下尊者在家僧屋裏與衆道友講論不題且說梵志師
徒離了勢里望東前進當春花柳鮮妍不覺賦詩幾句有
遊人聽聞便道遊方道人也解吟詩却傳語一個公子這
公子叫家僕來請梵志師徒借此便前去到得一座花園
甚是華麗怎見得但見

百欲垣闌　千林徑接　朱門內藏着萬卉奇葩　粉

牆中長成千竿嫩竹　薔薇架繞層臺　芍藥亭連遠
閣　綠樹深陰黃鸝聲巧　紅芳簇錦粉蝶飛忙　荷
香池裏錦鱗遊　柳色堤邊玉驄繫　假山石排列雕
欄　流水橋清分玉砌　真是數不盡的畫樓朱檻

看不了的當景名花。
梵志師徒進得園來公子却也有禮見他師徒狀貌不凡
便問其來歷梵志一一遍出名姓却繞問公子姓名公子
答道某係當國左相之子偶爾遊春郊外適間道衆吟詠
甚工故此令家僕奉請梵志聽得是左相公子便說出趙
一品見有薦書卽時取出遞與公子一看公子見有一品

狡詐在心間，豈止一兔子。
蟲蟻豈作僵，蜘蛛善推死。
蠢物尚如斯，人情豈異此。
念我同生人，惻隱推元始。

元通歎了一回復走到尊者前說此荒僻處所無有人烟。再行十餘里到大灣口。便人烟湊集尊者乃與元通前行五六里到一水涯去處。三五隻漁艇泊岸。元通近前只見男女相雜說笑兩個和尚來了。元通乃上前說道小僧們乃東行的腹中饑餓此地没有人家善人舟中可有便齋。願化一飡漁艇上無一人答應元通與尊者只得在岸上打坐片時漁艇上却來看的一漁人間道長老們你果然

266

飢餓我這魚籃內有小魚食胡亂吃幾尾充腹。元通道善人我們出家僧人不吃魚腥漁人道你不吃魚腥却吃何物元通說只吃水飯素食漁人道為甚只吃水飯素食元通說出家人念佛看經五葷三魘不染况魚蝦乃血肉活物與人共一生靈食他肉害他生僧家不忍漁人道魚蝦乃水中無知蠢類應該人食若依你僧說不吃則我等無此何以資生元通道善人莫說他蠢類無知他在這水涯中洋洋知樂涸水處乞憐知苦驚人駭影知避畏冷附泥知煖怎說他無知可憐他只為貪餌被釣誤入網罟坑於漁公之手為人之食漁人笑道長老你說的雖是怎曉的

267

世間物物相食甚多我們食魚蝦魚蝦食水蛭大的吞小的強的食弱的總是天地間消長道理無生不滅無滅不生若依長老不食反於生機窮矣元通被漁人說的不能答尊者乃向漁人說道善人你說食魚總是力我徒弟說不食總是心食也罷不食也罷何必連累了心力乃謝漁人起身行去却到了一個大灣口果然人烟湊集師徒方到村邊見一老者燃鬚坦腹立於戶外見了尊者師徒二人趨迎上前問道二位師父何處去的元通答道貧僧欲往東印度去順過寶方偶因行路饑餒便齋乞化一飡老者乃請尊者入屋喚家僮烹茶具齋供奉便問師父道號

268

來歷尊者一一答應隨問老善人姓名老者答道老漢姓名叫做家僧只因喜談禪理未曾剃髮又有這世法難丟在家結幾個老友做會雖然在家出家與味蕭然却也不異乃手捧一杯清茶奉尊者尊者方接茶在手家僧隨問道師父道從何處見尊者隨答道從茶裡見家僧又問從何處入尊者道從茶裡入家僧道老拙未曾見却怎生入尊者答道善人未曾入却怎生見家僧忙向尊者茶杯內一看照見鬚眉笑道老拙見了入了尊者搖首道未真見豈能真入家僧聽了隨拜於地道老拙求師父開度尊者道貧僧已開度了善人也後有讚嘆尊者答禪開度五言

269

詩曰　紅桃綠柳應春妍
　　　只有道人心緒淡
　　　粉蝶遊蜂未許閒
　　　任教椿點兩辟前

第十五回　茶杯入見度家僧　一品遺書薦梵志

且說尊者牧了老道披剃做了個和尚起法名叫做五空。衆道要與他創建個小庵廟他不肯說道我見有子女如何住庵廟惹人笑子不養乃拜禮尊者問道弟子既披剃出家必須也要明白此三禪機玄妙道理若徒在庵廟如常敲鐘打鼓禮懺誦經有何用處尊者答道汝手能敲鐘打鼓口能禮懺誦經便是禪機自有用處五空言下大悟稽首拜謝衆道却不解乃問五空你如何往日愚昧今日做

了和尚就明白師父禪機妙理五空答道經文內多少禪機口能誦難道心不想鐘鼓響多少叫醒手能打難道耳不聽泉道中也有點頭的也有笑的說我明白笑的說我尚不知五空說道友只恐你打不得那時要打要誦遲了無用泉道齊叫明白尊者見五空受度又想前行有弄法術變壞人心的却辭衆道東行五空要隨行只因披剃爲僧便動了他子女本來天性哭泣不捨各相供養送別了尊者與元通趙步起行來到一處地方四顧荒僻不覺腹中飢餓乃叫元通尋個人烟去處抄化一齋元通道師父且在這路頭少坐徒弟去尋此

齋供却走得一處平平山徑漸入松林望那深處却似人家走近來看乃是山堂空屋急回舊路只見一個兔子奔來直向元通身袖鑽入似有躲避之狀元通想道莫不是人家養的家兔乃坐地摸那兔子那裡肯出袖忽然兩個獵人從山徑走來見元通坐地問道長老見一隻兔子來僧未見有甚兔子是獵人趕捉慌來縣入袖中乃答道小庵元通就如兔子入這林內莫非長老藏了一個道我們鷹犬弩矢尚不能捉任這狡兔長老空拿量怎捉他元通道善人說的正是動問善人此兔是東行道遠無人烟處所化齋不知何處方有人家獵人道此

荒僻去處那討人家往東更有十餘里到大灣口方繞入烟湊集說罷獵人走去元通却摸袖中兔子兔子已閉息死在袖中扯將出來僵死不動元通嘆道兔子想你是畏獵夾來破膽喪氣能知我僧家救你不知你喪在袖中如今棄你林內只恐又爲鷹犬之食欲帶你去僧家又無用處也罷掘地藏埋使你原歸於土元通乃掘地把兔子埋藏又把往生咒語念了一遍那裡知狡兔臨埋忽然脫手飛走元通見了。一面心喜一面心懷喜的是慈悲心見兔復生歎的是想物情這般狡詐後有比喻世情狡詐豈止一兔貪生歎總是一般仁人當行惻隱五言八句。

徒勞頂禮拜

東度記　卷三　三五

梵志聽了不解其意要妙虛說明。妙虛道貧僧受這法未曾修到靈通處只能說的出却不能解若能解便成超凡入聖也梵志道比如前知小道來又知青鸞事這却如何又能說能驗妙虛答道小事則能梵志乃請教前途去事。妙虛只念這四句偈語却好趙一品見了梵志衆徒演弄幻法妙處方繞問梵志來歷梵志乃說出修行實事不在這設奇弄詭的法兒却要尋個大頭腦的外戶趙一品笑道我便肯與你做個外戶只是外戶也做了幾次俱未成的錢百萬笑道要成的我也千千萬了梵志聽了也笑道。

二位便也做不得大頭腦。趙一品道你說我們做不得大頭腦却做個小施主麼梵志道貧道不求小施主一品道比如東印度國有個左相他斡掌國度之綱把握王侯之紀此人可做的麼梵志道也差不多做的一品道左相與我契交我以一紙薦引何難得個外戶梵志聽了大喜當時便乞求一品薦引書簡。一品道薦書容易只是法術再請師徒饒幾宗兒我等一看梵志道我門下法術頗多那裡演試的盡一品道有數目麼梵志道有數的三千八百錢百萬道只求再試三兩件罷梵志聽了便叫巫師你也有些手段莫教空遊此處巫師道弟子便演個金寶法罷。

東度記　卷三　三六

把手一指。只見廟門外山崗盡變做金銀山積衆人看見莫不歡忻鼓舞惟有錢百萬面帶愁容你道他如何愁容後有猜着他的賦一西江月說道。

百萬貲財不少　此何山積饒多　顯他不顯我如何。我怎得這山幾座。

趙一品見了道師父你們旣有這手段何不收貯自家做個大頭腦巫師道我這是眼前虛幻沒用的一品道再求那一位試一法梵志便叫賽新園你也有些手段莫使人笑你不能新園道小道便演個天人法罷把手堅空一指。只見白雲天際碧漢空中現出玉橋金殿衆人看見個個

東度記　卷三　三七

稱奇道好。一品却悶悶不言。你道他如何悶悶後有猜着他的也賦一西江月說道。

一品當朝極貴　榮華也有歸期　暗思昔日拜丹墀。今日閒居家地。

錢百萬見了道原來天宫景象這等榮華我空有百萬怎能勾腳踏金堦嵩呼舞蹈趙一品道我却見過不如你多得幾貫一時收了幻法一品寫了薦書付與梵志辭別妙虛離了勢里望東前進師徒們在路只見三春花紅柳綠。許多遊人玩景雖然異鄉花木外國時光辨理譯音也有吟詩作句梵志因也賦出七言四句。

字豈是修行出家本意我們既爲他弟子怎好豪破了他。
不如試一個小法兒取笑正在妙虛敬那富貴的之際慢
那貧寒的之時他二人看他情景便使出一法只見一個
寒士坐在堂中衷衫襤褸面貌慘凄衆不爲禮被本慧把
手從外門一指本定袖中扯幾塊碎紙飛出項刻門外車
馬僕從填門擁入廟堂見寒士跪倒口稱奉印度國王旨
令幣聘先生入朝講道這朝士便更衣冠那衆人抖然刮
目趙錢二家乃近前盡禮那廟主何等樣奉承只有梵志
見了微微笑道徒弟曉人不當如是勾了我師父到
受你敎誨了賽新園也笑道一家人算一家人巫師說這

教做師不明弟子拙本智道師怎不明弟子怎拙正講笑
處只因一笑那法便解了車馬僕從項刻無踪寒士情形
依然傍坐衆人正疑妙虛抖然發笑道原來梵師高徒捉
弄妙法貧僧也知一二梵志道妙虛師父你既知一二法
術我徒弟們便也與你賽個玄妙妙虛道小僧試演一法
把口望香爐吹了去只見那爐烟騰起半空化成紅霞萬
道這裡本定也把口望空吹去只見狂風大作把紅霞刮
散本慧把衷袖一拂項刻只見堂前變成一沼紅蓮妙虛
也把袖一拂那沼內紅蓮盡化作錦雞飛去原是廟前塔
地妙虛却又喝一聲金刀子何在只見廟堂屋內飛出兩

個紫燕雙飛雙舞漸漸近本智頭上化成兩把刀子去剃
本智鬢髮本智也不慌便叫一聲葫蘆兒何在只見天井
中葫蘆架子上跳下一個大葫蘆直去撞那妙虛的頭妙
虛也不忙叫一聲金刀子快快剃他鬢髮本智也不急叫
一聲葫蘆着實撞他頭腦衆人看見齊聲喝采也有那眼
乖的只看見剃鬢髮也有那近覷眼把耳聽只聽的撞的
頭聲笑的個趙一品錢萬貫只叫好手段收了罷莫當真
剃光了衆人有笑倒的說道好神通再變別項罷莫要耍
撞破光頭梵志見幾個鬪法心裡也要弄個手段妙虛却
早先知只叫一聲青鸞跨着一個道士來尋徒弟了只這

一聲叫打動了本智真情駭倒了梵志舊念把眼望空四
方一看那裡有甚青鸞跨着道士乃笑容向妙虛問道師
父你的法術固高小徒們也鬪賽的過只是你原何叫出
青鸞跨着道士來搜出我們師徒的根脚妙虛道實不相
瞞貧僧有個未卜先知的法術此如師父未來時我便知
你到廟前故此離廟遠接梵志聽得乃稽手請敎問道玄
隱道士可來妙虛道來便來尚早只是我輩有兩個從後
梵志問道這兩個從後來何事何人來也妙虛道禪機未
可盡洩小僧有幾句話兒當作偈語師父留驗說道
相彼白毫光　　騰騰高法界　　此際動王公

說了便跪拜在地尊者忙扯起老道來說道出家在家總是一件道理年老年少不過這點靈心你老人家若把三惑輕看便就五空不擾剃這幾根短白頭毛何用披我這一件破緇布衲何爲尊者說畢只見眾道說師父你便收這老徒弟也好這老者生有五六個子女俱各自衣食一個也不供贍他他每每要包個布巾出外求食道叫貧僧收他做徒弟了這幾句話便動起慈心說道你眾道叫貧僧收他做徒弟卻帶他去不得我們飢飡渴飲曉行露宿老者如何行得眾道齊聲道若是師父肯收他我這地方只因好弄法術故此無個座小庵與他出家況我這地方只因

庵廟尊者依允便與老道披剃出家揀個良辰修建善事一時傳的鄉村大家小戶都來布施尊者師徒爲此多留旬日只見眾道說師父旣收了徒弟也當與他起個法名受他個戒行尊者聽了乃道我前說他老人家若把三惑輕看便就五空不擾可叫做法名五空這三惑即是戒行眾道不解願求尊者指明尊者乃說一偈

　　酒色財三惑　　　雖然老者輕
　　尚有未了者　　　五蘊怎空清

按下尊者與老和尚起名受戒且說梵志師徒聽了往東百里村鄉有大頭腦人家便趲步前行

名指說勢里就問通神廟村人指道前轉灣後抹角自知廟所梵志聽了同眾徒找路走來果見一座廟宇在那勢里閒處正走間遠遠只見一個僧來迎接道列位師父是投小僧廟裡來的遠路辛苦小僧有失遠迎得罪得罪梵志聽了一面答謝一面與本智說這僧卻有些古怪怎麼先知我等遠來迎接且到廟中再查他來歷入得廟中衆禮聖像却與僧人稽手梵志便問師父法號僧人答道小僧志一一答却就問妙虛師上人往來的施主何等名第梵志一一就知且就問妙虛出家已久便問梵志師徒小妙虛也一一說出盡是此富貴高門便就欣動了梵志們

個錢百兩却說這勢里高門大戶第一有個趙一品第二有一日正在家閒暇思欲到廟來走忽家僕報道廟裡來了幾個非僧非道之人狀貌不凡趙一品聽了即傳與錢百萬知道他兩家來廟便引動多人內中也有富貴的也有貧寒的入得廟門妙虛長老只向那富貴的趨迎把貧寒的怠慢梵志見這光景便也動了勢利心腸向那趙錢起敬起畏把貧寒的藐視不採却不知本慧本定原是個豪俠少年出家隨行梵師並未曾見這勢利態度今偶然見了兩人暗說道原來梵師尋問大頭腦只爲勢利勢利二

〔246〕　東度記　卷三

揚好法。一面心驚膽顫起來，尊者閉目靜坐，那雷電直近
元通身來。元通只把左手一張開，頃刻風雨靜息，依舊白
日。又一道人口中也念念，頃刻狂風大作，黑霧漫空，見幾
個兇神惡鬼，手持枷械枷鎖，直奔元通，若似捉拿之狀。元
通却把右手一張開，頃刻兇惡消散，依舊青天。二道演
了兩個法兒，皆被元通破了。便拜跪在尊者面前說道：老
師尊，我等巳知你神通高大，只求你方繞與高徒耳邊說
的一句不知是甚話。我等法術入火不燬，入水不沉，怎麼
到得高徒身邊，只見他把手一張開，法便解散。尊者答道：
貧僧閉目靜坐，便就是妙法也，未嘗見。若是附耳一句言

〔247〕　（眉批）好正氣和尚

語。問我元通徒弟自知，二道方跪在元通面前求說明，張
開手是何法。元通被二道乞求不過，只得把手張開與二
道一看，那左右手心中却是二字。道人齊來觀看，墨跡未
乾，乃忠孝二字顯明。手心眾道不解，齊向尊者說道：求明
附耳一句話說。元通忙答道：列位道者何必深求。我師父
附耳一句，叫我徒弟應答，眾法只須發見一個正大光明
心腸，小僧想來正大光明莫過忠孝，一時便填寫手心之
內，却也不知怎便解了妙法。二道聽得稽首頓首說道：忠
孝二字果是正大光明，連我等法也破了，又何必結社做
會，只是有一件拜求師尊說明了罷。尊者道：何事又要說

〔248〕　東度記

明。二道說：為官的須要盡忠，有父母的須要盡孝。我等鄉
村小民那裡去盡忠，久失雙親那裡去盡孝。尊者不答。二
道叩問不巳，尊者道：還去問吾徒。二道乃問元通，元通笑
道：何必為官，豈拘親在，與人謀盡巳即忠，終身不忘於親
即孝。二道點首，乃向元通說：和尚家何必嘵嘵呶呶、
講文說理，入了學士家風，為此耳提面命，只就你手內二
字，任他百種幻法、萬句經文，都叫他遠退千里。眾道齊齊
拜謝，半字也不敢說。會使法，尊者見眾道了，明正道方繞
問：日前何處道眾路過貴方，能演甚法裡遍法誤了列位
何道之心那石化鶚的老者，便道出梵志師徒的行徑。尊

〔249〕　（眉批）衣鉢尖

者聽得說道：貧僧離了即度國中，正要普度化緣，可不知
何處遊方行教，不做修行實果，敗壞玄門、釋教、貧僧本
任此與眾道友講究玄理，只恐旁門惑亂正宗，少不得前
行開導，且問道友遠眾道從何處去也。眾道說去日巳久
趨恐莫及，只是他要尋大大檀那施主，前往勢里行去。尊
者聽得便辭眾道，投勢里路走。眾道苦留，要做個課
功果。尊者只得留住。道人中有一個老者問道：師父我見
幻法無用，一心要拜投你做個師父，與我弟子剃個光頭
披師父這件衣服，隨你方外化緣，只是一件我年過六旬
恐巳老邁，若是師父不拒我這點真心，牧做個老大徒弟、

卷三

石頭落地老者怒起說道和尚如何破了我法元通笑容
恭敬起來道老善人貧僧們往東行慶偶順海船到貴方
化緣少坐歇息有何力量敢破老善人之法且問老善人
何等道法被貧僧們破了老者道我們有幾個會友都是
在家修行火居道人平日雖結會焚香課誦却人人都拜
了師習學幾件法術方繞見長老坐地誦經走來觀聽只
因鴉鵲根由是我偶施小法怎麼仍還化石必定長老又
有高出我的手段破了我法既說東行化緣開度且請到
小村與我衆道友相會供奉此三素齋指一條大路前行尊
者聽了便起身跟隨老者過長街轉小道却來到一座高

本願

門大戶人家果然有幾個火居道人在門前站立講話兒
了尊者師徒都迎入屋內茶敘來歷尊者便說出名號東
行緣由衆道乃問同來老者如何得遇二位長老老者方
說出鴉鵲根因只見一道人說道遊方僧道法術手段強
中更有强中手比如我們有幾件法兒那曉的有個法裡
法如前日去的那幾位道衆只這一句有分呌惹出慈悲
念度盡有情因下會自曉。

第十四回　破幻妄一句真詮　妙禪機五空覺悟

却說道人說了個日前過去的幾位道衆又誇自已有幾
件法兒尊者見他弄幻術以石化鵲便忖道這起人聚會

卷三

講法必定是方繞那石化鴉鵲的術兒却又說月前過去
的道衆想也是走方耍戲撮桶子的且問他個明白方好
度他乃問道衆有幾件甚法貧僧們却不知可見的麼道
衆答道長老有甚奇妙法術請試演幾個我們一看尊者
道貧僧却不曉的法術只知誦念經文化緣行度衆道說
誦念經文我等全曉化緣是長老的疏頭行度却是何法
尊者道比如道衆會法貧僧就會隨你法類行度道衆說
隨類而度可碍我法尊者道只恐貧僧行度你法就不靈
衆道說這等講來却比那法裡通法又高出一等尊者便
問道如何法裡通法道衆說月前有幾個道友過此我等

遵話

行一法他便推廣一法如大海汪洋乃我等演出的法兒
龕海中跑孝猛虎我等演出大火烈焰他就火裡鑽進蛟
龍尊者道這何足奇若是貧僧虎裡還有水龍裡還有火
衆道笑道長老這是何說尊者道水原還水火原還火但
使他水火各安莫呌他彼此爭勝只見一道說長老誇張
隨口答應我等既學習了幾分法裡法便演出來看他們
如何抵對尊者聽得乃向元通耳邊說了一句真詮元通
點首道謹領師旨這衆道中一人說道長老我如今先演
一法你却莫要心慌元通答道貧僧不慌只見那道人口
中念念頃刻天昏地暗烈風暴雨轟轟雷製掣電衆道一面誇

人道何必猜疑淺沙可登上岸相會一問自知衆客上得
岸來彼此叙禮客人便問三位長老站立海岸講論何事
正持便說紅墻廟住處化緣貧僧尊者也答應附搭在廟
居住欲東行前去客人道小子們却也東行販賣貨物偶
遇風波暫泊在此二位師父必善法事便順搭小舟我等
正欲修一善功祈保風恬浪靜尊者聽了順舟東行一面
謝辭正持一面附搭海舟上得船裡狂風不息尊者合掌
念了一聲佛號頃刻風靜浪平衆客大喜後有稱揚尊者
登舟平風息浪功德五言四句

詩曰

海浪洶洶日　天風烈烈時
[illegible]　慈悲有尊者

靜定仗阿彌

風既平浪自息舟人駕船東撑却來到一海洋港口。客商
要停泊販賣貨物尊者便辭別舟人登岸客商見尊者平
定風浪同聲乞求道力擁護行舟尊者乃將經文一卷送
客供奉客商方捧經在手果然天風効靈轉順而去尊者
上得岸來方欲問東行大路只見港口一座牌樓上有三
字篆文元通識得向尊者說道東行有了路頭師父我們
行舟搖搖心倦且在這牌樓下少歇息片時再走尊者道
正是正是你可將經文取出誦念幾卷元通依言取出經
文方展卷誦念便引動港內多人都來聚觀只見高樹枝

頭一個烏鴉聲叫不休衆聽經的擲石打飛鴉去頃又飛
一靈鵲來枝聲叫更多不住衆人聽經如故毫不介意經
文誦畢尊者乃問元通徒弟你見鴉鵲枝頭同一聲叫原
何衆人一惡擲石打鴉一喜任鵲咭噪元通答道衆心惡
鴉聲惡故擲石打鴉衆心喜鵲聲好故任其噪尊者道汝
言又拘在海舟都在這裡那知善惡在鴉自取好善
惡出自人心鴉豈自知況他乃無心音聲便動了十方法
界之僧人若有心作惡未有不動了萬年之臭也正說間
只見鴉鵲去又復來那聽經多人又擲石打鴉連鵲都驚
飛而去元通偶發一言說列位善人由他罷了或者禽鳥

也來隨喜只見衆人中一個老者說道你這和尚怎麼說
鴉鵲也來隨喜我等在此隨喜便也是禽類也元通怔悟
笑謔道貧僧也只為說人與禽鳥各隨其性既飛來却被
善人以石打去這其間根因便有個兩失其性也老者道
如何兩失其性元通道鴉鵲被石驚去善人因鳥怪貧僧
一言之犯那老者聽了元通之說笑道這和尚講的到也
有理把手望空一指說道長老我便還了你個兩全其性
只見空中飛來兩個鴉鵲連聲不住衆人聽得齊叫好老
道尊者見了把慧眼一看對元通道此幻法也海港老人
如何會法乃把一手捻了個心印只見那鴉鵲化了兩塊

樹頭林梢盡教的俯仰之間。這正持方誇揚好鶴不覺便入了鶴窠却飛在半空過觀海島恰好玄隱洞間那一隻病鶴正在青松深處白石洞前往來行走見了正持這靈入的白鶴意氣相投便抖搜六翮屈伸雙足一翅直上虛空他兩個翱翔霄漢俯仰乾坤見山林樹木葱菁尚崗阜巔巒凸凹四賞心樂處雖多却有一纖介意雌鳴雄不應乃是一種伴道根因彼此樂此不知只因兩意不通言語正持化鶴雖遂了誇揚心腸却入了邪逃境界又因這心中喜悅樂處不似人能言語說出最樂極佳乃是個不言語的物類把心一急便出定覺來見、

尊者師徒在堂中對坐方纔說出這段情景尊者不言元通乃笑道正持你持守不正已入幻門幾成物化正持也笑道弟子們出家在這廟內只曉撞鐘打鼓念佛看經答應一村施主收些三月米齋粮那裡知止靜坐禪袪魔絕妄尊者聽得也微微笑道坐禪止靜正是僧家本領脫離生死機關若只攻鐘鼓香花化緣秉敎便與在家凡俗只多了幾根鬚髮正持了悟稽首謝敎一日與元通海岸閒行見大海汪洋遼濶正持乃問元通道師兄你看大海茫茫無涯無際世間可有與他比並的元通答道我與你心胸寬廣比並也無差只是莫生風浪正持問道怎麼莫生風

浪元通答道廣大光明怎麼教他波濤凶湧正說間只見兩三個海鷗飛來飛去隨波上下正持便問海鷗來往是戀海不去還是海戀鷗來元通答道還是海鷗相戀正持答道鷗戀海海豈戀鷗元通也笑道如何叫海鷗從他來往有以使他不去忽然風生浪湧見兩隻海舟泊淺正持又問道舟人在海裡還是海在舟人眼裡元通答道總是海舟人都在這裡正持不能解却好尊者見二僧開行海岸不歸恐其世事觸目亂心乃步至海邊果見他二僧站立海岸之上見了尊者端莊恭伺尊者便問正持師有見解否正持答道弟子與元通師兄正在此辨難不解尊者

道何事辨問正持道弟子說大海茫茫無邊無岸世間可有與他比並的師兄道我與你心胸廣濶可比尊者笑道此內大包法界此不得比不知是海戀鷗鷗戀海來來去去狀如不捨不知是海戀鷗鷗戀海師兄道是海鷗相戀尊者道誰教海引鷗鷗來海你二人戀戀正持又道舟人在海裡還是海在舟人眼裡師兄說總是海舟人都在這裡尊者道誰教海我我都在這裡尊者與元通正持三個海岸上閒講只見海舟裡幾個客人見海岸三個和尚站立俱各猜疑一個說是抄化的一個說是做道場吃了齋閒走消食的一個說是庵廟裡招商接客的只見一個客

東度記　卷三

同頭是岸他既遇救得生幸喜還不昧良心這
紅墻廟必是他來的路境指與逃人便就還了我們大道
元通聽得尊者之言乃登阜處向四面觀望果然見南來
東往正中左處一座紅墻小廟便引着這人而走這人走
近廟前摸着牆垣方繞笑道我得生也深深拜謝後人有
五言四句吽明
　詩曰　茫茫苦海內　世法逃昧多　岸頭有紅廟
　　　　取道必須摸
話說聲聲人摸着廟墻便大膽前走行近半里就有人來
見這人渾身水濕便問情由元通卻把前情說出因說他

耳目不見不聞失水的寒冷苦楚行人嘆息因問元通來
歷元通說出東行逃失途路行人道師父你們走雖大道
此去東路迂遠近來因人奔新開邪徑便逃失此途不是
此紅廟尚存行商過客誰不錯入逃途前去卻無處棲止
須是這紅廟清淨可任元通聽得與尊者厄走紅墻廟來
遠看窄臨近前卻也不小高門大殿宛然一座禪林遂宇
重楹卻是滿堂聖像師徒進了廟門只見殿內走出一個
僧人相見叙禮便問尊者來歷因問應者一一答應因問八
道號僧人答道弟子法名正持也叙出家始末尊者見廟
臨海岸果是塵情不擾主僧賢德可共安居便與元通住

東度記　卷三

下日間化緣夜裡打坐卻說這正持和尚與尊者師徒終
日講此靜定工夫他方知空閒的實行乃向尊者說道弟
子雖披剃多年終日只知接待施主有時誦念經文吽行
者敲鐘打鼓喚沙彌點燭燒香今朝方識得修行的本業
卻只是有一件請教師父弟子禪關未透尤念每生習靜
不靜求靜反擾這卻怎生持守尊者答道師父你思念靜
義入道何難你若求靜其心卽動這正持和尚那裡解悟
尊者玄肯却又夜隨着習靜一日打坐天明尊者見他
色相變常靈光却似入幻景像乃與元通說道正持入定
不出必是業魔纏繞元通答道正持入定不出正乃得彼

常清何爲業繞尊者答曰色相失六真常靈光必在他向
元通問道師何以度尊者答曰待他出靜吾自有度後有
說化緣禪和子幾個識修真　靜修識得處須忘貪與嗔
却說這正持僧人雖是披剃出家終日忙忙應敎他那裡
知靜定工夫只因伴師徒學習勉强跏趺便成幻境却說
偶靜中一靈飛越有如駕霧騰空五體端凝却似木雕泥
塑忽來嶺畔偶見白鶴凌霄遂賞心樂事誇道好白鶴怎
見得好看他
毿毿毛弄雪　丹頂呈珠　搏風摶漢上盤桓於九天展
翅垂眸下瞻視乎四野　山明水秀都在他頭顏之下

東度記　卷三

個不答梵志復又說道如眾位力量不能一人成就便是三五人共力合成也可只見道人中一人答道師父你要尋大頭腦施主我這村却少往東百里。這里中富貴人多有一廟叫做通神廟廟有一僧在內出家頗知道術。師父們若到彼處可以如意我等此地結會。不過是火居有家眷焚香課誦修祈來世因果況師父說的九轉不知還甚麼丹一真不知合誰家聖梵志聽了他言笑了一笑便起身辭謝要行眾道說師父既來請安坐。待我們供奉素齋而去梵志師徒聽得前行百里有勢里通神廟那裡肯久住吃了此素齋師徒們往前行去後有

指明水火龍虎道法詩

詩曰　火屬心兮水屬腎　　龍虎坎離交相認
　　　風從虎嘯雲從龍　　識得玄詮當謹慎

按下梵志師徒望勢里行來且說蜜多尊者與元通在靈通開度化了甫裡霧四人暫住空宅次早東行在路師弟子開敘。一路來相逢的人物事蹟元通乃問道師父我等離國度行來並未見個光明正大善人君子都逢着此三項瑣屑屑如昨日這關前一起有姓名的眾人雖被弟子說破了他去他這心腸生來不悔又不知何處去筭人可憐愚昧的被他勾結坑陷怎得師父法力驅除了這業障尊

東度記　卷三

者答道徒弟我若不言你却怎曉我若說出此業入了昏愚殊為可憫我如全言與不言只教你自省悟師徒閒叙間却走到一處見四面沒有行人乃是荒沙去所尊者道徒弟怎麼這路的大道只因講話迷失元通道徒弟看來。元通左望右顧找尋大路却走到一處海沙淺處見一人跟蹌在水中行走漸入深洋若艱難形狀乃想道海中行走莫非捕魚試叫他一聲問個路境大叫數聲那人不應。元通又想道此不像捕魚莫非泅水却又如何掙掙到到。跟跟蹌蹌宛似逃路失水無目之人他一心驚恐何暇答我乃裸衣入海去扯這人這人摸着元通之手方繞開口

氣喘喘的說道老哥救命我是個聲聲之人往時到海邊等販海的商船乞化些錢米今早到此被狂風把我刮倒。不知如何失脚海中只因雙目不見那知東西南北兩耳不聞怎聽水响人聲進前不敢退後不能往左不知往右。不識驚惶苦惱怕的淹沒死亡大哥救我登岸得了殘生。陰功保祐你福壽元通聽了他說便扯他手引上海岸這人上得岸來謝了元通就問道大哥那裡是紅墻廟元通問道那個紅墻廟這人不聽的只問紅墻廟兩個正渾問莫解却好尊者近前元通把這人失水聲聲事情說知尊者尊者道此人為利失水於茫茫苦海何不探水勢早早

裡通法師父們若能法裡通法便請試一二本智不知。兩
眼看着本慧本定他二人也不知却看着梵志笑道。
這有何難乃向賽新園說道此法裡通法道友知否新園
答道知道但被假鸞跌損不能神運乞借梵師法力
顯示梵志乃對眾道說貧道能法裡通法就請道友示個
法來貧道能通只見眾道中一人說道我等請師父示一
法梵志乃叫本慧汝試演一法本慧不敢違教隨演出一
法只見茫茫大海現前眾道人齊稱好大海水梵志却叫
誰人能法裡通法眾皆不應梵志仍叫本慧汝能麼本慧
也不答應梵志隨把手一指只見水中一隻老虎咆孝出

來眾道人看見那虎金睛白額鐵踞班毛吼一聲威震山
谷跳兩步勢搖林莽眾人且驚且喜的是惡狠狠狀若
撲人喜的是氣馴馴形如蹲伏莫不稱師父好法裡法也
眾道中一人道再求一法梵志便教本定汝試演一法本
定也不辭隨演一法只見騰騰烈焰燒來眾人齊道好大
火焰便求師父也示個法裡通法梵志不辭把手一指只
見火裡一條赤龍蹯旋出來眾道人看那赤龍紅鬣金鱗
赤嶺白角舒四爪柱若擎天展雙眼光如飛電眾人齊誇
齊看看的是從來未見火中鱗誇的是梵師好個法裡法
只見眾道人中又有一人問道師父的法裡通法我等盡

見不知此外更有何法梵志答道吾法無窮各隨理現適
繞龍向火裡虎出水中若要推廣自有妙道本智便向眾
道人說小道能推廣吾師法外之法道人便問道師兄以
何法推廣本智道誰能再演出火龍水虎小道試以一法
請看賽新園道我能演乃口中念有詞只見半空火龍
出現水虎示形本智把手一指那龍現處彩雲飛漢虎嘯
颩烈風揚空把此二眾道喜的聲聲叫好妙法梵志見眾道
叫好便說道貧道遊方過此豈在試演無用幻法實欲借
勢修行眾位道人不修些有用的道理却只教貧道演法、
非貧道遊方之本意也眾道聽了梵志之言乃欲手問道。

師父欲借何勢修行梵志答道貧道說來乞眾位垂聽却
是何說下回自曉。

第十三回　指迷人回頭苦海　持正念靜浪平風

話說梵志見眾道人乃習俗染成好奇弄法雖然敲鐘打
鼓結彩揚旛却是個燈燭的道塲那裡做得實用因果見
這眾道人齊齊整整威儀體面都是有家私勢利的可以
借此一來歷送他遊方修行之志乃乘他誇好道妙就跟進
一步說道修些有用的道理必須借勢能行眾道人問借
何勢梵志乃說道貧道欲借個大大施主富貴檀越與貧
道成就了這九轉還丹一真合聖的功德眾道人聽了個

園半空跌將下地也是新園晦氣跌的他頭破血流及使法術巳遲不及那巫師跨着真鸞在雲端裡見新園跌下受傷忙從空飛下梵志師徒見了笑道原來是巫師兩人急救起新園新園抖然發起怒道我有情奔你你如何不以禮待却弄術傷人把眼看那青鸞却是樹枝枯葉他從地跳將起來分明是賽新園却把臉一抹就變了個海島玄隱道士的模樣呌罵起來道何處山野村夫如何把我道童徒弟拐騙前來梵志見了也只道是真玄隱假託新園來尋取徒弟却又見巫師近傍解勸只有本智他原是跟隨玄隱師父日久雖然被瘴氣妖氛迷亂真元却還認

得舊師道貌且忖道吾舊師道力洪深大宗正乙他怎肯跷假鸞被梵師法跌定然是新園使法他既會弄神通難道我偏不會也便弄法只見賽新園抹臉假變玄隱一面壤着一面看着本智道你是我道童徒弟如何忘却舊恩不歸海島本智也把臉一抹隨變了個新園道你是那方來的無名野道妄認徒弟兩個渾炒亂爭巫師在傍那裡分辨真假只是心疑亂勸與梵志封着木智假變的新園反來攻說假變的玄隱這賽新園見了本智變的却是自巳笑了一聲道精胗氣真渾帳如何他却是我他却是誰只因一笑就復了本像本智也笑了一聲復一本像巫師

方繞明白梵志師徒都笑將起來乃問道二位緣何跨鸞趕來巫師半句不提尊者師徒事情只答道兩裡霧四個離關各散我與新園道兄思慕師父道範特地趕來不意兩隻青鸞飛空借他四翮遙臨却怎一隻枯葉一隻又騰空而去梵志道我以假渾真纏繞他忘歸海島你今誇真他見假自然颺去只是新園誤跌反爲我等之罪新園方知這情節心方息怎說道弟子二人願隨師父前行伏乞敎誨萬求不隱正說間忽見前村路口有個界石乃是海外印度國五處通道師徒們往東行去見一村落人家彩旛高掛鐘鼓聲聞却是許多火居道人輪修法會梵志們

見了徑奔前來道人們見了梵志師徒便邀入堂中各相敘禮乃問道衆師何方來欲往何方去還是禪宗却是道敎梵志答道吾門傳敎不論禪宗道敎俱在修行衆道人說師父既不論何宗敎請問可會甚法術麼梵志道乍爾相逢怎便問起法術道人說我這地方常常有遊方異人到此弄甚障眼法使甚五遁術因此我等也學習了幾椿在此輪流作會若是師父們有甚神通妙法使一兩椿與我等一看我們却也不敢急慢梵志聽了不言只見本智答應道法術我們也會得三兩椿不知道衆友要如何作起衆道說我這村里人人都知弄法却只是一法不能法

之少年免淘勿鬭膽裡生聽了笑將起來。師父你敎誨極切骨入髓真淪肌洽膚小子實是敬服欲要與你結納扳援無奈你坦然謝却也罷既承點化我也難據此關別處去投個暴燥心性不忍耐的弟兄去也急走如飛不顧而去元通見這四人遞然而走便辭賽新園與巫師要過關前去只見巫師向賽新園說道我與師兄往日會着的那道徒雖說遲妖弄法却還有些情意與我們結個師徒交契今日這長老們把我們幾個結交都說的沒與趣去了只有膽裡生是我個徒弟他如何也離開而走賽新園道正是正是如今之計孤立無伴在此也無用不如我與師

往東趕那道衆去罷說了一聲二人不顧尊者與元通往關前直走而去元通見二人徑去不顧乃向尊者問道。適繞弟子與這幾個阻關之衆講辨這一番都離開散去。師父以為何如尊者但答道是你做徒弟的本來是那阻關的去往他們既去我且與你暫留住空宅明早東行却說巫師與賽新園離開往東路趕長爪梵志巫師道他們前去已遠怎趕得上賽新園道趕路隨路再作道理正說間只見雲端裡兩隻青鸞飛來飛去當初原是一隻青鸞。尋取道童如今原何兩隻這一隻原來是梵志摘的林樹枝葉幻化的青鸞與假道童騎回兩個拴縛枒間真假莫

辨被尊者解救那真的。一心要尋道童未歸海島在這雲間飛來飛去巫師見了便與賽新園說道當日在巨竈港。我拜梵師他託我留了幻法但逢青鸞便交阻攔莫令東飛今我與道兄既趕梵師何不就借鸞作駛去趕新園聽了撞頭果見兩隻青鸞雲端裡雙飛却向巫師說道好一對青鸞你看他。

彩翎鋪錦。　青翮凌雲。　乘風蕭蕭參差上下。摩空對對並耦和鳴。　雙足直逼翅間。　兩眸徧觀宇內。一隻是海島奉真仙令旨迎童。　一隻是樹林被道人變成幻化　他兩隻巧遇有心情這二人恰逢多墾碍

話說賽新園擡頭果見兩隻青鸞聽了巫師說話把手一招只見兩隻青鸞雙雙飛落在地他二人各跨一隻飛騰霄漢往前直趕梵志師徒梵志師徒自離了靈通關往東行走正走間只見雲端裡雙鸞飛來却跨着兩個道士梵志見了向本智說道罷了那海島老仙兒來也本智道來也無用弟子久已隨師無心舊業師父何不仗一法術使他回鸞而去梵志聽得忖道本智既發此念我且使個神通把飛鸞攝下叫他跨鸞的跌下半空一口氣望空吹去那裡知假鸞跨着新園真鸞騎着巫師真鸞那口氣吹不下來假鸞原是林葉被梵志一口氣原來還歸原去把個新

艷廔言　卷三（210）

請教個解脫意欲與師父結個契交元通答道兩裡霧檀
越莫怪貧僧說你今後只一味淡淡相識薄薄時光令那
受你惠愛的不困得你情意的不見罪與你莫造酖毒傷
人釀作極佳待客自是人不病你你多與人有益兩裡霧
聽了便拱手謝道師父可謂知巳小子欲與你結個往還
兄弟元通道貧僧出家人局量偏淺久巳謝絕交情不敢
扳援親近兩裡霧聽了惶恐起身道空費了虛文接待這
沒緣法的和尚不如離了這關再尋度量大的去也乃避
席飛走而去賽新園又指着雲裡兩說道你看我這個契
弟他態度風流情懷嫻雅常結交幾許同氣連枝亦且盛

艷廔言　卷三（211）

就人間佳偶也只因人為他縱情過度逞慾勞傷反使人
荒亡多病今日請教個解脫意欲與師父結個婚姻元通
答道雲裡兩檀越莫怪貧僧說你今後只是正心寡欲保
命養神令那愛你的母勞其形貪你的母搖其精你勿作
邪荒嬌媚勾引浪蕩春心自是落花流水兩作無情雲裡
兩聽了便整衣上前道師父可謂情深小子與你結個過
家契合元通道貧僧方外人嗜慾不染淫私無挾難做過
家契合雲裡兩聽了羞澀滿面道沒趣沒趣可惜與頭空
與這和尚講不如棄了這關另尋嬌孌去也乃慚面汗顏
而去賽新園却又指着沙裡淘說道你看我這個契弟他

艷廔言　卷三（212）

生來富家大戶貴重華美常託付着幾個貪戀儉嗇之交
莊了人多少顏色膽子也只因他勢利炎涼嫌貧愛富反
令人驕傲的輕狂窘乏的寂寞今日請教個解脫意欲與
師父結個神交元通答道沙裡淘檀越莫怪貧僧說你今
後只如貧賤交情潔廉自守勿做孔方兄之勢免教人阿
堵物之稱任人滿櫃盈廂只當空囊竭豪自是說伊有禮
沙裡淘聽了便和容悅色說道師父足見你語言寬裕小
子欲與你結個志懷合意元通道貧僧巳超塵外久處空
門不慕奢華焉敢趨教沙裡淘聽了歛容屏息道着甚來
由不自安享充饒與這和尚搶白一塲不如別了這關附

艷廔言　卷三（213）

個鄙吝哥哥去也乃抱頭竄耳而走賽新園見他三個都
被僧人參破使性而去把手將欲指膽裡生說他生平來
歷只見膽裡生豎起兩道眉橫睜一雙眼大吼道師兄不
必說我的行徑說起來這長老難免一番騰騰火性直燒
嚴廟我也不能忍一朝忿忿不平赳赳心腸賽新園只得
吞聲忍耐不敢多談却惹的元通和顏悅色降心縛志說
道膽裡生檀越你莫怪貧僧說只因你見理不透不忍一
朝之忿行事欠明頓發五內之烟不是傷了交情和好便
是損了顧養天真浩然空做了暴戾睚眦一腔盡成了強
梁跋扈萬一遇着英雄豪輩豈不鼓動彼此開爭戒之戒

消且各各暗地稱贊。又遇著鄭齊被尊者師徒勸化。他把侵占人的田產盡行退讓還人。以此好名反震動鄉村遠近。都稱鄭齊為老佛。尊者見鄭齊行善。聲聞村里。乃與元通辭行。鄭齊苦留不住。師徒決意前行。方近靈通開口。只見四個人捧著香爐。上前問道。二位師父可是在鄭員外家裡來的。元通答道。貧僧二人。便是鄭員外家裡來的。這四個人執香拜倒開口。尊者忙答禮說道。眾善信何為恭禮貧僧至此。眾人道。凡愚墮落火坑。無從解脫。聞鄭員外供養高僧。成就了無邊善果。解釋了萬種寬愁。某等欲遠投瞻仰。只為塵情羈絆。今日幸得寶蓋遙臨。故此焚香迎

接望發慈仁降臨敝處。開度愚蒙。幸甚幸甚。尊者但拱手謙讓。元通乃暗向尊者說。弟子聞關前有一夥剪徑歹人。這眾人形貌卻像。語言何文理溫恭。尊者道。這言辭情景正是此輩着人的去處。卻是何事着人。下回自曉

第十二回　元通說破靈通關　梵志擴充法裡法

話說這眾人說了此溫和道理言辭。把香爐焚着沉檀速降。往前引導。尊者師徒只得舉步隨行。到了一處崗子林。深茅屋數椽。眾人請尊者入內。卻早有兩個道者出迎。尊者師徒看那道者打扮的齊齊整整。舉趾卻蕭蕭雍雍。上前恭迎道。久仰高僧功德道行。今見莊嚴色相。果然入聖

尊者亦以禮答。坐定。尊者乃問道。檀越高姓大名。從未識荊。何緣過屐迎待。只見兩個道者答道。小道一個喚做巫師。一個喚做賽新園。這四個一喚兩裡霧。一喚雲裡雨。一喚沙裡淘。一喚膽裡生。尊者聽得已知這幾個行徑平日攔阻過客。劫掠行人。今日如何謙恭下氣接待我等。想是鄭齊的交契。曾有幾行信寄先容。乃正色問道。久聞列位洪名美譽。未曾會面。今覩英風偉貌。果是名傳不虛。只是貧僧師徒。借行關前。直探大道。望列位光照一二。賽新園便開口說道。小道與這幾弟兄結納契交。只因這膽裡生兄弟有些小愆到此。如今愆已解去。終日與巫師在此。因

見兩裡霧弟兄。雖日日相逢。過往不虛。未免勞擾歷歷。日小道與巫師關居在此。也虛度了蒔光。聞二位師父在鄭員外家大開方便。感化有情。伏望不吝慈航一垂普度。尊者聽得一句不答。只把手內數珠兒輪着。賽新園叩問再三。元通見尊者不答。心已了明師意。但新園等不解。便把眼看那新園貌似蓮花形。同菌莒不像個五蘊皆空。到似有百千變化。更見他那三寸舌與期高談。把幾個人行藏盡吐。他便指着兩裡霧向元通說道。師父你看我這契弟他性秉醇濃。情高放達。待人真個識冷煖。行事卻也甚和同。只因他與人過於情愛。壯添顏色。反使人顛狂愆戾。今日

司神既查出鄭齊修善解冤成就牛童功德。如何不查牛
童善心作何報應。他以愚蠢傭兒發大善行，當從厚報，神
司接了護教肯意，隨查牛童前世乃奸盜詐偽之屬，身死
名滅巳兩世，水淹虎咬報應矣。這轉應當同鄭齊受殺傷
冤惡之報，鄭齊以供奉聖僧受教行善解化冤徒，牛童尚
未勘報，將有兵刑之加，却喜他發了這件善念，當免其究
於兵刑也。護教聽得神司之說，乃道裝修聖像苦益神殿
其功德非小，今鄭齊既無嗣，應給其子，何不便把牛童爲
其後裔。神司領肯，護教金光從西而去，有此一段根因。這
鄭齊與元通到得破庵堂，看見聖像雨淋毀壞，殿宇風打

傾頹，自巳也動了不忍心腸，隨喚木匠泥工裝塑作人佑
工修理。便傳的大村小里老幼婦女來看，莫不稱贊道鄭
家一個愚蠢牛童發這一種善念，各各捐錢鈔的施米穀
的，同他一樣斫柴牧羊的孩子也出心來帮拾磚瓦運漿
泥，成就這件功果。不數日功完，這村里善信人等見鄭家
做這好事，又有尊者師徒在其中化緣帮助，便商議功完
做個圓滿道塲。尊者依擬行教，遂修建善事。這日村里大
小婦女老幼男子正衆隨喜道塲，只見牛童歡歡喜喜到
庵堂禮拜聖像，忽然倒地，奄奄絕氣身死，把村里衆人歡
的嘆，說道好心的如何沒好報，笑的笑，說道牛童微賤有

何力量做此僭妄之事，褻瀆聖賢，惟有尊者徵笑不言，把
慧眼四面一望，向元通道善哉善哉，報應神速亦至於此。
元通問道師父這牛童事奇怪厭了衆心，如之奈何。尊者
道頃刻自明這衆心自解。却說鄭齊的妻久未懷孕，十月
之前懷着一個積惡來的冤家，只因善根充滿，牛童忽死
隨投其腹。鄭齊正坐在廳上，忽見牛童從門外直入，鄭齊
見了說道庵堂道塲善事你在彼處瞻拜，如何回家。那牛
童全然不答不採，直入卧內，鄭齊疑怪，隨後跟入，牛童忽
然不見，只聽得哇哈之聲出自卧內，婢妾歡天喜地，說道
孺人生產個小員外來也。鄭齊一面大喜，却又疑牛童入

內不見。何說正裁度間，尊者師徒道塲事畢囘來，鄭齊出
會元通，不知鄭齊生子，便把牛童身故事情說出，鄭齊聽
得吃了一驚，向尊者說道這事却蹺蹊古怪奈之何也。尊
者問道施主何事蹺蹊怎生古怪，鄭齊便把牛童入內之
話說出。尊者合掌道善哉善哉，施主作福有種，行善有根，
也這事也不消貧僧細說，料施主心地自明。鄭齊也合掌
稱揚尊者功德，元通道施主生子陰隲，却不是與貧僧稱
揚功德的，當下鄭齊備齋供欵待尊者師徒，因此鄉村傳
開，都說牛童行善，鄭齊得子，牛童死時入鄭齊卧內，這善
的感應真實不妄，那執冤器要報仇的衆人，不但懷怨頓

【一九八】

備說這一件事情師徒歡道。一個村野牛童小子。起這一片善心鄉村多少富室大戶偏無一人。動念乃隨候鄭齊出屋相見了鄭齊問道二位師父昨日歸來天晚却在何處經宿尊者答道便是昨夜歸來天晚昏暗難行貧僧師徒只得在深林打坐天明方來鄭齊道深林恐有蛇蟲虎豹師父們不當住此尊者笑道貧僧出家人隨所住處常安但只有一件奇怪事情小徒於黑夜間見有數人各執兒器口稱報优往林邊過去復來小徒見這數人去時身後有許多兒惡邪怪隨着回來便換了許多福善人形這人却是何處行兒要報那個优恨貧僧想這兒人去時一

【一九九】

種惡意便是一種惡報的怪孽回來時必是事未曾遂悔。心發萌便是一種福善隨身但不知貴村鄉誰與人优誰存惡念老施主若知此緣由也當瘤行勸解免教積怨生出這種根因不但後悔已遲且於陰功亦損鄭齊聽了渾身冷汗交流一心小鹿兒亂撞便道半夜犬吠想是此因半日沉吟乃向尊者前稽手說道實不瞞師父此事情亦幾乎弄出明明夜夢祖先說道不遇二位師尊此惡怎解。却實實是小子平日中了些惡毒與前村這幾家人也但此事却何化解望師父指教個良策尊者道語云一善能解百惡施主但行一善事自然化解試想你平日與你結

【二〇〇】

优的何事懷怨的何人天地間財產容易得便虧欠了此微也是小失萬一傷損了心術占奪了人便宜弄出惡報。爲害不小鄭齊點首說道而今而後小子知過隨改元通乃開口說施主如今却有一件事情要施主慨然行去鄭齊問道甚事要小子行去莫不是有甚緣要化小子一一奉承元通就把牛童的心腸說出來鄭齊慨然道這個愚蠢牛童怎麼發出這點心腸小子既承師父說。一一應承。把三年顧覓他工錢算明懇借與他這牛童接了工錢便遞與元通道師父你便與我計算裝脩聖像工價元通道這還是你家主計算與工爲便乃擇日與工脩理後有誇

【二〇一】

牛童感發善心五言四句

詩曰　一嗟彼放牛童　　而有此發善
　　　陰功能幾勸　　　富貴具鬚眉

話說寔有報應神司專掌人間善惡這神司却是楚大夫伍生爲忠義死做神靈一日正檢善惡報應簿籍見上面鄭齊過惡多端當遭兒害只因毀心救放商客受僧教戒。且解兒報却又成就牛童一點善心遂查他身後根因當作何報見他註下尚無子嗣遂降他一子正分付侍從將應脫生人類的送令投鄭婦之腹忽然西邊毫光爍爍金甲護教神人下降神司執香拜迎只見那神人說道報應

們反爲無益我這幾日見商客去後鄭施主面色光彩覺似有此二善念感發定然不招兇惡你與我且歇息深林聽這究竟元通領了尊者之言雖打坐林中却也心神不靜怎似尊者如常入定跏趺而坐却說這兒人持械直奔鄭齊家來要把鄭齊快心洩念恰好走至大門前面只見他家門首兩個勇猛大將頂盔貫甲把住門口這幾人看見嚇了一驚只見那兩個大將怒眼環睜虎鬚倒揷若有吞牛食虎之狀宛然天丁力士之形衆人心怕起來說道鄭家如何有人防範我們想是他平日結交的好漢及撞頭望上一看又見他房屋上祥光瑞氣蒸蒸現出都在那尊

194

者靜室之處內中就有一個計較道列位且不消動手打進他門我聞他近日留着路過僧人在家修善這祥光多是僧人臥房又聞道僧人有手段法術萬一弄出事來非但報仇恐反害已衆人也有見大將怕的也有聽聞僧人手段的既說到僧人身上便也有悔心要做好事的一時各相息念道且回家去再作計較衆人回到深林前過這元通那裡打坐只在林前窺探忽然衆兇回來元通忙入樹後偷看只見衆人頭頂上祥光燦燦後面却跟隨着此二善眉善眼福神待那起人過去乃走到尊者前恰好尊者也出靜元通乃問道師父方纔徒弟見那起人都回來後

195

邊跟隨不是前邊兒暴惡怪都換了善相福神又聽得他內中說道鄭齊家門前有防守的頂盔貫甲大將房屋上有騰起的瑞氣祥雲這是怎說尊者徵徵笑道這就是解也只是解便解了還要費我們一片苦心却是師父開度的美窮的功德元通問道師父一片苦心方能成就他無意無窮的功德却是怎說尊者隨說了四句偈語道

天地無窮盡　人能常固守
善根無了期　葉底又生枝

元通覺悟當時天漸明亮師徒乃回鄭齊靜室此時鄭齊尚寐未起只見鄭家一牛童走出屋來向尊者說道師父

196

我有一件事情敢請師父去看尊者問道何事牛童道事却在靈通關前一座破庵堂內請師父去看尊者道有事便講牛童那裡肯講只要尊者同去看尊者見他意事却又是庵堂內事便叫元通同他去元通同牛童到得破庵堂前只見庵久頹傾殿塌聖像風雨淋漓毀壞牛童便前元通說道師父小子別無他說只因往日放牛遇雨躲避這殿中見雨淋聖像小子不忍發了個心願欲修理這殿裝塑聖像頗奈無有錢財意欲煩師父們轉說知主人把一二年放牛的工銀先借出修理這一件事情元通聽了牛童此話合掌向聖像念一聲彌陀滿口應承回見尊者

197

東度記　卷二

膽兒行到關前只見把關的說道客商們過關須要小心此一夥這地方却有不良之人乘黑剪徑商客聽了口裡答謝心裡驚怕那吃齋的客商口裡咭咕噥噥只念着佛衆人走過關來天色黃昏正欲前奔宿店只見深林裡走出幾個人來一個丟瓶一個擲索一個打磚石一個開口叫道走路的好生看家伙商客把眼一看只道是鎗刀棍棒却原來這樣家伙心裡雖然不比器械驚人却又不知這家伙怎樣利害只見那家伙套的套捹的捹打的打把客商行囊搶去却丟下這客商在僻路之中奔店又遠退走又遲只得坐在深林地下這幾個人搶了行囊回到家裡

190

關了一看只見一紙簡帖兒却是寫與賽新圍的上寫着今有客商親眷過關其中有一商人修善感動高僧神力警戒小子巳同心向善道兄可方便這商客過關日下高僧過關再圖面謝這幾個人却就是兩裡霧等見了書簡是鄭齊乃邀衆客如何不當面說出鄭姓親眷既是有剪起來送到林間付與衆商叫他往大道未能却說衆商得了行囊貨物心喜神歡他怎的不說出鄭齊名姓只因鄭齊臨行附耳叫他不要提名道姓使衆客等行李所以商客不言反得方便過關雖然是鄭齊的方便却感激長老功德畢竟是商中一人誦經的

191

報應後人有四五句言贊歎靈異

詩曰　莫異誦經文　紙上空咭咭　善念到靈通　神哉諸惡化

却說鄭齊方便了衆商客過關前去留着尊者師徒在家敬奉齋供誦念經文懺悔平日過惡尊者要辭行鄭齊道家兄處師父也多住旬日小子處便求多住幾朝未爲不可只是褻慢高賢得罪尊者稱謝一日與元通到村鄉善信人家課誦經懺歸來天晚只見遠遠有幾個人來的氣焰兒惡尊者乃向元通道天色夜晚前面人來氣焰不良多是關前截路剪徑之輩我與你當廻避元通道此

192

地都說不良的多弟子與師父也不當夜晚歸來尊者道爲人功課須當盡心完了齋醮法事豈有爲天晚路遠便怠慢簡略善事乃與元通避於深林大樹之後偷看那幾個人手執着兇器口裡罵的却是鄭齊侵占他田地欺辱他弟男怒氣冲冲要去報仇這幾人前走後邊却跟隨着許多兒暴惡怪那形狀眞是怕人尊者向元通悄悄說道善哉善哉徒弟你看做歹事的兇徒後邊就跟着此兇惡元通答道師父這兇惡既去害鄭齊施主我們當去救護他尊者迅出家人如何救護手不能格猛身不帶寸鐵鄭施主惡結日久勸化巳遲況這兇惡不可近萬一遷怒我

193

生平侵占人田產謀騙人錢財雖然積累富饒頗奈尚無
子嗣又想和尚在哥哥鄭修家說那縱放家僕不絕人後
的子孫蕃衍我今日却又暗算商客天理何在這心腸想
便想的端正了只是三心二意善根還不堅固一面且不
行暗約串同之計一面且徘徊睡臥之間這夜就做了一
夢明明夢中見他亡過祖父托夢叫道鄭齊你惡滿災殃
大至何不勇往遵奉僧言急早回心瑩白廣修方便善事
不但免墮輪廻惡趣必且後接榮昌鄭齊聽得後接榮昌
四字便想起他六旬尚無子嗣一念動了善心道謹領夢
中之言早起安排飯食請客商入屋內寫了數字帖見付

186

與商客道過關若遇強梁此帖內必然解救衆商接帖吃
了飯食辭謝方行只見那誦經商客怏怏入屋到靜室中
來謝尊者說道夜於夢中見一僧人持一卷經授我道勿
間誦念之功自有風波不擾虎豹強梁不加害之報暗想
得過此關却要借頼師父之力尊者與元通以好言回答
這衆客方繞欣然而去衆商客辭別時鄭齊又叮嚀附耳
幾句明說莫忘了簡帖中話商客謝了又謝却是何說下
回自曉

東度記卷之二終

187

新編東度記卷之三

引記

為問編成記欲何　　只因人苦救邪魔
貪名逐利休云少　　守義懷仁有幾多
打破不須賣獲力　　遣開何用范張謨
百年事業渾如夢　　都在編中一笑呵

第十一回　兒黨囘心因善解　牛童正念轉輪廻

話說鄭齊聽了元通三字善言感動良心丟開奸計寫了
一箇帖兒付與商客過關商客謝他禮物一毫也不受臨
行耳邊仍與他說幾句附耳低言這商客持着帖子大着

189

貧僧覩色而見客人便把過關的情由說了一遍尊者聽
了暗暗在心只候主人出會少頃鄭齊出屋見了尊者師
徒莊嚴相貌不同凡僧乃就延入正廳堂上叙問來歷尊
者備細說了一番却說到鄭脩身上與那侵占他產的大
戶縱還家僕繼人後嗣的功果鄭齊便笑道功果之說似
有似無且問師父比如一人飢餓爲因無粟一人飽足乃
是多金得金易粟怎教人不攪金換飽怎便就無功
果尊者笑道人人依施主這說白晝所以有傷人害命之
事罪惡無端何言功果鄭齊問道功果可有報罪惡可有
應尊者不答只合掌誦了一聲善哉善哉鄭齊不能解兩

睺却看着元通笑道長老合掌怎說善哉何意我却不知
莫解元通乃答道我師父已是明白說與施主了鄭齊大
笑起來說道往常見僧道門說啞謎糊塗話令人猜解愚
昧的解不來便磕頭禮拜說長老師父度化他了他那裡
知都是他暗裡起發布施的行頭只這一句尊者就答應
道施主這講道理說糊塗話雖是暗昧比那暗昧使心用
奸騙人的大不相同鄭齊道暗昧使心怎麼不同尊者道
施主備細問小徒自知鄭齊乃問元通答道使心暗
昧在宴間報應昭彰在世上小僧有幾句三字語施主須
聽鄭齊道小師父你說來我聽元通乃說道施主小僧說

便說你莫怪和尚家多口饒舌鄭齊道任小師父饒舌元
通乃說道

漫饒舌　三字勸　願仁人　端正念　富休奢
貴休惜　勢毋驕　貧毋怨　德莫忘　愛莫戀
創業勤　處家儉　禁邪私　謹災患　若騙心
將人騙　財貨債　田產占　起奸謀　暗裡筭
天不高　舉頭見　神不欺　目如電　自禍淫
必惡厭　怎如心　一慈善　子子孫　丞無間
高門楣　增福筭

元通說罷鄭齊忽然自忖道僧家說話却也明白若果有

善惡報應何苦我暗昧存心乃口中說道師父講便講的
有理只是人面不同有如其心我以善待人人却不以好
待我俗語說的好虎無傷人意人有傷虎心元通道畢竟
人遭虎啖那曾有虎被人吞鄭齊笑道人多食虎元通道
虎不能逃人機穽終是獵家食獵家多是遇着大蟲却也
放他不過鄭齊道解脫何如元通道不如莫生機穽兩個
辨難了半晌鄭齊心地覺明便道小子且留二位師父在
舍多住幾日願聞教誨當下家僕擺出素齋欵待師徒收
拾靜室留住却說鄭齊心裡要串同兩裡霧這一夥人阻
截商客被元通一番三字勸語開明了他心意自想道我

178

貨物在身。要過靈通關也。聞的關前有截路剪徑強人這
離關三里。却有一大戶人家衆商計議。先來投托借勢過
關這大戶却是鄭修的兄弟名喚鄭齊。此人家累千金田
園頗富。俱是倚強凌弱占奪起的。年近六旬尚無子嗣。一
日正坐在家計筭人頭上花利。家僮忽報南路有幾個商
客拜訪鄭齊。聽了忙出戶相見。各叙賓主之禮。鄭齊開口
問道列位到舍有何見教。衆客答道小子們販得些珍寶
要過此關久聞關前有夥截路惡人。不敢輕過。願借勢力
保護過關謹備薄禮相酬。鄭齊聽了笑道四海之内皆兄
弟。何勞厚禮便是保護過關有何難處。衆客大喜鄭齊隨

179

備酒飯欵留衆客。把行囊俱放在鄭齊家。少歇一日兩夜。
那裡知鄭齊未曾保護。先起奸貪暗約歹人要刼商寶。這
商客中却有一人平生吃素好誦經文。早起望空禮拜。這
善心就感動天地幽有保護之人。却是何人乃是尊者師
徒正別了鄭修。鄭修臨别却也說道我有一弟在靈通關
過關去罷不要沾惹他更好。此時尊者一面叫元通記了。便
住平日心術不正師父們若過關可會則會如不可會。一
面行路却又見三五個趕路之人便消停緩步或歇息。
林間或棲遲道路恰好離得關前三五里遠。只見一個高
房大屋人家隱隱在林中現出。元通向尊者說道師父那

180

大房屋想必是鄭老弟家。他叫我們不要會他。如今稱早
過關去可尊者聽了元通之說。擡頭觀看。果然高房大屋
在那深林密樹中隱隱現出。怎見的但見

尨獸雄飛　粉牆迭出　層樓巨閣連雲　峻宇高垣
接漢　居非府第總是村落没遮攔　家有金錢且做
快心達制屋

尊者看見大屋向元通說道徒弟依鄭老之言可以不會
論普度之心怎敎放下我且見那大屋之上若似日前那
還僕繼後的祥烟却又伏着暗昧妖邪的氣熖我且與你
到他家探望一番亦可當時元通便隨着尊者走到大屋

181

門前只聽的屋裡誦經聲出尊者乃道善哉人傳鄭惡怎
有善行正說間内裡却走出兩個客商來見了尊者便問
長老尋誰尊者答道施主莫非地主商人道我等非主乃
是過客長老要謁地主少待家僕傳報主人自是相見尊
者依言便坐在大門外首果然少頃家僕出來尊者便煩
他通報那鄭齊心方在算計商客又聽得遠來和尚不知
化緣的是販寶的延推不出師徒聽這誦經聲止乃有一
人走出也是個商客他見了僧人與他誦經吃齋情意相
合便邀入尊者到他客寓備問師徒來歷尊者一一答應
却兩眼看那客人面帶暗晦氣色乃問道客官有甚心情

東度記　卷二

父解救解救梵志便怒道這三宗不能解脫還出甚家隨口中念念有詞自巳頃刻變的赤面紅腮圓眼查耳口裡噴出火焰萬道毫光那三個徒弟越發叫不濟不濟瓶索銅塊愈加緊了梵志道誰人緊你你自巳放鬆些纔是當時急的三個人抓耳撓腮看看道人賽新園也口中念念只見梵志那噴出來的火焰漸漸消滅三個徒弟道好了好了師父口裡沒有火焰我們徒弟日子這回好過了膽裡生仍要賽新園道人作法說把這四個野道結果了他罷道人道兔死狐悲勿傷其類巫師便也說道刀下且留人想當日巨黿港也只因我假設白鱔作怪愚騙居人恭

動這道徒惡狠雖然惡狠他也是爲居人縛魅驅邪況我那時投誠降服他就好意寬恕今日徒弟膽裡生苦苦要結果他們報仇也沒甚來由古語說的好省一時免百日依我巫師饒恕他過關去罷我當日也有些法術弄他們他們法術也不小他今日弴耳攢蹄只恐假詐賽新園便把繩瓶收了只見本智三個人好好的站起立在關前梵志道徒弟何故不使出手段本智答道這道人仗着他四個弟兄勢力惡狠狠這關無洠打得過好歹忍受他些兒哄過關去再作理會梵志道便是我心也如此巫師見賽新園收了法術梵志師徒却小心下志上前躬身道列位

若要金寶我們設法不難只怕哄你們不得若要行囊料值不多若是要報仇我們與列位無干就是相逢列位必然恭敬雨裡霧道你們時常遠慢我等今日過關敵我弟兄不過說出好看話兒依我膽裡生兄弟定要結果你們出他一腔优恨依我巫師念你日前放他他今日反來勤我們饒你也罷放便放你們過此關只是莫冷淡我們弟兄梵志道我貧道既過貴關急切與列位相逢甚少冷淡時有雨裡霧道別方遠處有相知相厚作成親熱莫要說破戒便就不是冷淡梵志道領命領命兩下講和巫師依舊請了梵志師徒到賽新園道人小廟設備齋供雨裡霧

弟兄那裡肯吃素齋乃治辦葷食要强梵志師徒們吃梵志不肯力辭道若是開了齋素便難過貴關沙裡淘笑道只要有小弟怕甚關難過衆人吃了齋供梵志辭行巫師遠遊幾里囘到關下衆兄弟便留住巫師巫師忽然耳中說道關前有幾個販珍珠瑪瑙商客要過關去巫師笑道你如何幾日不報事那裡去來耳報道只因梵志師徒在此我邪不敢犯巫師道他們也非正耳報道雖然他們今雖受了些妖法却日後要遇正還真巫師聽了耳報之說隨說與雨裡霧弟兄衆人便知巫師有先知之術因此越留在賽新園廟住却說國度中這起商販珍寶客人各藏

知你的神通手段沙裡淘笑道說我名姓真真嚇壞了你
却又喜壞了你本智滴既嚇壞如何又喜壞沙裡淘道我
說你聽却低頭不說思思想想怎麼思想不說下回自曉

第十回　賽新園巫師釋道　靈通關商客持經

話說本智停着雙劍聽沙裡淘說名姓他低頭不語本智
道賦物你便說罷何故低頭沉思不語沙裡淘道我的名
姓說了也要想想了也要說便是你伶俐聰明術精藝妙
聽我說出也要思想本智喝一聲道說便說罷我們出家
人不想便亂了道行沙裡淘笑道莫騙我只恐你們想
了又想本智惡起把劍就斫去沙裡淘道莫性急難道我

終不說。我說你聽。

我名那個不深知，　走盡乾坤東與西。
有我寒冬如挾纊，　歲荒枵腹不能飢。
我能逆兒成孝子，　我能妬婦作良妻。
弟兄有我相和睦，　朋友有我不奸欺。
有我安康無疾病，　有我憂愁轉笑嬉。
我有雕梁並畫閣，　我有牛馬與豬雞。
我有莊田多僕妾，　我有林木共山谿。
我有綾羅紬段錦，　我有金石寶珠犀。
說起我名誰不想，　尊富榮華無盡期。

本智聽了噀了一聲道你原來是個虛利阿堵我本智與
你再續兩句沙裡淘道你怎與我續兩句本智道君子固
窮誰想你小人貪你反增懷他六個人在關前大鬧沙裡
淘也劍法亂了膽裡生看見便惡狠狠鼓起胸膛怒淘淘
睜着兩眼口裡噴出一道烟肚內忖量三穴狡思量也要
執一根棍去幫助三個弟兄又見梵志雄赳赳模樣也像
要尋敵手的乃忖道巨黿港巫師輸了與這幾人特來煩
弟兄們報仇却又輸了怎像模樣想起救兵早早去尋賽
新園師父來救膽裡生離關方行了半里却好賽新園這
道人正在他十里崗頭五聖廟內打坐猛然想起雨裡霧

弟兄崗中有人傳來關前敵鬪他便取了幾件法具走近
關前却好遇見膽裡生相見了一面叙久濶私情一面說
當關急難賽新園聽了道阿弟休要怕待我去救飛步到
關前只見他六個人轉燈兒相鬪賽新園袖中怵取出一
個小瓶子往上一擲只見那瓶變的缸大把本定當頭罩
下本定措手不及劍悶在缸下道人又將袖子裡綿索一
根往空一擲索飛空而下把本慧絪倒在地又在袖摸
出幾硯銅鐵金銀大塊把本智亂打三個徒弟梵
志見了叫徒弟何不使法術三個徒弟同口一詞說道師
父弟子們不拘甚利害能解惟有這三宗沒法驅除望師

卷二

若問我名並我姓　洒家本慧姓辛田
有禮送行須早辦　折乾也是你心虛
要往東行過此路　何物么麼當住關
巨竈港上傳名姓　降了巫師拜我賢
也會念經並禮懺　也會遊方去化緣
正在村齋演手段　遇我明師把道傳
刀鎗使得風難透　棍棒開來浪不旋

本慧說罷把長鎗也架着雲裡雨那把刀道你這淫污惡物須也有個姓名早早報來雲裡雨道我也有名說來你聽本慧道你說你說雲裡雨乃說道

問我名須也有名　平生好樂不邪淫
假做陽臺夢裡會　巫山借喻雨和雲
曾把千金買一笑　莫須妖冶說傾城
餘桃食處楚王愛　書簡傳來君瑞情
只因結契三兄弟　靈通關上阻人行
兩把鋼刀腰下繫　守關鼙鼓夜間鳴
誰敢關前誇好漢　快輸珍寶與金銀
莫教惱了兄和弟　手內鋼刀不奉承
活捉道徒名本慧　還拿師父細蘇繩
休說兩裡雲名姓　說起當關第一人

本慧聽了笑道你原來是個饞勞只可恨當時何人把你譬喻這兩字名姓傷毀好人損壞天理今日好好備辦齋供送我等過關便饒你性命雨裡雲將刀直斫本慧挺鎗相迎兩個戰了半晌雲裡雨漸漸刀法亂了沙裡淘忙掣劍在手舞上前來這裡本智也舞起青鋒寶劍上前對敵沙裡淘見了本智便問道野道莫要亂舞亂斫我也聞知你名姓你只把你武藝法術說來我聽本智道我的名姓如何你知沙裡淘道你師父附耳說與巫師知道明明叫防來找尋你的因此知道本智笑道你要知我手段我說你聽沙裡淘道你說我聽本智乃說道

手段生來我最強　十八般藝出遊方
煉就渾身生鐵柱　打成道體發金光
只因騎鶴臨法會　蠹氣妖氛弄海洋
爲貪景致投他腹　混攪三軍鬧一場
降却蠹妖離海島　遠隨師父走村鄉
若說法術無邊妙　應變隨機件件長
入水不沉火不燬　刀鎗劍戟怎能傷
來到此關你說峻　我心覷作矮垣墙
莫教使出神通手　快早低頭來受降

本智說畢把劍停着道你這賊物也通個名姓來我却不

裡採聽輪棍只要打來好本定裝束了也執一根棒上前
抵敵雨裡霧便問來道何人本定答道你要識何人聽我
講來雨裡霧將棍架着棒道你講來本定道我講你
聽着乃講道

自小生來瀟洒性　　年未三旬正當令
平生好使棒一根　　刀鎗劍戟都相稱
爺娘管我莫持咒　　師父傳來越添勁
使出蛟龍不敢侵　　打進虎狼誰敢近
岐岐路裡過吾師　　跟隨出家到東境
純一庵中救道人　　巨黿港處饒巫命

162

有此道法治強梁　　喫的軟來不怕硬
有齋稱早去烹庖　　有鈔獻來說你敬
若還怠慢我師徒　　你這山崗沒趣典
往來買賣做不成　　結夥弟兄都要病
你今問我甚姓名　　半路出家名本定
本定執棒也架着雨裡霧棍說道你叫做甚麼姓名也須
通知與我雨裡霧便道我也有姓名你聽我道乃道
情性從來我最慇　　終朝麵糵口中貪
曾向蜜淋搶打辣　　也曾茅草釀中山
也曾麻姑謁中聖　　也曾香藥造還丹

163

陶潛白社愁眉解　　樊噲鴻門仗劍談
腰下金貂須可換　　甕邊吏部不須撹
穆生懷忿辭丹陛　　太白酣醨寫黑蠻
能使英雄生俠氣　　從教感額解和顏
相逢不飲空回去　　洞口桃花也笑姍
若問我名並我姓　　聖君曾惡不須茸
盪着棍兒教你倒　　難過崗中第一關
本定聽了笑道原來你是個囊包雨裡霧道且請教你是
那裡人氏何方鄉語囊包是罵是稱本定笑道我與你
鄉各地談說不明只就中華土語你是飯袋的弟醉漢的

164

兄我也不怕你若不是我出家心性一口吞的你無影無
踪雨裡霧笑道口說無憑量的你下本定也微微冷笑道
包你有憑吃的下你便將棒去直打開前大鬧一會雨裡
霧漸漸力弱叫一聲雲裡雨兄弟上前相助雲裡雨乃舞
動那把刀奮身照本定砍來本慧見了忙挺長鎗直撞上
去雲裡雨見了本慧便也問道來道何人本慧答道你要
問我姓名聽着我說雲裡雨道說來說本慧乃說道
我乃岐岐路少年　　家中頗富幾文錢
不宗經史學文字　　情性生來好走拳
打盡世間無敵手　　名聞海內不須言

165

到了正要上前捉住看來乃是膽裡生見了便問道兄弟別來日久何處安身聞道你在巨黿港投師行敎却怎得眼前來這幾位何人膽裡生道這是巫師並我師兄師弟只因前日有幾個過路道衆道又非道破了我師壇塲受了他一番磨拆今想着衆位契兄必能爲我報怨因此遠奔投托料他必經過此道所以抄小路而來急煎煎那顧氣喘喘不知這起道衆可曾過此雨裡霧答道這道衆還未曾到只是聞得你巫師有耳報通神你們也有些法術手段如何就敵不過他們膽裡生把眉感着說他們手段法術更高敵他不過雨裡霧道莫要怕我們弟兄便不濟。

却有一個新結義的哥哥叫做賽新園他離十里崗五里廟修行我這位哥手段甚高若喚來料道衆怎生敵得便是結果他何難膽裡生聽了便問道這哥怎喚做賽新園雨裡霧答道我這崗頭有一個大戶造了一座花園樓閣花樹極工甚麗名喚新園我這哥偶在園戲耍園主怪他往來頻擾閉門不納他便顯個手段在崗頭堆了幾塊磚石插了幾枝花木吹了一口氣揮了幾揮手就變出一座花園地方那個不去戲耍便起他名叫做賽新園說畢繞請過巫師衆弟子相見叙禮到雨裡霧衆人家裡燒茶煮飯釃酒烹餚大吃大嚼計較等候梵志師徒却說梵志師

徒依居人指路前行一則辛苦一則逢春遇景師徒們登眺行遲走得兩日方到這山崗要過靈通關去有人傳到雨裡霧家說崗前來了幾個道衆膽裡生便惡狠狠起來叫聲師父你侭人來也巫師帶應不應他因何不應只因他手段不甚高強又爲日前磕頭謝罪弱了此氣見且許做徒弟故此同衆徒弟來便來了心尚有些怯懦當時雨裡霧率領三個弟兄走到關前見了梵志們坐在地下石頭上恰好本智一個在關側淨處出恭撒溺雲裡雨瞥見便使個潑天網罩將下來把個本智蓋在網裡繞要捆手縛足那裡知本智原是個伶俐道童雖然被雲裡雨罩住。

他却手段高強把身子一撐兩手雙扯網破數窟走到關前見本定與本慧各各裝束要與雨裡霧沙裡淘撕打却便叫道師弟莫要輕易這來頭却大梵志道徒弟怎見的來頭大本智道他會使潑天網兒徒弟方繞撒溺幾被他溺也撒不成本定聽得向本慧說道我們須要在撒溺處防他的潑天網漫空罩下本慧笑道我不撒溺任他網來師徒正謫議間只見雨裡霧執着大棍喝道大膽野道敢闖此關那膽裡生便也喝道前日受了你們兕嘔今日却也到此早把行囊卸下叩首關前饒你的性命梵志便問道你是何人阻擋行客執棍傷人豈無王法雨裡霧那

場與建不起那耳報又不靈這徒弟幾個向巫師說道師父你在這鄉村做壇場一番却被過往野道攪擾破法你既不能報優乃反要投他做弟子他臨去尹遶咕咕噥噥又不知與你說甚麽秘密莒兒你安然受冷淡我徒弟們却也尹不得這般寂寞你拜野道爲師我們便降了一等却是他徒孫了這氣難忍巫師道汝等意見却要如何徒弟道我等意欲尋兩個舊契弟兄到前途攔阻他去路結了他師徒以報這一番優恨巫師道正是我一時也只爲法力不如他省這口氣說投入門爲弟子哄他傳些三術去看他臨去耳邊叫我但遇過往僧道若是找尋道童徒

驗言酒色財氣

弟的看青鸞摩空爲記便與他隨機應變弄個神通阻回他去這等看來也非出家正道依你徒弟計較甚好只是你們尋那個舊契弟兄設何討策到前路何處地方阻攔怎個法見把他們結果只見一個徒弟說道弟子往日結義相交兩三個弟兄一個叫做雨裏霧一個叫做雲裏雨一個叫做沙裏淘便是小徒弟也與這三個排個名字結誓爲盟患難相顧不料他三個外遊聞說在甚靈通關做此買賣因此小徒投入師父門下今日師父遇着這樣嘔氣事情好歹趕上他傳信我那弟兄叫攔阻結果了他與師父出這口氣巫師道我一向也不知你這些事情便是

你與三個排行叫做甚名徒弟道弟子排行叫做膽裏生就是同在師父門下這幾個弟兄都隨着弟子受不過那野道們這一番欺侮故此說的巫師動了報優的心腸同着衆人從小路抄大道來趕梵志師徒到這地方遇見尊者師徒行路他急喘喘也不顧道途遠近氣哼哼只是奮勇前奔者見了與元通道徒弟你看這幾人氣焰光景狀貌情形我知他皆非心腸中潔白讓他前行莫要招攬元通領諾師徒緩步徐行忽然見一座石橋接路橋下流水清淺僧家無纓可濯有渴可消乃走近橋邊扶欄觀望但見

路接長堤　溪流淺水　往來彼通此達　多少東向西奔　盡是磨磚砌就　白石裝成　真個徒杠利人　徒梁濟道　巧工創就渡頭船　善信洪開方便路

尊者師徒觀望一番便坐倚石欄憩息却說東行梵志師徒前走到一個地方名喚靈通關這關却是一山險道十里高崗那高崗裏隱着幾戶人家都做些不良的買賣剪徑爲生截路過活就是巫師徒弟結交的那雨裏霧雲裏雨沙裏淘這三人聚黨成羣專一白日刼商黑夜截客一日正在崗子裏計較刼人只見關前幾個人洶洶飛步奔來雨裏霧看見對雲裏雨說道崗前來人何洶想是買賣

東度記　卷二

問這來人自曉却是何人知他如何事下囘自曉．

　第九囘　擾靜功頑石化婦　報仇怨眾惡當關

却說尊者與鄭老正講那大戶一件善事遠來了一人乃是大戶家僕元通便問此人你家主鄭叟說他過惡甚多却曾行了一善乃是何事僕人道若論我家主侵人田地奪人家產過惡真說不盡只因往年一僧到門叫他莫絕入後我主人問僧怎叫莫絕人後僧說老施主你家僕若無妻室的當娶與他若無弟兄的當使還族我王人一時感動果依僧言散了三五家僕止留有弟兄宗族的使喚後僧復來甚稱功德尊者聽了合掌稱贊道如此善行不

150

小不小侵奪損人尚然昌後況正人善信陰功寧有窮際尊者與元通贊歎一番囘到鄭老家中方入靜定只見元通身體動搖却似心意不寧之狀尊者乃喚了一聲元通徒弟何故把持不定元通答道弟子方入靜定恍惚坐中見一婦近前說僧何故破我姻緣揭吾身體弟子問其根由他道與酒傭漢子避近厦中被你折散今夜孤形隻影荒涼破厦誰之罪過弟子聽了他詞乃說他是頹廟頑石．怎幻化人形以迷人性今復以幻生幻亂吾靜功及說誰之罪過其婦復向弟子說道石自石婦自婦誰幻生幻只因僧動傭嗔惹出這段因緣你快還我酒傭漢子弟子正

151

與他爭講師父喚醒不知弟子何故生出這段根因總是返照未充師父何以垂敎尊者答曰徒弟何得把持不住頑石化婦本吾充滿化緣以懲惡業今酒傭業解石當還石婦宜還婦何乃入徒弟將定未定之中又示出個出幻入幻之境何不充滿返照見怪不怪怪自壞矣尊者說畢乃以手向空一指說一偈曰

　　幻自歸幻　　空自還空　　原若本來　　本來原若

尊者說罷偈語與元通安然各自入定次日出靜辭別鄭老望東行去此時正值春光明媚物色鮮妍師徒行在途中見樹木綠襯紅芳禽鳥聲相和應元通向尊者問道師

152

父這時光物景較那酷暑隆寒人情物理自是不同你看往來道路行人這心舒意暢從何處發來尊者聽得把手內數珠看了一眼半字也不答元通即悟隨又問道師父暑往寒來皆是天地自然的氣化怎麼烈風淫雨時復變更尊者也不答却把手內數珠掛在項上而走元通道弟子了明也正走間只見後有三五個人急喘喘氣騰騰趕道而來這幾人那裡領甚麼春光聽甚麼鳥韻他心裏惟恨路長又恐怕力倦且說這幾人是何人却是巫師帶領着幾個徒弟趕路趲梵志師徒如何趕他只爲梵志師徒攪擾了這一番村居人識破了他詐偽存身不住又且壇

153

〔146〕

詩曰　長途行已遠　門弟久飢收
　　　青鸞無翅跡　何苦法頻留

按下梵志師徒問道前行。且說尊者。在鄭修老漢家連住旬日老漢見尊者開度酒傭這件奇事乃開相問道酒傭何故石壓師尊道力。卻也甚深。老漢目前也有兩件奇事請教尊者答道酒傭機械疊出欲傷人先害自己世事以無端出自無端入理毫不忒到不知老叟兩件奇事何事也鄭修感着眉道老漢平生辛苦揉得幾畝田産耕種度日村間有一豪強大戶倚勢凌弱每每侵占許多他家益富我地日削天理不知何處目前我這屋後當初不知何

〔147〕

師尊有何道教我。且療這病。尊者聽得合掌道善哉善哉。勢利迷人乃人自迷奪人之有終有人奪鄭老又問道病卻何療尊者答道元無有病又從何療還以無療其病自愈鄭老不解乃問元通。元通答曰吾師之意明明說莫畏勢侵宜自有報莫迷財利最是病人鄭老笑道老漢終是不解元通答曰只當原來無有鄭老方繞點頭明白師徒一日與鄭老閒行田間徑路小道草茨亂生尊者舉步輕慢一步數觀。鄭老問道師尊你一步三看地。且行慢足輕

〔148〕

何故尊者道荒田徑道人無足跡。多有螻蟻重足急行所傷實多貧僧心念在此故不覺舉步輕慢鄭老歎道不踐牛草不履生蟲仁獸且然況有靈者師尊善念老漢敬仰又行幾步見一池塘涸乾徹底尊者道天旱無雨池塘乾涸鄭老道我這村有雨不旱且是水洼汙地只因當年畜養魚鰕被人偷取老漢恨忿罵道魚賊你只偷個有若池無魚你有何竊古怪古怪自發此言三載鰕也不生一個雖絕了偷的卻害了畜的如今池水也不存師尊這段情理何故尊者答道魚鰕雖濕化亦秉性靈你畜種殺機他盜種惡業只因你巧中一語呪罵兩種惡消池乎涸乎成

〔149〕

就善知識的功德鄭老問道師尊這功德何見尊者答道如水灌禾爲日漸長自見在老叟之子孫鄭老聽了把手一指道師尊你且看那前邊高房大屋氣焰騰騰子孫蕃術善功何在若論種惡卻也說他不盡尊者舉眼觀看只見那高屋上祥雲捲出瑞氣飛揚尊者道這人家善解不祥何言種惡鄭老道這就是侵占我産之家受他害者莫不欲食他之肉尊者道惡固如老叟之說但不知他曾行有何善鄭老想了一想道他也曾行了一件事未必就解了他惡元通道老善人這家卻行了一件甚事鄭老將欲說只見遠遠一人走來乃道要知他一件事老漢記不切

變只見那鈎子。一把變十把將蛇條條鈎出門外却不曾
救得本慧二人。被那蛇纏縛住了不由的自巳走出宅門
望港上巫師處去居人不見是蛇只見兩個小道綑手縛
胭就如妖精捉去的一般梵志與本智見了没法救援只
得隨着本慧二人也來到港口但見巫師立個壇塲坐在
壇內叫道白鰻大王分付把遠來侮慢大王的野道送入
港內深水賞賜小鰻跟去看的與居人老者都上前哀求
說道遠來道衆經過此方不識感靈冒犯獲罪堅乞救宥
居人願備牲醴祭奠謝過巫師道大王發怒說爾等容留
野道亦當加罪還爲方便大是無知說畢又叫快把野道

推入港內只見本慧二人昏昏沉沉兩眼看着師父梵志
忽然叫一聲本慧徒弟何不仗出慧劍本定徒弟切莫要
亂了刀圭又看着本智道徒弟你如何也不放出大光明
來梵志一面說一面口中念念有詞把手堅東連招了幾
招只見海港上抖然狂風大作衆居人看的個個立不住
脚都叫好大風怎見得但見

吼聲震地　咶耳轟雷　海揚波浪滾千層　樹連根
葉飄萬疊　屋宇飛空成蝶舞　行人竄耳作獐慌
那裡是千林靜息鳥和鳴　但見的入面威揚妖盡掃
大風刮處抖然本慧跳鑽鑽走起打的個壇塲器物粉碎。

本定雄赳赳發作到把那巫師背綑起來。本智執着大棒。
叫巫師你何處學來手段敢在我們跟前鬬寶巫師却也
不慌不忙把肩背一抖猛然手內也執着一根大棒舞將
起來照着本智一棒打來本智輪着棒劈空迎去他兩個
在港岸上使出武藝只見本智氣餒棒亂這舞鎗弄刀却
是本慧二人原來在家本事近又習學了法術便掣出劍
來望巫師斫去巫師徒弟甚多一齊簇擁上前梵志也抜
出慧劍相敵衆人攪鬧一團衆居人看着說道原來都是
些成精作怪的冤家撞着對頭必定看兩家誰勝誰負看
看巫師敵不過本智衆徒棄棒要走被梵志使了一個縛

魅神通帶了巫師歸來空宅審他個白鰻來歷巫師乃實
說道假託鰻精要求祭祀衆居人方纔明白却又替巫師
告饒巫師只是磕頭求釋情愿入門爲個弟子衆居人備
齋拜謝梵志師徒辭別要行乃問大路居人指引過了巨
黿港轉過一山山有重關便通紅牆廟路前行梵志謝了
衆居人巫師惶恐再不講白鰻舊話却隨着本智要做個
弟子梵志說道汝要皈依吾亦不拒但只是門徒巳多行
道不便汝既發心此去到了大路凡見青鸞爲摩雲或是道
士尋徒你當爲吾輪力吾自有報於汝乃附耳向巫師云
云而去後有讚梵志一心只是不忘超道童者五言四句

智聽了向師父說想是個精怪我們既聞知須要與地方除害梵志道事便好只是行路之人管這閒事本智說道師父差矣我們爲甚出家遇害不除逢災不救空爲慕道本慧道本智說的是乃向居人說我們出家人極善驅邪縛魅便與你鄉村掃除患害也是功德但只是借那空閒居宅一住方便行事居人不敢應承少頃聽見的傳說就來了十餘居人這人方敢悄悄說出眾居人內中有一老者說道遊方僧道多有除妖捉怪的也是緣法大着膽尋間屋住下這四個師父再作計較本定道作甚計較老者也捫口不言居人說老頭子你講又不講明難道我們是

不怕的本智笑道且依老翁借空屋住下再議師徒乃問宅子何處居人趨趨欲走不走縮胸待言不言總是乍相逢不識眾道神通怕口快惹惱妖精作怪挨了半日方纔領着師徒到一空宅梵志住下便問老者白鰻如何作怪老者道離村五里就是巨寇港這港口有個巫師居住專與居人禳解災福只因潮擁這鰻來成精作怪居人被他害不安若是師父有本事可除得便去惹他若無本事莫講他也罷梵志道可有廟宇麼老者道無廟宇若有廟宇居人侍奉便是降福正神他却只附着一個巫師惱了他只求巫師方纔免得梵志聽得老者之言乃向徒弟說道

這巫師便是怪鰻使從要除他須探巫師的來歷當下居人收拾齋供師徒住在空宅不題却說那裡是白鰻作怪原來是巫師有些幻法煉的耳報但凡居人有甚事情這耳報便向巫師耳說因此居人若說他不是便作威福騙人祭祀假託白鰻獲利這日巫師正與人祈禳耳邊忽報地方遠來了四個遊方道眾計較要除妖滅怪巫師聽得耳報大驚忖道好好的生意何處道眾來此攪擾隨使一法叫兩個徒弟帶了四把鐵鈎子走到梵志空宅處把師徒四人方纔要鈎着頭髮扯去那裡知他四人都是會法術手眼快的一轉變到把兩個徒弟四脚四手倒掃起來好

本智手執着一條大棍盤問他白鰻何故成精作怪你們何故聽他役使巫師徒弟泣道那裡甚白鰻皆是我巫師設騙村人師父們饒了我巫師却也有此二本事只恐他不饒你本智笑道也罷且放你囘去報信乃將鈎子放下二人得命奔囘備細說出却早巫師巳有耳報先知大怒道何處野道如此無禮若不處他怎在地方行教隨在港內取了些蚯蚓二三十條叫一聲變都變成大蛇直奔梵志住宅把一個宅子填塞將滿都張牙吐焰向師徒四個逼來本定本慧未曾提防彼蛇束手足裹腰腹掙到不得梵志與本智便使出法來就把他前來鈎子一撒叫聲

因開幻化門　如如常自在　妙妙莫須真
嗟彼凡愚漢　徒勞精无神

按下酒傭與婦人入屋同寢且說尊者只因酒傭討伐元通說魔道力自然變化出廟宇村店現前酒傭見了飛走先去尊者卻與元通慢慢行來天色尚明偶遇一老漢子。雪鬢鬆蘇鞋竹杖走近前來道二位師父天色將昏欲往何去元通答道東行化緣少不得望門投止老漢道我地人家稀少往來只有一個三家店住宿此店夫婦非良。卻不是你出家歇的尊者道前有古廟可安老漢道頹廟雖存怎禁風露不棄草茅小舍暫留一宿便齋不潔聊供

行厨有何不可尊者合掌稱謝師徒隨着老漢到得他家便問道二位師父那裡來到何處去元通備細說了一番隨問老漢姓名老漢答道我姓鄭名修世居此鄉耕種為業。一面說名姓一面修齋欵留收拾淨室安宿師徒住下那酒傭被婦人扯入卧房恍恍惚惚歪纏了一夜及到天明睜眼看時那裡是客房三殿原來半廈廟堂婦人是一塊大石壓着他身那裡掙剉得動叫喊無人苦惱萬狀方繞想起長老必是高僧一念歸正叫了一聲救苦慈尊這尊者正在老漢淨室裡打坐偶然叫苦的慈尊二字入尊者之耳偶向元通說道業障自作當須自受何人苦你悲

哉悲哉是你添了我這一種因緣反反復復元通你可往村店之後古廟半廈之間方便痴愚無碍普度元通領師旨走到古廟半廈處果見酒傭被石壓住元通用力揭石救起酒傭拜倒在地口口聲聲只問老師父那裡隨着元通到尊者面前磕頭謝罪說小人惡念害僧自作罪業願師尊赦宥尊者答道汝投幻妄吾自無心既悔前非卽是善巳酒傭拜謝而去後人有感頌尊者普度七言四句

詩曰　石頭原是石頭塊　破廟如何有婦人
　想因普度成功德　感動高僧護道神

供養幾日尊者見他意誠心敬便就住下不題且說梵志師徒在花柳樓混擾了一番恐徒弟不守道範生出事來乃遶一灣迂徑小路而走讓過三家店卻來到一邊海的地方問鄉里居人找復大路居人說道師父們你錯超徑路反遠正途我這地方喚做巨黿港一向好行近日只因海洋潮發擁來一條白鰻約有五丈餘長十圍粗大這鰻也不敢說他本定便問怎麼不敢說他居人道利害利害說起來神通廣大變化莫測卻不是鰻竟成魚怪我鄉村居人若是不說他敬奉他便求他降些好事一一依你若是慢了他再說他就怒起來丫頭孩子也吃你一兩個本

道路口等待和尚尊者師徒行至路口。酒傭見了。便陪着笑臉說道店家婦人恨丈夫留住他家逐出的工人。却連夫帶我一齊細縛我只得出他店門再尋別路想起有一親戚在三店居隣三店夫婦極賢平日最敬僧道房屋又潔飯食更精二位師父必從他店投宿我親與店比隣叫他看分上外加些欵待元通聽了向尊者說此人語又是妖魔來了尊者說浮雲蔽天青空自在汝慮道莫慮魔元通道師父何以驅除尊者說我於未始有魔來已知魔夫這癡漢徒自魔耳尊者口雖教誨元通心裡恐元通道力尚淺乃把慧眼遙觀果見前有個三家店店內一婦嬌媚

異常恐徒弟亂了道心却好近店有座傾額古廟僅存半廈幾堵頑石尚存基址尊者道力無邊把手一指只見金烏西墜玉兔東昇天色黃昏烟雲暗淡前途樹杪明白一個招牌有字茅屋數間相連酒傭一見便道二位師父那前面是三家店我小子先去探親你們慢慢走來我叫店中燒下好茶等候酒傭那裡是探親燒下奸清茶却是設計愚僧先送信怎見的下回自曉

第八回　巫師假託白鰻怪　尊者慈仁螻蟻生

話說酒傭先行要騙和尚他那裡知尊者道力洪深手指處古廟店家都是化現假設酒傭只道是真一直奔來房屋婦人毫不差異他從後門而入只見店中婦人獨坐見了酒傭歡天喜地便叫一聲馬義哥久不見你何處行走酒傭道在你娘家幫作乃問娘子如何獨自在店丈夫那裡去了婦人道丈夫遨遊東印度國去久未回這店我自支持正在此無人想個幫手你來甚巧我看你少壯伶俐便做個夫妻也好酒傭大喜道多謝娘子美意只是有件不平的事在心今夜要報復他婦人問何事不平酒傭道我當初在你花柳店幫工其實要貪你三妹豈知你家嚴肅乃結交幾個弟兄入夥刼盜指望搶擄成婚不料國度中來了兩個和尚勸化了寨王解散了眾夥我寧不成忿

恨和尚誰想他一路來投宿兩店我兩次報他警恨都未遂討今幸路過此處必然投你店中指望你夫婦替我報這警恨誰想你孤身在家婦人道此事何難和尚們那個不貪色待他來我把個風流情態賣出來你可尋幾個強隣來捉拿出氣但如今丈夫未回我且與你權做個夫妻酒傭聽了這話動了慾心那顧算人乃就同婦人入內屋與他同寢這那裡是三家店裏一佳人却是五戒門中千變化後人有幾句說明尊者聖僧那有欺人幻術因人心險便有人心印尊者之心坦然原自在耳

詩曰　禪心原不幻　安有幻弄人　只為人情幻

藥害人酒傭懷恨便生出一種機械向元通詭道前去二
家店茶飯精潔店主賢德只是有一件毛病他夫婦貌醜
最怪人看他若是看了他的茶飯就不潔師父出家人料
是不看婦女便是這店主也不可眼視元通道我們出家
不惹煩惱過去古廟深林也寄一宿酒傭道這却又難我
這地方虎狼夜出庵廟稀少只有這店他夫婦不許行商
過客他宿恐惹出事來連累他尊者說便住他店有何碍
元通乃隨着酒傭引路看看來到二家店只見村口也掛
着一面招牌上寫着獨角店中真美酒一體村處最佳餚
尊者與元通說酒餚店我們不便投止過去却又無處安

身你可問他有潔淨素飯元通聽說隨酒傭入得應素果
然夫妻二人面貌醜陋乃忖道酒傭之言未足深信乃和
色歡容向他夫妻問道遠方吃素僧人葷酒豈有店主可
有潔淨飯食兩眼頻看那店主便答道有潔淨的請坐請
坐尊者入門却與元通不同那夫妻喜喜歡歡正要恭敬
茶飯只見尊者低頭不視便起毒心將飯中下了此三蒙汗
藥要害尊者他那裡知聖僧前知飯方擺下師徒念動咒
食真言尊者把手一招那婦人捧着幾碗飯叫丈夫與酒
傭吃又將幾碗送在尊者面前師徒吃罷無恙進屋夫打
坐只見酒傭與他丈夫迷困伏几婦人把繩索將丈夫酒

傭反綑縛推入屋內比及天明尊者師徒收拾起程婦人
驚疑去看綑縛的却是丈夫酒傭兩個沉迷不省婦人連
聲叫苦急解繩索用藥解醒二人心明問故婦人道我為
怪老和尚明明藥他二人如何錯投你碗且連人都更變
這分明是聖僧顯化我夫妻兩個平日毒人做此歹事酒
傭笑道那有此理明是你為一店逐我故意不留用此却
人計策我便夫罷送出店門而去夫婦兩個乃向尊者拜
跪道凡人不識聖僧平日過惡望乞開赦尊者問道店主
你平日有何過惡夫婦齊答道我夫婦只因生的醜陋憎
人低頭不視便起忌妒行商過客投宿的不知多被了我

愚夫婦惡心毒害昨見師父低頭故此行出惡事不知反
着在自己人身上只恐這過惡將來還有報應尊者聽得
笑道筭人筭已自作自受將來報應更大你夫婦此時悔
心一動將來美心遂意却不在面貌醜陋也貧僧行道心
急不暇細說有四句偈留與你你二人當謹記在心店主
夫婦拜謝願聞師偈尊者乃說偈曰

貌陋心良　諸凶化祥　心惡貌美　妖尸魍魎

話說酒傭兩計不成雖疑醜婦不留乃忿心益動出得店
門道一不做二不休和尚此去必往三店投宿須率再筭
一遭料他就是活佛也難逃我這計策如今且坐在揑夫

假醫　慧怒　打婦

齋誓不重品。主人再三苦勸。師徒毫不沾唇。酒傭奸計不行。乃復生一計。悄入婦房。盜婦白金戒指。帶在自巳指上。從堂外窗隙伸將入來。却扯元通禪衣。不意店主傍坐。誤至扯其衣。驚見窗隙戒指女手入窗。大駭。忖道婦人淫亂。此乃解身絛扣住其手。牢捹窗內。忙出堂看。却是酒傭之手。登時痛打大罵。尊者師徒反行勸解。道場事畢。辭別純一道小庵。復得皆賴師尊。雖遠不能屈轉雲輅。請乞少留一日。以伸私謝。尊者那裡肯住。正待辭行。只見店王樓上巳設備清茗蔬食。苦求尊者登樓叙別。元通力辭說。家師自不登酒樓花塢。就是小僧也隨師受戒。不敢違犯。

122

店主那裡肯。那純一師徒強把尊者元通衣袖扯着上樓。尊者只得和容隨着衆意上得樓來。方繞獻茶奉食。只見兩個紅裙嬌嬌嬈嬈走近席前。拜了幾拜。便坐倒敲着板兒歌唱起來。這却是幻法根由。那裡知高僧道行。尊者啜了一杯清茶。吃了幾品蔬食。隨起身下樓。衆人與店王再留尊者。那知護法照隨。雲通虛應。那兩婦一似膠粘的手。幻法使的那嬌嬈嬝娘娘邪邪媚媚兩個也要來扯。釘住的脚。怎近得僧身。尊者下得樓。辭別衆人。方繞展開脚步。望前大路行去。却說酒傭馬義暗害高僧。被店王識破。打罵一番。登時逐出店去。這酒傭忿恨不解。跟隨尊者

123

心正

後塵而來。元通正在路間問師父。適早店樓污穢婦女那氛。在弟子心胸渾擾。雖然驅除的去。只是也被他侵擾了一番。尊者答道。早間何處店樓那裡婦女。我便未曾登未曾見也。到是茶食飽心。尚懷着那衆人之敬。元通聽了。稽首謝師。只聽後路酒傭叫來。師父且慢慢行走。待小子一同前行。元通住足。酒傭走近前說道。夜來偶戲誤犯。却被店主打罵趕逐。不容在店。今只得前途再尋投托度日。料師父們出家方便慈悲。宥過。尊者笑道。我僧家不但無怨無惡。且亦無煩無擾。夜來何事誤戲並不知也。便問道。此去前途何處地方。酒傭答道。此去還是這花柳店一處地

124

神　機知此

方。這地方名喚一體村。有三家店。昨日師父功德處是一家店。此去乃二家店。却是店主第二個女婿開的。過去還有三家店。乃店主的大女婿。兩店小人俱帮作錯。昨店王旣不留我。古語說的好。此處不留人。更有留人處。二位師父旣往前行。小人自當陪伴。若到前店宿歇。當照顧此潔淨茶飯。尊者道。多承多謝。大抵人心生一種機械。便生一種慾尤。這酒傭懷着忿恨。口裡甜言。心下却想道。二家店夫婦兩個面貌醜陋。心性兒惡。每每不喜人低頭不視。若是看他的。他道不嫌醜。便心喜。茶飯件件小心奉承。若是不看他的。他道憎他陋。便性惡。不但茶飯麤惡。還要下毒

125

尊者但云偶爾一時傳引坊村善信都來觀看化盜僧人
內中却有一個漢子名喚酒傭往日原在這酒店傭工只
因店生有三個女兒長與次嫁了兩個女婿在遠村開
店却留第三個女子在家要招一婿因爲開店的是酒肆
招牌上有這問柳尋花又有侑酒絃歌婦女遂種出來個
淫私因果這酒傭欺心短意每懷着鑽穴踰牆的私念無
奈店王家嚴肅無隙這酒傭遂結交了五六個弟兄大哥
就是千里見二哥就是百里聞還有兩三個他渾名酒傭
真名實姓喚着馬義爲此投托入夥在三尖嶺盜內希圖
稱便搶擄店主的三女誰料二盜被尊者度化回心衆盜

散去這酒傭只得回家又誰料女子已招有別壻酒傭正
忿忿不平恰遇着尊者路過到此他在這村坊衆內來看
和尚却原來就是尊者他見了不勝忿恨暗想道這破人
好事警恨不可不報便對店王說道這兩位高僧我欠知
他爲人禳災祈福薦祖超亡十分靈驗却也遇巧我喜說
道我正要請僧超亡薦祖祈福消災却也遇巧乃向純一
備細說出前情純一笑道從來施主有功德齋醮都是我
小道等做今承欵留正該効勞乃欲延僧功德置小道於
何地店主方沉吟遲疑無奈酒傭一心要算計尊者與
力力暗薦且說純一自顧不暇豈能爲人祈禳內外被他

講說因此店王把尊者請入內堂潔淨處所設起道場淨
水花燈一依法事至夜尊者方入靜時忽見黑氣侵入道
場項刻白雲裏去尊者把慧光一照忖道堂中善事怎有
淫妖邪念破戒污齋情因雖有白雲解散只恐元通弟子
不知防範乃向元通說破情景元通拜受後有說禎祥妖
孽俱有先兆惟聖神早見七言四句

詩曰

世間妖孽與禎祥　　都有先幾果異常
君子前知惟善改　　凡愚縱惡入淪亡

話說酒傭馬義只因尊者勸化二盜回心解散他衆盜不
得遂他私淫惡念恨僧人今見了僧人突生惡計却又

是梵志留下了幻法防人他在三尖嶺見尊者師徒不飲
酒茹葷突生一計忖道五百大戒酒爲尊我今乘他素供
內暗着幾點葷油窖酒在內破了他戒再作計較那裏知
聖僧高道自有監齋護法那店王祖先於靜定之初拜禮
尊者之前道承二位師父經功懺法幽魂超度但酒傭奸
計暗傷戒行不但於幽魂相碍且於功德大損僧家一沾
染穢黷萬種塵情敗壞於此二位師父當謹防範尊者把
心印結起說道汝等但候生方我們自有准備那幽魂謝
去尊者一夕靜定功完店王已擺列下齋供尊者與元通
只吃清茶淡飯店主進食尊者辭謝道貧僧俱是一味清

權頭又見那青鸞雲端裡飛來飛去他便向本慧耳邊說
了一句話却是何話下回自曉

　　第七回　純一報恩留長老　酒傭懷念算高僧

話說青鸞奉得接取道童囘島又被筱鸞渾攪一番他只
在雲端跟隨無能囘島尊者化了眾盜訛傳前路說是道
扮勤化就動了梵志留徒弟的心腸乃向本慧耳邊說你
可收拾行李前行莫要生事招非留個法術兒在這店中
以防來尋你師兄本智本慧聽得依師分付隨牧拾行李
謝了店主辭別純一往前大路東去後有笑梵志處處留
法算人五言四句

114

詩曰　算人恆自算　推巳每推人　俱是出家子
　　　何勞枉費神

且說純一在店中躲盜遇見梵志師徒正是受恩當報他
盡敬致禮待梵志師徒見徒弟酒樓弄法恐生出事
來又恐本智舊師來找故此別去純一忽聽得有人傳說
三尖嶺庵被行路僧道勸化散去他聽得此信心中大喜
對眾徒說道庵既平復我們當還不知又是何方聖僧高
道救拔我們你輩當打聽明白以便收拾囘庵且說尊者
與元通別了庵中道人由大路行了兩日恰也來到酒樓
招牌之處尊者見牌上寫的字向元通說道這地方花柳

店肆到有怎麼就沒有個庵堂道院元通道師父想是此
坊好虛花不尚正務必定吃齋念佛的少正說間只見林
中走出一個道人來見了尊者上前稽手問道師尊可是
三尖嶺庵裏過來的元通便答道我們正是從此處來道
人說聞知此庵被二盜刧奪今遇甚高僧勸化二盜散去
庵原歸道人不知的否元通答道果是不虛便指着尊者
說這就是勸化二盜的老師父那道人聽得便拜尊者請
到店中待我師父相謝尊者答道隨緣開度原無成心度
者既去事已泯忘又何勞會汝師當他謝況酒樓村店非
我僧家所入道人答道此樓雖係酒店店外却有潔淨小

116

屋正是我庵純一師父借居避盜在此師尊萬勿推拒尊
者聽得一則行路飢渴一則拒人不可太甚乃隨道人入
得屋來那道人忙說知純一純一聽得急走出小屋門來
只見一個僧人却也比眾不同但見他

豐顱闊額　圓頂高顴　眉高八字平分　耳列雙輪
與廓　天中呈舍利　腹內隱禪機　身穿着一領錦
襴袈裟　手執百顆菩提珠子　毘盧帽光放白毫
棕油履雲飛紫電　宛如羅漢臨凡　真似彌陀出現

純一道人見了尊者色燦真金光輝滿月恭敬作禮尊者
師徒敬答相同　清茗出獻蔬食隨供便問二盜勸化根由

與本定按摩修養那本慧看見這小官生的俊俏不說佳
人此這兩個婦女十分清雅便動了奪趣淫心把手扯着
小官身衣道也與我修養一番那小官丟出個妖媚態度
說道客官休要囉皂我們修養的學得師父按摩到這酒
樓上來無非要趁幾貫錢鈔客官不拘那位但是有多錢
鈔我自然用心服事本慧聽得也不管本定體面桌子上
吹了一口氣把那餚饌取得三五塊就變做幾貫青蚨小
官見了青蚨隨即陪着笑臉說道這位客官果然有錢乃
走到本慧身邊把太平車兒渾身推滾本定見了就動嗔
心說道你會弄玄虛變青蚨偏我不會乃把一隻磁酒杯

〔110〕

吹一口氣頃刻就變了一隻銀杯放在桌子上叫一聲修
養的小官這銀杯若愛便賞了你罷小官見了銀杯比青
蚨多十倍乃就走過本定身後兩手揣揑本慧氣不過也
把磁杯變兩隻銀杯醞兩杯酒遞與兩個婦女說道送你
二位做唱錢那裡知兩個婦人正在那裡心疑說道何處
來的這一倘小官心裡却又愛他眼裡不住看他雖然歡
喜銀杯却又忿不過小官兒奪愛攪他生意本智弄手段
心裡暗笑那本慧二人爲慾忘真那裡顧得把些不肯捨
與揭趣吃的酒饌都被修養吃了本智弄了一會神通不
覺的笑了一聲就復了本相把個本慧二人羞的面紅耳

〔111〕

赤往樓下飛走那兩個婦人也驚怪起來叫店主說揭趣
言語不差這兩個酒客與修養小官都是妖怪店主問衆
席可有此事衆席俱說只見好好的兩客吃酒後又添一
客那裡見甚修養小官店主却怪二婦說謊驚駭酒客壞
了生意樓下炒炒鬧鬧梵志與純一正講談道法聽得店
外人炒正問衆道恰好三個徒弟進屋面俱帶紅梵志乃
說道出家人守規循矩如何去吃酒惹出事來不便正說
間只見店主入得屋來見了本慧等三人道呀原來就是
師父們我一時忘了揭趣與二婦語想不假必是三位師
父有妙決神術捉弄他們三人在師前不敢答應只是低

〔112〕

店主道純一師父分上酒錢決不敢要只是兩個
婦人被你耍了那與他的錢鈔都是油肉骨頭污他衣裙
那銀杯却是我店尾器磁壺走堂後生不見了杯壺却在
這兩婦身邊搜出壞了他行止師父常與他說明還求賞
賜他幾貫錢鈔正說間果然婦人家有老婦來說道小男
婦女唱曲供筵莫非要趁兩個錢鈔那裡道人弄出邪術
騙人酒食引誘男女梵志聽得便與了老婦幾貫錢鈔老婦
接鈔叩聲參謝臨去說道我聽的三尖嶺使法術捉弄強
人却是幾個道扮近又聽的強人散了衆夥又是甚道扮
勸化只這句話梵志聽了暗忖道想是玄隱來尋道童及

〔113〕

後生走上樓來說來二位客官可吃酒廳還是要甚新鮮餚品本定答道吃酒吃酒不拘甚餚只要美味的備辦而來少項後生捧着酒餚鍾筯看一座潔淨桌兒擺下他二人方繞入席酒尚未對却就有一個青年標標致致穿一件長衣大袖譯名揚趣走到席前聳着肩陪着笑拱着手靠着席道二位貴處到此何事我小子却有此二面熟這東道不消費鈔一定都是小子備辦奉叙一面說一面在袖中取出一個籩盆兒內放着六個骰子便坐在末席叫後生快添一個杯筯本慧見了這個景相情節便想起道衆説的做引頭幫閒揚趣這人必是一來他原是弄鎗棒少

年有氣勢舊套一來他隨師學了些幻法却也有趣乃咬本慧道精精割嘴我二人聽着師父與本智這樓上吃一盃解辛苦偏就惹動他們本慧聽得笑道此事何難只是我們未曾吃下一盃怎肯先與他吃乃乘揚趣方總醒下一盃尚未到口這本慧弄個法兒袖中取一把刀子對揚趣說道鄉籩行令我遠方人不知甚令只是似我的飲酒乃把刀將下脣割下放入酒中說似我方飲酒本定見了就把刀子割下此二舌尖兒來放在酒內道似我方飲酒揚趣見了驚慌把籩盆怕籠入袖倒退兩步說道這割嘴割舌的酒食小子不敢吃了本慧本定大笑隨收了法兒他

看却好好兩客吃酒問婦女與別座都稱未見店主衆人友罵揚趣道青天白日何故說這樣鬼話破了我生意揚趣笑道我也不是白日見鬼說這怪話聞得古有兩個勇士吃酒無餚一個道汝非餚將刀割其肉下酒非餚也將刀割其肉下酒項刻割盡古人說有如此勇不如無勇看來似此的也有店主笑道此是古人喻言揚趣道也休管他喻言有的沒的只是我沒這幫襯的緣法撞着這樣怪事揚不成趣了乃下樓飛去本慧二人方繞吃

到與頭上只見兩個婦人近前來拜了兩拜便坐下袖中取出關板兒來方繞啓朱脣要唱却說本智伴着師父與純一道人敘話一時不見了本慧二人忤道他從師父未久道規尚生莫要花酒樓前壞了出家行止乃向師父說道二徒久不在座那裡行走待小徒看來梵志道正是正是本智隨出小屋側門却也聽得樓上笙簫熱鬪乃走到樓梯上悄悄一望只見他二人把盃弄盞傍邊坐着兩個婦人乃笑道原來果然不老成不守道規在此破戒本智把盧一抹將身一抖却變了一個青年未冠的美貌小官手裡拿着一架太平車兒走上樓來到本慧二人席前便去

102

首一個小門。乃是三四楹小屋。師徒恰繞到屋。只見屋內道了一聲呀。恩師們到了。梵志師徒睜睛一看。原來是純一庵避賊的道徒。見了梵志。便笑臉躲身說道。托賴師父們救援。得打點了些金銀財寶。躲避那强人。都是恩師道術高妙。正想無恩可報。不期此處相逢。道童便也問道。師父們如何在這熱鬧處居住。純一道。此乃門徒施主之家。相留避難。熱鬧是他從來生意。與我小道無干。當下店主外去叫走堂的。捧了些茶食點心。到屋中鋪起桌子。列開櫈兒。衆道吃的吃。說的說。吃的是芝蔴餅饊子蓙素油麵捲粉饅頭。說的是吹玉簫敲檀板唱粉紅蓮帶錦纒道道

103

人屋何說遠家話。只因這店家開張酒館。招牌上既寫道。些在開柳。卻不虛言。委實樓上接了兩個婦女。絃歌雅唱。佐酒羣觴。村間少年。都被他引魂鄉裏。浪子盡被他動與。也有雅致騷人墨客。借登樓玩景。浮白賦詩。也有豪放富家清客。假嘲風弄月。喝雉呼盧。那愛嬌嬈的挾紅裙買笑追歡。這做引頭的。落青蚨幇閒揚趣。一時說動了那本慧本定二人。他兩個原是愛鎗弄棒的少年。學了些障眼見幻法。未到修行路。如何聽得這道衆們的樓上話兒。就動了他羨樂心腸。瞞着梵志與道童師兄。兩個假說出外方便。卸却出家衣帽。換了個深褶服巾諢。上樓來。果然見兩個

104

婦女陪伴着一席酒客。一個紅裙綠襪的婦人。手捧着一盃酒。送與一個酒客。口裡便唱出一個曲兒。本慧二人扶欄傾耳而聽。唱的却是個畫錦堂詞。他唱道。

雨濯紅芳　風颭白絮　日日飛遶眸前懊惱一春心事　都鎖眉尖　愁聽梁間雙燕語　那堪欹枕孤眠人憔悴　獨倚欄杆　怕鳳透入珠簾

本定聽得。向本慧誇道。絕妙好詞。且聽那個可會歌唱。少項只見那一個紅衫大袖的。敲着檀板。便接着畫錦堂詞尾也唱道。

怪的是鐵馬聲鬧炒　終朝永日長天　分付了鬟服

105

怎耐憐懨　粧臺對鏡愁無語　龍簫鳳管沒心拈　怎能勾蕭郎到　這時節兩意俱歡

本慧聽了。也向本定誇揚唱的好詞。只見這兩個婦女唱罷。便起身走近本慧二人面前。道一個萬福。便問道。二位官人有的是空席閒座。何不嗅店家整治杯盤。待我二人也來奉陪一會。婦人說了又走過去。本定便就動了歡情喜意。與本慧計議道。我們隨侍師父出來。走了無邊遠路。費了多少脚頭。難得今日到這地方。師父遇着純一講道。道童本智又不幇襯我等。如今乘暇。且叫走堂的上樓備辦些酒餚。快樂一會。有何不可。二人計議已定。却好一個

卻說二盜聽信尊者好言散了衆夥他二人辭了下嶺馬去瞎道人收拾些素供欵待師徒吃畢分付叫他打掃巢穴仍作雲堂道人依言洒掃以待純一復歸尊者當時下嶺東行這散夥的小盜有贊歎的說好心腸和尚言言切當句句達理眞是苦口良藥散的是有怨恨的罵道這禿子甚來由饒口饒舌說家常晉人閒事散了夥叫我們那裡投奔那悔前非的果同鄉別尋生理那不安分的依舊別處非爲按下等者師徒離嶺前進且說梵志道童救了純一遠避他師徒收了法術過了三尖嶺不勞找尋路境望東大路前行一面誇道徒弟這繞耍弄賊盜法見到也

想必爲飢寒所迫沒奈何做了這王法不赦之事若肯依貧僧之勸散去衆夥回心向善尋個薄業以養終身這病就永遠不發二盜聽得尊者之言一時雖動了善心點頭服義不依又恐病發依從又捨不得這營生買賣兩人再三籌想也畏王法還有些天理便慨然答道師父說的眞是苦口良藥依你依你一面分付嘍囉散了積聚的衣粮焚燬了傷人的器械說道你們衆人各尋頭路去罷我二人回鄉尋生理去也後有稱贊尊者一言化盜四句

詩曰

　世人誰肯昧良心　　故作非爲害此身

　若聽老僧一句話　　刹那打破這迷津

伶俐一面說道往前去卻也要尋個好處安身正說間只見那前林內懸着一面白粉招牌上有兩行字寫着梵志叫徒弟看那招牌上寫的是甚麼兩行字跡本慧隨去看了來說道師父是開店人家招引行商過客的牌兒上寫着尋花問柳無雙美把酒烹茶第一樓梵志道我們出家人尋甚花問甚柳把甚酒若是烹茶這行路飢渴還可去吃一盃師徒走近林來遠遠望見深林裡面卻有一座樓閣四面虛窻半捲圍幕梵志說到也好座高樓怎見得但見

　簷飛雲樹　棟接山光　窻開四壁透風涼　人在半天觀景致　笙簫弦管聲繞半空　清歌雅唱腔盈兩耳　檻下往往來來多是喬粧打扮　店中嚶嚶喝喝盡皆喚酒呼盧　那裡是曉催夜撞鼓鐘樓　梵宇禪林僧道院

梵志師徒到得樓前向店主問道店主我們過路師徒身心勞倦不吃你的葷酒可有茶食求賣幾貫錢鈔只是鬧烘烘樓閣我們出家人務清淨不便登可有潔淨別室願借一坐店主見他師徒行狀閒雅便答道有潔淨處所只是也有兩個師父在內借住卻是你一家這也無碍梵志道既是我輩便一處少坐眞也無妨乃隨着店主引入側

東度記　卷一　四七

東度記卷之二

記引

一切世法總皆空　念此形軀法界中
識破塵情都是幻　苦貪花酒作何庸
本來生理參須透　不滅玄機認敎過
盡行人倫天道合　屋廬長住主人翁

第六回　本智說法弄師兄　美男奪俏疑歌妓

話說算命要與二盜祈禳疾病却先要二盜發誓方纔焚
香課誦二盜說只要長老敎得病好誓願決不敢悔病愈
如悔便如此如此當下尊者經咒科儀行持幾日只見二

［眉批：真心出家視爲阿堵］

盜起來拜謝尊者道承師道力病已愈九分一面分付婆
囉備齋一面親捧金銀作謝尊者不受辭道貧僧東行原
爲化緣行度金銀無處使用但前二位大王曾發有誓病
愈依僧一言如不依犯了呪誓病再復發不能解也二盜
答道呪誓果是我們發過這金銀請師父且收只見瞻道
人在傍說道這金銀我們出家人更愛的緊師父因何苦
辭不受元通笑道怎麼我們出家的更愛道人說敲椰擊
鉢說陰果念經文上門乞化恐施主有悔心還要註名姓
在疏頭這樣的還好哩你們更有一等閉關拖索燃指燒
臂苦乞苦化的哩道人又扯元通附耳悄言道這強盜的

［眉批：哭　其實不　妄　佛口鎖　心］

樣出家心腸二盜見尊者師徒堅意不受乃問道師父我
二人誓發在先決不敢悔你只說一言何事尊者道人生
世間此身難得正道難聞一失人身萬劫不再若聞正道
行此善事保愛這身體莫種惡業這惡業有十不赦第一
是行刼不安一日之貧偶動片時之暴圖不義之財恣無
益之費那知被覆遭刑百般苦惱呼天不應叫地不靈若
當飢寒窮困之時咬牙關存忍耐一思再忖道餓死事小
犯法事大身體髮膚受之父母不可毀傷皇天后土若叫
這樣守死善道之人飢寒凍餒萬無此理二位大王當初

過嶺去道人道如今不比前番日前我師父純一住在此
庵應接往來行客也是我師父不該見理不透出家人蓄
積金銀作甚惹了強人把庵占搶去了元通道你却如何
還在此道人道純一師父逃避去丟下我幾疾之人這盜
却也有仁心不害我說道你只與我嶺上下訪看過路客
商有金寶的叫我通報他信師父們若是空身他也不傷
你若是有寶却也饒你不不得元通道你便曉的遊方的可
帶得有餘金銀道人說也是也是還有一件這兩個爲首
的一個叫做千里見一個叫做百里聞他兩個却也你騙
他不得你有寶無寶自是就知只是又有一件他爲日前

來搶庵時却有三四位僧道經過哀憫我師父了個解法
把對面兩刃山樹木變化成一座庵美女音樂障了眾盜
眼睛都奔去占庵的占庵搶婦女的搶婦女待我師父逃
縣去了他們也前途而去依舊是樹木到惹的很虎出來
衆盜心慌飛奔到我舊庵而來不匡慌急跌的跌跑的跑
傷肋動骨如今兩個頭兒害病今日曾說那裡尋個僧道
與他祈禳禱告師父或者有這綫法救解未可却也正說
間只見兩個僂儸挑着一面銅鑼兩桿鎗刀走近前來叫
一聲大胆和尚有寶獻來道人乃說二位長老東行無有
金寶到會與人禳解災難你大王正要尋僧覓道這却也

巧僂儸聽得又是道人說的方便就答應也罷你就同二
位到庵寨中去見大王他二人說了下嶺自去道人却領
着師徒走到庵前一路也不知遇見幾處僂儸俱是道人
說明放過却說二盜只因奔庵躲那很虎驚懼傷了足破
了膽慄慄成病藥餌不靈二人正議尋兩個僧人道上禳
解災難僂儸中有的說做強劫怕傷甚天理且神靈豈祐
我這一等人有的說劫了客商尤可奪了庵廟豈無神靈
因此二盜王意已定恰好道人領着兩個僧人進得庵門
僂儸稟報二盜忙叫請僧到後堂相會尊者與元通入到
後堂只見二盜卧病在楊一個捫心叫苦一個摸足叫痛

蒙大王以慈悲哀憐僧人敢不實言吐露二盜說二位尊
老在此別話休挑只是我病原始未料道人必明說了如
今只求你禳解若得病痊還當酬謝尊者道大王不必憂
慮貧僧自有禳解經呪懺文只是病痊恐又復發一發便
無法可療但願大王先發一誓病愈不生悔心自然災病
消除福壽無量二盜聽得笑道只願長老懺悔禳解通露
我二人一一聽教大大發個誓願不差不悔尊者大喜却
是怎心生發誓下回自曉

350

〔86〕

東度記　卷一

前往東路。只見老叟道師父要往東行。只是離村百里有一座三尖大嶺兩刃高山三條路中間正道可通往來上有一庵廟王道喚做純一這道士結納遠近地方施主儘得幾貫銀錢只因他蓄積饒多不捨受用聞得近日被兩個强徒占了往來行人有幾分難走師父們須要仔細小心元通道我小僧們出家人那討金銀與他刧掠老施主既說此只得隨步行去當時辭別出村口尊者與元通正行只見前樹林中繩縛着一隻青鸞尊者歎道這地方却也鸞多怎麼樹枝上又縛着一隻元通道前庵放鸞被道人絮咶這樹上纏縛恐又是村人捉鸞誘鸞的法見尊者道

〔87〕

我等原以慈悲爲念。好歹解放了他。元通乃上前扒上高樹枝頭解那繩索忽然索解鸞飛而去那索却把元通雙手縛住兩脚又似膠粘在樹一般元通笑道怪事怪事看着尊者說道解索自索這個寬恣何故尊者笑而不言但口默念了一句梵語元通隨下樹來拜問師尊發明這段公案尊者笑道順以順應逆以逆投者常逆以順應順以逆投者變不爲順安不爲逆懼其變自解元通拜悟師徒依道而行正舉步走只聽得林中說道强中更有强中手。青鸞又放了去也師徒回頭一看却是一個老叟林中走來元通上前施禮問道樹林上鸞想是老施主畜養的老

〔88〕

東度記　卷一

者答道是一個師父縛住寄養在這裡的。他道法高道妙驅使老夫與他照覷你方纔那位老師父德高道重故此老夫憑他飛去罷了元通問道正是小僧解索放鸞到被索牢拴何故老叟道這是防範放鸞人法元通道世路險巇人情變幻我師徒方離國門便有許多不齊之遇無情之感老叟答道早哩早哩我老夫有幾句閒言念與你聽乃念道

人生莫厭相逢異　　萬狀千般兩眼過
行在東隣飽飯飡　　倏過西村耗血氣
張家養的李家眠　　大雨紛紛雪又霽

〔89〕

東度記　卷一

漢子懷胎婦長鬚　　牛馬牽絲蜂蝶戲
啞口擊金唱清詞　　瞽目張眸眺遠趫
穿青說是白衣郎　　坐地講道天邊際
白頭傳粉啓朱脣　　心作猿猴馬作意
師父莫興路逢奇　　總來夢中說夢記

老叟說罷元通聽了回頭尊者已前行乃謝辭老者那裡有個老者只見那青鸞尚在雲端裡磨元通走近前備細說知尊者尊者只微笑不答但叫徒弟往三條中路前行莫要惹動强徒正說問却好撞來一個帶傷的道人見了尊者稽手問道師父們想是要過此嶺尊者答道便是要

強盜裝扮哄門遲疑半晌只得開門放入道童進了庵門
觀看動靜問其平日何修純一只是說貧訴苦道童笑道
你若貪苦只招穿窬小賊那引的強劫大盜必定是你貪
財饒積所招我且救你一時之難留些做三生後日之緣
乃走出大門又吹口氣將手望上一指只見白霧全收紅
輪高現那東嶺畔左條路叢林密菁沉沉隱隱虎狼鹿兔
種種繁繁道童又把手望這條路上指來只見那樹林內
顯出一庵虎狼變作美婦鹿兔變作丫環猿啼鶴唳宛似
琴瑟簫韶這盜見了也針着兩眼愛那嬌嬈那盜聽得橫
側着雙耳喜那音韻這盜笑說原來道人有別室藏着佳

人那盜笑說果然徒眾會音樂響的清奇一齊棄了庵門
都往林中奔去道童叫純一且閉戶待我請了師父來與
你相會乃囘林中把事情一一說與梵志梵志隨到庵來
純一師徒接見各各叙禮打點齋供梵志便問徒弟你便
使法救得純一師徒一時怎能救得他日後純一也說道
師兄法術高妙萬一你前行去他後又來如之奈何道童
答道老師父小道原是救你一時讓你把金銀細軟搬移
別處藏躲把這空庵讓了他罷純一道這庵是我辛苦募
化拮据益造怎忍捨棄道童道只爲你這般貪戀便惹出
這等冤愆我師徒要趕前程那法術却難久等快走快走

莫生疑慮純一依言收拾金銀打點細軟領着徒弟下嶺
去了只剩了一個瞎道人在庵哼哩道童看是碌石打傷
腿脚梯上跌損骨勛說你如何不走道人只是哼道童正
要使法救他梵志道且留他防後邊舊師遣人趕你道童
笑道小徒巳說明舊師假指笑和尚梵志答道新今却有
真奇巒這一句便打動在腹屬氣却又生出一番枝節後
有笑瞎道人退盜一詞如夢令說道
　盜賊原無行止　單想金銀去使　勸他儘是忠言
　反覺揭他廉恥　活死活死　幾乎跌出狗屎
却說梵志師徒救了純一問得路徑却防青鸞那樁故事

步步要留幻法道童仍被屢邪迷舊隨師徒往東行去他
既去這法便解那眾盜攻庵忽然奔那林間你搜尋美婦
我拉扯丫環忽然房屋窗楞盡是原來樹木簫韶音樂俱
乃猿鶴聲音那美婦妖嬈都變惡狼狼虎虎把眾賊驚的
跌跌倒倒那盜頭也跟跟蹌蹌看見舊庵飛奔而來千里
見走怵了被密菁戳破脚勛這百里聞走慢了被小鹿兒
撞傷心膽他兩個哼哼嘮嘮入得庵來恰是一座空廟只
有一個傷殘瞎道在那後屋咕嚷按下不題且說尊者在
岐岐路被老叟少年們供養深信方便道理少年漢子不
去使鎗弄棒却做此二營業這老的念佛持齋乃辭別眾人

弟說阿弟度日艱難何計可救弟對兄道資生無策何事可爲兄對弟說借貸奈無門弟對兄說行偷又畏法兄對弟道投人爲奴嫌我好吃懶做弟對兄道削髮爲僧又要把素持齋兄對弟說怎得個見成寺院出家也罷弟對兄說便是得個不要本錢的生意也做一場二人計較了半日乃附耳低言說除非如此如此這個買賣後有猜着他這個買賣的四句口語說道。

弟兄計議好買賣　果然有穿又有戴
肥羊美酒儘喫些　只是要去天靈盖

且說弟兄兩個附耳低言說道三尖嶺上見有純一庵道

78

人正坐庵中與道徒受用人家帶來的法事素供爨食黙心徒弟們你買一壺我沽一甕猜枚說令只聽的庵前喊叫鑼鼓轟天徒弟們縫裡一堂叫道師父不好了有強盜爹爹來了這徒弟中有個道人聆一目跛一足他膽大去看只見衆賊中擁着一個爲首的他眉稜雙聳青白環睜輪着一面鋼刀張路境又有一個做頭的他輪廓分明聲聞遠達橫拖着兩扇大斧聽風聲衆夥齊擁庵前只叫道

79

人獻寶衆徒慌忙屋內佃說徒弟關門那耶跛道人搖手道師父莫怕莫怕我有解圍計策都是普救寺法聰長老傳來你看他歪側橫斜一隻眼高低平蟄半雙脛張了一張道快取梯子來待我扒上牆頭說他幾句好話他自是回去衆徒依言取一木梯撮他上梯他上了梯子向他叫道列位強盜爹爹聽小道一言你們做這生意都是綠林豪傑梁上君子何不一心歸正不去邊塞立功便在家門做些經營手藝何乃做此不仁不義之事污名遺臭之行聽小道一言請各拋棄刀鎗丟却棍棒回家思想嘴頭酒食可忍身體破絮可遮五更床上睡個快活覺天明心裡

80

抱個沒事牌敲門也不怕狗叫也不驚穩早回去若迷而不悟悔之晚矣衆盜聽得怒起罵道村野瞎道前恭後倨好生大膽磚頭石塊亂打上來聆目看的不眞那堪一足又跛翻觔斗跌下梯子衆盜齊擁庵前道士驚惶無措却說梵志師徒久坐道上沒個行人問路只得深林等候偶然聽得中路上喊聲震天隨叫道童去看原來是一夥強人刦擄庵廟說道早知此處有廟便是路頭我若不救如何得解乃吹了一口氣到庵前就是一天大霧對面不見人踪道童乃步至庵前說門呌道道友開門莫要驚怕我來救你純一師徒門縫裡偷看却是個全眞道童又恐是

81

答道就是這方便我們却也不知望師父明白說罷尊者
本欲不言行教至此不得不言乃合掌道個善哉善哉衆
善信聽我道

這方便兮這方便　　渾渾朴朴惟一善
子當孝親臣要忠　　兄弟怡怡夫婦勤
朋友交情不可欺　　富貴休忘忘與賤
五倫理外有師尊　　禮隆道重居無倦
處已待人一怒推　　內無怨尤外無間
士農工商分各安　　兢業常存勤與儉
常行好事勿爲非　　休犯王章存惡念

存惡念兮天地知　　暗有神明國有憲
縱然逃得五刑加　　怎欺轟轟雷與電
那時悔過事須遲　　不如早把明心鑑
明心鑑兮鑑頗明　　人何自把靈明玷
本是渾朴被貪嗔　　癡愚蔽了這方便

尊者說罷眾人個個點首稱贊道日前道者只講些幻法
徒念此三經文若是菩薩下降必定也來聽講這段方便
的因果後有誇揚尊者方便開門指人迷津一律

詩曰
　方便何如東度經　　指人迷境智光惺
　靈山功德非他奧　　覓嶺慈航只此靈

第五回　三尖嶺眾賊劫庵

　　智者能循歸大道　　凡人覺悟可長齡
　　高明莫厭書言誕　　兩刃山一言化盜
　　　　　　　　　　　　惟願相看兩月清

接下尊者在岐岐路大開方便之門指出修行之路且說
梵志師徒望前行走逢人問途遇店住宿却來到一個地
方四顧無一箇人家兩灣有三條路徑梵志見了對徒弟
說道自岐岐路村口出來到也不曾詢問鄉導此處兩灣
三叉不知那條正路本慧答道弟子每聞這去處却是三
尖嶺兩刃山地方三條路見要往中間行便就直通大路
尖嶺道徒弟也只耳聞未嘗身歷我們且坐在這三叉處

路頭等一個行人問明前去按下師徒坐地且說這三尖
嶺三阜高排兩刃山兩巒齒齊岑嶂稠密的是林木森森出沒
的是虎狼陣陣這三條路兒惟中路可通往來有一個道
人法號純一招徒四五在中路結搆一庵就喚名純一庵
終日閒時遠近與人家做些善事只因積聚的金銀充裕
也是道人貪婪招炎恰遇着嶺外有弟兄二人一個叫做
千里見一個叫做百里聞他二人因何叫這名字只因這
方鄰里家有甚酒食事情他便知道來吹來吃來覽來管
以此起了他二人這個名色他二人不耕不種沒處吹吃
騙慣錢鈔何從長有吹慣酒食那討常來一日計議兄對

岐路來元通乃問老善人這地方如何叫做岐岐路老叟
答道二位師父你且班荊席地聽我說個長脚話他道
岐岐路　路多岐。　比做人心最險巇。　方南北。　忽
東西。　朝發秦韓　暮楚齊。　方寸地。　有程期。　何
須又處復生枝。　惡蛇當路皆虛幻　劍戟叢叢盡自
迷。　澹臺不由曲徑道。　墨子悲絲爲路啼。　勸世人。
莫狐疑。　大道遵行莫待遲。　若問路頭何近大。
聖人在上有唐虞。　盡却綱常倫理瑕。　回頭趲步念
阿彌。
元通聽畢便問老叟小僧方纔想是走路腹飢眼花見了

這些惡蛇劍戟叢雜當前這一會得善人指引便都消散
且問老叟明說怎麽找尋道童老叟答道長老若是找尋
道童切莫前去若是遊方化緣坦行坦行元通道找尋道
童與化緣却是何說老叟道這都是前日在我這村庵住
的道者留下的幻法要阻甚麽和尚你若不是前面林內
烟爨人家可去化齋元通回頭那老叟化陣清風而去尊
者與元通歎說神異只見前面果然林內茅屋數椽烟火
幾處元通走近前來只見三五個年少漢子正在那裏講
梵志師父法術高妙道童智計神奇尊者與元通上前化
齋這少年漢子便問道長老化齋事小你却有甚法術神

通尊者不答元通乃答道小僧們出家修行念佛過緣化
齋那裡有甚神通法術少年漢子笑道我這村間若沒些
道法怎生化的齋供目前有一位師父帶着一個道童
有手段方能化動我這地方人衆縱是有手段了村
間兩個弟子去我們正恨他拋棄頗耐他去遠不然也
不干心元通便問這師父有甚手段少年乃把他道法一
一說出說一出誇一出說到妙處獨誇道童更奇尊者笑
道出家人爲何事修行原爲了生死大事若直專在法術
上誇揚便錯了路頭也正說間只見深林大屋內走出二
個白鬚老叟向少年漢子說道我在屋內見這兩位師父

行狀聽他言詞却不是前日那半釋半道師父元通聽得
便問半釋半道是怎說老叟道他說的彌陀念的彌陀行
的却是仙家奧妙只就他收的門徒打坐參禪的甚多燒
丹煉汞的不少還有一等移山倒海呼風喚雨神通妙術
的盈門更有一個小道童智量頗深元通答道小童兒智
量若深便失了渾朴殊不知出家人全要存這渾朴渾朴
老叟問道渾朴何事老漢不知望長老明教元通指着尊
者答道我師化緣有願普度他明白渾朴叟當拜問老叟
依言乃向尊者頂禮尊者道老僧却也不知渾朴是何說
我僧家只有老實修行廣開個方便法門老叟與衆漢子

---

〔66〕

下來跨着前行。有何不可。本慧道。青鸞跨他何難。只是師父在前。我一人跨着到何處去。本定道。便跨在半空隨着你們行走。可前可後。就是順風乘雲去遠。再展翅飛迴有何不可。二人一面說。一面走。那鸞却只在頭頂上飛來飛去。本定忍不住。便作起法術。把手一招。要鸞飛下。那裡知青鸞來意。接取道童。他見了道童。本意要飛下。又見道童非復昔日未冠之時。只見三個布巾道扮。故此遲疑。任那本定行法。只做不採。本定心疑。道曾聞師父在惺庵變化金銀誘哄村老。去後不驗。今日教授我們法術。怎麼出了村口便就不靈。正在心疑。恰好本智道童聽得。方纔仰頭。

---

〔67〕

看見青鸞故舊相逢。又想起白鶴雖是蠢迷妖邪。尚存在心。這一種念舊心腸一動。忽地便自地飛騰鸞背。那青鸞見是舊日道童。展開六翮。直奔九天而去。鸞的兩個道徒說道。怎麼行法也不如本智那梵志正行之際。只見本智乘鸞飛去。道呀。這是玄隱道士命鸞來取道童。也事已到此。隨向樹枝摘得一葉。喝聲變。頃刻一隻青鸞。便叫本定騎上。向他吹了一口氣。只見青鸞也騰空起上。道童兩鸞相遇。真鸞兩眼看假鸞背上。分明是道童。自不能見。便疑錯了。他却不歸海島。依舊飛迴岐岐路。梵志却在那村口地方坐等。只見道童同來。又恐是假的。正疑間。青鸞卸下。

---

〔68〕

真道童。一翅揚揚。又從空去。道童總是妖氣未除。心志不定。便也坐地。不問因由。少頃假鸞飛迴。本定復舊。好個梵志肚裡明白。四人依舊前行。這真鸞不得真童。尚翱翔雲漢。惱了梵志。把假鸞一指。騰空。真假兩個。雲端攬鬧一處。在樹底枝頭。道童也不知。梵志也不顧而去。此叫做青鸞假的到。把真鸞困倒。梵志再加添些幻法。把個真鸞纏縛。再寄尋真信尊者。重施普度仁。後人有歎世假事換真。四句西江月。

句西江月。

堪歎世情詐偽　無情將假欺真
顛耐人而無信　想來都是稱鈞

---

〔69〕

話說尊者與元通離了惺惺庵前行。一日來到一個地方。遠望村落。密密雜雜。近前徑路。遠遠深深。越走越遠越多。越長不見屋廬。但見森森樹木。師徒正走間。只見那林內長蛇擋着去路。及迴頭劍戟又阻着歸途。元通慌懼向尊者說道。弟子從未遠遊。怎麼外方有這樣奇怪去所。尊者道。世路險巇。人情變幻。你我出家人。任他罷了。正說間。只見一個老叟。在樹林鎗刀之內。叫道。長老可是尋道童徒弟的。元通答道。僧家不是。就是找尋那道童徒弟。如何是道童。老叟聽了。把蛇蠍退。那劍戟仍舊是些樹木枝條。便問道。你既是遊方僧人。怎麼不知路徑。入我這岐

父外來不肯進屋坐在門外小徒們設法移師進屋內這
於情理不背就是師父有通神法術不肯進門小徒却有
高出玄妙非師傳受的一用不怕師父不往屋內飛走梵
志聽了笑道這小小徒弟到說的有理便走出大門坐在
地下叫一聲道童徒弟何知量移我看你使甚神通道童
笑道師父在屋內小徒已移出門外又何有甚神通法術
當時笑倒了衆徒喜壞了梵志這衆少年方繞問道童名
姓來歷道童乃說道

　　小道自幼入玄門　　蓬島山中拜道眞
　　然雖日侍丹爐畔　　也有閒工習正文

　　飡霞服氣爲靈藥　　煉得虛無養谷神
　　大道未成火候嫩　　仙師點化也曾聞
　　只爲隨師赴法會　　身騎白鶴駕彤雲
　　白鶴未隨青鳥去　　誤將屋氣假爲眞
　　樓臺樹木皆虛幻　　畫閣雕梁盡屋氛
　　也是小童災難著　　貪他景致入他身
　　渾攪一場屋性滅　　我生屋滅鶴飛濱
　　撇却師眞志海島　　詐言漁父是嚴親
　　惺惺庵裡爲徒弟　　棄却前師拜後親
　　今師道此比前師大　前不忘恩今更深

　　若還問我名和姓　　本智名見也姓孫

衆人問出道童名姓梵志方繞看着道童說道原來今日
汝方說出眞名眞姓那漁父笑和尚俱是假說却乃蓬島
玄隱道士徒弟我知這玄隱久脩清淨法宗正乙丹道將
成若知你隨我外遊縱然他看破世法物我無間只恐他
失你道童或來追取道童道人之徒弟即巳之徒弟推恕
總是一般且從彼從此也在徒弟之樂從縱我前師來追
取小徒不去也由不得他梵志心喜笑道縱來找尋我自
有法只是久住衆徒村屋心却不安意欲辭衆前行乃把
左班移師會法的檢留兩個其餘盡皆辭散衆中也有苦

要隨的梵志只是推辭道此行我少不得回歸後會有
期衆徒只得依從梵志同着道童便將他名字呼喚叫做
孫本智又收了這兩徒便起名一個喚做本慧一個喚做
本定師徒四人離了岐岐路村裡向東前進正在途路本
慧與本定二人私議本慧說法術勝如銶棒智量高出法
術想這智量却乃臨機應變非可預設先籌的總在這個
心腸本定正是銶棒是人習學可能法術是揣煉可得
這智量是生來的靈變二人正議只見仙家樂處你我既隨
飛來本定見了說道乘鸞駕鶴本是半空裡一隻青鸞
了師父出家又習了許多道法便使個法見把這青鸞攝

端而去後有誇道法神通青鷺長翅詩五言四句
詩曰　鷺鶴非凡鳥　神仙豈等閒　一吹生兩翅
妙寶出丹田

第四回　眾道徒設法移師　說方便尊者開度

話說長爪梵志在岐岐路村內教授各家少年道法那願
學道希仙的苦於金丹難煉那願學參禪的苦於佛法甚
深那習燒鉛煉汞的難於火候那要採陰補陽的沒處尋
偶那要學築基又難煉巳那要學嗅雨不會呼風只有幾
個演習幻術的他到精通俱是那少年心性好怪務奇故
此學成了幾般法術能指山成路畫路成河呼邪遣怪撒

豆成兵遇景生情真個玄妙一日梵志見道童長成眾少
年習熟但冗冗雜雜不是個出家修行規矩乃設一計向
眾徒說道吾門原要清淨吾道原欲正修汝等隨吾多精
幻法終是未得成佛作祖我意欲試汝內中一二人誰有
此三智量能繼吾道便傳授肯緊隨吾方外一逛歸來了道
眾徒答道弟子等蒙師教授道法得入門牆俱要隨侍誰
肯異心撇眾獨受肯緊梵志道不然出家修行也不是多
人曉行夜聚覺來不便只見道童開口問道師父以何法
試我弟子等梵志道汝等分作左右兩班吾試汝一計比
如吾坐在這屋內堂中誰能移我出大門之外如能者班

居左不能者班居右眾少年想了一想居左班者四五人
梵志道居右班者是不能移的自是沒智量難承受吾肯
眾一個也隨帶不去你這左班是有智量必能移的我且
坐道堂中你那個能移梵志道你移我這徒把手一揮只見屋內
弟道小徒能移梵志道你移我出去徒把手一揮只見屋內
猛虎跳出張牙舞爪直奔梵志身也不動把手也一
揮那虎咠耳攢蹄伏地一時出去梵志笑道移我不動只
見班中又一徒道小徒能移把手一招屋內火光裂焰直
飛出來望梵志身來燒着梵志眼也不覷把手一招那火
如遇天河水息一般滅了梵志大笑道移我不動班中又

一徒道看小徒移師口中叫一聲金甲力士何在只見半
空裡飛下一個金甲大漢把梵志將要批出屋外却不防
梵志也叫一聲黃巾力士何在頃刻就是一位黃巾力士
飛下救護各各散去梵志只叫移不動班又一徒道
看小徒移師他口中念念有詞只見左屋高山壓頂右屋
大水傾潮眾徒見了俱慌梵志越發大笑也口中念念有
詞頃刻大水倒流高山平塌口中只叫移不動我却只剩
下道童在班中梵志道你也沒智量移我道童雙膝跪下
說道小徒怎敢把屋內師父逐移出大門之外自取不敬
師長之罪縱有法術也都是師父平日所傳只是萬一師

但舉手合掌望空稱贊善哉善哉夢由心作雖幻實眞念
我同生但從正道卜老道師父正道何人不從愚昧怎能
會悟元通正色厲語道老叟你不陰會提撕怎能陽悟懷
悔卜老明悉只是下拜後有鷴鴣天贊此

幽冥問答假和眞　　夢幻須知作受因
惡念自然成惡境　　仁慈畢竟報仁心
天堂近　地獄深　　深處何如近處親
誰人不樂途由近　　爭奈行非墮入陰

元通聽了卜老夢境言語看着尊者歎道可畏可畏幽冥
報應有如此分明彰著尊者道理須不爽只是二老儘受

54

不變前修我與汝不負傳授他一片好心欠後還期共登
彼岸元通道弟子却也不知屬化人人化鶴將來作何度
脫尊者道雖是各從化緣如今却迷正道少不得使他得
聞正道仍復眞元自成正果元通稽首稱謝尊者乃辭別
惺惺庵衆老往東路行衆老苦留不住卜家二老涕泣不
拾尊者但安慰呌他勿忘靜定父子眞傳自有善緣在後
二老謝教仍求尊者再賜一言垂後尊者乃留四句偈語
二老拜受而別

偈曰　知善貽聰　　識惡生晦
　　　不忘逢惠　　念夢警因

55

話說卜公平只因刻薄不叨心地便生個愚昧之子雖遇
尊者開度宣府宣明他半信半疑少改前非這愚昧子却
也未盡變化氣質笑不老漁父放生改業致富生子他却
得了尊者開度在家時演靜定工夫老婦習知也能打坐
故此孩子漸漸病愈他孩子却是白鶴迷入厲氣與道童
同忘歸島道童誤入旁門這鶴却棲遲海畔卜漁父夫妻
得了尊者開度孩子病愈這白鶴一靈雖化作人身他原
形尚存却說青鸞被惺庵道人拴縛得尊者救度飛起在
雲霄空裡忽然見白鶴在那海畔慊慊如病又見那鶴傍
枯魚蠹殼他原是一類同氣故此一翅飛下白鶴見了也

56

不覺的展雙翅隨鸞歸島玄隱道士見青鸞引鶴歸來却
不見道童他已識破妖氛迷鶴道童誤隨旁門這些因緣
情識却故意把白鶴喝道這畜逐邪成病我且不說破你
去向的靈根只是你且去靜守松林巖谷吸露飡霞再勿
犯清規久後眞靈自復那鶴聽了狀若點首而退玄隱乃
喚過青鸞囑付道汝領吾仙旨逍遙雲漢又不知貪戀紅
塵何項被人羈絆到今看你彩翎多損蒲草尚留縱然尋
得鶴廻道童因何未返速去找尋不得遲誤青鸞兩眼望
着道士一嘴兩腋搜翎玄隱便知他意乃吹了一口氣在
鸞身上那鸞翅根根長出項刻叫舞起來一翅直飛上雲

57

滿面笑容答道貧道正欲借個草舍茅簷靜居閒宅脩真講道打坐衆禪便是招一二個門徒相共脩行這也是凤願乃隨衆少年八得村來果有空閒草屋師徒進屋衆少年齊齊禮拜要做門徒梵志乃開口問道吾門原要清淨吾道本欲正脩只是你等立意何向衆少年開口也有願學道希仙的也有願叅禪拜佛的也有願燒丹煉汞的也有願採陰補陽的也有願築基煉巳的也有願呼風喚雨的却又有願演習幻法的說道方纔鎗棍變蛇手膊化鐵這法兒甚妙我若爲弟子先求傳授這兩種神通梵志笑道我門中道理甚玄法術頻多儘教你學只是我却客

納不多看你衆人脩煉習學待各相得手精妙時再有進退去留之術衆少年唯唯各退隨願去學梵志與道童任在此空閒屋內教習衆少法術諸家道理後有議旁門幻術非修道正趨五言四句

詩曰

正道原當習　旁門未可由

何事不來投　清時有名教

話說尊者與元通住在惺惺庵時常把定靜工夫教這村老衆中也有得法能行的也有魯鈍不能的惟笑不老與卜公平兩個得了幾分傳授一日卜公平坐入靜中偶然入了個境界似夢非夢見一座公堂上坐着一位官府公

平向上謁見只見那官府檢閱一本簿籍說道你見我的可是卜公平卜老答道小人便是官府道你這人平昔用心太過刻衆成家當報你個黜黜之子不通世務可喜你遇神僧點化改過寬厚存心當使汝子由昧復靈卜老禀道小人怎該得此子因何黜黜官府道此子乃海蜃化生只因海蜃生前詭設樓臺誘吞飛鳥故此這般報應卜老道蜃乃昆蟲旣詭譎害物當降罰他如何反投人道官府道只因他吸了白鶴得了道童仙家此正氣故此不便泯滅卜老道屭旣吞了白鶴道童這童鶴却歸何處官府道道童投入蜃氛邪以生邪忘却歸島因他有誤入旁門之

慾久後自有度化之救只是白鶴倦飛迷入蜃腹當年雖爲蓬島仙禽今日却爲塵凡人子卜老道他的究竟若何官府道有日妖氣消散終是復歸仙境卜道又問道如今化生何地官府乃低頭復閱簿籍道汝不問我巳忘了當年汝族業漁只因放魚積善老付一子雖然血氣必衰久後自然發達卜老笑道陰陽之事轉化之因未必至此官府也笑道雀化蛤雉化蜃此猶物類相從乃有美女化貞石蕡狗變白雲其怪誕虛幻若此汝於世人莫疑莫異我眞司却也成真但轉囑你族切莫廢棄善因致生奇變卜老領諾猛然驚醒急奔庵中把這夢境盡說知尊者師徒

婦道這果然有好處按下不題且說梵志攜着道童行到一村庄名喚岐路怎叫做岐路只因途徑繁多路中有路。便立了這個名色這地方路既多岐人卻也稠密村中聚着三五少年閒遊浪蕩弄棒舞鎗跌對走着拳正在那裡戲耍卻遇着梵志到來便問道道者何處來的要往何處行去你這一個長指甲又帶着一個小道童子遊方化緣若撞見不良之徒如何抵對梵志答道不良之徒豈肯傷害我出家之人少年道不良或有看你出家面上饒你倘若山林曠野忽然虎狼相遇他卻不饒。如何行得就如我們武藝精强拳腿利便思量要出外行走也怕不良

很虎梵志答道貧道自有不怕二段對敵行頭莫說貧道就是這小小道童也有來歷不怕只見一個少年聽得變了面皮笑道道人你兩個怎敵得當坊一村人眾且莫說眾人比如只我一個在此你敢比較拳腳麼道者道這怎敢與施主爭能但貧道遠遊訪賢也要收攬一兩個門徒修行了道只見又一個少年說道道人你既說小小道童。也有來歷不怕如今就與他比對個拳腳梵志猶前謙讓道童乃動嗔心說道施主們莫要輕視我與你比對這誰來比對一個少年乃近前一掌打來說我與你比對道道童不慌不忙伸了一隻右手去搪那少年手掌温着道

童右手膊上就如銅鐵一般擊的痛不可忍縮了回去便飛起腳來踢着手膊如前添了一聲響那腳疼痛站立不住往往地坐倒來。衆少年見了大怒道諒此小道童有何手段對倒我們朋友齊執棍棒起來說道道童你能使棍棒麼道童道請施主先使一看一少年怒輪起棍左旋右轉使個五路道童也接過棍來前花後攪開個四門少年中又一個拿過棒來舞一回蛟龍出海虎豹奔林道童隨也舞一回泰山壓頂枯樹盤根衆皆喝采此時喜壞了梵志卻惱了衆人一少年執過一棍明晃晃蜂刺刺長鎗直向道童裁來道童一跳在高阜之處答道善人如何動了嗔心

惡意卻莫怪我小道動麤魯了把手一揮只見那鎗棒盡變做長蛇張牙吐舌直去咬那衆少年衆人慌怕起來齊齊跪倒只叫饒命越叫那蛇越咬梵志笑將起來分付道童收了法術道童依師之言收了法術這蛇依舊是鎗棒在少年手內衆少年互相計議道這遊方僧道那裡是武藝精通都是障眼法術我們雖學盡十八般武藝怎忌敵得他這樣神通不如拜入他門做個徒弟學幾件法術卻也好遠走江湖討議定了便齊齊下拜說道我們村野凡夫不識至人請二位師父到我村裡閒宅靜居少住幾時胡亂齋供休罪唐突羲慢梵志正欲再招一二門徒服侍便

東度記　卷一

僧有願普度故此東行且問眾檀越貴村喚惺
喚惺惺其義小僧知矣只是其間怎麼有此三渾渾濁濁氣
味。眾老笑道師父如何說此話尊者答曰小僧堅氣欲要
之心。一老笑道師父也說的有理見的頗真就如往日那
推情不是居此庵者有物慾之染便是構此庵的無正大
長爪梵志居此釋非釋道非道不聞他講道參禪每見他
收徒演法居庵日久無驗往東去了尊者道不是不是常
言道出家清淨那有塵氛這濁氣另在別項情由一老道
這情由可碍甚事麼尊者答曰碍事比如濁濁就碍惺惺
一老笑道是了是了乃向卜公平說道老友你莫怪我說

42

就你身上便可知矣你為人平日行為少厚智計太深難
道你生的却是個懵懂之子我常見人家父若渾厚生子
必聰父若刻薄生子必曾公平每日却有些不不公平卜老
聽得便向尊者問道師父我友此言信有信無算者答曰
寧可信有不可信無卜老道可更改的麼元通答道小僧
模胸就乃此意梵志師徒未得醫此妙法空費方書徒施
幻法不驗毋怪其去卜老道老夫便認這寬慈望師父搭
慈航垂普度但求先將孩子醫好自然不忘功德元通答
道欲醫孩子當先醫父欲療凡私當行靜定老叟若肯效
我小僧行一片靜定工夫把凡私動於昔年者借這工夫

43

一時掃盡再悔却昔年寬慈急行此二今朝的寬厚
茂枝葉先沃本根根本既沃枝葉必榮轉暗為明這感召
分毫不爽卜老贊歎信服便拜跪庵堂求師開度
笑不老漁父近前說道師父說家老是了只是老夫也生
一子却不鈍但瘦怯多災這是何因元通道老來生子
是你陰德所感寔寔自有脫生王者豈肯誤你這
血不比壯歲瘦弱何妨但把心術常端自然孩壯漁老點
頭眾老吃罷素供隨散只有卜公平要求靜定工夫他却
存後尊者師徒也不拒他便口傳定靜之訣後有誇揚尊
者師徒開度卜老洗心政厚八句五言

44

詩曰

刻薄生愚昧　　因緣最不差　　洗心由卜老
普度羨僧家　　刻薄還忠厚　　根修自好花
人能存善念　　跨竈必由爺

話說卜老者得了師徒十之一二靜功口訣回家做
坐老婦問道老官今日庵中回來如何不睡却曲膝盤
有何說話卜老答道庵中師父傳我坐功道理老婦道這
道理有何好處卜老答道那師父說坐功便是修養一則
保命延年一則消愆悔過好處說不能盡老婦道這
半夜不睡坐的可有好處麼卜老道有好處有好處比却
我方繞坐着三年前人頭上欠我的本利都想明白了老

45

建道塲主壇的師父。且問治療孩子何方。元通又把前話說出尊者。但笑向元通說道。徒弟說差了。兩個小孩子旣不用藥。却行何功。元通答道。藥旣不用功。自有方為向尊者面前把胸腹上。一摸尊者點首。却是何義。

第三回　蒲草接翅放青鸞　鎗棒伐蛇降衆少

話說元通手摸胸次。尊者點首。衆老中一人問道。師父明白見敎功是何用藥。是何方摸胸。是何主意。元通答道。功乃出定入靜。孩提之童。稺褓之子。不識不知。況且渾沌如何敎行藥固有方。難醫冤孽。如何得愈摸胸之意。小僧愚見要老叟自揣此胸內。曾有太聰明過智計的處麼。這老

者聽了。把卜公平看了一眼。也點兩點頭。又問道。比如我這笑不老的孩子。却伶俐。奈何憔瘁瘦弱。元通不能答。尊者道。這亦有因。何勞老施主過問。貧僧旣有願行方普度。自有治療良法。異日當細與施主詳明。衆老唯唯。各去。量齋供尊者。乃與元通尋個潔淨居室。方鋪下蒲團。只見一隻青鸞被道人剪禿雙翅。飛揚不起。在雲堂。指麾行行走走似有悽惨之狀。尊者見了。說道青鸞。你何事悽惨。必是寃枉在心。想你展翅雲霄。棲形海島。飡松飲泉。與鶴為侶。何等極樂。今日到此。豈是貪汲汲之苦海。戀擾擾之紅塵。苦被凡情羈留在此。尊者一面說歎。一面把鸞翅梳理

短處。將蒲草接長。一口氣吹在鸞身。那鸞抖一抖羽毛。展一展雙翅。騰空飛起。翱翔上下幾回。直向海南而去。忽地道人走來。見尊者放了青鸞。急的大驚小怪。說道師父。你如何放飛了我豢養的青鸞。尊者不答。那道人不住口的咕咕噥噥瑣瑣唪唪。元通乃說道。道人你旣入庵門。當宗釋敎。我佛以慈悲為念。方便為門。只有開籠放雀。那有豢鳥為歡。且道人不知。你我心情與飛禽何異。譬如人被羈囚苦惱。何狀飛禽被縛。所以悢悷道人笑。道禽鳥心情。師父原何得知。縱有心情。蠢然時有時忘。非比人類。元通笑道你可謂無慈悲矣。出家人第一功德。在這兩字。你若見

不悟一時便沉淪萬劫。道人聽罷。便向元通稽首。後有感此。警勸一律。

詩曰

世間何事最行非　　叅鳥籠禽事可悲
剪翅援翎繩絆住　　粘膠編竹鐵絲圍
為伊取樂消閒晝　　害我同生性命虧
勸世三春休捉鳥　　巢中子望母飛歸

元通與道人正講完放鸞功果。却好衆老捧着蔬食素供到庵來齋尊者師徒二人。坐間便問。二位師父旣往東却為化緣。還是訪道。尊者答曰。化緣乃事。訪道亦心。只為小

却也好個村落元通答道果是好個村落怎見得但見

蒼蒼山繞屋左玉壁何殊汰汰水濱居右銀河渾似綠樹擁出青烟縹緲繩樞甕牖碧波橫飛白霧縈廻東岸西洋鳥韻鏗鏘應谷聲和律呂魚麟烟爍翻錦浪鼓精神樵子漁夫東歌西唱山光水色朝變夕更都鋪敘的滿村景致足見的一境風光且是徑通大道往來何必問津只見庵閉重門清幽可堪寄旅。

尊者與元通走到村口不見居人但深入林間只見一座茅庵門懸一扁上寫着惺惺庵尊者乃令元通擊門庵中忽應聲開戶卻是一個火居道人見了尊者師徒便請人内堂裡坐尊者瞻禮聖像道人隨捧出清茶尊者接茶在手便問此庵何人所建何宅香火道人答道這庵昔有位道者在這鄉村化緣講道村間檀越發心蓋造這庵與他棲止他居此日久心煩日前辭了村里眾檀越往東去了尊者問道道者講的何道道人答道他隨人詢問應對却也不窮只是法術果然高妙神通真個不凡他有呼風喚雨之能倒海移山之術不是那平常掛搭僧人豈同而今化緣道士尊者聽了微微笑容問道你這村間却是那個檀越重僧那個善人庵主小僧師徒路過此間也要拜訪一二高賢正說間只見庵外一隻走進門來見了尊者便施禮問道二位長老從何方來要往何處去那寺院出家甚姓名呼喚尊者不言元通乃答道貧僧打從南印度國中而來要往東印度國內而去自幼本國出家名號不敢隱諱偶造寶庵不勝輕妄請問老施主高姓大名老叟答道老夫姓卜名公平這村間只因往年來了一位道者深有道術德行在此化緣我們幾個道友蓋造此庵與他棲止近來因他收留一個迷失道童教習他些幻法被人識破故此辭別這坊往東去了元通笑道適繞道人甚誇他法術高妙老叟因何說他幻法卜公平笑道比如老夫產了一子甚是頑鈍他道能醫目火不愈乃設幻法把個雀見變做孩子哄誘我家一時甚喜及他離庵去遠遠孩子即露本相又道久擾我輩平地現出金銀誘哄我們爭奪一番也待他去遠俱是些磚石故此這道者損了一去之名若猶在此有何面目尊者聽得不言只是微微而笑元通乃向卜叟問道叟孩子如今却如何卜叟答道犬子只是渾渾沌沌朦然不曉元通道醫此何難卜叟笑道日前道者也是此話師父你又來調謊元通答道小僧不敢欺詐古人說得好大病用功小病用藥若叟孩子這恙可以不藥而愈卜叟聽說大喜便留尊者師徒在庵居住次日眾老齊來探望却好漁父在内他認得尊者乃道原來是

東度記　卷一

按下梵志携着道童離惺惺里前行，且說尊者自道場圓滿，國王賞賜了漁父，把舍利子建塔安痊了。一日朝會大眾，只見丹陛之前尊者立地叩稱辭王東遊行慶。國王問道：子欲行慶當於何所？尊者答曰：臣僧隨方而化，因類而度，無有成心，安有預所。王曰：汝試說明，予因知汝去向。尊者把慧眼一觀，乃答曰：臣僧行慶多在東方，去來有日，願王保愛聖躬，毋志調攝。國王肯首，於是尊者稽首辭王，收拾衣鉢，擇日啟行。當時門下有四個徒弟，尊者只欲帶一個隨行，乃設一問難以試，却將手內數珠喚四徒近前，說道：汝等隨吾日久，個個體愛，但東行不能俱隨，欲同二個

外遊，今以禪機爲試，汝等說是何物？當時一徒名喚元湛，答道：師父手中却是數珠兒。一徒名喚元同，答道：師父手中却是菩提子。一徒名喚元空，答道：師父手中却是念頭兒。一徒名喚元通，答道：師父手中却是不忘佛。尊者聽畢，乃令三徒侍奉香火，共守常住，只帶元通一人隨行。三徒不樂，尊者道：汝等三人不須懷悒，後有繼吾東度僧人，汝等因緣終成再劫。三徒各各惟命。至期良辰，乃辭朝及諸宰職亞僧俗人等，出了國門，望東前進。後有五言八句贊歎尊者東度勝舉。

詩曰

世俗染多迷　何獨東印度　各其明鏡臺

東度記　卷一

苦被紅塵誤　尊者大慈悲　指引光明路
願拂一朝新　而無有恐怖

九九老人讀記有七言八句以贊功德

詩曰

莫言東度事荒唐　縛魅驅邪正五常
悖理亂倫歸孝弟　移風易俗樂義皇
格心何用弓刀力　化善須知筆舌強
更有虔誠勤禮拜　敬天敬地敬君王

話說玄隱道士高臥北窗，忽然覺來，想起童鶴未歸，乃喚青鸞近前囑付道：誤入屢氛，固是道童翱翔住翮，却乃白鶴你與他兩個同逍遙吾門，今他逃却故鄉，你寧無拯救。

那青鸞聽得仙音，卽便六翮凌空，片時到地，在那海岸左眄右顧，白鶴杳無蹤跡，道童却在惺庵，乃一翅飛來，直到庵前。未遑防梵志已留幻法，道童久離庵門，偶然絆索飛來，把個青鸞兩翅雙足牢拴緊縛，掙挫不脫。那看守惺庵火居道人，忙將青鸞捉住，剪了翅，檻前畜養。這正是：

邪氛迷去千年鶴　幻法牢拴兩翅鸞
不是聖僧行普度　山中怎得好音傳

且說尊者與元通弟子自出東廓，望前行走，到得一村落人家。這村落左環高山，右臨瀚海。尊者與元通見了，說道：你看這村人家，樹木森森，風烟蕩蕩，山明水秀，犬吠鷄鳴

中親友各捐金錢盖造一庵名喚惺惺庵怎喚做惺惺庵只因里喚惺惺便就庵同其里惺惺之義實乃方寸一竅通靈這梵志住在庵中依方調治這頑鈍之子日益昏蒙那瘦弱之男尤然憔瘁心下思量艮藥却好正行海上尋取仙方遇着一個道童行走到來向梵志稽首梵志問其來歷道童却是屎氣蔽了靈機不能應變便把笑和尚指為師說道自幼出家隨僧迷失父母籍貫梵志見其伶俐乃留在惺庵妆爲弟子敎他此二障眼幻法這道童却也心地聰明都是妖蜃邪魔在腹那移變幻甚精梵志一日見醫兩子不効久住意懶心灰又見道童法術到比師高妙

梵志思量携了徒弟遠去遊方又恐笑和尚來尋道童心生一計對道童說道你隨我日久學法頗精但你舊師來尋不便我與你且離此地前往別方修行只是這卜老等愛厚未酬二老之子藥醫不効我欲小試一法使他不疑不怪方與汝去道童答道師父要行何等之法梵志道必須把他兩個小子病根除去得此二金寶謝他方繞快樂道童道這有何難却好兩個雀兒在屋簷飛躍道童把氣一吹那雀兒項刻跳下地來變化兩個孩子一個肥胖胖跳鑽鑽一個俊聰聰伶俐道童喝道速去遮瞞了來只見二雀變的孩子飛空去了梵志喝采稱妙他却也就念動

呪語平地下裂一穴擁出金銀無數師徒正笑間只見庵門外一個漁父一個卜公平同着三五會友笑嘻嘻進庵來見了梵志師徒又見滿地金銀這幾個人利欲心動你搶我袖便忘了親友情分幾乎爭毆起來那裡禮甚道者搶奪了一會去的留漁父與卜老方繞稱謝梵志道師父好妙剷好藥方兩家孩子俱病愈就如換了個人一般不是師父建此庵我們怎得這許多金寶梵志隨答道正是小道久在貴地多承供養無因報答天敎二位鱗郎病愈且賜許多金銀足以酬謝列位高情今日良辰欲要携徒前往名山洞府訪拜高賢眾人苦留梵志只是要

行留的是金銀動了眾人心這會卜公平等處梵志當時拜辭了眾老携着道童前去又恐笑和尚趕徒弟乃留下一種幻法以防去後他怎知道童妄說舊禪師幻法空留遺笑柄後人有歎利欲動人世法障眼一時梵志與道童僞弄的機巧不但使人喜喜歡歡離別且令眾老各各忘義搶爭一詞 乃是沁園春 詞曰

世道堪嗟。利名可知。金銀未見。甚契濶情愛。抖然物慾。動心貪癡。那顧親朋。爭少攘多。恨力綿勢弱。一脚踢倒這心思。且遂却。我眼前富有管甚奸欺。

忠孝脫生。那最下的一等。疲癃殘疾困苦刑傷。縱然說是五行坎壔。二氣乖張。却也多有心地黠黠過惡昭彰若不知改行從善把心地明正這陰陽五行却也真個奇怪不變轉在自身就更張在後代世間既有這陰陽變轉的道理就在個王宰這道理的聖神故此寔寔中有個掌脫化生死的主者只說這國度海隅有一地方。名喚惺惺里里中有一姓卜之家。人戶衆多。那漁父笑不老便是其族。只爲他夫婦捕魚資生。一時感發善心。放生活魚寔寔就過着神僧與他個舍利寶貝。進獻國王賞了他金銀歸家。改了這捕魚生理。做些三有本營業。却說這卜老有個族弟名

喚卜公平。只因他心地淺窄。行事刻薄村里起了這個姓名。卜老年近五旬尚然乏嗣。寔司掌管脫化王者一日檢閱善惡簿中。觀見漁父積善根由得了神僧舍利致富。乃道此等善良一富未足以報。及查卜公平無甚過惡只爲心地不明行事刻薄便道此等寧無報應乃查他二人後嗣。俱該不絕。遂於脫生簿上註筆卜公平將雉化蝨爲他後嗣。卜漁父把迷蝨鶴作他見郎。註定生期令投胎舍爲何把這兩種脫化只因蝨逞妖弄詭於生前便教暗昧頑寔於再世那鶴本自海島素有清修既從羽化免墮卵生。又因漁父善念感召。卜公平刻薄因由報應昭彰誠爲可

畢後有歎蝨狡脫化一詞。黃鶯兒道

蝨氣化爲樓。誆飛禽吸入喉。亭臺花榭皆虛謬。飛鶴倦投。道童誤遊。些兒險做他糧糗。狡奸脫化。頑鈍没來由。轉輪愁。

却說白鶴與海蝨俱化道童見白鶴望空颺去也只道他回歸海島自已一個。被那蝨氣奪蔽真靈終日海上往來。却遇着一個道者。乃海上修行之輩。他連毛髮若似全真剃髭鬚又同長老想是半從釋敎半從仙半悟禪機半悟道這道者遊方海上遍謁村中。到得這惺惺里却遇着卜公平老者正產一男。生下來渾渾沌沌。夫婦心情不喜兒

了道者入門。忙延他上坐。乃問道師父何方來的。何姓何名有何道術。道者答道小道邊海人氏。法名梵志只因指甲修長人都呼我長爪梵志。若論道術有呼風喚雨之能。倒海移山之法只因我兩敎雙修。又好些旁門外術故此未成正果。昨遊海岸。到得貴村見有毫氣漫空却從善人居屋上出。知必有好事在門。因此來。一則拟化一則妨賢卜老答道正是日前我兩間生一子。清標雅致只是嫌有此二瘦弱。我也產了一個兒郎却渾渾沌沌似一個頑鈍之子不知這是何說。梵志答道小道善醫調管你這瘦弱的强壯懞懂的聰明。卜老大喜便留在家供奉。一日過會里

其中如導氣運神水火煉度還有一種實用工夫如龍虎
坎離嬰兒姹女九轉還丹一真朝聖便與師尊空門大異
尊者答道道師說果不差只是吾門豈專焚修課誦徒張
鐘鼓香花也有入定出靜實用功德與道家共派同流只
是後人分門立戶各顯其宗毫釐之差千里之謬矣道士
道果如師言吾門抱元守一卽是釋家言
五蘊皆空卽是吾門常清常淨又何差尊者道無始以
來我與道師心同此理但願後人各歸正向勿入邪宗若
有予盾爭岐須引他轍轅共軌道士唯唯稱善後有稱兩
教事異功同五言四句

詩曰　道行正乙法　釋修勸化凶
　　　總是正人心　　有如撫共勳

第二回　道童騎鶴闖妖氛
　　　　梵志怪庵留幻法

話說道士與尊者闡明玄宗僧道眾信各各開悟始都說
兩教原自合一國王傳令貞齋供了道士給賜了眾僧當
時見聞的也有披緇入釋門也有簪冠投道教尊者與玄
隱各指示他個入門路徑各各感歎稱揚道場既完玄
隱仍駕青鸞回歸洞府只見洞門深鎖不見了道童白鶴
把慧眼四顧曲指一推道了一聲呀道童誤入旁門白鶴
一倦投屋腹雖然是邪魅迷真却也是他貪痴被誘本當救

援歸正一則道童有誤入旁門之難一則丹鼎有鉛汞將
成之功且效羲皇北窗高臥後有贊嘆玄隱修真樂處七
言四句
詩曰　快活仙家遠俗塵　茅庵草舍養精神
　　　任他童鶴迷邪魅　且作羲皇枕上人
話說道童騎鶴蹁躚雲漢只因領師旨鎖閉洞門那青鸞
先去他與鶴未逐鸞飛一時離了海島在那半空中觀望景
致只見那空中樓閣重疊樹木森森不說洞府之居儼似
神仙之宅乘鶴徑投那裏是雕梁畫棟蜻蜓去望原來是
氣化虛形却不是別物乃是雌鳥化生的海屋邪迷逕开

的妖氛樓臺盡皆幻設樹木都是詭裝引那鳥倦投林俊
張喉吸腹那屋也不知是道童人類靈機應物怎肯與屋
吸吞兩各渾攬爭強畢竟人強物弱闖不過人攷道童得
鞭鶴仍出屋口登得海岸却把個精神被屋爭奪耗散那
白鶴也力倦心疲俱在海岸上喘息有分叶
却說天地生育萬物既有個陰陽消長的道理便有個胎
卵濕化的根因乃人從胎類禽屬卵生一切昆蟲蠅或得
邪魅迷却真常性　　萬種因緣變化生
化人在胎生那上一等王侯卿相或是神聖臨凡或是星
辰下降又一等富貴中人多福多壽或是善人轉化或是

寶特來謁王國王道子正在此說這寶無用於國免傳他
進尊者答道我王以何為有用王曰進賢治國獻粟食民
這却有用尊者答道信如王言但臣僧願王妝此舍利益
座浮屠寶塔藏了建個佛會道場以修功德以遂臣僧普
度化緣國王聽得尊者道場功德之言乃問道道場功德
何在尊者答曰在王一心王曰子一心只在風調雨順國
泰民安尊者答曰王心敬天自然風雨調順王心法祖自
然民國泰安王笑道這道場子知之矣但不知此處更有
何功德尊者答道建立道場小則悔過消愆大則超亡薦
祖功德甚多却也說不能盡王又笑道予嘗聞子有普度

化緣之願且說佛會道場俱為外務末節尊者答曰佛會
功德卽是慶已勸世化俗於功德最大王又問道怎麼最
大尊者答曰君子遵守王法小人犯禁行惡縱有刑加藐
然容有不畏及聞佛會便起敬心不說三尺之嚴頓悔一
朝之過有助政教故云勸世若上智不須佛會君子可無
道場化善信修陰功前人留下這功課願王遂臣僧普度
化緣之行王乃笑道據汝宣說予正欲使四民守法或有
貌然不遵使他同歸於善便就修建一個道場以答謝天
地未為不可乃令衆僧依擬科儀建立法事立尊者為班
首尊者辭曰臣僧時有靜功未便班居衆首王依奏乃立

畢陳雖遂普度化緣實乃祝延王壽
按道場功課燈燭虛儀菩薩豈拜念所千佛祖非香花
所愛只是善念在人心昭格在禱祀那一念投誠修建
陽長陰消福緣善慶盛世不廢功德有此
按下尊者為王啟建道場不題且說崑崙演派蓬島分流
海有五嶽四瀆名山勝水那一處不藏隱着神僧高道有
座崆峒深峽削壁玄巖中藏着一個全真道士法名玄隱
這道士他服炁不服氣巳列仙班修性復修命將成正果
一日偶出洞門忽聞香信把道眼遙觀便知南印度國

修建勝會乃向道童說道國度焚修我與汝當隨喜我駕
青鸞為先行你可深鎖洞門身騎白鶴後來道童唯命只見
道真駕着青鸞頭頦霄漢上下玄穹霎時到了國中入得
道場先禮聖像後接衆僧便問主壇衆僧答道主壇尊者
入定未出道師當謁國王道士依言先朝見國王方來壇
中拜謁尊者此時尊者出定兩各敘禮通名道士乃向尊
者問道釋師你佛會何因修建尊者答曰為王得舍利且
因貧僧有願普度故建此道場道士道何樣科儀怎生功
課尊者答道酌水獻花焚香課誦道士笑道此燈燭會耳
尊者亦笑道玄門依樣也有醮事道士笑道吾門固有但

呵呵為計。

笑和尚聽罷笑道。漁翁你既呵呵為計。怎的又面帶憂容。漁父道。師父你不知我前捕得一巨口細鱗。將烹而食。那魚狀若乞憐。我夫妻一時不忍。縱放他生於海。那魚得水。悠悠洋洋而去。因此我夫妻要持齋改業。又慮資生無策。因此愛慮。不覺見於面。使師父見知。笑和尚笑道。漁翁你夫妻既發慈悲。放生活物。我貧僧自有個與你資生計策。昨遊海岸。見一物放大光明。近前看是何物。乃是一件寶貝。欲要把這寶埋藏海岸沙中。你夫婦既有放生活魚的仁心。貧僧豈無為你資生的好意。你可將此物上獻與國

王。大則授你一官半職。小則賜你些金銀。何須慮養生度日。漁笑問道。師父你見的是何寶貝。笑和尚答道。此寶不是凡寶。你聽我道。

一粒如粟千劫不壞。堅牢不說金剛。九轉煉就萬道霞光。照曜堪同日色。問根綠從靜定中生出。說奧妙自虛靈處發祥。如如不動。行無所任。繞有這樣圓通。豈是那般虛幻。總來一個老禪和。留却久修舍利子。

漁父聽得笑道。我也曾聞僧家久修得道。化火自焚。必留一粒舍利。萬劫常存。但這寶貝上獻國王。安知他也受不受。且這寶今在何處。何計取來。笑和尚笑道。此寶遠則九

萬鵬程。路尚近近。則一刹那間取即來。人人皆有。個個不無。乃自胸襟內取出。付與漁父道。舍利此物。就是漁父好去獻王。漁父接得寶貝在手。那和尚化一道霞光而去。漁父得了舍利。打點進獻國王不題。且說南印度國王歷代傳來崇奉三寶。到一個國王名德勝。生一子心愛出家修行成道。法號不如密多這尊者。誓願普度羣迷。同歸大道。後成正果。位證二十六祖。演化東印度。此係前東度二十七祖成道。嗣後南印國王又傳位一個香至王。生三子。其季子名菩提多羅。也只愛出家。法號達摩。這老祖得二十七祖法器。欲繼普度之願。乃率弟子演化本國。雖本無言

之教。一意度人。明心見性。遵行正大綱常。自西竺東來遲梁武帝。言論未合。摘蘆渡江。遺留聖跡而去。此乃後東度。今且接下不題。再說二十六祖不如蜜多尊者。聽得海邊漁父進獻舍利子。乃到國王殿前。果見王坐朝。執事多官拜罷。一官朝王奏道。今有海邊漁父進獻舍利子。國王聞奏道。國以賢為寶。民以食為天。進獻的不以賢。不以粟。那舍利子要他何用。令執事官不得傳呼。正繞傳令。只見殿堦前一個僧人。身披着錦爛袈裟。手執着九環錫杖。却不是近地來的禪和。也不是外國到的長老。乃是蜜多尊者。國王一見便問。汝有何意見朝尊者。答道。臣僧聞漁父進

食只見那魚有乞哀貪生之狀夫婦憐慈動念乃計議放
生。把這活魚仍投海水那魚洋洋遊去夫婦二人便思持
齋改業。怎奈邊海無策贍生。正穿急處忽來一個老僧到
門化齋。只是大笑不止。漁父雖笑這日却有些戚容。老僧
笑問道漁翁貧僧素知你好笑。今日何故面色懷懷漁父
強陪笑臉。那漁婦便答道師父你有所不知。我夫婦原以
捕魚資生。近為捕得一魚。將欲烹食那魚狀若乞憐。我夫
婦不忍放他歸海。因思人生世間有可充腹之物有可治
生之事何必傷物性命以養人身棄了此業又無計資生。
我夫為此戚戚但我夫平日好笑他道有魚便有酒有酒

假有笑有笑乃不老人所以因他姓名遂呼他為笑不老
不知長老也笑不休却是何因。老僧答道貧僧打從中華
來到一處白蓮社遇着一位遠公和尚他有虎溪三笑禪
機授我因此學他之笑一路化齋到此逢人便笑海邊村
戶人家都叫我貧僧做笑和尚漁父笑問道師父我笑有
個話頭見你笑不知可有老僧答道貧僧有幾句話頭漁
父道請念念我聽老僧一面笑着。一面口念着乃念道
笑笑誰人識得這關竅遠公傳我這根因我因解得
笑中妙豈是癡非是傲說與漁翁休見誚你今向我似
笑人我向你笑有玄奧笑嘻嘻自知道非是笑九流那

是笑三教不笑為臣忠不笑為子孝不笑白髮自紅顏
不笑賢愚並不肖也不笑矜驕也不笑勢要也不笑東
施媒母陋效顰也不笑子建潘安才與貌那笑陶朱倚
頓富多金。那笑范丹蘇季貧無鈒非是笑愚頑不學甘
棄暴非是笑旁門詿誤入左道非是笑瘖聾瞽目不成
人感歎悲嗟怨天造仰天終日笑無休今笑漁翁寄長
嘯這呵呵有獨樂這哈哈有自好只為太平時序樂雍
熙但願豐亨無旱潦四時佳景物色奇風花雪月堪歡
躍一身丟開名利關煩惱憂愁俱不效古往今來只如
斯家風落在這圈套你也喜我也笑笑的是浮生空自

忽見非關爭鬧人生何苦皺雙眉且學老僧腔與調
笑和尚念畢乃問漁父你的話頭見也念念貧僧聽漁父
笑道長老我的話頭見却是四箇西江月道
歎世悲哀憂戚怎如哈哈嘻嘻人生縱有百年期幾被
憂愁奪易。
智者雖教看破人情自古難齊得歡笑處且怡怡好箇
呵呵生意。
滿屋哄堂大噱。一人獨自向隅世間惟有這鬢眉也叫
他立身天地。
笑伊禿髮何事笑我終日漁魚只有沽酒落便宜因此

東度記　卷一

幸逢太平盛世四方人樂唐虞消閒解悶這編書縛魅驅
邪閒處。

詩曰

海宇昇平五穀豐　巍巍帝德應飛龍
士農工賈安常業　禮樂車書入混同
道化洋洋歸聖敎　廣歌娓娓頌皇風
莫言釋道無功德　盡在匡扶政敎中

第一回　南印度王建佛會　密多尊者闡玄宗

話說混沌初分天地爲兩儀日月星辰爲四象山川草木
飛禽走獸數不盡的萬物生於其中即人亦萬物中一物
只因人靈物蠢人有知覺智識能言善語故配天地爲三

真真正　大光明

才乃最靈者以本來原有個正大光明的道理自生來在
孩提時混混樸樸未凋未漓光明一理包含五內及至長
大成人知誘物化邪魅外侵本真內鑿把個大道喪失所
以萬聖千真立言行敎只要人克復本來見性明心這克
復的何事明見的何物就是爲臣的旣受皇王官職盡心
事主忠義報國大道何等光明乃有一等貪位慕祿希圖
富貴惜身家不顧國那裡知根本旣壞枝葉終傷後世子
孫寧保不壞爲子的要思身從何處來乃父母生育且說
那十月懷胎三年乳哺何等深恩孝敬不違勞而不怨大
道何等光明乃有一等爲子的貪妻愛妾縱私慾不孝雙親

那裡知天鑑不宥王法無私報應却也不小爲弟兄的原
該念父母血脈同胞生來弟敬兄兄愛弟何等光明大道
乃有一等爭家產爲錢財視弟兄如陌路待手足如寇讎
那裡知天合的弟兄旣失人合的財產怎長爲夫妻的陰
陽配偶子孫相承相愛相憐何等光明大道乃有一等貪
淫縱慾棄舊憐新憎妻寵妾更有淫妬婦女不守妻節敗
壞風俗多有性命不保爲朋友的要知德業相勸過失相
規大道何等光明乃有一等勢利交酒食友處富貴親如
手足當患難視如路人那裡知天道好還災難莫測誰爲
救恤這五倫道理正大光明人能永保不失自然邪魅不

侵災害不作福善資身以完全生人大道理便是聖賢仙佛
也不過克全了這道少有所失便入邪宗後有清溪道人
五言八句指出克復光明要法。

詩曰

大道原明徹
邪魔擾世緣
莫昧菩提樹
須開寶葉蓮
五倫同此理
三省即先賢
克復工須易
予欲又何言

且說東晉孝武帝寧康年間天下廣闊海宇遐荒出中華
外國有五印度國一個南印度國海邊有一漁父名叫卜
老因他終日面無戚容見人只是嘻嘻人稱他做笑不老。
他夫婦兩個日以捕魚資生一日捕得巨口細鱗將欲烹

新續東度記卷一

滎陽清溪道人著
華山九九老人述

記引　西江月

傳記編成覺世，生人脩德南車，古今何必論賢愚，試閱記中佳趣。

一切旁門外道，離我聖教皆虛，莫言釋道事同迂，功德區狀最著。

為善申明旌獎，作惡法紀無私，天堂地獄豈差除，總在前因今是。

新編掃魅敦倫東度記目錄

若能提警善心便遂作記

鄙意

閱東度記八法

不厭倫理正道便是忠孝

傳家

任其鋪敍錯綜只顧本來

題目

　　　　　　　　　　　　一

莫云僧道玄言實關綱常

正理

雖說荒唐不經却有禪家

宗旨

尊者教本無言暫借師徒

　　　　　　　　　　　　二

發奧

中間妖魔邪魅不過裝飾

鬧觀

總來直關風化不避高明

指摘

　　　　　　　　　　　　三

人以度者何益曰見性明
心成佛作祖憶說之理與
愚者未明智者過揣度得
者又幾何揉來談空說妙
不知範圍世法而指人道

實理克盡斯理超乘而上
全諸男子身自可成佛道
第世事深言則晦實言有
幾而世多好奇信誕故稱
深言臺沒為淺誕云語以

引人敦倫作善夫善心萌
而陽生陽生而吉祥薦福
誰謂斯記不感發興起為
勸懲之一機耶
崇禎乙亥年夏月華山北

九老人撰

者一矢談無稽者九總皆
描寫人情發明因果以期
砭世勿謂設於牛鬼蛇神
之誕信為勸善之一助云。
崇禎乙亥歲立夏前一日

世裕堂主人題

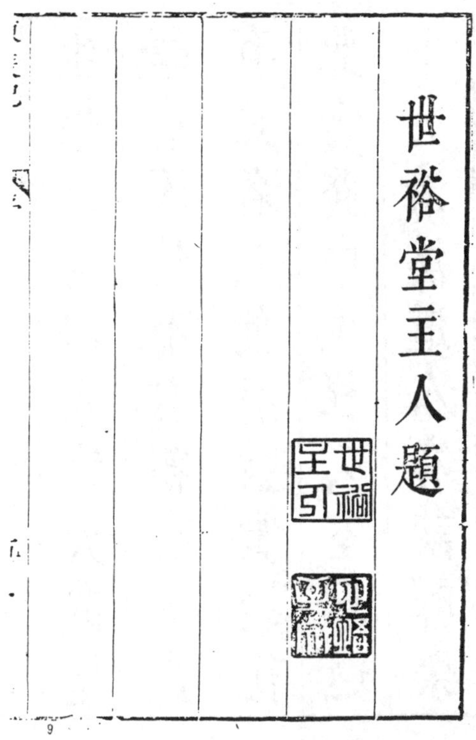

掃魅敦倫東度記引
清溪道人　下愚先人喜談禪
而好行善事嘗云晉魏間
禪家如密多尊者泊達磨
老祖自南印度而東土度

生根。自何門入室。大哉聖
學。有天地。有君親。有師長。
有玆名教。便有玆實踐。從
此實踐中生根入室。思過
半矣。清溪道人喜談禪樂。

勸善。雖於盡虛空界昭然。
無色相處解悟。然解悟者。
明心之宗教而立意者有。
情之世法。人豈能盡離世
法。故道人假聖僧東度。而

發明人倫。昔人譔西遊。借
金公木母。意馬心猿之義。
而此記。借酒色財氣逞邪
弄怪之談。一魅恣則以一
倫掃。掃魅還倫。盡歸實理。

人曰聖僧之教不言。予曰
道人詭魅掃魅。觀者有感。
願為忠良。願為孝友。莫謂
天道人倫不孚。試看善人
獲福。至於編中徵諸通載

掃魅敦倫東度記序
粵稽禪家歷代通載見南
印度國有不如密多尊者
繼達摩老祖發願普度衆
生聞揚宗教自南而東化

及有情靡非欲人克復本
來一歸善道又稽晉魏崔
寇偏縱己私不忠君父報
惡昭彰異哉乃始謂世法
作善者不降之以祥作惡

者不降之以殃則於天道
恢恢疎而不失之語謬矣
信乎要知前世因今生受
者是要知後世因今生作
者是顧作者一言從何地

등 록 : 제6-0532호(1992. 5. 2)
ISBN : 89-8107-415-1 94820
        89-8107-400-3 (세트)

정가 23,000원